Stories and Poems for
Extremely Intelligent Children
of All Ages

给聪明孩子的故事与诗

春

Harold Bloom

SPRING

[美]
哈罗德·布鲁姆 选编
黄　橙　戎佩珏　熊亚芳　译
戎林海　审校

GUANGXI NORMAL UNIVERSITY PRESS
广西师范大学出版社
·桂林·

GEI CONGMING HAIZI DE GUSHI YU SHI
给聪明孩子的故事与诗

STORIES AND POEMS FOR EXTREMELY
INTELLIGENT CHILDREN OF ALL AGES
by
HAROLD BLOOM

This edition arranged with WRITERS' REPRESENTATIVES, LLC.
through Big Apple Agency, Inc., Labuan, Malaysia.
Simplified Chinese edition copyright:
2021 Guangxi Normal University Press Group Co., Ltd.

著作权合同登记号桂图登字：20-2018-157 号

图书在版编目（CIP）数据

给聪明孩子的故事与诗：全 4 册 /（美）哈罗德・布鲁姆选编；黄橙，戎佩珏，熊亚芳译；戎林海审校. —桂林：广西师范大学出版社，2021.5（2021.11 重印）

书名原文: Stories and Poems for Extremely Intelligent Children of All Ages

ISBN 978-7-5598-2681-7

Ⅰ. ①给… Ⅱ. ①哈… ②黄… ③戎… ④熊… ⑤戎… Ⅲ. ①儿童文学—作品综合集—世界 Ⅳ. ①I18

中国版本图书馆 CIP 数据核字（2020）第 043587 号

广西师范大学出版社出版发行
（广西桂林市五里店路 9 号　邮政编码：541004
网址：http://www.bbtpress.com）
出版人：黄轩庄
全国新华书店经销
广西民族印刷包装集团有限公司印刷
（南宁市高新区高新三路 1 号　邮政编码：530007）
开本：880 mm × 1 240 mm　1/32
印张：38.75　　字数：550 千字
2021 年 5 月第 1 版　　2021 年 11 月第 2 次印刷
定价：198.00 元（全 4 册）

致谢

这本选集的编成得到了我的两位研究助理塔兰·莫尔（Tara Mohr）和凯特·坎博尔（Kate Cambor）的大力帮助。我要特别感谢我那位博学多才的助手张埃米（Emmy Chang），在故事的选择和编排上，埃米做出了特别的贡献。最后，我要感谢我的代理人格伦·哈特利（Glen Hartley）和朱林恩（Lynn Chu），以及本书的编辑吉列恩·布莱克（Gillian Blake），是他们的支持，让本项目得以顺利完成。

推荐序

聪明人就是这样长大的

最近十年，我大概给上百万的家长开过关于儿童阅读的讲座，他们的问题基本上集中在几个方面，我最后总结成经典四问：

第一，我的小孩不爱看书怎么办？

第二，我的小孩只爱看浅薄的书怎么办？

第三，我的小孩总是看一类书，看得不广泛怎么办？

这是经典三问，最后觉得这些都解决完之后还要问：

第四，我的小孩这个年龄段该看啥书？

我就会幻想，世界上会不会有这样的一个书单，里面的书同时满足这些要求：

1. 有趣。小孩读起来有趣，有阅读快感，愿意主动读，还舍不得一下子读完。

2. 有深度和有品位。有深度，孩子只要愿意，可以读到很深的东西；有品位，孩子读了这些好的，自然就知道好的是什么样，不容易被差的、浅薄的拐走。

3. 广泛多样的。不仅仅是一类书、一两个作家的作品，而是贯通古今中外。

4. 适用于不同年龄层。也就是什么年龄段我都可以放心推荐的。

耶鲁大学教授哈罗德·布鲁姆先生，不但有这样的“幻想”，而且，还付诸实施。你看见的四卷本《给聪明孩子的故事与诗》就是这样的精华选本，他把世界上他认为好的、一辈子都不可错过的诗歌和故事收集在这里。

布鲁姆极其聪明。他打破了一个痛点：媚童。我们在编选给小孩的读物时，经常会考虑孩子看不看得懂，孩子喜欢不喜欢，是否符合孩子的年龄特征——这样一下子就把选择范围变得很窄，窄到只有儿童文学，窄到只有现代作品，因为早些时候，是几乎没有专门为孩子创作这一说的。

如果说本来你有一条银河甚至一个宇宙可以选择的话，现在只剩下一个有八颗行星的太阳系了。而且，为了编得面面俱到，还得把一些写得不那么好的作品编进去。

但布鲁姆很聪明，他有一个非常简单朴实的认识，他认为世界上存在着一些写得顶级好的东西，同时也是简单通俗的，同时也是深刻的，同时也是很美的，同时也是跨越西方和东方的，甚至是跨越年龄的——你们家的小孩从 5 岁到 99 岁看这些作品都不会过时。

他之所以有这样的底气，是因为他自己从 5 岁到 70 多岁有过读这些作品的真实且美好的体验，这种真实的体验所给予他的胆识，大约比阅读儿童文学史或者儿童心理发展史收获更大。

于是，你会看见惠特曼、左拉、莎士比亚、马克·吐温、济慈、屠格涅夫等这些跟儿童文学几乎不沾边的伟大名字出现在作者栏里。

我试着给五个小孩读了左拉的《陪衬女郎》，他们的年龄从 5 岁到 13 岁不等，但都表示非常有趣，需要再读一篇，同时当被问到这个故事讲了一个什么道理的时候，他们也很乐意作答，答案不一样，但都称得上深刻。

布鲁姆教授还有一个胆识过人之处，他的选取标准，不是作家的名气，也不搞时代、地域的平衡。所以你会看见一些无名氏作品也被编选了进来，这需要巨大的勇气。我专门去读了这些无名氏的作品，的确很好，甚至有些诗歌给我的感动，类似于我读到佩索阿的“我的心略大于宇宙”、米沃什的“尘世中没有什么我想占有 / 我知道没有人值得我去妒忌”时那种震撼与感动。

比如《古老的五月之歌》里的“我们向你们诉说每一棵树上的蓓蕾和花开，我们着迷地靠近第五个月份的畅快”。

又比如《青草》里的“假如这小王子碰巧死亡，她会再生一个；铃儿会响，鸟儿会唱，我们一起来鼓掌”。

其实，仅从孩子接受的角度，只要给孩子们看好的就行了。是的，只要看好的就行了，跟名气、文化、时代关系都不大。一定有一些毋庸置疑、不需解释的好作品在那里。

最后，我想谈谈为什么选的是诗歌和故事。选故事很容易理解，人类就是故事动物，从小到大永远不厌倦的，就是听好听的故事；选诗歌，是因为我们很容易从好诗歌里面同时感受到语言、意象和思考之美，这是容易意会，但很难言传的。一个人从小就读读诗歌，每天都读读诗歌，人生会过得明显美好和超脱很多——这大概是追求意义的人类才有的需求吧。

最后说说书名中的“聪明”，本书英文原名是 *Stories and Poems for Extremely Intelligent Children of All Ages*，中文名是《给聪明孩子的故事与诗》，布鲁姆虽然不喜欢“儿童文学”这个分类概念，但他真的很懂儿童。

我在这些年的儿童写作教学中接触了大概 5 000 个孩子。发现孩子们都很“虚荣”，他们愿意为虚荣心付出一切。我的一个学生在十一岁的时候读了康德的《纯粹理性批判》，因为他听说爱因斯坦在十三岁之前就看完了这本书，“我想比他早一点，会有成就感”。

一本书如果写明是专门给聪明孩子看的，那么他们听说之后都会来看，再难他们也能啃下来。当他们发现“给聪明孩子的”有趣而且不难之后，他们还会很热衷跟同伴一起讨论，然后那书里的东西就慢慢成了他们身体的一部分——聪明人就是这样长大的。

三川玲*

儿童教育作家、出版人

中国教育学会会员、TED×Kids 智库专家

《通往幸福的教育》作者

前言

本书收录了四十一个故事和传说（大多数篇幅都很短）、八十四首诗歌（只有克里斯蒂娜·罗塞蒂的《精灵市场》篇幅较长）。除却无名氏（我数了一下，共有十六篇作品），本书辑录作品最多的作家当属路易斯·加乐尔，所以，我先来聊聊他。我所喜爱的几首他写的诗歌全在这本选集中（《一头猪的故事》，我读了成百上千遍，对它的爱有增无减），但我钟爱的诗歌《猎蛇鲨记》却没有收录其中，因为它太长了，长达十五页之多，而我实在不忍心将它删减。一首诗歌竟有如此精彩的开篇，实不多见：

“这儿就是蛇鲨的地盘！”敲钟人高喊，

他小心翼翼地帮他的船员上岸；

为救援浪尖上的每一位伙伴，

他用手指扣紧对方的头发。

“这儿就是蛇鲨的地盘！”我已经说了两遍了，

就这句话使船员们信心大增。

“这儿就是蛇鲨的地盘！”我已经说了三遍了。

“我说三遍的事情绝对是真的。”

和敲钟人（街头打更人）相比，船员是一群乌合之众，而主角是个胆量大又过分专业的面包师（他只会烘焙婚礼蛋糕）。为了追寻蛇鲨，他愿意牺牲自己，最后他变成了一个可怕的怪物。路易斯·加乐尔不无自嘲地称自己的“阿丽思”系列和《猎蛇鲨记》是“胡言乱语”式的创作[①]，但他那充满想象力的笔触娴熟老到，是消磨时光的佳作。这样的时光消磨有如一种躲避的姿态，一种人人都想拥有的时光的延长。时光是一种现实

① 原文里的 nonsense，意为“胡说八道”。赵元任先生曾将这个词翻译为“不通”“没意思”，将 nonsense literature 翻译为“滑稽文学”“笑话文学”。——译者注

的、延续性的存在，在这种延续中，一件事会接着另一件事发生，但在滑稽文学中，延续性可以幻化为成百上千种东西。

每一个读者，不论年纪大小，只要读了这本集子，就会立马明白，我不接受“儿童文学”这样的分类。一个世纪前，这种分类起到了一些作用，它能与其他类别有所区别，但现在这个标签代表难度的降低，它毁掉了文学文化。现在，大部分商品化的儿童文学对读者来说，无论年纪大小，无论什么时候，都满足不了他们的精神需求。我自己第一次读这本选集中所收录的差不多每一篇诗文时，年纪是 5 ~ 15 岁。从 15 ~ 70 岁，我仍然一直在读这些诗文故事。这本书的书名取得很好：里面的诗文和故事是给各个年龄段的聪明的孩子们的。将拉迪亚德・吉卜林、路易斯・加乐尔、爱德华・利尔与纳撒尼尔・霍桑、尼古莱・果戈理、伊凡・屠格涅夫混合编排在一起，是因为他们——在我选择的诗歌和故事中——将自己的心扉敞开给各个年龄段的真正的读者。这个集子里没有什么难懂或晦涩的东西，所有作品既富有启迪又具有娱乐性。如果有读者发现哪部作品不是很好理解，我的建议是，你要有耐心，要坚持。只有拓展自己，利用过去你尚未使用的能量，你才会对自己的潜能有一个更好的了解。我不想指出具体哪个故事或哪首诗歌适合哪个年龄段的孩子，因为我认为这本书就像是一片开放的田野，读者徜徉其间，会发现适合自己的诗文或故事。这些精选出来的作品将给你带来快乐，许多作品对孤单无伴的读者来说就是他们的朋友。

许多儿童（各个年龄段）现在不再阅读，抑或发现读物很难理解，对他们是一种挑战。对这种现象的解释有很多，俯拾即是。信息时代强调屏幕——电影、电视、个人电脑，而且电子书开始取代纸质书。我在耶鲁大学教书差不多半个世纪，我的学生跟之前的学生一样有天赋，但他们阅读得很少。从某种角度讲，妨碍他们阅读的是风气，或者说，是父母没有为孩子做出表率。读什么仍然是最实在的问题，差异造就了不同。

1961年，我与约翰·霍兰德合编了一本书，书名叫《风和雨：青年必读诗歌选集》，从那时算起，这本书编了四十年。《风和雨：青年必读诗歌选集》早已绝版了，它与我羡慕的一本书很相似，就是沃尔特·德·拉梅尔的《来吧》。

《风和雨：青年必读诗歌选集》是按照季节编排的，我采用了同样的方法来编排这本书，尽管这本书里收录了许多故事和诗歌。按照季节编排，普适性很强，起码在所有有四个季节的地方是这样。一些诗歌和故事有鲜明的季节背景，这种安排是主题所要求的，而不是传统的再现——传统上习惯将春天与喜剧联系在一起，夏天与浪漫联系在一起，秋天与悲剧联系在一起，冬天与各种嘲讽联系在一起。

我开始编《如何读，为什么读》一书时，我就想编《给聪明孩子的故事与诗》。原先想为《如何读，为什么读》编一本姊妹作品，书名叫《孤单的读者》，但后来我越来越清楚地认识到我必须为少年读者编一本书。

这本书收录的内容大多是十九世纪或再早一点的作品，这是因为我想使这些幻想、叙述、抒情以及思索在视野与语气上保持一致。第一次世界大战后，各种所谓的“现代主义”思潮结束了不切实际的空想和疑惑，从而使《给聪明孩子的故事与诗》这本书的内容前后协调，至少编者的初心是这样子的。

总的来说，我所选的抒情诗歌都比较直白，比较简单。多恩和狄金森等大诗人的作品晦涩难懂，所以没有选，我只选了布莱克的一首诗歌。这些大诗人都是难理解的讽刺家，他们的作品很容易被误读误解，不管读者的年龄多大。克里斯蒂娜·罗塞蒂非常优秀，她的作品很有代表性，因为她那声调优美的挽歌非常直率地表达了她对舍弃的激情，但在她那首惊人的、荒诞不经的《精灵市场》中，这种激情却又被搁置了。

幻想是古老的浪漫在十九世纪的表现形式，是我所选故事最有特色的模式，这里有吉卜林的动物寓言，有爱德华时代[①]杰出作家凯瑟琳·辛克莱和玛丽·德·摩根的神话传说，有才华横溢的内斯比特和伊迪丝·华顿的骇人虚构。路易斯·加乐尔是我（也是每个人）非常喜爱的幻想家，但我特别喜欢约翰·罗斯金的《金河王》，选它做第二编《夏》的开篇非常合适。

喜剧在本书中也有体现，主要集中在马克·吐温那惊人的《田纳西州的新闻界》和萨基的《退场赞美诗》。

---

① 爱德华时代，指 1901 至 1910 年英国国王爱德华七世在位时期。爱德华时代和维多利亚时代中后期被认为是大英帝国的黄金时代。——编者注

但本书的基调是一种浓浓的哀伤，一种“垂死的衰落”（莎士比亚《第十二夜》中奥尔西诺谈论音乐），霍桑的寓言故事是这样，丁尼生的抒情诗歌也是这样。随着我们不断长大，尽管在年龄上我们还很年轻，我们带着强烈的怀旧情绪，可能会回忆我们的过去。怀旧不是想念那没有经历过的生活，而是想念那些充满欢乐、富有感情的时光，我们多么希望那美好的时光能再现。考虑再三，我很不情愿地将最好的短篇作家契诃夫排除在外，因为他的作品与幻想类作品的基调不一致。没有哪个作家像契诃夫那样文笔精致（他的榜样莎士比亚除外），他描写的都是那些没有经历过的生活，并且在他自己的社交圈内，他要求大家都读他的小说，这真是一件怪事，因为是他影响了后来的几乎每一个作家。

这本书里收录的内容都是我不断重复阅读过的东西，这种重读就是想看看会不会有什么新发现。诗人华莱士·史蒂文斯拿小说、诗歌或散文做的试验表明：诗或文必须有变化，必须给人快乐，也必须抽象。在史蒂文斯看来，“抽象”不是“真实”的对立面，而是从某些事物中“退出”或去掉，去掉那些假装成现实的陈旧掩盖物。这个选集中的每一首抒情诗和寓言故事都将平庸事物的外表虚饰刮掉，以显现深藏其中的魅力。

我这个人比较传统，但又很浪漫，我认为许多孩子，只要有合适的环境，都是天然的读者，不过这种阅读的本能业已被媒体所毁灭。屏幕的蛮横专制危及了文学的价值或人类的智慧，那些比不变的信息流更受人们珍爱的秩序。相信只要将孤单的孩子们与最佳的书籍神奇地联系在一起，阅读就会持续下去。这可能是一种幻想，但这种关系确实能使人们回到阅读上去，阅读不会轻易地终止。阅读的浪漫，有如其他所有经验性的浪漫一样，取决于魅力，而魅力依靠的是潜在的力量而不是完整的知识。如果你们一辈子很了解彼此，你不大会对某人一见钟情，不管这个人有多迷人。你所知道的一切不会促使你坠入爱河，所以说，爱上一本书同爱上一个人差不多是一样的。

在奥维德的《皮格马利翁》神话中（萧伯纳曾将其改编成喜剧和电影，后来编为音乐剧《窈窕淑女》），雕刻家皮格马利翁无法使他漂亮的雕像伽拉忒亚复活，是维纳斯女神使他的伽拉忒亚复活。我用这个（而萧伯纳没有这样做）来比喻阅读：诗歌或故事不会为你复活，如果你不与它相爱的话。如果有人问我，这本书里我最喜欢的诗歌或故事是哪一个，我会惶惶然不知所措。在某种心情下，我会选霍桑的故事《羽毛头》和雪莱的诗歌《两个精灵》。《羽毛头》非常轻巧，似乎是脆弱的，就像那脆弱的稻草人，故事的名字正来源于此。但这个故事产生的反响使我们从亚当的诞生一路走到绝望，绝望使羽毛头牺牲自我成为祭品。雪莱的诗歌《两个精灵》使读者对初恋耿耿于怀，对它是怎样发生的惊叹不已。然而，心情是变化的，今天我却更喜欢普希金的《黑桃皇后》以及爱德华·利尔的《鼻子发光的人》。在《黑桃皇后》中，恐惧在极其端庄的语境中突然来袭；《鼻子发光的人》对单相思所带来的可怕的悲伤，既进行了讽刺又表达了深切的痛惜。

在旅途走到一半的时候，一个年轻人打来的电话让我惊讶不已。他说他读了那首小诗《忧伤》后，无比感动却又非常懊恼。它是维多利亚时代一位名气不大的诗人奥布里·德·维尔的作品，这次我将它收录在本选集中。这首诗传达的忧伤之情远远超过我们当下所谓的忧郁症或抑郁症病人所体验过的感伤：

年少时，我对忧伤说：
“来吧，我想跟你一起玩。”——
现在它来了，整天不离我左右。
晚上离开时，它对我说：
“我明天再来，
来将你陪伴。”

我们相伴，漫步在树林里，
它轻盈的脚步声，在我身旁沙沙作响。
为庇护一个孤独的灵魂，
它在冬季里搭建了一个小房；
连绵的雨夜里，
我听得到它温柔的呼吸声，在我的身旁。

这首诗一开头，主人翁就坦承自己主动邀约忧伤跟自己做伴玩耍，并且从此再也摆脱不掉。对于忧伤，我们无须给它安身之所，它会自己营造，并且忠实于你，死心塌地。忧愁的情绪一旦萌发就会自我膨胀，慢慢滋生成一种特别的“温和的”抑郁，萦绕心头，挥之不去。

六十多年后，当我疲惫时，我又找到了孩提时代读书的乐趣。那时候，我只要喜欢一首诗，就会爱不释手，一遍又一遍地读，直到烂熟于心。不管在家里还是在户外，我会独自走来走去，不断地吟诵它，自得其乐。现在，我发现也有孩子这样做。这几天，我一直在读这本选集里的诗文，从约翰·济慈那非常有名的十四行诗《人的季节》，到克里斯蒂娜·罗塞蒂那首为心灵洗礼的抒情诗《上山》。这本选集还收录了一些能激发新鲜感和愉悦感的诗作，如：威廉·莫里斯的《三月风讯》，伊丽莎白·芭蕾特·布朗宁的《一件乐器》，吉卜林的《林间小道》，以及阿尔杰农·查尔斯·斯温伯恩那令人欣喜若狂的《八月》。就故事性而言，吉尔伯特·基思·切斯特顿、罗伯特·路易斯·史蒂文森、赫伯特·乔治·韦尔斯和伊凡·屠格涅夫的作品又使我大吃一惊。产生这样的反应，主要是一时之需，一时之感觉。其他情况下，本书中没有哪个作品不使我感动，不使我从漠然或厌倦状态进入惊叹和快乐之境。

我一生钟情于阅读，或高声吟诵诗歌，这种热爱使我又回到了埃德温·阿林顿·罗宾逊的《卢克·哈弗格尔》和无名氏的《咆哮的疯汤姆》身边。这首无名氏写的汤姆之歌美妙至极，我倒是希望它出自莎士比亚的手笔（从日期推断有可能，否则有谁能写出这么神奇的诗歌？）。本书中有不少散文章节和故事适合朗诵——对自己朗诵也好，对他人朗诵也好，差不多所有诗歌都可以朗诵。虽然我主张通过反复阅读来掌握、牢记诗歌，但我想高声朗读也是对诗歌和小说型散文的有效考验。朗诵一首蹩脚的诗歌令人痛苦，而高声朗读一个糟糕故事的感觉也好不到哪里去。但是令人叹为观止的是，一个精彩故事或一首优美的诗歌，一经朗诵，居然会立马扩展为一片明净的天空。于是我想起来了，荷马史诗是高声吟诵给观众的，乔叟所写的东西是为了在宫廷里朗读的，是为了在贵族的宅院里朗读的。如果这本书能够帮助人们恢复高声朗读的习惯，无论是一个人读还是几个人共读，那将是本书之幸，编者莫大之欣慰也。

有效的阅读能促使儿童成为有趣的人，在读书的过程中，他们会收获这样一种感觉：独立的自我，鲜明的自我。与一本真正的书籍为伴，你就能更加清楚地认识自我。重读加乐尔的“阿丽思”系列，你就会发现阿丽思本人是何等的坚强，这可能是我们分享阿丽思独立自主精神的一个途径。

“你不许多嘴！”那皇后对阿丽思说道，气得脸都紫了。

“我偏要说！”阿丽思道。

“砍掉她的头！”那皇后拼命地大声叫道。

没有一个人敢动一动。

“谁在乎你们？”阿丽思说道。（阿丽思现在已经长到原来那么大了。）

“你们还不就是一副纸牌！”

七岁大的阿丽思是极其勇敢的，正如只有在吹西北风时才发疯的哈姆雷特一般。哈姆雷特也许是一切文学中最令人着迷的人物，他也是一个危险的范例，但是阿丽思不一样，她既肆无忌惮，又小心翼翼，很值得人们模仿。在每个读者的一生中，你可能不止一次地恢复到你的真身，对着你的听众高声大喊："谁在乎你们？你们还不就是一副纸牌！"

小时候，姐姐带我到图书馆，就这样，我的人生发生了改变，不久之后，我就独自一个人去那里了。我获得了新生，渡我的工具就是诗歌和散文小说。如果读者想读点莎士比亚，读点契诃夫，读点亨利·詹姆斯，读点简·奥斯汀，你必须先读点路易斯·加乐尔、爱德华·利尔、罗伯特·路易斯·史蒂文森以及拉迪亚德·吉卜林，否则你就没有底气。

我们在什么地方才会发现自己更加真实也更加陌生呢？最好的地方是在家人中和在朋友间，或最终，如果可能的话，从你的生命伴侣那里。然而，在一切人的爱情中，都存在着许多阴影，许多困难，我们内心深处也许会感到孤独。随着智力和悟性的提升，我们会认为内心中最好和最古老的东西是其他人所不懂的。虽然我的家庭充满了爱，但我是一个孤独的孩子。我一生从事教学，反复阅读和写作，我仍然是一个孤单的人。如果没有诗歌和故事的滋润，如果诗歌和故事不再给我营养，我会更加孤独。一个孩子，独自一人在静静地看书，对我来说，那是潜在的真正幸福的画面，还有什么比这个画面更美呢？一个孤独但有天赋的孩子会利用一个美妙的故事或一首美妙的诗歌去为他自己，或我自己，创造一个伙伴。拥有这么一个隐身的朋友不是一个不健康的幻觉，相反，他的大脑在学习，在不断工作。或许，这也是一个新诗人或小说家诞生的神秘时刻。

（汉译：戎林海）

目录

推荐序 | 聪明人就是这样长大的 // 01

前言 // 07

第一编 春

人的季节 | 约翰·济慈 // 001

四风之歌 | 托马斯·洛夫·皮科克 // 003

风和雨 | 威廉·莎士比亚 // 006

吃蓟草的驴 | 伊索 // 008

一个疯狂的故事 | 吉尔伯特·基思·切斯特顿 // 009

犀牛身上的褶子哪里来的 | 拉迪亚德·吉卜林 // 022

三月风讯 | 威廉·莫里斯 // 027

一件乐器 | 伊丽莎白·芭蕾特·布朗宁 // 032

夜色中的小鸟 | 斯蒂芬·克莱恩 // 036

有个孩子天天向前走 | 沃尔特·惠特曼 // 037

镜像 | 拉夫卡迪奥·赫恩 // 042

猫头鹰和小猫咪｜爱德华·利尔 // 056

古老的五月之歌｜佚名 // 059

家之于我不再是家｜罗伯特·路易斯·史蒂文森 // 062

精灵｜威廉·阿林厄姆 // 064

青草｜佚名 // 068

体面汤｜路易斯·加乐尔 // 070

举起嗨呀，放下嗨呀｜佚名 // 072

我们在这儿吹起了风笛｜佚名 // 076

嘿，不，偏不！｜佚名 // 077

我有一棵小坚果树｜佚名 // 078

林肯郡的偷猎者｜佚名 // 079

陪衬女郎｜爱弥尔·左拉 // 082

人的季节[①]

［英］约翰·济慈

一年四季是春夏秋冬；
人的心中也有春夏秋冬。
他有芳菲的春天，让幻想
将一切美好纳入囊中；

他有他的夏天，他忘情地
品味着那美好春日的甜蜜回忆，
直到它们融化在心中，成为他的一部分。

他有他秋天的港湾和遮风避雨的地方，
他将疲惫的翅膀

① 本诗原文存在不同版本，详情请参见译校后记。——译者注

收拢起来，显得惬意自在
懒散朦胧中，让美丽的事物
悄悄流过，像门前小溪的水一样。

他也有他的冬天，苍白，不像样，
否则，他就会忘却人的本性。

（汉译：戎林海）

四风之歌

［英］托马斯·洛夫·皮科克

北方之风：早春的时光
美好舒适，草地上阳光灿烂；
傍晚，竖琴声欢快悠扬：
少男少女翩翩起舞，心情欢畅；
荆棘里的歌鸫鸟也在合唱；
壮实的酒徒将他的角状酒杯满上。

东方之风：海岸边一片寂静；
山巅之云涌向海洋；
冬日里的小溪已然结冰；
大厅里的炉火烧得正旺；
王子的圆形宴会业已开张：
冒着雾气的酒水灌进了傻瓜们的胃肠。

南方之风：在夏日的阴凉处
聆听竖琴高亢的琴声真是甜美；
美妙的还有漂亮姑娘的轻盈脚步，
是她给吟游诗人送去了美酒一杯；
哪里有腐肉哪里就有乌鸦：
落花生埋藏的地方总有猪猡在拱啃。

西方之风：深秋时光
海岸边，巨浪在咆哮；
守堤人必须警惕地观望，
将不断上涨的水位标到位：
大潮在岸堤迸裂，
并席卷地平面好几里。

西方之风：澎湃的浪潮
漫过沙滩，越过礁石；
滔天白浪一路怒号
涌向大地上的防波堤：
浪高风急时，

安然无恙的是高处的旱地。

西方之风：风暴云在堆高；
浪花四溅，漩涡咆哮，
海天合谋，交相怒号
低矮而孤独的海岸在哀号：
安全不再，危险极高，
最便捷的援助就是撒腿快跑。

（汉译：戎佩珏）

风和雨

［英］威廉·莎士比亚

早先我是个小儿郎，
嗨哟嗬，又是风来又是雨；
傻事做完从不思量，
雨呀雨呀天天下。

成人之后不习正道，
嗨哟嗬，又是风来又是雨；
把我当贼呀人人防，
雨呀雨呀天天下。

唉，娶了老婆难照料，
嗨哟嗬，又是风来又是雨；
发家致富不靠招摇，

雨呀雨呀天天下。

来到床边呀想睡觉，
嗨哟嗬，又是风来又是雨；
头昏脑涨很难熬，
雨呀雨呀天天下。

混沌开世有几万年，
嗨哟嗬，又是风来又是雨；
一切如同那戏中演，
愿您天天快乐又开心！

（汉译：戎林海）

吃蓟草的驴

［希］伊索

丰收时节，一头驴驮着各种美味的食物往地里走去，给它的主人和收割工送饭。忽然，它看见路边长着一棵肥美的蓟草，而自己的肚子正饿得咕咕直叫。于是，它边嘀咕边思忖：贪嘴的吃货看到我驮的美食肯定高兴坏了！但是对于我来说，这种味苦又多刺的蓟草比顶级盛宴都要好吃上百倍！

（汉译：黄橙）

一个疯狂的故事

［英］吉尔伯特·基思·切斯特顿

“稀奇，稀奇，真稀奇，

猫儿拉着小提琴，

奶牛跳过月亮去。”

这真是不可思议，但又千真万确——餐馆里坐在我对面的一个年轻人，说了一番话，被我记录了下来。

他身材高瘦，衣着讲究，穿的是正式场合下的双排扣长大衣，头上戴的是一顶丝绸帽。他语调低沉而随意，举止质朴而缓慢，冷酷的蓝眼睛眨都不眨一下。不在听力所及范围内的任何人，都会以为他在非常悠闲地描述着一部歌剧，或是一趟单车旅行。只有我听到了那些话，而且自那以后我做好了迎接世界末日的准备，同时希望能够听到一些发生在人世间的不可估量的革命消息。因为我知道，在我们星球的历史上，我们已经来到了一个新时代：第二个亚当诞生了。

他抽着烟，吞云吐雾间，说了下面这样一番话：

“我不是要你们相信这个故事。只有在刮风的夜里，某个激动人心的时刻，当我们愿意相信任何事情的时候，当疯狂的长舌婆舌战群儒的时候，当血液目无法纪、脑袋被废黜的时候，当我们可以看到风车磨碎风儿、大海拖着月儿、苹果树长出柠檬、奶牛下蛋，也就是当大自然休了无法无天的半天假的时候，那么，耳朵便可以开始粗粗地听这个故事了。

“这个故事发生的时候，我正在一片寂静的绿地上散步。即使我自己听来也觉得那话奇怪又唐突，但唐突是有原因的。

“那个时候有关我生活的记录突然中断了。在受到某种震耳欲聋的打击之前的那一天、那个小时或那一秒钟，某种惊人的事情发生在了我的身上，然后我一觉醒来，什么都不记得了。

“对于内心封存的丧失了的记忆，我怀有一种愚笨的恐惧。我贴近某种巨大的东西往前走，边走边颤抖，但这种东西隐藏在我大脑的黑暗之中。只有两件事情我是确信的。第一，就是这件事情——我想不起来的这个事件——是我人生中最大的一个事情。尽管我后来所经历的冒险也很激动人心，但在无与伦比的这件事面前，那是小巫见大巫。第二件事情发生在某个时间，当然只是非常突然的一秒钟，面纱被揭开了，然后我什么都明白了。一瞬间它就消失了，但可以非常确定的是，如果我告诉另一个人那一瞬间所揭露的之前发生的所有情况，对他来说也是，因为他研究这些，这些词语就会突然失去意义，而词语的简明连同一阵可怕的笑声会在他脑子里突然闪现。

“对了，下面就是故事的情节。

“那片绿地……我走在绿地上的感觉就像是在做梦，它每一面都伸展到了天空的尽头。我困得眼皮子耷拉下来，后来又醒了过来，激动得不得了，直到脑子清醒为止。我被惊得往后一缩，然后努力在最小的范围内让自个儿站定。

“每一寸绿色的地方都是一个活物，一棵幼苗或一根舌头，它们都深深地根植于地面，专门为那些古怪的军队服务。那寂静震聋了我的耳朵，同时有一种它们忙于进食、劳作和繁殖的感觉。我思考着这些群集的生命，脑子开始发晕。

“我恐惧地踩在地上，地上正不断地生长出指头一样的东西。我抬起眼睛看了看，又一下子闭上了眼睛。空荡荡的高空中燃烧着熊熊烈火，每当抬眼望它，火焰都要把我灼瞎。我在这注定的世界末日流星下生活了很多年，但后来再也没有逃脱过那时的感觉。人类吃吃喝喝、买卖交易、结婚生子，而且在整个过程中，天空中一直存在着某些他们不能看的东西。要看，他们一定要非常勇敢。

“过了一小会儿，又像是变化的梦境一样，我发现自己看着田野里站立的某样东西，一开始那东西像一个人，后来像两个人，再后来又来了两个人。直到一个眩晕的转向后，又在周围走了一圈，像是在迷宫找路一样，我发现它是大自然孕育的某种巨胎，每端都有两条腿，它在耀眼的太阳底下吃起草来。我说过了，我没希望有人会相信这个故事。

“所以，我踏上了一条由许多预兆铺设而成的道路，它们就像一个个未被破译的寓言一样。梦中没有朦胧的暮色，阳光下的每一样东西都清清楚楚，而且很明显，每一样东西都普通得不能再普通，荒唐得不能再荒唐。所有东西都是简单的颜色，就像一个孩童字母表的模样，但这个孩子还没有学习它们的意思。

“我曾一度来到了地球的尽头，来到了一个就要坠落太空的地方。在不远处，陆地又重新出现了，但在两者之间我往下看到了天空。当我弯下腰时，发现另一个人在我下面也在弯着腰，此人在这坠落的空中脑袋朝下悬挂着，是一个眼睛圆溜溜的小孩子。肯定是上帝出于某种奇怪的怜悯之心，那孩子才没有坠落到绝望的永世之中。”

那个年轻人停顿了一下，沉思起来。我想说“一个水塘”，但是没有说出来。我似乎已经忘记了。我似乎忘记了一切，除了他那双可怕的蓝眼睛，大得充满了毫无道理的意义。接着我意识到他又开口说话了。“我听到天外一声巨响，然后我转身看到了一个巨人。故事和传奇里有过对巨人的描写，但在原始时期，这些故事和传奇在有关他们的话题上也会不知所云。然而任何一张嘴都无法表达无政府状态下无力抵抗的感觉，见到在两条腿上移动如此多风景的感觉，看到一张长得像我的、巨大的、能把天空填满的脸时的感觉。”

“他把我举了起来，好像我是一只穿过太空的飞鸟一样，然后将我放在他肩上。我绝不会忘记当我靠近时，他巨大的、无遮蔽的容貌显得越来越大。当容貌上露出笑容时，太阳光照射在上面。整个样子让人看起来很是梦幻。”

那个年轻人又停了一下。我感觉整个理智的风俗和经验世界都从我身边溜走了，我像一个落水之人那样拼命地喊叫。“但那是个人——是你的父亲。”

就在这时，他眉毛一扬，说道：“他们也这么说。你知道什么意思吗？”

我发现自己就像约伯[①]可能经历过的那样，全身出了毛病，无法呼吸，被上帝地震般的问题给击倒了。

他一边慢慢地抽着烟，一边讲着。

“巨人身旁是一个女人。我见到她后，心里唤起了

① 有关约伯的故事，参见《圣经旧约》中的《约伯记》。——译者注

某种东西，好像是某种先前就存在的记忆。我想了一会儿，脑子里冒出了念头，想要知道真相。男巨人和女巨人没有杀我，而是给我吃东西，照料我，就像仆人一样。我开始意识到，在那个构成我人生中最重要事件的、已经丧失的、史诗般的冒险经历中，我一定是为那些好人提供了绝佳的服务。而它是什么服务，很奇怪很讽刺的是，我自己都忘记了。但我很爱看到的是，它和那女人眼中有一种神秘莫测的喜爱之情闪闪发光，好像繁星的秘密一样。很少有东西比感恩之情更加美妙了。

“有一天，我站在她膝盖边，她对我说话。但我却说不出话来。一种新奇的、可怕的幻想卡在我喉咙口。那女人比以前小了。房子也变小了：天花板更近了。天空和地面，甚至是最遥远的星星，都在向我包围过来并且要压碎我。

“下一秒我已经意识到了真相，然后逃出了房子，着魔似的跳进了灌木丛。一种会导致变形的疾病对于噩梦来说都显怪异，现在却在我体内加速活跃起来。不管我是否愿意，我的体型在不断变大、变大。

“我在石子上打起滚来，边滚边胡乱猜想着自己是否会大到可以填满天空，大到变成一个长着我的头的空中巨人，在许多天使的金色羽毛中不知所措。事实上，我并没有这样。

“它总会让我心里充满敬畏感，这种敬畏感使我认为，没有迹象或征兆预告接下来我会看到什么。我只是抬起了眼睛——然后看到了它。

“在我旁边几英尺[1]开外，跪着一个和我差不多身材的小女孩，她长着一双湛蓝的大眼睛和一头乌黑的秀发。

“在她身旁的风景中，每一段树篱、每一棵树还是和我离开时一样，但我非常确定的是，我来到了一个新世界。

“我俯下身对着她做了一个类似鞠躬的动作，体型看起来好像非常不可思议，但一颗红星出现在她的脸颊上。

“她问道：‘为什么你这么好呢？’

“我怀疑地看着她。

“她说：‘他们说你是个疯小子，什么东西都盯着看。但我觉得我倒喜欢他们是疯的。’

① 英美制长度单位，1 英尺合 0.304 8 米。——编者注

“我什么都没说。我只是直直地站在那儿感谢上帝，因为我的那条漫步之路是从恶作剧似的、乱七八糟的地方穿越过来的，而上帝在这条路上给我设置的每一个转弯路口，都引导着我最终来到这里。虽然我没有请求得到一个奇迹般的答案，但是两三滴清水从开阔的空中落了下来。

“那女孩急忙说道：‘暴风雨要来了。’

“她好像很害怕从树林上空漫过来的黑暗，也很害怕那时不时就撼动天空的震动声。这种害怕把我惊倒了，因为她看起来不像害怕那片草地的样子。

“她好像被那噪声、黑暗和滂沱大雨弄得支撑不住了，所以我把手臂搭了过去。我的手搭过去时，某种新的东西浮现在脑海里：有一种感觉，它不陌生、不让人心烦、非常有责任心而且坚强得不可思议。仿佛我继承了一种信任和特权。我第一次感到自己和这片怪异的风景有一种亲密关系，我知道自己被送到了一个正确的地方。

“当震耳欲聋的天空好似在我们周围压下来，并在我耳中隆隆作响时，她问道：‘你很勇敢，你不害怕吗？’

“我说：‘我听说那些雏菊在长大。’

“她的回答淹没在了雷声中。

“我们又向前走了几英里[①]，她开口说：‘可你没疯吧？’

“我开口说话，但好像另一个声音在我耳边说话似的。

“我是世界上第一个曾经看到的人。曾经有过预言家和圣人，学校和教堂就是来自他们伟大的心灵。但实际上，我是世界上第一个曾经看到一株那样的蒲公英的人。

“大风和黑雨席卷而来，把那个可怕的宣言之地裹挟在一片云朵之中。”

那个年轻人又停了下来。我旁边有人把椅子靠在我的椅子边上。我记得我突然意识到自己是在一个拥挤的房间里，而不是和一个精神失常的隐士在一片沙漠之中。

我说：“但你还没有告诉我那个伟大的时刻，就是你好像已经发现一切的时刻。”

他说：“很快就会讲到了。十年以后我和那女孩一块儿站在了一个房间里，我们结为了夫妻。与我身材相仿的男人和女人，他们进进出出。这里没有巨人了，好

① 英美制长度单位，1 英里合 1.609 3 公里。——编者注

像之前我是梦到了他们一样。我好像已经回到了自己人的身边。

“就在那时，我妻子正对着一张有点像长榻一样的东西俯下身来，拿起一条床罩。我想，或许我就是为了这个才被送往这个奇异的、物体间的边缘地带中去的。

“这是一个像鸟儿大小的婴儿。我一看到它，我——便知道了一切。我知道这是我生命中最伟大的事件：就是我已经忘掉的那件事。”

我轻轻说了声：“出生了。”

我不敢看他的脸。

后来我意识到他已经起身，正在小心翼翼地戴手套了。

我也站了起来，急促地说道：

“这是什么意思？你是一个人吗？你是什么东西，一个野人，还是幽灵，还是一个孩子？你穿的衣服、说出来的话，符合这个过度文明的时代所培养出来的、受过良好教育的学生的身份，但你看待每一样东西的样子，都好像第一次见到它们似的。这是什么意思？”

一阵沉默后，他静静地开了口：

“你有没有过这样的经历，就是反复说一个简单的词，直到这个词变得毫无意义，有一丁点陌生语言的味道，直到你的嘴巴一张一合好像一个动物在嚎叫。我们生活的这个世界也是这样的：开始的时候，它很熟悉；结束的时候，它很陌生。当祖先们用各种习语和因果关系开始反反复复思考、说话、理论、工作时，作为一种心理上的必然，它牵涉其中，并注定某一天一个生命会被创造出来，这个生命要与这个词的第二十个读音一致，它是一个有眼能看、有耳能听的新型动物，它的智力能够发挥出之前从未真正构想出来的机能。感谢上帝的创造。我告诉你，宗教还处在婴儿期。在它们的崇拜中，托钵僧、隐修士、十字军战士和铁甲军统帅还不够狂乱或者说不够狂热。一种新型的东西出现了。你已经看到了。”

他朝门口走去。接着，我注意到他又停了下来，明显是盯着地板陷入了沉思。

他说：“我从来没有明白过来他们是怎么一回事。那两个人我随处可见，他们拖着沉重的步子走在路上，一个跟着一个。目前的解释是，他们就是我的双脚，但我一直对这个解释不满意。”

接着，他一面朝外走去，一面扣上手套上的扣子。

我回到桌边坐了下来。他离开大约四分钟后，我感到脑子里一惊，好像什么东西慢慢恢复到了原位。

我突然觉得他是个疯子。这想法来得实在突然，我几乎耻于承认。因为只要他在我面前，我就信任他，相信他的所有态度都是理智的、正常的、完整的，而自世界诞生以来，其他人，也就是整个人类，都是半愚半智的样子。

（汉译：黄橙）

犀牛身上的褶子哪里来的

［英］拉迪亚德·吉卜林

从前，红海上有一座荒无人烟的小岛，岛上住着一个帕尔西人[1]。此人有一顶帽子，那帽子反射出的光芒，简直比东方升起的太阳还要夺目。这个帕尔西人就这样生活在红海边，除了他的那顶帽子、一把小刀和一个谁都没见过的炉子外，其余什么都没有。有一天，他找来了面粉、水、加仑子、葡萄干、蔗糖等食材，给自己做了一个足足有两英尺宽、三英尺高的蛋糕。它真是一个超级食品（真是神奇极了）。他把蛋糕放进一个烤炉，因为他获准使用那炉子来做饭吃。帕尔西人烤啊，烤啊，直到蛋糕烤得金灿灿、香喷喷的。可正当他准备享用蛋糕的时候，一头大犀牛从无人岛的深处冒了出来，

① 帕尔西人，指伊朗人。——译者注

走到了海滩边上。这只犀牛鼻子上长着一只角，一对小眼睛，鲁莽而笨拙。那个时候，犀牛身上的皮还是绷得紧紧的，光溜得一点褶子都没有，模样很像诺亚方舟里装的犀牛，只是个头要大出许多。但没变的是，从前的犀牛没有礼貌，现在也还是这样，将来也不会有任何改观。他喊道："嘿！"于是，那帕尔西人丢下蛋糕就爬上了一棵棕榈树。爬树的时候，帕尔西人什么都没顾得上带，只有那顶帽子还在他头上，帽子反射出来的光芒简直比东方升起的太阳还要夺目。犀牛用鼻子拱翻了油炉，蛋糕一骨碌滚到了沙滩上。他还用鼻上的独角向蛋糕刺了过去，把蛋糕吃了个精光，然后摇摆着尾巴朝着那个荒芜的孤岛深处走去。这座孤岛紧靠着马赞达兰岛[1]、索科特拉岛[2]和大春分点岬角。后来，帕尔西人从棕榈树上爬了下来，他重新支起了炉子，口中诵念起无人听过的梵语押韵对句，我现在就继续讲给你们听听：

---

① 马赞达兰岛，位于伊朗境内。——译者注

② 索科特拉岛，位于也门境内。——译者注

谁吃了那个蛋糕，
帕尔西人烤的蛋糕，
谁就要犯错把霉倒。

那梵语押韵对句中还有很多很多你们想不到的内容。

五个礼拜过后，红海上方突来一阵热浪，热得人人都脱掉了衣服。那帕尔西人热得脱去了帽子，而犀牛热得脱去了他的皮囊，然后一边把皮囊搭在肩膀上，一边向海边走去洗澡。那时候，犀牛皮的肚皮那里有三粒纽扣，模样就像雨衣的纽扣一样。犀牛对帕尔西人的蛋糕只字不提，因为他早就把蛋糕吃了个精光。而且，他从来都没有礼貌，过去没有，现在没有，将来也不会有。他把皮囊放在了沙滩上，然后摇摇摆摆地蹚进了水里，鼻子吹起了一个又一个泡泡。

不一会儿，帕尔西人来到海边发现了犀牛皮，笑了笑，满脸得意的样子。接着，他围着犀牛皮跳了三圈舞，摩拳擦掌起来。之后，他回到了帐篷，用帽子装满了蛋糕屑，因为帕尔西人除了蛋糕以外什么都不吃，而他又从不把蛋糕屑清理到门外去。他拿起犀牛皮，抖了抖，又擦了擦。然后，他把变质的、干硬的、令人发痒的蛋糕屑，还有那烤焦的加仑子一股脑儿地塞进了犀牛皮，直到那皮囊里头沾满了这些东西。后来，他爬上那棵棕榈树的顶端，坐等着犀牛从水里出来穿上那皮囊。

犀牛回到了岸上穿起他的皮囊。他扣上了那三粒纽扣，可浑身痒得就像躺在了沾满蛋糕屑的床上。他想挠一挠痒痒，可越挠越痒。于是，他索性躺在沙滩上，骨碌骨碌地打起滚来。但他每滚一下，蛋糕屑就让他痒一下，滚一下，痒一下。接着，他跑向那棵棕榈树，在树干上来回蹭啊蹭，蹭啊蹭。他蹭得太用劲了，把原来的纽扣都蹭掉了，而且肩上、肚子上、腿上都蹭出了褶子。这犀牛一下子暴躁起来，可蛋糕屑还是老样子，依旧在他的皮囊里头让他直发痒痒。再后来，犀牛只能窝着一肚子火，忍着痒痒打道回府。自那以后，每一头犀牛的身上都布满了褶子，而且脾气特别臭，这都是皮囊里的蛋糕屑惹的祸啊。

可是，那帕尔西人从棕榈树上爬了下来，他依旧戴着那顶帽子，帽子反射出来的光芒，简直比东方升起的太阳还要夺目。他收拾好自己的烤炉，离开了此地，走向奥罗塔沃，艾米达拉，阿那塔利沃的高原，还有索纳普湿地。

（汉译：熊亚芳）

三月风讯

[英]威廉·莫里斯

眨着情人的双眸，带着太阳的脸庞
大地平躺着，注视着此刻的明媚春光；
白昼在延长，还有那希望
正拥抱着绿意的葳蕤生长。

此刻那芳香，芳香的大地将在
鸟语花香、走兽遍地的旷野里迷失；
爱与爱交缠，没有邪恶压在
你我心头，所有悲伤都是过去时。

从一个个乡镇，再到一块块田间地头
漫长的白昼里，我们深入的足迹都已遍布
然而，此刻的夜幕临近了村庄的尽头，

灰墙之上，灰色的教堂矗立入目。

暮风习习，白色的道路眼前伸展
牛栏里吹出来的稻草飘忽不定；
月牙初现，星光在头顶绽放，
尖塔上的风向标犹疑地转个不停。

一条公路横卧下方，一座桥梁跨向前方
桥下溪水潺潺，涌向泰晤士河与海洋。
靠近些，亲爱的，我们爱意绵长；
今晚你是否心情舒畅，醉心于我的身旁？

我们是否会快乐永久？请靠过来倾听：
再向前三块地，因为他们告诉我就在那地方，
当新月下沉，倘若三月天色变阴，
山顶之上，我们或会看到大城市的亮光。

听，风在榆树枝头！从伦敦吹来在此相会，
它诉说着金钱、希望和动荡；

它诉说着无用的权力和觉悟的智慧,
但它说不清何为最好或最坏。

它诉说着富人们的奇事怪谈
说他们如何占有、渴求以及权力大揽;
说他们的生生死死,但大地何其灿烂
之于他们却是几近无法容忍的负担。

听!三月之风又起,它来自一群民众;
它讲述着他们的日子,如此疲惫与严酷,
倘若我们与爱意置身在他们其中
我的爱将凋零,你的美也会干枯。

我们爱上了这片土地,但我们的安逸
对他们来说高不可及;
大海那边连绵的山峦于他们毫无意义,
祖祖辈辈住的是灰暗的房屋,无事可记。

歌者唱完了曲子,建房者搭好了房屋,

画家画完了他们高兴的故事；
当所有一切都为了这些而不是天日的暗无，
世上的文字为何而书？又为谁镀饰？

他们的耐心几何？缘由为何？
他们的故事将被多少遍地重复唠叨，
而无人追寻的希望却隐藏在黑暗中
哀伤痛苦中，世界在变老？

亲爱的，回到酒馆、灯光和火光中，
回到小提琴手的古老曲调和舞步中；
一会儿那里将处在安宁与爱意之中，
而明天也会呈现在甜蜜之中。

但，亲爱的，风儿拂过身后，我们一路前行，
今夜，要讲的最后一个故事就在它的身上，
讲述在这春光里，讯儿将如何把我们找寻；
因为即将来临的是那无人追寻的希望。

于是人们的希望就开花结果，
安逸、盲目和恐惧在它面前全退居一旁；
它向我们传递觉悟的智慧果；
它找到了我们，让我们倾听，拉着我们不放：

因为它捎来了讯儿：“翌日起身
请你们继续走下去，迎接怀疑与冲突的到来；
寄希望于我们的希望，让彼此的悲伤互渗，
在短暂的人生中寻求人类之爱。”

不过，瞧啊，把目光放在那老酒馆、灯光和火光中，
以及小提琴手的古老曲调和舞步中；
很快我们就会置身于安宁、轻松和爱意之中，
而明天必将呈现在甜蜜之中。

（汉译：黄橙）

一件乐器

［英］伊丽莎白·芭蕾特·布朗宁

牧神大帝潘恩[①]，他在做什么呢，
为什么在河畔的芦苇丛里？
在传播祸因，播撒禁令么，
用羊蹄子溅啊，划啊，
打碎浮在水面的金百合啊，
赶走河面上飞翔的蜻蜓哩。

从幽凉的河床，牧神大帝潘恩，
折下一段芦苇握在手里；

① 潘恩，古希腊神话中牧神，有着人一样的头和身躯，但腿、角和耳朵却是山羊的模样。他擅长排箫，但也十分好色，经常藏匿在树丛之中。通常，他被认为是创造力、音乐和诗歌的象征，同时也标志着恐慌与噩梦，英文单词 panic（恐慌）就是源于他的名字。——译者注

清澈的水流开始变得浑浊，
残破的百合垂死在那儿，
还没等他抽出水面儿，
蜻蜓早已逃走哩。

牧神大帝潘恩坐在高高的岸边，
浑浊的水儿潺潺向前；
砍啊，劈啊，使劲儿地鞭，
他用坚冷的铁器对着耐忍的芦苇，
直到它变成一支光秃秃的芦苇，
再也看不出曾来自水里。

牧神大帝潘恩将芦苇截短
（亭亭玉立才是它的原本！）
他稳稳地抽出芦苇的芯端，
如同取出一个活人的心儿，
他坐在河边抠挖干瘪的小可怜儿，
让它身上的洞儿一个个地加增。

牧神大帝潘恩笑着说“就得这样”，
（他坐在河边笑）
“只有这么样
众神的甜美音符才能跳动。”
然后他用嘴对准一个芦洞，
在河边尽情地吹起笛箫。

悦耳，悦耳，真悦耳，哦，潘恩，
河边之曲吹得甜美又沁心，
沁心又销魂，哦，牧神大帝潘恩，
山上的太阳听得把家忘得一干二净，
唤得百合花儿缓过神，还有那蜻蜓
重新回到河面上（来）幻游梦境。

而半兽半神的牧神大帝潘恩，
正坐在河边大笑哩，
一介凡夫转化成了诗人：
付出的代价令真神为之叹息——

因为那段芦苇再也不见勃勃生机

早已成了河边芦苇丛里的簧乐器。

（汉译：黄橙）

夜色中的小鸟

[美] 斯蒂芬·克莱恩

夜色中的小鸟，
哎，它们有许多话儿要讲。
排成一行行在那儿栖息着，
庄重的双眸向我瞬目不已。
讲述着它们见过、爱过的花儿，
讲述着远方的牧场和果树林儿
和那海边的浅色沙滩，
还有那树叶间吹过的风儿。
它们见多识广
夜色中归来的这些小鸟。

（汉译：黄橙）

有个孩子天天向前走

［美］沃尔特·惠特曼

曾有个孩子天天向前走，

他第一眼看到了什么，他就变成了什么，

就在当天或当天的某个时间，或是积年累月，

或是历经万载千秋，那东西变成了他的一部分。

早开的紫丁香变成了这个孩子的一部分，

青草和红的白的牵牛花，红的白的三叶草，鹟鸟的歌声，

还有三月生的羔羊，母猪下的一窝淡粉色幼崽，母马的小驹，母牛的犊子，

还有谷仓旁的场地上或是池塘泥潭边的一

窝啁啾雏鸟，

还有下面那些精巧地悬浮着身子的鱼儿，以及那美丽而奇妙的液体，

还有那些顶着优雅的扁平脑袋的水生植物——所有这些都变成了他的一部分。

田间四五月的新苗变成了他的一部分，

还有冬季的谷物苗儿、淡黄色的玉米芽儿，以及园子里可入菜的块根儿，

繁花满枝的苹果树和随之而来的果儿，木莓，以及路边最普通的野草，

刚从酒馆的室外厕所出来、一路踉跄而归的醉老头儿，

途经此处往学校赶去的女教师，

途经此处友爱的男孩子们、争论的男孩子们，

清爽朝气的女孩子们，赤脚的黑人小孩子们，

以及他去过的城市和乡村的一切变化。

他自己的父母，那个给予他生命的男人和在子宫里孕育、分娩他的女人，

他们从自己身上赠予这孩子的还不止于此，

他们后来还在天天赠予，他们成了他的一部分。

晚餐时刻，母亲在家轻手轻脚地把菜一盘盘端上桌，

言语柔和的母亲清洗着她的帽子和袍子，行走之中，一股生机勃勃的芳香正从身体和衣服里散发出来，

父亲身强力壮，自立不息，气概十足，肚量不大，爱发脾气，为人不正，

那猛烈的打击，迅捷的语速和高亢的声调，激烈的讨价还价，狡诈的引诱之举，

家庭的习惯，使用的语言，结交的人群，摆放的家具，那些渴望和高涨的情绪，

无法否认的喜爱，那种真实的感觉，即便最终应该会变成幻影的那种想法，

白天的那些疑虑，夜晚的那些疑虑，那些好奇的迟疑和不解，

迟疑那现象是否名副其实，或者都是些闪光和斑点？

大街上的男男女女很快人山人海，如果不是闪光和斑点他们又是些什么？

那些街道本身，那些房子的门面，以及橱窗里的商品，

机动车辆，畜力车队，厚木板铺就的码头，极其开阔的渡口，

日落时分眺望到的高地上的村庄，

夹在阴影、光晕和雾霭中的河流，照在两英里外白色或棕色屋顶和山墙上的光线，

近处那些没精打采顺流而下的纵帆，那些懒散的拖在后面的小船，

那滔滔的激浪，快速塌陷又啪啪拍击的浪峰，

那层层叠叠的彩云，那孤独一旁的紫褐光带，以及那片它静处其中的澄澈苍穹，

那地平线的尽头，那飞翔的海鸥，盐沼和岸泥的香气，

这些都变成了那个孩子的一部分，他曾天天向前走，他还在走下去，他将永远天天向前去。

（汉译：黄橙）

镜像

［日］拉夫卡迪奥·赫恩

很久很久以前，距京都城一日路程的地方，住着一位绅士，他心思单纯，举止质朴，财产却很可观。他那灵魂已安息的妻子早已去世多年，这个好男人便与独子过着平和安宁的日子。他们与女性一直都保持着距离，而且对女性的魅力或是叨扰一无所知。他们宅子里雇用的全都是可靠的男仆，从早到晚都看不到一双长袖或是一条鲜红色的腰带。

事实上，他们天天都过得很快乐。有时候，他们会在稻田里干活。其他时候，他们会去钓鱼。春天来临，他们会去赏樱花或梅花，再过些日子，他们就会出门去看鸢尾花、牡丹或荷花，具体看什么花视情况而定。每到这些时候，他们会喝一点清酒，头上缠上蓝白相间的头巾，心情好得不得了，因为没有人会对他们指手画脚。通常情况是，他们要借着灯笼的光才回家。他们身上穿的是最旧的衣服，而且一日三餐极不规律。

但生活的乐趣转瞬而逝——更多的是遗憾——眼下，父亲感到自己正在慢慢衰老。

一天晚上，他坐在那里用炭火暖手，一边抽烟一边说道：“儿子，你是时候成家了。”

“快饶了我吧！”年轻人喊道：“父亲，你怎么会提这么糟心的事情？你是在和我开玩笑？你一定是在开玩笑。”

“我可一点都没开玩笑，”父亲说道，“我说的话实在得不能再实在了，你很快就会明白的。”

“可是，父亲，我非常害怕女人。”

“难道我和你两样吗？”父亲说，“儿子，我对不起你。”

“那么，我为什么必须成家？”儿子问道。

“自然规律——人老了就会死去，我没多久就要死了，而你需要一个妻子来照顾你。”

一听到这些，年轻人的眼睛里就噙满了泪水，因为他心地温和。但他嘴上说的却是：“我可以把自己照顾得很好。”

父亲说道：“这正是你办不到的事情。”

总而言之，他们给年轻人找到了一位妻子。她年轻漂亮，美得像画一样。她叫穗子。

他们一起喝完“三献礼”[①]后，就结成了夫妇。只剩下他俩站在那儿，年轻人就仔细地打量起那女孩子。无论如何，他都不知道要对她说点什么。他撩了撩她的袖子，轻轻抚摸起来。他仍旧什么话都没说，而且看起来极其愚蠢。那女孩脸上红一阵，白一阵，又红一阵，最后哭了起来。

年轻人说：“高贵的穗子，请看在神灵的分上，不要这样。”

“我觉得你不喜欢我，”女孩哽咽道，“我想你是觉得我不漂亮。”

“亲爱的，”他说，“你比地里的豆花要漂亮，你比

---

① 日本神道婚礼中的一个仪式，相当于交杯酒。酒用大中小三种杯子盛好，新郎新娘交替喝酒，每种杯子喝三次，一共喝九杯。该仪式源于中国阴阳学说，奇数是阳，偶数是阴，三表示天、地、人。三乘三最高数九是最喜庆的意思。——译者注

农家院子里的矮脚小母鸡要漂亮，你比池塘里玫瑰色的鲤鱼要漂亮。我希望你我，还有父亲，能够开开心心的。”

听到这番话，她浅浅地笑了笑，眼泪也干了，说道：“换一条裤裙穿吧，把你身上的那条给我。上面有一个大洞——举行婚礼的时候我一直看在眼里！”

好吧，这样的开端可不算坏。他们经历了一件又一件事情，相处得还挺不错，虽然这已经不再是那段无忧无虑的日子了，那时候，年轻人和父亲从早到晚都看不到一双长袖或是一条鲜红色的腰带。

日子一天一天地过去，自然规律——人老了就会死去，那老人去世了。据说他赚了很大一笔钱，这些钱都留在了保险柜里，足以让他儿子成为乡间最富有的人。然而，这并没有给那可怜的年轻人带来任何安慰，因为他全身心地沉浸在对父亲的哀思之中。日日夜夜，他都在坟前祭拜。他睡得很少，休息也不足，很少把妻子穗子小姐的事情和她的怪念头，还有她为他精心准备的饭菜放在心上。他越来越消瘦，脸色也愈发苍白，而她，可怜的姑娘一筹莫展，不知如何是好。最后，她说：

“亲爱的，去京都城小住几日怎样？”

他问：“为何要去那里？”

她一时不知如何应答，便说：“为了自己过得快活。”但她发现这么讲毫无用处。

“哦，”她说，“是一种责任。人们说每一个热爱祖国的人都应该去京都城看看。而且，你可以去见一下世面，回来的时候可以和我讲讲。我的东西啊，”她接着说道，“可惜都过时啦！我特别想知道现在大家都穿什么样式的衣服！”

“我没心思去京都城，”年轻人说，“即使我有心思去，也是插秧的时候了，那样的话事情会做不完的，所以别再说这个话题了。”

然而两天后，他让妻子拿出他最好的裤裙和外褂，为他的行程准备好便当。他对她说：“我正想着去京都城呢。”

“哦，真是惊喜啊，”穗子小姐说道，“我能不能问问，你怎么会改变主意的？”

年轻人说：“我一直觉得这是一种责任。”

“哦，确实是的。”穗子小姐回应道，没有再说别的，因为她是比较理智的。第二天早晨和往常一样，她一大早高高兴兴地送走了去京都城的丈夫，然后又使劲地做起了打扫卫生之类的琐碎家事。

那年轻人一路向前，感觉精神好了些，不久后就抵达了京都城。他可能看到了不少令之惊奇的东西。他游览了很多寺庙和宫殿，参观了许多宅邸和庭院，还在店铺林立的街道上逛来逛去，睁大眼睛到处张望，嘴巴很可能也张得老大，因为他是一个内心单纯的人。

最后，在一个晴朗的日子里，他走进了一家店，里面摆满了金属镜，这些镜子在太阳底下非常耀眼。

“哦，好漂亮的银色月亮啊！”内心单纯的他自言自语道。他大胆地上前拿起了一面镜子。

很快，他的脸变得和大米一样白净，然后在商店门口找了张位子坐下，手里仍旧拿着那面镜子，眼睛直直地往里看。

“父亲，为什么，”他说道，“您怎么会来这里的？这么说，您还没死？谢谢神灵保佑！可我本来可以保证——但既然您活得好好的，就不管那么多了。您的脸色还是有点苍白，但您看起来非常年轻。父亲，您的嘴唇在动，好像有话要说，可我听不到您在说什么。亲爱的父亲，您会跟我回家，像往常一样和我们一起生活吗？您笑了，您笑了，太好了。”

“这位年轻的绅士，这里都是很不错的镜子，”店员说，“是能做出的最好的镜子了，您手里的这面就是这所有货品中最好的镜子之一。我看您是行家。”

年轻人坐在那里紧紧地抓住自己的镜子，双眼凝视，看起来一副傻样。他哆嗦了一下。“多少钱？”他低声问道，“它卖不卖？”他非常不安，生怕别人把父亲从他身边夺走。

“高贵的先生，它是卖的，的的确确是卖的，”店员说，“价格也不贵，只要两分[①]。基本上我就是出出货，您会明白的。”

“两分——只要两分！神灵慈悲，神灵真是显灵啦！”年轻人大叫起来。他笑得嘴都咧开了，于是从腰带里拿出钱包，一下子就把钱取了出来。

这下，那店员真希望刚才应该叫价三分或是五分。

① 日本江户时代（1603—1867）的货币单位。——译者注

但他仍旧笑脸相迎，然后把镜子装进了一个精致的白色盒子里，并用绿绳系好。

“父亲，”年轻人拿走镜子后说道，“我们回家之前，得买些便宜的小玩意儿给家里的年轻女人，就是我妻子，您认识的。”

现在，无论如何他都说不出，为什么当时回到家后，自己没有对穗子小姐透露半个字，告诉她关于自己在京都城花了两分买下老父亲的事情。后来的事情表明，这就是他犯错的地方。

如你所料，她非常喜欢从京都城买回来的珊瑚发夹和漂亮的新腰带。“我很高兴看到他状态这么好，这么开心，”她自言自语道，“不过我得说，他这么快就从哀思中恢复过来也太迅速了吧。可是，男人就像小孩一样。”而她丈夫，背着她从她的百宝箱里取出了一点绿丝绸，把它铺在壁龛里的碗橱中。他把装有那面镜子的白木盒子放在了那里。

每日凌晨和深夜，他都会去壁龛的碗橱跟前，和他父亲说话。多少次，他们都相谈甚欢、开怀大笑，儿子变成了乡间最快乐的年轻人，因为他是一个内心单纯的人。

可是，穗子小姐眼明耳尖，不久后她就留心到了丈夫的新举动。

“为什么他老是去壁龛那里，”她心里嘀咕，“他去那里有什么好处？要是我知道就好了。”她不是那种会默默忍受的人，于是很快就把同样的问题抛给了丈夫。

这个好小伙把真相告诉了她。他说：“现在，我又让亲爱的老父亲回家了，我天天都过得很快乐。”

她应了一声：“嗯。”

“两分是不是很便宜？”他说道，“整个事情是不是很奇怪？”

“的确，很便宜，”她说，“事情的经过也很奇怪。我可不可以问一问，”她继续说，“为什么一开始你对此事只字不提？”

年轻人脸红了起来。

“其实，那时候，我不能告诉你，亲爱的，”他说，“对不起，我不知道。”说完，就出门干活去了。

他一转身，穗子小姐就立马跳了起来，风也似的直奔到壁龛那里，咣的一声就打开了门。

“我做袖子衬里的绿丝绸！”她立马喊道，“可我没看到什么老父亲啊，只有一个白色的木盒子。他在里头放了些什么？”

她迅速打开了盒子。

“一个又扁又亮的东西，多奇怪啊！”她边说，边拿起那面镜子，朝里头看了看。

一时间，她完全说不出话来，但她漂亮的眼眶里噙满了愤怒和妒忌的泪水，整个脸儿唰地一下都红了。

“一个女人！”她喊道，“一个女人！这就是他的秘密！他在橱柜里藏了一个女人。一个女人，非常年轻，非常漂亮——不，一点儿都不漂亮，只有她自己觉得自己漂亮。一个从京都城来的舞女，我敢肯定。脾气也不好——她的脸是猩红色的，而且，哦，她皱眉的样子，真是个恶毒的母老虎。啊，谁会想到他会这样？啊，我真是个苦命的人啊——还有，我已经给他烧了一百次的萝卜，为他的裤裙缝补了一百次。哦！哦！哦！”

说完，她把镜子扔回了盒子，砰的一声关上了橱柜的门。然后自个儿猛地往垫子上一扑，倒在地上哭了起来，哭泣的样子好像心都要碎了。

丈夫走了进来。

“我拖鞋上的绳子断了，”他说，“我来是要——不过，到底发生了什么事情？”他立马跪了下来，靠在穗子小姐身旁竭尽全力地安慰着，然后把她深埋在地板上的头抬了起来。

“为什么？发生了什么事情，我最亲爱的宝贝？”他问道。

她一边抽噎一边凶狠地回答：“你最亲爱的宝贝？”接着，她喊道：“我要回家。”

“可是，我亲爱的，你现在就在家里啊，和自己的丈夫在一起。”

“真是个好丈夫！”她说，“在橱柜里和一个女人，干的真是好事情！一个又可恶又难看的女人自以为很漂亮。而且，她还把我做袖子的绿衬里放在那儿，站在上面。”

“这么说，都是因为女人和袖子衬里给闹的？为了那一点点给可怜的老父亲铺床用的破绿布，你保证不会有怨气？好了，亲爱的，我给你买二十块袖子衬里。”

听到这话，她一下子站起来，而且简直就是暴怒到跳起来的地步。

“老父亲！老父亲！老父亲！”她尖叫起来，“难道我是傻子还是小孩子？我亲眼看到了那个女人。”

可怜的年轻人不知道自己神志还正不正常。“是不是我父亲有可能走掉了？”他边说，边从壁龛那里拿出了那面镜子。

“还好，还是那个我花了两分钱买回来的老父亲。父亲，你看起来有点担心。别这样，好吧，像我这样笑一笑。笑了，这样才好。”

穗子小姐像一位娇小的复仇女神一样走了进来，从他手中一把夺过了镜子。她只看了一眼就把它猛地摔向屋子的另一头。镜子在木头家具上哐啷哐啷发出了很大的声音，仆人和邻居们都跑过来看出了什么事情。

“那可是我父亲，”年轻人说道，“我花了两分钱从京都城买回来的。”

妻子抽噎道：“他在橱柜里藏了个女人，那女人偷走了我袖子的绿衬里。”

这下事情闹大了。邻居中有的站在男方这边，有的站在女方这边，大家叽叽喳喳、鸡争鹅斗，闹得不可开交。但他们都解决不了事情，也没有人去瞧一瞧那面镜子，因为他们说它上面施了法术。

这吵闹真的要没完没了了。后来有一个人说："我们去问问尊敬的师太吧，她是一位女智者。"之后，众人动身离去，这本来是可以早点就去的。

尊敬的师太是一位虔诚的女人，也是一个虔诚的尼姑庵的当家人。她在祷告、冥想和苦行方面很有造诣，而且对世俗之事依然很有觉悟。大家把镜子带到她面前，她双手捧着看了很久。最后，她开口道：

"这可怜的女人，"她边说边摸着镜子，"因为此事一清二楚，它就是个女人——这可怜的女人把一个好好的家闹得不得安宁，弄得她脑子乱得很，现在她已经发过誓要剃度出家了。所以，她待在这儿就对了。我会留住她的，教她祷告，教她冥想。你们回家吧，我的孩子们。原谅彼此，忘记过去，和好去吧。"

接着，大家都说："尊敬的师太不愧是女智者。"

后来，她把那面镜子和珍品放在了一起。

穗子小姐和丈夫手挽着手回家了。

她说："所以你看，最终还是我说的对。"

"是的，是的，亲爱的，"单纯的年轻人说道，"这是当然。但我很想知道我老父亲去那神圣的尼姑庵该怎么过呢？他可从来都不信教啊。”

（汉译：黄橙）

猫头鹰和小猫咪

［英］爱德华·利尔

【一】

一只猫头鹰和一只小猫咪
乘着豆绿色的漂亮小船出海去。
他们带上了蜂蜜，还有不少钱，
外边包着一张五英镑的钞票。
猫头鹰抬头望着星海，
和着一把小吉他唱道：
“可爱的猫咪！哦，猫咪，我的爱！
你真是一只美丽的猫咪，
美丽，
美丽，
你真是一只美丽的猫咪！”

【二】

猫咪对猫头鹰说："你这鸟儿这么文质彬彬！

你唱的曲儿这么甜美动听！

哦，快让我们成亲！这一天我们等得太焦心：

但结婚戒指怎样才能搞定？"

他们在海上走了一年又一天，

终于来到一片长着篷篷树[①]的陆地，

一片林子里还站着一只假发猪[②]，

一只戒指套在他的鼻尖儿上，

鼻尖儿上，

鼻尖儿上，

一只戒指套在他的鼻尖儿上。

---

① 原文的 Bong-tree，乃作者杜撰之词。——译者注

② 原文的 Piggy-wig，乃作者杜撰之词。——译者注

【三】

“亲爱的小猪，用一先令换你的
戒指可好？”小猪猡说，“我愿意。”
于是他们买走了戒指，第二天举行了仪式，
山上的火鸡担任了婚礼的司仪。
他们拿着一把三叉头的汤勺，
享用着肉糜儿和榅桲片儿。
然后手牵手来到沙滩边，
他们舞步翩翩在月光下，
月光下，
月光下，
他们舞步翩翩在月光下。

（汉译：黄橙）

古老的五月之歌

佚名

在这宜人的夜晚，我们一同过来，

因为夏日跳跃得如此活力、翠绿又轻快；

我们向你们诉说每一棵树上的蓓蕾和花开，

我们着迷地靠近第五个月份的畅快。

起来吧，房子的主人，展现你金子般的魅力，

因为夏日跳跃得如此活力、翠绿又轻快；

你的自尊心不要因为我们冒昧的取名而受气，

我们着迷地靠近第五个月份的畅快。

起来吧，房子的女主人，让金子与你的心

窝相拥，

因为夏日跳跃得如此活力、翠绿又轻快；

而如果你的身体在休息，我们愿你的灵魂也轻松，

我们着迷地靠近第五个月份的畅快。

起来吧，房子里的孩子们，穿上你们的盛装，

因为夏日跳跃得如此活力、翠绿又轻快；

你们头上的每一根发丝都像银线般闪光：

我们着迷地靠近第五个月份的畅快。

上帝保佑着这房子和园子，保佑着你们的财富和贮物，

因为夏日跳跃得如此活力、翠绿又轻快；

我们希望主会让你们从今往后与兴旺为伍，

我们着迷地靠近第五个月份的畅快。

而今到来的我们必须离去，让你们在这儿享

受安宁和富足，

因为夏日跳跃得如此活力、翠绿又轻快；

来年之前我们不会再给你们把五月颂祝，

将你们从寒冷的冬日身边拉过来。

（汉译：黄橙）

家之于我不再是家

[英] 罗伯特·路易斯·史蒂文森

家之于我不再是家，我应该去何处漂泊？
饥饿是我的向导，我去我该去的地方。
凛冽是那冬风掠过山丘和石楠；
瓢泼是那大雨，我的屋顶落地倒坍。
智者们爱过我屋脊投下的阴影。
真正的欢迎之辞已在门里表达——
亲爱的往昔，火光中曾有一张张脸庞，
友爱的故人，这地方你们不再到达。

那时家还是家，亲爱的，那儿满是亲切的脸庞，

那时家还是家，亲爱的，那儿曾有孩子的欢畅，

火光和明亮的窗户曾在高沼地炯炯发光；

歌声，曼妙的歌声，在荒原之上建成了一座殿堂。

此刻，沼地的最高处显露出拂晓之光，

那房子孤零零地站着，烟囱石也寒气逼人。

让它孤零零地站着吧，如今朋友们都已离去，

友爱的心儿们，真正的心儿们，热爱故地的心儿们。

春日将至，重回大地，召唤沼地的鸟儿相聚，

春日将携来阳光、雨露、蜂群和繁花；

红色是那石楠花儿开遍山丘和谷间，

潺潺是那流水涌流不息于如流韶华；

照耀我儿时的阳光依旧在此照耀着——

阳光依旧照耀着大门敞开的屋舍；

鸟群鸣叫而来，在烟囱上啁啾着——

但我离身而去，会将此地永远放舍。

（汉译：黄橙）

精灵

[英] 威廉·阿林厄姆

在高耸入云的山上，
在灯芯草漫野的山谷，
我们都没胆儿去捕猎，
因为害怕那些矮人儿；
极小的人儿，能干的人儿，
整齐划一，列队行进；
他们身穿绿衣，头戴红帽，
还插着白鹰的羽毛！

他们有的沿着海岸安家，
那儿嶙嶙岩石处处可见，
他们赖以为食的饼儿又脆又薄，
还带有黄色的潮水泡沫味道；

他们有人来到黝黑的高山湖边，
在那儿的芦苇丛中住下，
青蛙们整宿清醒不睡觉，
像狗儿一样为他们守卫家园。

高高的山顶上，
坐着一位老国王；
如今他年事已高，
就快要神志失常。

通过白茫茫的薄雾搭起的小桥，
他穿过哥伦基尔，
在气势恢宏的旅途中，
他从斯利夫利格来到罗斯；
或在寒冷的星光之夜，
随着音乐欢呼雀跃，
为的就是能与快乐的
北极光王后共享晚宴。

他们偷走了小布里奇特
长达七年之久；
当她下来的时候，
朋友们都已远走。
他们轻轻松松地
就在夜间将她掳走。

他们以为她早已入睡，
可她只是伤心得颓废。
他们在此以后的日子，
将她留在湖水的深底，
用旗叶给她睡床铺底，
并照看她直到她醒来。

在那崎岖的山坡上，
只有光秃秃的苔藓，
他们为了到处撒欢，
种下了许多荆棘树。
若有人胆大得包天，

不怀好意挖走一棵，
那么到了晚上睡觉，
他会发现树刺做的床套。

在高耸入云的山上，
在灯芯草漫野的山谷，
我们都没胆儿去捕猎，
因为害怕那些矮人儿；
极小的人儿，能干的人儿，
整齐划一，列队行进；
他们身穿绿衣，头戴红帽，
还插着白鹰的羽毛！

（汉译：黄橙）

青草

佚名

迪丝，迪丝，一棵青草，
迪丝，迪丝，一棵迪丝草；
漂亮的姑娘们，你们都来到，
让我们一块儿来舞蹈。

我们要去漫游，
在这片土地上漫游；
我们牵起这个漂亮的姑娘，
我们牵手把她带走。

她将得到一个君主，我亲爱的，
就像母鸭会得到公鸭一样；
她会生下一个小王子，

因为她实在漂亮。

假如这小王子碰巧死亡，
她会再生一个；
铃儿会响，鸟儿会唱，
我们一起来鼓掌。

（汉译：黄橙）

体面汤[①]

［英］路易斯·加乐尔

体面汤，浓又黄，

盛在锅里不会凉！

说什么山珍海味，哪儿有这么样儿香。

半夜起来喝面汤，体面汤！

半夜起来喝面汤，体面汤！

涕洟糜餍汤！

涕洟糜餍汤！

---

① 此译本是经授权在赵元任先生的译本基础上校对而成。故事节选自《阿丽思漫游奇境记》，赵元任先生是这一作品的第一位中国译者，译作完成于1921年。其将Alice译为“阿丽思”，本书保留了这一译名未做改动，书中“译校后记”部分对此也有交代，可参考。

赵元任（1892—1982），汉族，字宣仲，又字宜重，原籍江苏武进（今常州）。著名学者、语言学家、音乐家。中国现代语言学先驱，被誉为“中国现代语言学之父”。与梁启超、王国维、陈寅恪并称清华“四大导师”。——编者注半夜起来喝面汤，体面汤！

涕漓涂卤汤！

体面汤，黄又烫，

鱼翅燕窝比不上！

谁不肯为了这味儿弄到破家荡——

破家荡产叫碗汤，俩子儿汤！

破家荡产俩子儿汤，体面汤！

涕洟糜餍汤！

涕洟糜餍汤！

天亮起来喝面汤，体面汤！

啼哩吐噜唏哩呼噜汤！

（汉译：赵元任，校对：戎佩珏）

举起嗨呀，放下嗨呀[①]

佚名

举起嗨呀，放下嗨呀，

拉响伦敦城里的响铃儿呀。

靶心呀靶子呀，

拉响圣玛格丽特的响铃儿呀。

砖头块呀瓦片呀，

摇响圣吉尔斯的响铃儿呀。

① 一种儿童游戏，两个孩子互相双手十指交叉，举起来搭成桥，其他的孩子鱼贯钻过桥。搭桥的孩子一边唱着这首童谣，一边瞅准时机一起放下双手，随机抓住一个钻进桥的孩子。——译者注

半便士呀法寻[1]儿呀，
摇响圣马丁的响铃儿呀。

橙子呀柠檬呀，
拉响圣克莱门特的响铃儿呀。

薄饼呀炸馅饼呀，
拉响圣彼得的响铃儿呀。

两根手杖呀一个苹果呀，
拉响怀特查佩尔的响铃儿呀。

光头老神父呀，
慢慢拉响奥尔德盖德的响铃儿呀

---

① 1961 年前的英国铜币，等于四分之一便士。——译者注

你欠我十先令呀，
拉响圣海伦的响铃儿呀。

棍儿呀钳儿呀，
拉响圣约翰的响铃儿呀。

壶儿呀锅儿呀，
拉响圣安的响铃儿呀。

啥时还我钱呀，
拉响老贝利的响铃儿呀。

等我发了财呀，
拉响肖迪奇的响铃儿呀。

请问那是啥时候呀？
拉响斯特普尼的响铃儿呀。

我哪里知道啥时候呀，

拉响鲍的大响铃儿呀。

拿根蜡烛照你去睡觉呀，
拿把斧头把你头砍掉呀。

（汉译：黄橙）

我们在这儿吹起了风笛

佚名

我们在这儿吹起了风笛，
先是在春天吹，后又在五月吹。
皇后她坐在沙滩上，
百合般美丽，嫩枝般清爽：
约翰王[1]已经给您寄了三封信，
而且求您当着我的面读读这些信——
我们读不了信除非他们全都在场，
所以布里奇小姐，请你宣布舞会开场！

（汉译：黄橙）

---

① 约翰王（1167—1216）是英格兰国王，也是英国历史上最不得人心的国王之一。他是亨利二世的第五个儿子，由于他的父王将英格兰在法国的领地全部分封给约翰的几位兄长，到约翰已经无地可封，因此被称为“无地王约翰”。——译者注

嘿，不，偏不！

佚名

嘿，不，偏不！
寻死之人尽愚钝！
阵阵丧钟声响起，
高歌欢舞岂非福？
狂风海潮大发作，
杯杯美酒乐畅游，
举步投足舞起来，
嘿，不，偏不！
如此欢唱岂非福？
嘿，不，偏不！

（汉译：黄橙）

我有一棵小坚果树

佚名

我有一棵小坚果树，
银蔻金梨若除开，
没有果子可以采。
西班牙公主我家来，
全因小树惹人爱。
我跳过河，跃过海，
所有飞鸟都被我甩开。

（汉译：黄橙）

林肯郡的偷猎者

佚名

我按约在著名的林肯郡当学徒，

给主人卖了足足七年的命后，

我开始偷猎——正如你们很快会听到的那样：

哦，在一年中的那个季节里

我在明亮的夜晚感到无比欢欣！

当我和伙伴一同埋下陷阱后，

正好发现猎场看守，但我们并不把他放在眼里，

因为，伙计们，我们可以摔跤、搏斗，可以跃过任何境地：

哦，在一年中的那个季节里

我在明亮的夜晚感到无比欢欣！

我和伙伴埋下了四五个陷阱，

收网时分捉到了一只野兔，

我们带上活兔，伙计们，我们穿行于茂密的树林：

哦，在一年中的那个季节里

我在明亮的夜晚感到无比欢欣！

我把它甩在肩头，和伙伴一起踏上漫漫归途，

我们把它带到邻居家，用它换回了胜利头冠，

我们用它换回了胜利头冠，伙计们，但我没告诉你们这事发生在哪儿：

哦，在一年中的那个季节里

我在明亮的夜晚感到无比欢欣！

祝林肯郡的每位绅士都能获得成功，

祝每位想要出售野兔的偷猎者都获得成功，

祝每位不愿出售鹿儿的猎场看守都倒霉

透顶：

哦，在一年中的那个季节里

我在明亮的夜晚感到无比欢欣！

（汉译：黄橙）

陪衬女郎

［法］爱弥尔·左拉

【一】

在巴黎，什么都可以用来交易：各式各样的姑娘们，傻白甜式的，聪明伶俐的；还有谎言和真相，眼泪和微笑，都能成为商品。料您一定知晓，在这个商业之都，美是一大宗商品，广为交易。人们买卖大眼睛、小嘴巴；鼻子和下巴颏儿、式样不同的酒窝和痣全部明码标价，合情合理。因此，巴黎仿造流行，神造之物在这儿全被仿制：用烧焦的火柴棍儿涂染成的人造眉毛，用长发卡固定的假发套，售价高昂，贵过真发。

这一切交易都合情合理，完美无缺。我们拥有文明，文明对于人类的用处是什么呢？不就是帮我们骗人和被骗，给我们的生活带来乐子，使其更有意义吗？

不过，就在昨天，当我得知老迪朗多先生竟然想到把丑当作商品时，着实大吃一惊。这可真是骇人听闻，异想天开。对，就是那位人人皆知的商人迪朗多。美作为商品，完全可以理解，仿造美的东西作为商品，也是情理之中，毕竟这是人类进步的标志。可是，有件事儿千真万确，迪朗多先生把丑当作商品投放市场，赢得了全法兰西人民的感激，要知道丑这个东西迄今为止没人想要呀。请听明白了，我这里说的丑就是丑陋的丑——赤裸裸的丑，被当作商品光明正大地出售。

大街上，我们定能见到逛来逛去的女士们，她们成双结对，拖曳着衣裙，姿态优雅万千，慢悠悠地踱到各种橱窗前，窃笑低语。她们年龄相仿，亲密地紧挽着手，穿着打扮优雅入时，相差无几。可是我们往往会发现其中一个姿色平平，毫不惹眼，不会让人回眸贪恋，但偶尔见到也不会心生反感。而她的同伴却奇丑无比——丑得让人刮目相看，心生厌恶，路人遇到不由得将她俩一番比较。坦白说，你会一下子摸不着头脑，有时候会开始尾随她们。大街上要是遇到这个丑女子可能会吓你一跳，遇到姿色平平的年轻女士你可能会毫不在意，可是，她俩走在一块儿，一方的丑顿时把另一个烘托出美来。

好吧，明白地告诉大家吧：这位丑女子，这位奇丑无比的女士，来自迪朗多商社。是商社经营的“陪衬女郎”，伟大的迪朗多先生把她租给那个相貌平淡无奇的女士，价格是一小时五法郎。

【二】

故事是这样的。

迪朗多是个极具头脑和眼光的商人，一个堪称商业奇才的百万富翁。这么多年来竟然从未有人在相貌丑陋的女孩身上赚过一个子儿，一想到这，他就慨叹不已。整天在漂亮姑娘上琢磨着挣钱，还是有风险的，对于迪朗多这么精明的有钱人来说，不会想到干这档子事情。一天，迪朗多突然灵光一闪。就像所有伟大的发明家一样，他脑子里闪出一个念头。当时，他正在大街上溜达，看到前面两个姑娘，一个模样周正，另一个长得不敢恭维。瞧着瞧着他发现长相丑陋的那个姑娘就像漂亮姑娘的一个装饰物，衬托得她愈发美丽。于是他一番推理：就像漂亮姑娘要买缎带、粉饼和假发这些东西一样，她们也可以买下丑当作自己的装饰品，这完全合情合理。回到家后，迪朗多不慌不忙地好好构思了一番。要把这想法付诸行动，需要极为高超的技巧。他可不想头脑发热，一个猛子扎进去，结果却发现，做成了万事大吉，搞砸了却贻笑大方。因此，整个晚上他都在盘算，攻读哲学家们的著作，看看他们怎么睿智地分析男人的愚昧和女人的虚荣心。第二天黎明时分，一番盘算后他下定决心：哲学家的眼里，人类有那么多的劣根性，他可以利用这点好好赚上一笔。

【三】

我要是能文思泉涌，我就要写一部关于迪朗多商社的创业史诗。那会是一部悲伤的闹剧般的史诗，充满泪水同时又引人发笑。

迪朗多没料到置办“货源”会遇上这么多麻烦。他想行动直接一些，于是最初觉得只要在有人经过的地方，如管道和树干上张贴一些手写的小广告，写上如下说明：招聘——招相貌丑陋的姑娘从事简单工作。可是他足足等了八天也没等到一个姑娘上门应聘。倒是来了五六个模样俊俏的，哭着恳求给她们一份工作。因为她们只有两条路走，要么挨饿，要么卖身，可还是想找份正当职业来拯救自己。这实在让迪朗多很为难，只得一遍一遍地告诉她们，她们长得太好看，做不来这样的工作。可是她们硬说自己长得丑，认为迪朗多说她们漂亮只是出于礼貌，事实并不如此。所以，现在，她们没丑可卖，只能出售她们的漂亮模样。

看到这种结果，迪朗多明白了只有模样标致的姑娘们才有勇气承认她们身上子虚乌有的丑。而那些真正长得难看的绝不会主动过来说自己的嘴宽得没边或者眼睛小得出奇。通过贴传单广而告之，每个相貌丑陋的姑娘只要前来应聘就能拿到十法郎，即便这样，迪朗多也不会穷到哪里去。

不过，迪朗多没再做这种广告。他雇了六名探子，让他们走访城市的角角落落寻找长相丑陋的姑娘。这真是对巴黎丑女的一次全面招募。这些探子老练圆滑，相当有鉴赏力，做的都是难办的生意。他们根据对象的性格和处境采用不同方法：招募对象如果急需用钱，他们就会粗暴直接；而在那些还不至于挨饿的姑娘面前说话就会委婉温和一些。但彬彬有礼地对一位女士说“夫人，您长相不好看，我一天为你的丑陋相貌付这么多钱”，这种事是根本不可能发生的。

在这场搜罗镜子前哭泣的可怜姑娘的过程中，发生了几起记忆深刻的插曲。有时候探子们运气极佳，寻到猎物，在街上看到一位理想的丑女士，他们就会想尽办法把她带到迪朗多面前，以获得主子的报酬和赞赏。有几位探子甚至使出了极端手段。

每天上午，迪朗多就会接见和验收前一天搜罗到的“货品”。他身穿黄色家居服，戴着黑色缎面帽，让新招募来的女郎们一个一个列队从他面前走过，每人都由发现她们的探子陪着。然后他会转过脸，眨巴眨巴眼睛，像个行家里手一般，时而满意，时而不高兴。他会停一会儿，迟疑一下，然后让“货品”转个身，全方位仔细打量，以便看得更清楚。甚至有时候他会站起身来摸摸她们的头发，细看她们的面庞，仿如零售商摸摸羊毛料子的成色，或者杂货商检验蜡烛或胡椒的质量一样。要是那位姑娘丑得一览无遗，表情迟钝呆滞，迪朗多就会开心到直搓手，并且向探子祝贺，甚至上前拥抱那位丑陋的姑娘。但是对那种没见过的丑，他会相当谨慎小心。比如双眼炯炯有神，唇边带着尖酸的微笑，看到这种丑时，他就会皱着眉头，自言自语地嘟囔道，这副模样虽然不会赢得爱慕，但可能会激起冲动。于是，对那位探子他就明显地冷落了，并且告诉那位姑娘等以后年龄大一些再来吧。

要成为辨丑的行家，搜罗一批实在长相难看、不对漂亮姑娘构成威胁的姑娘，这份差事并不像想象的那么容易。迪朗多在这方面确实相当有天分，从他挑选出来的“货品”中可以看出，他对人的心理和情绪了如指掌。对他来说，最重要的标准就是面容，他只录用那些一眼看去令人生厌的面孔，那些呆若木鸡、冷若冰霜的面孔。

商社终于开张营业了，那天，所有面相丑陋的姑娘们排放在商社中，让漂亮姑娘们前来挑选与她们肤色相配，或者适合她们自身独到美的机会终于到来，迪朗多张贴了下面这份广告。

【四】

迪朗多陪衬女郎商社

一八 ×× 年五月一日

巴黎 M 街十八号

营业时间：上午 10 点至下午 4 点

女士们：

十分荣幸地向各位宣告，我成立这所商社，竭诚为大家服务，确保各位美丽常在。因为我发明了一个新事物，能将各位的天生丽质衬出一个新高度。

迄今为止，我们身上的装饰物一目了然。蕾丝珠宝人人都有；头顶假发，一瞧便知；粉面朱唇，皆乃涂抹而成。

如今，我倾尽全力解决此难题——乍一听觉得不可能——为各位增光添彩，还让旁人猜不到这光彩为何所添。无须多扎丝带，也无须涂脂抹粉，我们商社旨在为各位找到一种引人注目的方式，无须粉饰您的天生丽质，并确保万无一失。

私认为自己相当了不起，因为我凭一己之力解决了这个无解之题。今天，承蒙各位女士信任，我保证，您只需花几个子儿就能获得所有人艳美的目光。

我的方法非常简单但绝对可靠。女士，我只消稍做描述，您马上能明白其中奥妙。

您是否留意过这样的穷酸女士，紧挨她身旁的是一位身穿绫罗绸缎的美貌女士，戴着手套正给她施舍？您是否留心过丝绸在破布条的反衬下多么光彩夺目？贫穷把富有衬托得一览无遗，光芒万丈。

女士，我会为您漂亮的容貌奉上完全匹配的各张丑脸。破衣烂衫把新衣衬托得漂亮夺目，我提供的丑脸会让您漂亮的面庞流光溢彩。

再也不用佩戴假牙、假发套和假衣领！再

也不要涂脂抹粉，不用花高价买色泽缤纷镶满蕾丝的昂贵服装！只要租个陪衬女郎，挽手同行于大街上，定使女士姿色陡增，引来绅士们频频注目，满眼温柔。

承蒙各位女士光顾，本社竭诚提供最丑容貌，并分门别类，请您随意挑选，包您找到与您匹配的丑脸，且相得益彰。

价格：5 法郎一小时；50 法郎一天。

您最真诚的，

迪朗多

注意：本商社亦提供训练有素的妈妈、爸爸、叔叔、阿姨们。价格公道合理。

【五】

广告效应效果非凡，第二天商社开张营业，顾客盈门，人人挑选好自己的陪衬女郎带走，心里乐开了花。一位相貌丑陋的女郎用胳膊搀扶着你，而你又长得那么漂亮，这是多么大快人心的事呀。美女们姿色陡增，尽情享受着对方丑陋相貌衬托出来的一切奇幻效果。迪朗多洞察到这一切，真是太伟大了。

不过，也不能想当然地认为商社的经营会顺风顺水。上千个出人意料的难题涌现出来。招募“货品”时费尽周折，现在让顾客满意更是难上加难。

一位贵夫人前来揽租陪衬女郎。商社把所有货品带上来供她挑选，想着只用在旁边偶尔提点建议即可。可随即，贵夫人把陪衬女郎飞快地挨个儿浏览一遍，满脸不高兴，要不嫌这个丑得没边，要不就嫌那个丑得不够，一个劲儿地抱怨找不到能衬托她特色的丑模样儿。营业员告诉她这个姑娘长着歪鼻子，那个姑娘额头凹陷，她都不满意，这让营业员们也黔驴技穷了。

有一次，前来揽租的一位夫人自己就丑得惊人——当时要是迪朗多在场的话，定会欣喜若狂，不惜一切代价把她纳入麾下。可是，她说她来是为了增加自己的姿色，想租一位年轻的陪衬女郎，不要太丑，因为她只需要稍加点缀即可。营业员们无计可施，在她面前摆放了一面宽大的镜子，让所有的陪臣女郎从她身后走过。可是，在丑相上她还是拔得头筹。然后她哭哭啼啼地，生气地指责他们居然提供这样的货色。

不过，慢慢地，商社有了一批固定的顾客。每个陪衬女郎都有了自己的老主顾。迪朗多可以歇息会儿了，他深信自己帮助人类向前跨越了一大步。

大家不一定完全理解陪衬女的处境。在大庭广众下，她们欢欣喜悦，但在没人处却涕泣滂沱。陪衬女长相丑陋，任人差遣，靠这些赚取工资。不过，除了这点，她可以打扮得漂漂亮亮，跟各界名流握手交往，她坐着马车，白天光顾名家餐馆，接受宴请，晚上则上剧院看戏找乐。看上去她们和名媛们亲密无间，赛马会上或者首夜演出秀上不知内情的人还以为她就是上流圈的人。

整天她们都高高兴兴地周旋于这一切事务，但到夜深时，她们会愁肠寸断，涕泪涟涟。取下身上的一切饰品，这些都是商社提供的，独坐在化妆间，看着面前的小镜子。镜子不会说假话，它真实反映着自己丑陋的容貌，面对这副尊容她们知道自己永远没人爱，永远没人来亲吻，她们一辈子只是帮别人获得柔情。

【六】

现在我只想扼要介绍迪朗多成立商社的故事，让他名留后世。此等人历史会将他们好好铭记。或许某一天，我会写一篇《一位陪衬女郎的诉说》。我认识一位这样的可怜人，她的悲惨遭遇马上吸引了我，深深触动了我。她受到很多主顾的青睐，她们都是巴黎名媛，但对她都苛责冷酷。行行好吧，夫人们！不要撕扯装饰你服装的“蕾丝花边”，温和地对待这些容貌丑陋的姑娘们，是她们衬得你们魅力四射。

我认识的这位陪衬女郎，很有思想。我猜她应该读过不少沃尔特·司各特[1]的作品。她流露出的悲伤让我想起陷入热恋的残疾人或者一位渴望理想伴侣的丑陋女士。这位可怜的姑娘爱上的那些男人，他们的目光碰到她丑陋的面容后都投向了她的主顾们。她的人生经历仿

① 沃尔特·司各特（1771—1832），英国著名历史小说家、诗人。——译者注

如一部部戏剧。她疯狂地嫉妒那些付钱租用她的人，对她们来说，租用她就像付钱买一盒发蜡或一双靴子一样，她不过是一件按小时租用的物品，并且相当廉价。当她微笑着和那些对她横刀夺爱的女士们闲聊时，我们难以想象她内心的悲伤。那些漂亮的女士在人前跟她甜言蜜语，假装亲密，内心却极度瞧不起她，没人时当她仆人一般，随意取乐，践踏蹂躏，就像打碎摆放在古玩架上的装饰品一样。

可是，一个命运悲惨的人对于人类的进步举足轻重吗？人类文明继续向前发展，迪朗多将被后世人称颂褒扬，因为他经营了一种闻所未闻的货品，发明了一种便于女人征服男人的技巧。

（汉译：熊亚芳）

Stories and Poems for Extremely Intelligent Children of All Ages

给聪明孩子的故事与诗

附录

[美]
哈罗德 · 布鲁姆 选编

黄 橙 戎佩珏 熊亚芳 译

戎林海 审校

GUANGXI NORMAL UNIVERSITY PRESS
广西师范大学出版社
·桂林·

附录一：译名对照表 · 作者名

Aesop 伊索

Aleksander Pushkin 亚历山大 · 普希金

Alfred Tennyson 阿尔弗雷德 · 丁尼生

Algernon Charles Swinburne 阿尔杰农 · 查尔斯 · 斯温伯恩

Arthur Conan Doyle 阿瑟 · 柯南 · 道尔

Aubrey De Vere 奥布里 · 德 · 维尔

Ben Jonson 本 · 琼森

Catherine Sinclair 凯瑟琳 · 辛克莱

Charles Dickens 查尔斯 · 狄更斯

Christina Rossetti 克里斯蒂娜 · 罗塞蒂

Christopher Smart 克里斯托弗 · 斯马特

Edgar Allan Poe 埃德加 · 爱伦 · 坡

Edith Nesbit 伊迪丝 · 内斯比特

Edith Wharton 伊迪丝 · 华顿

Edwin Arlington Robinson 埃德温 · 阿林顿 · 罗宾逊

Edward Lear 爱德华 · 利尔

Elizabeth Barrett Browning 伊丽莎白 · 芭蕾特 · 布朗宁

Emile Zola 爱弥尔 · 左拉

Gilbert Keith Chesterton 吉尔伯特 · 基思 · 切斯特顿

George Gordon Byron 乔治 · 戈登 · 拜伦

George Meredith 乔治 · 梅瑞狄斯

George Wither 乔治 · 威瑟

Guy de Maupassant 居伊 · 德 · 莫泊桑

Henry Wadsworth Longfellow 亨利 · 沃兹沃斯 · 朗费罗

Herman Melville 赫尔曼 · 梅尔维尔

H.G. Wells 赫伯特 · 乔治 · 韦尔斯

Ivan Turgenev 伊凡 · 屠格涅夫

Jakob Grimm 雅可布 · 格林

John Clare 约翰 · 克莱尔

John Davidson 约翰 · 戴维森

John Dryden 约翰 · 德莱顿

John Keats 约翰 · 济慈

John Ruskin 约翰 · 罗斯金

John Still 约翰 · 斯蒂尔

Lafcadio Hearn 拉夫卡迪奥 · 赫恩

Leo Tolstoy 列夫 · 托尔斯泰

Lewis Carroll 路易斯 · 加乐尔

Mark Twain 马克 · 吐温

Mary de Morgan 玛丽 · 德 · 摩根

Nathaniel Hawthorne 纳撒尼尔 · 霍桑

Nikolai Gogol 尼古莱 · 果戈理

O. Henry 欧 · 亨利

Orlando Gibbons 奥兰多 · 吉本斯

Oscar Wilde 奥斯卡 · 王尔德

Percy Bysshe Shelley 珀西 · 比希 · 雪莱

Ralph Waldo Emerson 拉尔夫 · 沃尔多 · 爱默生

Robert Bridges 罗伯特 · 布里奇斯

Robert Herrick 罗伯特 · 赫里克

Robert Louis Stevenson 罗伯特 · 路易斯 · 史蒂文森

Rudyard Kipling 拉迪亚德 · 吉卜林

Saki 萨基

Stephen Crane 斯蒂芬 · 克莱恩

Thomas Hardy 托马斯 · 哈代

Thomas Love Peacock 托马斯 · 洛夫 · 皮科克

Thomas Lovell Beddoes 托马斯 · 洛弗尔 · 贝多斯

Walt Whitman 沃尔特 · 惠特曼

William Allingham 威廉 · 阿林厄姆

William Blake 威廉 · 布莱克

Wilhelm Grimm 威廉 · 格林

William Morris 威廉 · 莫里斯

William Schwenk Gilbert 威廉 · 施文克 · 吉尔伯特

William Shakespeare 威廉 · 莎士比亚

附录二：译名对照表 · 作品名

Ali the Persian's Story of the Kurd Sharper (The Arabian Nights)《波斯人阿里关于库尔德骗子的故事》(《天方夜谭》)

All Souls'(Wharton)《万灵节前夕》(华顿)

Ass Eating Thistles, The(Aesop)《吃蓟草的驴》(伊索)

August(Swinburne)《八月》(斯温伯恩)

Autumn(Clare)《秋天》(克莱尔)

Badger(Clare)《獾》(克莱尔)

"Beautiful Soup, So Rich and Green" (Carroll)《体面汤》(加乐尔)

Bell-Tower, The(Melville)《钟塔》(梅尔维尔)

Bits of Straw(Clare)《几根稻草》(克莱尔)

"Blow, Blow, Thou Winter Wind" (Shakespeare)《冬天的风儿，你吹吧，吹吧》(莎士比亚)

Bottle Imp,The(Stevenson)《瓶中灵魔》(史蒂文森)

Bride Comes to Yellow Sky, The(Crane)《新娘来到黄天镇》(克莱恩)

Carrion Crow, The(Beddoes)《食腐肉的乌鸦》(贝多斯)

Complements(Zola)《陪衬女郎》(左拉)

Courtship of the Yonghy-Bonghy-Bò, The(Lear)《杨基邦基博的求爱》(利尔)

Crazy Tale,A(Chesterton)《一个疯狂的故事》(切斯特顿)

Crow and the Pitcher,The(Aesop)《乌鸦与水罐》(伊索)
Dalliance of the Eagles,The(Whitman)《鹰的调情》(惠特曼)
Death and Cupid(Aesop)《死神与丘比特》(伊索)
Dirge(Beddoes)《挽歌》(贝多斯)
Dirge in Woods(Meredith)《林中挽歌》(梅瑞狄斯)
Dong with a Luminous Nose, The (Lear)《鼻子发光的人》(利尔)
Drinking Song(Still)《饮酒歌》(斯蒂尔)
Eagle, The(Tennyson)《鹰》(丁尼生)
"Echo's Lament for Narcissus" (Jonson)《厄科悼那耳客索斯》(琼森)
Elephant's Child, The(Kipling)《大象宝宝的故事》(吉卜林)
Fairies, The(Allingham)《精灵》(阿林厄姆)
Feathertop(Hawthorne)《羽毛头：一个有寓意的传说》(霍桑)
Floating Old Man, The(Lear)《漂浮的老人》(利尔)
Fox and the Hedgehog, The(Aesop)《狐狸和刺猬》(伊索)
"Gay Go Up, and Gay Go Down" (Anon.)《举起嗨呀，放下嗨呀》(佚名)
Goblin Market(Rossetti)《精灵市场》(罗塞蒂)
Goose-Girl, The(Grimm)《放鹅姑娘》(格林兄弟)
Green Grass(Anon.)《青草》(佚名)
Hag, The(Herrick)《妖精》(赫里克)
Helen of Kirconnell, A(Anon.)《柯康内尔的海伦》(佚名)
"Here We Come a Piping" (Anon.)《我们在这儿吹起了风笛》(佚名)
"Hey Nonny No!" (Anon.)《嘿，不，偏不！》(佚名)
"Home No More Home to Me" (Stevenson)《家之于我不再是家》(史蒂文森)
Horla, The(De Maupassant)《奥哈拉，或现代幽灵》(莫泊桑)
How Much Land Does a Man Need?(Tolstoy)《一个人需要多少土地》(托尔斯泰)
How the Rhinoceros Got His Skin(Kipling)《犀牛身上的褶子哪里来的》

（吉卜林）

Human Seasons, The(Keats)《人的季节》（济慈）

Humpty Dumpty(Carroll)《昏弟敦弟》（加乐尔）

“I Had a Little Nut-Tree”(Anon.)《我有一棵小坚果树》（佚名）

“I Know a Little Garden-Close”(Morris)《我知道附近有个小花园》（莫里斯）

“I Loved a Lass”(Wither)《我爱上了一个姑娘》（威瑟）

“I Saw a Peacock with a Fiery Tail”(Anon.)《我看到一只孔雀，尾巴在燃烧》（佚名）

In the Dark(Nesbit)《在黑暗中》（内斯比特）

“In Winter, When the Fields Are White”(Carroll)《在冬天，正是满地白》（加乐尔）

Journalism in Tennessee(Twain)《田纳西州的新闻界》（吐温）

Jumblies, The (Lear)《贾布里人》（利尔）

King of the Golden River, The(Ruskin)《金河王，或黑心兄弟》（罗斯金）

Kraken, The(Tennyson)《北海巨妖》（丁尼生）

Leave-Taking, A(Swinburne)《离别》（斯温伯恩）

Lincolnshire Poacher, The(Anon.)《林肯郡的偷猎者》（佚名）

Lion of Winter, The(Shakespeare)《冬天的狮子》（莎士比亚）

Little Birds of the Night(Crane)《夜色中的小鸟》（克莱恩）

London Snow(Bridges)《伦敦的雪》（布里奇斯）

Love Will Find Out the Way(Anon.)《有爱就会找到路》（佚名）

Luke Havergal(Robinson)《卢克 · 哈弗格尔》（罗宾逊）

Mad Gardener' s Song, The(Carroll)《疯花匠之歌》（加乐尔）

Mariana(Tennyson)《玛丽安娜》（丁尼生）

Merry Note, A(Shakespeare)《冬之歌》（莎士比亚）

Message of the March Wind, The(Morris)《三月风讯》（莫里斯）

Mock Turtle's Story, The(Carroll)《素甲鱼的苦衷》（加乐尔）

Musical Instrument, A(Browning)《一件乐器》（布朗宁）

My Cat Jeoffrey(Smart)《我的猫杰弗里》(斯马特)

Necklace of Princess Fiorimonde, The(De Morgan)《菲奥丽蒙德公主的项链》(德·摩根)

Night(Blake)《夜》(布莱克)

Nightmare(Gilbert)《噩梦》(吉尔伯特)

Noiseless Patient Spider, A(Whitman)《一只安静有耐心的蜘蛛》(惠特曼)

Nose, The(Gogol)《鼻子》(果戈理)

November(Bridges)《十一月》(布里奇斯)

Old Ghost, The(Beddoes)《老鬼》(贝多斯)

Old May Song(Anon.)《古老的五月之歌》(佚名)

Owl and the Pussy-Cat, The(Lear)《猫头鹰和小猫咪》(利尔)

Patrick Spence, Sir(Anon.)《帕特里克·斯彭斯爵士》(佚名)

Phantom-Wooer, The(Beddoes)《幽灵求婚者》(贝多斯)

Pig-Tale, A(Carroll)《一头猪的故事》(加乐尔)

Portent, The(Melville)《凶兆》(梅尔维尔)

Problem of Thor Bridge, The(Doyle)《索尔桥谜案》(道尔)

Queen of Spades, The(Pushkin)《黑桃皇后》(普希金)

Recessional, The(Saki)《退场赞美诗》(萨基)

Reflections(Hearn)《镜像》(赫恩)

Remarkable Case of Davidson' s Eyes, The(Wells)《戴维森的眼睛》(韦尔斯)

Remarkable Rocket, The(Wilde)《不同凡响的火箭》(王尔德)

"Rikki-Tikki-Tavi" (Kipling)《达齐的英雄赞歌》(吉卜林)

Roaring Mad Tom (Anon.)《咆哮的疯汤姆》(佚名)

Runnable Stag, A(Davidson)《一只适于猎取的雄鹿》(戴维森)

Signal-Man, The(Dickens)《信号员》(狄更斯)

Silver Swan, The(Gibbons)《白天鹅》(吉本斯)

Snow-Flakes (Longfellow)《雪花》(朗费罗)

Snowstorm(Clare)《暴风雪》(克莱尔)

Snowstorm,The(Emerson)《暴风雪》(爱默生)

Song(Rossetti)《歌》(罗塞蒂)

Song of the Four Winds, The (Peacock)《四风之歌》(皮科克)

Song of Triumphant Love, The(Turgenev)《爱的凯歌》(屠格涅夫)

Sorrow(De Vere)《忧伤》(德·维尔)

“So, We'll Go No More a-Roving ”(Byron)《所以我们不再流浪》(拜伦)

Spell, A(Dryden)《符咒》(德莱顿)

“Splendour Falls on Castle Walls, The”(Tennyson)《霞光洒在城堡墙上》(丁尼生)

Spring Lover and the Autumn Lover, The(Hearn)《春天情人与秋天情人》(赫恩)

Stag Looking into the Water, The(Aesop)《牡鹿看水》(伊索)

There Was a Child Went Forth(Whitman)《有个孩子天天向前走》(惠特曼)

“This Is the Key of the Kingdom”(Anon.)《这是王国的钥匙》(佚名)

Three Strangers, The(Hardy)《三个陌生人》(哈代)

Two Pots, The(Aesop)《两只罐子》(伊索)

Two Spirits, The(Shelly)《两个精灵》(雪莱)

Uncle David' s Nonsensial Story about Giants and Fairies(Sinclair)《戴维叔叔有关巨人和精灵的荒谬故事》(辛克莱)

Unquiet Grave, The(Anon.)《不安静的坟墓》(佚名)

Up-Hill(Rossetti)《上山》(罗塞蒂)

Wakefield(Hawthorne)《韦克菲尔德》(霍桑)

Walrus and the Carpenter, The(Carroll)《海象跟木匠》(加乐尔)

War-Song of Dinas Vawr, The(Peacock)《迪那斯瓦尔战歌》(皮科克)

Way Through the Woods, The(Kipling)《林间小道》(吉卜林)

“Weep You No More, Sad Fountains”(Anon.)《不要再哭泣，悲伤的泉水》(佚名)

White Island, The(Herrick)《白岛》(赫里克)

“Who Has Seen the Wind?” (Rossetti)《有谁见过风儿？》(罗塞蒂)

William Wilson(Poe)《威廉 · 威尔逊》(坡)

“Will You Walk a Little Faster?” (Carroll)《你能走得快些吗？》(加乐尔)

Wind and the Rain, The(Shakespeare)《风和雨》(莎士比亚)

Wintry Sonnet, A(Rossetti)《冬天的十四行诗》(罗塞蒂)

Witches' Loaves(Henry)《女巫的面包》(亨利)

Wood So Wild, The(Anon.)《野树林》(佚名)

附录三：译名对照表 · 文中人名与地名

Abraham Lincoln 亚伯拉罕 · 林肯

Abyssinia 阿比西尼亚

Adam 亚当

Adrian 安德利安

Africa 非洲

Agnes 艾格尼丝

Albany 奥尔巴尼

Albert Magus 阿尔伯特 · 马格斯

Aldgate 奥尔德盖德

Alexandra 亚历山德拉

Alexandre Dumas the Younger 亚历山大 · 小仲马

Alfred Tennyson 阿尔弗雷德 · 丁尼生

Algar 阿尔格

Ali 阿里

Alice 阿丽思（赵元任译本）

Alice 艾丽斯

Alicia 艾丽西亚

Alps 阿尔卑斯山

Ann 安

Ama Boko 天野博科

Amazon 亚马孙河

Amygdala 艾米达拉

Anak 亚纳

Anantarivo 阿那塔利沃

Anitchkin Bridge 阿尼奇金桥

Anna Fedotovna 安娜 · 费多托芙娜

Antonio 安东尼奥

Apollo 阿波罗

Arabia 阿拉伯

Ariosto 阿里奥斯托

Ascot 阿斯科特

Askalon 阿斯卡隆

Atkins 阿特金斯

Australia 澳大利亚

Avranches 阿弗朗什

Baghdad 巴格达

Bailey 贝利

Baldwyn 鲍德温

Balkh 巴尔赫

Ballyhack 巴里哈克

Baltimore 巴尔的摩

Bannadonna 巴拿多纳

Baring 巴林

Bashkirs 巴什基尔

Bassora 巴索拉

Bellows 贝洛斯

Belshazzar 伯沙撒

Berger 伯杰

Berlin 柏林

Beritania Street 贝利塔尼亚

Bertie van Tahn 伯蒂 · 范 · 泰

Billy 比利

Blatherskite Tecumseh 布雷特斯开特 · 特库姆塞

Blathersville 布雷特维尔

Blumberger 布卢姆伯格尔

Boshen 波尚

Bougival 布吉瓦尔

Bow 鲍

Boyce 博伊斯

Brahmaputra 布拉马普特拉

Bransby 布兰斯比

Brazil 巴西

Bridget 布里奇

Bruges 布鲁吉斯

Buzzardville 巴扎德维尔

Cadiz 加的斯

Cairo 开罗

Camden Town 卡姆登镇

Canada 加拿大

Captain Cook 库克船长

Casanova 卡萨诺伐

Casterbridge 卡斯特布里奇

Catherine Sinclair 凯瑟琳 · 辛克莱

Caucasus 高加索

Cecilia 则济利亚

Celeste 塞莱斯特

Cenred 森雷德

Ceylon 锡兰

Chamberlayne 张伯伦

Chankly Bore 钱克利博尔

Chaplitzky 恰普利茨基

Charing Cross 查令十字街

Charles 查尔斯

Charley Jake 查利 · 杰克

Chekalinsky 切卡林斯基

Chekhov 契诃夫

Cherub 切鲁伯

China 中国

Chua 楚阿

Chuchundra 楚川德拉

Cicely 西塞莉

Clement 克莱门特

Cleopatra 克娄巴特拉

Clovis Sangrail 克洛维斯 · 桑格瑞尔

Columbkill 哥伦基尔

Connecticut 康涅狄格

Cornelius Agrippa 科尼利厄斯 · 阿格里帕

Conrad 康拉德

Coromandel 科罗曼德尔

Crabtree 克雷布特里

Crecy 克雷西

Cupid 丘比特

Cutch Behar 卡奇贝哈

Damietta 杜姆亚特

Dante 但丁

Darya Petrovna 达利娅 · 彼得罗芙娜

Darzee 达齐

David 戴维

Deborah 黛博拉

Del Fonca 德尔 · 芳卡

Delhi 德里

Devon 德文

Dickinson 狄金森

Dickon 迪康

Di Broglio 德 · 布罗格利奥

Dinas Vawr 迪那斯瓦尔

Don Pedro Henriques 堂佩德罗 · 亨利盖

Donne 多恩

Dorking 杜金

Dua 杜阿

Dumferling 邓弗林

Dunbar 邓巴

Durandeau 迪朗多

Dyfed 德韦达

Echo 厄科

Ednyfed 埃德尼韦达

Egypt 埃及

Elah-Gabalus 埃拉 - 伽巴路斯

Eldorado 黄金国

Elijah New 伊莱贾 · 纽

Emmy Chang 张埃米

England 英格兰

Ercol 爱尔柯尔

Essouan 阿斯旺

Eton 伊顿

Euphrates 幼发拉底河

Europe 欧洲

Eve 夏娃

Fabio 法比奥

Fars 法尔斯

Feathertop 羽毛头

Félix Leblanc 费利克斯 · 勒布朗

Fennel 芬内尔

Ferguson 弗格森

Ferrara 费拉拉

Filipp Ivanovitch Potantchikov 菲立普 · 伊凡诺维 · 波坦奇科夫

Fiorimonde 菲奥丽蒙德

Florestan 弗洛伦斯坦

France 法国

Frank 弗兰克

Galatea 伽拉忒亚

Gaza 加沙

George Ⅲ 乔治三世

George Visger 乔治 · 维斯格尔

George Bernard Shaw 萧伯纳

Georgian 乔治王朝的

German 德国的

Gervaise 热尔韦

Gillespie 吉莱斯皮

Gillian Blake 吉列恩 · 布莱克

Giles 吉尔斯

Glen Hartley 格伦 · 哈特利

Glendinning 格伦丁宁

Gluck 格卢克

Gookin 古金

Grace Dunbar 格蕾丝 · 邓巴

Graham 格雷厄姆

Grand Monarque 伟大的君主

Grande Vigne 葡萄园大酒店

Gray's Inn 格雷假日酒店

Gromboolian 格鲁姆博陵

Gryphon 骨敕凤

Gurtle 古特尔

Hall 霍尔

Haman 哈曼

Hampshire 汉普郡

Hampstead 亨普斯特德

Harlow 哈洛

Harriet 哈里特

Harry 哈里

Harwich 哈威克

Havana 哈瓦那

Hecate 赫卡忒

Haldane 霍尔丹

Hamakua 哈玛库亚

Handel Jones 汉德尔 · 琼斯

Hans 汉斯

Haroun er Reshid 哈农 · 拉希德

Hawaii 夏威夷

Hebrides 赫布里底群岛

Helen 海伦

Henry James 亨利 · 詹姆斯

Hermann 赫尔曼

Herod 希律王

Herodes Atticus 赫洛德斯 · 阿提库思

Herrmann Herestauss 赫尔曼 · 赫雷斯陶斯

Higginsville 希金斯维尔

Higher Crowstairs 飞鸦楼

Highgate 海格特

Hildebrandt 希尔德布兰特

Hilo 希洛

Himalayas 喜马拉雅山

H. M. S. 英国皇家海军舰艇

Honaunau 霍那吾那吾

Honolulu 火奴鲁鲁

Hookena 胡基那

Horla 奥哈拉

Hozrev-Mirza 霍兹列夫 - 米尔扎

Humpty Dumpty 昏弟敦弟

Icneumon-rat 伊克纽蒙鼠

India 印度

Irem 伊勒姆

Isadora Persano 伊萨多拉 · 佩尔萨诺

Ispahan 伊斯帕罕

Italy 意大利

Ivan Ilyich 伊凡 · 伊里奇

Ivan Yakovlevitch 伊凡 · 雅可夫列维奇

Jaafer 贾阿弗

Jack Potter 杰克 · 波特

Jack Robinson 杰克 · 罗宾逊

Jael 雅亿

James Phillimore 詹姆斯 · 菲里莫尔

Japan 日本

Jean 让

Jeoffry 杰弗里

Jermyn 杰明

Jim 吉姆

JinglyJones 金格丽 · 琼斯

Job 约伯

John 约翰

John Hollander 约翰 · 霍兰德

John H. Watson 约翰 · H. 华生

John Pitcher 约翰 · 皮彻

John W. Blossom 约翰 · W. 布洛塞姆

Johnson 约翰逊

Jones 琼斯

Joyce Cummings 乔伊斯 · 康明斯

Jumblies 贾布里人

Kahiki 卡希基

Kailua 凯卢阿

Kalaupapa 卡劳帕帕

Kamchatka 堪察加

Karait 卡莱特

Kate Cambor 凯特 · 坎博尔

Kau 卡乌

Keave 基维

Khorassan 霍拉桑

Kiano 其阿诺

Kyoto 京都

Kisra Anoushirwan 基斯拉 · 阿诺什万

Kokua 科库娃

Khama 坎马

Kimberley 金伯利

King John 约翰王

Kirconnell 柯康内尔

Kona 科纳

Kovalyov 柯瓦廖夫

La Bouille 拉布耶

Laius 拉伊俄斯

Lancet 兰斯特

Larger Equinox 大春分点

Laura 劳拉

Lebrun 勒布朗

Le Havre 勒阿弗尔

Leofric 利奥弗里克

Leonardo da Vinci 列奥纳多 · 达 · 芬奇

Leroy 勒鲁瓦

Levant 黎凡特

Limoges 利摩日

Limpopo River 林波波河

Lincolnshire 林肯郡

Lizanka 丽桑卡

Lizaveta Ivanovna 丽莎韦塔・伊万诺芙娜

Lizzie 利齐

London 伦敦

Loona Bimberton 卢娜・布姆伯顿

Lopaka 罗帕卡

Lorenzo 罗连茨

Louisbourg 路易斯堡

Louis le Grand 伟大路易

Louis XII 路易十二

Louise 路易斯

Lucrezia Borgia 卢蕾齐娅・博贾

Luini 罗依尼

Luke Havergal 卢克・哈弗格尔

Lynn Chu 朱林恩

Major Graham 梅杰・格雷厄姆

Manaos 玛瑙斯

Marg'ret 玛格丽特

Maria Pinto 玛利亚・平托

Mariana 玛丽安娜

Marlow Bates 马洛・贝茨

Martha Meacham 玛莎・米查姆

Martin 马丁

Mary 玛丽

Marybel 玛丽贝尔

Maui 茂伊岛

Mazandaran 马赞达兰岛

Medina 麦地那

Memphis 孟菲斯

Mephistopheles 靡菲斯特

Mesmer 麦斯麦

Mesmer 梅斯梅尔

Mexico 墨西哥

Minsk 明斯克

Mock Turtle 素甲鱼

Molokai 莫洛凯岛

Montgolfier 蒙戈尔菲

Mont Saint-Michel 圣米歇尔山

Moscow 莫斯科

Moses 摩西

Motuiti 莫图伊蒂

Mount Vesuvius 维苏威火山

Muzzio 穆齐奥

Myrtle 默特尔

Nag 拿格

Nagaina 拿盖伊娜

Nahinu 纳西努

Nancy 南锡

Naples 那不勒斯

Napoleon 拿破仑

Narcissus 那耳客索斯

Narumov 纳鲁莫夫

Nebuchadnezzar 尼布甲尼撒

Neil Gibson 尼尔 · 吉布森

Neptune 尼普顿

Neva 涅瓦河

Nevsky Prospect 涅瓦大街

New England 新英格兰

New York 纽约

Nicholson 尼古尔逊

Nixon 尼克松

Noah 诺亚

Norrington 诺林顿

North pole 北极

Oahu 瓦胡岛

Obukhov 奥布霍夫

Oliver Giles 奥利弗 · 吉勒斯

Omsk 鄂木斯克

Orleans 奥尔良

Orotavo 奥罗塔沃

Orpheus 奥菲士

Orsino 奥尔西诺

Ovid 奥维德

Oxford 牛津

Packletide 帕克泰德

Pahom 帕霍姆

Palladio 帕拉迪奥

Papeete 帕皮提

Parent 巴朗

Paris 巴黎

Patrick Spence 帕特里克 · 斯彭斯

Paul 保罗

Pauline 波林

Pavel Alexandrovich 巴威尔 · 亚历山德罗维奇

Pelageya Grigoryevna Podtatchin 帕拉盖娅 · 格里戈利耶芙娜 · 波德托钦娜

Pele 贝利山

Persia 波斯

Peru 秘鲁

Peter 彼得

Peter Grey 彼得 · 格雷

Petersburg 彼得堡

Pharamond 法拉蒙德

Pierrot 皮埃罗

Platon Kovalyov 普拉东 · 柯瓦廖夫

Platon Kuzmitch 普拉东 · 库兹米奇

Pola-Pola 波拉波拉

Politseysky 波利塞斯基

Polly Gookin 波莉 · 古金

Praskovya Osipovna 普拉斯科芙娅 · 奥西波芙娜

Presley 普雷斯利

Prester John 祭司王约翰

Preston 普雷斯顿

Price 普赖斯

Priory 普里奥里

Prometheus 普罗米修斯

Proserpine(亦作 Proserpina) 普罗塞耳皮娜

Pygmalion 皮格马利翁

Raoul 拉乌尔

Red Hill Tunnel 红山隧道

Richelieu 黎塞留

Riga 里加

Rigby 里格比

Rikki-tikki-tavi 里克－提克－塔维

Rio de Janeiro 里约热内卢

Rio Grande 格兰德河

Rome 罗马

Rosses 罗斯

Rothschild 罗斯柴尔德家族

Roumare 鲁马雷

Rouen 鲁昂

Sable 萨布莱

Sadovoy Street 萨多沃伊大街

Saint Pancras 圣潘克拉斯

Salisbury 索尔兹伯里

Samara 萨马拉

San Antonio 圣安东尼奥

San Francisco 旧金山

San Paulo 圣保罗

Sara 萨拉

Sara Clayburn 萨拉·克雷本

Saratov 萨拉托夫

Satyr 萨堤尔

Schwartz 施瓦茨

Scotland Land 苏格兰高地

Scratchy Wilson 刺头威尔逊

Seine 塞纳河

Segowlee 色高丽

Selgrove 塞尔格罗夫

Senlac 森拉克

Sergeant Coventry 科文特里警官

Severn Sea 塞文海

Shadrach 沙得拉

Shaker 谢克

Sheba Queen 示巴女王

Sheddad ben Aad 谢德 · 本 · 阿德

Shejreh umm Ghailan 塞加拉 · 乌姆盖兰

Shenandoah 谢娜多娅

Sherlock Holms 夏洛克 · 福尔摩斯

Shiloh 示罗

Shiraz 设拉子

Shoreditch 肖迪奇

Shottsford 肖茨福德

Sidney Davidson 西德尼 · 戴维森

Sigbert 西格伯特

Simon 西蒙

Simons 西蒙斯

Sisera 西西拉

Skye 斯凯岛

Slieveleague 斯利夫利格

Sloane 斯隆

Smith 史密斯

Smolensk 斯摩棱斯克

Socotra 索科特拉岛

Solomon 所罗门

Sonaput 索纳普

Soudan 苏丹

South Kensington 南肯辛顿

Spain 西班牙

Spanish Main 西班牙内陆

St. Germain 圣・日耳曼

St.Isaac's Bridge 圣艾萨克大桥

St. Mark 圣马可

St. Petersburg 圣彼得堡

Stepney 斯提里亚

Stiria 斯提利亚

Surin 苏林

Sussex 苏塞克斯

Swedenborg 斯韦登伯格

Switzerland 瑞士

Tahiti 塔希提岛

Talus 塔卢斯

Tara Mohr 塔兰・莫尔

Tassel 穗子

Tavritchesky Park 塔夫利公园

Tchehtatrev 契赫塔列娃

Teddy 特迪

Tennessee 田纳西州

Texas 得克萨斯

The Channel 英吉利海峡

Theban 底比斯

Thompson 汤普森

Thor Bridge 索尔桥

Thor Mere 索尔湖

Thor Place 索尔庄园

Tigris 底格里斯河

Timon 泰门

Timothy Summers 蒂莫西·萨默斯

Titan 泰坦

Tobolsk 托博尔斯克

Tom 汤姆

Tomsk 托木斯克

Tomsky 托姆斯基

Torrible 托里博尔

Tudor 都铎

Tyb 蒂贝

Umatilla 尤玛提拉

Una 尤娜

Valeria 华列莉娅

Van Bure 范·布伦

Van Werter 范·维特

Venetian 威尼斯的

Versailles 凡尔赛宫

Victoria 维多利亚

Vienna 维也纳

Volga 伏尔加河

Voltaire 伏尔泰

Voskresensky Bridge 沃兹涅仙大桥

Voznesensky Prospect 沃兹涅仙大街

Wade 韦德

Wadi Numan 瓦迪努曼

Waikiki 怀基基

Wakefield 韦克菲尔德

Walter Scott 沃尔特·司各特

Waterloo 滑铁卢

Whitechapel 怀特查佩尔

Whitegates 白门

Widgery 威杰里

William 威廉

William Jones 威廉·琼斯

William Wilso 威廉·威尔逊

Winchester 温彻斯特

Winston 温斯顿

Yaryzhkin 雅雷金

Yeletzkaya 叶列茨卡雅

Yolande 约兰德

Yonghy-Bonghy-Bo 杨基邦基博

Zemmery fidd 泽梅里菲德

Zorich 左利奇

Stories and Poems for
Extremely Intelligent Children
of All Ages

给聪明孩子的故事与诗

秋

Harold Bloom

AUTUMN

[美]
哈罗德 · 布鲁姆 选编

黄 橙 戎佩珏 熊亚芳 译
戎林海 审校

GUANGXI NORMAL UNIVERSITY PRESS
广西师范大学出版社
·桂林·

GEI CONGMING HAIZI DE GUSHI YU SHI
给聪明孩子的故事与诗

STORIES AND POEMS FOR EXTREMELY
INTELLIGENT CHILDREN OF ALL AGES
by
HAROLD BLOOM

著作权合同登记号桂图登字：20-2018-157 号

图书在版编目（CIP）数据

给聪明孩子的故事与诗：全 4 册 /（美）哈罗德・布鲁姆选编；黄橙，戎佩珏，熊亚芳译；戎林海审校. —桂林：广西师范大学出版社，2021.5（2021.11 重印）

书名原文: Stories and Poems for Extremely Intelligent Children of All Ages

ISBN 978-7-5598-2681-7

Ⅰ. ①给… Ⅱ. ①哈… ②黄… ③戎… ④熊… ⑤戎… Ⅲ. ①儿童文学－作品综合集－世界 Ⅳ. ①I18

中国版本图书馆 CIP 数据核字（2020）第 043587 号

广西师范大学出版社出版发行
（广西桂林市五里店路 9 号 邮政编码：541004
网址：http://www.bbtpress.com）
出版人：黄轩庄
全国新华书店经销
广西民族印刷包装集团有限公司印刷
（南宁市高新区高新三路 1 号 邮政编码：530007）
开本：880 mm × 1 240 mm 1/32
印张：38.75 字数：550 千字
2021 年 5 月第 1 版 2021 年 11 月第 2 次印刷
定价：198.00 元（全 4 册）

第三编 秋

牡鹿看水 | 伊索 // 001

素甲鱼的苦衷 | 路易斯·加乐尔 // 003

漂浮的老人 | 爱德华·利尔 // 015

野树林 | 佚名 // 016

索尔桥谜案 | 阿瑟·柯南·道尔 // 018

韦克菲尔德 | 纳撒尼尔·霍桑 // 061

春天情人与秋天情人 | 拉夫卡迪奥·赫恩 // 075

精灵市场 | 克里斯蒂娜·罗塞蒂 // 081

三个陌生人 | 托马斯·哈代 // 113

一个人需要多少土地 | 列夫·托尔斯泰 // 152

波斯人阿里关于库尔德骗子的故事 | 《天方夜谭》 // 178

离别 | 阿尔杰农·查尔斯·斯温伯恩 // 185

不安静的坟墓 | 佚名 // 188

秋天 | 约翰·克莱尔 // 191

这是王国的钥匙 | 佚名 // 193
鼻子发光的人 | 爱德华·利尔 // 195
不要再哭泣，悲伤的泉水 | 佚名 // 202
你能走得快些吗？ | 路易斯·加乐尔 // 204
两只罐子 | 伊索 // 206
羽毛头：一个有寓意的传说 | 纳撒尼尔·霍桑 // 207
退场赞美诗 | 萨基 // 241
我爱上了一个姑娘 | 乔治·威瑟 // 251
霞光洒在城堡墙上 | 阿尔弗雷德·丁尼生 // 255
所以我们不再流浪 | 乔治·戈登·拜伦 // 257
鹰的调情 | 沃尔特·惠特曼 // 259
十一月 | 罗伯特·布里奇斯 // 261
饮酒歌 | 约翰·斯蒂尔 // 265
有爱就会找到路 | 佚名 // 268
我的猫杰弗里 | 克里斯托弗·斯马特 // 272
白岛 | 罗伯特·赫里克 // 278
死神与丘比特 | 伊索 // 280
有谁见过风儿？ | 克里斯蒂娜·罗塞蒂 // 282

牡鹿看水

［希］伊索

一只牡鹿一直在明净的泉水边喝水，他看到水中有他自己。看到这个景象他很高兴。他站在那里想了一会儿，从头到脚端详着自己的身材和容貌。啊！他说，那两只岔开的角多么壮观啊！这双鹿角长在我的前额上多么优美呀！它们使我整个脸变得多好看呀！假如我身上其他部位与这两只角的比例协调，其他所有动物我都不屑一顾。不过，我这些腿，我一看见，就羞愧难当。人们可以想怎么说就怎么说，他们会说，在好多情况下，我们鹿就是为他们的需要而生的。但在我看来，这几条腿又细又难看，要是没有这些腿，我倒是真乐意。就在趾高气扬的时候，他突然一惊，听到了几个猎人和一群猎狗的叫闹声，这些狗不是刚才凭嗅觉追捕自己的吗，他们正向他靠近。在惊恐中，他飞也似的逃走了，四条腿在平原上机敏地跳跃着向前，把猎狗和猎人甩在老远老远的后面。之后，他来到一片茂密的矮林，倒霉极了，他的鹿角被一簇灌木丛缠住了，缠得很紧，后来它被猎狗拖了出来。意识到目前的境况，在死亡的阵阵剧痛中，他说了这样的话：我是多么的不幸！令我自豪的东西却成了毁灭我的起因，而我厌恶的东西却能真正救我一命。可是，我知道得太晚了。

（汉译：戎佩珏）

素甲鱼的苦衷[①]

［英］路易斯·加乐尔

那公爵夫人道："你再也想不到我看见你多高兴呀，你这可爱的老朋友！"她说着就把她的膀子塞在阿丽思的手里头，搀着她一阵走。

阿丽思看见她现在这么和气，倒也喜欢，她自己想她在那厨房里看见公爵夫人那么野蛮，兴许是被些胡椒面儿刺激出来的。

她对自己说道："要是我做了公爵夫人（说着又有点不愿意的腔调），我的厨房里一点儿胡椒都不要。汤里没有胡椒也很好喝——也许人家性急都是因为吃胡椒的缘故。"她说着觉得发明了一个新理，很高兴，她就接下去道："心酸大概是喝了酸梅汤的缘故，命苦大概

① 根据现代汉语习惯，本文中部分表述在赵元任先生译本的基础上有所调整。——校者注

是吃了黄连的缘故，还有——还有小孩儿的脾气甜甜的，大概是吃了大麦糖那些东西的缘故。我盼望他们那些大人都懂这个理，那么他们就不会那么舍不得给人家糖吃嘞，你想呢——”

她想着把那公爵夫人都忘记了，听见她在旁边说话，倒吓了一跳。她道：“亲爱的，你在那儿想心事，所以连说话都忘嘞，我记不得这个里头可以说，‘于此可见’有一句什么教训的话，等一会儿我总会想起来。”

阿丽思道：“也许这里头没有含什么教训的话呢？”

那公爵夫人道：“小孩子瞎说！你只要会找，无论什么里头都含着一句‘于此可见’的教训话。”她说着就挤着阿丽思更近一点。

阿丽思不大喜欢她挨着她那么近：第一层，因为那公爵夫人长得非常难看；第二层，因为她的高矮恰恰好把她的下巴搁到阿丽思肩膀上，弄到她骨头里都疼得难受。但是她不愿意对她不恭敬，所以勉强忍住，她应酬着说道：“现在这槌球玩得稍微顺手一点嘞。”

那公爵夫人答道：“是啊。于此可见——‘世界上的事情之所以行得开，是爱情的功用啊，是爱情的功用呀！’”

阿丽思低声道："有人说过世界上的事情能行得开，是因为人人都留意自己做着什么的功用。"

那公爵夫人道："啊，是啊！就是那样的意思。"她把那个尖下巴在阿丽思的嫩肩膀上钻了一下说道："于此可见——说话总要'不以字达辞，不以辞达意'。"

阿丽思自己想道："这个人真爱引用'于比可见''于此可见'。"

那公爵夫人停了一下又说道："我猜你一定在那儿想我为什么拿胳膊抱着你的腰。我是因为有点疑惑你那个红鹭鹚的脾气。让我来试验一下，好吧？"

阿丽思一点不在乎做这个试验。她小心地答道，"他会咬疼你的。"

那公爵夫人道："这很不错，红鹭鹚和芥末一样，都会咬得人麻辣辣的。于此可见——'近猪者黑，近麦者白'。"

阿丽思道："可是芥末不是个动物，怎么同鹭鹚比呢？"

那公爵夫人道："又对啦，你说话真说得好明白！"

阿丽思道："我想它是一种矿物。"

那公爵夫人似乎任阿丽思说什么，她也总以为然，她道："自然是个矿物。这儿近处有一个芥末矿，于此可见——'所旷愈多，所学愈少'。"

阿丽思没有听见末了一句话，她嚷道："噢，我知道啦！芥末是一个植物，它样儿是不像，但是它实在是植物。"

那公爵夫人道："你的意见不错，于此可见——画兔画须难画耳，知人知面不知心'，或者简单些说就是——'再不要以为你自己不是对于别人所见的以为你从前的情形或是你不然也许会有过的情形相差的不是对于你所做过的对于他们似乎不同的样子'。"

阿丽思很客气地说："我想你要是把它写下来，或者我会懂一点儿；像你那样说，我一点儿也听不懂。"

那公爵夫人得意地答道："这算得什么，我要高兴起来，还能说得更——"

阿丽思急忙答道："请不用费心说得比这个再长啦。"

那公爵夫人道："啊！不必提什么'费心！'我一向说的话都可白送给你。"

阿丽思想道："这样送礼倒便宜！幸亏他们送生日礼不都是这样送法的。"但是她没有敢把这句说响出来。

那公爵夫人问道："又在那儿想什么啦？"说着又拿她的尖下巴在阿丽思的肩膀子上钻了一下。

阿丽思有点不耐烦起来了，她就回嘴道："我有我思想的自由。"

那公爵夫人道："犹之乎猪有飞的自由一样，于此可——"

说到这里，阿丽思不懂为什么那公爵夫人的声音在句子的半当中就消失了，她膀子底下挽住的那个膀子也抖了起来了。阿丽思抬头一看，站在她们前头就是那位皇后，正招着手皱着眉头，像雷雨风暴的样子似的。

那公爵夫人低声弱气地开口道："今天天气很好，陛下！"

那皇后跺着脚嚷道："你听着，我预先通知你。现在不是你去，就是你的头得去，而且立时立刻就给我实行！你两样拣一样吧！"

那公爵夫人拣了第一样，登时就去了。

那皇后对阿丽思道："咱们接下去玩球吧。"阿丽思吓得一个字也说不出来，就慢慢地跟着她回到那球场里去。

其余的客人就利用皇后到别处去的时候到树荫底下

歇歇，但是他们一看见她来，就连忙跑回球场里去，那皇后只告诉他们再迟片刻性命就难保。

她们玩球的时候，那皇后总是不住嘴地同他们吵，不是嚷“砍掉他的头！”就是嚷“砍掉她的头！”定了死罪的人就交给兵拘禁起来，这兵就得走开，不能再做球门，所以过了差不多半点钟，一个球门也没剩下来了，那些玩球的人说是除了那皇帝、皇后，和阿丽思以外其余的都定了死罪拘禁起来了。

那皇后也就停下了球，气喘喘地对阿丽思道：“你看见素甲鱼没有？”

阿丽思道：“没有，我连知道都不知道素甲鱼是件什么东西。”

那皇后道：“那就是用来做素甲鱼汤的鱼。”

阿丽思道：“我从没看见过也没听见过这么样东西。”

那皇后道：“那么就跟我来，叫他来告诉你他的故事。”

她们一同走去的时候，阿丽思听见背后那皇帝对大家低声地说道：“你们都赦嘞！”阿丽思想道：“好，这倒是个好事情！”因为她看见那么些人被那皇后定了死罪，心上很不好受。

她们俩一会儿就走到一个骨敕凤[1]的跟前，它在阳光里熟睡着。那皇后道："起来，你这懒东西，领这位姑娘去看素甲鱼，听他的故事，我得要回去监督他们杀人去。"说着她就走了去，留着阿丽思一个人同那骨敕凤在那里。阿丽思不大喜欢那个畜生的样子，但是比较起来，去追那野蛮的皇后，还不如就同那东西在一块儿。所以她就等着。

那骨敕凤坐了起来，把眼睛搓了一搓；对着那皇后瞧，一直到她走到看不见，它就自己咯咯地笑起来。它一半对自己一半对阿丽思道："这才好玩呢！"

阿丽思道："什么东西好玩儿？"

那骨敕凤道："哼，她——她自己在那儿做梦，那些事情：你知道，他们从来没有杀过人。咱们来吧！"

阿丽思跟着它走，一头想道："这儿大家都喜欢说'来吧！'我一辈子从来没有过像这样地被人家差来差去的，从来没有过！"

① 意译为"鹰头狮身怪"，赵元任先生音译为"骨敕凤"。鹰头狮身怪在本书中说话语无伦次、蛮横无端，不讲语法规则。所以，本文似意在讽刺。——校者注

他们走了不多路就看远处那个素甲鱼，很悲伤、很孤凄地坐在一个小石崖上；他们走近了一点，阿丽思都听得见他叹气，叹到肠子都要断似的，她很可怜他。她问那骨敕凤道：“他为了什么事情那么苦啊？”那骨敕凤就像它刚才说的一样答道：“他自己在那儿做梦，那些忧愁——你知道，他从来没有过真忧愁的。咱们来吧！”

所以他们走到那素甲鱼跟前。那素甲鱼睁着泪汪汪的眼睛瞧他们，也不说话。

那骨敕凤道：“这儿小姐，她要知道你的历史，她很想要！”

那素甲鱼粗着嗓子像闷着气，说：“我来告诉她，坐下来，你们俩都坐，不等到我说完了别作声。”

她就坐下来，等了好几分钟也没有人说话。阿丽思想：“他这样总不起头说，我倒不懂几时才会说得完呢？”但是她还耐心地等着。

到了后来，那素甲鱼长叹道：“唉，想当初，我还是一个真的甲鱼呀！”

这两句说完了又是半天不响，只听见有时候那骨敕凤“嗝嗝”地打冷嗝，和那素甲鱼不停地哭泣。阿丽思几乎要站起来说："先生，多谢您讲您的有趣的故事。"但是她觉得一定不会一点别的都没有的，所以她还是静坐着。

又等了一大会儿，那素甲鱼稍微镇定一点，但有时候也还唏唏嘘嘘地哭。他接着道："我们小的时候到海里去进学堂。我们的先生是一个老甲鱼——我们总叫他老忘。"

阿丽思问道："他是个什么王，你们会叫他老王呢？"

那素甲鱼怒道："我们管这老甲鱼叫老忘，因为他老忘记了教我们的功课。你怎么这么笨？"

那骨敕凤也顺着说道："你问这么傻的话，羞也不怕的？"说着就和那素甲鱼静坐着瞅着阿丽思，使得她恨不得钻到地底下去。到后来那骨敕凤对那素甲鱼道："说下去啊，伙计！别整天整夜地想啊！"他就接着说：

"是啊，我们到海里去进学堂，虽然你也许不信有这事，但是——"

阿丽思插嘴道："我又没说我不信你！"

那素甲鱼道："你说的。"

阿丽思还没来得及回答，那骨敕凤就对她道："你别多嘴啦！”那素甲鱼接着说下去：

“我们受的是最好的教育——真的，我们天天都有课的——”

阿丽思道：“我也曾经天天上过学堂，你也用不着那样稀奇。”

那素甲鱼急问道：“有另加的选科吗？”

阿丽思答道：“有，我们学法文和音乐。”

那素甲鱼道：“还有学洗衣吗？”

阿丽思生气道：“自然没有！”

那素甲鱼得意道：“啊！那么你那个并不是一个好学堂。在我们的学堂里，在账单的末了儿总写着‘法文，音乐，还有洗衣——另外收费’。”

阿丽思道：“你们都住在海底里大概不大用得着洗衣裳吧？”

那素甲鱼道：“唉，我实在是学不起。我就只有力量学了普通科。”

阿丽思道：“那里头有什么呢？”

那素甲鱼答道：“‘练浮’和‘泻滞’；此外就是各门的算术——‘夹术’、‘钳术’、‘沉术’和‘丑术’。”

阿丽思就造次地问道："我从没听见过'丑术'。那是什么呢？"

那骨敕凤举起两只爪子惊奇道："从来没听见过'丑术'！你大概知道'美术'是什么，我想？"阿丽思犹豫地道："我知道，就是使得东西——变成——好看的法子。"那骨敕凤接着道："好，那么，你要是不懂'丑术'是什么，你一定是傻子。"

阿丽思觉得那骨敕凤不喜欢她再追问，所以她就回头问那素甲鱼道："你们还得要学什么呢？"

那素甲鱼屈爪数着道："还有就是'里湿'、'上骨里湿'、'中骨里湿'和'边骨里湿'，这是同'底里'一块儿学的；还有就是'涂化'，那个涂化先生是一个墨鱼，每礼拜来一回；他教我们'尖鼻化'、'水菜化'和'油化'。"

阿丽思道："这是什么呢？"

那素甲鱼道："唉，可惜我不能做给你看。我的唇边里的油不够。这个骨敕凤也从没有学会。"

那骨敕凤道："是因为没有工夫，我请的倒是个有点古风的先生。他是一个老螃蟹，他真是个螃蟹。"

那素甲鱼道："唉，我从不去找他教的，人家总说他教的是腊钉和稀腊。”

那骨敕凤道：“唉，是啊，是啊！”他说着就和那素甲鱼同时把爪子捧着脸。

阿丽思连忙想别的话来打岔：“那么你们一天上多少课呢？”

那素甲鱼道：“是啊！是有多少。头一天十个钟头，第二天九个钟头，第三天八个钟头，是这样下去的。”

阿丽思道：“这倒是好古怪的法子！”

那骨敕凤说道：“所以人家才说功课有‘多少’啊。因为是先多后少的。”

这倒是阿丽思从没想到的新意思。她想了一会儿再说道：“那么第十一天一定放假嘞？”

那素甲鱼道：“自然是的咯。”

阿丽思就追着问道：“那么你们到了第十二天怎么办法呢？”

那骨敕凤很决意地道：“我想现在说功课说够嘞，对她讲点游戏吧？”

（汉译：赵元任，校对：戎佩珏）

漂浮的老人

［英］爱德华·利尔

船里有个老人，

他说："我在漂流！我在漂流！"

而其他人都说："不！你不是在漂流！"

于是他慢慢地消失了，

那个不幸的船里的老人。

（汉译：戎佩珏）

野树林

佚名

我一定要去野树林走走，
在那儿到处逛逛，
尽管心中充满了担心与恐惧；
因为这充满信任的地方却欺骗了我，
都是为了那一个人。

就这样我被赶出了极乐世界
由于那阴谋诡计和装腔作势，
一切都天衣无缝，也不冒犯你，
爱能回来，无法确定，
这是因为爱上了那一个人。

绿林里的树木是我的睡床，

权当枕头的是那团凤尾蕨，
犹如一个逃离欢乐的人儿，
就这样日复一日我远离尘世，
都是为了那一个人。

流淌的溪水将是我的饮料，
橡实将是我的食料，
一切都那么食而无味，
除了想起我的美人，
这是因为爱上了那一个人。

（汉译：戎佩珏）

索尔桥谜案

［英］阿瑟·柯南·道尔

我在查令十字街考克斯公司银行里的某个保险库内，存放了一只锡制公文箱，它曾经跟着我东奔西跑，现在已经有些破烂不堪了，箱盖上用油漆印着我的名字：约翰·H. 华生，医学博士，曾服役于印度陆军部队。箱子里塞有很多文件，几乎都是夏洛克·福尔摩斯先生在不同时期调查过的各类错综复杂的案情记录。有些案件完全查不到线索，后面也没有定论，一点儿也不好玩，所以不值一提。没有结论的案件可能会激发学生研究的兴趣，但却很难吸引我们普通读者。这些没有结论的案件中就包括詹姆斯·菲里莫尔案，他不过是走回家取把伞，然后便从这世界上永远消失了。还有一桩奇案，就是独桅帆船“艾丽西亚号”，一个春日清晨，船驶进一片薄雾后就再也没有现身，而船和船员也都杳无音信。值得一提的第三个案件是伊萨多拉·佩尔萨诺案，他是一位著名的新闻记者，非常好斗，人们发现他时他完全处于疯狂状态，面前放着一个火柴盒，里面装着一条奇怪的不知名的虫子，现今科学完全没有记载。除了这些悬而未决的案件，还有一些案件涉及很多家庭的隐私问题，要是印刷公布出来，恐怕会引起上层社交圈一片恐慌。我可以保证我不想干那些泄露隐私的事情，因为我朋友现在恰巧有精力来处理这件事情，所以我们对这些案情记录进行分类整理后，销毁了一些。还剩下大量有点儿意思的案卷，我原本打算编辑出版的，可是担心大家读了太多这样的案件，众口铄金，到时会对我所尊敬的夏洛克先生的名誉有所影响，便作罢了。这些案件有的我参与过调查，可以以目击证人的身份讲述；有的我未到现场，参与很少，只能以第三人称角度讲述。下面要讲的这个故事是我亲历调查的。

那是十月的一个清晨，狂风大作，我起床穿衣时，看到狂风卷起后院那棵树上仅剩的几片树叶在空中盘旋，这是点缀后院唯一的一棵法国梧桐树。我下楼去吃早餐，本来想着会看到我的搭档愁眉不展，因为他跟那些伟大的艺术家一样，心情会随着环境变幻莫测。可出人意料的是，他今天完全一反常态，早餐差不多吃完了，心情格外轻松高兴，脸上带着他轻松时刻特有的那种别具深意的开心笑容。

我问了一句："又有新案件了，福尔摩斯先生？"

他答道："华生，看来推理能力是具有传染性的，你已经能利用推理能力来打探我的秘密了。是的，我手头有个案子。这一个月来都无所事事，东搞搞西弄弄，终于车轮又开动，有活儿干了。"

"我能参与吗？"

"没多少事情可参与，不过你先把这两只煮老了的鸡蛋消灭后，我们可以一起探究探究，这可是新来的厨师特地给我们弄的。这两个蛋的情况竟然跟我昨天在客厅餐桌上研究的《家庭导报》有些关系。连煮鸡蛋这么细小的事情也需要全神贯注，一定要注意控制好时间，这时候就不能去看那本精美杂志上刊登的风流韵事了。"

一刻钟后，桌子清理干净，我俩面对面坐在桌边。他从口袋里掏出一封信，说："听说过尼尔·吉布森吗？就是那个金矿大王。”

“您说的是那个美国议员？”

“嗯，他曾担任过西部某州的议员，但更为人知的是他是全世界最大的金矿大鳄。”

“嗯，我听说过这个人。他在英国应该待了一段时间了，经常听人提起他。”

“是的，五年前他在汉普郡买下一大块地产，他妻子惨死的事，你应该也有所耳闻吧？”

“当然还记得。这也是为什么经常有人提及他。不过我不了解详情。”

“我从没想过这案子会找上我，否则我早把相关的报道摘录下来了。”他指了指椅子上那堆报纸，继续说道，“事实上这个谜案，尽管非常轰动，但案情并不特别复杂。验尸官、陪审团和出庭警察陈述时都持这样的观点——被告的性格相当有意思，证据相当确凿。现在案件移交到温彻斯特巡回法庭审理，我担心这是件费力不讨好的事情。华生，我只能找到事情真相，不能改变真相。除非有些完全出人意料的证据浮出水面，否则，我看不到我的委托人有什么新的希望。”

“你的委托人？”

“哎，忘了告诉你，华生，我也染上你爱倒叙故事的毛病了。你得先看看这个。”

他递给我一封信，信的字体粗黑，笔法娴熟，写的是：

尊敬的福尔摩斯先生：

我不能眼睁睁地看着世上最优秀的女人走向死亡，我要竭尽全力帮助她。这一切我没法解释——我也不想向别人解释，但邓巴小姐是清白的，这一点我确信无疑。您知道事情经过——其实谁会不知道呢？这是一件曾经轰动全国的案子，人人都在谈论。可没有人替她说话。这该死的不公，快将我折磨至疯。那位女士天性善良，连个苍蝇都不忍心拍死。我将于明天十一点上门拜访您，不知您是否能从黑暗中找到一丝光明。或许我有线索但却没意识到。不管怎样，只要您能救她，只要能帮助您破案，我会告诉您我所知道的一切，我会倾我所有，甚至我的生命。请竭您所能投入这个案子吧。

您忠诚的

尼尔·吉布森

夏洛克·福尔摩斯先生把早饭后抽完的一斗烟灰敲出来，又不紧不慢地装上另一斗烟丝，说道："这下你明白了吧，我等的就是这位先生。至于事情经过，你没有时间去浏览所有的报纸，你要是对案件的经过有什么高见的话，我就给你介绍一下大概情况。这位先生在世上财力无双，据我了解，他个性暴躁，让人望而生畏。他的妻子，也正是这起惨案的受害者，我对她知之甚少，只知道她是一个半老徐娘，家里聘了一位年轻貌美的家庭教师负责教育两个孩子，一下把她给比了下去。这三人都与案件相关，事发地在一幢古老的大庄园，位于历史悠久的英格兰中心位置。这件惨案，发生在深夜，妻子在离房子差不多半英里的地方被发现，穿着晚餐时的衣服，肩上披着长披巾，被左轮手枪子弹打穿了脑袋。在她身边没找到武器，当地警方对于这起谋杀案没有任何头绪。身边没武器，华生——留意这点。凶杀似乎发生在夜里晚些时候，一位看守在大概十一点时发现了尸体，警察和医生查看后才抬到房子里。我是不是描述得太简洁了，你听明白了吗？”

“相当清楚，不过为什么家庭教师是嫌疑人呢？”

“嗯，首先有一条证据直接指向她。在她衣橱的地板上发现了一把没上膛的左轮手枪，枪膛的口径跟击中受害者的子弹口径完全吻合。”接着他双眼盯着一个地方一字一顿地又说了一遍：“**就在衣橱的地板上**。”然后陷入了沉默，我知道他脑子在飞速转动，这时候我绝不会打扰他，否则就太傻了。忽然他像猛地一下活过来一样，对我说：“哈，华生，找到线索了。真他妈的见鬼，呃？两个陪审团都这么想。女死者身上有张便条，是家庭教师写给她的，约她在那见面，约她在她被发现遇害的地方见面。怎么会那样？终于，找到了犯罪动机。吉布森议员英俊潇洒。要是他妻子去世了，谁最有可能取代她？当然是那位已经获得雇主青睐的年轻女士。爱情、财富和权力，都集中在这个中年男人身上。丑恶，华生——相当丑恶。”

“确实如您所说，福尔摩斯先生。”

“她也没有不在场的证据。相反，她得承认她走近过索尔桥——惨案发生的现场——就在那个时间段。她没法否认这点，因为过路村民在那看到过她。”

“看上去真可以定案了。”

“可是，华生——可是！这座桥——两边带护栏的单孔石桥——连着车道经过这片水域最窄的地方，河流又长又深，边上长满了芦苇。这里叫索尔湖。女死者躺在桥头，这些就是案件基本情况。不过，哦来了，如果我没弄错的话，我们的委托人来了，比约定的时间早了很多。”

比利打开门，但他通报的名字却是一个不速之客。我俩都不认识，马洛·贝茨先生会是谁呢？来者身型瘦削，双眼充满惊恐，哆哆嗦嗦，犹犹豫豫的——以我作为医生的专业眼光来看，他绝对处于精神崩溃的边缘。

“贝茨先生，您看起来很不安。”福尔摩斯先生说道，“请坐下。我跟您谈话时间不能太长，因为我十一点有约。”

“我知道您有约。”来访者气喘吁吁地蹦出一个简短的句子，像一个呼吸困难的人那样说话。“吉布森先生快到了，他是我的老板，我是他家的农庄经理。福尔摩斯先生，他是个恶棍——十足的恶棍。”

“您言重了，贝茨先生。”

“我得强调这一点，福尔摩斯先生，因为时间不多。我绝不能让他知道我来过这里。他马上就到了。我没法早点来是事出有因。我今天早上才从他秘书弗格森先生嘴里知道他跟您有约。”

“您是他家庄园经理？”

“我已经递交辞呈。再过一两个星期我就要摆脱他的奴役了。福尔摩斯先生，他冷酷无情，对身边所有人都很冷酷。那些公共慈善活动都是为了掩饰他私底下的罪恶勾当。他妻子是主要受害者，他对她极度残忍——是的，先生，残忍。我不知道她怎么死的，但是我敢说就是他让她过得生不如死。他妻子在热带长大，有巴西血统，这点您肯定清楚。”

“不，我还真没听说过这一点。”

“生在热带地区，具有热带性格。她是太阳的孩子，充满激情。她爱他，带着热带女人特有的狂热，可是，岁月带走了她美丽的容颜，据说她曾经魅力无敌，慢慢她就失宠了。我们都喜欢她，同情她，憎恨他那样虐待她。可是他巧舌如簧，老奸巨猾。这就是我想跟您说的。千万不要被他的表象蒙蔽，他城府深着呢。我走了，不，不，千万别留我，他马上就要到了。”

慌慌张张地看了一眼钟表，我们这位奇怪的客人可以说是跑向门边，然后就不见了。

过了一会儿，福尔摩斯先生打破沉默说：“好吧，好吧，吉布森先生看来有一位忠诚的好管家。不过这个警告还是有意义的，现在我们就等他本尊现身吧。”

十一点整，楼梯上传来重重的脚步声，这位名噪一时的百万富翁被请进屋来。我打量着他，完全理解刚才那位农庄经理为什么害怕他、厌恶他，他生意场上的对手们为什么对他劈头痛骂了。我要是一位雕塑家，想要雕塑一位成功的商人像——需要具备钢铁般的意志和一副铁石心肠，我肯定会挑选吉布森先生做我的模特儿。他高个子，看上去有点憔悴，但是轮廓分明，身上透出一种饥饿的贪婪之感。他的长相跟亚伯拉罕·林肯的雕像有相似之处，不过林肯从事的是高尚的事业，而他干的是卑劣的营生。他的脸好像是用花岗岩雕成的，凹凸不平，冷峻严肃，带有很深的皱纹和伤疤，想必他的人生经历过不少风浪。竖起的眉毛下一双冰冷的灰色双眼，目光锐利，来回打量着我们在座的每一个人。在我的朋友福尔摩斯介绍我时他微微欠了欠身，敷衍地打了个招呼，然后主人般地拖过一把椅子坐在我朋友的正对面，瘦削的膝盖几乎顶到福尔摩斯先生。

他开口道："福尔摩斯先生，我直说吧。办这个案子花多少钱我都不在乎，只要能帮你找到真相，你把钱烧着用都行。这位女士是清白的，她不该蒙受这不白之冤，请您帮她洗清罪名，这是您的责任，所以，您开个价吧。"

福尔摩斯先生毫无表情地说道："我的业务报酬有固定的价目表，不会随意变动，免费除外。"

"那好，您不在乎钱的话，应该会注重自己的名声吧。要是您成功地破了这个案，英美两国的报纸会将您捧上天，您会声名鹊起，成为两大洲的新闻人物。"

"谢谢了，吉布森先生，我想我并不需要吹捧。您可能会觉得奇怪，因为我更喜欢默默无闻地工作。我只是对这个案子本身感兴趣。不过我们谈这些是在浪费时间，还是讲讲案件经过吧。”

“我想您从新闻报道中能了解案件主要情况，我不知道我这儿有什么对您有用的线索。不过，如果您需要我说明什么情况的话——那么来吧，我现在就能解答。”

“嗯，我只想知道一点。”

“您想知道什么？”

“您和邓巴女士之间到底是什么关系？”

金矿大王猛地一惊，从椅子上欠起了半个身子。很快，他又恢复他那镇定自若的神态，说道：“我想您问的问题应该在您的权利范围之内吧——您只是在履行自己的职责，对吗，福尔摩斯先生？”

“您说得很对，我们完全同意。”

“那好，我可以向您保证，我们一直是雇主和雇员的关系。她是一位年轻的女雇员，我从来没跟她说过话，只是她在陪孩子们时见过几面而已。”

福尔摩斯先生从椅子上站起来，说：“吉布森先生，我很忙，没时间也没兴趣跟您谈些无关紧要的话。再见吧！”

客人也跟着站起身，他高大的身躯居高临下地对着福尔摩斯，竖起的眉毛下两只眼睛满含怒火，灰黄的脸颊上泛起一丝红晕。

“福尔摩斯先生，见鬼，您这是什么意思？您不打算接我这个案子了吗？”

“嗯，吉布森先生，至少我不想跟您打交道了。我认为我应该说得很清楚了。”

“是够清楚的。不过，您言外之意是什么呢？想抬高价钱，还是没胆量接这个案子，或是其他原因？我有权要求您给我一个明确的解释。”

“是，您是有这样的权利。我现在给您一个解释，这个案子要想弄出头绪就够棘手的了，不实的信息只会让它难上加难。”

“您的意思是我没说实话？”

“我已经尽量委婉地表达我的想法了，您如果实在要这么说我没意见。”

我一下跳了起来，因为这位百万富翁面露凶残，还捏紧了拳头，拳头上青筋毕现。福尔摩斯先生不以为然地笑了笑，一边伸手去拿烟斗，一边对他说：“吉布森先生，不要吵架。我认为早餐后再小的口角都会让人心神不宁。我劝您去外面走走，呼吸呼吸早上的新鲜空气，静一静，思考一下，对您会有很大帮助的。”

金矿大王好不容易才控制住他满腔的怒火。说真的，我很佩服他强大的自控力，转眼间，他刚才的怒火完全消失，脸上又恢复到原来的冷峻，一脸蔑视，毫不在乎的样子。他说：“好吧，一切由您决定吧。我想您有自己的办事原则。我不能强迫您接下这个案子，福尔摩斯先生。不过，您今天早上的所作所为对自己也没啥好处，因为即使是跟比您强过百倍的人打交道，我也没失手过，敢跟我作对的人在我这也讨不到什么便宜。”

福尔摩斯先生听后笑道：“很多人对我说过这些话，看，我这不还是好好的吗？再见，吉布森先生。您还需要好好修炼。”

客人踏着重重的步子走了出去，福尔摩斯先生波澜不惊，抽着烟，一句话也不说，出神地盯着天花板。最后他问道：“有何高见，华生？”

“嗯，福尔摩斯先生，坦白说，我认为他是那种人，谁挡住他的路，他就会干掉谁。我记得他妻子曾经挡过他的路，也让他生厌。那位贝茨先生直截了当地告诉过我们，所以在我看来——”

“不错，同意你的观点。”

“可是，他跟家庭教师之间有什么关系，您是怎么看出来的？”

“吓唬一下，华生。只是诈一诈他。他给我写的信里，语气充满激情，不同寻常，一点也不像生意人的口吻。跟他本人形成强烈的反差。他本人很内敛。所以很显然，他对被告有很深的感情，而对死者，却并没有。如果我们要接近真相就先要厘清这三人之间的关系。你看我刚才正面提问时，他多么沉着地应战。然后我假装绝对有把握地吓唬他一下，其实，我也只是高度怀疑而已。”

“他可能还会回来。”

“他肯定会回来，他必须回来，他不会就这么放弃的。哈，是门铃声？是的，听到他脚步声了。啊，吉布森先生，刚才华生说您回来得晚了点。”

金矿大王又走了进来，比出去时平静多了。不过眼里还有怒气，毕竟他骄傲的自尊受到了伤害，而他的常识和理智告诉他要想达到目的就必须做出让步。

“福尔摩斯先生，我一直在想。我刚才误会了您的意思，有点太莽撞了。您有权了解事实真相，不管真相是什么，我应该多站在您的角度考虑。不过我可以向您保证，我和邓巴小姐之间的关系跟这个案子没什么关联。”

“这个结论应该我来下，您说呢？”

“当然。您就像一个外科医生，在做出诊断前必须知悉所有症状。”

“非常正确，您说到点子上了。病人要是隐瞒自己的病情来耍弄医生，他也是别有用心。”

“有可能吧。不过您得承认，福尔摩斯先生，要是被人不留情面地直接问及他与别的女人的关系，大多数男人都有点羞于承认——如果他对那个女人动了真情的话。我想他们在自己内心的某个角落有一块保留隐私的自留地，不愿被人闯入。刚才，您突然闯了进来，当然您有自己正当的目的，因为只有这样才能拯救她。好吧，现在，桩子拔掉了，自留地完全敞开，您可以随意探案了，您想知道什么？”

“事实。”

金矿大王愣了片刻，好像在整理自己的思路。他那布满皱纹阴郁的脸看上去更加严肃，更加悲伤了。

终于，他开口说道：“福尔摩斯先生，几句话我就能跟您交代清楚。有些事情让人心痛，难以启齿，我就拣点与此案相关的告诉您吧。我去巴西淘金时遇上我妻子玛利亚·平托，她是玛瑙斯一位政府官员的女儿，漂亮迷人。那时候我年轻，充满激情，不过即使这么多年过去，以我现在挑剔的眼光冷静地回过头去看，她那时候真是天生尤物，世间少有。她天生热带性格，深沉丰富，热情洋溢，忠贞不贰，偏激执拗，跟我认识的美国女人截然不同。哦，长话短说，我爱上她并娶了她。随着爱恋的激情退去——也曾缠绵过很多年——我终于意识到我们之间没有，绝对没有，共通之处。我的爱恋逐渐消退。如果她也跟我一样，事情就会简单多了。可是你知道女人的感情多么奇妙！不管我干什么，都没法让她离开我。我曾经对她狠心过，就像有人说的，残忍地对待过她，那是因为我想如果这样做能减轻她对我的爱恋，甚至让她恨我，那我俩的事就好处理多了。可是什么都没法改变她，她一如既往地爱我，在这片英格兰土地上的丛林里她对我的爱还像二十年前在亚马孙河岸边一样深沉。不管我干什么，她还是对我死心塌地。

“后来，格蕾丝·邓巴女士出现了。她应聘成为我两个孩子的家庭教师。您可能在报纸上见过她的照片。她也是大家公认的大美人。现在，我不会故作姿态假装比别人高尚，我向您承认每天跟这样一位女士生活在同一个屋檐下，每天接触，不可能不对她产生强烈的好感。您认为这有什么不妥吗，福尔摩斯先生？”

“您有这份感情我没觉得有什么不妥。如果您对她表白了，我会觉得不太妥当，毕竟从某种意义上说您有义务保护这位女士。”

“是，应该是这样。”百万富翁说道。不过，面对谴责，有那么一会儿，他眼里又闪现出原先愤怒的样子。“我并没有假装自己有多好，我这一辈子都是想要什么就伸长手去拿，我想去爱她、占有她，我向她表白过。”

“哦，您真这样做了，对吗？”福尔摩斯先生被感动了，发出一声惊叹，怪吓人的。

“我告诉她如果我能娶她我一定办到，可是我却办不到。我跟她说过钱不是问题，我会竭尽全力让她开心，过上舒适的生活。”

福尔摩斯先生冷笑道：“我敢肯定地说您倒真挺大方的。”

“您又来了，福尔摩斯先生。我告诉您这些是提供证据，而不是让您来对我进行道德审判，我可不是来听您批评指教的。”

“我就是因为这位年轻女士才接手您这个案子。”福尔摩斯先生一脸严肃地说道，“我认为比起您刚才承认的事情，她被指控的罪状都算不上什么了，我认为您差点毁了一个住在您家里手无寸铁的女孩。你们这些有钱人就应该受点教训，得叫你们知道不是所有人都会拿了你们的钱然后赦免你们的过错。”

让我感到奇怪的是，这次金矿大王平静地接受了这番训斥。

“我现在自己也这么觉得。感谢上帝并没有让我计划得逞。她什么都没有接受，并且当即表示要辞职离开我家。”

“那她为什么没有辞职呢？”

“嗯，首先，她还要养活其他人，她不忍心因为她辞职不干就让他们失去经济来源。我向她发过誓——也确实做到了——我绝不会再去骚扰她，她同意留下来。不过还有另一个原因，她知道她对我的影响力比其他任何影响力都大，她想利用这点引导我朝好的方向发展。”

“她怎么引导？”

“哦，她了解我的一些业务，都是些大宗生意，福尔摩斯先生——大到普通人无法相信的生意。我能促成也能搞垮——大多数时候是搞垮这些生意。不只是搞垮个人的生意，而是搞垮社区、城市，甚至是国家之间的生意。做生意是一场残酷的游戏，胜者为王，败者为寇。我绝不叫痛，也不在乎别人是否会叫痛。不过，她持不同看法，我想她是对的。她坚信一个人的额外财富不应该建立在一万个人破产到无法生活的基础之上。这是她的观点，我想她看到了金钱背后更持久的东西。她发现我采纳了她的意见，所以相信自己能通过对我施加影响来为这世界做点好事儿。于是她就留下来了，然后发生了这个案子。”

“您能再说明白一点儿吗？”

金矿大王有一两分钟没说话，双手捧头，陷入沉思。“我得说这件事对她极为不利。女人凭感觉行事，往往超过男人的判断力。刚出事时，我惊慌失措，非常震惊，于是我就想她是不是也赶时髦，想干出点不符合她本性的出格的事儿来。我想到了一种可能。我讲给您听，福尔摩斯先生，因为这有点用。毫无疑问，我妻子非常嫉妒。一种对精神出轨的嫉妒比对身体出轨的嫉妒更疯狂、更可怕，虽然我妻子没有什么把柄——我想她了解这一点——关于身体出轨这一点，但是她感觉到这个英国姑娘对我思想行为的影响力是她不曾有过的。即使这种影响力是好的，这也于事无补。她恨她恨到发狂，她血液里始终留有亚马孙河的热性。她很有可能计划谋杀邓巴女士——或者我们可以说用枪威胁她、恐吓她离开我们家。然后可能她们扭打在一起，枪走火了，射死了拿枪的那个女人。”

福尔摩斯先生答道：“我也想到过这种可能性。确实，要排除谋杀的话，这是唯一能想到的可能性。”

“可是她完全否认了这一点。”

“嗯，所以还没了结，不是吗？反正所有解释都行不通，那么就可以这么说：一个女人经历了如此可怕的事情，慌乱之中拿着枪匆匆赶回家，她很可能把枪丢在衣服里，不知道自己在干什么。然后枪被发现后她也可能完全抵赖让自己脱身。谁对这一种推理表示反对呢？”

“邓巴女士自己。”

“哦，这也有可能。”

福尔摩斯先生看了一下表说：“我确信我们今天上午能获得必需的许可证然后搭晚班车赶到温彻斯特。见完这位年轻的女士后，很可能在这件事上我对您会更有用一点，但是我不能保证我的结论就是您所希望的那样。”

获得官方许可证耽搁了一些时间，所以我们那天没有赶往温彻斯特，而是一路赶到了索尔庄园，那是尼尔·吉布森先生位于汉普郡的地产。他没有亲自陪我们去，不过我们手头有当地警察科文特里警官的地址，案发时他调查过这起案子。科文特里警官瘦高个子，面色有些苍白，总是一副神神秘秘的样子，仿佛他掌握了很多事件的线索和嫌疑但又不能说出口。他也喜欢突然降低语调跟你说悄悄话，好像他突然得到了什么重要线索，其实不过是再平常不过的事情而已。在这些怪样背后，这位警官总的来说还是一个有礼貌的诚实的年轻人，只不过因为过于骄傲而不愿承认自己能力不够并且需要帮助。

他对福尔摩斯先生说："不管怎样，我更愿意跟您接洽，而不是苏格兰高地派来的侦探。要是他们派人来侦查这个案子，侦破成功了没有我们当地警察的份儿，没破案就是我们的责任。我听说您比较直接爽快。"

"我压根不想要跟这案子有什么关联。"福尔摩斯先生说道。听到他这样说，我们的朋友脸上立刻阴转晴。

"我要是破了案，不要提我的名字。"

"哦，您真大度。我知道您的朋友，华生博士，也不会乱说。现在，福尔摩斯先生，我们走过去的路上想请教您一个问题，我绝不会跟别人提起。"他朝周围看了看，仿佛不敢说出口一样，"您是否认为这个案子很可能是针对尼尔·吉布森先生本人的呢？"

"我也一直这么想。"

"您没见过邓巴女士。她真是一个各方面都很优秀的好女人。吉布森先生可能想他妻子让位。这些美国人比我们更喜欢随身携带枪，那把枪是他的，你知道。"

"这点已经明确了吗？"

"是的，先生。他有两把这样的枪。"

“这是其中一把？那另一把呢，在哪儿？”

“哦，这位先生有各式各样的武器。我们并没有找到跟那把枪匹配的——但是枪匣可以装两把。”

“要只是其中一把的话，你肯定能找到另一把。”

“哦，您要是想去看看的话我们把枪都摆在屋子里了。”

“晚点再说吧。我们还是一起先去看看惨案发生的现场。”

科文特里警官家简陋的小木屋成了当地派出所，以上谈话就在他家屋子前面的一间小房子里进行。穿过一片荒地，遍地长着金黄色的蕨类植物，都已不见绿色了，走了半英里的样子，我们来到通往托尔庄园的一个侧门。穿过雉鸡饲养区，来到一大片空地，从那我们可以看见坐落在山丘上的住宅，占地很大，有一半是木质结构，房子一半是都铎王朝风格，另一半是乔治王朝的式样。在我们旁边有一片狭长而芦苇丛生的水塘，中间最狭窄处修了那座石桥，连接主车道，车道两侧因为池塘涨水漫溢出来，形成很多的小水塘。我们的向导走到桥头停下脚步，指向地面说道：“吉布森太太尸体就躺在这，我用石头做了标记。”

“我听说尸体移动之前你就到了。”

“是的，他们马上派人叫我来的。”

“谁派人去叫你的？”

“吉布森先生本人。有人喊出事的时候他和其他人一起冲出房子，并且要求警察到来之前不许挪动现场任何东西。”

“这是明智之举。我看报纸上说子弹是从近处发射的。”

“是的，先生，很近的地方。”

“靠近右太阳穴？”

“就在太阳穴下边一点，先生。”

“尸体是怎么倒下的？”

“脸朝天，先生。没有打斗的痕迹。什么痕迹也没有，也没看到武器。死者左手里紧紧攥着邓巴女士写给她的一张简短的便条。”

“你是说紧紧地攥着？”

“是的，先生，我们几乎掰不开她的手指。”

“这点很重要。这可以排除有人在她死后放下便条做假证的可能性。哦，天哪，我记得便条写得非常简短，‘我九点钟会到索尔桥。G. 邓巴’。是这样写的吧？”

“就是这样的，先生。”

“邓巴女士有没有承认写过这张便条？”

“她说是她写的。”

“那她有没有说自己为什么写这张便条？”

“她准备上巡回法庭为自己辩护，现在什么都不肯说。”

“这案子确实很有意思。写便条的目的还不清楚，不是吗？”

“嗯，先生。”我们的向导说道，“要让我斗胆发表一下观点的话，这张字条是整个案件中最明确的线索。”

福尔摩斯先生摇了摇头，说：“假设这张便条真是邓巴小姐写的，那就是在案发前就收到了——就算是案发前一两个小时左右。可是，为什么她死时还紧紧地握在左手里呢？为什么她要这么小心翼翼地带着纸条？见面时她完全没必要去看纸条呀。这一点不是有点不合常理吗？”

“是的，先生，您这么一说，是有点奇怪。”

“我想我得静静地待上几分钟，想出个所以然来。”说完他一屁股坐在桥的石栏上，我看到他灰色的双眼轱辘辘地转着，充满疑问地四处查看。突然他跳起身跑到对面栏杆，从口袋里飞速地拿出放大镜，开始查看石栏。

“太奇怪了。”他自言自语道。

“是的，先生，我们也看到石栏上的缺口了，我推想可能是过路人弄的。”

石栏呈灰色，可是在那上面有一小块六便士大小的呈白色的缺口。仔细查看会发现是表面被猛烈撞击后留下的痕迹。

“这需要点力道才能撞成这样。”福尔摩斯先生思索着说，然后举起自己的拐杖朝石栏砸了几下，一点印子都没有。“是的，这撞得很重。撞的地方也很奇怪，不是从上面撞成的，而是从下面撞成的，因为你看这个缺口在护栏下方。”

“但是这离尸体至少有十五英尺远。”

“确实是离尸体十五英尺远。可能跟案件毫无关系，但值得留意。我认为从这里查不到更多线索了，没有留下脚印，你说的。”

“先生，这块地面像铁板一样硬，根本没留下任何痕迹。”

“那我们走吧。我们先上房子里看看你提到过的各式武器，然后我们继续赶往温彻斯特，因为我非常想跟邓巴女士见上一面，再开展后面的工作。”

尼尔·吉布森先生还没从城里回来，我们见到了神经兮兮的贝茨先生，就是早上去拜访过我们的那位。他一脸嫌恶的样子，带我们参观了各式各样令人望而生畏的武器，那都是他主人各种历险生涯中收集而来的。

“吉布森先生树敌很多，了解他为人的人都知道。”他告诉我们，“他睡觉时，床头抽屉里总是放着一把上膛的左轮手枪。他是一个很暴力的人，先生，有时候我们都很怕他，我敢肯定刚去世的夫人经常处于恐惧之中。”

“你亲眼看到过他打她吗？”

“没有，这个我不清楚。但是我听到过他对她说的话，跟打她一样过分——那些冷言冷语很伤人，都是些瞧不起人的话，甚至当着仆人们的面也这样说她。”

“我们的大富翁在私底下并不怎么光彩啊。”在我们赶往车站的路上，福尔摩斯评论道。“嗨，华生，我们收集到了很多证据，有些是新证据。但我似乎还不能下结论。尽管贝茨先生对主人明显不满，但我从他那得到的情况是发现出事时，主人确实是待在书房里的。到八点半吃完晚饭时，一切都很正常。发现出事的时候已经很晚了，但惨案发生的时间肯定跟便条上的时间是一致的。可没有证据显示吉布森先生五点从城里回来后离开过家。而另一方面，我了解到邓巴女士也承认她跟吉布森太太约好在桥上见面。除此之外，她不会再说什么，因为她律师建议她留到开庭辩护时再说。我们要向这位女士问几个重要的问题，见到她后才能问清楚。我得承认在我看来这个案子对她非常不利，除了一件事情之外。"

"除了哪点之外呢，福尔摩斯先生？"

"她衣柜里找到手枪这件事。"

"天哪，福尔摩斯先生！"我惊叫道，"可是我认为这是对她最不利的证据。"

"没那么简单，华生。我第一次粗看案情时就觉得这个有点奇怪，现在我深入了解案情后，这点是我破案的唯一突破口。我们要把所有事情串到一起，必要时我们要怀疑一切具有欺骗性的证据。"

"我有点跟不上您的思路了。"

"好吧，现在，华生，现在把你设想成这个冷酷的、一心谋划除掉自己情敌的女人。你计划好一切，写了一张便条。受害者来了，你手里拿着武器，把她杀了。一切做得干净利落。在干完这么周密巧妙的谋杀后，难道你不知道把枪扔进附近的芦苇丛里，让犯罪证据永远消失？反而，还小心翼翼地把它带回家放进衣橱里，难道你不知道衣橱会是第一个被搜查的地方吗？一搜出来，不就是作为自己犯罪的明证吗？华生，你的好朋友们不认为你是一个有心机的人，但也不至于干出像我刚描绘你干的这样的傻事吧？”

“也许一时激动之下——”

“不不，不会的，华生。我认为这绝不可能。如果是事先冷静策划的案件，那么也会冷静地想好怎样消灭证据。所以，我认为我们被严重地误导了。”

“但是我们还有很多疑点。”

“对，我们要着手解开这些疑点。一旦你放弃原来的观点，那么最不利的证据有可能会成为引出真相的线索。比如说，这把左轮手枪，邓巴女士说她对此一无所知。按照我们现在的推理她没有撒谎。因此，手枪是有人放到她衣橱里的。那么谁会这么干呢？应该是那个想嫁祸于她的人。那么这个人是不是就是那个真正的罪犯？

你瞧，咱们一下子就想到一条会很有成果的调查思路。”

那天晚上，因为有些手续没有办成，我们不得不在温彻斯特过夜。不过，第二天上午，在乔伊斯·康明斯先生（因被委任为此案的辩护律师而一夜成名）的陪同下，我们获准到监狱里探访邓巴女士。我脑子里想着会见到一位美人儿。真是百闻不如一见，怪不得那位自以为是的大富翁说在她身上具有比他更强大的力量——可以控制和引导他的力量。当看到她那张神情淡定、轮廓分明却又极其敏感的脸时，你会感到即使她也会一时冲动，但她由内而外的一身正气会永远引人向善。一头深褐色头发，身材高挑，体态脱俗，神情端庄；但是，她那双乌黑的眼眸里充满了无助和恳求，仿若笼中之鸟，网中之鱼，找不到出路。当她得知前来看望和帮助她的是赫赫有名的福尔摩斯先生时，她苍白的双颊泛起一丝红润，朝我们投来的目光也闪现出希望。

“大概尼尔·吉布森先生告诉过你们我俩之间的一些事了吧？”她激动地低声问道。

“他讲过了。”福尔摩斯先生答道，“不过你不用为那些事心烦。见到您后，我开始相信吉布森先生讲的两件事，一个是关于你对他的影响力，另一件是你们之间没什么见不得人的事情。可是为什么不在法庭上解释这些事情呢？”

“因为在我看来，这个指控是不可能成立的。我真的难以置信。我认为再等等，事情真相就会水落石出，我们也没必要去讲述这些难以启齿的家庭私生活的细节。但是现在我知道了，事情越来越严重，根本没有得到澄清。”

“亲爱的小姐，”福尔摩斯急切地大声说道，“求求您不要再抱有幻想了。现在康明斯先生可以肯定地告诉您目前打出的所有牌都对我们不利，如果我们想获得清白那就要竭尽全力。要是硬说您现在没有危险那是在残忍地欺骗。所以，请您毫不保留、竭尽全力帮我找到真相。”

“我绝不会掩饰任何事情了。”

“那么，把您跟吉布森太太的真实关系告诉我们。”

“她恨我，福尔摩斯先生。以她的热带个性极度地憎恨着我。她很极端，对事情从不会一分为二。她对她丈夫有多爱就对我有多恨。很可能她误解了我俩之间的关系，我不想冤枉她什么，但是她对丈夫的爱是纯肉体上的，所以她根本没法理解她丈夫对我精神上或者心灵上的那种依赖，她也没法想象我只是因为想影响她丈夫向善而选择与他们同处一屋。现在我知道我错了，我待在那里，造成这么多痛苦，没什么可以辩白的。当然，就是我不待在那，这些不幸也同样存在。”

“现在，邓巴女士，”福尔摩斯先生说道，“请您把那天晚上发生的事情明确地告诉我们。”

“我会知无不言的，福尔摩斯先生。但是我没法证明什么，因为有些事情——一些很关键的事情——我没法解释，也想象不到该如何解释。”

“如果你能把事情说清楚，或许别人能解释清楚。”

“那么从我去索尔桥这件事开始吧，我上午收到吉布森太太的便条。便条放在学习室的桌上，应该是她亲手放的。便条上说恳请我晚饭后到索尔桥见她一面，因为她有重要的事情对我说，并且让我留张回条放在花园日晷上，因为她觉得别人都不可信。虽然我觉得没什么好保密的，但我还是按她的要求做了，接受了约会。她让我把便条销毁，于是我就把它扔到学习室的壁炉里烧掉了。她丈夫对她很粗暴，她非常害怕他，我也经常为这事批评他，所以我只想到她这样做可能是因为她不想让他知道我们见面的事。”

“但是，她却很小心地留着你写的条子？”

“是的，我听说她死时还抓在手里，我很吃惊。”

“那么，然后呢，发生了什么？”

“我如约去了那里。我走到桥边，她已经在那等着了。直到那一刻，我才明白这个可怜人有多么恨我。她就像疯了一样——真的，她是真的疯了。是那种精神病人常有的但平时却令人察觉不到的疯狂状态，要不然，她怎么能每天对我视而不见，可内心里却对我恨之入骨呢？我不想告诉你们她对我说的话，反正，她用最狠毒、最疯狂的话劈头盖脸地骂我，发泄她的愤怒和怨气，我什么也没说——我没法回应。她那样太可怕了。我捂住耳朵跑开了，我跑开时她还站在桥头，厉声地诅咒我。”

“是后来她被发现的地方吗？”

“在那几码之内吧。”

“但是，假设你跑开不久后她就死了，你没听到枪声吗？”

“没有，我什么都没听到。不过，说实话，福尔摩斯先生，她那么凶狠地骂我，我快吓坏了，只想赶快回到自己安静的屋子，根本没法注意到发生了什么。”

“你说你回到了房子，那么到第二天早晨为止你还离开过吗？”

“离开过，我听到喊声说那个可怜人死了，我就跟着其他人跑了出去。”

“您看到吉布森先生了吗？”

“看到了，我看到他刚从桥边回来，他派人去叫医生和警察。”

“你觉得他当时很不安吗？”

“吉布森先生很坚强，也很有自控力。我认为他不太愿意显露自己的真实情感。但是，我，作为相当了解他的人，看出他当时很担心。”

“那么我们来谈最重要的一环，在你房间发现的手枪，你原来见过吗？”

“没有，我发誓没见过。”

“什么时候被发现的？”

“第二天早上，警察搜查房间时发现的。”

“放在你的衣服里的？”

“是的，放在我衣服下面的柜板上。”

“你想不到它在那放了多久吗？”

“那天上午之前，它还没在那里。”

“你怎么知道的？”

“因为我清理过衣柜。”

“这就可以下定论了。那么就是有人进到你房间把手枪放在那里，为了嫁祸于你。”

“肯定是这样。”

“那么会是什么时候放的呢？”

“只可能是吃饭的时候，要不就是我跟孩子们在书房的时候。”

“也可能是你拿到便条的时候？”

“是的，从那时起整个上午都有可能。”

“谢谢你，邓巴女士。还能想到什么对我调查有帮助的吗？”

“想不起来了。”

“桥的石栏上有重击的痕迹——正对尸体的那一面石栏上有一个新缺口。您能想到可能的解释吗？”

“肯定只是巧合吧。”

“奇怪，邓巴小姐，相当奇怪。为什么偏偏出现在惨案发生的时候，就在惨案发生的现场呢？”

“但是什么才能砸出那样的缺口呢？一定要很重的力量才能敲出如此缺口。”

福尔摩斯先生没有说话。他苍白、急切的脸上突然变得紧张，呈现出一种迷茫的神情，我知道这种表情就表示他在运用自己的聪明才智。他迷茫的样子显而易见，我们大家都不敢开口了，就那么坐着，律师、囚犯还有我就那么看着他在专注地沉思着，不发一言。突然，他从椅子上跳起来，又兴奋，又紧张，浑身微微颤抖，迫切地想要赶快行动起来。

他喊道：“快，华生，快点。”

“怎么了，福尔摩斯先生？”

“放心，亲爱的小姐。康明斯先生，您等着我的消息。正义之神帮了我大忙，您办的这个案子会在英格兰名声大噪。邓巴小姐，明天你就会有消息的，我向您保证疑团已经解开，真相就要大白于天下，对此我胸有成竹。”

从温彻斯特到索尔桥路途并不是很远，但也磨光了我的耐心，而对福尔摩斯先生来说，更是难熬。因为他神经极度兴奋，根本没法安静地坐下来：要不一个劲儿地在车厢里走来走去，要不就用他那又长又敏感的手指咚咚地敲打着身边的坐垫。就在我们快到站时，他突然坐到我对面——那节头等车厢里就我俩，一手撑住我的一个膝头，跟我眼对眼，带着一种恶作剧的神情，这是他淘气时的典型表现。他顽皮地看着我，说："华生，我记得这几次我们外出办案时你总是带着枪。"

我这么做纯粹是为他好，因为每次他全心办案时把自身的安全都抛到九霄云外了，所以我随身携带的左轮手枪还多次救过急。我也提醒过他这一点。

"是的是的，这些事我是不怎么操心。但你现在身上带着左轮手枪吗？"

我从屁股口袋里掏出手枪，这是把短枪，方便又实用。他打开枪的保险扣，取出子弹，仔细地研究起来。

"这家伙不轻——还真够沉的。"他说道

"对，很结实。"

他对着枪出了一会儿神，说道："知道吗，华生，我想你这把枪和我们正在侦查的案件有紧密的关联。"

“亲爱的福尔摩斯先生，您是在开玩笑吧。”

“我没开玩笑，华生，我很认真地这么认为。我们等会要做个实验。如果实验成功，一切都会真相大白。成功与否就看这把小枪的表现了。取出一颗子弹。把另外五颗顶上去，扣上保险。就这样！枪的重量增加了，这样实验效果会更好。”

我不知道他葫芦里卖的什么药，他也没解释给我听，只是坐在那出神。火车停靠在汉普郡小站上，我们弄到一辆破旧的老爷车，一刻钟后赶到了我们的亲密合作伙伴科文特里警官家中。

“有线索了，福尔摩斯先生？什么线索？”

我朋友答道：“线索就全靠华生博士左轮手枪的表现了，看，就是这把枪。现在，警官，能麻烦你给我找来十码长的绳子吗？”

乡村商店里可以买到结实的麻绳球。

“我想我们要的东西都有了。”福尔摩斯先生说道，“现在，先生们高兴的话，我们要在旅途的最后一站下车了。我希望这是最后一站。”

太阳正在西沉，凹凸不平的汉普郡荒原染上太阳的金光，呈现出一片亮丽的秋天美景。警官在我们身边深一脚浅一脚地走着，不时将信将疑地瞟我们两眼，显然他心里在嘀咕我同伴是不是疯了。我们朝犯罪现场走去，我感到我的同伴内心其实激动不安，虽然他看上去一如平常的冷静。

看到我在观察他，他回应道："是的，华生，你以前也看过我没达到目标。对这些事情我有种本能的认识，但有时候也会误导我。在温彻斯特监狱里第一次闪过我脑海时我非常肯定是这样，但思维活跃的脑袋一大缺点，就是总能想到更多可能的解释以歪曲这条线索。但不过——不过——好吧，华生，我们还是得试一试。"

他边走边把麻绳一头紧紧地系在手枪把手上。现在我们已经来到惨案现场。警官指出尸体躺着的位置，福尔摩斯先生做下记号，然后在长满石楠花和蕨类植物的地上摸索着找到一块大小适当的石头。把麻绳另一端绑上石头，从桥栏那放下去，使其能在水面上清楚地摆动。最后他自己站到离桥头还有一段距离的地方，就是死者躺过的地方，手里拿着我的手枪，手枪上绑着的绳子因为另一头绑着重石慢慢绷直了。

他喊道："现在开枪。"

边喊他边把枪举到头部，手一松，枪因为石头的重量嗖的一声滑了下去，在桥护栏上砸出一个清晰的缺口，然后掉进那边水里不见了。枪一掉进水里福尔摩斯先生就已经跪在桥栏边了，他兴奋地喊了起来，说明找到了自己想要的证据。只听他喊道："还有比这更精准的实验吗？快看，华生，你的手枪破案了。"一边说，他一边指着石栏上的第二个缺口，跟前面石栏下方发现的缺口大小和形状一模一样。

他站起身，对着目瞪口呆的警官继续说道："今晚我们待在旅馆，当然，你弄一个钩锚可以毫不费力地找到我朋友的手枪，在它旁边你还能找到那把手枪、绳子还有石头，就是用这些工具这位怀恨在心的女士想掩盖自己的罪行，然后把谋杀罪嫁祸到这位清白无辜的受害者头上。你告诉吉布森先生明天早上我能跟他见面，可以一步一步洗清邓巴小姐的罪名，还她清白了。"

那天深夜，我们坐在乡村旅馆，叼着烟斗，福尔摩斯先生简要地向我还原了案件发生的过程。

他对我说："华生，我想你的探案册里收录索尔桥谜案并不会让我名气更大。我脑子一度迟钝，缺乏把想象和现实结合的能力，而这是我们探案的基本要求。坦白说石栏上的缺口是一个很重要的线索，足以揭示事实，我只是怪自己怎么没有早点发现。

“必须承认这位不幸的女士真是深谋远虑，破解她的计谋真不是件易事。我认为在我们原来数次探案中从来没遇到过因扭曲的爱情而招致的惨案，这确实不常见。邓巴小姐不管是肉体上或者完全只是精神层面上的情敌，在她眼里都是不可原谅的。毫无疑问她把所有的一切都怪罪到这位无辜的女士身上，她丈夫蛮横粗暴地对待她，想赶走她时说的那些无情的话，在她眼里都是她丈夫在向别的女人献殷勤。她最初的决定是自行了结，后来才想到用这样的方法让邓巴小姐陷入万劫不复的境地。

“我们现在可以清晰地分析她的每一步计划，说明她头脑非常缜密。她设计让邓巴小姐写了便条，表明是邓巴小姐选择的犯罪地点。她急于证明这点，所以她到死还紧握着便条，这一点其实做得有点过，我早该注意到的。光凭这一点其实早就应该引起我的怀疑了。

“然后她拿走丈夫的一把左轮手枪——你看到的，房子里有一个武器陈列室——留着自己备用。而把另一把枪里的一梭子弹都打光后藏到邓巴小姐的衣橱里，这个她在森林里可以轻易地办到，不会引起任何人注意。然后来到桥边，巧妙地设计好这个销毁武器的方法。邓巴小姐来了，她用尽所有气力发泄自己的心头之恨，当邓巴小姐跑到听不见枪响的地方时，她实施了自己可怕的计谋。每一步都很清楚，环环相扣。媒体可能会问为什么不一开始就打捞池塘呢？这些都是事后诸葛的行为。因为不管怎样，在这样一大片长满芦苇的池塘里打捞一样东西太难了，除非你知道要打捞的东西和它所在的位置。好了，华生，咱们算是帮了一位了不起的女士，也帮助了一个不可一世的男人。未来他们是否会走到一起呢？不过看起来还是很有可能，总之，金融界会看到，尼尔·吉布森先生在那间充满悲伤的书房里还是学到了一些东西，在那里我们也学到了人世间的教训。”

（汉译：熊亚芳）

韦克菲尔德

［美］纳撒尼尔·霍桑

记得有一份旧杂志还是报纸上登载过一个故事，据说还是真人真事。说是有个男人——就叫他韦克菲尔德吧——别妻离家了很多年。这种事随便讲讲，倒也不少见，不过不考虑当时的特殊情况，人们就不能对这种事情胡乱指责，斥之为胡闹或荒唐。这件事虽然算不上最恶劣的，但也算得上有案可稽的最离奇的丈夫渎职事件了。在人们一切荒诞不经的行为中，这种任性举动真是非同一般。这对夫妇住在伦敦，丈夫借口出门旅行，在自家附近的街上租了间房子，在那儿一住就是二十年，断绝了与妻子和朋友的一切来往，他从不解释为什么要这样自我放逐。二十年来，他天天看着自己的家，也时常看到遭他遗弃的那位可怜而孤独的太太。幸福婚姻中断了这么长时间——大家都认为他早就不在人世了，所以安排妥当遗产，他的名字也就要被人们遗忘了。妻子只好听天由命，成了个中年寡妇。突然有一天，他晚上悄悄溜进家门，好像他才离家一天似的。自此之后，他尽丈夫之责，很是温存体贴，直到去世。

故事梗概就记得这些。但这种事情，虽说纯属别出心裁，前无古人，后无来者，但我以为，它还真能引起人们普遍的同情心。我们心里清楚，自己绝不会去干那种事，可又觉得其他人会这么干。这种事情常常在我脑海中浮现，令我拍案称奇，觉得此事必定是真的，而且对故事中主人翁的个性也形成了自己的看法。任何事情只要在脑海里打转转，那么你就会花时间去琢磨它。读者要是乐意，尽可自己思考。如果想听我聊聊韦克菲尔德二十年来的荒唐行径，我也高兴。我相信这件事蕴含着深刻的思想或寓意，也许我们发现不了，但它简明扼要，浓缩成最后一句话。有所思必有所得，任何令人注目的事件都有其深刻的寓意。

韦克菲尔德是一个什么样的人呢？我们可以自由想象，直呼其名。当时他已步入中年，对妻子的感情一向是平平淡淡，如今更是风平浪静，习以为常。在所有丈夫当中，他大概是最忠厚老实的，因为天生懒惰，所以总能随遇而安。他头脑聪明，却不爱思考，老是懒洋洋地瞎想，漫无目的。要不就是不想努力去达到目的。他的思维软弱无力，不善表达。想象力这个词，就其本义来讲，与韦克菲尔德不沾边。虽然没有堕落或朝三暮四，但他的内心是冷酷的。他头脑没有什么狂热念头，也没有什么标新立异的想法，可谁会料到，这么一个人竟然在有古怪行为的人当中鹤立鸡群了？如果你向认识他的人打听一下，在伦敦，谁是今天什么也没干，明天却被记得干了什么事的人，人们会告诉你，那人便是韦克菲尔德。只有他心爱的妻子也许会迟疑一下。她不曾分析过丈夫的性格，但她对他那种不张扬的自私自利是有所觉察的，这种自私已然锈蚀了他懒散的心灵，他这个人还有一种特殊的虚荣心。而他身上最令人不安的东西是，他还有耍花招的本事，虽然这种本事只是让他保守了一些不值得透露的小秘密而已，没什么了不起。另外，她还知道这个忠厚老实人有时也有点怪。这一点只能意会不能言传，也许压根儿就不存在吧。

现在我们来想象一下韦克菲尔德向妻子告别的情形。

那是十月里的一个黄昏。在他的行头中有一件褐色的大衣，一顶缝有油布罩的帽子，一双长筒靴，他一手拿着一把雨伞，另一只手拎着一只小旅行袋，他跟太太说要搭夜班公车到乡下去。她很想问问他路有多远，目的地是哪儿，大概什么时候回来。但是，由于她一向纵容他那种神秘兮兮却又无伤大雅的嗜好，她只是用关切的目光看了他一眼。他告诉她别指望他乘回程车回家，要是耽搁三四天，也用不着担心。不过，到了星期五吃晚饭时，说什么也得等他回来。应该说，韦克菲尔德自己对即将发生的事不曾疑惑过。他伸出手去，她也把手给他，以十年夫妻理所当然的方式，临别时吻了吻。已届中年的韦克菲尔德就这么走了，几乎决定要整整一星期不回家，让他的好太太着着急。他随手关上身后的门后，她开了一条缝。透过这条缝，她看到丈夫在对她微笑，不一会儿他就不见了。当时她并未在意这区区小事。但很久以后，当她守寡的年头超过了做妻子的时间的时候，他的微笑重新浮现在她眼前，在对丈夫的所有思念中忽隐忽现。胡思乱想中，她对那个微笑生出了种种揣测，微笑于是就变得古怪而可怕。譬如，若是想象他躺在棺材里，那离别的表情就会凝固在他苍白的脸上。或者，要是梦见他在天堂，他那受到赐福的灵魂也会带着一个平静而狡黠的微笑。然而由于这个微笑的缘故，当大家全都以为他已死了的时候，她却有时依然怀疑自己到底是不是一个寡妇。

不过，我们要关心的是那位丈夫，我们得赶紧跟着他在街上往前走，不然他就会消失在伦敦的人山人海当中。到那时再怎么找也是白费劲。我们要紧紧跟上他的脚步，拐上几个多余的弯，再打上几个冤枉的来回后，我们发现他坐在了一间小公寓里的炉火旁，显得很是舒坦。这间公寓可是早就订好的，就在他家旁边的一条街上，这便是他旅行的终点。他简直不敢相信自己的运气这么好，能神不知鬼不觉地来到这里——想想看，有一阵子他被一群人耽搁了，而且是在灯火通明的地方。还有一次，他觉得身后好像有人盯梢，那人的脚步声与四周的完全不同。不一会儿，他又听到远处有人喊他，像在呼唤他的名字。毫无疑问，准有一群好事之徒在盯着他，把这事儿一五一十地告诉了他妻子。可怜的韦克菲尔德！你真不知道，大千世界中你是多么的微不足道！除了我，没人在盯你的梢。悄悄上床睡觉去吧，你这笨蛋。明天一到，要是还有点聪明，就赶紧回家去，回到你心地善良的太太身边，并把真相告诉她。不要再离开纯朴的她了，哪怕只有短短一个星期。她要是一时以为你死了，或失踪了，或永远离开了她，你会悲哀地发现，你那忠实的妻子从此变了，永远变了。伤害人的感情很危险，这不是说伤口会裂得又长又大——而是说这伤口不会那么快就愈合！

韦克菲尔德有点懊悔自己开的玩笑，叫玩笑也行，叫其他什么也行。他按时上床躺下。突然他从头一阵瞌睡中惊醒，发现自己躺在一张陌生的床上，好大，好空，好孤单呀。"不行，"——他一边想一边裹紧被子——"明天晚上我可不要一个人单独睡了。"

翌日清晨他比平时起得早，于是就开始考虑自己到底想干什么。他的思维杂乱无章，走出这一步还以为目的明确，结果却无法自圆其说。计划模糊不清，行动起来又这么狂躁，这些都体现了他的意志薄弱。韦克菲尔德理了理自己的思绪，尽量细致一点，他发现自己急于想知道家里的情况——他那模范妻子会怎样忍受一个星期的空房独守。一句话，以他为中心的那个家人与环境的小天地，没了他会遭受怎样的影响。由此可见，这件事从根本上讲，还是与那种病态的虚荣心有关。可是，如何才能知道家中的情况呢？关在这间舒适的公寓房里当然不行。虽说他睡觉、醒来的地方离家只有一条街，可他却像是已经离家很远很远，公车载着他飞奔了整整一夜似的。但是，如果回去，那么全部计划就泡汤了。他可怜的脑筋被这难题搅得稀里糊涂。最后，他冒险走了出去，打算穿过街口，朝自己抛弃的那个家匆匆看上一眼。习惯——他是个因循守旧的人——拉着他的手，带着他不知不觉地来到了家门口。就在这千钧一发之际，他被自己在台阶上刮擦的脚步声惊醒。“韦克菲尔德！你要去哪里？”

刹那间，他的命运悬而未决。跨出走回头路的第一步会给自己带来何种厄运，他连想都没有想过。于是他拔腿就跑，从未感觉过的激动使他上气不接下气，走到远处拐弯的地方还不敢回一下头。没人看到他吗？全家人——体面的太太、伶俐的女仆、邋遢的小听差——会大叫大喊，穿街走巷，去追赶他们逃亡的丈夫或主人吗？好险哪！他鼓起勇气停下来回头一望，熟悉的家怎么变了样了？他大惑不解。我们与熟悉的东西，比如一座山、一面湖、一件艺术品，分别数月经年再度重逢，都会产生这样的感觉。一般情况下，这种不可言传的印象是由我们不完整的回忆与现实之间的比照造成的。对韦克菲尔德来说，单单一个晚上就神奇地产生了类似的变化，因为在这短短的时间内，他在道德上发生了巨大改变，只是他自己还不知道而已。在离开那地方之前，他远远地看见妻子从窗前走过，脸对着街口。狡猾的傻瓜撒腿就跑，心里忐忑不安，觉得在滚滚人流中，她肯定认出他了。回到寓所的炉火旁，他心里很快活，虽然觉得有点头昏脑涨。

好啦，关于这个怪主意的冗长的开场白就讲到这儿吧。最初的想法业已成熟，这个懒汉于是就行动起来，整个事情接着就自然而然地向前发展。我们可以猜想一下，深思熟虑之后，他去买了一顶新的红颜色的假发，还挑了几件五花八门的服装，与他平常穿的那套褐色衣裳完全不一样，这些东西都是从一个犹太佬的旧衣包里弄来的。大功告成，韦克菲尔德变成了另一个人。新的秩序一经确立，要退回到旧秩序就难了，与他之前想回家看一眼而迈出第一步，使自己处于那种尴尬境地一样难。此外，由于他易生闷气，人也变得很固执，一想到自己的所作所为不大会让太太大惊小怪，他的犟脾气就又上来了。不把她吓个半死就绝不回去。就这样，有两三回他看到太太从自己面前走过，步履一次比一次沉重，脸色一次比一次苍白，神情一次比一次焦虑。在他失踪后的第三个星期，他发现了不祥之兆,一位药剂师进了他的家门。第二天，门环上包上了布。黄昏，来了一辆马车，一位头戴假发神情严肃的医生下车进了韦克菲尔德的家门。过了一刻钟，他出来了，不会是葬礼的前兆吧？亲爱的女人！她会死吗？此时此刻，韦克菲尔德激动得仿佛动了真感情，可他还是在外面徘徊，不肯去妻子的床边，他摸着良心说，不该在这节骨眼上去打搅她。即使他不去还有别的原因，他自己也不明白。几个星期后，她渐渐康复，危机过去了。她内心充满了悲哀，也许还有点平静，他早归晚归，随他去吧，不要为他操心了。这种想法在韦克菲尔德的意识中忽隐忽现，他模糊地感到，他租来的寓所和以前的家之间有一条几乎无法逾越的鸿沟。“家就在隔壁街上！”他有时这么嘀咕。笨蛋！这是在另一个世界。在此之前，他把回家的日子从具体的某一天推到另一天；而从现在开始，他不能确定具体时间了。不是明天——也许下个礼拜——快了。可怜的家伙！死人重访尘世间家园的机会跟自我放逐的韦克菲尔德的机会一样多吧！

要是我是在写一本巨著而不是一篇短短十几页的文章该多好啊！那就可以举例说明，一种我们驾驭不了的力量是怎样强有力地左右着我们的每一种行为的，又是如何在铁一般的必然规律中显示它的重要性的。韦克菲尔德着魔了，我们只好让他在自己家周围转悠十年左右，一次也没跨进门槛去。他对妻子依然忠心耿耿，一往情深。而他在她心里却慢慢消失了。应该指出，他对自己的所作所为也早就不觉得有什么不妥了。

现在来看看这么一个场景！在熙熙攘攘的伦敦大街上，我们认出了一个人，如今他已衰老，几乎没什么特点能吸引粗心的观察者。然而，善于看相者，却能辨出此人浑身上下透露出的是不寻常的命运。他骨瘦如柴，狭窄的前额布满了深深的皱纹，眼睛小而无神，目光游移不定，充满了忧虑，更多时候他似乎在注视自己的内心。他低着头，侧身而行，步态怪异，好像他不愿以正面示人。好好看看，时间一长，你就能发现我们所描述的这一切，就会赞同，环境常常能把凡夫俗子变得出类拔萃，而韦克菲尔德的情形正是如此。让他沿着人行道侧身前行，把您的目光投向对面，那儿有一个胖胖的老妇人，她红颜不再，手里拿了本祈祷书，正往远处的教堂走去。她长期寡居，神态宁静。她的悲伤要么早已烟消云散，要么就是深藏心底，快乐于她已是稀贵之物。正当那个瘦男人和这个胖女人面对面走过的时候，人流发生了小小的拥挤，使他俩直接相遇，手碰到了手，她的胸脯触到了他的肩膀。两人站住，面对面，相互注视着对方的眼睛。离别十年之后，韦克菲尔德就这样与妻子重逢了！

人群散去，他俩也各自分开。端庄的寡妇迈着原先的步子，继续走向教堂。不过，她在门口停了一下，迷惑地朝大街扫了一眼。她进了教堂，边走边打开祈祷书。而那个男人呢？一脸慌乱，竟使得繁忙自私的伦敦人都停了下来，盯着他的背影。他急忙赶回寓所，闩上门闩，一头扑倒在床上，深藏多年的感情喷涌而出，软弱的心灵也从中获得了些许力量。他生活的所有不幸与怪异一下子展现在他眼前。他激动地叫道："韦克菲尔德！韦克菲尔德！你疯啦！”

也许他是疯了，他那特殊的处境已把他弄得与疯子无异。考虑到对他同伴和生活的影响，我们无法说他心智健全。他曾经想方设法，抑或碰巧将自己与世隔绝——玩消失——放弃自己在活人中间的地位与特权，却又没有得到死人们的认可。隐士的生活也不能与他的生活相提并论。他和从前一样身居闹市，但来来往往的人却对他视而不见。打个比方吧，他一直都在自己妻子和火炉的旁边，却不能感受妻子的爱情，也无法享受炉火的温暖。这就是韦克菲尔德独一无二的命运，他保留着人原本的同情心，对人的事情依然兴趣不减，但他却丧失了自己对它们产生的相应影响。探究这种处境对他心灵与智力的影响，不论单独看还是从整体上看，都会非常有趣。然而，他变了，自己却浑然不知，还以为与原先没什么两样。的确，事实真相有时也会在心头闪现，可惜只是一眨眼的工夫。他依然在说：“很快就回去！”——也不想想，此话说了足足二十年了。

我还可以想象，回想这二十年，恐怕不会比他不允许自己回家的头一个星期更长。他会把这件事看作生活主旋律中的一段插曲。要不了多久，等他觉得是时候重回家门了，妻子看到人到中年的韦克菲尔德就会高兴得直拍手。唉，多么严重的一个错误呀！时光若能等待我们干完喜欢干的种种蠢事，我们大家可就都能青春永驻，直到世界末日了。

消失后的第二十个年头，一天傍晚，韦克菲尔德习惯性地朝他仍称为自己家的地方信步走去。这是一个大风的秋夜，阵雨时不时噼里啪啦地打在人行道上，行人还没有来得及撑开雨伞，雨却又停了。在家附近停了一会儿，透过二楼起居室的窗户，韦克菲尔德看到炉火正闪着令人舒适的红光，天花板上映出一个奇形怪状的人影，那是善良的韦克菲尔德太太！那帽子、鼻子、下巴，还有圆圆的腰，活像一幅美妙的漫画。而且，它还随着忽上忽下的火光在跳舞，对这么个老寡妇来说，这也太快活了。就在这时，阵雨从天而降，一阵狂风将雨水直打到韦克菲尔德的面孔和前胸。他全身湿透，秋寒遍身。明知自己家里有暖人的炉火，妻子会跑着去取灰色的外衣和内衣——不消说，这些衣裳她都细心地收在他们卧室的床头橱里呐——他还在这儿傻站着，湿淋淋地打冷战吗？不！韦克菲尔德才不傻呢。他爬上阶梯，步履沉重！——自上次下楼后，二十年时光已使他腿脚僵硬，可他自己还不明白。站住，韦克菲尔德！要去被你遗弃的唯一的家吗？那可就等于踏进坟墓啦！门开了，他走了进去。我们看见了他的面孔，认出了他那狡黠的微笑，那不正是他一直在跟妻子开的、让妻子受罪的这个小小玩笑的前兆么！对这可怜的女人他戏弄得多么残忍啊！好啦，让咱们祝韦克菲尔德睡个好觉！

这件愉快的事情——就算它愉快——只能发生在毫无预谋的时刻。我们就不跟着这位朋友进他的家门了。他给我们留下了许多可以思考的东西，其中有的部分充满了智慧，令我们受益匪浅，并构成了一种形象。在这个神秘世界表面的混乱当中，其实我们每个人都恰如其分地处在一套体系中。体系与体系之间，局部与整体之间，各得其所。一个人离开自己的位置哪怕一步，哪怕一刹那，都会面临永远失去自己位置的危险，就像这位韦克菲尔德，他可能是，事实上也的确是这个世界的弃儿。

（汉译：戎林海）

春天情人与秋天情人

[日] 拉夫卡迪奥·赫恩

这里讲的是大和民族青年的故事，那时，众神还在芦苇平原的大地上行走，在农村那摇曳的鲜嫩的稻穗中间戏耍。

那儿有一个半人半神的女子。她是一个国王的女儿，姿色倾国倾城。她的名字叫“世界之亲亲喜悦”，叫“心仪之女”，也叫“仙女”。她长得苗条但很健康，有点儿神秘但很快活，变化无常但忠心耿耿，温柔但不易取悦。众神都爱她，但人世间的人只能崇拜她。

“亲亲喜悦”是这样出生的。天野博科王子有一枚红宝石，是他的一个敌国为求和平而朝贡给他的。天野博科王子把宝石放在台子上一个首饰盒中，口中念念有词：“这个宝石很贵重。”于是，宝石就变成了一个美艳无比的女子。她的名字叫“红宝石夫人”，天野博科王子遂娶她为妻，后来他们生了一个独女，她就是“心仪之女”，也叫“仙女”。

八十个有名望的男子来向她求婚，确有其事。他们中有王子，有武士，有神仙。他们来自四面八方，从海上来的，乘坐的是大船，有白帆，或吱嘎作响的船桨，还有勇敢强健的水手。他们穿过黑暗又危险的森林，来到“心仪之女”公主的面前；有的从浮桥上悄悄地下来，身着魔衣，脚穿银鞋。他们随身带来了礼物——有金子、一串串宝石、轻薄的羽衣、鸣禽、甜食、丝绸茧和一篮子橘子。他们还带来了吟游诗人、歌唱家、舞蹈家和说书先生，以便招待“心仪之女”公主。

公主呢，她坐在白色的闺房中，身边簇拥着很多侍女。她的长袍流光溢彩，侍女会时不时地将长袍在地席上重新摆弄一下，展开长长的袖子，或用一把金梳子梳理她那长长的头发。

他的闺房周围是一个白木画廊，向她求婚的人来到这里，向她跪请朝拜。

花园鱼池里的鲤鱼不断地跳跃，石榴树上鲜红的石榴花不断地飘落下来。公主不断地摇头，摇一次头，一个求爱者就离去，带着悲伤和遗憾。

说来也巧，秋神也来试试运气。他的确是一个英勇的青年。他的双眼充满了热情，黝黑的脸颊上光芒四射。他身佩一把宝剑，重得十个人都抬不动。他穿的是绣衣，绣工精巧，上面烫着秋菊。他来到她面前鞠躬，那高傲的头低垂到了地上，然后他抬起头，从头到脚看着公主。公主张开了她那甜甜的、红红的嘴唇——等了一会儿——什么也没有说，而是摇了摇头。

秋神就这样离开了，苦涩的泪水模糊了他的双眼。

他看到了他的弟弟，春神。

“结果怎么样，哥哥？”春神问道。

“倒霉，倒霉极了，她不愿意嫁给我。她是个高傲的女子。我的心都碎了。”

“啊，哥哥！”春神说。

“你最好跟我回家吧，一切都结束了。”秋神说。

但春神说：“我要待在这里。”

“什么，”哥哥叫道，“可能吗？她不要我倒反而要你？她会爱一个孩子光滑的脸蛋而无视一个成熟的男人吗？弟弟，你要去见她吗？作为对你辛苦的回报，她会嘲笑你的。”

“即使这样，我也要去。”春神说。

“来打赌！打赌！”秋神叫道，“如果你能赢得她的芳心，我给你一桶清酒——在你婚礼喜宴上喝。如果你不能，清酒就归我。我会把我的悲伤沉浸其中。”

“好哇，哥哥，”春神说，“我跟你打赌。你去多准备点清酒吧。”

“好吧。”秋神说完就走开了。

后来，年轻的春神来到了爱他的妈妈身边。

“妈妈你爱我吗？”他说。

妈妈说：“爱你一万年。”

“妈妈，”春神说，“帮我把‘仙女’娶回来做我的妻子。她也叫‘心仪之女’，我对她真的心仪已久了。”

“你爱她，我的儿子？”妈妈问道。

“爱她一万年。”春神说。

“那你躺下来，我的儿子，我最最亲爱的，躺下睡觉，我会帮你的。”

就这样，妈妈为他铺了长榻，他睡觉的时候，她在一旁照看着他。

“你的脸蛋，”妈妈说，“是这个世界上最可爱的。”

妈妈整个晚上都没有睡觉。她快速来到一个熟悉的地方，这里有一个安静的池塘，紫藤低垂在池塘上方。她从紫藤上拔下嫩枝和卷须，能拿多少就拿多少地回了家。紫藤是白紫色的，你知道，它还没有开花，但已经长出了花苞。她用这花苞奇妙地编织了一件长袍。她还用它做了一双凉鞋、一把弓和几支箭。

早晨，她把春神叫醒。

“来，孩子，”她说，“让我帮你把这件长袍穿上。”

春神揉了揉眼睛。“穿一件朴素的衣服去求婚？”他说。不过，他还是照妈妈说的去做了。他把凉鞋系在脚上，背上挂着弓和箭筒。

“全好了吗，妈妈？”他说。

“全好了，亲爱的。”妈妈说道。

就这样，春神来到了“仙女”面前。“仙女”的一个侍女笑道：

“小姐，您看，今天来了个平平常常的小孩来向您求婚，穿的是灰色的，很朴素。”

“仙女”抬起头看了看春神。就在这个时候，他身上穿的紫藤鲜花怒放。他从头到脚呈白紫色，香气袭人。

公主从白色的地席上站了起来。

“殿下，”她说，“如果你娶我，我就是你的人了。”

两个人手挽着手来到了春神妈妈的面前。

“啊，妈妈，”他说，“我现在该怎么办？哥哥秋神生我的气。打赌我赢了，他不会把那个清酒给我。他恼怒极了。他会找机会杀掉我们两个的。”

“亲爱的，不要急，”妈妈说，“也不要怕。”

她拿起一根空空的竹筒，将盐和石头装了进去，并用树叶把竹筒包好，然后把它吊在烟火中，嘴中念念有词：

“绿色的树叶凋零死亡。秋神，我的长子，你的命运也一样。石头在大海中沉下，你也沉下。你必须沉下，你必须像潮汐一样消亡。”

故事讲完了，世人都知道为什么春天清新、快活、富有朝气，而秋天则最最令人伤感了。

（汉译：戎佩珏）

精灵市场

［英］克里斯蒂娜·罗塞蒂

早上和晚上
少女听到精灵们的叫喊声：
“卖水果啦，果园里刚采下，
卖啦，卖啦，卖水果啦：
苹果和榅桲，
柠檬和橘子，
圆滚滚光溜溜的樱桃，
树莓和西瓜，
粉里透红的桃子，
冠顶有毒的桑子，
野生的越橘，
沙果和露莓，
凤梨和黑莓，

杏子和草莓；——
全都熟透了
在夏日的季节里，——
早上过去了，
美好的晚上很快就来到；
卖啦，卖啦，卖水果啦：
新鲜的葡萄，藤上刚采下，
石榴饱满又漂亮，
枣子和辛辣的布拉斯李，
不多见的梨子和西洋李，
布拉斯李和越橘，
来吧，来尝一尝吧：
葡萄干和醋栗，
火一样红的小檗，
嘴巴一样大的无花果，
南方来的香橼，
尝起来甘甜，看起来甜美；
卖啦，卖啦，卖水果啦。”

每一个晚上
在溪边的树丛里，
劳拉低着头听着，
利齐绯红的脸上蒙着面纱：
两个人依偎着蹲着，
在那凉爽的时刻，
手臂握得紧紧，嘴唇一动不动，
面颊和手指尖都带着刺痛。
“靠近点，”劳拉说道，
扬起她那金色的头：
“那些精灵我们不能看，
它们的水果我们不能买：
天晓得它们用的那些土壤
去喂饱饥渴的根是啥样？”
“卖啦，卖水果啦。”精灵们边叫喊
边蹒跚着走下幽谷。
“唉，”利齐叫道，“劳拉，劳拉，
那些精灵你不要偷看。”
利齐将自己的眼睛闭上，

闭得紧紧的，生怕会张开看；

劳拉将那光溜溜的头向后拉了拉，

像潺潺流动的溪水，小声说道：

“看，利齐，看那，利齐，

那些小精灵向着幽谷走了。

一个拉着一只篮，

一个背着一只盘，

一个吃力地拖着个金色的碟子

重量肯定有许多磅。

葡萄藤长得肯定很美，

它们结出的葡萄是这样的甜美；

风儿吹得真是温煦

吹进了那果子生长的丛林。”

“不要说话，”利齐说道，“不，不，不要说话；

它们的叫卖声迷惑不了我们，

它们倒霉的礼品伤害不了我们。”

她将有波纹的手指

塞住两个耳朵，闭上眼就跑：

好奇的劳拉选择了逗留
对每一个精灵感到好奇。
一个有一张猫的脸庞，
一个挥动着尾巴，
一个迈着鼠步游荡，
一个蜗牛般爬向前方，
一个像迟钝的毛鼻袋熊徘徊，
一个像蜜獾手忙脚乱，跌跌撞撞。
她听到一个声音，像
一群鸽子咕咕的叫声：
声音友好，充满爱意
在舒适爽朗的气候里。

劳拉伸长了她那发光的颈项
像一只嵌有灯芯草的天鹅，
像溪边的一朵百合花，
像一根洒满月光的白杨树枝，
像一艘滑台上的船只
再也没有一点控制。

重新回到那个长满青苔的幽谷
精灵们成群结队向前行，
一边走一边尖声叫喊，
“卖啦，卖啦，卖水果啦。”
当它们来到劳拉的地方
它们一动不动站在青苔上，
哥哥对着奇怪的弟弟，
相互斜睨；
哥哥对着狡猾的弟弟，
相互做手势。
一个把篮子放下，
一个把盘子向后拉；
一个开始编织花冠
材料是卷须、树叶和棕色的坚果
（哪里都看不到有这样的东西卖）；
一个举起金色的碟子
盛满了水果给劳拉：
不断地叫喊“卖啦，卖啦，卖水果啦。”
劳拉盯着看但没有动，

渴望着但又没票子：

摆动尾巴的那个精灵请她尝一尝

说话声像蜜一样甜，

长着猫脸的精灵发出呼噜声，

迈着鼠步的精灵说了一句话，

一句欢迎的话，蜗牛一样爬行的精灵就在身旁；

一个鹦鹉学舌在打趣玩儿，

乱将“漂亮精灵”说成“漂亮鹦哥”；

一个啭鸣着像只鸟儿。

而爱吃甜食的劳拉说得匆忙：

“好心人，我可没有钱；

这样拿你们的东西等于是偷窃：

我皮夹子里没有铜钱，

也没有银元，

我所有的金子都在荆豆上

它在风中摇曳

它在锈色斑斑的欧石楠[①]上方。”

“你的头上有很多金子，”

精灵们不约而同地说道，

“用一根金色的卷发来买吧。”

劳拉剪下一绺子珍贵的金发，

流下了一滴比珍珠还稀有的眼泪，

然后就吸食那些红润漂亮的水果汁液：

它比岩石上的蜂蜜还要甜，

比人们畅饮的红酒还要浓烈，

流淌出的汁液比谁都要清澈；

她可从来没有尝过这种味道，

长期饮用会不会倒胃口呀？

她不断地吸呀，吸呀吸

吸食了不少那个无名果园里的果汁；

她吸呀，吸呀吸，直到嘴唇发痛；

然后她把空空的果皮抛掉

而收起了一个果核，

① 指杜鹃花科欧石楠属的常绿植物。——编者注

分不清白天还是晚上
她独自一人回了家。

利齐在门口碰见了她
说了不少机智的责备话：
“亲爱的，你不应该待得这么晚，
黄昏对少女来说并不好；
你不该在幽谷里蹒跚
那里是精灵们出没的地方。
难道你不记得珍妮了，
她在月光下遇见了它们，
拿了不少它们精美的礼物，
吃它们的水果，戴它们的花儿——
从凉亭里采来的花儿，
炎炎夏日促使花儿盛开，还记得吗？
但就是在月光下
她变得愈来愈憔悴；
她到处找它们，不分白天与黑夜，
结果找不到，她变得瘦小而苍老；

下第一场雪的时候她倒下了，
而直到今天那里寸草不生
那里她埋得很深：
一年前我在那里栽了些菊花
可从不开花。
所以你不该在那里逗留。”
“不对，嘘，”劳拉说道，
“不对，嘘，我的姐姐：
我吃啊吃，吃了个饱，
而现在我仍然想要吃；
明天晚上我还要
多买些。”她吻了吻姐姐：
“真对不起你；
明天我会带给你李子
刚从母枝上采下的新鲜李子，
还有樱桃子；
那些无花果呀
我用牙一咬，真正好吃，
冰冷的西瓜呀

装满了一金碟子
我拿都拿不起，
那些带有天鹅绒毛的桃子，
那些无籽透明的葡萄，
草地上真是香气袭人
那里是它们生长的地方，它们喝的水啊真干净
水边上还长着百合花，
花儿的汁液甜蜜蜜。”
金色的头靠着金色的头，
就像两只鸽子一个窝
翅膀插在相互间，
她们躺在有罩子的床上，
犹如一根茎上两朵花，
犹如新下雪中的两片雪花，
犹如两根白白的象牙
镶着金子给讨厌的国王。
星光月光对她们凝视，
风儿对她们唱着摇篮曲，

动作迟缓的猫头鹰不想飞，

没有蝙蝠来回飞，

绕着她们的床笫飞：

脸贴着脸，胸贴着胸

紧紧抱着睡在一个窝。

翌日清晨

雄鸡啼鸣，

犹如蜜蜂一样忙碌整洁可爱，

劳拉和利齐都起了床：

取了蜂蜜，挤了牛奶，

通了通风，整理了房，

用雪白的面粉捏制糕点，

供优雅的人们吃的糕点，

接着就用搅拌器炼制黄油，打奶酪，

喂家禽，坐下，做针线活；

像纯洁少女一样开始聊天。

利齐敞开了她的心扉，

劳拉心不在焉似乎还在梦中，

一个满足自在，一个怏怏不乐；
一个为晴朗的白天快乐地吟唱，
一个则盼望着夜晚的到来。

黄昏终于蹒跚而至，
她们拿着水壶来到长满芦苇的溪边；
利齐脸色和悦，
劳拉更像一团跳跃的火焰。
她们从汩汩的溪水深处取了水；
利齐拔了几根紫色和金色的丰茂菖蒲，
转身回家并说道：“夕阳照亮
将远方崇山峻岭照得又红又亮；
来吧，劳拉，没有哪个少女会落下，
没有哪个任性的袋鼠会摆尾巴，
野兽和鸟儿早已入睡。”
但劳拉仍然在灌木丛中闲逛
借口说她那边是陡峭的堤岸。

还说什么时间还早，

露水尚未降落，风儿尚未刺骨：
听啊听，就是听不到
那往日的叫卖声，
“卖啦，卖啦，卖水果啦。”
不断重复那金铃般的
甜蜜诱人的话儿。
她一直在细看，
就是看不到一个精灵
跑呀，摆尾呀，翻跟斗呀，蹒跚呀；
更不要说一大群精灵
过去曾经沿着幽谷游荡前行，
有时一组，有时独自一人
扮装成活跃的水果商人。
直到利齐催促她，“喂，劳拉，来吧；
我听到水果商的叫卖声，但我不敢抬头看，
你不该再在小溪边闲逛，
来跟我回家吧。
星星出来了，一弯新月挂在天上，
萤火虫一闪一闪发着光，

趁现在夜色未暗，我们回家吧，
因为乌云可能会密集
这又是夏天的天气，
风吹灭了我们的灯，雨又把我们弄成落汤鸡；
要是迷了路那我们还有什么计？”

劳拉变得跟石头一样冷
发现姐姐一个人能听到那个叫卖声，
那个精灵在叫：
“卖啦，卖啦，卖水果啦。”
那时她不能再买这样可口的水果，
她也不能再发现这样多汁的牧草地，
她失聪了，她失明了吗？
她的生命之树连根倒下，
她的心疼痛无比，她一言不发；
只是吃力地看着昏暗处，可啥也看不见，
她艰难地走回了家，水罐里的水滴在路上；
她爬到床上躺下
寂静无声，利齐也已睡了；

接着在一阵强烈的思念中，她又坐起来了，
她咬牙切齿，开始哭泣，因为她的欲望落空了
哭得好像心都要碎了。

日复一日，夜复一夜，
劳拉不停地看着，但没有用
她整天闷闷不乐，一言不发，极度痛苦。
她再也听不到精灵的叫卖声：
“卖啦，卖啦，卖水果啦。”——

她再也看不见精灵
沿着幽谷叫卖它们的水果，
但是当中午的天变亮时
她的头发变得稀少又灰白；
她变小了，好像那美丽的一轮满月
快速地衰退
将她那团火焰烧尽。

一天她记起了那个果核
她把它放在向南的墙边；
用眼泪当露水，希望它能生根，
期盼它能长出小芽，
但是没有长出小芽。
它从不见阳光，
也从未感觉到滴滴雨露的滋润。
她的眼睛凹陷了，嘴巴枯萎了
她梦见了西瓜，犹如旅行者看到
干旱的沙漠上有波浪的幻象，
还有一片树林下的阴凉，
而夹着沙子的热风把干渴得要死的行者烧成灰烬。
她不再打扫房间，
不再照看奶牛和家禽，
不再取蜂蜜，捏制麦粉糕点，
也不再到溪水边取水：
只是呆呆地坐在烟囱的角落边
不吃任何东西。

温柔的利齐不忍心呀

看着自己的妹妹每况愈下

而又不能为她分担。

无论白天还是晚上

她都听到精灵的叫卖声：

“卖啦，卖啦，来买我们果园的水果，

卖啦，卖啦，卖水果啦。”——

溪水边，幽谷旁，

她听见精灵们的脚步声，

讲话声和喧闹声。

可怜的劳拉听不到了；

想买点水果来安慰她，

但又怕花的代价太大。

她想到躺在坟地里的珍妮，

要不早就成了新娘；

新娘期盼有很多欢乐

而她却一病不起而身亡

在她快乐的年轻时光，

在早之又早的冬日时光，

刚刚降了第一场薄薄的白霜，
刚刚看到寒冬中飘下的第一场雪花。
劳拉现在愈来愈消瘦
好像是将死亡之门叩响，
那时利齐没有多想
不管是坏还是好；
她把一个银便士放进钱包，
吻了吻劳拉，横穿过长着大片荆豆的灌木林
黄昏时分，她来到溪水旁，
有生以来第一次
她开始聆听和细看。

每个精灵都在笑
它们看到了她的偷看，
朝她走过来，有的蹒跚，
有的飞行，有的快跑，有的跳跃，
有的直喘气，
有的咯咯笑，有的拍手闹，有的在欢叫，
有的咯咯叫，

有的在拖地，有的在割草，
呈现出各种风度和姿态，
有的做鬼脸，
有的装怪相，
有的像猫样，有的像鼠样，
有的像蜜獾，有的像毛鼻袋熊，
蜗牛一样爬行的显得急匆匆
鹦鹉学舌的和吹着口哨的
显得慌张张，
有的喋喋不休像喜鹊一样，
有的在振翼像鸽子一样，
有的像鱼儿在滑翔，——
有的拥抱她，有的亲吻她，
有的把碟子递给她，
有的把篮子和盘子拿给她：
“看看我们的苹果
黄褐色的、灰褐色的，
咬一口我们的樱桃，
吃一口我们的桃儿，

还有我们的香橼和枣儿，

只要你吱一声，就给你拿葡萄，

还有那发红的梨

在外面晒着太阳，

李子长在树枝上；

你尽管采，尽管吸，

还有石榴和无花果。”——

“好心人啊，”利齐说道，

又想起了珍妮，

“给我拿一些吧。”——

她张开围裙，

把那个便士抛给它们。

“不要啦，你坐下，

荣幸呀，跟我们一起吃饭，”

精灵们边说边笑，

“我们的宴会刚开始。

夜色还早，

天气温暖，珍珠般的露水在降落，

大家都没有睡，天上星光灿烂，

这些水果呀
没人能拿走;
一半的花儿会飞掉,
一半的露水会干掉,
一半的味道会失掉。
坐下跟我们一起吃,
做我们尊敬的客人别客气,
跟我们一起快乐一起休息。”——
“谢谢你们,”利齐说道,“但我
家里有个人在等着我,
所以,不要再跟我谈下去,
假如你们一个也不卖给我
尽管你们有这么多,
把我前面抛给你们的那个
我的银便士还给我。”——
精灵们开始抓头摸耳
不再摆尾不再发那呜呜声,
但明显都是反对声,
它们咕哝着咆哮着。

一个说她傲慢、
任性还不礼貌；
它们说话的声愈来愈高，
它们的脸色看上去非常不友好。
它们扬起尾巴抽她
它们踩她搡她，
推她挤她，
用指甲抓她，
对着她汪汪叫，喵喵叫，发嘘嘘声，嘲笑她，
撕破她的晚礼服，弄脏她的长筒袜，
连根拔出她的头发，
用力踩踏她的双脚，
抓住她的手，将水果挤烂
塞进她的嘴巴。
白里透红的利齐站在那儿，
像暴雨中的一枝百合花儿，——
像嵌有蓝纹的岩石块儿
任由汹涌的浪涛猛烈地冲击，——
犹如孤零零一座灯塔

在古老咆哮的大海上屹立，
送出一团金色的火焰，——
像挂满果实的橘子树
甘甜似蜜，到处是白色的花儿
上面是蜂儿留下的斑点儿，——
像一座皇家处女城堡
耸立着镶金的圆顶和尖顶
被一群士兵包围得紧紧，
他们疯狂地要扯下它的旗标。

一个人可以把一匹马牵到水边，
二十个人不能叫马饮那里的水。
尽管精灵们抽她，逮她，
哄她，打她，
欺她，求她，
抓她拧她，拧得青一块紫一块，
踢她，敲她，
殴打她，嘲笑她，
利齐一言不发；

她不会开口说话

除非它们把食物塞上，

但她心里暗自发笑

感到果汁滴满在她的脸上，

停留在她的酒窝上，

再沿着脖子淌下，抖动时像凝乳一样。

最后，这些不怀好意的人

所有精力被她的抗争耗光

将她的便士扔给了她，将水果踢光

沿着来时走过的道，

不留一点根，一枚核或一个小芽；

有的精灵痛苦地扭动身子钻进了土壤

有的跳进了溪塘，

叮咚声声，形成波浪，

有的随飓风飞行，没有一点声响，

有的消失在远方。

在一阵剧痛、疼痛和刺痛中，

利齐走自己的路，

不分黑夜和白昼；
她跳过堤岸，穿过荆豆园，
穿行在树丛掩映的幽谷中，
她听到那个便士
在钱包中跳动，叮当叮当，
听起来像乐曲一样。
她跑啊跑
似乎担心某个精灵
在追踪她，并对她讽言咒语
或大打出手：
然而没有什么精灵在尾随她，
内心也没有什么可害怕；
善良的心促使她快速前进
催促她快快回家，尽管气喘吁吁
而内心却在独自暗笑。

"劳拉，"她一边喊一边跨进了花园，
"你想我吗？
来亲亲我吧。

我身上的伤不算啥，
来抱一下，亲一个，吸食我带回的果汁
从精灵的水果中为你挤出来的果汁，
还有精灵的玉液琼浆。
吃我吧，喝我吧，爱我吧；
劳拉，充分利用我吧，
为了你，我幽谷勇闯
与精灵唇枪舌剑搏斗一场。”

劳拉从椅子上起来，
两只手在空中举起来，
紧紧抓着她的头发：
“利齐，利齐，你尝过了吗
为了我尝过那些禁果了吗？
你的光肯定像我的一样已经掩藏，
你年轻的生命像我一样已经耗光，
我的错你又去错上加错
我的毁灭又一次将你毁灭，
你干渴了，溃烂了，精灵附身了？”——

她紧紧地抱着姐姐，

亲啊，亲啊，一直亲着。

眼泪再一次淌下

滋润着她那凹陷的双眼，

犹如久旱

逢甘霖一样；

她的身体颤抖着，由于极度痛楚和害怕，

她亲啊亲，亲着姐姐，用自己饥饿的嘴巴。

她的嘴唇开始发烫，

那果汁尝起来像苦艾一样，

她厌恶这场盛宴。

极度痛楚中，她边跳边唱，

撕裂所有的衣裳

在悲哀中匆忙紧握着双手，

猛捶自己的胸膛。

她那一绺绺头发像火炬在飞扬

举火炬的是全速奔跑的赛跑员，

也像奔跑中马匹的马鬃，

也像猫头鹰挡住阳光

直面飞向太阳，
也像笼子里的鸟儿获得了解放，
也像军队的旗帜在行进中飘扬。

一团火快速钻进她的血管，撞击着她的心脏，
与闷在心里的那团火相撞，
强烈的火焰吞噬了弱小的一方；
她吃尽了苦头，不可名状。
啊！傻瓜，竟然选择这样
销魂夺魄的样！
知觉在致命的冲突中消亡，
犹如一个城堡的瞭望塔
在一场地震中下塌，
犹如一杆遭遇雷击的桅杆，
犹如一棵被风连根拔起的树干
打转转，
犹如一场瓢泼大雨
倾泻在海面上，
最后她倒下了；

快乐过去了，痛楚过去了，

这是死还是生？

是凤凰涅槃。

那个漫长的夜晚，利齐在她身旁观望，

计算着她衰弱的脉动，

试试她的呼吸状，

用水喂她，帮她降温

边用树叶扇着风边掉泪：

但当第一批鸟儿叽叽喳喳在屋檐下，

早起的收割者沉重缓慢地走向

那堆放一捆捆金色谷物的地方，

沾满露水的草儿

在晨风中弯着腰，活跃非常，

新的一天新的花苞

溪边盛开着杯形的百合花，

劳拉醒了，有如来自梦乡，

开心地笑着，依旧是那么的天真，

她拥抱了一下利齐，就只一下；

她那一绺绺发光的头发没有一丝灰白，

她的呼吸匀称优美像五月
眼睛里跳动的是光芒。
几日，几周，几月，几年
之后，她们都要嫁人
都会有自己的孩子；
做母亲的心充满了担心，
她们的生命将与稚嫩的生命紧密相连；
劳拉会对着小孩子讲，
讲她年轻时那美好的时光，
过去那快乐的时光
不会再有。
会讲那精灵出没的幽谷，
那不怀好意的古怪的水果商贩，
它们的水果吃起来甜如蜜
但在血液中就变成毒药；
（哪里都看不到有这样的东西卖。）
会告诉他们她姐姐的壮举，
姐姐冒着死亡的危险来拯救她，
获得了解毒药。

然后大手握小手

叫他们抱紧，

“天下没有像姐姐一样的朋友

不论风和日丽还是风起云涌；

疲乏的时候就逗你乐，

路走歪了就拉你回来，

跌倒了就把你搀起来，

站立时就使你坚强起来。”

（汉译：戎佩珏）

三个陌生人

［英］托马斯·哈代

英格兰南部和西南部的某些郡区，地貌辽阔，数百年来还保留着英格兰农耕地区的几大特色，几乎毫无变化：荆豆遍野的长坡、峡谷，或是养殖母羊的租地。这些地方特色名副其实，如果想在那些地方找寻人烟，映入眼帘的经常只是某个牧羊人居住的孤零零的小木屋。

五十年前，在一片草坡上有一所孤零零的木屋，很可能现在还在。它前不着村后不着店，但实际上离镇的距离还不到三英里，可这对它丝毫没有影响。这片三英里外坑坑洼洼的山地上，没什么天好的季节，雾雨冰雪天很多，常将其与世隔绝，足以让泰门[1]或尼布甲尼撒[2]待在那里出不来。就算天气好的日子里，即使是那些像诗人、哲学家、艺术家这类喜好独处的人，还有那些爱好沉思默念的人，都会觉得这里太过荒凉。

这类孤零零的住所常建在一些旧土堆或者古坟边，或者靠着树丛，或者至少靠着一段枯死的年代久远的古树篱。但是，这所房子却丝毫没有考虑利用这些遮蔽物。屋如其名——“飞鸦楼”，孑然独立，毫无遮挡。建于此处的唯一原因似乎是它处在两条小路垂直的交叉处，这一交叉口自形成到现在也已五百年之久了。就因为建成这样，这所房子四面日晒雨淋，毫无遮拦。可是，风照样地吹，雨猛烈地下，这片坡地上冬季天气虽然多变，但也不像平地居民想象得那么极端。严霜遍

① 泰门，英国剧作家莎士比亚的最后一部悲剧《雅典的泰门》中的主角。他生性豪爽、乐善好施，于是他周围聚集了一大群阿谀奉承的“朋友”，骗取他的钱财。泰门很快倾家荡产，负债累累。这时，“朋友”们都离他而去。饱受欺凌看尽人间冷暖后，泰门离开了他再也不能忍受的城市，躲进荒凉的洞穴，过起了野兽般的生活，最后在绝望孤独中死去。——译者注

② 尼布甲尼撒，《圣经》中的人物，在 50 岁时当上巴比伦国王，但他因骄傲异常受到上帝惩罚，离开王位，远离人世，与野地的兽同居，食草如牛。直到七年后才重获智慧，回到王位。——译者注

地，但不似洼地上霜气逼人，也很少冷到受不了的程度。牧羊人一家租住在这所房子里，人们都觉得他们备受风雨之苦，深表同情；但是他们却说，比起他们原来住在邻近避风的山谷小溪边，总的说来，没有像原来那样经常咳嗽发烧，生活也不似以前有诸多不便。

记不清是一八二几年了，那天是 3 月 28 日，又一个如往常一样让人深感同情的夜晚。风雨横扫过来，像森拉克[①]和克雷西[②]战场上的长柄利箭一样，急骤地落到墙上、斜坡上和树篱上。无处避雨的羊群和外面的动物们只好用臀部顶风站着；窝在荆棘丛秃枝上的小鸟，尾巴被风吹得里外翻转，像撑开的伞一样。小屋的山墙已是湿漉漉一片，屋檐上滴下的雨水被风吹得拍打着墙壁。然而，真没必要可怜住在里面的牧羊人，因为这个

---

① 森拉克山丘，一般认为是英格兰国王哈罗德二世在 1066 年 10 月 14 日黑斯廷斯战役中在此部署了军队，以抵抗征服者威廉领导的诺曼军队。——译者注

② 克雷西，公元 1346 年 7 月，英王爱德华三世率军 9000 人渡海侵入法国。法王腓力六世将兵三万余人迎敌。八月，双方战于克雷西。是役，英国长弓手起了关键作用，接连打退了法军的十五次冲锋。法军则伤亡惨重，腓力六世受伤，被迫退兵亚眠。英军大捷，乘胜进入诺曼底。——译者注

快活的乡下人正在庆贺第二个女儿受洗取名，为此大宴宾客呢！

雨还没开始下的时候，客人们都已经赶到，正聚在客厅或者说是主房间内。在这多事的夜晚，要是在八点钟时看看这间房，会觉得在这风雨交加的天气里它真是一个舒适温暖的所在。很多牧羊杖曲柄挂在壁炉上方，被当作装饰品，擦得闪闪发亮，它们宣告了屋主的身份。每个闪亮的曲柄各不相同：有老式的，上面刻着旧时家用圣经上的各种宗教图案；也有最流行的新款，就像上届当地绵羊交易会上才出现的。房间里点了六根蜡烛，烛芯只比蜡烛略细一点，插在烛台上。烛台平时用得很少，只在节日、圣日或者家庭喜庆日才用。蜡烛散放在房间内，有两支立在壁炉架上。壁炉架上摆放蜡烛就意味着举办宴会，这位置是有特殊意义的。

壁炉里，燃烧着一堆荆棘，噼里啪啦地“就像是傻瓜的笑声”。

房间内共有十九个人，其中五个女人，穿着不同颜色的鲜艳长裙，坐在靠墙的一排椅子上。腼腆的、大方的女孩们都一起挤坐在窗边的长凳上；四个男人，懒洋洋地靠在高背长靠椅上，有修篱笆的木匠查利·杰克、教区牧师伊莱贾·纽，还有牧羊人的岳父，奶牛场场主约翰·皮彻，他就住在附近。一个小伙子和一个年轻姑娘坐在房子角落的壁橱下方，正红着脸讨论他俩的终身大事；还有一个年纪不小的订了婚的男人，五十岁开外，他未婚妻走到哪他跟到哪，一副紧张兮兮的样子。因为没什么规定约束，大家都如平常一样开心，可以说比平时更开心。每个人都相信彼此互存好感，相处得非常自在，而且也没有人谈到或表现出想混得出人头地，增长见识，或干些出风头的事——现在这年头儿，除了社会阶层的上下两极，谈到这些一般都会打破和谐，带来不愉快。因此最后时刻，聚会上大多数人都真正地觉得高贵平和，聚会气氛和谐完满。

牧羊人芬内尔婚姻美满，娶的是奶牛场场主的女儿。她家住在远处的山谷里，离这有点距离。嫁过来时她口袋里装了 50 畿尼[①]——一直没用，留着以备将来生儿育女之需。聚会应该怎么办，这个节俭的女人为

① 英国货币的一种，1 畿尼约合 1 英镑。——编者注

此确实费了一番脑筋。一直在聚会上坐着吃喝自有好处，但是大家安然惬意地坐在椅子和高背长靠椅上，这样男人们会一直添酒，家里的酒会喝得一滴不剩。办成舞会也行，这样的话大家不会狂饮烂醉，不过跳完舞后肚子会饿，家里储备的所有食物会被吃光，这好处也就抵消了。所以，牧羊人芬内尔的妻子最后采取了一个折中方案，跳一会儿舞再聊聊天，唱唱歌，这些活动穿插进行，每个都不致失控。不过，她只是在自己心里盘算——牧羊人自己是有心尽地主之谊，要将客人们好好款待一番的。

聚会的人里边有个拉小提琴的男孩，十二岁左右的样子，非常擅长拉吉格舞曲和里尔舞曲，只是他手指有些短小，没法来回转换到高音位置，因此每次从高音位置回来时拉出来的音符听起来就没那么有浑然一曲的感觉。七点钟开始，这小孩就吱吱呀呀地拉起了琴，教区牧师伊莱贾·纽非常有心地带来了自己心爱的乐器低音短号，奏出轰鸣的低音为他伴奏。大家马上就跳起舞来，芬内尔太太私下里嘱咐乐师们一场舞绝对不要超过十五分钟。

可是伊莱贾和那个男孩乐在其中，奏到高兴时完全忘记了女主人的嘱咐。而且，有个叫奥利弗·吉勒斯的十七岁男孩，跳舞时迷上了自己的舞伴——一个三十三岁开外的漂亮姑娘。他不假思索地递给乐师们一枚崭新的一英镑硬币，贿赂他俩只要有劲儿、有气就一直拉一直吹。芬内尔太太看到客人们跳得脸上都冒汗了，走过去捅了捅小提琴手的胳膊肘，然后用手盖住短号的喇叭口，可他俩都没搭理她。她又担心自己阻止得太明显的话，会显得不好客，所以最后只好无可奈何地回到原来的位置坐下来。跳舞的人们快速旋转，越转越快，就像天上的行星般沿着自己的轨道，正转、反转，转到远处，再转回来，就这样一直跳了一个小时，房间尽头那面报时准确的钟的指针沿着表面走了一圈。

在芬内尔农舍里这些喜庆的活动举行得如火如荼的时候，门外暗沉沉的夜色里发生了一件对聚会有重大影响的事情。就在芬内尔太太担心舞会越来越狂热的时候，有个人影从远处镇的方向，朝着飞鸦楼矗立的孤零零的山包走上来。此人在雨中大步流星，沿着那条人迹罕至的道路，这条路前方正好经过牧羊人的小屋。

此时已近月满时分，因此，尽管天空还被大块雨云遮得严严实实，户外的一般物件还是可以看清。惨淡的天光下，可以看出这位孤独的行人身形矫健，他行走的样子像是应该已过鼎盛的壮年，但也超不了太多，万一发生意外，还能身手敏捷地应付。粗略估计，年龄大概四十岁。他看上去个子不矮，不过在征兵官员眼里，或者任何一个习惯于目测别人身高的人眼里，会觉得他是因为瘦削才显高，实际上他身高也就五英尺八九的样子。

他步伐均匀，但走得小心翼翼，仿佛一直在脑子里盘算着该怎么走。身上的衣服不是黑色也不是其他深色，可总让人觉得他天生就是穿黑色衣服的那类人。他身穿粗布衣服，脚蹬钉靴，但步伐却显示出他不是那种习惯走泥路、身穿粗布衣和蹬钉靴的农村人。

他正走到牧羊人屋门口时，下雨了，或者说雨不遗余力地猛下了起来。小农舍的外墙挡住了些风雨的势头，因此他停了下来。牧羊人房子设施中最显眼的是花园前方角落里的一个空猪圈，那里没用树篱围住，因为那时候人们还不懂得在房子前面再建个一般的门面来掩盖房子里的寒碜。猪圈顶上湿淋淋的石板瓦泛着白光，这位旅人看到了这个小建筑物，转过身发现它是空的，于是就站到那单片斜顶下躲雨。

他站在那，听到近旁房子里传出蛇形短号的轰鸣低音，还有微弱的小提琴曲子，其中伴随着疾飞的雨点打在草地上发出的唰唰声，打在园子里种的大白菜上发出的噼啪声，落在路边清晰可辨的八到十个盖着麦秸的蜂箱顶上发出的沙沙声，还有顺着屋檐落到摆放在小屋墙根的桶啊盘啊发出的叮咚声。在飞鸦楼这类高地上建的住宅里，日常生活最大的难题就是缺水，碰到下雨就要充分利用，家里所有的坛坛罐罐都用来接雨。夏季干旱时节，住在高地上的人家必须想办法节约利用洗衣服的肥皂水，或是洗碗水之类的，想出的这些招数听起来有些不可思议。不过，现在这季节并没有节水的迫切需要，所以只要存着老天爷赐予的雨水就足够了。

最后蛇形短号停止了吹奏，房子一下安静下来。活动戛然而止，这个独行人从沉思中回过神来，于是他走出棚子，显然心里另有打算。他走上通向屋门的小道，走到门口，先跪在一块大石头上，从边上摆放的那排接水罐里挑了一个喝了满满一大口。口不渴了，起身举手准备敲门，眼睛盯着门板又停了下来。因为黝黑的门板看不出什么究竟，显然他在思忖屋里到底在干什么，他进到这门里后会有什么后果，可能会发生什么事情。

踌躇间，他转过身四下打量，一个人影也没有。花园小径从他脚下延伸下去，闪着幽光，像蜗牛爬过留下的痕迹。一口小井（多半时候没水）上的井棚和井盖，还有菜园园门上方的横框，都像抹了层清漆，发出幽幽的微光。而远方的山谷里，出现一片草地，透着一片淡淡的白光，这在平时没见过，说明河水漫了上来。更远处，雨幕里，几盏灯闪着模糊的光——那是郡镇所在，他似乎就打那儿过来。那边看不出任何动静，这似乎让他拿定主意，于是他敲响了门。

屋子里，舞蹈和音乐都停止了，大家在东拉西扯地闲聊。修树篱的木匠提议大家唱一首，当时没人愿意响应，正好响起了敲门声，岔开了这个话头，让大家都松了一口气。

牧羊人当即应声道："进来！"

咔嗒一声，门闩抬了起来，赶路人披着夜色，走进来站在门口垫子上。牧羊人站起身，剪亮了身边最近的两根蜡烛，转过脸来打量着他。

烛光下，只见这位陌生人皮肤黝黑，相貌端正。帽子当时没取下，低低地压在眼睛上方，尽管这样，仍可以看到他目光坦诚，坚定有力，他炯炯有神地盯着整个房间，而不仅仅是扫一眼。看过后似乎相当满意，便脱下帽子，露出一头乱蓬蓬的头发，用低沉而富有磁性的声音说道："伙计们，雨下得太大，只好请求进来歇歇脚。"

牧羊人答道："确实下得大，伙计，说真的，你运气真好，来得正是时候，我们正开心地办喜事呢——虽然，说实在的，男人们并不太希望这样的喜事一年里再来一次。"

"也不希望一次也没有。"一个女人插了一句，"因为尽早把生儿育女的事办完，这样就能尽早不再受这份苦。"

陌生人问道："什么喜事呀？"

牧羊人答道："生孩子加受洗取名。"

陌生人表示希望主人家这样的喜事不多不少，遂心顺意，看到被邀喝上一杯，他欣然接受。进门前，他看上去还有点犹豫不决，现在俨然一副无拘无束、坦然磊落的架势了。

“这时候还穿过这片山谷，够晚的——啊？”五十岁的订婚男人说道。

“是不早了，先生，您说的没错。——我想坐到壁炉边，太太，如果您不介意的话，迎着雨的这边都湿了。”

牧羊人芬内尔的妻子说不介意，并且为这个不速之客腾出地方，于是这人占据了整个壁炉角落，尽情地舒展着胳膊和腿，一副到了自己家里的派头，毫不拘束，自由自在。

发觉牧羊人妻子盯着他靴子看，于是他坦率地说：“是啊，靴子头裂缝了。这双鞋也不太合脚。最近日子不太顺，只好有什么穿什么，等到家了，得找身适合平日干活的衣服来穿。”

“家就住在附近吗？”她问道。

“有点远——镇那边再过去点。”

“我想应该是那边。我也从那边来。听您口音，离我老家不太远。”

“不过您应该没听说过我，”他赶紧作答，“夫人，要知道，我住到那儿的时间应该比您早多了。”

这番话证明，女主人是个比他年轻的人，于是她停下来，没有继续盘问下去。

接着，他说："还差一样东西，就心满意足了，我是说来点烟草，很遗憾我的抽完了。"

牧羊人答道："我来给您装满烟斗。"

"我还得向您借根烟斗。"

"抽烟的人不随身带着烟斗？"

"不知道掉在路上什么地方了。"

牧羊人取出一只新的陶烟斗，装满烟草，边递给他，边说道："把您的烟草盒递给我——索性我也来给它满上。"

那人把周身口袋翻了个遍。

"烟草盒也丢了？"主人有点惊讶地问。

"估计也丢了，"那人说道，有些不知所措，"给我用纸卷点儿烟吧。"他将烟斗对着烛苗，使劲吸了一口，把整个火苗都卷进了烟斗。点燃烟，他又坐回到角落里，低下头看着湿裤腿上微微冒出的热气，仿佛不想再说什么了。

这段时间里，大多数客人没怎么留意这个来访者，因为他们正忙着讨论乐队该为下一轮舞演奏什么舞曲。

舞曲定下来了，大家正准备起身，这时又传来一阵敲门声，他们只好停下来。

听到敲门声，坐在壁炉角落边的那人拿起拨火铁棍，开始拨弄壁炉里烧着的木柴，仿佛他在那就是专门干这活的。牧羊人第二次说道："进来！"马上，又进来一个人，站在门口稻草垫上。又是一个陌生人。

这人跟第一个陌生人完全不属于同一类型。他举止跟常人无异，脸上乐呵呵的，一副在哪都能随遇而安的样子。他比第一位来客年长几岁，头发有些花白，眉毛浓密，脸上胡子刮得光光的，两边脸颊上各留了一簇。脸圆圆的，皮肤有点松弛，但面相刚毅。鼻子周围有几点红色的酒糟。他脱下褐色长大衣一扔，大衣下面穿着一身煤灰色套装，怀表链上挂着几枚大印章，是他周身的唯一饰物，印章沉甸甸的，没擦拭看不出是什么金属制成。他一边甩掉光面低冠帽上的水滴，一边说道："伙计们，我得请求让我躲会儿雨，不然，还没走到卡斯特布里奇我就全身湿透了。"

"请便吧，先生。"牧羊人说道，口气不如第一次迎客时那么热忱。这并不是因为芬内尔先生天生小气，而实在是因为房子不大，备用的椅子也不够，身穿艳丽长裙的夫人们和女孩们真不愿意身边待着几个浑身湿漉漉的人。

不过，这第二位来客脱掉大衣后，把帽子挂在房梁的一颗钉子上，好像有人专门请他挂在那一样，然后走向桌旁坐下来。为了腾出更多地方来跳舞，桌子就被抬到了紧靠壁炉角落的地方，里面那条桌边已经蹭到了第一个陌生来客的肘部，这时他正安坐在火边。因此，两个陌生来客坐到一块儿了。他俩互相点了点头，权当认识彼此了。第一位来客递给邻座一个家用马克杯——那是一只棕色的大器皿，经过几代人干渴嘴唇的摩擦，杯口已经被磨得凹下去了，像一道磨损的门槛一般，杯肚上烧制时印上了如下几个黄字：

我来了，才好玩

另一位很干脆地把杯子举到嘴边，一个劲儿地喝了起来，没有间断地喝——直喝到牧羊人老婆脸色泛绿，因为她没法相信第一个陌生人竟然借花献佛，如此大方地请第二位来客喝酒。

那个喝得高兴的家伙心满意足地对牧羊人说道："我早就知道！进门前穿过你家园子时，我看到成排的蜂箱，我心里就在想'有蜜蜂就有蜂蜜，有蜂蜜就会有蜂蜜酒'。不过，我没料到这么大一把年纪的时候还喝上了如此正宗顺口的蜂蜜酒。"他对着大杯又喝了一大口，要满上的高度让人心生不快。

牧羊人一脸热忱地说："我很高兴，您爱喝这个。"

"这是上等的蜂蜜酒。"芬内尔太太附和道，一脸不高兴的样子，仿佛是在说为给自家酒窖买几句溢美之词，可能要花大价钱一样。"酿这个酒很费事——说真的，我们都不想再酿了。蜂蜜卖得不错，我们自己平时可以换着喝几口洗蜂房时常用的淡酒就成了。"

"噢，不过你下不了这样的决心。"身穿煤灰色衣服的陌生人语带嘲讽地说道。他第三次举起酒杯喝光了杯中酒。"我爱喝蜂蜜酒，尤其像这么纯的蜜酒，就如我礼拜天爱上教堂，平日里爱救济穷人一样。"

"嗬，哈哈哈！"坐在壁炉边的人笑了起来。虽然他正忙着抽烟一直没空说话，但还是因为他的幽默而忍俊不禁，或者说他应该对他的幽默有所表示。

那时候的陈年蜂蜜酒使用头年最纯或者说是处女蜜酿制而成，四磅蜂蜜加进一加仑酒里，再加上适量蛋清、肉桂、生姜丁、香豆蔻、迷迭香和酵母，经过发酵、装瓶、窖藏等工序，这样制作喝起来酒味才醇厚。它刚喝时没什么感觉，但后劲儿十足。所以，现在那位坐在桌旁穿着煤灰色衣服的陌生人因为慢慢上来的酒劲，解开了马甲的纽扣，向后靠在椅子上，张开双腿，引得大家都朝他看过来。

他又开始说："是啊，是啊，我说过，我要去卡斯特布里奇，我得去那里。本来这会儿我已经到了，但这场雨让我走进你家门，我还挺高兴的。"

牧羊人问道："您不是住在卡斯特布里奇吧？"

"目前还没有，不过不久后打算搬到那里。"

"可是去做什么生意？"

"不对，不对，"牧羊人老婆说道，"很显然这位先生是个有钱人，不会想去干什么活儿的。"

穿煤灰色衣服的陌生人沉默了片刻，仿佛在思考是否应该接受对自己身份的断定。不过，他很快拒绝了这一说法，回复道：“夫人，我还配不上说是有钱人。我还干活，而且不得不干。即使我半夜赶到卡斯特布里奇，第二天早上八点我就得开始干活。是的，不论天晴下雨，刮风下雪，饥荒战乱，第二天我都得照常工作。”

“可怜的人儿！这么说，您虽然看起来有钱，但日子似乎过得还不如我们咯？”牧羊人的妻子答话道。

“我这行当的性质就是如此，先生们女士们。倒不是说我穷就得这样，而是我干的这行当要求我这样——可是我的确该起身告辞了，不然我进城后就找不到地方住了。”不过，嘴里虽然这么说，他并没起身，而是又直接提出要求：“走之前还来得及为我们的交情再干一杯，要是杯中还有酒，我马上就干掉。”

“这有一杯淡酒，”芬内尔太太说道，“我们虽然管它叫淡酒，实际上是用洗蜂巢的头道水酿制的。”

“算了吧。”陌生人语带不屑地说道，“我可不愿喝这二等货色的酒败坏了您之前款待我的美意。”

“当然不应该这样，”芬内尔插话道，“又不是每天都生孩子，我再给酒杯满上。”他走到楼梯下方放置酒桶的暗处，他妻子跟了过去。

“你干吗这么做？”当只剩他俩时，她责备道，“他已经喝干了一大杯，那是够十个人喝的量；现在还嫌喝淡酒不过瘾，非要喝醇的。何况我们都不认识他，我可一点都不喜欢他那副德行。”

“可是他进了咱们家的门，亲爱的。天这么晚了，还下着雨，再说又是洗礼的喜庆日。得了，多一杯少一杯蜜酒有什么大不了的？下一次熏蜂，会产更多的。”

“好吧——就这一次，下不为例。”她答道，心疼地看着酒桶。“可是这人到底是干什么的？他是哪里人？说来就来，跟我们共处一室。”

“我哪里知道呢，再问问他。”

这次，芬内尔太太采取了策略，有效地阻止了穿煤灰色衣服的陌生客人一口喝干整杯酒的惨局。她将酒倒进小杯里，大杯子小心地放在离他有点距离的地方。他一口喝干第一小杯后，牧羊人又再一次问起他的职业。

被问的人没有立即作答，倒是坐在壁炉边的家伙，突然不问自答，开口说道：“谁都知道我这行当——我是个造车的。”

牧羊人说：“在这一带可是个好行当。”

“我干的行当也人人知道——如果眼尖的话。”穿煤灰色衣服的陌生人说。

“一般看手就能猜出一个人的行当，”修树篱的木匠一边看着自己的手一边说道，“我的手指上全是倒刺，就像旧式插针包上插满了针一样。”

坐在壁炉边的家伙不由自主地将手缩到暗处，重新拿起烟斗，盯着炉火。坐在桌边的家伙接过修树篱木匠的话茬，加了一句：“这种说法真没错儿，不过我干的行当有点不同寻常，因为我身上不会留下什么痕迹，倒是会在我的顾客身上留下痕迹。”

没人主动去细想来解开这个哑谜，牧羊人的妻子再次提议唱歌。跟第一次一样，不能唱歌的理由又被提了出来——这个说嗓子不好，那个说不记得第一段歌词。坐在桌旁的陌生人一时兴致勃勃，他说他先唱上一首，给大伙儿起个头，就这样解了围。他一只手的大拇指插在背心腋窝处，另一只手挥起来，以一种即兴演唱的方式，凝视着壁炉架上方闪闪发亮的牧羊杖曲柄，开始唱道：

“噢，我的行当可不一般，

各位诚实的羊倌——

我的行当着实壮观，

我会把顾客高高绑起

让他们随风飘去，

飘向一个遥远的地方。”

他唱完这段，屋里没人说话——只有壁炉边坐着的那个人，听到唱歌的人说：“一起唱！”马上跟他一起用低沉的嗓音极富乐感地唱道：

“让他们随风飘去，

飘向一个遥远的地方。”

奥利弗·吉勒斯、奶牛场场主约翰·皮彻、教区牧师、五十岁的订婚男还有靠墙坐着的那排年轻姑娘好像都陷入了沉思，提不起兴致。牧羊人看着地面，一副若有所思的样子，他老婆饶有兴趣地盯着歌唱者，心存疑惑，她心里纳闷这个陌生人是在唱一首记忆中的老歌呢还是为了应景即兴而为。大伙儿都猜不透这个词到底要表达什么，就像《伯沙撒王的盛宴》[1]上的客人们一样，不知究竟。只有壁炉边坐着的那人用平静的口吻说道："唱第二段吧，陌生人。"说完继续抽着手上的烟。

歌唱者痛快地喝了一口，把自己从嘴唇到全身好好地润了一番，然后应邀继续唱起了第二段：

"我的工具简简单单
各位诚实的牧羊倌——
我的工具没什么好看
一根细麻绳，荡在柱子上
足以让我好好干。"

牧羊人芬内尔扫视一圈。很显然，陌生人分明是在用唱歌的方式回答他提出的问题。客人们一个个吓得往后退，忍住没叫出声。那位跟五十岁男人订婚的年轻女士，吓得差点晕倒在地，只是发现未婚夫不够麻利扶不住她，于是只好坐下来，吓得瑟瑟发抖。

① 17 世纪荷兰画家伦勃朗·梵·莱茵创作的一幅油画。——译者注

“哦，他就是那个——！”坐在后面的人悄声说道，提到那个不好听的公职名称。“他就是来干这差事的！就在明天，在卡斯特布里奇监狱，那个偷羊人——听说是个穷钟表匠，过去住在肖茨福德那边，找不着活干了——蒂莫西·萨默斯，全家人都快饿垮了，于是他走大路离开了肖茨福德，就在农夫、农夫的老婆还有他儿子的眼皮底下，不顾所有人的阻拦，光天化日之下抢走一头羊。他（他们点了点头，朝那个干着要人命行当的陌生人的方向）从那边的郡镇过来干这份差事，因为他自己郡镇里没那么多这种活，我们郡干这活的人去世了，他现在接了班，就住在监狱墙根下去世的人住过的小屋里。”

穿煤灰色衣服的陌生人没有注意到他们这一连串的交头接耳，又拿起杯子润了润嘴唇。看到只有坐在壁炉边的朋友在竭尽所能地对自己的开心歌唱做出回应，于是把酒杯举起，朝他表示谢意，对方也举起自己的酒杯。两个酒杯叮的一声碰到一起，屋里其他人的目光都落在歌唱者身上，盯着他的一举一动。他张开嘴准备唱第三段，就在那当儿又响起了敲门声。这次的敲门声不太响，似乎有点犹疑不决。

聚会的人群似乎都吓着了。牧羊人看着门口，一副惊慌失措的样子。他老婆忧心忡忡，向他投来阻止的目光。他费了好大劲儿才没理他妻子，第三次说出表示欢迎的话：“进来吧！”

门被轻轻推开，又一个男人站在门垫上。跟前面两人一样，是个陌生人。身形矮小，皮肤白皙，穿着一身体面的套装。

他开口问道：“劳驾，问个路，我怎么去——？”他把屋里所有人扫视了一番，想弄明白他们是群什么人，突然，看到穿煤灰色衣服的陌生人时，他眼睛一亮。后者此时一心一意要唱歌，几乎没注意到这个打岔的来客，他放声唱起了第三段，原先那些窃窃私语和询问声再也听不见了：

“明天我要干活了，
各位诚实的牧羊倌——
明天我有活干了，
农夫的羊被杀，偷羊的家伙被抓，

但愿上帝会饶恕他！”

坐在壁炉边的陌生人跟歌唱者一起起劲地挥动酒杯，杯里的蜜酒撒了出来，溅到壁炉地面上，他还像原先那样低声和唱着：

“但愿上帝会饶恕他！”

歌唱完前，第三个陌生人一直站在门口。现在，客人们发现他既没走进来也没再说话，才特意打量起他来。让他们惊讶的是他们发现这人站在那儿一副被吓破了胆的样子——双股战战，手抖得像筛糠，把他扶着的门闩都带得嗒嗒作响。惨白的双唇微微张着，双眼直勾勾地盯着坐在房子中央欢声歌唱的行刑官。接着一眨眼的工夫，他转过身，把门一关就逃之夭夭了。

牧羊人问道：“他会是什么人呢？”

其余的人，由于对刚才发生的事情还惊魂未定，加上被第三个来访者的古怪行为弄得莫名其妙，看上去都一副丈二和尚摸不着头脑的样子，一句话都不说。中间的那位先生令人畏惧，他们不由自主地往后退了再退，有人似乎把他看成魔鬼的化身，结果他们在离他较远的地方聚成了一圈，这样与他之间空出了一块地方——

“……围成一个圈儿，魔鬼站中间。”

屋子里鸦雀无声——里面有二十几个人——只听到外面雨打窗棂的噼啪声，间或有雨滴从烟囱落下掉进火里发出的嘶嘶声，还有坐在角落里的那个人吸烟斗时发出的均匀的噗噗声，他刚把长长的陶烟斗重新装满了烟。

突然，远处传来一声枪响，在空中回荡，打破了这一片寂静。很明显这枪声来自镇的方向。

“该死！”刚才唱歌的陌生人从凳子上一跃而起，大声骂道。

“怎么回事？”有几个人问道。

“有囚犯越狱了——就是这么回事。”

大伙儿都侧耳倾听，又响了一枪。没人吭声，只听见坐在壁炉边的那人平静地说：“常听人说起在这个郡有人越狱时会开枪，我这可是头一次听到。”

身穿煤灰色衣服的家伙低声问道：“不知道是不是我将要处决的那个人？”

“肯定是。”牧羊人忍不住答道，“并且我们都看到他了！就是刚才站在门边往屋里看的那个小个子男人，他看见你，听你唱歌时全身抖得像一片风中的树叶。”

“他牙齿磕得嗒嗒直响，人像没气了一样。”奶牛场场主说。

“他心像石头一样沉到了底。”奥利弗·吉勒斯说。

“而且他撒腿就跑，好像有人用枪比着他一样。”修树篱的木匠说。

“一点没错儿——他牙齿咔嗒作响，心往下沉，仿佛被人用枪比着一样仓皇而逃。”坐在壁炉边的人慢条斯理地总结道。

“我倒没注意。”行刑官说道。

“当时我们都奇怪是什么把他吓成那样，一溜烟儿就跑了，”靠墙的一位女士颤声说道，“现在都清楚了。”

时不时传来示警的枪声，低回沉闷，大家的猜测越来越确定无疑了。穿煤灰色衣服的先生沉着脸打起精神，哑声问道：“这儿谁是乡警，是的话请站出来。”

那个五十岁的订婚男哆嗦着从墙根走出，他未婚妻靠在椅背上抽抽搭搭地哭了起来。

“您是宣过誓的乡警？”

“是的，先生！”

“那赶紧去追逃犯，带上帮手，把他押回来，他还没跑远。”

“好的，先生，我去追——带上警棍就去。我先回家取警棍，然后到这带上人就去追。”

“警棍！要什么警棍！那人要跑得没影了。”

“可不带上警棍我什么也干不成，你们说是不是？威廉、约翰，还有查尔斯·杰克，你们说说。行不通的。警棍上有漆成金黄色的王冠图案，还有狮子和独角兽，我只有举起这带有皇家纹章的警棍袭击罪犯时才是合法的。我不会不带警棍就去抓人——这样可不行，我可不会这样干。合法了，我才敢去，对吧？要不然我可以抓他，他也可以抓我呀！”

“现在，我本人就是国王的人，让你有足够的权力，可以去追捕逃犯。”一身灰的官员以不容置疑的口吻说道，“好了，所有人准备好，你们有灯笼吗？”

“对，你们有灯笼吗？给我拿过来！”乡警命令道。

“还有那些身强力壮的——”

“身强力壮的男人们。对，全体出动！”乡警说。

“有没有结实的棍子和叉子？”

“棍子和叉子——都算合法！快拿起来去追吧，按我们两个官员的吩咐行动起来！”

就这样男人们都被鼓动起来，准备去追赶逃犯。证据虽然是根据当时的情况推断的，但却不容置疑，没必要多费口舌去告诉牧羊人的客人们，他们看到了刚才发生的一切，要是不马上赶去追捕那一脸惊惶的第三位陌生人，就可以算得上是包庇罪犯。山路崎岖不平，他顶多跑了几百码远。

牧羊人一般都备有一些灯笼。于是，大家匆忙地把灯笼点上，手抄起篱笆桩，一窝蜂冲出门，沿着山梁朝着与郡城相反的方向跑去，幸好这时雨势减弱了些。

不知是被吵闹声惊醒，还是因为可能做了关于洗礼的噩梦，楼上房间里刚受洗的孩子撕心裂肺地哭了起来。伤心的哭喊声透过楼板缝隙传到楼下女人的耳朵里，她们一个个急忙站起身，都屁颠屁颠地借口上楼去哄孩子，因为刚才半小时内接二连三发生的事情让她们倍感压抑。两三分钟后，楼下房间的人就都走光了。

可是，没过多久，大伙儿的脚步声刚消失，就有一个人从大家追赶的方向折返回来。从屋后绕到门口，他从门缝里瞧了瞧，看到里面一个人也没有，就不慌不忙地走了进来。原来是那个坐在壁炉边的陌生人，他刚跟大伙儿一起跑出去的。他折回的目的原来是这样：只见他自己动手从壁架上拿起一块蛋糕，很显然，刚才他忘了带走，虽然就坐在边上。然后从剩下的蜜酒里又倒出半杯，站在那狼吞虎咽地大吃大喝起来。还没吃完，又有一个人像他刚才一样，悄悄地溜进房子——一看，是他那个穿煤灰色衣服的朋友。

后进来的那位面带笑容，对他说道："哦，是你在这？我还以为你去帮着捉拿逃犯了呢。"只见他一边说着话，一边心急火燎地满屋子寻找那一大杯醇香诱人的陈年蜜酒——这就是他回来的目的。

另一个一边继续使劲吃着手上的蛋糕，一边答道："我也以为你跑去抓人了呢。"

"是去了呀，不过我转念一想，觉得我不去的话人手也够了。"他推心置腹地说道，"今晚天气又不好，况且，看管好罪犯是政府的职责——跟我啥关系也没有。"

“对呀，确实是这样。我跟您想的一样，我不去的话人手也够了。”

“荒郊野外，坑坑洼洼多的是，我可不想跑着跑着，伤了胳膊或是断了腿。”

“我也不愿这样，也就对您才说这话。”

“这些放羊的习惯了——都是些缺心眼的人，一说风就是雨，你知道，只消一会儿工夫，不到天亮，他们就会把那人交给我的，根本不用我费手脚。”

“他们会把他抓回来的，这件事我俩可以省省力气。”

“是的，是这样。哦，我是去卡斯特布里奇，路很远，够我两条腿走的。你也去那么？”

“我不去那，真遗憾这么说！我得回家，走那条路。”（他随意地朝右边点了点头。）

“我感觉跟你一样，两条腿要走断了才能到家上床睡觉。”

话刚说完，另一个人喝光了大杯里的蜜酒，然后，两人在门口亲热地握了握手，互道珍重，各自上路了。

与此同时，那伙追赶逃犯的人一直追到了一道形似猪背的山脊尽头，从山上可以俯瞰这整片坡地。这群人本来心里就没具体的行动计划，现在，发现那个行刑官踪影全无，他们一时也全没了主意。然后就四散开来，各自朝山下走去。不一会儿，其中有几位就被大自然捉弄了一番，在这片白垩构造地带，那些判断失误的夜行者经常遭遇这类事件。陡峭的山坡上每隔十几码就会有一条带状的燧石斜坡，让那些不留神的人猝不及防，脚一踏上陡坡上的碎石层，就顺着坡一路溜了下去，灯笼脱手，滚到山脚下，侧面着地，角顶都烧破了。

大家重聚在一起的时候，牧羊人因为对这一带地形最熟悉，就由他带路，领着大家绕过这些凶险的斜坡。灯笼在探路时帮不上什么忙，反倒是耀眼得会让逃犯警觉，知道有人在追捕他，所以大家便熄灭了火，并且规定一路都不要出声，就这样心里更有数地一路快步下到山谷。山谷里野草遍地，荆棘丛生，湿气逼人，是个藏身的好地方。但这群人穿过谷底，一无所获，然后爬上对面山坡。山坡上，他们又四散开来继续搜寻，过一会儿聚拢在一起汇报进展情况。第二次围拢在一起时，他们发现不远处有一棵孤零零的白蜡树，是这山沟里唯一的一棵树。多半是五十年前一只飞过此处的鸟种下的。

就在那，一个小个子站在树干一侧，跟树干一样一动不动，正是他们要搜捕的那人，身后的天空让他身形显得非常清晰。这伙人悄无声息地围拢过去，站在他面前。

“要钱还是要命？”乡警看着那一动不动的身影，面带杀气地说道。

“不对，不对，”约翰·皮彻轻声说道，“我们是来抓捕他的，不该这样说。像他这类歹徒行事时才这样说，我们是遵纪守法的。”

“行了，行了，”乡警不耐烦地回答道，“我总得说句话吧，对不对？你要是心里承受着这么大的责任和压力，你也会说错的。阶下之囚，投降吧，以圣父的名义——我是说，以国王的名义。”

站在树下的那人似乎才看到他们一样，没等他们鼓起勇气过去抓他，慢慢地，他朝他们走过来。的的确确，他就是那个小个子男人，第三个进门的陌生人，不过，他脸上的惶恐不安基本遁迹无形了。

“各位赶路人，”他开口说道，“你们是在跟我说话吗？嗯？”

“对呀，你马上过来，束手就擒吧！”乡警答道，

“我们逮捕你，是因为你没有按规定在卡斯特布里奇监狱里好好服刑，等待明天一早的绞刑。乡亲们，动手吧，将罪犯拿下。”

听到这番指控，那人面露喜色，二话没说，他们都没料到，他竟规规矩矩走到搜捕的人群中间，听候他们发落。于是他们手持棍棒，四面围住，簇拥着他走回牧羊人的农舍。

十一点才赶回。快进屋时，他们看到前门敞开，屋里亮着灯还有人在说话，肯定是他们不在时发生了新情况。一进客厅就看到两位卡斯特布里奇监狱的狱吏，外加一位大家都认识的治安官，他就住在离这最近的镇政府楼里，看来有人越狱的消息已经传开了。

“先生们，”乡警说道，“我把你们要的人带回来了——可是历尽艰险，不过匹夫有责！他现在被一群身强力壮的人包围着，虽然他们不知道怎样为国王当差，但是帮了我大忙。伙计们，把犯人押上前来！”于是第三个陌生人站到了亮处。

“他是什么人？”一位官员问道。

“你们要的人呀。”乡警回答。

“根本不是我们想要的人。”狱吏说道。第一个问话的人证实了他的说法。

“可是怎么会发生这样的事呢？”乡警问道，“那他当时看到行刑官坐那唱歌时为啥吓成那样？”于是他立刻把第三个陌生人进屋时听到行刑官歌声的古怪行径描述了一番。

“搞不清楚，”官吏毫无表情地说道，“我现在只知道这不是那个被判刑的家伙。长相跟这人完全不一样，那人体型偏瘦，黑头发黑眼睛，相貌英俊，嗓音低沉悦耳，只要你听到过他开口说话包你一辈子都记得。”

“哎呀，伙计们——是那个坐在壁炉边的家伙呀！”

“嗨——你说什么？”治安官向站在人群中的牧羊人详细地询问了一番后，走到前面问道，“你们就没抓住那人？”

“事情是这样的，先生，”乡警答道，“我们追的是这个人，我们没弄错；但那人根本不是我们去追的。我们追的人不是我们想要抓的，先生，您听得懂我这俗语么，您要抓的那人刚就坐在这屋子里的壁炉边。”

“整个一团乱麻！”治安官说道，“你最好马上出发去把那人抓回来。”

听到大家提到那个坐在壁炉边的人，那个被抓来的家伙显得相当激动，破天荒地开口说话了。他走到治安官面前说：“先生，不要在我身上费心劳神了，现在我干脆都说了吧。我啥都没干，错就错在我是那个被判刑者的兄弟。今天晌午刚过的时候，我从肖茨福德家里出发，一路跋涉，想赶到卡斯特布里奇监狱跟他道别。到这已经天黑了，于是来到这户人家想歇个脚，顺便问个路。一开门，我一眼就看到他，我的兄弟，出现在我面前，正是那个我打算去卡斯特布里奇死牢里见面的兄弟。他就坐在这壁炉边，那个前来给他行刑的行刑官就挤在他身旁，他就是想跑也跑不出来。那个行刑官当时正唱着一首关于行刑的歌儿，却不知道他将处死的人就坐在他身旁，为了不露马脚，还跟他附和着唱呢。我兄弟朝我看了一眼，眼神愁苦，我懂他的意思：‘看到了，别说话，否则我就没命了。’当时我吓得站都站不稳，惊慌失措地转身跑了。”

从他讲述时的神态和语调来看，他的话应该不假，所有人都为之动容。

治安官问道："那你知道你兄弟现在在哪儿吗？"

"我不清楚，我关上门跑了后就再没见着他。"

"这点我能证明，因为从那时候起我们就把你俩隔开了。"

"他想往哪儿逃呢？——他干哪行的？"

"他是个钟表匠，先生。"

"他说他是个修轮子的——可恶的骗子。"乡警咒骂道。

"他意思是修钟表里头的轮子，这也说得通，"牧羊人芬内尔解释道，"我当时就认为他双手白得不像是修车轮的。"

"好啦，我看扣着这位可怜人没什么意义了，"治安官总结道，"很明确了，你们该抓的是另外那个人。"

于是他们当场就放了那个小个子男人，可他还是愁容满面，治安官或者乡警也都没办法减轻压在他心头的负担，因为现在他俩关注的那个人不是他，而是他内心更挂牵的人。

当场释放后，那人就离开了。当时已是深夜，大家一致认为天没亮再继续搜捕也没有什么意义了。

于是，第二天，对那个聪明的偷羊贼开始了一场全面积极的搜捕，至少表面上看来如此。但对他罪行的惩罚似乎残忍得过了头，因此当地很多村民对逃犯抱有强烈的同情。而且，在牧羊人家的宴会上，面对将给自己行刑的人，他表现得超级冷静还敢跟他套近乎，这难得一见的场面让大家对他心服口服。因此，他们煞有介事、忙忙碌碌地在林子里搜，在田地里搜，在巷子里搜，但私下里检查自家的阁楼和户外的附属建筑物时，就不见得会那么彻底了。有人报告说不时看到一个神秘的身影，经常出现在杂草丛生的古道上，一会儿是这条道，一会儿是那条道，反正离主道都很远；可是一旦在这些可疑区域安排一次搜查，往往一无所获。就这样，日复一日，周复一周，仍然没有关于此人的任何消息。

长话短说，那个坐在壁炉边、声音低沉的家伙再也没有被捉拿归案。有人说他已经漂洋过海，有人说他没有，而是在一座人口稠密的城市里隐姓埋名了。不管怎样，那位穿煤灰色衣服的先生不但没做成在卡斯特布里奇那份早上的活儿，也没在任何其他地方因任何往来碰到过那位善解人意的同伴——那位跟他在山谷斜坡上孤零零的房子里轻松愉快地度过一小时的家伙。

牧羊人芬内尔和他节俭的妻子的坟头上早已绿草葱葱，那次参加洗礼命名庆祝晚会的客人们基本也都随着招待他们的主人一个一个走进了坟墓，他们为之欢聚一堂祝福的那个婴儿如今也已是一位年事已高、形容枯槁的老妇。但是，那天晚上，在牧羊人家里，三位陌生人登门的故事，还有与此故事相关的细枝末节，此后在飞鸦楼附近的乡间广为流传，经久不衰。

（汉译：熊亚芳）

一个人需要多少土地

［俄］列夫·托尔斯泰

【一】

一位姐姐去看望住在乡下的妹妹。姐姐嫁给了城里的商人，妹妹则嫁给了一个乡下农民。两姐妹坐在一起喝茶聊天，姐姐开始炫耀自己城里生活的优越：舒适的住处，时髦的穿着，孩子们身上精美的服饰，可口的食物和饮料，还有诸如看电影、参加舞会以及各种丰富多彩的娱乐活动。

妹妹听了心里有点恼火，于是她说她看不惯商人的生活，而喜欢农民的日子："我可不愿改变我的生活方式，去过你那样的日子。我们的生活过得是粗糙一些，但起码我们无忧无虑。你们生活条件是比我们好，虽然你们常常赚的比你们需要的多得多，但你们很有可能会失去所拥有的一切。俗话说得好，‘有得必有失’。我们经常听到很多人前一天还很有钱，第二天可能就要乞讨度日。和你们有钱人相比，我们的日子更踏实一些。农民的生活虽然不富得流油，却能做到细水长流。我们不会很富有，但总能糊得住口。”

姐姐听了，冷笑了一声：“哼，糊得住口？是的，是糊得住口，除非你愿意吃猪牛的食物。你知道精致和优雅的生活吗？你丈夫天天辛苦劳作，而你会像在粪堆上生活一样一直到死，你孩子们的生活也是如此。”

妹妹答道：“是啊，那又怎样？我们的生活自然辛苦粗糙一些，可是却有保障，我们不用点头哈腰地求人。可是你们城里人，天天身处各种诱惑之中，可能今天还平安无事，但第二天恶魔就会引诱你丈夫打牌、喝酒、玩女人，美好生活彻底毁灭。这种事还见得少吗？”

此时，房子的主人，帕霍姆正躺在厨房灶头上，听着两姐妹的谈话。心想：“确实是这样，我们农民从孩提时候起，就在大地母亲这儿辛勤耕耘劳作，脑子却没有时间想到这些个谬论。主要是我们没有足够多的土地，要是我们拥有足够的土地，还有什么可怕的，就是恶魔来了也不害怕！”

两姐妹喝完茶，又谈论了一会儿衣服，然后收拾好茶具就躺下睡了。恶魔正好一直坐在炉灶后头，听到了她们的谈话。他很高兴农民的老婆引得她丈夫夸下海口，说要是他有足够的土地，就是恶魔来了也不害怕。“行，我们来过上一招，我给你足够的土地，然后我要通过这片土地让你逃不出我的魔掌。”

【二】

离村庄不远的地方住着一位夫人，她是一个小地主，拥有约三百英亩[①]的地产。她跟当地农民关系一直很好，不过，后来她雇用了一名老兵当管家，老兵总喜欢罚农民的款，弄得他们开始怨声载道。帕霍姆尽管一直小心翼翼，可还是时不时被他罚款——不是因为他养的马跑到夫人家的燕麦地里去了，就是奶牛没照看好跑进了她家花园，或者小牛犊子们跑到她家草地吃草了。

① 英美制面积单位，1 英亩约合 0.404 7 公顷。——编者注

帕霍姆交了罚款，怨声连连，怒气冲冲地回到家，对家人也没有好脸色。那年整个夏天，因为这个管家，帕霍姆麻烦事不断，他甚至很高兴冬天终于来了，这样牛就可以关进牛棚养了。它们不能去牧场吃草，他也会心疼它们吃掉那么多草料，但这样至少不用担心因为它们而又被罚款了。

冬天，传闻那位夫人打算出售自己的土地，公路上的旅馆老板正在跟她谈价。农民们得知这个消息后，都有点惊慌。他们心想："要是旅馆老板买下了这块地，他比夫人家的老兵管家更厉害，那样我们会被罚得更多的，这块地跟我们可是息息相关呀。"

于是农民们代表公社来到夫人家，恳求她不要把地卖给旅馆老板，他们愿意以更高的价格买下这块地。夫人表示同意。于是农民们想让公社以集体名义买下整块地，归大家共有。但为此开了两次会议，还是没有确定下来。恶魔在他们中间挑拨离间，不让他们达成一致。最后他们决定个人根据自己的经济能力分别购买，夫人也像上次那样答应了他们的请求。

现在，帕霍姆听说有位邻居准备购买其中五十英亩，夫人同意先付一半现金，另一半一年之后结清。帕霍姆有点不甘心："看看，看看，地要卖完了，我啥都买不到了。"于是，他跟妻子商量："其他人都在买地，我觉得我们也得买个二十英亩左右。日子越来越拮据了，那个管家光知道罚我们款，榨得我们一个子儿都没了。"

于是，全家人凑到一起，商量着怎么能凑齐买地的钱。手头只积攒了一百卢布[①]，卖掉一匹小马驹，卖掉一半蜜蜂，还让一个儿子先给人家做长工，提前预支他的报酬，从一个连襟那借到一些，这样东拼西凑，才凑够一半的买地款。

钱凑到手后，帕霍姆选中一块四十英亩左右的地，有的地方种着树木。他跟夫人谈好价，握手成交，付完定金，来到镇上签好各项协议，付清一半的买地款，答应剩下的余款两年内结清。

就这样，帕霍姆有了自己的土地。他借来种子，播撒在买来的土地上。收成不错，一年内他就还清了夫人和连襟的欠款。然后自己成了真正拥有土地的人，在自家地里耕耘播种，在地上晒草，砍伐自家的树木，在自

① 俄罗斯等国的主要货币。——编者注

家的牧场上放牛。现在他出门耕地，观察庄稼长势，或者看着自家草地时，内心充满喜悦。就连地里长出的草和花，他都觉得比别的地方的好看。以前，经过那里时，他并没觉得它与其他地块有什么不一样，但现在就是觉得完全不一样了。

【三】

帕霍姆内心十分满足，除了周边农民时不时闯进他家的玉米地和草地，一切都是那么令人满意。刚开始他总是很有礼貌地向他们申诉，可是他们还继续那样。现在，集体公社放牧的人也会把村里养的羊赶到他家草地上吃草，甚至夜里在牧场上吃草的马，也会跑到他家玉米地里。帕霍姆赶了一次又一次，但心里一次又一次地原谅他们的主人。他忍了很长一段时间，不想指控任何人，最后实在忍无可忍，去当地法庭上诉。他知道农民们并不是心怀恶意这么干，而是因为地太少才会招致这些麻烦，但是他又转念一想："我不能再坐视不管了，要不然，我所有的一切都会毁在他们手里，是该给点教训的时候了。"

于是他将他们告上了法庭，教训了他们一次，后来又告了一次，有两到三位农民因此而被罚款。过了一阵后，帕霍姆的邻居们开始对他心怀不满，故意时不时地把牛赶到他家地里，有一位农民甚至夜里溜到帕霍姆的树林里砍倒了三棵小酸橙树，并剥掉了树皮。一天，帕霍姆经过树林时看到一些白色的东西，走近一看原来是剥掉树皮的树干横在地上，边上只剩下树桩子。帕霍姆大为恼火，心想："他就是只砍掉一棵，都是忍无可忍的事情，这混蛋居然把这一丛酸橙树都砍掉了，我要是发现谁干的这事，一定要让他付出代价。"

他绞尽脑汁，想啊想，谁会这么干呢？最后得出结论："一定是西蒙那个家伙——别人是不会干这种事的。"他跑到西蒙家察看了一番，却一无所获，只是在那跟他吵了一架。但他现在更确定这事就是西蒙干的，然后就把他告上了法庭。西蒙被传唤出庭，案件审了又审，可最后因为没有证据，西蒙无罪释放。帕霍姆觉得实在不公，内心愤愤不平，他迁怒到法官和审判员身上说："你们肯定收了小偷们的贿赂，如果你们是清白的话，就不会为小偷开脱。"

帕霍姆跟审判员吵完架，又跟邻居们吵，有人甚至放出话说要烧掉他家的房子。因此，即使帕霍姆现在的地比以前多了，但他在公社的地位却越来越低。

就在这个时候，有传言说很多人都开始迁往新土地。

帕霍姆心想："我倒是没有必要离开这里，但其他一些人会离开村庄，留给我们的空间就更大了。我把他们的地接管过来，这样我会有更多的地产，生活会更加舒适。现在这种情况我受的各种制约太多，离舒适的生活还是差得太远。"

一天，帕霍姆正坐在家里，一位农民正好路过他们村，于是便走进他家。他把农民留在家里过夜，还请他一起吃了晚饭。帕霍姆问他来自哪里。陌生人告诉他，他来自遥远的伏尔加河对岸，他一直在那工作。谈着谈着，那人提到现在有很多人都选择去那定居，他还讲了很多村里的人是如何在那儿住下的。他们只要加入那边的公社，就能按人头获得每人二十五英亩的土地。而且，地非常肥沃，种的黑麦长得跟马匹一样高，密得割上五镰刀就可以扎一大捆。他说有个农民两手空空地去了那里，现在已经拥有六匹马和两头奶牛了。

帕霍姆心动了，他渴望这样的生活。心想："如果能在别的地方过得更好，我为什么要待在这个狭小的地方受穷呢？我把这里的土地和家当卖掉，带上这些钱去那从头开始，谋求新发展。这里地方实在小，经常会惹麻烦。不过我得先亲自去一趟看看情况。"

入夏时候，他把一切打点好出发了。坐上蒸汽船沿着伏尔加河顺流而下到了萨马拉，然后，又步行了三百英里最后到了那个地方。一切正如那个陌生人描绘的，这里的农民拥有大片的土地：公社分配给每人二十五英亩，并且如果你有钱还能以两先令一英亩的价格买下其他肥沃的土地，想买多少就买多少。

看到这些他想了解的情况后，帕霍姆在秋天来临的时候回到家，开始变卖家产。地卖了个好价钱，然后他卖掉家产还有所有牲口，退出当地公社，春天一到，就迫不及待地携家带口出发前往新土地了。

【四】

帕霍姆一家人来到新住所，就申请加入了一个大村庄的公社。他请社长们吃了顿饭，拿到那些必要的文件。公社分给他和儿子们一共五份土地——就是说，一共一百二十五英亩（这些土地不在一块，而是分散在各个不同地块），而且还能使用公社共有的牧场。帕霍姆建好住房，买回牲口。光是公社分给他的土地就是他原先土地的三倍，并且都是肥沃的庄稼地。现在他有大片的耕地和牧场，想养多少头牛都可以做到，生活比原来好过十倍还不止。

刚来时，因为忙于盖房定居，帕霍姆对一切非常满意，但当他慢慢适应当地生活后，他又开始琢磨他在这里的土地还是不够多。第一年，在公社分配的土地里他种上小麦，收成不错。他想继续种小麦，但公社土地不够用，原来种过麦子的土地不好再种，因为小麦只能种在未开垦或是休耕的土地上。一块地只能种一两年，然后就要休耕，让它长满牧草。很多人都需要这样的耕地，所以远远不够需求，他们也因此发生纷争。那些手头宽裕的农民想要这样的地来种小麦，手头没钱的人想要把这样的地租给土地承包商们，这样就可以筹到钱交税。帕霍姆想要种更多的小麦，于是他从土地承包商手里租了块地，租期为一年。他种下很多小麦，长势喜人，可是那块地离村庄有十多英里远——必须用车子把小麦运回来。后来，帕霍姆观察到一些农民商人，他们在不同的农庄有房子，并且越来越富有，他心想：“我要是能买到一些拥有所有权的土地，然后在上面盖房子，那情况就完全不一样了，房子和土地在一块，那该多好啊！”

于是，他脑子里开始盘算着怎么能买到拥有所有权的土地。

他租地种麦子，这样连着干了三年。天公作美，庄稼的收成很好，他手头积攒了一些钱。本来他完全可以过得很惬意，但是想到每年要去租别人的地，还要抢着租，这让他觉得很烦心。因为一旦有好地块出租，农民们就一哄而上，地一会儿就被瓜分完了，如果不眼疾手快，根本租不到地。第三年的时候，碰巧他和一位土地承包商一起从几个农民手上租来一块牧地，地刚用犁翻好，他们之间就发生了一些纷争，于是农民们将他们告上法庭，最后整个事情就泡汤了，活也白干了。

帕霍姆心想：“要是这是我自己的地，我就不会被任何人牵制，也不会有这些烦心事。”

所以帕霍姆开始四处去看有没有他能买下的土地，碰巧遇到一个农民，他刚买下一千三百英亩的土地，但是遇到了麻烦，想把地便宜处理掉。帕霍姆使劲跟他讨价还价，最后定下来以一千五百卢布成交，先给部分现金，剩下的后面付清。他们定下来就差签协议的时候，一天，一个承包商碰巧路过帕霍姆家问他要点草料喂马，他俩一边喝着茶一边聊着天。承包商说他刚从遥远的巴什基尔回来，在那他花了一千卢布买下一万三千英亩的土地。帕霍姆追问他详细情况，承包商告诉他："你只要跟那里的头领们打好交道，我花了大概一百卢布买了几件丝袍，还有地毯送给他们，另外送了一箱茶叶，给喝酒的人买了些葡萄酒。最后以不到一分钱一英亩的价格成交，买到了土地。"然后他让帕霍姆看地契，告诉他："这块地在一条河边上，整个草场还没开发过。"

帕霍姆一个劲儿地问这问那，商人说："那里的地很多，你走上一年都走不到边，那都是巴什基尔人的地，他们像绵羊一样头脑简单，你都不用花几个子儿就能买到地。"

帕霍姆心想："现在，我手头有一千卢布，为什么我要用它来买这一千三百英亩的地，还要让自己累死累活地背上债务呢？我要是带着这些钱上那去，我得到的地要比我用这些钱买的多上十倍还不止。”

【五】

帕霍姆打听清楚去那的路，那位承包商前脚刚走，他就准备亲自上那儿一趟。他让妻子留在家照看，带着一个随从就上路了。他们在路上一个市镇买了一箱茶叶、一些葡萄酒还有其他几样礼物，就像承包商建议的那样。然后继续走啊走，走了三百多英里后，第七天，他们来到一个巴什基尔人撑着帐篷的地方。就像承包商所描绘的那样，那里的人住在河边的大草原上，搭着毡盖的帐篷。他们既不耕地也不吃面包。牛啊马啊一群一群地在草原上自由吃草。小马驹用绳子拴在帐篷后面，母马会赶过来喂小马，一天两次。母马的奶挤出来做成马奶酒。女人们做马奶酒还做奶酪。男人们就只管喝喝马奶酒和茶，吃吃羊肉，吹吹笛子。他们都身材健硕，快乐无比，整个夏天都没想着要干活儿。他们不懂俄语，没什么知识，但都天性善良。

看到帕霍姆来了，他们都走出帐篷，围在他身边。找来一个翻译，帕霍姆告诉他们他来的目的是要买地。巴什基尔人看上去非常开心，他们带着帕霍姆来到一座漂亮的帐篷里，让他坐在一个羽绒垫子上，下面铺着地毯，他们自己则围着他坐下来。给他端来茶和马奶酒，宰了一头羊给他吃羊肉。帕霍姆从车子里取出礼物分发给这些巴什基尔人，然后把茶叶也送给了他们。巴什基尔人非常高兴，哇啦哇啦地说个不停，然后让翻译译给帕霍姆听。翻译说道："他们说他们很喜欢你，他们的习俗就是尽他们所能让客人高兴，并且要给丰厚的回礼。你给我们带来这么多礼物，现在告诉我们你看中我们什么东西，我们就可以送给你。"

帕霍姆回答道："这里我最喜欢的就是你们的土地。我们那的土地人口太多，土壤也用之过度。可你们有这么多上好的土地，我平生都没见过这么多的好地。"

翻译把他的话译了出来。巴什基尔人围在一起商量了一会儿。帕霍姆听不懂他们说的什么，但看得出来他们很快乐，他们大声喊着笑着。然后停下来看着帕霍姆，让翻译告诉他：“他们让我告诉你，作为你礼物的回报，他们想送你土地，你想要多少就给你多少。你只要用手指，指到哪，哪里的土地就是你的。”

巴什基尔人又交谈了一会儿，然后开始吵了起来。帕霍姆问他们为什么吵起来了，翻译告诉他，因为他们中有些人认为应该把这件事告诉他们的酋长，而不应该在他不在的时候把事情给办了，另外一些人则认为没必要一定要等到酋长回来再办。

【六】

巴什基尔人正吵得不可开交时，一个戴着狐狸毛大帽子的人出现了。他们一下子就安静了下来并且都站起身，翻译说道：“这就是我们酋长大人。”

帕霍姆马上拿出最好的长袍，外加五磅重的茶叶，送给酋长。酋长收下礼物，坐在自己的宝座上。巴什基尔人马上给他汇报。酋长听了一会儿点了一下头示意他们安静下来，然后自己用俄语对帕霍姆说道：“嗯，就这么办吧。你随意挑选你自己喜欢的土地，我们这有很多。”

帕霍姆心想："我怎样才能拿到足够多的地呢？我必须定个契约，要不然他们会说，'现在这地是你的，过一会又要把它收回'。"

于是他大声说道："多谢您这么客气！您地很多，我只要一小块。但是我想确定哪一块会属于我。我们能把它量好后定下来给我吗？我们的生死由上帝掌控，你们都是好人，现在把地给我了，但你们的下一代有可能会收回呢。"

酋长说道："你说对了，我们会全部交给你。"

帕霍姆继续说道："我听说一个承包商曾经来过这里，你们也给了他一块地，并且签好了地契，我希望也能像他那样定下来。"

酋长听明白了，回答道："是的，这个很简单。我们这有一个抄写员，我们会跟你一起到市镇上，然后把地契盖上合法的章印。"

帕霍姆问："那价格呢？"

"我们价格一直不变，一天一千卢布。"

帕霍姆没听明白。"一天？那是怎么算的？那会是多少英亩？"

酋长答道："我们也不知道会是多少，我们是以天来卖的。你一天内能走多大的范围，就能得到多少土地，你这一天付一千卢布就好了。”

帕霍姆惊叫道：“可一天能走过很大很大一片地呀！”

酋长大笑着说道：“走过的地都归你。不过有一个条件，如果你当天没有回到出发点，你的钱也不会退给你了。”

“那么，我怎样标记走过的地呢？”

“哎呀，我们将跟你一起去你喜欢的那片地，然后待在那。你必须从那出发，转一圈回来，带把铁锹，你认为在什么地方做标记合适，就用铁锹做一个。转弯的地方就挖个洞，盖上草，然后我们就会推着犁沿着这些洞犁一圈，你想转多大的圈都可以，不过一定要在太阳下山之前回到出发点，这样你走过的地就都归你了。”

帕霍姆听了非常高兴。他和酋长商定第二天清晨就出发。他们聊了一会儿，又喝了一些马奶酒，吃了些羊肉，然后又喝茶。天黑了，他们让帕霍姆睡在一张羽毛编织的床上，然后巴什基尔人四散回家睡觉去了，答应第二天破晓就集合，然后在太阳升起之前一起骑马赶到指定地点。

【七】

帕霍姆躺在羽毛床上，辗转反侧，难以入睡。满脑子都是土地的事情。

“我将要标出多大一块地呀！”他心想，“我一天能轻而易举地走上三十五英里路。现在白天还长，三十五英里围成一圈该是多大一块地呀！我可以把其中贫瘠的地卖掉，或者也可以出租给农民，把最肥沃的留给自己种。我要买上两队公牛，雇上两名长工，划出一百五十英亩左右做耕地，其他的都用来养牛。”

帕霍姆整夜没合眼，只是在天亮前眯了一会。刚闭上眼睛就做了一个梦。他想他还是躺在帐篷里的，听到帐篷外有人在咯咯直笑。他心想会是谁呢，然后起身走出帐篷，他看到巴什基尔人的酋长正坐在帐篷前两手叉腰笑得前仰后合。帕霍姆走上前去问他：“你在笑什么呢？”可是那个人又不是酋长了，而是上次路过他家的那个土地承包商，并且还告诉他卖地的事。帕霍姆刚想问他：“你在这待了多久了？”话还没问出口，那人又变成了很久以前去过他家的那位从伏尔加河来的农民。然后他又发现也不是那个农民，而是长着蹄子和犄角的恶魔本人，坐在那直笑。在他面前躺着一个人，光着脚，匍匐在地，只穿着衬衫和裤子。帕霍姆梦到自己使劲儿想看清楚趴在地上的人到底是谁，定睛一看，那人已经死了，正是他自己。猛地一下，他从梦中惊醒过来，心想："这都做的什么梦呀！"

睁开眼看了一圈，透过敞开的门他看到天破晓了，心想："该叫他们起床了，我们要出发了。"

他起身叫醒随从（他睡在车里），让他套好马，然后去叫那些巴什基尔人。"该去草原上量地啦！"他喊道。

巴什基尔人都起来集合了，酋长也到了。他们又喝起马奶酒，给帕霍姆泡了些茶，可是帕霍姆一点都等不及了，说："要去的话就马上出发吧，该走了。"

【八】

巴什基尔人都准备好了，全体出发：有的骑马，有的坐车。帕霍姆和随从驾着自己的小车，带了一把铁锹。他们到达时，清晨的草原上红光闪耀。他们爬上一个小丘，大家下马的下马，下车的下车，齐刷刷地站在一个地方。酋长走到帕霍姆跟前，朝着广袤的平原张开胳膊说道：“你瞧，你目光所及之处都是我们的土地，你可以拥有你相中的一块。”

帕霍姆双眼闪亮：这些都是未开垦的土地，像手掌一样平整，像罂粟花种子一样乌黑，而且洼地中杂草齐胸，种类繁多。

酋长摘下自己的狐狸皮帽，放在地上说道：“这里是标记。从这里开始，然后返回。你走过的所有土地都将属于你。”

帕霍姆拿出钱放在帽子上，脱下大衣外套，身上还剩一件无袖短外套。他解开裤腰带，把它勒紧在肚子底下，怀里揣上一小袋面包，腰间挂上一瓶水，向上拉了拉皮靴筒口，然后从仆人手中拿过铁锹，准备出发。他考虑了一下走哪条路最好——因为哪个方向都充满了诱惑。

“不管了，”他最后决定，“我就朝着太阳升起的方向走。”

他面朝东方，舒展了一下身体，等着太阳从地平线上冉冉升起。

“我必须争分夺秒。”他心想，“现在天气还凉爽，走起来比较轻松。”

太阳刚一冒出地平线，帕霍姆就把铁锹往肩上一扛，从山丘走向了草原。

刚开始，帕霍姆走得不慌不忙。走了一千码后，他停下来在地上挖了一个洞并在上面盖了一层又一层的草，以便更显眼一些。然后他继续向前走。身体越走越放松，他便加快了步伐。不久后，他又挖了一个洞。

帕霍姆回头望了一下。阳光下，小山丘很显眼，上面的人与闪闪发光的车轮都看得很清楚，粗略地估计一下他大概走了三英里。天越来越热了，他脱下短外套，搭在肩上继续往前走。现在天更热了，他抬头看了一眼太阳，该吃早饭了。他自言自语道：“早班完成了，可一天里有四个班，现在掉头太早了点。不过我得把靴子脱了。”他坐在地上，脱下靴子，然后把它们系在腰带上，接着向前走。这样走起来感觉轻松多了。

“我再向前走上三英里，”他心想，“然后左转。这片地真不错，不要未免太可惜了。而且越往前走，地看上去越肥沃。”

他又向前直走了一会儿。回头张望时，发现小山丘已几乎看不清了，站在上面的人看上去就像一群小蚂蚁。他只看到那里有什么东西在阳光下闪闪发光。

他停下来，挖了一个大洞，堆上好多草皮。接着拧开水瓶喝了一口水，然后猛地拐向左边。他向前走啊走啊，草很深，天气也非常热。帕霍姆开始觉得有些累了。抬头看了一眼太阳，发现已经是中午了。

“好吧，”他想，“我得休息一会儿。”

他坐下来，吃了点面包，喝了几口水。但是他没有躺下，因为他想如果一躺下马上会睡着的。坐了一小会儿之后，他便又开始赶路。起先他走得还比较轻松，腹中的食物为他增添了不少气力。可天变得燥热难挡，他觉得自己睡意沉沉。然而他还是坚持向前走，边走边想：“现在受一个小时的罪，将来可以幸福一辈子。”

他又沿着这个方向走了很长一段路，正想往左拐时，突然发现前面有一个潮湿的深坑：“不要这个坑有点太可惜了，”他想，“可以在那里种上桑麻。”于是他穿过深坑，在另一边挖了一个洞，然后才拐弯。帕霍姆向远处的山丘望去，燥热的空气使他的视线有些模糊：山丘似乎在晃来晃去，热气让人几乎看不清上面的人。

“啊！”帕霍姆想，“这两条边我走得太远了，得把这条缩短一点。”于是他加快步伐开始走第三条边。他抬头望了一眼太阳：它已经走完了从天空正中央到西方地平线一半的距离，而他第三条边却还没有走完两英里。他离目的地还有十英里远。

“不，”他想，“尽管我的土地看上去不很对称，但我现在必须沿直线赶快往回赶。我走得够远的了，我已经获得了不小的一块地。”

于是帕霍姆赶忙在地上挖了一个洞，然后转身径直向山丘奔去。

【九】

帕霍姆直接朝山丘走去，但现在有些走不动了。热得受不了，光着的两只脚上伤痕累累，双腿开始不听使唤。他极想休息一会儿，但如果他想赶在太阳落山之前回去的话就根本不可能有时间休息。太阳不等人，它现在离地平线越来越近了。

“上帝啊，”他心想，“如果我刚才不那样冲动地想要更多土地，该多好啊！我要是没赶到可怎么办！”

他朝山丘看了一眼，又看了一眼太阳。离目的地还很远，可太阳越来越接近地平线了。

帕霍姆继续向前走啊走啊，尽管实在走不动，他还是不断地加快速度。他逼着自己往前走，但离山丘还是很远。他开始跑起来，将外套、皮靴、水瓶与帽子一件一件扔掉，只留下铁锹做拐杖帮助他前行。“我可怎么办啊，”他又开始想，“我太贪心了，结果整个儿都毁了。太阳落山之前，我是赶不回去了。”

这种担心更让他觉得喘不上气。帕霍姆继续向前跑，被汗水浸透的衬衫与裤子紧紧贴在身上。他口干舌燥，胸部急促地起伏着，就像铁匠的风箱，心跳得就像锤子在敲一样，不停地抬起又落下。双腿也不听使唤，仿佛不属于自己似的。帕霍姆恐惧万分，想到自己可能会就这样累死的。

尽管害怕会累死，他还是没有停下脚步。“我已经跑了这么远一段路，如果再停下来，他们会说我是个傻瓜的。”他心想。于是他继续跑啊跑。离山丘越来越近，而且已经能听到巴什基尔人朝着他大喊大叫。这喊声使他更加激动。他使出最后的力气向前跑去。

太阳离地平线不远了。薄雾中的太阳看上去大大的，红得似血。现在，就是现在，太阳就要落山了，他离目的地也仅有咫尺之遥。帕霍姆已经能够看到山丘上的人们在向他招手，给他加油。他还能看到放在地上的狐狸皮帽和放在上面的钱，酋长坐在地上两手叉腰。帕霍姆想起了自己做的梦，心里想：“这里土地这么多，可是上帝会让我住在这么？我命都丢了，我命都丢了！我永远到不了那个地方。”

帕霍姆看着太阳，太阳半个已经掉下地平线了。他鼓起最后一点力气，向前冲去。他伛偻着腰，这样身子不会因为腿跑的速度过快而摔倒。就在他到达山丘的一刹那，天突然黑了下来。他抬头看看天空——太阳已经落山了！他大喊一声：“我所有的努力都泡汤了。”他正想着停下来算了，却听到巴什基尔人仍在对他呼喊。他猛地意识到：尽管从他所处的低处看太阳似乎已经落山，但是山丘上的人们还能看到。他深吸一口气，向山顶跑去。上面还有亮光。他来到山顶，看到了那顶帽子。酋长坐在帽子前方，两手叉腰，大笑着。帕霍姆又一次想起来自己做的梦，他大喊一声，双腿一软，身体向前一扑，用手去够帽子。

“啊，真是个男子汉！”酋长惊叹道，“他已经获得了很多土地！”

帕霍姆的仆人跑上去想把他扶起来，却发现他口吐鲜血。帕霍姆死了！

巴什基尔人咂着舌，表示同情。

他的仆人捡起那把铁锹，在地上挖了一个够帕霍姆躺进去的坑，把他埋在了里面。从头到脚六英尺，帕霍姆需要的土地就是那么一小块。

（汉译：熊亚芳）

波斯人阿里关于库尔德骗子的故事

《天方夜谭》

一天晚上，哈里夫·哈农·拉希德特别焦躁，坐立不安，于是派人把维齐尔[1]请来，告诉他："噢，贾阿弗，今夜吾心情沉重，无法入睡。望尔能帮我排忧解闷，为吾开怀。"

"是，陛下，"贾阿弗毕恭毕敬地答道，"我有个朋友，波斯人，名叫阿里，他一肚子的奇闻轶事，定能替您排忧解闷。"

哈里夫命令道："召他来见我！"

"遵命。"贾阿弗得令后，从哈里夫跟前退下，派人请来波斯人阿里，告诉他："陛下召见！"

"得令。"阿里答道，跟着维齐尔去晋见哈里夫。

---

① 维齐尔，伊斯兰国家尤指奥斯曼帝国的高官或大臣。——译者注

赐座后，哈里夫开口道：“噢，阿里，今夜，吾内心烦闷异常，听闻尔一肚子奇闻轶事，能否告知一二，解吾心中烦忧。”

“遵命，陛下，”阿里恭敬地答道，“您是想听我亲眼所见还是我亲耳所闻呢？”

“述尔亲眼所见吧！吾愿闻之！”哈里夫道。

“是，陛下。”阿里开始讲道，“几年前，我离开巴格达，这座生我养我的城市，开始旅行。我带了个贴身男童，他身上带着钱包，里面没装多少钱。之后不久，我们来到一座城市，我想在那做点买卖。

“结果，一个库尔德小偷赖上我，抓着我钱包说：‘这是我钱包，里面装的都是我的家财。’

“当即，我就大喊：‘全体穆斯林同胞，快帮我脱身吧，这是个彻头彻尾的无赖！’可是，没人信我，只是说：‘走吧，你俩一起去见法官，听候他的裁决。’我同意了，于是就一起来到法官面前。

“法官问道：‘你们来见我，是为何事？’

“我答道：‘我们有一个纠纷，现在来请您帮我们做出仲裁！’

"'你俩谁是原告？'法官问道。

"只见库尔德人走上前说：'真主保佑，法官大人！千真万确，这个钱袋是我的，里面装的都是我的家财。我弄丢了，刚发现钱袋到了这个人手里。'

"'你什么时候弄丢的？'法官问道。

"'昨天，'库尔德人可怜巴巴地说，'丢了钱包后，我一夜没睡。'

"'既然是你的钱包，那你说说里面装了什么？'法官问他道。

"库尔德人当即回答：'我包里装有两件银饰、几块眼影粉饼，还有一方手帕，我还放有两个镀金的茶杯、两尊烛台。另外还有两顶帐篷，两个大盘子，两个挂钩，一块坐垫，两块皮毯，两口大水罐，一个铜制托盘，两个脸盆，一个炒锅，两个水瓮，一根长柄勺，一根缝制麻袋的针，一只雌猫，两条母狗，一个盛饭菜的大木盘，两个麻袋，两副马鞍，一件长袍，两件毛皮大衣，一头奶牛，两头牛犊，一只母山羊，两只绵羊，一只母绵羊，两只小羊羔，两座绿色亭子，一匹公骆驼，两匹母骆驼，一头母水牛，两头公牛，还有一头母狮子和两头公狮子，一头母熊，两只狐狸，一张床垫，两张长榻，一间楼上厅堂，两间酒吧，一座带圆柱的门廊，两间前厅，一间双门厨房，还有一群库尔德人，他们会证明这只钱袋就是我的。'

"听完后，法官向我发问道：'你呢？你说说里面装了什么？'

"我走上前，噢，陛下，说实话，我已经被库尔德人的回答弄得晕头转向。于是，我对法官说道：'真主派来的法官大人，我钱包里没装什么别的东西，除了一所破败的小房子，外加另一所没装门的房子，一间犬舍，一所男校，一群玩骰子的年轻人，还有几顶帐篷，几根撑帐篷的柱子，两座城——巴索拉和巴格达，谢德·本·阿德的宫殿，一间铁匠铺，一张渔网，几根短棍，几根尖板条，还有很多男孩女孩，一千名皮条客，他们会证明这个钱袋是我的。'

"我说完后，库尔德人哭哭啼啼地对法官说：'法官大人，我钱袋和钱袋里的物品已经广为人知了，里面还装有几座古堡和堡垒，很多鹳和捕来的野兽，下象棋和跳棋的男人们。而且，袋子里还装有一匹待产的母马，两匹雄马驹，一匹公马，两匹纯种马，两根长矛，一头狮子，两只野兔，一座城市，两个村庄，一名歌妓，两位坑蒙拐骗的皮条客，一名娈童，两名应受绞刑的罪犯，一位盲人，两条狗，一个瘸子，两个跛子，一名牧师，两名教会执事，一位主教，两名修道士，一名法官，两名陪审员，他们会证明这个钱袋是我的。’

“法官又对我发问道：‘阿里，你还有什么要说的？’

“噢，陛下，我怒气冲冲走上前说：‘真主保佑法官大人，我在钱袋里还放了一副盔甲，一把大砍刀，各种武器，一千头作战公羊，一个羊圈，一千条汪汪叫个不停的狗，几座花园，还有多株葡萄藤，各种花朵，芬芳的药草，很多无花果树和苹果树，多幅画作，多尊塑像，一些大酒壶和高脚酒杯，脸蛋漂亮的女奴，歌女，婚庆宴会，热闹繁华、大块大块的土地，功成名就的弟兄们，还有一群黎明时分佩剑持矛、带着弓箭的抢劫者，亲朋好友，伙伴知己，作奸犯科服刑的，推杯换盏的酒肉朋友，一面鼓，几支笛子，几面旗帜，几条横幅，盛装出席婚礼的男孩、女孩还有新娘子们，多名歌女，五个阿比西尼亚女人，三个印度人，四个麦地那女人，十二个希腊女孩，还有五十个土耳其女孩，四十六个波斯女孩，四十八个库尔德女人，五十八个格鲁吉亚女人，还有底格里斯河、幼发拉底河，一张捕鸟的网，一块火石，钢铁，还有石柱城伊勒姆，一千名无赖和皮条客，跑马场，马厩，清真寺，浴室，一名建筑工，一位木匠，一条木板，一颗钉子，一名黑奴带着两支竖笛，一位船长，一名沙漠商队的领队，还有多个城镇，十万狄纳尔[①]，库法人和安巴尔人，二十个装满物品的箱子，二十座装满粮食的仓库，加沙，阿斯卡隆，从杜姆亚特到阿斯旺地区，基斯拉·阿诺什万的宫殿，所罗门王国，还包括从瓦迪努曼到霍拉桑地区，巴尔赫还有伊斯帕罕，从印度一直到苏丹。里面还装有（真主保佑法官大人长命百岁）很多件马甲，布匹，一千把锐利的剃须刀用来给法官大人刮胡子，只要您不担心我对您心存怨恨，并且判定这个钱袋是我的。'

"法官听完我俩的陈述后，一头雾水，说：'依我看来，你俩心里根本没有真主，只是两个危害社会的坏

① 狄纳尔，古代阿拉伯国家使用的金币。——译者注

蛋，在这耍弄法官和治安官员，且毫不为耻。从没有人讲过或听过你们嘴里这些天花乱坠的事情。以真主的名义，我敢说任何地方，从中国到塞加拉·乌姆盖兰，从法尔斯到苏丹，从瓦迪努曼到霍拉桑，全都没人听说也没人相信你俩陈述的答案。难道这个钱袋是片深不见底的大洋或是真主复活日，才会把这些合理的不合理的玩意儿全装在一块儿？’

“然后他下令打开钱袋，我将它打开一看，里面就装了点面包，一个柠檬，奶酪还有一些橄榄。于是我朝库尔德人面前一扔，转身就走了。”

听阿里讲完故事，哈里夫仰天大笑，并赏给他一笔丰厚的礼物。

（汉译：熊亚芳）

离别

[英] 阿尔杰农·查尔斯·斯温伯恩

我们走吧，我的歌，她不会听。
我们一起走吧，没有什么好害怕；
现在安静些吧，歌唱的时间已过去，
过去的一切，一切的甜美，都已过去。
她不爱你，也不爱我，而我们却都爱着她，
唉，尽管我们像天使一样地对着她歌唱，
她就是不听。

我们起来离开吧，她不会知道。
我们随着大风的方向朝海边走吧，
那儿到处是吹散的沙子和水沫；在这里又有何益？
谁也帮不了你，一切都是枉然，

整个世界像一滴泪水那样辛酸。
这到底怎么了，你想努力阐释，
她不会知道。

我们走吧，轻松些，她不会爱了。
我们编织了那么多爱的梦想，爱得那么深长，
花儿失去了芳香，水果不再生长，
曰：“如果你愿意，拿起镰刀来收割吧。”
现在全都割完了，草也割得精光；
而播种的我们，即使全都长眠去了，
她不会哭泣。

我们走吧，轻松些，她不会爱了。
就是我们歌唱，她也不会听，
也看不见爱的路，是那么的坎坷与险峻。
来吧，顺其自然，静静地躺会儿，这就够了。
爱情就是一汪荒芜的海洋，辛酸又深邃。
尽管她看到天堂布满了鲜花，
她不会爱了。

我们放弃吧，走下去吧，她不会担心。
虽然满天星星将天空照亮得似黄金，
奔腾的大海在波浪涌动前曾看见
一朵月亮花使所有的心叶黄水枝漂亮；
虽然无尽的波浪从我们头上涌过，
将我们窒息的嘴巴和下沉的头逐向深水方向，
她不会担心。

我们走吧，走吧，她不会看见。
再合唱一遍吧，她肯定
一旦记起那过去的时光和甜言蜜语，
她会侧身看一下我们而深深叹息，而我们，
我们在这里，我们走了，好像我们从未去过那儿。
不，见过的人们都会对我同情，
她不会看见。

（汉译：戎佩珏）

不安静的坟墓

佚名

“今天刮风了，我的爱人，
还飘下了几滴雨；
我只有一个真正的爱人，
她却躺在冰冷的坟茔。”

“我会为我真正的爱人赴汤蹈火
也许每一个年轻人都会这样；
我会坐在她的坟墓旁哀悼，
一年又一天。”

过了一年又一天，
亡灵开始把话讲：
“哦，是谁在我坟上哭泣，

让我难以入眠？”

“是我，我的爱人，坐在你坟上，
不让你睡得香；
因为我渴望吻一吻你那冷土般的嘴唇，
那是我所有的愿望。”

“你渴望吻一吻我那冷土般的嘴唇；
但我呼出的泥土气味很呛人；
假如你吻一下我那冷土般的嘴唇，
你在尘世的时间就不会久长。”

“这是在那远方的郁郁葱葱的花园，
我的爱人，从前我们经常徜徉在那儿，
以前看到的那艳丽无比的花儿
如今已枯萎得只剩下一根茎儿。”

“那茎儿也枯萎了，我的爱人，
我们的心也会衰亡；

所以你开心点吧，我的爱人，
趁上帝还没有召唤你这个人。”

（汉译：戎佩珏）

秋天

［英］约翰·克莱尔

尽管风儿没有吹，蓟花的冠毛却在飞扬，
一会儿落在青青的草上，一会儿飘到山上，
泉水里的泉儿像煮水壶里的水在翻滚；
淌过无数的卵石，冒出的水花滚烫。

田野干涸开裂，像烤焦的面包一样，
草地荒芜，草根也干枯死亡。
休耕地像波光闪闪的水面一样发光，
蛛丝颤动，交织在野草上。

山顶像烧红的铁块，在阳光下熠熠发光，
我们眼前的河流一边淌，一边熔铸成黄金；

田野灼热，空气像液化的黄金；

谁环视四周，谁就看到了永恒。

（汉译：戎佩珏）

这是王国的钥匙

佚名

这是王国的钥匙
王国里有座城市;
城里有个镇子;
镇里有个街道;
街道上有个巷子;
巷子里有个院子;
院子里有座房子;
房子里有间房间;
房间里有张空床;
床上有只篮子——
篮子里盛满了美丽的花儿:
花儿朵朵,朵朵鲜花;
一篮子美丽的花儿。

花儿在篮子里；

篮子放在床上；

床就在房间里；

房间在房子中；

房子坐落在长满野草的院子里；

院子坐落在弯弯曲曲的巷子里；

巷子位于宽广的街道里；

街道躺在镇子中间；

镇子就在那城里边；

城就在那个王国里——

这是王国的钥匙。

王国的钥匙就是这玩意。

（汉译：戎佩珏）

鼻子发光的人

［英］爱德华·利尔

可怕的黑暗与寂静
弥漫在广阔的格鲁姆博陵平原上，
整个冬日漫长的夜晚都是这样；——
汹涌的浪花在咆哮
拍打着多岩石的海岸；——
山雨欲来，乌云密布
在高耸入云的钱克利博尔群山顶上：

在黑洞洞空旷的地方，
飘过来一个似在燃烧的火光，
孤单的火光发出了银白色的光芒
刺破了黑漆漆的夜晚，——
一颗流星，怪异但很明亮：

这里一闪，那里一亮，
一道火红的亮光。

它慢慢地游荡，停下，爬行，——
然后它就闪耀，发光，跳跃；
一边运动，一边闪烁发光，
它将一束光线投射到松树[1]的树干上。
子夜时分人们都在观望
在厅堂里，台阶上，高塔上，
当这怪异的亮光经过时，他们叫喊：
“鼻子发光的人！鼻子发光的人！
那个鼻子发光的人！”

很多年以前
鼻子发光的人幸福而快乐，
直到他爱上了一个贾布里姑娘
有一天她来到了那海岸上，

① 原文为Bong-tree，是作者杜撰出的一个词，为谐音故，现译为松树。——译者注

贾布里人是乘着一面筛子来的，真的是这样，——

傍晚时分他们在泽梅里菲德[1]附近上岸
椭圆形的牡蛎在那里生长，
岩石灰褐但光亮。
森林里峡谷中充满了回响
他们日日夜夜都在合唱：
“在很远很远的地方，
是贾布里人居住的地方；
贾布里人的头是绿的，手是蓝的，
他们乘着一面筛子下海去。”

幸福快活的日子一去不返！
欢乐的贾布里人安顿了下来；
他们围着圈整夜整夜地跳舞，
随着快活的鼻子发光的人吹出的悲伤的风笛声，

① 原文为 Zemmery fidd，是作者杜撰的一个地名。——译者注

无论是月光下、阳光下还是树荫下。

无论是白天还是晚上他都在那，

那漂亮的贾布里姑娘的身旁，

姑娘的手是天蓝色，头发是海绿色。

清晨来临，可恨的白天也开始了，

贾布里人乘着一面筛子离去了，

狠心地将鼻子发光的人丢在岸上，

他望啊望——不停地张望，

望眼欲穿

只见那豌豆绿的帆消失在远方的地平线上，——

贾布里人还在合唱

而他整天坐在那长满草的山坡上：

“在很远很远的地方，

是贾布里人居住的地方；

贾布里人的头是绿的，手是蓝的，

他们乘着一面筛子下海去。”

夕阳西下，

鼻子发光的人站起来说道：

“我曾经拥有的那一点点感觉

从我的脑海中全部消失了！”

打那时起，他便到处游荡

在湖泊边，森林里，沼泽旁，小山上，

唱道：“哦，峡谷里，平原上，某个地方

我会再次找到我的贾布里姑娘！

我会一直找下去，湖泊边，海岸旁

直到我再次找到我的贾布里姑娘！”

吹着风笛，发出吱吱声响，

打那时起，他一直在寻找他的贾布里姑娘，

由于晚上他看不清，

他采集勿忘树[7]的树皮，

这树长在鲜花盛开的平原上。

他用树皮编织了一个奇妙的鼻子——

一个天底下再奇妙不过的鼻子！

① 原文 twangum tree 是作者杜撰的一个词，现译为“勿忘”。——译者注

鼻子染成红红的颜色，尺寸比例硕大无比，
他用绳子将它绑在后脑勺上。
——在一个空荡荡的圆形空间，
悬挂着一个发光的灯，
四周用栅栏围上
用结实的绑带绑上
以防风儿将灯火吹灭；——
四周的小洞射出的光芒，
在凄凉的晚上闪烁发亮。

如今，每个晚上，整个晚上，
鼻子发光的人还在平原上游荡；
除了黑猩猩和沙锥的尖叫声
你能听到他伤心的风笛声
他不断地寻找，然而都是徒劳，
为的是再次见到他的贾布里姑娘；
孤零零一个人在野外——他整夜地游荡——
那个鼻子发光的人！
所有的人在子夜时分观看，

有的在厅堂，有的在台阶上，有的在高高的塔上，

他们叫喊，他们的目光盯着那个发亮的流星，

流星划过了那可怕的晚上，

“这就是他游荡的时光，

那个鼻子发光的人！”

“远方——在平原上方；

他游荡！

他游荡；

那个鼻子发光的人！”

（汉译：戎林海）

不要再哭泣，悲伤的泉水

佚名

悲伤的泉水，你不要再哭泣；
你为何要流淌得这么急？
看那白雪皑皑的山上
温柔而无力的是天上的太阳。
但太阳那神圣的目光
看不到你在哭泣，
你现在躺着睡觉
现在，轻轻地，轻轻地躺下
睡觉。

睡眠是一剂调和良药，
休息能获得平和宁静：
难道太阳升起时不在微微笑，

其时可是他最美的时辰?

你歇歇吧，歇歇吧，悲伤的眼睛，

哭泣时泪花不要掉，

她躺在那儿在睡觉

现在，轻轻地，轻轻地躺下

睡觉。

（汉译：戎佩珏）

你能走得快些吗？

［英］路易斯·加乐尔

黄蟹对着蜗牛说："赶快走！
有个鲤鱼追着来，咬我手。
看那些龙虾甲鱼大家活泼鲜跳地一齐到，
排列在沙滩等你到了一齐跳！
问你来吗，来吧，来吗，来吧，来吗一齐跳。
劝你来吗，来吧，来吗，来吧，来吧一齐跳！

"等到他们送龙虾，咱们退，
退不及就进出洋，也有味。"
但是那蜗牛斜眼答道："太远！太远！跑不动。"
谢了那黄蟹，只得怨恨自己不中用。
自己不能，不肯，不能，不肯，不能动。

所以不能，不肯，不能，不肯，不肯动。

他的黄壳朋友道：“别怕远。

你不知道路过半，就觉短?

离开了英国海岸法国就一里一里地望着到——那么你何必灰心，蜗牛，还是跟来一齐跳。

问你来吗，来吧，来吗，来吧，来吗一齐跳?

劝你来吗，来吧，来吗，来吧，来吧一齐跳！”

（汉译：赵元任，校对：戎佩珏）

两只罐子

［希］伊索

一只陶罐和一只铜罐一块儿站在河边。涨潮时，两只罐子让河水给冲走了。陶罐紧张起来，因为他害怕被撞碎；但他的同伴铜罐却叫他不要担心，说自己会保护他。陶罐回答道："哦，有多远你就离我多远吧，求你了！我害怕的正是你，因为当水流冲过来，不管是你撞我还是我撞你，我都注定是受害者。所以，我请求你，咱俩别再互相靠近。"

（汉译：黄橙）

羽毛头：一个有寓意的传说

［美］纳撒尼尔·霍桑

“迪康，”里格比妈妈叫道，“给我的烟斗来一块烧着的煤！”老妇人嘴里一边说着，一边还叼着烟斗。她把烟斗装满烟草后，便往嘴里一塞，并没有俯身去壁炉处借火，炉里的确没有任何迹象表明那天早晨生过火。不过，命令一出，烟锅立马闪出一道强烈的红光，随后，一股清烟从里格比妈妈的嘴唇里喷了出来。至于那烧着的煤从何而来，又如何由一只看不见的手拿到那里，我从未弄明白过。

“好！”里格比妈妈点头说道。“谢谢你迪康！现在就扎这个稻草人吧。随时等待我唤你，迪康，万一我还需要你呢。”

这位好心的女人很早就起床了（因为太阳还没有升起呢），为的就是扎稻草人，打算把它放到她的玉米地里。现在是五月的最后一个星期，乌鸦和乌鸫已经发现了小小的、绿绿的、卷卷的、刚破土的印第安玉米叶。所以她决心设计一个人们见过的最为栩栩如生的稻草人，而且要从头到脚立刻完成，这样，它在当天早晨就能开始负责放哨。说起里格比妈妈，（人人都一定听说过的）她是新英格兰最狡猾和最有本领的女巫之一，也许不费什么力气就能做一个丑得足以压倒牧师本人的稻草人。但是这一回，她醒来后心情分外愉悦，抽了一锅烟后心里更是甜丝丝的，所以下定决心：做出来的东西要精致、要美丽、要出色，而不要让人厌恶、害怕。

“我不想在自家玉米地，差不多就是家门口，竖一个淘气鬼，”里格比妈妈一边自言自语，一边吐出一股烟，“如果我高兴，我是会做的，可是我厌倦了做大事，所以我做的事只限于日常工作，仅仅是为了换换花样。况且，也没必要把小孩子吓得躲到一英里以外去绕路，尽管我确实是个巫婆。”

因此，她便打定主意，只要手头的材料允许，就把稻草人做成一位优雅的绅士，让他能够成为时代的典范。或许我把那个稻草人的主要材料一一列举出来比较好。

所有材料中最重要的一件，大概就是某根扫帚柄，尽管它很少为人所见。半夜里有许多回，里格比妈妈就是骑着它在空中飞驰，如今要用它来做稻草人的脊柱，就是俗称的脊梁骨。稻草人的一条胳膊是一根没法正常使用的连枷，好人里格比过去常挥舞它，那时候他还没被老婆烦得离开痛苦的人世间；另一条胳膊如果我没弄错的话，是用那根布丁搅拌棒和一根断了的椅子横档做成的，两样东西在肘部松松地绑在了一起。至于稻草人的两条腿，右腿是一只锄柄，左腿则是一根从柴火堆里挑出来的不起眼的杂木。它的肺、胃和其他内脏无非是填了稻草的餐袋。这样，我们就做好了稻草人的骨架和整个躯干，但脑袋除外——这由一个有点干瘪脱水的南瓜来充当，真是妙哉妙哉，里格比妈妈在南瓜上挖了两个洞做眼睛，开了一个切口做嘴巴，中间还留下一个有点蓝色的疙瘩做鼻子。真是一张有模有样的面孔。

“不管怎么说，我还见过有人肩上更糟糕的脑袋呢，”里格比妈妈说，“何况很多优雅绅士都有南瓜脑袋，就和我的稻草人一样。”

但在这种情况下，衣服应该是人工缝制的。于是，这位好心的老妇人从一个衣钩上取下一件外套，这是一件在伦敦缝制的青紫色的过时外套，接缝、袖口、袋盖和扣眼上都有残存的刺绣，但都磨损得很厉害，颜色也退了不少，肘部打着补丁，下摆已经破烂，整件衣服都磨薄了许多。左胸处有一个圆洞，要么是一个高贵的星徽被抢走了，要么是某位先前穿过这件外衣的人内心火热，热得都把那里给烧透了。邻居们说，这件华丽昂贵的衣服本是那恶魔的藏衣，他把它放在里格比妈妈的小屋里是图方便，什么时候他想在总督的餐桌上耍耍派头，可以一穿就走。和这件外衣配套的是一件大码的丝绒背心，先前上面绣着叶状纹样，其色如同十月枫叶一般金亮闪闪，现在这块丝绒料子上的刺绣几乎消失不见了。接下来是一条猩红色的马裤，被路易斯堡的法国总督穿过，而且双膝触碰过一些台阶，那些台阶通向的就是“伟大路易”[①]的宝座。那法国人把这条马裤给了一个印第安巫师，在一次林中舞会上，巫师又用它向老女巫换了一及耳[②]烈酒。随后，里格比妈妈又用蚕丝做了

① 即法国国王路易十四 (1638—1715)。——译者注

② 英美制液量单位，英制 1 及耳合 0.142 1 升，美制 1 及耳合 0.118 升。——编者注

一双长袜，套到稻草人的腿上后像是梦境般虚幻，而现实是，从洞口伸出的木头双腿清晰明了得可怜兮兮。最后，她把她已故丈夫的假发戴到了南瓜的光脑壳上，再罩上一顶铁锈色三角帽，还把一只公鸡尾巴上最长的一根羽毛插了上去。

然后，老妇人把稻草人立到了小屋一角，看着它那张黄黄的、以假乱真的脸庞，以及那个长满疙瘩、翘起来的小鼻子，咯咯咯地笑了起来。稻草人的样子有着不可思议的洋洋自得，似乎在说："来瞧我啊！"

"你还真值得一看——事实如此！"里格比妈妈说道，对她自己的手工赞赏不已。"自打我做了女巫，已经做了许多木偶，但我觉得这个是所有木偶中最好的。几乎好得不该做稻草人了。哦，对了，现在让我装上一锅新烟，然后就把它拿到玉米地里去。"

老妇人一面装烟，一面几乎是怀着母爱，继续盯着角落里的稻草人。说实话——无论是碰巧、是技艺，还是彻头彻尾的巫术——这个滑稽的形象被破烂的华丽衣服打扮得有些俗气，真是出奇地有点人模人样；说到它的面容，只见黄色的表皮皱皱巴巴，看起来像是咧着嘴在笑——是介于嘲笑和欢笑之间的一种可笑的表情，仿佛它明白自己是人类的玩笑。里格比妈妈越看越满意。

“迪康，”她厉声喝道，“再给我的烟斗来一块烧着的煤！”

和之前一样，她的话音刚落，烟斗顶端就出现了一块火红的煤块。她长长地吸了一口，然后把烟喷向了一道晨光，那晨光正挣扎着射进小屋脏兮兮的窗格玻璃。里格比妈妈总是喜欢从那个特别的烟囱角处取来燃煤，给她的烟斗点火。但那个烟囱角究竟在哪里，或者，是谁把煤从那儿取来——我除了能说，好像有个隐身的使者在应答着迪康的名字，其他的都说不上来。

“那边那个木偶人，”里格比妈妈想道，眼睛仍然盯着稻草人看，“做得太好啦，好得不该让它整个夏天都站在玉米地里吓走乌鸦和乌鸫。他能做些更好的事。哎，在森林女巫大会上，舞伴不够的时候，我还和更蹩脚的跳过舞呢！在那么些东奔西跑的稻草人和空心人当中，我要是选中他，给他个机会，结果会怎么样呢？”

老巫婆又吸了三四口烟斗，笑了笑。

“在每个街角，他都会遇到许多弟兄！”她继续说道。“好吧，我今天不打算玩巫术了，只想点我的烟，不过，女巫是我的身份，而且女巫我是有可能当成的，所以想逃避是没用的。我要把我的稻草人打造成一个真正的人，哪怕只是为了寻寻开心也好！”

里格比妈妈边说这番话，边从嘴里取出烟斗，塞进一道裂口，这口子就当是稻草人南瓜脸上的嘴巴。

“抽吧，亲爱的，抽吧！”她说道。“喷出来啊，我的好伙计！你的命就靠它了！”

毫无疑问，这话劝得挺奇怪，因为听话的不过是用棍子、稻草和旧衣服做成的，脑袋也不比干瘪的南瓜强的东西，我们知道，这就是那个稻草人的情况。然而，我们必须好生记住，里格比妈妈是个能力非凡、绝顶聪明的女巫；而且只要恰如其分地把这事记在脑子里，我们就不会觉得故事里发生的异常之事难以置信。其实，只要我们让自己相信，老妇人刚下令让那稻草人抽起来，就会有一股烟从他嘴里喷出，那么重大的困难会立即迎刃而解。当然，那只是有气无力的喷吐，但随后便一口接着一口，每一口都比之前一口更果断。

“喷出来啊，我的小乖乖！喷出来啊，可爱的小家伙！”里格比妈妈一遍又一遍地重复着，脸上露出最满意的笑。“这是你的生命在呼吸，你要相信我的话。”

毫无疑问，烟斗中了魔法。一定有一种咒语在一个什么地方，它要么在烟草之中，要么在顶端烧得正旺的神秘煤块之中，要么在火红的烟草冒出的刺鼻香烟里。那人形经过几番犹豫的试探之后，终于将烟从那看不清的角落噗噗噗地喷进那道阳光里。烟儿在那里旋转，最后融进了灰尘中。那一口烟抽起来费劲得像是抽搐，因为随后两三次吐出的烟淡了些，不过煤块仍然微微发着光，照得稻草人面容闪烁。老巫婆拍着干瘦的双手，脸上的笑容鼓励着她的手工制品。她看到魔法很有效。那张干瘪的黄色面庞，之前毫无面容可言，此刻朦胧之中有了一种淡淡的、了不起的、可以说是人类的表情，而且这表情忽隐忽现，有时又完全消失不见，但随着烟斗冒出的下一口烟，便更加明显。同样的，整个身体也露出了生机，如同我们把云朵的轮廓幻想成模糊不清的各种形状，又有些半认真、半自欺似的相信我们自个儿对想象力的消遣。

如果我们一定要细究，就会怀疑在那个不清不洁、破败不堪、不值分文、七拼八凑的稻草人身上到底有没有发生真正的变化；抑或仅仅是一种幽灵般的幻觉，是诡诈的明与暗产生的效果，颜色之生动、设计之巧妙使得大多数的人眼睛都蒙了骗。巫术带来的奇迹似乎总有一种不可深探的精妙之处，至少，如果此番解释未能道出这一过程的真相，我也是无能为力了。

“喷得好，我的好小伙子！”里格比老妈妈仍在叫着。“来，再好好地用力抽一口，用尽你身上全部的力气！我跟你说，为了你的生命抽吧！从你的心底往外喷，如果你有心，或者说你的心有底的话！喷得好，再来！你刚刚抽了满满一大口，好像真的是喜欢上了。”

接着，女巫开始召唤稻草人，她将极大的磁力倾注进了姿态，好像她的召唤像天然磁石吸铁一般具有神秘的吸力，非要听从不可。

“你这个懒家伙，躲在角落里鬼鬼祟祟的是怎么回事？”她说道。“向前走！面前的整个世界都是你的！”

我向你们保证，这个传说是我坐在祖母膝头听到的，当时我那幼稚的判断力还不足以分辨其真伪，所以对它深信不疑。若非如此，我会怀疑自己现在是否有脸把它讲出来。

那人形听从了里格比妈妈的话，它张开手臂，似乎要去够她伸出的那只手，于是向前迈了一步——不过，那是猛地一下子往前进了一步，算不上迈步——然后踉踉跄跄，几乎是失去了平衡。女巫还能指望什么呢？说到底，它不过是两根棍子撑起来的稻草人罢了。但是那个固执的老太婆板着脸孔，铆足了不达目的不罢休的劲头，召唤着那个由烂木头、霉稻草和破衣服拼凑起来的可怜虫，它便不得不显出一些人样来，尽管事实上只是一堆东西。就这样，它走进了那道阳光里。它站在那里——那人造的可怜虫——只靠一层薄得不能再薄的衣衫才显出点人样，透过衣服显然是一个用东西拼凑起来的破烂货，身体僵硬、摇摇晃晃、样子不协调又褪了色，随时都会散架，好像知道自己一文不值，站不起来似的。要我道出真相吗？稻草人现在的这副生命气息，让我想起了一些拼凑起来的、温温吞吞的、失败无果的人物，身上充斥着各种各样的东西，他们让人使用了上千次却从来不值一用，而且在罗曼史作家（当然其中也有我本人）笔下的小说世界挤得到处都是。

但是那个凶残的老女人开始发脾气，并展现出恶魔的本性（她仿佛蛇头一般从胸腔里发出嘶嘶嘶的声音），她瞥了一眼那玩意儿胆怯的举止，那东西是她费了力气才拼凑起来的。

“使劲喷啊，小混蛋！”她愤怒地喊道。“抽啊，抽啊，抽啊，你这个肚里没货的稻草包！你这穿的一件还是两件的破布烂条！你这餐袋子！你这南瓜脑袋！你这什么都不是的东西！我到哪儿去寻个可恶的名字来叫你呢？抽啊，我说，用烟吸进你那了不起的生命吧；否则我抽掉你嘴里的烟斗，让你和烧红的煤块待一块儿去。”

那个怏怏不乐的稻草人受到如此威胁，除开为了宝贵的生命用力喷之外，什么都干不了。它鼓足力气抽着烟斗，喷出大股大股的烟，把地方不大的小屋厨房弄得烟雾缭绕。在这间小屋里，一束阳光朦朦胧胧地挣扎着照射进来，只能模模糊糊地勾出对面墙上又破又脏的窗玻璃的轮廓。这时，里格比妈妈的一只褐色手臂叉在腰上，另一只伸向那人形，她在昏暗里恐怖地隐现出这样的姿势和表情，就像她过去常常对她的受害者发出沉闷乏味的梦魇时，站在床边欣赏其极度痛苦的样子。就在恐惧与颤抖之中，那可怜的稻草人抽着烟。但应该承认，它的努力出色地达到了目的，因为随着一口接一口的吞吐，那人形越来越失去那种笨拙而费解的纤细之态，内容似乎变得更加充实了。此外，单单是它那身衣服，就因魔力而产生了变化，闪现出新颖独特的光彩，而早已磨损的精致绣花也金光熠熠了。这时在烟雾中，若隐若现地露出一张黄脸，目光黯淡地望着里格比妈妈。

终于，老巫婆握起拳头，朝着稻草人摇晃起来。她倒不是当真要发火，只不过是按照原则行事——但这原则或许并不真实，或者并非唯一真理，尽管像里格比妈妈一样的高人预计通过努力也会遵循——虚弱而迟钝的本性既然无法更好地被激励，就只能用吓唬来刺激。可是现在却是紧要关头。假如她达不到预期的设想，她就打算把这个可怜虫残忍地拆成原先的破烂。

“你有人样，”她厉声说道，“也就有本事用人的声音去呼应、去模仿！我要你说话！”

稻草人喘着粗气，奋力挣扎着，终于低声说出了一句，那声音和烟雾腾腾的呼吸搅在一起，你难以分辨到底是嗓子里发出的声音，还是抽烟发出的声音。这个传奇故事的一些叙述者认为，里格比妈妈的巫术和强烈的意志已经把一个熟悉的精灵强行塞进了这个人形，那声音就是他的。

“妈妈，”那可怜的、窒息般的声音含糊不清地说道，“不要对我这么凶！我是乐意说话的，可是我胸中无墨，能说些什么呢？”

“你能讲话，亲爱的，是吧？”里格比妈妈叫着，板着的面孔上露出了笑容。“那么你要说些什么呢，说真的！说吧，照实说吧！你和空脑壳是一伙的吗，你来问我该说些什么？你要说上一千件事，把那些事说上一千遍都不止，还是什么都没说！别害怕，我告诉你！你来到这个世界上（我想把你送去哪里，就立马送去），你就不会缺少说话所需要的技能。讲吧！怎么，只要你愿意，你就可以像水磨坊流水一样说个没完没了。我相信，你的脑袋瓜够你说话用的！”

“听您的，妈妈。”稻草人应道。

“说得好，我的好孩子，”里格比妈妈回答道，“刚才你说话就像你自己，什么意思都没有。你将拥有一百个这样的短语，除此之外还要再加上五百个。好了，亲爱的，我已经为你费了这么多力气，而且你又这么漂亮，说真的，我爱你胜过爱世上所有我做的木偶人；我做过各式各样的木偶人——泥的、蜡的、稻草的、木棍的，还有夜里的浓雾、清晨的薄雾、大海的泡沫和烟囱冒出的烟！可你是最棒的。别不把我的话当话！”

“是的，好心的妈妈，”那人形说道，“我会真心实意的！”

“你要真心实意！”老巫婆一边叫喊，一边双手叉腰、放声大笑。“你说的话倒是漂亮。你要真心实意！你还把手放到背心左半边，好像你真有一颗心似的！”

现在，看着自己不可思议的发明，里格比妈妈心情大好，于是让稻草人到大千世界中去走一走，扮好自己的角色。她还断言，在这世上，它就是千挑万选的真材实货。此外，她还立马给了他难以计数的钱财，数额多到他可以在最出色的人物中昂首挺胸的地步。这些钱财包括：黄金国[①]的一座金矿，破碎的泡沫股票一万股，北

① 原文为 Eldorado，指早期西班牙探险家想象中存在于南美洲的黄金国或黄金城。——译者注

极五十万英亩的葡萄园，一座空中楼阁，一座西班牙的城堡，以及由此而来的、自然增长的全部租金和收益。接着，她又把某条船上的货物全部移交给他，这些货物是十年前她在大海中央最深处靠妖术发现的加的斯[①]盐。那满船的盐假如不溶化，便能运到市场上，从渔民手中捞取一大笔钱。为了让他不至于手头没有现金，她还给了他一枚铜币，即伯明翰铸造的法新[②]，那是她身边仅有的一枚钱币，同样也是大量的黄铜，她把铜币放到他额头上，这样一来，额头变得比先前更加黄灿灿了。

“只要有了这枚铜币，”里格比妈妈说，“世界上所有地方你都可以拿着它为你开路。亲亲我吧，漂亮的乖宝宝！我已经为你竭尽所能。”

为了让这个冒险家从一开始就不缺条件过上好日子，这位杰出的老妇人又给了他一件信物，使他得以将自己介绍给某位法官、议员、商人和教会的元老（这四个职位集于一人），那人是邻近的一个大都会社交界的

① 西班牙南部主要海港之一。——译者注

② 英国 1961 年以前使用的旧铜币，约等于四分之一便士。——译者注

头号人物。而那个信物只不过是一个单词，里格比妈妈小声地告诉了稻草人，以后再由稻草人小声地告诉那位商人。

“虽然那老家伙身患痛风，你只要私下对着他的耳朵说出那个词，他自会为你的差事奔波，”老巫婆说道，“里格比妈妈认识那位尊敬的古金法官，而尊敬的古金法官也认识里格比妈妈！”

这时，女巫把那满是皱纹的脸孔凑近木偶人的脸，还忍不住地咯咯直笑，浑身乱颤，一想起她要传达的话就兴高采烈。

“尊敬的古金老爷，”她耳语说，“有个女儿，一个清秀的姑娘。听着，我的乖宝宝！你相貌堂堂，头脑也相当灵光。不错，相当灵光！等你见识过更多人的头脑之后，你就会对自己刮目相看了。如今，才貌双全的你正是赢得一位少女芳心的适当人选。绝不要怀疑这一点！我告诉你事情就是这样子的。在这种事上脸皮要厚，叹口气，笑一笑，挥挥你的帽子，像舞蹈家那样伸伸腿脚，把右手放到背心左半边——然后那位美丽的波莉·古金就是你的人啦！”

与此同时，那个新造出来的家伙刚才一直用那烟斗吞云吐雾，现在好像还在玩这消遣，一方面是为了享受烟斗带来的乐趣，另一方面是因为这是他赖以生存的根本条件，两个原因不分伯仲。看到它的行为举止如此像人，真是太妙了。它的眼睛（因为它看上去是有一双）垂下去望着里格比妈妈，还适时地点点头或是摇摇头。此时此刻，它也不乏恰当的言辞：“真的！确实！请告诉我！是有可能！我敢保证！绝不可能！噢！啊！嗯！”以及其他一些有分量的表达，诸如能引人注意、询问、默许或反对的言辞。甚至你站在一旁看到稻草人的言行，也绝不会怀疑这样的情形：它那仿造的耳朵被老巫婆灌满了狡猾的劝告，而对于这些劝告，它是多么心领神会。它的嘴巴越是起劲地抽起烟斗，它给可见的事物留下的印象就越发清晰得人模人样，它的表情就越发显得精明练达，它的姿态和动作就越发逼真，它的嗓音就越发动听。它的服饰也闪烁着越发虚幻而华丽的明亮。正是这只烟斗，燃烧着这整件奇妙之物的咒语，其模样发生了变化：它不再是熏得漆黑的陶制矮胖玩意儿，而是一只由油漆彩绘的烟锅和琥珀色的烟嘴组成的海泡石烟斗了。

但是，不难理解的是，既然虚幻的生命好像与烟斗的吞吐步调一致了起来，烟草燃成灰烬之时它也同样寿终正寝。不过，老太婆已经预见到了这个难题。

“你拿好烟斗，我的宝贝儿，”她说，“好让我再给你装满烟丝。”

里格比妈妈把灰烬从烟斗中磕了出来，再从她的烟草盒中取烟草，然后给烟斗重新装上，就在这时，那位优雅的绅士开始蜕成稻草人，样子真是惨不忍睹。

“迪康，”她扯着又高又尖的嗓子叫道，“给这烟斗再拿一块燃煤！”

她的话音刚落，烟斗中的火星子已经发出微弱而稳定的光来；而稻草人不等女巫吩咐，就把烟管插进了嘴里，抽搐似的吸了几小口，很快便有规律地、稳当地抽了起来。

“好啦，我的心肝宝贝儿，”里格比妈妈说道，“不管你遇到什么事，千万要叼住这杆烟斗，你的生命就在里边。即便你别的都一无所知，至少也要晓得这一点。叼住你的烟斗，我说！吸一口，喷一口，吹出你的烟气；如果有人问起，你就告诉他们，这是为了你的健康，而且是医生嘱咐你这么做的。还有，我的小甜心，当你发现烟斗里的烟丝少下去的时候，躲到一个角落里（先抽足一口烟），然后尖叫一声：'迪康，来一锅新烟！'还有：'迪康，给我的烟斗再来一块燃煤！'接着有多快就多快地把烟斗塞进你那可爱的嘴巴。不然的话，你就不再是一个身穿金边衣服、具有骑士派头的绅士，而是由木棍、破烂衣服、一袋稻草和一个干瘪的南瓜堆起来的乱七八糟的组合！现在走吧，我的宝贝疙瘩，让好运伴你行吧！"

"别担心，妈妈！"稻草人用浑厚的嗓音说道，然后勇敢地喷出一口烟。"如果一个诚实的人和一位绅士能发迹，我也会的！"

"哦，你会害死我的！"老巫婆叫道，笑得全身抖动起来。"这话说得好。如果一个诚实的人和一位绅士能够发迹！你扮演的角色已经越来越完美了。一直做个聪明人吧。我要把赌注押到你头上，赌你是一个有血有肉的人，还有头有脑，有他们所谓的心，有一个人应有的一切，而不会有两条腿的动物拥有的其他东西。为了你，我要坚持让自己成为一个天天都有进步的巫婆。难道我没把你造出来？我不信，新英格兰还有什么女巫能再造出一个这样的！这是我的魔杖，你带上吧！”

那根魔杖虽然不过是一根普通的橡木棍，但立马变成了金头拐杖的样子。

“这个金头和你自己的脑袋有同样的判断力，”里格比妈妈说道，“它会引导着你一直走到尊敬的古金老爷家门前。走吧，我漂亮的小心肝，我亲爱的，我的宝贝，我的宝贝疙瘩。如果有人问起你的名字，你就叫羽毛头。因为你的帽子上插着一根羽毛，而且我还在你的空脑壳里塞了一把羽毛，你的假发也是流行样式，他们管这叫羽毛头——所以你就叫羽毛头吧！”

于是，羽毛头走出小屋，迈起男子汉的步伐，朝镇上走去。里格比妈妈站在门口，十分欣喜地看着阳光照耀在他身上闪闪发光的样子，仿佛他的一切雄姿全是真的，看着他如何既勤快又可爱地抽着烟斗，看着他如何潇洒地迈着步伐，尽管他的腿还有些僵硬。她一直目送到他走出视线，而且一个路口将他吞没不见时，她还对着他的背影送去了一个女巫的祝福。

那天上午早些时候，邻镇的主街人声鼎沸，一个非常出众的陌生人出现在人行道上。他的举止和他的服饰，样样都不乏贵族气派。他身穿一件绣得五光十色的青紫色外套，一件昂贵的丝绒背心，上面缀着富丽的金色树叶纹样，一条华丽的猩红马裤和一双最精致、最显光泽的白色长丝袜。他头上戴着一副长假发，上面讲究地敷了粉并且梳理过，如果被帽子弄乱了，简直就是亵渎。所以，他就把那顶帽子（那是一顶金边帽子，上面还插了一根雪白的羽毛）夹在腋下。他的外衣胸口处闪着一颗星徽。他轻盈而优雅地握着手杖，那是当时的高雅绅士所特有的姿势。而最后给他的一身装束添上点睛之笔的，是他袖口上飘逸轻柔的丝质褶皱饰边，它充分保证了那半遮半掩的双手是多么地悠闲而高贵。

这位杰出的名士身上有一件非同一般的装备，那就是他左手握着的一支奇异的烟斗，烟锅上有着精美的油漆彩绘，烟嘴是用琥珀制成的。他每走上五六步，就把烟斗放进嘴里，深深地抽上一口，烟在肺中逗留了一会儿，然后就可以看见它从嘴里和鼻孔里优美地形成一道烟圈。

不难猜的是，整条街都骚动起来，人们想知道这陌生人的名字。

“毫无疑问，是某个了不起的贵族，”镇上一位居民说道。“你看到他胸口的星徽了吗？”

“没有，太亮了看不清。”另一个说。“对，他一定是个贵族，你说的不错。可是依你看，大人他远航或游历至此是搭的什么交通工具呢？已经有一个月没有船只从老家[1]来了；而假使他是从南方走的陆路，他的车马和随从又在哪里呢？”

“他用不着车马来衬托他的身份，”第三个人评论说，“就算他穿得破破烂烂，他的高贵气质也会从手肘部位的破洞闪现出来。我从来没见过这么尊贵的外表。他的血管里有着古老的诺曼贵族血统，我给他担保。”

“我倒把他当成荷兰人，或是你们德国的一个贵族，”另一个市民说道，“这两个国家的人总是嘴里叼着烟斗。”

“土耳其人也这样，”他的同伴说，“但依我说，这

① 指英国。——译者注

位陌生人是在法国宫廷长大的，从那儿学会了礼节和优雅的举止，这方面谁也比不上法国贵族懂得多。瞧那步态！粗人看了会认为太僵硬——可能会管它叫抽筋——但依我看，那是最难以言表的威严，那是要靠不断观察伟大的君主路易十四的举止才能学会的。这位陌生人的人品和官职非常明显。他是一位法国大使，他来与我们的统治者商谈割让加拿大的事宜。”

“更可能是一个西班牙人，”另一个说道，“所以脸色才发黄嘛。或者最有可能的是，他来自哈瓦那或者西班牙内陆某个港口，来这里调查海盗的情况，据说，我们政府纵容了这些海盗。那些在秘鲁和墨西哥定居的人，皮肤黄得跟他们从矿里挖出来的金子一样。”

“才不管它黄不黄呢，”一位女士叫道，“他是一个美男子！——多高大，多修长啊！这么精致高贵的面孔，轮廓俊美的鼻子，还有嘴部处理到位的表情！啊，我的天，他的星徽多么明亮！肯定是向外冒火光呢！”

“您的双眸也在放光呢，美丽的女士。”那陌生人说着，还鞠了一躬，挥了挥烟斗，因为他这时刚好走过。“以我的荣誉起誓，我已为之倾倒。”

“又有谁曾听过这样清新雅致的恭维呢？”那位女士喃喃地说道，陶醉在欢欣之中。

这位陌生人的出现激起了一片赞赏，赞赏之中只有两个不同的声音。一个来自一条粗鲁的杂种狗，它嗅了嗅那闪闪发光的人形的脚后跟，接着便夹起尾巴，发出一声可恶的嗥叫，偷偷摸摸地溜进了主人的后院。另一个反对声音来自一个孩子，他吸足了气，尖叫一声，叽里咕噜、莫名其妙地胡扯了一些有关一个南瓜的话。

与此同时，羽毛头沿着街向前走。他对那位女士赞美了几句，也时不时地点头回应一下旁观者深深的崇敬之情，除此之外，他仿佛全神贯注于他的烟斗。举手投足之间他都表现出极致的沉着冷静，小镇人对他越发好奇，也越发崇敬，以至于在他四周喧闹成一片，无需其他证据，只凭这些就足以表明他的身份地位和其重要性了。他在身后一群人的跟随下，终于来到了那位尊敬的古金法官的宅邸，他走进大门，迈上前门的台阶，然后敲了敲门。等待应门之际，人们看到这位陌生人把烟灰从烟斗中抖了出来。

“他尖着嗓子说了什么话？”一个旁观者询问道。

“不知道，我不知道，”他的朋友回答道，“不过阳光奇怪地照花了我的眼。这位阁下突然间看上去真是模糊黯淡啊！我的天，我这是怎么了？”

“怪就怪在，”另一个说道，“他的烟斗就在刚才还是灭的，居然一下子又点着了，是用一块我从未见过的最红的煤块点燃的。这个陌生人有点神秘。他吐出的烟居然是那样的！你说他模糊黯淡？为什么，他转过身的时候，胸前的星徽正闪耀着呢。”

“一点都不错，”他的同伴说道，“他会走到漂亮的波莉·古金跟前，照得她睁不开眼睛，我看见她从闺房窗口向外窥视呢。”

门开了，羽毛头转过身面向人群，就像一个大人物感谢下层人的尊崇之举一般，庄重地欠了欠身，然后便进了宅邸消失不见。他的脸上带着一种神秘的微笑，或许更恰当地说，应该是咧嘴一笑或面露怪相。但跟随他的人群中似乎没有一个人具备足够的洞察力，能够看穿这陌生人虚幻的身份，除了那个小孩子和那条杂种狗。

我们这个传说讲到这儿有一点不连贯，跳过了羽毛头和商人之间开始的一番解释，直接探索起美丽的波莉·古金了。她是个皮肤细腻、身材微胖的姑娘，长着浅色的头发和蓝色的眼睛，那红润的脸庞既不十分精明，也不十分天真。立在门口的陌生人光彩照人，这位年轻的小姐先是瞥了他一眼，便立刻戴上一顶饰有花边的帽子和一串珠子，拿上她最精美的手帕，穿上她最笔挺的锦缎衬裙，准备好和他会面。她匆匆从闺房来到小客厅，在一面大镜子跟前照着自己，练了练优雅的神情——时而温柔地一笑，时而摆出正式的端庄之态，时而露出比先前更柔和的笑容——仿若有人吻了吻她的手，她偏了偏头，摆了摆扇子；与此同时，镜中的那位虚幻少女按照波莉的样子重复着每一个动作，做了她做过的所有愚蠢之事，可并没有让她觉得羞耻。总之，如果美丽的波莉没有像杰出的羽毛头那样做作得尽善尽美，就只怪她能力不足而非意愿所为；而在她如此捣鼓自己的天真烂漫时，女巫的幽灵很可能希望赢得她的心。

一听到患有痛风症的父亲踏着脚步向客厅走来，一听到羽毛头的高跟鞋与此同时也正发出僵硬的咔嗒咔嗒声，波莉马上坐得笔直，还故作天真地开始用颤音高歌一曲。

“波莉！波莉女儿！”老商人叫道，“过来，孩子。”

打开房门的一瞬间，古金老爷满脸狐疑、困惑不已。

“这位绅士，”他继续介绍起那陌生人，“是羽毛头骑士——不，请你原谅，我的羽毛头大人！——他从我的一位老朋友那里带来了一个纪念信物。对大人尽尽你的职责吧，孩子，要给予他的品质应有的尊敬。”

尊敬的法官介绍了几句之后，立马走出了房间。但是，即便在那短短的一小会儿（美丽的波莉若是眼睛扫一下她父亲，而不是把全部心思放在那位光彩照人的客人身上），她就可能有所警惕，注意到某种恶作剧正在接近。那位老人精神紧张，烦躁不安，面色十分苍白。他本来是想礼节性地笑一笑，却痉挛似的咧嘴笑了起来，结果面孔都走了样，而当羽毛头背过身，他脸色阴沉下来，而且还挥着拳头，跺着患有痛风症的脚——这种无礼之举自会带来报应。事实上，里格比妈妈的引荐之辞，无论具体是什么内容都对这位富商起到了作用，而且所引起的畏惧远大于其善意。不仅如此，作为一个具有非凡洞察力的人，他已经注意到，羽毛头烟锅上的油漆彩绘人物都动了起来。再凑近一看，他便确信那些人物是一群小妖魔在聚会，它们每一个都长着头角和尾巴，手拉着手围在烟锅周围跳着舞，露出恶魔的嬉笑之态。古金老爷领着客人穿过一个昏暗的走廊，经由他的私人房间一直走到会客室，一路上羽毛头胸前的星徽像要确定他的疑虑似的，当真发出了火光，微光摇曳着映在墙壁、顶棚和地板上。

方方面面都显示出不祥的预兆，也就不会奇怪，为什么商人觉得自己正把女儿交给一个颇为可疑的人物。这位光彩夺目的人物鞠着躬、微笑着，把手按在心口，从烟斗里抽了一大口烟，弄得周围的空气满是肉眼可见、香气可闻的烟雾，这时候，商人在心里暗暗咒骂。可怜的古金老爷恨不得把这位危险的来客扔到街上才高兴。但他感到局促不安、恐惧不已。恐怕，这位可敬的老绅士早年曾对“邪恶的原则”做过某种承诺，现在大概到时候了，需要把女儿作为代价去清偿。

正巧，客厅的门有一部分是玻璃的，上面遮着绸帘，帘褶还有点歪斜。在极其强烈兴趣的驱使下，商人很想亲眼看看美貌的波莉和骑士派头的羽毛头之间接下来会发生些什么，于是，他走出客厅后，忍不住透过绸帘缝隙去窥视里面的动静。

不过，他并没有看到什么不可思议的事情，没什么——除了已经注意到的细枝末节，没什么证据证实他的想法，之前他觉得有什么超自然的威胁正包围着漂亮的波莉。的确，那陌生人显然精明世故、有条不紊、泰然自若，因此对于像他这样的人，做父母的无法在不紧盯着后果的情况下，就把单纯的年轻女儿托付过去。这位值得尊敬的地方法官对形形色色的人和各式各样的品性都熟稔于心，不得不察觉出，那位卓越的羽毛头一举一动都恰到好处，没什么粗鲁之举或反映其本性之态，一种心领神会的墨守成规已经深入骨髓，使其成了一件艺术作品。或许正是这一特质赋予了他恐怖和敬畏的元素。正是那种全面而完美的人造工艺使他留给我们一种不真实的印象，以至没有足够的实质，因而无法在地面上投下阴影。至于羽毛头本人，这一切都造成了一种野蛮的、放纵的和奇异的印象，好像他的生命和存在全都维系于从烟斗袅袅上升的烟气之中。

但漂亮的波莉·古金却没想到这层。俩人此时正在屋中踱步，羽毛头步态优雅，面带同样优雅的怪相；少女仪态流露出处子天然的优美，情绪激动却不过分，同伴的完美诡计似乎有点感染到了她。会面越久，美丽的波莉就越发迷人，还没出一刻钟（这是年迈的地方法官靠他的怀表注意到的），显然她已堕入情网。无需什么魔法强制她如此匆忙，可能是这可怜的孩子内心炽热如火，热量本身熔化了她，这一点从恋人的空洞表象能够看出。无论羽毛头说了什么，他的话已留下了深刻印象，且不绝于耳；不管他做了什么，其行为在她心目中都是英勇的。至此已经可以推断，波莉的双颊泛起红潮，嘴角露出温柔的笑容，清澈的眼睛一瞥之间柔情流露。这时候，羽毛头胸前的星徽一直闪烁着，烟锅周围的小妖魔猛冲直撞，欢笑嬉戏的样子比以前更加疯狂了。哦，漂亮的波莉·古金，这些小恶魔何以如此欣喜若狂，惹得一个姑娘要把自己的心交给一个幽灵呢！难道这是非比寻常的不幸，是如此罕见的胜利？

没过多久，羽毛头便停下脚步，摆出一副气宇轩昂的姿态，似乎要召唤这美丽的少女来审视他的身形，而且要尽她所能地拒绝他。那一霎间，他的星徽、绣花、锁扣都开始发出难以言表的绚烂色彩；斑斓的衣服显得愈发鲜艳夺目；他光彩照人、温文尔雅，举手投足间，其良好的举止都展现出不凡的魔力。少女抬起眼皮，任凭羞怯和仰慕的目光在同伴身上久久徘徊。随后，像是要判断一下她不折不扣的美貌与如此光彩夺目的人物并肩而立是一种什么样的效果，她瞥了一眼穿衣镜，那镜子恰好就立在他俩身边。那是世界上最真切的一面镜子，是不可能阿谀奉承的。他俩的影像刚一遇上波莉的目光，她就尖叫起来，从陌生人的身旁退缩而去，惊愕地凝视了他片刻，随即瘫倒在地，失去了知觉。羽毛头也同样向镜中望去，它在那里见到的不是他灿烂夺目的虚假外观，而是褪去魔法之后，显露出的丑恶不堪之景——由真实的材料拼凑起来的东西。

这个悲惨的幻影！我们简直同情起他来。他带着绝望的表情抛起双臂，幅度大到远远超过了此前的各种表现，当时他一心想要证明自己将被人认作同类。因为，自从凡人的这种常态的、空洞的、欺骗性质的生活开启以来，这可能是唯一一次“假象”得以看见和充分承认自己的存在。

在这充满变故的黄昏之中，里格比妈妈坐在她厨房的炉火边，刚从一杆新烟斗中抖出烟灰，这时，她听到沿路传来一阵匆忙的脚步声。不过，那沉重的脚步不像是人发出的声音，手杖的嗒嗒声和枯骨的咯咯声也都不像。

“哈！”老女巫思忖道，“这是什么脚步？我想知道，这是谁的骷髅此刻从坟墓中走了出来？”

一个身影一头撞到了小屋的门上。原来是羽毛头！他的烟斗仍旧烧着，胸前的星徽依然闪着，衣服上的刺绣还是鲜艳夺目，而且在任何可以估计的程度或姿态上，他也没有走样，正是这外表把他同化成了我们人类的手足。然而，可怜的现实虽藏匿于狡猾的诡计之中，却以某种难以描述的方式（就像我们一旦发现所有欺骗我们的事情一样）让人给察觉了出来。

“哪里出了错呢？”女巫苦苦思索。“是那边抽着鼻子的伪君子把我亲爱的赶出了他的大门吗？那个恶人！我要打发二十个恶魔去折磨他，直到他跪在地上把女儿交给你！”

“不，妈妈，”羽毛头沮丧地说道，“不是那么回事！”

“是那姑娘鄙视我的宝贝了吗？”里格比妈妈问道，她那充满怒火的眼睛如同炼狱中的两块煤。“我要让她的脸都长满脓疱！她的鼻子必须像你烟斗中的燃煤一样红！她的门牙必须掉光！不出一周她就配不上你了！”

“别管她了，妈妈，”可怜的羽毛头回答道，“那姑娘的芳心有一半已经被我弄到手了。我觉得她甜美的嘴唇吻一吻我的话，我就可能完完全全变成人了！可是，”他顿了顿，自卑地长嚎一声，补充说，“我看到了我自己，妈妈！我看到自己本就是个悲惨、破烂、空洞的玩意！我活不下去了！”

他从嘴里一把抽出烟斗，用尽全力向烟囱抛去，同时瘫倒在地，散成一堆混杂的稻草和破衣烂衫，有一些木棍朝外伸出，中间则是一个干瘪的南瓜。两只眼窝如今黯淡无光，但那粗粗切开的裂口，前不久还是一张嘴，现在似乎扭曲变形，成了一种绝望的苦笑，还带有一点人相。

“可怜的家伙！”里格比妈妈说道，她悲伤地瞥了一眼，看了看她那命运不济的人工制品留下的残骸。“我可怜的、亲爱的、漂亮的羽毛头！世上有成千上万的花花公子和江湖骗子，也只是由这样一堆乱七八糟、破烂不堪、被人遗忘、一无是处的废物构成的，就像他一样！可他们都顶着好名声过活，从来看不出自己是什么货色。为什么唯独我这可怜的木偶偏偏知道他自己并为此丧命呢？”

就这样叨咕着，女巫又装满了一杆新烟丝，她指间握着烟斗，好像在犹豫该把烟斗塞到她自己嘴里还是羽毛头的嘴里。

“可怜的羽毛头！”她继续说道。“我可以轻而易举地再给他一次机会，打发他明天再出发。可是，不行啊！他太柔软，太深情。他好像心思太重，没法在这样一个空洞而无心的世界上为自己的前程奔波。好啦！好啦！我终究要把他做成一个稻草人。这是个清白又有用的职业，很适合我亲爱的人儿，而假如他的每个人类兄弟都有一个合适的职业，倒是对人类更有益处，至于这一锅烟嘛，我比他更需要。”

里格比妈妈这样说着，就把烟斗放进了自己嘴里。“迪康！”她用她那又高又尖的嗓音叫道，“再给我的烟斗来一块烧着的煤！”

（汉译：黄橙）

退场赞美诗

［英］萨基

克洛维斯坐在一家土耳其浴室里最热的地方，时而呆呆如雕塑般陷入沉思，时而又快速拿起钢笔在一本笔记本上写下数页。

他对伯蒂·范·泰说道：“你别用小孩子的胡话来打搅我，我正在创作不朽的诗句呢。”而后者没精打采，刚刚在邻近的一把椅子上坐下，想要过来找他聊天。

伯蒂显得很感兴趣。

“我说，如果你真是作为诗人身败名裂，那就去给画家们当模特，该多好啊！如果他们不能把你的肖像画挂在学院里，写上‘正在创作新诗的克洛维斯·桑格瑞尔先生’，也会将你的肖像画当作裸体画或下凡到杰明街[1]上的奥菲士[2]来研究。人们老是抱怨现代服装妨碍了他们，而一条毛巾、一支钢笔——”

“是帕克泰德夫人建议我写这个的。”克洛维斯说道，他没有在意伯蒂·范·泰为他的名声而另辟的蹊径。“你看，卢娜·布姆伯顿写了首《加冕颂》，被《初创期》录用了。这报纸起家的宗旨就是要让《新时代》看起来既过时又死板。‘亲爱的卢娜，你真是聪明，’帕克泰德夫人读完这首诗说道，‘当然，人人都有能力写出《加冕颂》，但除了你，其他人都不会想到要去写它。’卢娜表示抗议，说这些东西极难创作，而且还让我们明白，这或多或少是天赋异禀的少数人才能做得到的。目前，帕克泰德一家人在很多方面都对我相当不错。你知道的，他们是我经济上的救护车，当你严重受挫时，他们帮你脱离困境，这种事情经常发生在我身上。而我对卢娜·布姆伯顿来说无关紧要，所以我插了一句嘴，说

① 伦敦市中心的一条特色商业街，专门出售男士服饰用品，因而也被称为“男人街”。——译者注

② 奥菲士，希腊神话中一位诗人和歌手，善弹竖琴，弹奏时，猛兽俯首、顽石点头。——译者注

如果我专心致志的话，我也能写出那样的东西。卢娜说我写不出来，然后我们就此打赌。而我就跟你说说，这钱在我这里安全得很。当然，赢得赌注的条件之一就是写出来的东西得在重要的地方或其他什么地方刊登出来，当地的报纸除外。不过，帕克泰德夫人为了让《呛人的烟囱》的编辑对自己有好感，已经向对方展示了一些体贴的小动作。所以，倘若我能写出些东西，哪怕有一丁点儿接近那些发表出来的一般颂歌的水平，那我们应该就没事了。到目前为止，我进行得都很顺利，这反倒使我开始担心，自己是不是应该属于那些天赋异禀的少数派了？”

伯蒂说：“现在写《加冕颂》已经太晚了，难道不是吗？”

“当然，”克洛维斯回答说，“这首诗写好了将是印度宫廷的退场赞美诗。只要你愿意，你可以把这首诗一直留在身边。”

“现在我开始理解，你为什么挑地方写这东西了，”伯蒂·范·泰脸上的神情像是刚刚解开了一个至今为止都难解的谜一样，说道，“你想知道当地的温度。”

“我来这儿是想逃避患有精神缺陷的人给我带来的无聊打搅，”克洛维斯说道，“但似乎我向命运要的东西太多。”

伯蒂·范·泰已经准备好把他的毛巾当作精密的武器来使，但又琢磨着自己有很多不设防的海岸线，而且克洛维斯的装备里头既有钢笔又有毛巾，因此他又温和地退了回来，深深地陷在了椅子里。

“能否听一下这篇不朽之作的选段？”他问道，“我保证，若是马上借一本《呛人的烟囱》，我现在听到的一切不会让我对此产生偏见。”

“真是对牛弹琴，”克洛维斯高兴地说道，“但我不介意给你念上一点儿。一开始，它讲的是印度宫廷里的来宾一般是怎么退场的：

‘他们回到喜马拉雅山里的家中，

卡奇贝哈的大象疲倦不堪，

像西班牙大帆船在平静的海面上原地打转——’”

“我认为喜马拉雅山附近没有卡奇贝哈这个地方。”伯蒂打断道，“你写诗的时候手边应该有本地图册。还有，为什么是疲倦不堪的？”

克洛维斯说道：“当然是因为时间长而又兴奋的缘故。而且我说了它们的家都在喜马拉雅山中。我想，你会在卡奇贝哈看到喜马拉雅种的大象，就像你会在阿斯科特赛马会[①]上看到爱尔兰种的赛马一样。”

伯蒂反对说：“你说过他们要回喜马拉雅山里去的。”

“哦，自然是要它们回家休养一下。大象在山上散养的情况在那儿很常见，就像我们国家把马放出去吃草一样。”

至少，克洛维斯可以自命不凡地认为，自己已经把一些粗线条的东方色彩编织进了他的谎言之中。

那个评论家问道：“要把它写成素体诗[②]吗？”

“当然不是。‘印度宫廷’一词会出现在第四行行末。”

---

① 一年一度在英国伯克郡阿斯科特赛马场上举行的赛马会。——译者注

② 英语格律诗的一种。由抑扬格五音步写成，每行用五个长短格音步——十个音节组成，每首行数不拘，不押韵。莎士比亚的剧作大部分由素体诗写成。——编者注

“看起来真胆小。但它也说明了你选中‘卡奇贝哈’一词的原因。”

“地理学上的地名和诗意的灵感之间有着一般意义上公认的联系，但除此之外还有其他含义。为什么我们的语言写不出几首有关俄国的妙诗呢？其中一个主要原因就是你不可能找到这些名字的韵律，譬如斯摩棱斯克、托博尔斯克，还有明斯克。”

克洛维斯说话的样子，就像一个人在努力显示自己的权威一样。

他继续说道：“当然，你可以用‘鄂木斯克’和‘托木斯克’两个词形成押韵。事实上，把这些词放在一起是故意而为之，但大众不会一直没完没了地忍受这种表达。”

“大众可以忍受许多表达，”伯蒂不怀好意地说道，“而且知道俄国的人太少了，你可以每次都写个注释，解释一下斯摩棱斯克最后三个字母是不发音的。这和你说的在喜马拉雅山那里人们把大象放出去吃草一样可信。”

“我写了相当不错的一段，”克洛维斯从容不迫地继续说道，“它描绘的是一个坐落在丛林中的村子，夜色降临在村外的场景：

‘那儿的眼镜蛇盘绕在日落的洋洋得意之中，

还有那豹子正悄悄地潜入机警的羊群之中。’”

“事实上，热带国家没有日落，”伯蒂说，“但我喜欢你巧妙的含蓄，你把眼镜蛇得意扬扬的动机都写出来了。不知道的地方就是那众所周知的神秘。我可以想象这样一幅场景：因为不知道那眼镜蛇对什么得意扬扬，这种不确定性真是让人伤透脑筋，于是《呛人的烟囱》的读者会神经紧张地把卧室的灯开个通宵。”

“眼镜蛇天生就会得意扬扬，”克洛维斯说道，“就像狼一样，明明自个儿已经无可救药地吃过了头，但见到一只兔子还是要狼吞虎咽。”他又继续补充道，“后来，我在写布拉马普特拉河[①]黎明时分的地方增加了一点美好的色彩：

① 亚洲主要的河流之一，位于印度和孟加拉国之间。——译者注

‘琥珀色的黎明——用阳光的亲吻浸染着东方，

着色的红润的杏子和紫晶，
在水洗过的绿宝石般的芒果园上方，
悬挂在乳白色的薄雾之中，
着了色的鹦鹉飞着冲向
猩红的玉髓和绿玉髓的雾霾。’”

伯蒂说：“我从未见过布拉马普特拉河上的黎明，所以我说不上景色描写得好还是不好，但听起来更像是一场大规模的珠宝抢劫事件。不管怎样，鹦鹉很好地反映了地方色彩。我想你是不是已经在场景中加入了老虎的描写？如果中景处少了一两只老虎，那么一幅印度风景画就会显得太素，好像还没完成一样。”

“我在诗中某个地方已经写过一只母老虎了。”克洛维斯边说边在他的笔记中搜寻，“在这儿：

‘那只黄褐色母老虎在茂密的柚木丛中
将孔雀之喙发出的濒死吼叫

拽进开心得咕噜咕噜的幼崽耳中，

一首用血与泪谱写的丛林摇篮曲。’”

伯蒂·范·泰急匆匆地从斜倚着的椅子上起身，朝隔壁房间的玻璃门走去。

他说：“我觉得你脑子里的丛林家庭生活太恐怖了。眼镜蛇够阴险的了，但你临时拼凑出来的母老虎喂养虎子时听到的濒死吼叫已经达到了极限。如果你还要我全身忽冷忽热的话，我还是马上去蒸汽房好了。”

克洛维斯说：“就听这一行吧，它能让任何一个无名诗人大出风头。

‘而头上

耐心如钟摆般的蒲葵扇，

生出了微风这一死胎。’”

“大多数读者会认为‘蒲葵扇’一词是一种冰饮或是马球的中场休息。”伯蒂说完就走开了，进了蒸汽房。

《呛人的烟囱》如期发表了这首《退场赞美诗》，但结果却成了天鹅之歌[1]，因为那报纸后来再也没发行过。

卢娜·布姆伯顿放弃了想去参加印度宫廷接见的念头，然后住进了位于苏塞克斯丘陵的私人疗养院。通常可以接受的解释是：一个费劲的年龄段之后会出现精神崩溃的情况。但有三四个人知道，她是一直都没有真正地从布拉马普特拉河的黎明中缓过劲来。

（汉译：黄橙）

① 传说天鹅在临死之前，会发出这一生当中最凄美的叫声。——编者注

我爱上了一个姑娘[①]

［英］乔治·威瑟

我爱上了一个姑娘，一个美丽的姑娘，
她的美貌沉鱼落雁；
无与伦比，
堪比示巴女王[2]：
但我当时真是个傻瓜，
以为她也爱着我：
而现在，哎呀！她已离开了我，
哎哟喂，哎哟，哟！……

① 这首诗可能有不同的版本，根据译者的手头资料，第二阙和第六阙有所不同（参见《译校后记》）。——译者注

② 示巴女王，基督教《圣经》中朝觐所罗门王以测其智慧的一个人物。——译者注

我们常常外出散步

恋人们通常都这样，

我们甜言蜜语说不完，

太阳常常来偷吻。

风儿迎着她的嘴唇

柔柔地掠过；

而现在，哎呀！她已离开了我，

哎哟喂，哎哟，哟！……

多少次快乐的约会

我和我的心上人一起度过；

她是我唯一的心上人，

她使我心中充满了欢乐；

盈在她眼中的泪水

犹如那清晨的露水：

而现在，哎呀！她已离开了我，

哎哟喂，哎哟，哟！……

她的脸颊红润似樱桃，

她的皮肤白皙如冬雪；

她高兴时

就像个天使；

她的腰真曼妙，

她的双脚真正好：

而现在，哎呀！她已离开了我，

哎哟喂，哎哟，哟！……

无论是夏天还是冬天

她都有自己的兴趣爱好；

无论是糖果、干白葡萄酒还是烧烤

我都尽量满足她的爱好；

时光就这样悄悄流过，

我们无忧无虑真快活：

而现在，哎呀！她已离开了我，

哎哟喂，哎哟，哟！……

如今财富不会使我兴奋，

贫穷不会使我失去信心；

苦难不会把我吓倒，

其他的玩意儿我也不在乎。

我已经失去了一片世界，

天哪，我那个人间天堂，

哎呀，自从她离开了我，

哎哟喂，哎哟，哟！……

（汉译：戎林海）

霞光洒在城堡墙上

［英］阿尔弗雷德·丁尼生

霞光洒在城堡墙上
洒在古老传说中的雪山顶上：
长长的光线抖动着从湖面扫过，
狂泻的瀑布在霞光里腾跃。
吹吧，号角，吹吧，让猛烈的回声飞扬，
吹吧，号角，应答，回声，渐渐地消亡，消亡。

啊，听那，啊，听吧！多么的微弱而又清晰，
传得越远，越微弱，越清晰！
啊，真动听啊，从远方的悬崖峭壁传来
仙境的号角隐隐地吹响！

吹吧，让我们倾听紫色峡谷的回响：

吹吧，号角，应答，回声，渐渐地消亡，消亡。

啊，亲爱的，回声在远方瑰丽的天空中消亡，

消失在山岗上、原野或河流旁：

而我们心灵的回声滚滚向前

一浪高过一浪。

吹吧，号角，吹吧，让猛烈的回声飞扬，

应答，回声，应答，渐渐地消亡，消亡。

（汉译：戎佩珏）

所以我们不再流浪

［英］乔治·戈登·拜伦

所以我们不再流浪
因为已是深夜时光，
虽然心里热爱徜徉，
还有月光依然明亮。

宝剑终会磨坏剑鞘，
灵魂也会穿破胸膛，
心脏也须喘气停跳，
爱情歇歇也很需要。

虽然黑夜为爱而降，
白天总是来得太快，

但我们不会再流浪，

尽管月光依然亮堂。

（汉译：戎佩珏）

鹰的调情

［美］沃尔特·惠特曼

正沿着河边的路走着（我午前散步与休息），

我突然听到空中传来一阵低沉的声音，原来是

鹰的调情声，

两只鹰在空中为了性爱在追逐，

四个爪子紧紧抓住，你扣着我我扣着你，像一个有生命的

猛烈盘旋着的轮子，

四只翅膀不停地拍打，两个鹰嘴相互亲吻，

活像个旋转着的

紧紧拽着的抓斗，

它们翻腾打滚，空翻筋斗，

径直向下俯冲，

直到河面上空才停止，两只鹰儿，一对伴侣，

平静了一会儿，

四平八稳，静止不动，停在空中，之后便分开，

四只爪子也松开，

慢慢地扇动有力的翅膀，侧着身子，

向高空各自翱翔，

她飞她的，他飞他的，继续追逐。

（**汉译：戎林海**）

十一月

［英］罗伯特·布里奇斯

孤独的季节孤独的田野
一半的鸟儿飞走了，雾霭低垂，阳光
难得一见，但也未远离他的床；
短暂的白昼，日复一日，令人生厌。

户外草堆旁有一台有罩的机器
沮丧地孤零零地站在那儿，因为现在所有人手
都叫去耕地，——在晨曦来临前
一队队人马你来我往，忽远忽近，
几个小时，他们就将棕色的田垄拓宽
变成一块块条状的耕地；后面跟着的是昂首的马儿，

成群欢腾的乌鸦和手舞足蹈的灰头寒鸦。

刹那间，登上高处，可见一幅清晰的画面

（一幅劳作的缩影，一个精美的造型），

人儿马儿全都进入了画面，小路上，小路旁，

人们一边抬着自己的收成，一边喊着劳动号子，

齐整的灌木树篱中充满着紫色的空气；

那儿，在树刺底下，枯萎的叶子互相依偎

在秋风吹扫下变成一个个叶团，

溜进溜出的小鹪鹩

高兴得叽叽喳喳地叫，

四周有黄燕雀[1]盘旋，

兴高采烈，但害怕见人。

现在，假如夜晚变得很冷，天空中飞过的

① 原文 amoret，经与原编者联系，是一种像 finch 的小鸟，现译为"燕雀"。——译者注

是一群群慌慌张张的朱胸朱顶雀和黄嘴朱顶雀，

它们飞了整整一个下午，来到了花园里，

从蓟园急匆匆来寻找过夜地，

这地方由北美杜鹃和桂樱构成，

遍地都是，在太阳下山的阴冷时光，

在一棵孤零零的树上

一群椋鸟在叽里呱啦地叫，

在夏日稠密的树叶中，喋喋不休地吵。

突然它们寂静无声，

树顶在晃动，

呼，一阵翅膀在拍动，

它们成群地飞，

飞到冬青树丛中，那儿还有许许多多鸟儿

为了栖息地在争吵；不知从哪儿

又传来一阵嘈杂声，像哗哗的流水永无休止，

使灌木丛生气盎然，鸟儿的叫声一浪高一浪，

叫啊，吵啊，七嘴八舌，此起彼伏，

直到黑夜降临，各自都已安顿好；

漫长的黑夜慢慢地向前延伸，

随着冬天的来临，草木荒芜，

而大地即将被大雪封埋，

沉睡在那冰冻的圣带下，

大地梦见了自己的归宿，

她从暗无天日的极地爬出。

（汉译：戎佩珏）

饮酒歌

［英］约翰·斯蒂尔

袒着胸露着背，走啊走，
手啊，脚啊，冰冰凉；
唯有肚皮啊，上帝赐你绝好的啤酒；
不管它是新酿还是陈酿！

我只能吃一点点肉，我的胃不好；
但我肯定可以与那个戴着帽子的人喝上一杯。
虽然我一无所有，我毫不在乎，我只是感到有点冷；
我用上好的陈酿啤酒填满我的皮囊。
袒着胸露着背，走啊走，
手啊，脚啊，冰冰凉；
唯有肚皮啊，上帝赐你绝好的啤酒；
不管它是新酿还是陈酿！

我只爱吃一点点微黄的吐司和一只火烤螃蟹，

一小块面包也很好！多了我也不想要。

我想只要我能挺住，风霜雨雪奈我何；

我裹得严严实实，肚皮里全是上好的陈酿啤酒！

袒着胸露着背，走啊走，

手啊，脚啊，冰冰凉；

唯有肚皮啊，上帝赐你绝好的啤酒；

不管它是新酿还是陈酿！

我的妻子蒂贝，生活中总爱寻找上好的啤酒，

她常常喝得饱饱的，直到你看到她泪流满面；

尔后她将碗抛给我，活像一个醉汉样[①]。

她说："亲爱的！我将我的那份上好的陈酿啤酒喝光了！"

袒着胸露着背，走啊走，

手啊，脚啊，冰冰凉；

① 原文中 malt worm 是个隐喻，指醉汉。——译者注

唯有肚皮啊，上帝赐你绝好的啤酒；

不管它是新酿还是陈酿！

让他们喝吧，喝到点头和眨眼，就像好朋友那样喝，

他们不可能没有好酒带给他们的那种快乐。

穷光蛋们都有擦得亮晶晶的碗儿，或把它们抛来抛去，

上帝拯救他们的生命和他们的爱人，

不管他们是年老还是年轻！

袒着胸露着背，走啊走，

手啊，脚啊，冰冰凉；

唯有肚皮啊，上帝赐你绝好的啤酒；

不管它是新酿还是陈酿！

（汉译：戎佩珏）

有爱就会找到路

佚名

无论是群山上
还是波浪下，
无论是泉水下
还是坟茔下；
无论是尼普顿[1]听命的
最深的洋流下，
还是最峻峭的悬崖上，
有爱就会找到路。

当萤火虫
无处躺下，

① 尼普顿，罗马神话中的海神。——译者注

当一只苍蝇
无处容身，
那儿小小昆虫都不敢冒险
以免自己会快速掉下，
假如爱情已至，他就会进去，
就会找到那条路。

你可以把他看作
一个气力不大的小孩，
也可以把他看作
一个逃跑的胆小鬼；
但如果她受到爱情的眷恋
而白天又隐身不见——
叫上一千个卫兵保护她，
有爱就会找到路。

有人想要抛弃他，
把他关起来；
有人真的这么想，

可怜的人儿！眼睛瞎了，
但如果不这样严严实实关着他，
你还能做什么，
盲目的爱，假如你这样称呼他，
有爱就会找到路。

你可以训练一只鹰
下扑到你的拳头上，
你也可以诱骗
那东方的凤凰，
你可以让母狮
放弃它的猎物，
但你永远不能阻拦一个情人——
他会找到他的路。

如果大地要将他分开，
他会疾驶而过；
如果大海阻挠他，
他会奋力游到岸上；

如果他的爱变成一只燕子，
空中飞行迷了路，
爱情会赐予他翅膀接着飞，
这样就会找到路。

没有任何努力
可以打消他的念想，
没有任何计谋
可以阻拦他的计划；
但如果他一旦得到这样的消息
说他的真爱确实在，
如果死神竟然前来迎接他，
有爱就会找到路！

（汉译：戎佩珏）

我的猫杰弗里

［英］克里斯托弗·斯马特

我要思量一下我的猫杰弗里，

它是活着的上帝的侍从，天天尽心地侍候他。

第一眼看到东方上帝的荣耀，它用自己的方式来敬拜，

那就是扭动身体七次，干净利落又漂亮。

尔后，它就腾空而起去抓麝，

那是上帝对它祈祷而赐的福，

它打着滚，跟它玩耍，然后把它吞下。

做完了功课，得到了上帝的祝福，它开始打理自己，

这总计有十个步骤：

第一步，它看看自己的前爪，确定它们是

否干净；

第二步，它向后踢脚，把后面搞干净；

第三步，它伸伸腿弯弯腰，前爪伸长；

第四步，它用爪子抓木头以锋利自己；

第五步，它把自己洗一洗；

第六步，它在水里打个滚；

第七步，它捉捉身上的虱子，以免受到打扰跟不上拍子；

第八步，它对着一根木桩摩擦摩擦；

第九步，它抬头望，看看有什么指令；

第十步，它去寻找食物。

侍奉好了上帝，打理好了自己，它开始考虑它的邻居。

如果它碰到另一只猫，它会友善地吻吻它；

它抓猎物时，先与它玩一玩，给它一个逃跑的机会，

在嬉戏中，七个猎物会有一个逃生。

白天的工作干完了，更重要的工作开始了。

整个晚上它为上帝放哨，盯着那些坏家伙，

它用自己带电的皮肤和发光的眼睛对抗那黑暗的力量，

它与魔鬼死神做斗争，使生活轻松活泼。

在晨祷中，它说它爱太阳，太阳也爱它，

它是老虎部落的一员，

切鲁伯猫[①]是天使老虎的称号。

它有毒蛇一样的诡秘，能发咝咝声，但它藏而不露；

它吃饱了从不搞破坏，也不无缘无故地发火吐唾沫；

上帝表扬它是只好猫，它会感恩地喃喃叫。

它是个工具，供孩童们养成慈悲胸怀，

哪家没有猫，哪家就不完美，就没有精神上的祝福。

上帝命令管猫的摩西[②]带着以色列的儿童走出埃及，

那时每家每户口袋里至少都有一只猫，

① 原文 Cherub Cat，是诗人杜撰出的一种猫。——译者注

② 摩西，基督教《圣经》故事中犹太人的古代领袖。——译者注

英格兰的猫是欧洲最好的猫。

它的前爪最干净，非其他四足动物可媲美；

它自卫时非常机敏，这是上帝给它的至爱；

它在体型一样的所有动物中跑得最快；

它最顽强；

它亦庄亦谐；

它知道上帝是它的救星。

它歇息时，平和安静，甜美极了；

它活动时，神气活现，快乐无比。

它是上帝的可怜虫，所有的人出于怜悯一直管它叫——

可怜的杰弗里！可怜的杰弗里！老鼠咬了它的喉咙，

我请求耶稣基督，祝福杰弗里痊愈。

神的力量进入体内，帮它挺过，完美的猫。

它的舌头非常纯洁，纯洁得像音乐一样；

它很听话，能学做不少事；

它能竖起来，其形庄重，有忍耐性，值得赞扬；

它能取东西，搬运东西，有耐心，值得雇佣；

它能跳跃一根树枝，有忍耐性，人人都可作旁证；

接到指令，它可伸开四肢躺着，也可不停地来回摆动。

它能从高处一跃而下，跳入主人的怀抱；

它能抓住塞子，再抛向空中。

它不受伪君子和吝啬鬼的喜欢，

前者怕它来侦探。

后者不肯给它食。

它隆起背，准备第一次攻击。

如果一个人善于简洁地表达自己，它是理想的思考对象。

在埃及，它是伟大的人物，做出了非凡的业绩。

它曾经杀死了陆地上非常凶毒的伊克纽蒙鼠[1]，

---

① 原文 Icneumon-rat，可能是诗人杜撰的一种鼠。——译者注

它的耳朵很灵，但仍然仔细听，

它的注意力集中且思维敏捷，

戳一下它，你会感到像触电一样。

我感到上帝赐予它的荣光，蜡与火，

电火是精神上的，是上帝在天堂所赐，人兽共享。

上帝赐予它各种动作，

它不能飞，但是个出色的登高者，

它的动作大地上其他四足动物不能媲美——

它能行走到天涯海角，

它能游泳把自己救，

它能匍匐向前走。

（汉译：戎林海）

白岛

［英］罗伯特·赫里克

在这个世界，这个梦之岛上，
我们坐在伤感河边上，
眼泪和恐惧是我们的老生常谈，
常谈。

但一旦我们从今世飞翔，
越来越接近的是
年轻的永恒，
使人团圆——
在那白色的岛上，
一切都那么真诚；
这里荣光，那里坦荡，
令人欢畅：

没有什么鬼怪故事
能唤醒地狱里的恐慌，
制造或引发恐慌，
令人恐慌。
那儿，在平静凉爽的睡眠中，
我们的眼睛永远不会闭紧，
而是永远盯着，看着，
等着
快乐，快乐当求索，
我和你获得了永生；
快哉快哉，
欢乐无穷尽。

（汉译：戎佩珏）

死神与丘比特

［希］伊索

炎炎夏日的一个中午，丘比特玩累了，热得有点头晕，于是他就走进一个凉爽的洞穴来歇息，而这个洞穴碰巧是死神的洞穴。丘比特漫不经心地一头倒在地上，他的箭筒翻倒在那儿，乱七八糟，箭也全部散到外面，与死神的箭混在一起，横七竖八，到处都是。当他醒来时，他尽量把自己的箭捡拾起来；然而，那些箭全都混杂在一起，虽然他知道有多少支箭，但就是不能正确地将自己的箭区分出来；结果是，他拿走了几支属于死神的箭，丢下了几支自己的箭。这就是为什么我们经常看到一些老人的心脏被爱情之箭射穿，同样令人悲伤和震惊的是，我们也经常看到风华正茂的年轻人由于中了死神的箭而受尽折磨。

（汉译：戎佩珏）

有谁见过风儿？

［英］克里斯蒂娜·罗塞蒂

有谁见过风儿？
我没有你没有：
但当树叶垂下颤动时
风儿正在穿过。

有谁见过风儿？
你没有我也没有：
但当树儿低头弯腰时
风儿正在吹过。

（汉译：戎佩珏）

Stories and Poems for Extremely Intelligent Children of All Ages

给聪明孩子的故事与诗

夏

Harold Bloom

SUMMER

[美]
哈罗德·布鲁姆 选编

黄 橙 戎佩珏 熊亚芳 译

戎林海 审校

GUANGXI NORMAL UNIVERSITY PRESS
广西师范大学出版社
·桂林·

GEI CONGMING HAIZI DE GUSHI YU SHI
给聪明孩子的故事与诗

STORIES AND POEMS FOR EXTREMELY
INTELLIGENT CHILDREN OF ALL AGES
by
HAROLD BLOOM

This edition arranged with WRITERS' REPRESENTATIVES, LLC.
through Big Apple Agency, Inc., Labuan, Malaysia.

著作权合同登记号桂图登字：20-2018-157 号

图书在版编目（CIP）数据

给聪明孩子的故事与诗：全 4 册 /（美）哈罗德·布鲁姆选编；黄橙，戎佩珏，熊亚芳译；戎林海审校．—桂林：广西师范大学出版社，2021.5（2021.11 重印）

书名原文：Stories and Poems for Extremely Intelligent Children of All Ages

ISBN 978-7-5598-2681-7

Ⅰ．①给… Ⅱ．①哈… ②黄… ③戎… ④熊… ⑤戎… Ⅲ．①儿童文学－作品综合集－世界 Ⅳ．①I18

中国版本图书馆 CIP 数据核字（2020）第 043587 号

广西师范大学出版社出版发行
（广西桂林市五里店路 9 号　邮政编码：541004
网址：http://www.bbtpress.com）
出版人：黄轩庄
全国新华书店经销
广西民族印刷包装集团有限公司印刷
（南宁市高新区高新三路 1 号　邮政编码：530007）
开本：880 mm × 1 240 mm　1/32
印张：38.75　　字数：550 千字
2021 年 5 月第 1 版　　2021 年 11 月第 2 次印刷
定价：198.00 元（全 4 册）

目录

第二编 夏

金河王，或黑心兄弟 | 约翰·罗斯金 // 001

贾布里人 | 爱德华·利尔 // 039

一只适于猎取的雄鹿 | 约翰·戴维森 // 045

一头猪的故事 | 路易斯·加乐尔 // 052

大象宝宝的故事 | 拉迪亚德·吉卜林 // 058

瓶中灵魔 | 罗伯特·路易斯·史蒂文森 // 070

我看到一只孔雀，尾巴在燃烧 | 佚名 // 121

在冬天，正是满地白 | 路易斯·加乐尔 // 123

厄科悼那耳客索斯 | 本·琼森 // 127

林间小道 | 拉迪亚德·吉卜林 // 129

不同凡响的火箭 | 奥斯卡·王尔德 // 131

田纳西州的新闻界 | 马克·吐温 // 152

咆哮的疯汤姆 | 佚名 // 163

疯花匠之歌 | 路易斯·加乐尔 // 171

迪那斯瓦尔战歌 | 托马斯·洛夫·皮科克 // 175

达齐的英雄赞歌 | 拉迪亚德·吉卜林 // 178

戴维叔叔有关巨人和精灵的荒谬故事 | 凯瑟琳·辛克莱 // 206

狐狸和刺猬 | 伊索 // 227

放鹅姑娘 | 雅可布·格林，威廉·格林（格林兄弟） // 228

菲奥丽蒙德公主的项链 | 玛丽·德·摩根 // 239

八月 | 阿尔杰农·查尔斯·斯温伯恩 // 273

杨基邦基博的求爱 | 爱德华·利尔 // 277

乌鸦与水罐 | 伊索 // 285

新娘来到黄天镇 | 斯蒂芬·克莱恩 // 286

昏弟敦弟 | 路易斯·加乐尔 // 306

金河王，或黑心兄弟

［英］约翰·罗斯金

第一回：西南风骑士捣毁黑心兄弟农庄

很久以前，有座山谷，坐落于斯提里亚一片僻静的山区，那里土地异常肥沃，物产极度丰富。山谷周围群山耸立，高峭入云。山顶终年积雪，数条水流汇成瀑布湍急奔腾。其中一条西向水流流经一块高高的崖面，太阳西沉时，崖下已经天黑，但崖上的水面还能照到太阳，闪着一片金光。因此，邻近的人们管它叫“金河”。奇怪的是这些水流都没流进山谷，而是顺着山的另一面流将下去，穿过广阔的平原，流经人口稠密的城市。积雪的山顶常年云雾缭绕，云朵漂浮在山谷上空，即使在炎热的旱季，全国上下久被炙烤，这片山谷仍然雨水充沛，庄稼繁茂，草垛高耸，山谷里苹果红通通的，葡萄紫得发亮，盛产醇厚香甜的美酒，甘甜的蜂蜜，人人看到这样的景象都会惊讶万分，故把这片山谷叫作“金银谷”。金银谷属于三个兄弟：施瓦茨、汉斯和格卢克。哥哥施瓦茨和汉斯，长得一点都不好看，眉毛下耷，眼睛小而无神、老是一副睁不开的样子，谁都看不清他俩到底有什么心思，可他们却能把别人看得透透的。他俩都是名副其实的耕种好手，经营着金银谷，一见到吃白食的动物们就赶尽杀绝：开枪射死啄烂水果的黑鹂鸟，打死跑到母牛那儿吸奶的刺猬，毒死在厨房里吃面包屑的蟋蟀，闷死椴树上过去能鸣唱整个夏天的知了。他们不付报酬，让仆人们天天不停地干活，到干不动的时候，就会故意找碴儿，一分钱不给，将他们扫地出门。要说拥有这么富饶的农田，又以这样的经营方式耕种这片山谷，不发财都是件怪事了。事实是他们的确发了大财。谷物收上来后，兄弟俩就开始盘算，想方设法囤积起来，等到缺货的时候，再以翻倍的价格出手。家里地板上积压着成堆成堆的金子，可从来没听说兄弟俩捐过一分一厘去做慈善。他们从来不跟大伙交往，只一个劲儿地抱怨各种赋税。总而言之，他俩生性残暴，不好交往，凡跟他们打过交道的人都叫他俩“黑心兄弟”。可是，他们最小的弟弟格卢克不论长相还是性格，跟他两个哥哥大相径庭，让大家难以相信他们是一个娘生的。格卢克还不到十二岁，眼睛又蓝又亮，心地善良。对哥哥们的做法，他极不赞同，或者应该这样说，他两个哥哥极不赞同格卢克的做法。当要烤什么东西吃的时候，格卢克一般会被派去那间体面的烤肉房，那里放着烤肉架。不过，他们也不是经常吃这些，因为公平地讲，这两兄弟对自己也一样吝啬。所以其他时候，格卢克就干些比如洗鞋子、扫地，或者有时洗洗盘子之类的活儿。让他吃掉盘里剩下的食物，是对他干活的奖励，给他一顿暴揍，就是教育他的方式。

日子就这么一天天过着，过了很久很久。突然，一个多雨的夏季，全国上下都不对劲。干草还没来得及收进来，洪水就把草垛整个儿卷进海里，冰雹把葡萄藤砸成一截一截，黑枯病[①]让农作物颗粒无收。但唯独金银谷安然无恙，一切如常。别处都不下雨，它那还有雨

① 其症状是在叶面、枝梢上形成黑色小霉斑，后扩大至整个叶面、嫩梢。——编者注

水；别处都没有晴天，它那儿还有阳光。所有人都来他们农庄买谷子，回去时一路咒骂该死的黑心兄弟。他们索要自己想要的东西，但穷人什么都没有只能乞讨，好几个穷人死在他们门口，但他们视而不见，不管不问。

临近冬天，天气寒冷。一天，两个哥哥出门，像往常一样警告留在家中烤食物的弟弟格卢克：不能让任何人进来，也不能把家里任何东西给别人。格卢克坐在火边，雨下得太大，厨房的墙壁湿乎乎的，一点都不舒适。格卢克把烤肉在火上转啊转，肉烤得红红的，香气扑鼻。他心里想："真可惜，我哥哥们从来不请人来家里吃饭。他们有这么香的一块烤羊肉，而别人连一块白面包都没有，要是他们能邀个人一起吃的话，我相信他们会越来越善良的。"

正这么想着，门口传来两声"咚咚"的敲门声，但不是很清楚，让人觉得敲门人的手似乎被绑着一样——听起来更像是"噗噗"。格卢克自言自语道："应该是风吹的，因为没有人敢在我家的门上敲两下。"不，不是风，敲门声又响起来了，怪吓人的。敲门人似乎很着急，有点不管不顾的。于是，格卢克走到窗前，打开窗，探出头去看是谁。哦，天哪，他这辈子都没见过长相如此怪异的绅士！他个子矮小，长着一根超长的鼻子，带点古铜色，鼻尖像极了喇叭口。脸盘子又圆又红，让人忍不住猜想他可能对着烧不出火来的火堆连续吹了两天两夜。丝绒般长长的睫毛下，两只闪亮的眼睛闪着快乐的光芒，嘴上一边一条胡子，胡子尾梢卷成了两个卷，就像螺旋开瓶器那样，头发披下肩头，呈现出一种奇怪的白灰色，就像是把盐和胡椒混在一起后呈现的颜色。他身高大约四点六英尺，戴着一顶锥形帽，帽子跟他身高差不多，上面插着一根大约三英尺长的黑色羽毛。他身穿一件后摆很长的衣服，很像我们现在说的燕尾服，头上罩着一个亮闪闪的黑斗篷，斗篷上的皱褶挡住了衣服长长的后摆。这个斗篷真大，没风的日子穿着太长了，现在，老房子边呼呼吹着的风把它从肩头刮起，长度大概是他身高的四倍。

看到来访者这副模样，格卢克完全吓瘫了，待在原地一句话都说不出来。老绅士拉起门环又用力敲了一下，转身捋了捋被风吹起的斗篷。转身时正好看到格卢克长着黄毛的小脑袋卡在窗边，完全一副目瞪口呆的样子。

小个子绅士朝他喊道："喂，我在敲门，快来打开吧，我全身湿透了，赶紧让我进门。"

确实，小个子绅士浑身湿透。帽子上的羽毛垂在两腿间就像落水狗夹着的尾巴一样，雨水顺着嘴上的胡须往下淌，先是淌进了马甲口袋里，然后又像水车里的水一样被倒抽了出来。

格卢克回答说："抱歉，先生，真是对不起，我不能开门。"

老绅士说："不能开吗？"

"先生，我不能让你进门，真的不行；就是我想这么干也没办法，我哥哥们会把我打死的。您需要什么东西吗，先生？"

"需要？"老绅士不管不顾地说，"我需要一堆火，需要遮风挡雨的地方。你看你把火烧得那么旺，噼啪作响，可是没人在烤。所以我说让我进门，我只想烤火取暖。"

直到此时，格卢克才意识到自己把头伸在窗外很长时间了，确实，外面冷得受不了。转过头，看到闪亮的炉火噼啪作响，明亮的火舌窜向烟囱，仿佛闻到羊腿令人垂涎的香味，让人也想去尝一口。他的心软了下来，想到火就这么白白地烧着浪费，于是自言自语道：“他确实全身湿透了，我就让他进来待上一刻钟吧。”于是他绕到门边，打开门。小个子绅士走进门，一股强风吹进屋子，破旧的老烟囱晃了两下。

小个子绅士对他说：“乖孩子，不要担心你的哥哥们，我会向他们解释的。”

格卢克回答道：“先生，求求您，不要这样，他们回来前请您一定离开，不然，我死定了。”

老先生说：“天哪，你这么说，我很愧疚，那我能待上多久呢？”

格卢克答道：“先生，您可以待到羊肉烤好的时候，现在肉已经呈棕色，快烤熟了。”

于是老先生走进厨房，自顾自地坐到烤架上，把他帽子的顶端靠在烟囱上，因为帽子太高了，会戳着屋顶。

格卢克对他说：“您坐那儿身上衣服很快会干的。”他自己也坐了下来，继续转动烤羊肉。可是老先生坐在那儿，身上衣服根本没有烤干，反而一直滴水，水滴进炭火里，嗞嗞作响，火苗暗淡了下来，看上去要熄灭了一样。从没见过这样的斗篷，上面的每一个褶皱都像一条排水沟。

看着那长长的银白色水流快速流向地板足有十五分钟，格卢克终于忍不住问道："对不起，先生，我能帮您脱下斗篷吗？"

老先生回答："不要，谢谢！"

"那取下您的帽子吧？"

"谢谢，我这样挺好。"老先生粗声答道。

"可是……先生……我真的很抱歉，您看……您看……火快要被您弄灭了。"格卢克嗫嚅着说。

"那羊肉就多烤会儿吧。"来访者冷冷地答道。

客人的行为让格卢克百思不得其解，觉得冷冷的，并且有种被羞辱的感觉。于是他转过身，盯着烤架上的铁丝，沉思了五分钟，没说话。

老先生终于又开口了："羊肉看上去很香啊，能给我吃一小块吗？"

格卢克答道："不行，先生。"

老先生继续说道："我饿极了，已经两天没吃过东西了。你哥哥们连羊肘子下那一小块也不会留下的。"

他语气听起来有些悲伤，格卢克心一下就软了，于是他说：“先生，他俩答应我今天可以吃一片羊肉，我把我的那份给您吃，但您不能再多要了啊。”

老先生又说了一句：“乖孩子。”

于是，格卢克温了一个盘子，把刀磨快了一些，他心想：“他们要是因为这个揍我，我也不管了。”他割下一大片羊肉，突然，传来一阵猛烈的敲门声。老先生一下子就从炉架上跳下来，仿佛炉架突然变热让他不舒服。格卢克先把那片羊肉粘回到羊腿上，尽量做到天衣无缝，看不出被割下来过，然后才跑去开门。

施瓦茨一进门，就把手中的伞劈面扔向格卢克，吼道：“怎么让我们在雨中等了这么久才开门？”

“呃？搞什么鬼？你这个浑小子！”汉斯跟着他哥哥走进厨房，随手扇了格卢克一个耳光，想教训他一下。

一打开厨房门，施瓦茨就喊道：“我的上帝呀！”

老先生正站在厨房中间，帽子已经摘掉，他以旋风般的速度鞠了一躬，说道：“阿门！”

施瓦茨抄起一根擀面杖，皱着眉，狠狠地看着格卢克问道：“说，他是谁？”

格卢克吓坏了，战战兢兢地说道：“我，我不认识他，哥哥。”

施瓦茨吼道：“那他是怎么进屋的？”

格卢克向哥哥恳求道：“亲爱的哥哥，他刚才全身湿透了。”

擀面杖朝格卢克头上敲过来，说时迟那时快，老先生用他的锥形帽插在了中间，帽子一震，里面的水哗的一声流了出来。令人惊奇的是擀面杖一碰到帽子，突然就从施瓦茨手中弹了出去，像一根被大风刮到空中的稻草，远远地落到了房子另一头的角落里。

施瓦茨转向老先生，厉声喝道：“先生，您到底是什么人？”

汉斯也吼道：“你是干什么的？”

老先生十分谦逊地说道：“先生们，我只是个可怜的老家伙，透过您家窗户，看到屋子里生着火，所以请求进屋待上一刻钟。”

施瓦茨听后说：“那么，现在拜托你从房子里出去。你看，我们厨房里全是水，这可不是一间烘房。”

“先生，这么冷的天，您不让我这样的老人进门待一会儿？您看看我灰白的头发。”

正如我前面提到的那样，老人头发披散，垂下肩头。

汉斯说："呃，你头发不少，足够让你暖和了，快走吧！"

"我实在太饿了，先生。要不，请你们赏我一块面包，我就走。"

施瓦茨喊道："哦，面包！你是不是认为我家的面包毫无用处，只好给你这样一个红鼻子怪老头享用？"

汉斯也一脸轻蔑地说："你的羽毛也能卖钱呀，快出去吧。"

老先生恳求道："就给一小块。"

施瓦茨这下朝他喊道："出去！"

"求求您了，先生！"

"滚出去，要不就把你吊起来！"汉斯也叫道。边说边去抓他的衣领，想将他拎起来。谁知道，他的手刚碰到老先生的衣服，他自己也像那根擀面杖一样，在空中转了几圈，掉到了房子另一头的角落里，正好压在擀面杖上面。施瓦茨盛怒不已，冲向老先生要赶他出门。但他还没碰到老人，便也跟汉斯和擀面杖一样弹了出去，头撞到墙上，滚到了房子另一边的角落。他们都躺在了那里——兄弟俩和擀面杖。

紧接着，老先生朝与他们相反的方向快速地转了几圈，将他的长斗篷卷了起来，紧紧地缠在自己身上，然后啪的一声把帽子扣在头顶一侧（帽子太高了，直着戴会戳到天花板）。他将自己螺旋开瓶器般的胡子又捋成一个圈，冷冷地朝他们说道：“先生们，希望你们度过一个愉快的上午。今晚十二点，我会再来拜访。看看我刚才经历过的如此不好客的场面，我告诉你们今晚的造访会是我最后一次，你们不要感到惊讶。”

“不要让我在这里再逮着你！”施瓦茨从角落里爬出来，惊慌失措地嘟哝道。可是，他话还没说完，老先生已经嘭的一声把门关上，走了。只见一团不名形状的云飞过窗户，形象万千地不断变化着，在空中一路翻滚着冲下山谷，最后消失在如注的大雨中。

施瓦茨对格卢克说：“干得真漂亮，先生。吃羊肉吧，先生。要是让我逮到你再耍这样的把戏——天哪，羊肉怎么被切了一块？”

“您答应过让我吃一块的，哥哥。”格卢克回答道。

“哦，我想你是趁热的时候切下来的吧，去把调料都拿来！我不会再这样许诺你了，你就等着吧。请你离开这间屋子，先生，拜托你待到煤窑里去，我叫你的时候才能出来。”

格卢克伤心地走开了。两位哥哥尽情地享用着烤羊肉，剩下的锁进了碗橱，吃完羊肉后又继续喝酒，喝到烂醉如泥。

这是怎样的一个夜晚呀！风在咆哮，雨倾盆而下，没有丝毫停歇。两兄弟还有一丝丝清醒，上床前，他们关上了所有窗户，把门上了两道锁。像往常一样，他俩睡在一个房间。钟敲十二点时，两兄弟听到嘭的一声巨响，都被吓得醒了过来，然后只觉得一股强大的力量冲破房门，房子也在上下摇晃。

施瓦茨在床上喊道：“什么东西？”

“是我。”传来的是小个子绅士的声音。

两兄弟坐在长枕上，黑暗中瞪大双眼，透过一丝淡淡的月光，他们看到房子里全是水，窗户上有个洞，水从那洞里流进来。房子中间，一个巨大的泡沫球在旋转，像木塞一样在水面上下跳动。泡沫球上垫着一块奢华的坐垫，小个子老先生斜躺在垫子上，还是白天的穿着，戴着帽子，现在屋顶没了，没有任何东西可以妨碍他的帽子了。

“很抱歉，给你们带来诸多不便。”来访者话中带刺地说道，“我想你们的床都潮了吧，你们最好去你们弟弟的房间里，我没有拆掉他房间的屋顶。”兄弟俩没敢再问，直接冲到了格卢克的房间，全身湿透，惊恐万分。

老先生在他们身后喊道：“厨房桌上有我的名片，记住了，这是我最后一次造访。”

施瓦茨战战兢兢地说道：“上帝保佑。”然后，泡沫球不见了。

天终于亮了，清晨，兄弟俩从格卢克房间的窗户向外看去，只见整个金银谷全被毁了，一片荒凉。洪水过后，树木、庄稼和牛群全不见了，剩下一片荒芜之地，只看见红沙和灰白的泥浆。两兄弟颤颤巍巍地爬出房间，惊恐万分地走进厨房。整个一楼都浸泡在水里，里面存储的谷物，钱财以及所有能拿得动的东西被一卷而空。他们只在厨房的桌上看到一张名片，名片上印着几个大大的单词，拉长的字体显得有些调皮：西南风骑士。

第二回：事后三兄弟的生活，格卢克与金河王会面

西南风骑士言而有信，在前面讲过的那次重大造访之后，他再也没有来过金银谷。而且，他在西风系家族中颇有影响力，他们跟他行事风格都保持一致。结果，年复一年，山谷里再也没有降过雨。虽然山下的平原上一片碧绿，生机盎然，但山谷里三兄弟的地盘上一片荒芜。曾经最富饶的土地如今只剩下一堆红色的流沙，三兄弟对抗不过恶劣的天气，只好绝望地离开这片已毫无价值的祖传家产，来到城市和人群所在的山谷外的平原，找些营生的活儿。财产全没了，靠非正当手段谋取的财富只剩下几个老式的做工奇怪的金制餐盘。

来到一座大城市，施瓦茨对汉斯说："我们做金匠的工作怎么样？这是个骗人的好活儿，我们可以在黄金制品中掺入大量的铜，没有人会发现的。"

汉斯也认为这是个好营生。于是他们租来炉子，干起了金匠的活儿。但有两样小事情给他们生意带来了不好的影响：一，人们并不愿意买掺铜的金子；二，两

个哥哥，只要卖了东西钱到手了，就会让小格卢克留在家里看管炉子，他们自己则跑到隔壁酒馆买酒喝，把赚来的钱全部花光。因此，他们花掉了手头所有黄金制品，可赚来的钱不够买更多的金子。最后，只剩下一只大杯子，这个杯子是叔叔送给格卢克的，他非常喜欢，不愿和它分开，哪怕给他全世界他都不愿意。他只用它喝过牛奶和水。这个杯子看起来造型奇特：杯子把手是两缕飘扬的金色头发围成的，做工非常细致，看起来不像是金子，而像是丝绸做的。两圈头发下面做出了做工同样精美的胡须，胡须围成一圈，里面长着一张生动的小人脸，人脸就在杯子的正面，是用世界上最纯的金子做成，脸上长有两只眼睛，似乎时刻在观察周围的世界，拿杯子喝水时就会忍不住盯着这双眼睛。有一次，施瓦茨往杯子里倒满莱茵白葡萄酒，然后再倒出来，这样反反复复地做了十七次后，他非常肯定地说他看到这两只眼睛眨了一下。现在他们要把这个杯子化掉做成勺子，可怜的小格卢克伤心极了。可是两位哥哥光知道嘲笑他，他们把杯子扔进熔炉，然后就摇摇晃晃地去了酒馆。像往常一样，他们把格卢克留在屋子里，等到金子全部化掉后，他要负责把融化的金子制成金条。

两位哥哥离开后，格卢克不舍地看着熔炉里的老朋友，飘扬的发丝不见了，只看到红金色的鼻头，亮晶晶的双眼，充满了怨恨。格卢克想道："也难怪它会这样，受到这样的待遇。"他闷闷不乐地踱到窗边，坐下来想呼吸点傍晚的新鲜空气，远离熔炉呼呼的热气。这个窗户看过去正好面对着那连绵的山脉，就像我前面跟你们说过的，那些山脉高耸在金银谷之上，金河从山顶流泻下来。就在今天傍晚，格卢克坐在窗边，看到山顶的岩石被太阳照耀得呈暗红和深紫色，岩石周围红色的火云似乎在燃烧，在颤抖。而最闪亮的是那条河，像一根挥舞着的纯金柱子，从一片悬崖跳到另一片悬崖，河面上两条宽阔的紫色彩虹，在水光中交替着一会出现，一会隐去。

格卢克看了一会儿，大声说道："啊，要是那条河真的全是金子，那该是多么美妙的一件事呀。"

"不会的，那是不可能的，格卢克。"一个金属般的声音清脆地在他耳边响起。

"天哪，什么声音？"格卢克跳起来，惊叫道。屋子里没有别人，他在屋里巡视了一圈，又在桌子底下找，不时地望向身后，确实没有别人，于是，他又坐回窗边。这次，他没有说话，可脑子里还忍不住在想要是河流真的全是金子，那该是多么便利呀。

“一点也不会便利，我的孩子。”同样的声音又响起了，比上次还响亮。

格卢克又喊道：“天哪，什么声音？”这次，他找遍屋子所有角落、碗橱，然后跑到屋子中间，快速地转来转去，不让人躲在他身后。耳边又响起来那个声音，这次是欢快的歌声“啦啦——哩啦——啦。”没有歌词，轻盈流畅的乐曲就像水开时冒起的气泡，欢腾着。格卢克朝窗外看去。没有，声音就在屋子里面。楼上，楼下，都没有。声音就在这间屋子里，唱得越来越快，调子也越来越清晰。“啦啦——哩啦——啦。”忽然，格卢克意识到，在熔炉附近声音听起来更响亮。于是，他跑到熔炉口，朝里看去：是的，他看到了，声音不仅是从熔炉里传来的，还是从熔炉里的罐子传出的。他打开罐子，吓得朝后跑去，因为就是罐子在唱歌。他远远地站到房子另一头的角落里，举起双手，嘴张开着，过了一两分钟，唱歌声停止了，传来一声清晰标准的问候：

“你好！”

格卢克没说话。

“你好，格卢克，我的孩子。”罐子又开口说道。

格卢克使出了吃奶的劲儿，径直走向炉子，把它从熔炉里取出来，朝里面一看：金子都熔化成水了，表面像河流一样光滑如镜。可当他朝里看的时候，他没看到表面投射出他的小脑袋，而是看到在金子下面，如他老朋友般的杯子，那金红色的鼻子和它锐利的双眼正对着他，比他原来看到的样子红上一千倍，锐利过一千倍。

罐子里传出的声音又说道：“过来，格卢克，我的孩子，我没事，你快把我倒出来。”

可是，格卢克已经吓呆了，他什么也干不了。

“我说，把我倒出来呀！”那个声音有点不耐烦地说。

格卢克还是没法动起来。

“你能把我倒出来吗？我太热了。”那个声音急速地说道。

猛地一下，格卢克挪动了他的双脚，一把抓起罐子，斜过来，把熔化的金子倒了出来。可是，液体没有流出来，先出来的是一双漂亮的黄色小腿，其次是衣摆，然后是一双叉在腰上的胳膊，最后出来的就是他熟得不能再熟的，那只杯子上的脸。所有倒出来的物件，在倒出来时就自动组装好了：一个金色小矮人，高约一英尺半，站在地板上，生机勃勃。

“这下好了。”小矮人说道。边说边伸伸腿，然后伸伸胳膊，上下摇了摇头，使劲地往上，往下，摇了足足五分钟，没有停。很显然，他想确定是否每样东西都装对了地方，格卢克站在边上一言不发，吃惊地瞪着他。只见他身穿一件下摆开衩的金纺紧身上衣，质地纯正，闪闪发光，呈现出珠母的光泽。漂亮的上衣上，披着一头波浪般的卷发和胡须，又纤又细，垂在离地面身高一半处，格卢克都没法辨别发尾在什么地方，因为它们仿佛已经化进了空气中。然而，他的脸部特征，却是一点都不精致。皮肤看上去有些粗糙，肤色不是纯金色，带点铜黄色。从表情上观察，他个子虽然很小，但个性相当顽固、执拗。小矮人自己检查完毕，眼睛看向格卢克，目光炯炯，打量了他一两分钟左右后，说：“不，那是不可能的，我的孩子。”

确实，这句话相当突兀，没头没脑，不知道如何接下去。不过，这句话正是格卢克脑子里思索的事情，也是当初小矮人跳出罐子前发现的事情。不管这话是什么意思，格卢克没有想过要去反对他的说法。

格卢克一脸顺从，轻声问道："真不可能么，先生？"

小矮人最后说道："不，绝不可能。"边说，边使劲地往下拉了一下帽子，盖住了眉毛。然后翻了两个跟头，大概三英尺远的样子，在房子这边翻一个，又朝那边翻一个。他把腿抬得高高的，再使劲地跺下去。格卢克趁这个空当整理了一下自己的思路，觉得实在没理由害怕这个微型小客人。一下子，他不像之前那样又惊又怕，反而好奇心冒出头来。于是，他相当小心地壮起胆子问了一个问题，是他脑子里冒出的奇怪念头："求求您，先生，您能告诉我您就是我的那只杯子吗？"

听到他问这个问题，小矮人忽地一下转过身，径直朝他走来，踮起脚说："我，是金河王！"说完，又转过身去翻了两个跟头，这次翻了大约六英尺远，似乎想让格卢克好好消化一下听到这句话所感到的惊惧。翻完两个跟斗后，他又朝格卢克走过来，在他面前站定，似乎想要听到格卢克的回应。

格卢克打定主意得说点什么，于是开口道："我祝殿下万事如意。"

小矮人没理睬这句礼貌的问候，对他说道："听着，我就是你们所谓的金河上的金河王。你看到我现在这副样子，是因为我被一个更强的国王陷害，他对我施了魔法。而你恰好此时将我解救了出来。我了解你，了解你对你两个黑心哥哥所做的一切，我愿意为你效劳。因此，我跟你说的话，你一定要听好了：如果有人爬上能看到金河出水口的那个山顶，然后在金河的源头，滴入三滴圣水，那么金河就会为他，也只为他变成金子，但每个人只有一次机会。如果滴入的不是圣洁之水，金河就会淹没他，把他变成一块黑色的石头。"一边说着话，金河之王一边转身走向熔炉，他故意走到熔炉中心最烫的地方。他通体透红，然后白得透明，发出耀眼的亮光——强光一闪——他摇晃着冉冉升起，而后便无影无踪。金河王就这么化成一缕轻烟，彻底不见了。

可怜的格卢克，跑过去，仰头在烟囱里寻找，边找边喊："哦，天……天……天哪！我的杯子！杯子！杯子！"

第三回：汉斯先生的金河之旅及其遭遇

上一回讲到金河王刚以一种不同寻常的方式走出这屋子，汉斯和施瓦茨就喊叫着走了进来，两人都烂醉如泥。当发现最后一件金制餐具整个不见了，他俩酒醒了一点，走到格卢克身边，揍了他整整十五分钟。揍完后，两人瘫坐在椅子上，问格卢克有什么为自己辩解的理由。格卢克告知了事情的整个经过，他们自然一个字也不相信。然后又开始揍他，直到胳膊都揍酸了，才摇摇晃晃地上床睡觉。到了第二天早上，因为格卢克一再坚持他的说法，他俩开始有点相信了。一旦确信了格卢克的说法，两兄弟就开始争吵，吵了很长时间，还是没法决定谁先去碰这个好运，后来，两人抄起宝剑，开始决斗。吵闹声惊动了四周邻居，他们知道无法平息这场争吵，就叫来了警察。

汉斯听到警察来了，赶紧想法儿逃跑，躲了起来。而施瓦茨被带到地方治安法官面前，因扰乱治安处以罚款，可他前天夜里在酒馆花光了最后一分钱，付不起罚款就被关进了监狱。

汉斯得知这些消息后，很开心，马上决定出发前往金河。问题是怎么弄到圣水呢？他跑到牧师那，牧师无论如何也不肯给这样的无耻之徒哪怕一滴圣水。于是，傍晚时分，汉斯平生第一次参加了晚祷仪式，借着在胸口画十字的时候，偷走了一杯圣水，高兴地回到了家中。

第二天清晨，太阳还没升起，汉斯就起了床。他把圣水装进一个严实的瓶子，在篮子里放上两瓶酒和一点肉，然后把所有东西都吊在肩上，手上拿着登山用品，开始向山区进发。

出城的路上要经过监狱，汉斯朝监狱窗户看去，竟然看到施瓦茨在监牢里向外张望，一脸闷闷不乐的样子。

汉斯朝他喊道："哥哥，早上好。有什么话要对金河王说吗？我可以给你捎个口信。"

施瓦茨恨得咬牙，使出全身气力摇晃着监牢的铁栅栏。可汉斯只是一个劲儿地嘲笑他，告诉他照顾好自己，等他回来。然后，他把提篮放到肩上，在施瓦茨眼前晃动着圣水瓶，摇到开始起泡泡才停下，然后继续兴高采烈地朝前走去。

说真的，即使没有金河这样诱人的目标，谁在那样的早晨都会觉得舒心：层层湿润的薄雾舒展开来，漂浮在山谷上空，群山缥缈其中——矮一点的悬崖呈灰白色，简直辨不清哪儿是悬崖，哪儿是漂浮的水雾。太阳出来，被太阳染成红色的水雾沿着陡峭的崖壁冉冉上升，穿过崖壁上一排排长矛般的松树。水雾上方，层层叠叠的岩石块上红色的峭石耸立，姿态万千。石缝里的雪点缀其间，被阳光照耀着，发出闪电般的光芒。再往上，矗立着那终年积雪的最高峰，映衬在清澈的蓝天下，看上去比清晨的云朵更白，更纯净，亘古不变。

金河，从一块没有积雪、海拔稍低的地方喷涌而出，现在还几乎没照到阳光，除了最上层喷出的水雾，轻烟般的在水流的波浪线上缓缓移动，晨风一吹，就化成细小的水花，飘走了。

就是它，也只有它，汉斯的眼睛紧紧盯着，聚精会神，根本没去想他还得走多远的路。他迈开步子，走得飞快，待走到那第一排他必须翻越的郁郁葱葱的矮山时，已经累得精疲力竭。翻过这些山脉，他大吃一惊，在他和金河的源头之间，还横亘着一座巨大的冰山，这是他原来完全没料到的。他像个经验丰富的登山者一样，迎头走了上去，但他也知道这辈子没有爬过这样陌生而又危险的冰山。冰面很滑，最糟糕的是冰谷里喷涌而出的狂野的水流声——水声不是低沉不变的，而是震耳欲聋，忽而这样忽而又那样。它一会儿像是演奏了一段狂野的旋律，一会儿又断断续续，似乎在发出短暂的叹息，或是突然的尖叫，像陷入悲痛的人的哀号。冰块裂成各种各样说不出的形状，在汉斯眼里，他从来没见过这般碎裂的冰块。他们的外形都莫名其妙地像极了某种生物，但看上去都是失真的，带着一副嘲弄人的样子。身边一会儿飘来一片难以辨认的阴影，一会儿跃出一片耀眼的亮光，峰顶投射出刺眼的淡蓝色光束，眩晕了登山者的眼。看不见的水流发出持续不断的隆隆声，让人耳朵听不清，头昏脑涨的。越往上爬，越被这些现象所折磨。汉斯每走一步，脚底下冰层就断裂开来，在他周围形成新的冰锥，一踩就断，沿着他的来路一路滚下山谷。终于，当跳过最后一个裂口，扑倒在山头的草地上时，他精疲力竭，瑟瑟发抖，他想起在如此恶劣的天气里、在最令人恐惧的冰山上，一路遭遇的各种危险，一种新的恐惧攫住了他。

攀登冰山时，带的那一篮子食物严重妨碍了他顺利登山，所以最后不得不将之丢弃。现在，没有任何补充能量的东西可吃，他只好停下来，吃几块冰。这样，他至少不再口渴。休息一个小时后，强壮的身体恢复了一点体力，在不屈不挠的贪念驱使下，他又开始了艰苦的旅途。

现在要走的是一段光秃秃的红色岩石山脊，寸草不生，脚下踩着的都是坚硬的岩石，疼痛难忍。只是偶尔会有一块凸起的山石能带来片刻阴凉，躲避一下南方炙烤的太阳。正午过后，刺眼的阳光照着陡峭的山路，空气似乎热透了，凝固成了一团炽热。汉斯现在觉得体力不支，而且口渴难耐，隔一会他就看一眼挂在皮带上的圣水瓶。最后，实在熬不住了，他想："只要三滴就够了，至少，我能弄一点润润嘴唇。"

他打开圣水瓶，刚举到嘴边，就看见身边岩石上躺着个东西，似乎还在动。是一只小狗，很显然，渴得只剩下最后一口气了。小狗伸着舌头，口干舌燥，四肢摊开，毫无生气，一群黑蚂蚁爬在它嘴巴和嗓子周围。小狗的眼睛转向汉斯手里的水瓶。汉斯举起瓶子，喝了一口，朝小狗踹了一脚，继续往前走。他不知道怎么回事，但突然感觉到蓝天上投下一片奇怪的阴影。

每走一步，路越来越陡，也越来越凹凸不平。高山上的风，没让他觉得凉爽，反而觉得血似乎都在燃烧。山里的水流声在他听来仿佛就是一种嘲讽，因为太远，他无法喝到，只觉得越来越渴。又走了一小时，他又朝身边挂着的圣水瓶看去，只剩半瓶了，不过可以分成很多份三滴水。他停下脚步，打开瓶子，又一次，他看到在路上有什么东西在动。是一个漂亮的孩子，身子笔直地躺在岩石上，看上去就要死了。因为渴极了，胸脯急剧地起伏，双眼紧闭，嘴唇干裂。汉斯故意盯着他喝了一口水，然后继续往前走。一片深灰色的云挡住了太阳，大片的阴影像一条大蛇爬上了山坡。汉斯继续艰难地向前迈步。太阳下山了，可并没有带来丝毫凉意，空中没有一丝风，似乎有一块铅压在他的额头和心上，不过，离目的地很近了。他看到金河的水流从山坡上喷涌而出，就在他上方不到五百英尺的地方。他停下来，深深地吸了一口气，跳起来朝前走去，就要到达目的地了。

突然，他听到一声虚弱的喊叫。汉斯转过身，看到一个老人，头发花白，躺在岩石上。他眼窝深陷，面色死灰，一脸绝望地攒足最后的力气朝汉斯伸出双手，虚弱地喊道："水……水……我要渴死了。"

汉斯答道："我什么都没有，你命该如此。"他跨过老人的身体，往前跑去。东方闪出一道蓝色的闪电，形状像一把剑，闪了三次，照亮了整个天空，然后，天色阴沉。太阳像一个红色的大火球，一头扎进了地平线以下。

汉斯听到了金河咆哮的水声。他站在金河流出的峡谷边，水波映着落日：余晖似火舌舔着水面，血红的太阳光在水沫上闪烁。水声越来越大，冲击着他的感官，连续不断的雷声般的隆隆声让他头昏脑涨。簌簌抖动中，他从腰上解下瓶子，用力扔向湍流的中央。立刻，他觉得腿上中了一枪似的，刺骨的冷。他踉跄了两步，尖叫一声倒下了。水声吞没了他的叫喊，伴随着越来越大的呻吟声，金河冲刷着那块黑色的石头，一路流向黑沉沉的夜色中。

第四回：施瓦茨先生的金河之旅及其遭遇

可怜的小格卢克，独自一人留在屋子里，焦急万分地等着汉斯回来。得知汉斯回不来后，他害怕到了极点，于是到监狱把事情经过告诉了施瓦茨。知道这个消息后，施瓦茨开心异常地说，汉斯一定是变成了黑色石头，这样他就有机会一个人拥有所有的金子了。但格卢克非常伤心，哭了一整夜。第二天一早醒来，他发现屋子里面包一口都没有了，钱也一分都没有了。因此，格卢克只好找到另一家金匠店，在那干活。每天，他努力把工作做到最好，工作时间也最长。很快，攒够了钱，他到监狱把所有的钱交给了施瓦茨。等施瓦茨交完罚款得以出狱，他非常开心地对弟弟说，他会分一些金河里的金子给他。但是格卢克只是央求他去金河看看汉斯在那到底发生了什么。

施瓦茨得知汉斯是偷来的圣水，暗自思忖一定是这点触怒了金河王，所以他决定换种方法，制定一个更好的计划。他从格卢克那里又要了些钱，找到一个贪财的牧师，牧师非常乐意地给了他一些圣水。施瓦茨心想这下应该没什么问题了，于是第二天起了个大早，天还没亮，在篮子里装了些酒和面包，把圣水装进瓶子，他就朝群山进发。跟弟弟汉斯一样，他看到冰山时异常惊讶，登山前就把那篮食物丢了，然后费了九牛二虎之力才翻越冰山。天上一丝云都没有，天空却不明亮，挂着一片紫色的雾霭，暗沉沉的。山形朦朦胧胧，看上去像变矮了一样。施瓦茨爬上陡峭的岩石山路，跟他弟弟遭遇的一样，口渴难耐，实在忍不住了，于是举起圣水瓶放到了嘴边。就在那一刻，他看到一个漂亮的小孩躺在他身边的一块石头上，呻吟着求他给点水喝。

施瓦茨说："水只有一半了，都不够我自己喝。"然后，他继续向前赶路。边走边觉得阳光似乎更加黯淡了，还看到西边的天空升起一片低低的黑云。又爬了一个小时，口又渴了，正准备喝圣水时，他看到一位老人躺在他面前的路上，喊着要水喝。施瓦茨又说了一句："水有啊，但不够我路上喝的一半了。"于是又继续赶路。

又一次，他觉得眼前天光黯淡，抬头往上看，看到一片血色的云朵盖住了太阳，云朵边缘像愤怒的海浪一样在翻滚，投下一片长长的阴影，吞没了施瓦茨前进的道路。

施瓦茨爬了一个小时，口又渴了。举起瓶子正要喝时，他觉得自己看到了弟弟汉斯，躺在路上，疲劳万分。他定睛细看，那个身影朝他伸出双手讨要水喝。施瓦茨大笑道："真是你呀！还记得监狱的铁栅栏嘛，我的兄弟。水是有的，但你不会认为我一路背来是为了送给你喝的吧？"他跨过那个身体，不过，他似乎看到弟弟的嘴角挂着一丝嘲笑。走了几码[1]远后他回身去看，那个人影儿没了。

施瓦茨心里突然觉得一阵莫名的恐惧，但是，对金子的渴望让他暂时忽略了它，于是他继续赶路。乌云堆满天空，闪电频现，而没有闪电的时候，整个天空像一个翻滚着黑浪的海洋。太阳落下的地方染红了一条云带，像横亘在天边的一片血色的湖泊，一阵狂风吹过，把血红色的云撕成碎片，甩进乌云堆中。施瓦茨来到金河岸边，只见水波乌黑，水上泛起的泡沫像火焰般跳

① 英美制长度单位，1 码合 0.914 4 米。——编者注

跃，水流的咆哮声和天上的雷声重合，他把圣水瓶丢进了河流，突然，一道闪电划过天空，脚踩的大地开裂，水声掩盖了他的叫声，伴随着越来越大的呻吟声，金河冲刷着两块黑色的石头，一路流向黑沉沉的夜色中。

第五回：格卢克的金河之旅及其收获

施瓦茨没有回家，格卢克伤心万分，束手无策。他一分钱都没有了，不得不又回到金匠店干活，那儿的工作非常辛苦，但赚的钱少得可怜。一个月、两个月就这么过去了，格卢克疲惫得很，于是他决定去金河碰碰运气。他想着："矮个子国王看上去挺善良的，我想他应该不会把我变成黑色的石头吧。"然后，他找到牧师，牧师马上给了他一些圣水。格卢克在篮子里装上些面包，提着圣水瓶，一早就向群山出发了。

攀登冰山非常艰难，他两个哥哥当时就疲惫不堪，格卢克体格瘦弱，又丝毫没有登山的经验，因此对他来讲，他攀登时所体验的疲劳是哥哥们的二十倍。他狠狠地摔了几大跤，跌落了篮子和面包，而后听到冰下面发出的怪声，他吓得要命。等到终于踏上了草地，格卢克躺下来休息了很长时间，然后在一天中最热的时候开始爬山。爬了一个小时，嗓子渴得冒烟，他正准备像他两位哥哥一样喝点圣水，这时，他看到一位老人从他上方的路上走下来，斜靠在一根拐杖上，身体看上去非常虚弱。他对格卢克说："孩子，我渴得快要晕过去了，请给我口水喝吧。"格卢克看着老人，那老人脸色苍白，满脸疲惫，于是把水递给他，说道："只是求您不要喝光。"但是老人喝了三分之二的水才递回给他，并祝他好运。格卢克继续赶路，满心欢喜。路不似前面那么难走了，路上几片草叶探出了头，路边几个蚱蜢在鸣叫，格卢克心想他似乎是头一次听到这么欢快的叫声。

又走了一个小时，口越来越渴，于是他想还是得喝点水。可是，在他举起瓶子准备喝水时，看到一个小孩躺在路边，呼吸急促，可怜巴巴地求他给点水喝。格卢克内心挣扎了一会儿，决定自己再忍一忍，他把水瓶递到孩子嘴边，孩子一口喝得就只剩几滴水了。喝完冲他一笑，爬起来跑下山坡。格卢克在后面看着，直到小孩身影越来越小，小得像颗小星星，一转弯不见了，他才继续向上爬。他发现岩石上开满了各种各样香气扑鼻的花：青翠欲滴的苔藓上，淡粉色的小花星星般点缀其间；铃铛般的龙胆兰花，柔柔的，比湛蓝的天空还要蓝；还有那纯白的百合花，白到透明。红色的，紫色的蝴蝶飞来飞去，天空清澈明亮，看到这些，格卢克感到无比开心。

然而，又爬了一个小时，他口渴得实在受不了了。往圣水瓶里一看，里面只剩下五六滴水了，他不敢喝掉。正把圣水瓶挂回腰间，他看到一只狗躺在岩石上，大口喘着气——就像汉斯上次爬山时看到的一模一样。格卢克停下脚步，看看狗，又看了一眼金河，就在上方不到五百码的地方，他想起那个矮个子国王对他说过的话："每个人只有一次成功的机会。"他从狗的身边走过去，小狗呜呜地叫着，听起来很可怜，于是格卢克又停下脚步说："可怜的小东西，如果现在不帮它一把的话，我再走下来时估计它已经死了。"然后他凑上前去，仔细看着小狗，小狗眼睛盯着他，那么可怜，他心软了，说道："去他的，国王和金子。"

他打开圣水瓶，让小狗喝得一滴不剩。

小狗一下子跳了起来，尾巴突然不见了，耳朵越长越长，金亮金亮的，鼻子也变成了金红色，眼睛忽闪忽闪的，就在三秒钟之间，那条狗不见了，面前站着的是格卢克的老相识——金河王。

格卢克看完他最后的变化后，一脸惊慌失措，这一切发生得太突然，完全没有预料。瞧他这样，金河之王对他说："谢谢你，一切正常，你不必害怕。不过，之前你为什么不来，而是让你那两个坏心肠的哥哥来呢，害得我还得费劲地把他们变成石头。真是两块冥顽不灵的硬石头。"

格卢克听完后说道："天哪，您真的这么狠心呀！"

"我狠心？"矮个子国王说，"他们把不圣洁的水倒进我的河流，你认为我该允许他们这样做？"

格卢克问道："怎么会？先生——哦，殿下，我敢保证他们是在教堂圣水盘里取的圣水。"

矮个子国王答道："那是很有可能的。"然后，他正儿八经地说道，"但是，即使是被天上所有圣灵祈福过的圣水，如果没有施救于那些虚弱和将死之生灵，它也不再圣洁；反之，那些慈悲施善之水，哪怕浸泡过尸体，它也是圣洁之水。”

矮个子国王边说，边弯下腰摘下身边一朵百合花。白色的花瓣上有三滴透明的露珠。他把三滴露珠抖落进了格卢克手中的瓶子里，对他说：“把它们倒进河里，然后从山的另一边下去，回到金银谷。祝你好运。”

他说着，慢慢身影变得模糊不清。色彩斑斓的长袍变成透亮的七彩薄雾，像一条彩虹缎带围绕着他，他就那么站了一会儿，颜色慢慢地淡了下去，薄雾冉冉升起，金河王又不见了踪影。

格卢克攀到金河的岸边，水波如水晶般透亮清澈，发出太阳般明亮的光芒。他把三滴露珠倒进河流，露珠掉下去的地方出现一个环形旋涡，水流进旋涡发出音乐般动听的声音。格卢克站在那看了好长时间，河水不仅没有变成金子，而且在慢慢变少，他万分失望。然而他还是遵照矮个子国王朋友的吩咐沿着山的另一面下来，往金银谷的方向走去。他边走，边听到地下传来水流的声音。走到能看到金银谷的地方时，他发现一条河流，跟金河一模一样，从上方岩石一个新的豁口喷涌而出，沿着干涸的红沙堆，流淌出无数条水流。格卢克定睛看去，在这些新出现的水流两岸，青草冒出了尖儿，爬藤植物长了出来，覆盖在正变湿润的土壤上。河流两边突然开出娇艳的花朵，就像暮色渐浓时天上冒出的点点星光一样，璀璨耀目。桃金娘花丛和葡萄藤的卷须也都长了出来，簇簇拥拥，在山谷里开辟出很多长长的阴凉通道。金银谷，又变成了花园。这片继承的土地，残忍的人永远失去了它，充满爱心的人失而复得。格卢克来到金银谷住了下来，他对贫穷的人敞开大门，因此，他谷仓里储满了粮食，房子里堆满了财宝。金河，如矮个子国王承诺的那样，只为他变成真正的金子。直到今天，山谷的居民还能指出那三滴圣洁露珠的滴落之处，也能指出从地下金河河道到它在金银谷冒出的地方。而且，在金河的源头，还可以找到两块黑色的石头，每天日落时分可以听到水流冲刷石头发出的凄凉的哀号声，山谷居民把这两块石头叫作“黑心兄弟”。

（汉译：熊亚芳）

贾布里人

［英］爱德华·利尔

【一】

他们乘着一面筛子下海去，确实去了，
乘着一面筛子，他们下海去了：
不顾他们朋友的忠告，
在一个冬日的早上，一个风暴骤起的日子，
乘着一面筛子，他们下海去了！
筛子在海里打转，
每个人都在叫：“你们会淹死的！”
他们却大声说：“我们的筛子是不大，
但我们不在乎，我们一点也不在乎！
我们要乘着一面筛子下海去！”
在很远很远的地方，

是贾布里人居住的地方；
贾布里人的头是绿的，手是蓝的，
他们乘着一面筛子下海去。

【二】

他们乘着一面筛子划走了，确实划走了，
他们乘着一面筛子划得很快，
用一个漂亮的青绿色头纱
当作一个篷帆，用丝带
紧紧绑在一个小小烟斗做的桅杆上；
每个看着他们下海的人都说：
“哦，他们马上就会有麻烦的，这是肯定的！
你看天空已经黑暗，旅程还很遥远，
什么都有可能发生，太不应该
乘坐一面筛子，划得还这么快！”
在很远很远的地方，
是贾布里人居住的地方；
贾布里人的头是绿的，手是蓝的，

他们乘着一面筛子下海去。

【三】

海水很快就涌了进来，确实涌了进来，
海水很快就涌了进来；
为了保持不湿水，他们将脚裹了起来
用一张折叠整齐的紫色的纸，
用一枚别针把它固定压实。
他们在一个陶罐里过夜，
他们都说："我们真聪明！
天空虽然黑暗，旅程虽然遥远，
而我们从不认为我们鲁莽或乱来，
虽然我们乘坐的筛子在打转！"
在很远很远的地方，
是贾布里人居住的地方；
贾布里人的头是绿的，手是蓝的，
他们乘着一面筛子下海去。

【四】

整个晚上他们在航行；
当太阳下山，
他们吹口哨，用颤音唱一支无聊的歌
伴着铜锣发出的回响，
在棕色群山的阴暗处。
“哦，廷巴洛[①]！我们多么快乐，
我们住在一面筛子中，我们住在一个陶罐中，
整个晚上，在白色的月光下，
我们扬起一面青绿色的帆航行，
在棕色群山的阴暗处！”
在很远很远的地方，
是贾布里人居住的地方；
贾布里人的头是绿的，手是蓝的，
他们乘着一面筛子下海去。

① 一种夹心烤馅饼。——译者注

【五】

他们向西海航行，确实是向西海航行，

来到一个长满树林的地方，

他们买了一辆马车和一只猫头鹰，

一磅[1]大米和一瓶越橘果酱，

还有一蜂箱银色的蜜蜂。

他们买了一头猪，几只绿毛的寒鸦，

一只可爱的猴子，长着棒冰状的爪子，

还有四十瓶林博里[2]，

和大量斯提耳顿干酪。

在很远很远的地方，

是贾布里人居住的地方；

贾布里人的头是绿的，手是蓝的，

他们乘着一面筛子下海去。

---

① 英美制质量单位，1 磅合 453.6 克。——编者注

② 一种酒。——译者注

【六】

过了二十年，他们回到了家，
二十年，二十多年，
每个人都说：“他们长得多高呀！
这是因为他们去了湖泊地区，去了托里博尔地区，
还有那钱克里博尔山区。”
他们为他们的健康干杯，盛情宴请他们，
请他们吃由漂亮酵母做的团子；
每个人都说：“要是我们活着，
我们也要乘一面筛子下海去——
到钱克里博尔山区去！”
在很远很远的地方，
是贾布里人居住的地方；
贾布里人的头是绿的，手是蓝的，
他们乘着一面筛子下海去。

（汉译：戎佩珏）

一只适于猎取的雄鹿

［英］约翰·戴维森

当豆荚在细嫩的金雀花枝上噗的一声破了，

苹果的皮儿开始变成金色，

我们在普里奥里峡谷追踪着一只雄鹿，

我们循着它的臭迹，逆风而上，逆风而上，

我们循着它的臭迹，逆风而上——

一只真正的雄鹿，雄鹿，一只雄鹿，

一只适于猎取的雄鹿，它那高贵的鹿角冠，

有了第一角叉，第二角叉，第三角叉，冠顶还有三个头叉，

一只雄鹿，一只适于猎取的雄鹿。

猎人的号角已经吹响，呀呀呀地急叫，

“快向前”，我们听到追踪的人在喊叫；

然而这只是一只两岁大的雄鹿，它打开了一个口子，

在山毛榉灌木丛中，被驱赶出来，

从灌木丛中，鹿角露了出来，

真正的勇士，这只雄鹿，这只雄鹿，

这只适于猎取的雄鹿，它高贵的头颅

弯曲着在睡觉，鹿角已有主枝和分叉

它屹立着，一只适于猎取的雄鹿。

所以我们在隐蔽处搜寻，一直到下午，

帮忙的还有白铁匠的小狗和北方之铃[①]；

猎人们闷闷不乐，猎犬狂吠乱叫

我们还没有将那雄鹿搜出赶出，

我们还没有将它搜出赶出，

这只真正的雄鹿，狡猾的雄鹿，

这只适于猎取的雄鹿，它那高贵的鹿角冠，

有了第一角叉，第二角叉，第三角叉，冠

① 一种狗的名字。——译者注

顶还有三个头叉，

这只有角叉，适于猎取的雄鹿。

白铁匠的小狗和北方之铃

紧紧守着那臭迹，直到拨开灌木林。

“呔嗬！呔嗬！”猎人猎犬全站了起来，

搜寻者用鞭子打，猎犬们一拥而上，

勇猛的猎犬们一拥而上，

这只真正的雄鹿最后跑了，

这只适于猎取的雄鹿，就是这只雄鹿，

它四蹄似蹈火，茸角似火焰

一只雄鹿，一只适于猎取的雄鹿。

“你那阉过的公马，随它去吧，你要是怪它骂它，

它会立马倒下，而你就不能继续狩猎；

三百个绅士个个都善骑，

猎人们从来都是首当其冲，

从来都是首当其冲，

去追捕那只适于猎取的雄鹿，那只雄鹿，

那只雄鹿，它那高贵的鹿角冠，

有了第一角叉，第二角叉，第三角叉，冠顶还有三个头叉，

就那只，那只适于猎取的雄鹿。”

峡谷内的羊肠小道很危险，

到处都是欧石楠、岩石，还有河床，

臭迹鲜明，追踪的脚步声越来越近，

一只适于猎取的雄鹿在前方奔跑，

被追踪的猎物在前方奔跑——

向前，向前，再快点，再远点；

看它那长有鹿角的羽冠，它的蹄已裂开

第一角叉，第二角叉，第三角叉，冠顶上三个头叉已分开，

就那只，那只适于猎取的雄鹿。

大约跑了二十多英里，
翻过了最高的墙，穿过了最密的篱，
穿越了一个又一个公牛群，它逃跑了
摆脱了追踪人，猎人，猎犬的追踪
摆脱了追踪人，猎犬的追踪——
这只真正的雄鹿，狡猾的雄鹿，
跑了二十英里，又跑了五英里，五英里，
它跑啊跑，从来就没有被生擒过，
这只雄鹿，这只适于猎取的雄鹿。

在树叶茂密的阴暗处，猎人不能靠近，它转过身来，
在艳绿色的阴暗处，溪水流深，
它听到远方的波涛声越来越近，
在安详的梦幻中它看到，
在奇妙的睡梦中，
一只真正的雄鹿，雄鹿，一只雄鹿，
一只适于猎取的雄鹿，睡在珍珠床上，
在大海的怀抱里死亡，

一只雄鹿，一只适于猎取的雄鹿。

它的眼中闪现出一束生的希望，
它再一次张开鼻孔，张得大大的，
高高地甩了一下它那叉开的鹿角
面对着猎队，向着夏洛克峡谷冲去，
向着那回声震荡的峡谷快速冲了下去，
那只雄鹿啊，冲了五英里，
二十英里，五英里，又一个五英里，
不能现在被抓住，不论是死还是活，
那只雄鹿，那只适于猎取的雄鹿。

三百个绅士个个都善骑，
三百匹马儿个个都骁勇从容，
眼睁睁看着它乘着黄昏时分的浪涛逃跑，
逃得很远很远，最后在塞文海下沉，
在大海深处下沉——
那只雄鹿，那只浮力无比的雄鹿，啊雄鹿，
你终于长眠于一张珍珠床上

在广袤海洋的怀抱里，

那只雄鹿，那只适于猎取的雄鹿。

（**汉译：戎林海**）

一头猪的故事

［英］路易斯·加乐尔

一头猪孤零零地坐在那
那个坏了的气泵旁：
它不分白天和黑夜地呻吟——
铁石心肠也会软化，
看它四蹄扭动和呻吟，
因为它不能跳。

一头骆驼听到了它的喊叫——
这骆驼长着一个驼峰。
“哦，这是痛苦还是痛风?
为啥要这样惨叫？”
那猪抖动着大鼻子答道：
“因为我不能跳！”

那骆驼目光蒙眬地扫了它一眼：
“我觉得你太胖。
我从未见过猪会这样胖——
走起路来摇呀晃——
不管你怎么用功，有谁会想，
想去跳一跳！

“不过看看那两英里外的树林，
它们成群地聚在了一起。
你要是能一天两趟往那儿跑，
不停下来玩耍或歇息，
在遥远的将来——说不定？——
你会适合去跳。”

那骆驼走了，就剩猪在那，
在那坏了的气泵旁。
哦，那猪的绝望令人害怕！
它的尖叫声弥漫在空气中。
它四蹄扭动，扯拉毛发，

因为它不能跳。

一只青蛙慢悠悠走过——
经过这个发光的滑溜溜的家伙。
青蛙冷冷地打量它，
问道：“哦，猪呀，你为啥这样喊叫？”
猪的回答真是苦呀：
“因为我不能跳！”

那青蛙高兴得龇牙咧嘴地笑，
拍了拍自己的胸膛。
“哦，猪呀，”它说，“听我的话，
看我，看好了我呀。
就现在，你花一点点小钱，
我就来教你怎样跳！

“你会多次摔倒，你会晕过去，
你会摔成重伤：
但是如果你能挺过去。

你先在矮小的东西上练，
最后用十英尺高的墙来练，
你会发现你就能跳！”

那猪抬起头看了看，兴奋地说：
“哦，青蛙，你真是了不起！
你的话儿抚平了我伤痛的内心——
来吧，你要多少钱，你教吧：
安慰一颗破碎的心。
教我来跳吧！”

“我的收费是一串羊排，
目标是跳上这个坏了的气泵。
看好了，只要扑通一声
我就稳稳地落在气泵顶上！
来吧，弯腰曲腿，跳，
就这样跳！”

那猪站了起来，向前一冲，哐啷一声响，

重重地摔在那坏了的气泵上，

像一个瘪了的口袋滚了过去，

四脚朝天落下，

而它全身的骨头“噼啪噼啪”地响！

这一跳是致命的一跳。

天色将暗，那骆驼走了过来

绕着气泵走了一圈。

“哦，伤心哪！哦，脚都摔断了呀！

要跳的话，”骆驼对着猪说，

“要有仙女般的身材，

才好去跳的呀！”

那猪躺着，像石头一样，

一动也不能动。

事实上，

再也没有人听到它呻吟，

也没有人看到它四蹄扭动，

因为它不能跳。

那青蛙一言不发，

它沮丧得糊涂一塌：

这个后果它知道，

那笔钱它永远拿不到。

它坐在那，痛苦非常，

坐在那坏了的气泵上！

（汉译：戎佩珏）

大象宝宝的故事

［英］拉迪亚德·吉卜林

很久很久以前，我们的宝贝儿——大象，没有长长的鼻子。那时候他们的鼻子又粗又短，黑不溜秋的，大小跟我们穿的靴子差不多。这种鼻子最多只能左右扭扭，根本没法用来拾取东西。但是，后来有一头大象——一只象宝宝——他的好奇心永远无法满足，一肚子的问题，老是问来问去。他在非洲生活，那难以满足的好奇心涉及非洲的方方面面。看到高个子鸵鸟阿姨，就问为什么她尾巴上的毛会长成那副模样，结果鸵鸟阿姨给了他结实的一巴掌。看到大个子长颈鹿叔叔，就问他为什么皮肤上长满花斑，结果长颈鹿叔叔狠狠地踹了他一脚。可是他的好奇心还是无法满足，心中的问题源源不断，他问胖胖的河马婶婶，为什么她眼睛那么红，结果河马婶婶用巨蹄踢了他一记；他问毛茸茸的狒狒伯伯，为什么甜瓜是甜的，狒狒伯伯用他那毛茸茸的巴掌拍了他一下。可他的好奇心还是没完没了！无论见到、听到、摸到、闻到、触到什么，他都要问个为什么。为此叔叔阿姨们揍了他不知多少回，可他的好奇心却只增不减。

一天上午，天高气爽，阳光明媚，大伙儿一起参加昼夜平分[①]节游行。走到一半的时候，好奇的大象宝宝提出一个崭新的问题，一个以前从来没想到过的问题。他问道："鳄鱼晚餐吃什么呢？"话音刚落，大家厉声呵斥道："住嘴！"声音大得可怕，并且对他马上开揍，揍了好长时间。

挨了揍之后，大象宝宝遇见了正坐在多刺荆棘中的科洛科洛鸟，于是告诉他："因为我问他们太多问题，我爸爸妈妈、叔叔阿姨都揍我，可我现在还是想知道鳄鱼晚餐到底吃什么呢？"

科洛科洛鸟发出一声哀号，告诉他："这样吧，你去那条很大的、暗绿色油腻腻的林波波河吧，那里岸边

① 指春分或秋分。——译者注

长满了蓝桉树，到了那你就会知道答案的。”

第二天一早，按照惯例，昼夜平分节游行结束了。大象宝宝拿了一百磅红皮短香蕉、一百磅紫皮长甘蔗，还有十七个又绿又脆的甜瓜，向亲爱的家人告别：“再见了，我要去那条很大的、灰绿绿油腻腻的林波波河，那里长满了蓝桉树，我要去看看鳄鱼晚餐究竟吃的是啥。”尽管他非常礼貌地恳求大家不要揍他，他们还是又揍了他一顿，并祝他一路顺风。

就这样，大象宝宝出发了，心里有点小激动，可丝毫不觉得稀奇，他一路上啃着甜瓜，瓜皮扔得到处都是，因为他没有办法收拾它们。

吃着甜瓜，他一路从格雷厄姆镇走到金伯利，从金伯利来到坎马县，又从坎马县动身直奔东北方向，最后，他来到了巨大的、暗绿色油腻腻的林波波河，河岸上长满了蓝桉树，跟科洛科洛鸟说的一模一样。

亲爱的读者，请你们注意了，这头充满好奇心的大象宝宝，直到那个星期、那一天、那个小时、那一分钟前，他从来没见过鳄鱼，也不知道鳄鱼长啥样，来到这里全因为他那不着边际的好奇心。

大象宝宝第一个看到的是一条盘踞在一块大岩石上的双色花斑大岩蟒。见到他，大象宝宝彬彬有礼地问道："对不起，打扰一下，请问您在这些乱糟糟的地方见过鳄鱼吗？"

"你问我见过鳄鱼没？"双色花斑大岩蟒冷冷地说道，"接下来你还想问什么？"

大象宝宝继续问道："对不齿[①]，您能好心地告诉我鳄鱼晚餐吃什么吗？"

大岩蟒啥也没说，突然他展开盘曲在岩石上的身体，用他那长满鳞片的长鞭似的尾巴抽了大象宝宝一顿。

大象宝宝喊道："真是太奇怪了，就因为我的好奇心，爸爸揍我，妈妈揍我，还有河马婶婶、狒狒伯伯都揍过我，估计大蟒蛇也是因为同样原因揍我的吧。"

于是，他又彬彬有礼地向大岩蟒道别，并帮助他重新盘踞到岩石上，然后继续沿着长满蓝桉树的巨大的、暗绿色油腻腻的林波波河河岸向前走去，心里暖乎乎的，可一点儿也不惊奇。他一路上啃着甜瓜，把瓜皮扔

① 指对不起，是作者模仿象宝宝说话口齿不清的样子，下文的"不好意西"，也是这样。——译者注

得到处都是，因为它没有办法收拾它们。最后，他踩上了一长截木头似的东西。

其实这根木头似的东西正是鳄鱼。噢，我的大宝贝儿，鳄鱼一只眼睛眨了一下——就像这样。

“对不起，打扰一下，请问您在这乱糟糟的地方碰见过鳄鱼吗？”象宝宝十分礼貌地问道。

鳄鱼另外一只眼睛眨了眨，从泥里抬起半条尾巴，小象礼貌地往后退了几步，他可不想再挨揍。

鳄鱼道：“过来过来，小家伙，你干吗打听这种事呀？”

“不好意西，是这样的，”大象宝宝毕恭毕敬地回答，“爸爸揍我，妈妈揍我，另外，高个子鸵鸟阿姨、大个子长颈鹿叔叔都狠狠地踹过我，还有胖胖的河马婶婶、毛茸茸的狒狒伯伯都揍过我，就连这岸边的大岩蟒也用他长满鳞片的长鞭似的尾巴狠狠地抽打我，揍得比他们还要狠。现在，您也会这样吗？我可不想再挨揍了。”“过来呀，小家伙，”鳄鱼听后说道，“我就是鳄鱼。”随即他挤出几滴鳄鱼泪，证明他真的是鳄鱼。

大象宝宝一听，差点喘不过气，心怦怦直跳，赶紧在岸边跪下来，问道：“您真是我这些天一直在找的人吗？能不能请您告诉我，您晚餐吃的什么？”

“过来吧，小家伙。我悄悄地告诉你。”鳄鱼说。

大象宝宝把脑袋凑近鳄鱼那长满獠牙、怪味冲天的大嘴巴，鳄鱼一下咬住了大象宝宝的鼻子。要知道，直到那个星期、那一天、那一小时、那一分钟前，大象宝宝的鼻子虽然用处不少但还没有一只靴子大呢。

“我看，”鳄鱼从牙缝里呼哧道，“这回我可要尝到大象宝宝的味道了！”

闻听此言，我们的宝贝儿大象宝宝非常生气，从鼻孔里挤出声音说道：“放开我，你弄疼我了。”

这时双色大岩蟒从岸边垂下身子说：“我稚嫩的朋友啊，如果你现在不赶紧用尽洪荒之力拖住的话，我认为你这位穿大号皮外套的朋友，眨眼间就会把你拖到那边清澈的河水里，快到你来不及说杰克·罗宾逊[①]的名字。”

双色花斑大岩蟒一贯用这种方式调侃别人。

于是，大象宝宝一屁股坐到地上，使出吃奶的力气

① 英国人常用此语形容“一瞬间”。据说有一位名叫杰克·罗宾逊的人生性好动，喜爱串门，但经常说来就来，说走就走，有时仆人还未来得及向主人通报，他已不辞而别。此处即沿用了这一典故。——编者注

拼命地拽呀拽呀拽，鼻子开始被拽长了。鳄鱼的大尾巴有力地甩动着，把河水都搅浑了。他在水里挣扎着拖呀拖呀拖。

大象宝宝的鼻子越拉越长，他展开四条腿趴着，使劲地拉呀拉呀拉，鼻子越拉越长。鳄鱼运尾如桨，拖呀拖呀拖。两边的力气都让象宝宝的鼻子越来越长——疼得他“哎哟哟”地叫，难受极了。

突然大象宝宝觉得腿在打滑，鼻子快要拉到五英尺长了，他从鼻子缝里挤出声音哼道：“我撑不住啦。”然后双色花斑大岩蟒从岸边爬下来，绕着大象后腿打了个双重双套结①，对他说：“这位小游客，你又莽撞，又没经验，我得严肃认真地告诉你，我俩得全神贯注，竭尽全力。否则，依我拙见，那艘全副武装的‘自动军舰’（噢，宝贝儿，他说的这是鳄鱼）会毁掉你的整个未来，永远，永远。”

双色花斑大岩蟒一贯都用这种方式调侃。

然后他使劲拽，大象宝宝也使劲拽，鳄鱼使劲地

① 双套结又称猪蹄扣，广泛应用于户外活动中。双重双套结是为使绳结更牢固，打完双套结后再绕一圈的打法。——编者注

拖。不过，在大岩蟒和大象宝宝竭尽全力的拉拽下，最后鳄鱼实在拖不动了，不得已放开大象的鼻子，扑通一声掉进河里，声音响到林波波河上上下下都能听到。

大象宝宝也一屁股跌坐在地，他先郑重地向大岩蟒道谢后，便开始照料起自己可怜的鼻子。他用沁凉的香蕉叶把它包扎好，然后垂进巨大的、暗绿色油腻腻的林波波河里，让河水止住那火辣辣的痛感。

大岩蟒看到后问他："你这是干吗呢？"

大象宝宝答道："不好意西，我鼻子完全变形了，我在等它缩回原状。"

大岩蟒说："那你可有得等了。有的人啊，就是不懂有些东西对他们也很有好处啊。"

大象宝宝在河边坐了三天三夜，等着鼻子复原，可是鼻子一点儿也没有缩短。更糟糕的是，还让他患上了斜眼病。这下，亲爱的宝贝儿，你该了解了吧，原来是鳄鱼把象鼻子拉长的，就是我们现在看到的大象都有的长长的象鼻。

等到了第三天晚上，一只苍蝇飞过来，在他肩头叮了一口，他想都没想，长鼻子一撩，鼻头一下子就把苍蝇打死了。

大岩蟒看到后喊道："长鼻子好处一，你原来那塌鼻子是根本做不到的，试着拿点东西吃看看。"

大象宝宝不假思索，伸长鼻子，卷起一大捆青草，在前腿上掸掉泥巴，塞进嘴吃了起来。

大岩蟒又喊道："长鼻子好处二，你原来的塌鼻子根本做不到。你不觉得这里晒着很热吗？"

大象宝宝说："嗯，的确很热。"说完立刻用鼻子从巨大的、灰绿绿油腻腻的林波波河河岸上卷起一团湿泥，轻轻一甩，不偏不倚地扣在耳朵背后，变成了一顶凉快的泥帽子。

大岩蟒喊道："长鼻子好处三，你原来的塌鼻子根本做不到的。要是再有人揍你，你会怎么办呀？"

大象宝宝说："不好意西，可我一点都不喜欢挨揍。"

大岩蟒说："那让你去揍别人，喜欢吗？"

大象宝宝开心地说："我还真想试一下！"

大岩蟒于是说："嗯，你会发现你的新鼻子揍起人来太方便了。"

大象宝宝答谢道："不胜感激，我记住了。我想现在该回到亲爱的家人身边，去试试我新鼻子的好处。”

于是大象宝宝愉快地甩动着长鼻子，踏上回家的路，他穿越了整个非洲。一路上，想吃水果时不用像原来那样等它掉下来，用鼻子从树上一扯就摘到了；想吃草时不用像原来那样跪下来，用鼻子从地上一拔就吃到了。要是遇上苍蝇来叮咬，就用鼻子折根树枝当苍蝇拍；要是觉得太阳晒，就用鼻子做顶凉快的新泥帽子戴上；要是觉得穿越非洲的旅行太寂寞，长鼻子还能引吭高歌，那声音比好几个铜管齐吹时还要响亮。

他想检验一下大岩蟒提到的长鼻子的好处，路上特地找到一头胖河马，用长鼻子狠狠地揍了她一顿（反正不是他家的亲戚）。余下的时间，他就把去林波波河一路上丢下的瓜皮都收拾了——他可是头爱干净的象宝宝。

一天傍晚，天快黑了，大象宝宝才回到亲爱的家人身边。他长鼻子一卷，向大家问好：“你们好呀！”大伙儿见到他非常开心，立马说：“过来让我们揍一顿，你这个满脑子问题的小家伙！”

大象宝宝“呸”了一声，洋洋得意地说道：“在我看来，你们根本不会揍人，来吧，看我的！”

说完他长鼻子一展，就把他两个亲爱的哥哥扫得翻了个跟头。

大伙儿看到齐声嚷道："哦，你这是疯了吗？你在哪儿学到的这一手，你鼻子怎么变成了这副模样？"

大象宝宝告诉他们："是巨大的、暗绿色油腻腻的林波波河里的鳄鱼给我弄了个新鼻子，我问他晚餐吃什么，然后他就给我留下了这个玩意儿。"

毛茸茸的狒狒伯伯说："这玩意儿真不好看！"

大象宝宝用长鼻子拎起长毛狒狒伯伯的一条腿，一下把他扔进了大黄蜂蜂巢里，对他说："看，这鼻子确实不好看，可是好用呀！"

然后，调皮蛋大象宝宝把他亲爱的家人们没完没了地揍了个遍，直揍到他们惊讶不已，却又激动异常。他用他的长鼻子，先是拔光了高个子鸵鸟阿姨尾巴上的羽毛，接着拎起大个子长颈鹿叔叔的一条后腿，拖着他穿过了荆棘丛，最后朝着胖河马婶婶大喊大叫，趁她饭后午休时对着她耳朵里吹水泡。但是，它从来不让任何人欺负科洛科洛鸟。

最后更有趣的是，大象宝宝的家人们都一个个直奔沿岸长满蓝桉树的林波波河边，找到鳄鱼讨要长鼻子。回来后，谁也不再揍谁了。而且，亲爱的读者，从那天起，你看到的所有大象，当然也包括你没见过的，都长出了长鼻子，跟那个满脑子十万个为什么的大象宝宝的长鼻子一模一样。

（汉译：熊亚芳）

瓶中灵魔

［英］罗伯特·路易斯·史蒂文森

夏威夷岛上曾经住着一个名叫基维的人，这是我给他取的名字，因为他现在还活着，真名需要保密。他出生在离霍那吾那吾不远的地方，那儿的山洞里还保存着基维大帝的遗骨。基维出身贫苦，但生性勇敢，思维敏捷，能读会写，像个学校的老师；而且他还是个一流的水手，曾经乘坐岛上的蒸汽船出海很长时间，并且还在哈玛库亚海岸线驾着捕鲸船游弋过。终于有一天基维突发奇想，想去看看岛外的大世界和国外的大城市，于是他登上了一艘开往旧金山的货船。

基维来到一座漂亮的城市，那里港口繁忙，富人成群。尤其引人注目的是那儿有一座山，山上建满各式各样宫殿般的房子。一天，基维在口袋里装满钱去山上逛逛，他兴致勃勃地欣赏着路两边各式各样漂亮的房子，心想：“这些房子真漂亮，住在里面的人一定幸福无比吧，他们完全不用担心将来会怎么样。”正想着，迎面看到一所房子，没有其他房子那么大，但是精美无比，像个玩具似的。通向房子的台阶闪着银色的光芒，花园的围篱上繁花似锦，像一个一个的花环堆砌在一起。窗户像钻石一般透明，基维停下脚步，被眼前的美景惊呆了。站在那，他留意到有个人在一扇窗边盯着他看，清澈的窗户玻璃让基维把他看得清清楚楚，就像我们观看礁石边池子里的一条鱼那样清楚。老人上了年纪，光头，蓄着黑胡子，满脸愁云，在伤心地叹气。这个世界就是这样，基维看着房子里的老人，老人看着站在外面的基维，互相羡慕着对方的生活。

突然，老人微笑着朝基维点点头，示意他进屋，并走到门边迎接他。见到他，老人伤心地叹了一口气说：“这座漂亮的房子是我的，你介不介意到里面来参观一下？”

于是，他领着基维从地下室走到顶层，将房子上上下下看了个遍，基维惊叹不已，因为里面所有的东西都是顶级的。

基维说道：“这房子真是太漂亮了，我要是有一幢这样的房子，住在里面会天天笑得合不拢嘴。可是，你怎么一直唉声叹气呢？”

老人答道：“没什么来由。只要你愿意，你也可以拥有一幢这样的房子，甚至更好。我想你应该带着钱吧。”

基维答道：“我带了五十美元，但远远不够买一幢这样的房子呀。”

老人算了一下说：“很遗憾，你没带更多的钱。虽然这房子将来会给你带来麻烦，不过，五十元它就归你了。”

基维惊道：“房子归我？”

老人回答道：“不，不是房子，而是这个瓶子。我得告诉你，在你眼里我既有钱又幸福，实际上所有的财产，包括这所房子和花园，都出自这个只有一品脱容量的瓶子，喏，就是这个。”

他打开一个保险箱样的地方，从里面取出一个长颈圆肚瓶，瓶子是玻璃的，呈奶白色，纹理颜色多变，像彩虹颜色一样。里面有什么东西在动，但看得不是很清楚，像一团阴影，又像一团火焰。

老人告诉他：“就是这个瓶子。”看到基维笑了起来，他又说：“你不相信？你自己来试一试，看看你能把它打破吗？”

于是基维拿起瓶子朝地板上砸过去，砸到他手都酸了，但瓶子却像小孩玩的球一样，在地板上蹦来蹦去，完好无损。

“这太奇怪了，因为这个瓶子看上去、摸起来都觉得是玻璃做的呀！”

“当然是玻璃做的，”老人重重地叹了口气道，“不过，这种玻璃经过了地狱之火的锤炼。瓶里面住着个精灵，就是我们看到的那团移动的阴影，反正在我看来就是这个东西。如果有人买了这个瓶子，他就能控制这个精灵，不论他想要得到什么——爱情、名誉、金钱、房子，就像这所一样，甚至城市，像你现在身处的城市——只要提出来都可以拥有。曾经，拿破仑拥有这个瓶子，它助他成了统治世界的王；可是，他最后把瓶子卖给了别人，所以倒台丧命。库克船长拥有它的时候，它助他发现通往多座岛屿的通道；可是，他也把它卖给了别人，最后葬身于夏威夷。因为，这瓶子一旦被卖掉，魔力就不会与你同在，不会给你提供保护，如果你对自己拥有的一切永不满足，厄运就会降临。”

基维听后说：“可是你刚才也说要卖掉它呀？”

老人答道：“我已经拥有了我想要的一切，现在也上年纪了，这个精灵有一个愿望没法满足你——它没法延长你的寿命。还有一点，我也不应瞒你，这个瓶子有一点不好，就是如果你死之前还没把瓶子卖给别人，那么你死后就会永浴地狱之火。”

基维惊叫道：“这确实不好，毫无疑问。我可不愿跟它搅在一起。感谢上帝，没有房子我也能过，只有一件事情让我没法安生，那就是下地狱。”

老人走回来说：“天哪，你可不要逃避这一切。只要你有节制地利用灵魔的魔力，然后再把它卖给别人，就像我现在卖给你一样，你就能舒舒服服地过一辈子直到终老。”

基维说道：“嗯，我观察到两件事情：第一，你一直在唉声叹气，像个恋爱中的女人一样；第二，你以非常低廉的价格出售这个瓶子。”

老人答道：“我已经告诉过你了，我叹气是因为我担心身体越来越差，就像你刚才说的，没有人愿意死后下地狱，那太悲惨了。至于我为什么贱卖这个瓶子，我得跟你解释一下这瓶子的古怪之处。很久以前，当初魔鬼刚把这个瓶子带到世上时，价格非常高。祭司王约翰花了好几百万才把它买到手。但是如果你要卖掉它，就得以亏本价卖出去，要是以买价卖出去，这个瓶子就会像信鸽一样又回到你的身边。所以，经过这么多个世纪，瓶子的卖价一路下跌，跌到现在这个便宜得不能再便宜的价格。我是花了 90 美元从这座山上的一个好邻居那儿买来的，所以，我卖价最高也就是 89.99 美元，不能多一分钱，不然，这个家伙又会回到我身边。因此，这会带来两个麻烦：一，你花八十多美元就买一个这样的瓶子，人们会笑话你；二，当然谈这点还有点早，但我得解释清楚，一定记好了，你卖掉它的时候一定要收硬币。”

基维听后问道：“我怎么知道你跟我说的都是真话呢？”

老人回答道：“你现在就可以试试我提到的有些事情。给我五十美元，你拿着瓶子，然后许个愿，想要你的五十美元重回你口袋。如果这事没有发生，我以我的名誉担保我就不做这笔买卖了，把钱还给你。”

基维说："你真没骗我？"

老人发誓说句句是真。

基维答应道："那好吧，我就冒个险，以这个价买了，反正也不会有太多亏损。"他付过钱，老人把瓶子递给了他。

于是基维说道："瓶魔，我想要回我的五十美元。"千真万确，他话音刚落，就觉得口袋一沉，跟刚才付钱前的重量一样。

基维惊叹："这真是一个神奇的瓶子。"

老人说："那么，亲爱的小伙子，再见吧。现在，瓶魔离开我去你那儿了。"

基维说："等等，我不想再玩这个游戏了，喏，瓶子还给你。"

老人搓着手说："你出的价低于我的买价，瓶子就归你了。我现在能做的就是送你离开。"说着他摇铃叫来仆人，要他送基维出门。

基维站在街道上，怀里抱着瓶子，开始盘算："这个瓶子的故事要是真的，我就可能做了笔亏本买卖。不过老人可能是骗我的。"接下来，他开始数钱，数目准确无误——四十九美元，还有一个智利硬币。“看来是真的，我再来试试其他话是不是真的。”

那片市区的街道像船甲板一样干净，虽然是正午，却没什么游客。基维把瓶子放在排水沟里，然后走开。他回头看了两次，乳白色的圆肚瓶还在他放置的地方。第三次回头看时，他转过一个街角，就在他转向时，胳膊肘被什么给撞了一下，一看，长瓶颈竖在他胸前，圆肚子塞进了机车服外衣口袋里。

基维自言自语：“这看来也是真的。”

接下来他到商店买了一个开瓶器，离开街道走到野外一个隐蔽处，他想把瓶塞拔出来，可是，他把开瓶器一旋进去，它就弹了出来，试了很多次，瓶塞也还是完好无损。

基维说：“这是一种新型瓶塞。”不过一会儿他开始颤抖，并且冒汗，因为这个瓶子让他感到害怕。

在回港口的路上，他看到一家商店，店主卖的东西有荒岛上捡回的贝壳和珊瑚、古老的异教神像、古钱币，还有中国画、日本画，以及各种各样水手箱子里带回的东西。突然他想到一个主意。于是他走进店里，报价一百美元，卖掉瓶子。刚开始店主朝他笑了笑，给他出五美元买下。不过，这确实不是一个普通的瓶子——世间的玻璃作坊吹制不出这样的玻璃，奶白色的玻璃表面闪闪发亮，里面还有一团奇怪的阴影。在一番讨价还价后，店主给基维出六十美元买下瓶子，把它放置在窗户格子架上。基维说道："现在，我以六十元的价格卖出去，我自己是五十元买回的，其实，还不到五十美元，因为有一个是智利硬币。那么现在我就等着看另外一个说法是不是真的。"

于是他回到船上，打开自己的箱子，发现瓶子在箱子里，而且比他还先回到船上。船上还有基维的一个同伴，名叫罗帕卡。

罗帕卡问道："你怎么啦？盯着箱子看什么。"

船的前甲板舱里只有他俩，基维让他保密，然后把事情经过原原本本地告诉了罗帕卡。

罗帕卡听完，说："整件事有些奇怪，我担心你会因为这个瓶子惹上麻烦，不过有一点是确定的，你知道麻烦是什么，你最好能获利。先决定你想要靠瓶子得到什么，许个愿，要是你愿望实现了，我就把瓶子买下来，因为我的愿望是拥有一条帆船，去各岛上做生意。”

基维说：“这不是我的愿望。我的愿望是在我出生的科纳海岸，拥有一栋漂亮的房子和一个花园，门口阳光闪耀，花园里花团锦簇，全玻璃大窗户，墙上挂着各式各样的画作，桌子上摆着玩具和精美的桌布，就是那种世人都羡慕的房子——楼上一层四周都是阳台，像国王的宫殿那样，住在里面无忧无虑，天天跟亲朋好友寻欢作乐。”

于是，罗帕卡说：“那么，我们把瓶子带回夏威夷，你想的这些事情如果都成真了，我就买下这个瓶子，要一艘帆船。”

他俩统一了意见。不久后，船返回到火奴鲁鲁，带着基维、罗帕卡和瓶子。刚上岸，就在海滩上遇到基维的一个朋友，他一见到基维，马上过来对他表示哀悼。

基维说：“我不知道为什么要对我表示哀悼？”

朋友说：“可能你还没得到消息吧，你叔叔，就那个老好人，去世了，还有你那个帅气侄儿，在海里淹死了，你不知道吗？”

基维满心悲伤，泪流满面，把瓶子的事完全抛在脑后了。但罗帕卡还在暗自琢磨，看到基维悲伤减轻了一点，对他说："我一直在想，你叔叔是不是在夏威夷有地？是不是在卡乌区？"

"不在卡乌，他的地靠着山边——在胡基那南边一点。"基维答道。

"这些地现在会是你的吗？"罗帕卡问道。

基维答道："这种情况下就会是我的了。"又一阵悲痛涌上心头。

罗帕卡说："不要伤心了，现在不是伤心的时候。我想到了，这就是这个瓶子正在干的事情，因为它要在这块地上为你建你想要的房子。"

基维痛哭道："真要是这样，它以杀害我的亲人为代价来服务于我，太邪恶了。但真的很有可能，因为我脑子里想到的房子正好就是在那个地方。"

罗帕卡说："不过，房子还没有建好呀。"

基维说道："不，也不可能建好。因为我叔叔虽然种了咖啡、麻醉椒，还有香蕉什么的，但也远远不够让我过上舒适的生活，那块地剩下的都是黑色的火山熔岩。"

罗帕卡建议道："我们去见律师吧，我一直在考虑这事。”

于是他们来到律师事务所，结果发现基维的叔叔最近暴富，积攒了一大笔钱。

罗帕卡惊叫道：“这不就是建房用的钱吗？”

律师说：“你们要是想建新房，我这有个新建筑师的名片，听说很了不起。”

罗帕卡尖叫道：“太好了，一切都很明了了，我们只要继续按着指令行事就行了。”

然后他们找到建筑师，他桌上已经摆着房子的设计图纸。

建筑师把设计图纸递给基维说：“你喜欢的东西有点不同寻常，你怎么会喜欢这样的房子呢？”

基维一看到设计图纸，叫出了声，因为图纸上的房子就是他脑子里想象的模样。

他心想：“不妨让好事坏事一起来吧。”

于是他把所有的想法告诉建筑师，包括怎样装修房子，墙上挂什么样的画，桌上的小摆设，最后直接问所有的都弄好需要多少钱。

建筑师问了很多问题，拿出笔算了起来，算完后一看正好是基维从叔叔那能继承的数目。

罗帕卡和基维对望了一眼，点了点头。

基维心想："不管我愿不愿意，我都会有这所房子，这是明摆的事实。魔鬼帮我弄好了这一切，我想它不会给我带来任何幸福。我只能保证一件事，只要我拿着这个瓶子，我就再也不许任何愿望。这座房子已经压到我头上了，我只能好事坏事都受着了。"

他跟建筑师定好条款，签好合约，然后跟罗帕卡又登船前往澳大利亚。因为他俩达成共识，他们不参与任何事情，就让建筑师和瓶魔建造和装修房子，他们爱怎么弄就怎么弄。

航行一路很顺利，只是，基维一路上屏住呼吸，提心吊胆，因为他发过誓不再许任何愿，不敢再要魔鬼帮任何忙。他们回到家，正好是合同到期的日子。建筑师告诉他们房子造好了，基维和罗帕卡坐上"霍尔号"，沿着科纳的水道观察整所房子，看看是不是所有的一切完全符合基维脑子里对房子的构想。

现在，房子矗立在山边，海上的船只都能看到它。房子上边，树木葱葱，雨云环绕。下方都是黑色熔岩形成的峭壁，是古老的国王们的埋葬之所。房子被花园围着，里面繁花似锦；一边的果园种有木瓜，另一边种有面包果树。房子前方正中央面向大海，竖着一根船桅，桅杆上飘着一面旗。房子共三层，每一层都有宽敞的卧室，宽大的阳台。窗户上都装着顶级的玻璃，清澈如水，亮若天光。房间里摆放着各式家具。墙上的挂画都用金框镶嵌：有的画有船只，有的是人的角斗画，还有曼妙的女士画，有的就只是风景画。世界上没有哪个地方的画的色彩比基维在他房子里看到的还要明艳。屋里的摆设美轮美奂，有报时钟、音乐盒、不断点头的小人、画满插图的书本、世界各地搜罗的昂贵的武器，还有最精美的智力拼图，它们都可以帮助孤独的人打发时光。没人会愿意住在这样大的卧室里，只是想来逛逛参观一下。阳台建得特别宽，全镇的人都可以开心地住在里面。基维很难说喜欢哪一个阳台：后阳台上可以吹到陆地的微风，可以俯瞰果园和花园；前阳台上可以吹到海风，往下能看到山的峭壁，也能看到“霍尔号”每周一两次穿行于胡克那和贝利山之间，还能看到双桅船来往于海岸之间，忙着运输木材、麻醉椒和香蕉。

参观完后，基维和罗帕卡坐在门廊上，罗帕卡问道："说吧，这是你自己心里设计的吗？"

基维答道："语言难以描述，比我想的还要好，太满意了，满意得让我觉得难受。"

罗帕卡说："只有一件事需要考虑，可能这一切都很正常，瓶魔跟这一切都没有关系。要是我要买这个瓶子，又没找到双桅船，我就在玩火了，什么也得不到。我知道我向你保证过，不过我想我要是还想证明一下，你不会怨我吧。"

基维答道："我发过誓，我已经陷得太深了，我不会再要瓶魔任何好处。"

罗帕卡答道："我想到的不是什么好处，我只是想看看瓶魔真身。这么做，并不会得到什么，因此也没什么难为情的。但是，如果我亲眼见过它，我才能了解所有真相。所以，放任我一次，让我看看吧。之后，我会买下它，钱在我手上呢。"

基维应声道："我就担心一件事情，瓶魔可能看起来很丑，如果你亲眼见到它的丑样，我怕你连瓶子也不想要了。"

罗帕卡说："我是一个言而有信的人，这钱就放在我俩中间。"

基维答道："好吧，我自己其实也很好奇，让我们看你一眼吧，瓶魔先生。"

话音刚落，瓶魔从瓶子里探了出来，然后又缩进瓶里，刺溜一下，像条蜥蜴。基维和罗帕卡两人坐在那，像两块石头，一动不动。已经是晚上了，两人没说一句话，也想不到能说什么。罗帕卡把钱推过来，拿走了瓶子，说："我是一个守信的人，也必须如此。否则我用脚都不会碰这个瓶子一下。嗯，我会找到双桅船，口袋里装上一到两美元，我会尽快摆脱这个恶魔，跟你说心里话，他的样子让我觉得糟透了。"

基维道："罗帕卡，这是我最糟糕的处境，你帮了我。我知道现在已经天黑了，路也不好走，这么晚要经过那些坟墓也不好；但是我郑重地告诉你，我看到了那张小脸，它要是不从我这消失，我会吃不下，睡不好，连祷告都没法做。我会给你一个灯笼，一个装瓶子的篮子，还有你可以拿走你相中的任何一幅画，或者精品——你马上走吧，去胡基那和纳西努睡觉去吧。"

罗帕卡说道："基维，很多人听到这些会觉得不舒服。现在重要的是，我遵守我的诺言买下了瓶子，我帮了你。那些东西，什么黑夜，什么坟边的路，对一个良心有罪、怀抱着这样一个瓶子的人来说肯定是危险重重。但是，现在对我来说，我自己吓坏了，没力气责怪你。现在我马上走，祈求上帝保佑你住在这所房子里永远幸福，而我，也会幸运地找到一艘双桅船，然后我俩都能最后升入天堂，不用被恶魔和瓶子摆布。"

话说完后，罗帕卡走下山坡，基维站在前阳台上，听着马蹄的嘚嘚声，看着灯笼在路上忽闪忽闪地，沿着葬有那些故去的老人们的山崖，渐行渐远。他一直浑身颤抖，双手紧握，心里为他的朋友祈祷，同时赞美上帝让自己逃出了险境。

可是第二天，阳光明媚，他的新房子赏心悦目，让他忘掉了一切恐惧。一天天过去，基维一直开心地住在里面。他住在房子后廊，在那吃饭睡觉，读读《火奴鲁鲁报》，不时有人来串门，他们来参观卧室和墙上的挂画。房子声名远扬，整个科纳都知道这所名叫"大宅"的房子，有时也叫"明宅"，因为基维雇了个中国人，整天在屋子里掸掸擦擦，把家里的玻璃、金器、精美的摆设和图画，都擦得一尘不染，明亮如新。基维自己一直哼着歌在房子里走来走去，心情奔放，有船经过门前海域，他会摇动桅杆上的彩旗，向他们打招呼。

日子一天天过去。一天，他动身去凯卢阿，一个遥远的地方，去拜访几个朋友，他们设宴款待他。第二天一早，他就快马加鞭地离开了，因为他实在等不及回来看自己漂亮的房子，而且，那天晚上是过去时代的亡灵在科纳城四处游荡的夜晚。因为跟恶魔交过手，他变得更谨慎，害怕遇到已经故去的人。刚过了霍那吾那吾，朝前方看去，他似乎看到有个女人在海边沐浴，她身材丰满，不过他没有多想；然后他看到她穿衣服时白色的内衣在风中飘动，又看到她穿着红色荷璐扣[①]。等到基维来到她面前，她已经穿好了衣服，从海里走上来，站在路边，一副初浴出水的样子，眼睛闪亮，看上去很善良。基维看到她，拉住了马缰。

他对女孩说："我想这里我应该人人认识，怎么感

① 荷璐扣，夏威夷妇女在正式场合穿的一种带有拖裙的长袍。——译者注

觉没见过你呢？”

女孩答道：“我叫科库娃，是其阿诺的女儿。刚从瓦胡岛回到这，你是谁呀？”

基维跳下马说：“我等会告诉你我是谁，但不是现在。因为我想到如果你听到我名字可能会听说过我，你就不会对我说实话。现在请你先告诉我，你结婚了吗？”

听到这个问题，科库娃哈哈大笑起来：“是你在提问呀，那你结婚了吗？”

基维老实地答道：“我真没有结婚，也从来没想过。不过就在此时我开始考虑了，这是事实，非常简单明了。我在路边遇到你，看到你如星星般璀璨的双眼，一下就倾心于你。所以现在，如果你不喜欢我，告诉我实话，我就回去；但是如果你觉得我并不比其他男人差，也请如实告诉我，我就会转向，连夜赶往你父亲那，明天我跟他好好谈谈。”

科库娃一句话都没说，只是看着海笑着。

基维问道：“科库娃，如果你保持沉默，我就认为你喜欢我，让我跟你一起上你父亲家吧。”

她走在他前面，还是一言不发，偶尔回头瞥一眼，然后又看向别处，嘴里一直咬着帽绳。

他们到了家门口，其阿诺走出屋站在阳台上，喊着基维的名字欢迎他。听到父亲的喊声，女孩朝他仔细打量了一下，她听到过“大宅”这回事，很显然，房子对她很有吸引力。整晚他们都在一起，非常开心，在父母的眼皮底下，女孩无拘无束，她很聪明，一直捉弄基维。第二天，基维和其阿诺交谈了一会后，发现女孩独自一人在那里。

他对她说：“科库娃，整晚你都在捉弄我，现在我该走了。昨天我没告诉你我叫什么是因为我那座漂亮的房子。它名声在外，我担心你会过多的关注房子，而不会太关注爱你的这个人。现在我都解释清楚了，你要是不想再见到我，就请马上告诉我。”

科库娃说：“不，我想。”这次，她没有笑，基维也没再提任何问题。

基维就这么表白了，一切进展很快，就像离弦的箭和来复枪射出的子弹，快速但也都能击中目标。恋情发展快速，他们交往也越来越深入，女孩每天心里牵挂着基维，在海浪冲击熔岩岸边的声音中，她听到他的话语，这个男人，虽然才见过两次，她却愿意为他离开自己的父母和熟悉的家。基维呢，策马飞驰在满是坟墓的悬崖边的山路上，马蹄嘚嘚，基维自娱自乐的歌唱声在存放遗骨的山洞中回响。回到明宅，他还唱个不停，坐在宽大的阳台上吃饭，一口接一口，却还能唱歌，这让边上的仆人惊讶不已。太阳沉下海平面，夜幕降临，基维沐浴着灯光在阳台上散步，在高高的山上引吭高歌，歌声把海船里的船员都惊醒了。

他自言自语道："现在是我人生最得意的时候，生活不可能比这再好。我这儿是山顶，啊——啊——啊——周围的一切。今天我要首次打开所有房间的灯，打开热水和冷水在我奢华的浴缸里沐浴，然后一个人睡在我婚房的床上。"

仆人接到指令，不得不从睡梦中醒来，点燃壁炉，他在地下炉子边忙来忙去的时候，听到主人在上面灯火通明的房间里开心地唱着歌，他大声告诉主人水热了。基维走进浴室，仆人给大理石浴缸注水，基维还在唱歌，听到他一直唱，一直唱，脱衣服时停了一下又继续，突然，歌声完全停止了。仆人竖起耳朵，听啊听啊，他朝上面喊基维，问他是否发生了什么事。基维回答说是的，但让他上床睡觉。后来明宅里再也没听到歌声，整个夜晚，仆人听到他主人的脚步声在阳台上走着，一圈又一圈，无休无止。

真实情况是：就在基维脱下衣服准备洗澡时，他发现自己皮肤上长了一块斑，就像岩石上长着的一块苔藓一样。就在那时他停了下来，因为他知道那块斑是什么，他知道他得了麻风病。

任何人得了这个病都很悲惨。这是多么让人难过的事情：要离开这么宽敞漂亮的房子，告别所有亲朋，流放到莫洛凯岛北岸，那里只有高耸的悬崖和劈天大浪。可是，这种情况对基维来说意味着什么呢？他昨天才遇到倾心的爱人，今天早上才赢得她芳心，现在，所有的希望在刹那间全部破灭，碎成了玻璃碴。

他在浴缸边坐了一会儿，突然尖叫一声跳了起来，跑到门外，沿着阳台走过来走过去，像一头陷入绝望的野兽。

他心里在想："离开夏威夷，离开我祖祖辈辈生活的地方，我心甘情愿；离开这栋高耸山头云窗霞户的房子，我毫不在乎；远走他乡，去往莫洛凯岛，到悬崖边上的卡劳帕帕去，跟那些疾病缠身的人们吃住一起，我也毫不畏惧。可是，我到底造了什么孽，我的灵魂犯了什么错，让我竟然在傍晚时分遇上刚从海水里走出的清纯可人的科库娃？科库娃，你夺人心魄，你是我的生命之光。除了她，我不会跟任何人成亲；除了她，我不会多看别人一眼；除了她，我充满爱意的手不会触碰其他任何人。这一切都只是为了你。噢，科库娃，你让我愁绪万千，不忍离去。”

现在我们来看看基维是个什么样的人。本来他可以在明宅里住上很多年，没人比他更了解他的病情。但如果他必须要失去科库娃的话，这些事情他都考虑不到了。再说，即使他有病，他也本可能跟她成婚，就跟所有灵魂肮脏的人一样，他们就会这样干。可是基维爱这位女士，是男人对女人的真爱，容不得她受半点伤害、半点闪失。

午夜刚过，他突然想起那个瓶子。他绕到屋后门廊，回想起那天恶魔伸出头来的样子，一想到这，突然觉得血液都凝固了。他心想：“瓶子可怕，瓶魔可怕，抛入地狱之火可怕！可是我还有什么希望来治好我的病，跟科库娃成婚呢？曾经我跟他有过一次交道，得到一座房子，难道现在就不能再次面请他帮我赢得科库娃吗？”

马上他想起第二天“霍尔号”返程到火奴鲁鲁会经过这里。“那么，第一件事情就是去见罗帕卡。”他心想，“因为现在，最大的希望就是那只瓶子，想想那时我摆脱掉它是多么高兴呀。”

他寝食难安，写了封信给其阿诺，当船快要到的时候，他飞马下山，从满是坟墓的悬崖边疾驰而去。天下着雨，马走得有些艰难，他仰望头顶一个个黑黢黢的山洞口，不禁羡慕起躺在里面逝去的先人们，他们没有烦恼。并且想到昨天他策马经过的样子，心里一种惊异的感觉。然后他下山来到胡基那，那里像往常一样汇聚了全国各地的蒸汽船，他们坐在商店的荫棚下，取笑逗乐，传播消息。但是基维对他们的话题毫不关心，他坐在人群中间，眼神茫然地盯着雨落到房子上，海浪拍打着岩石，不时发出叹息声。

“明宅的基维中邪了！”消息一传十十传百。确实是这样，也难怪。

不一会儿，“霍尔号”到了，他上了捕鲸船，船后舱挤满了去看火山的夏威夷白人，这是他们的习俗。中间舱全是夏威夷土人，前部舱里有希洛的野牛还有卡乌的马匹。但是基维现在满心悲伤，坐得离他们远远的，探望着其阿诺的房子。房子坐落在海边一块低洼处，周围都是黑色的岩石，可可树和棕榈树掩映之下，可以看到门边挂着一件红色的荷璐扣长袍，远远看去只有苍蝇大小，长袍像苍蝇般前后飞着。基维大声道：“啊，我心中的女王，为了赢得你的芳心我要献出我高贵的灵魂。”

天很快黑下来，船舱都亮灯了，白人们跟往常一样，坐在舱里打牌，喝着威士忌；但是基维整晚都在甲板上走来走去，第二天也完全一样。蒸汽船在茂伊岛或者莫洛凯岛无风带快速前行时，基维还是在甲板上快速走动，像动物园里的困兽一般。

将近傍晚时分，他们驶过钻石头火山，来到火奴鲁鲁码头。基维挤出人群，开始打听罗帕卡的下落。人们告诉他罗帕卡已经拥有一艘双桅船——所有岛上最好的双桅船——远至波拉波拉或者卡希基探险去了。指望不上罗帕卡的帮助，基维想起来在城里罗帕卡有一个律师朋友（我不能讲出他的名字），可以去向他打听。人们告诉他这个律师突然暴富，在怀基基海滩边建了一座漂亮的新房子，基维马上心动，叫上一辆可出租的马车，驾车前往律师家。

律师的房子崭新，花园里的树都只有拐杖般粗细，他完全是一个富人的模样。看到基维来了，问道："有什么能为您效劳？"

基维答道："您是罗帕卡的朋友，罗帕卡从我手里买了一样东西，我想从您这可能能得到点线索。"

律师的脸一沉："坦白说，我不想对您有什么偏见，基维先生，不过这是一笔肮脏的交易，不要搅进去为好。您可能认为我什么都不知道，但我可以猜到，您要是到这个地方，估计可能得到消息。"

然后他提到一个人的名字，我在这也不重复了。于是，一连好多天，基维找了这个找那个，到处都是新衣服，新马车，新建的漂亮房子，人们都心满意足，但是，一旦提到他的买卖他们马上满脸愁云。

基维想道："毫无疑问，我找到线索了。新衣服和新马车都是小瓶魔带来的礼物，这些人一脸满足是因为他们已经得到自己想要的，并且安然无恙地摆脱掉了那个被诅咒的小东西。如果我能找到那些脸色苍白、唉声叹气的人，那么我就快找到瓶子了。”

最后有人建议他去找一个住在贝利塔尼亚街上的夏威夷白人。晚餐时分，他来到了这家人门口，跟其他人家一样，新建的房子，刚开垦的花园，窗内电灯照明。但是房主出现时，基维心里满怀希望，同时又担心异常：他看到一个年轻人，脸色像尸体一般苍白，两只熊猫眼，头发散乱，他这副面容就像等着上绞刑架的人该有的样子。

基维看到他想：“肯定就在这了。”因此，他丝毫没有隐瞒此行来的目的，直截了当地说：“我是来买瓶子的。”

一听这话，贝利塔尼亚街上的年轻白人身子晃了一下，靠在墙上，喘着气说：“瓶子，来买瓶子！”然后，好像他喘不上气了一样，抓住基维的胳膊把他拽进一个房间，倒了两杯葡萄酒。

基维说道：“我敬你。”他那个年代对白人都很尊敬。接着追问一句：“是，我是来买瓶子的，现在什么价了？”

一听这话，年轻人一下子松开了手上的玻璃杯，他盯着基维，像见到鬼了一样。

他嘴里说着：“价格，价格，你不知道价格吗？”

基维回道：“这是我正在问你的问题，可是你怎么这么不安呢？价格有什么问题吗？”

年轻人结结巴巴地说：“基维先生，从你卖掉的那时候开始，价钱已经掉了太多了。”

基维答道：“对，对，我会低于你的买价买下来的，你出了多少钱？”

年轻人脸白得像纸一样说道：“两美分。”

基维喊道：“什么？两美分？那你就得一美分卖掉，那么买的人……”基维没说下去了，一美分买下瓶子的人永远卖不出去了，瓶子和瓶魔将伴他一生，在他死后它会将他投进地狱之火。

贝利塔尼亚街上的年轻人双膝跪地恳求道：“看在上帝的分上，买下它吧！你可以拿走我因这笔买卖得到的所有财产，当时以那个价格买下的时候我真的要疯了，我挪用了店里的钱，我因为其他事情走投无路了，当时肯定要进监狱的。”

“可怜的孩子。”基维说道，“你就为了逃避自己应有的惩罚，出卖灵魂冒了这个险。现在爱情摆在我面前你认为我会犹豫。把瓶子给我吧，相信你已经准备好找给我的零钱了。这是五美分。”

正如基维猜想的，年轻人在抽屉里早就准备好了零钱，瓶子又一次易手。基维一抓到瓶颈就说出了他的愿望：他要成为一个健康如新的人。他跑回房间在镜子前脱光衣服，当然，他的皮肤完好无损，像个婴儿一般。可奇怪的是，看到这个奇迹发生，他自己的想法居然也发生了变化，他不再担心麻风病，也没那么在乎科库娃。现在他脑子里只有一个想法，就是希望成为被地狱之火烧成的一堆灰烬，他仿佛看到了这样的景象，地狱之火正在前方熊熊燃烧。他心一阵紧缩，觉得黑暗挡住了所有亮光。

基维回过神来，意识到现在是夜晚，酒店的乐队正在演奏。现在他害怕一个人待着，于是他去到那儿，在欢快的人群里走来走去，听着乐曲忽高忽低，看着伯杰打着节拍，可他耳边却总是响起火焰燃烧的噼里啪啦的声音，眼前总是浮现出通红的火苗在深不见底的火坑里燃烧的景象。突然乐队奏起了《希奇奥奥》，他曾经跟科库娃一起唱过这首歌，刹那间，他觉得心里又有了勇气。心想："现在愿望实现了，我只能再让自己与恶魔共存。"

他搭乘第一班蒸汽船回到夏威夷，尽快打点好一切跟科库娃成了亲，把她接上山顶的明宅。

两人婚后的生活是这样的：他俩在一起时，基维心如止水；可一旦一个人的时候，他就会陷入恐惧，挥之不去，他会听到火焰噼里啪啦的声音，会看到通红的火苗在深不见底的火坑里燃烧。而女孩确实是全身心地爱着他，看到他心跳加速，总是跟他手拉着手，十指紧扣。她从头到脚都很时髦，谁见到她都很开心，她天性开朗，口齿伶俐。因为她会唱很多歌，所以明宅三层楼里最闪亮的风景就是看着她像鸟儿一样唱着歌在屋里走来走去。基维开心地看着她，听她唱歌，然后又会马上躲到一边，悲戚地想到他为了她所付出的代价，不禁泪流满面。然后他还得擦干眼泪，洗把脸，陪她一起坐在宽阔的阳台上，唱着歌，虽然她朝他笑时他也回她一笑，可却总打不起精神。

终于，有一天，她的脚步不再轻快，歌声也越来越少。现在不是基维一个人躲到一边伤心哭泣，他们俩现在都会躲着对方，一人坐在前阳台，一人坐在后阳台，中间隔着巨大的明宅。基维深陷绝望，但他自己并没觉察到变化，他只是觉得很开心能有更多时间一个人待着来担忧自己的命运。没人会常常因为他心情沉重还要装出一副笑脸而责怪他。不过，有一天，他轻轻地从房子这头走向那头时，听到小孩哭泣的声音，原来是科库娃脸贴在阳台地板上，晃着头在哭泣，像个迷路的孩子一般。

他对她说："科库娃，住在这所房子里你是应该哭泣，不过，只要你（至少）觉得开心，我真的愿意砍下我的头。"

科库娃喊道："我很开心！基维，当时你一个人住在明宅，岛上所有人都说你非常幸福，笑口常开，歌声不断，脸像初升的太阳一般明媚。然后，你跟可怜的科库娃成亲了，天知道她身上有什么问题——但是从那天开始你就不怎么再有笑容。哦，天哪。我到底是怎么了？我自认为我还算漂亮，我也知道我很爱你，但为什么我会让自己的丈夫开始愁容满面，我是怎么了？”

“可怜的科库娃，”基维坐到她身边，想握住她的手，但是她把他的手甩开了，他接着说道，“可怜的科库娃，可怜的宝贝——我漂亮的妻子，我一直不想把你牵扯进来，不过，现在你会了解这一切。至少，你会觉得基维真可怜，你也会了解他过去多么爱你——为了得到你，他冒着下地狱的危险——（这个被诅咒的可怜蛋）现在还深深地爱着你，所以看到你时他还能有点笑容。”

随后他把一切告诉了她，从故事最开始的时候。

她惊叫道：“你做这一切真的都是为了我？那你告诉我，我在乎的是什么？”她一把拽过基维，趴在他身上哭泣。

基维说道：“啊，宝贝，可是当我一想到地狱之火的时候，担心就多了。”

科库娃说道：“千万别告诉我，哪个男人是因为爱上过科库娃而失去一切，却没有其他过失。我跟你说基维，我会用我的双手拯救你，要不然就跟你一同灭亡。什么呀？你爱我，所以要献出你的灵魂，那你认为我就不会宁愿去死而拯救你吗？”

基维喊道："啊，我亲爱的妻子，你可能死上一百次，但那又有什么意义呢？不如让我一个人走到生命的尽头，孤身一人接受命运的诅咒，这样不是更有意义？"

她说道："你一无所知，我在火奴鲁鲁一所学校读过书，我跟普通女孩不一样。我告诉你我一定会拯救我的爱人。你说的一美分是怎么回事？不过，全世界又不是只有美国人。在英格兰有一种叫法寻的硬币，相当于半美分。啊，太悲伤了！"她喊道，"这会让事情更糟，因为买主肯定不会有了，现在没有人比我家基维更勇敢的了！不过，还有法国呀，他们那有一种叫生丁的小硬币，面值大约相当于一美分的五分之一。这样对我们来说可好了，来吧，基维，我们一块去法国的岛屿，搭上最快的船去塔希提岛，我们可以找到四个生丁，三个生丁，两个生丁，一个生丁，后面就还可以进行四次交易，我俩使劲促成这笔生意。快来吧，我亲爱的基维，来亲亲我，不要再愁眉不展，科库娃会保护你的。"

基维喊道："上帝的礼物呀！我想上帝不会因为我这么美好的愿望而惩罚我的。现在，只要你愿意，你想去哪就带我上哪，我把命都交给你，能否得到救赎就全靠你了。”

第二天一早科库娃就开始做准备工作，她取出基维做水手时拎的箱子，先把瓶子放在箱子一角，然后把最漂亮的衣服和房子里最精美的摆设放进箱子。科库娃说道：“我们必须看上去是富人，要不然谁会相信瓶子的故事呢？”准备行李的时候她像小鸟一样欢乐，不过她眼光一落到基维身上，就忍不住双眼涌泪，忍不住跑过去亲他。基维现在心里没了负担，秘密有人分享，前途充满希望，他完全变了一个人，走在路上脚步轻快，连呼吸都畅快起来。但是恐惧还是如影随形，它一出现就像风吹灭蜡烛一般，他心里的希望又荡然无存，只看到火焰在翻腾，地狱里烈火熊熊燃烧。

他们放话出去，说要去美国游玩，大家都觉得有点讶异，要是他们猜到真相就会更讶异了。他俩登上“霍尔号”到了火奴鲁鲁，然后在那里跟一群夏威夷人一起登上“尤玛提拉号”到了旧金山，在那坐上邮政双桅船“热带鸟号”，前往帕皮提——法国南部海岛的首府。在一段愉快的航行后，他们又乘坐“信风号”，在一个阳光明媚的日子里到达目的地——智慧岛塔希提岛。那里，海浪拍打着礁石，长满棕榈树的莫图伊蒂岛，海面游弋的双桅船，小镇上绿荫掩映下的白色房屋沿着海岸线一路延伸，仰头望去，塔希提岛上绵延的山脉和白云交相辉映。

他们想最好是在英国领事馆对面租一幢房子，每天坐着马车招摇过市，炫耀他们的财富。因为带着瓶子，这些都很容易办到。于是他们就这样干了。科库娃比基维胆子还要大，只要想到什么主意，就问瓶魔要上个二十或者一百美元。很快他们就成了小镇上的风云人物，一对来自夏威夷岛的陌生人，骑着最好的马匹，驾着最豪华的马车，科库娃身穿漂亮的荷璐扣长裙，色彩艳丽的蕾丝衣服，很快惹得镇上的人议论纷纷。

他们第一次用塔希提语交谈，感觉还不错。塔希提语很接近夏威夷语，只是某些字母发音不一样。所以很快他们就能跟当地人自由交谈，开始向人们推销瓶子。你会认为介绍这个瓶子就不是件简单的事情，然后你还要郑重地告诉人们他们只要用四个生丁就能买到用之不竭的财富和永葆健康的身体，劝人们相信这点更不容易。当然还得把这瓶子带来的危险告知大家。因此人们要么就是压根儿不相信，一笑置之，要么他们就光考虑负面的因素，一脸严肃地远离他们，仿佛他们是跟恶魔打交道的人一样。不要说在那站稳脚跟，现在他们在镇上人人都避而远之，孩子们看到他们会尖叫着跑开。科库娃简直无法忍受。天主教徒经过他们会在胸前画十字，人们一致认为不能跟他们有任何交往。

他们心里开始担忧。一天疲劳的奔波后，夜里，两人坐在新房里，一句话都没有，或者科库娃会突然哭泣打破那片死寂。有时他们会一起祈祷，有时会把瓶子取出来放到地板上，他俩坐下来整晚看着瓶子里的影子窜来窜去。这种时候他们都不敢去休息。好不容易有点困意，一人打个盹儿醒来时会看到另一人在黑暗中哭泣；或者醒来时发现自己独自一人，另一人已经溜出房子，走到看不到瓶子的地方，在小花园的香蕉树下徘徊，要不就到月光照耀的海滩上漫无目的地走着。

一天晚上，又是这样的情况，科库娃醒来时发现基维不见了。她摸了一下他睡过的地方，凉冰冰的。一阵恐惧袭来，她一下翻坐起来。月光透过百叶窗，屋子里比较亮，她看到瓶子放在地上。外面风很大，街上的大树被吹得呼呼地响，树叶啪啪地落在屋外阳台上。科库娃听到了一种声音，说不清是野兽发出的咆哮还是人在喊叫。那声音听起来很绝望，仿佛要死了一样，科库娃胆战心惊，她轻轻地从床上下来站起身，把门打开一条缝，朝门外月光照耀的庭院看去。她看到基维就趴在香蕉树下，脸埋在泥土里，痛苦地呻吟着。

科库娃第一个念头是想跑过去安慰基维，再一转念强忍住了。基维在妻子面前一直表现得万分勇敢，她不应该在他最脆弱的时候打扰他，这对他来说是种耻辱。想到这她退回到房间。

心想："上帝啊，我一直那么粗心——又那么无能！是他，不是我，一直处在危险的旋涡中心；是他，不是我，灵魂受到诅咒。可是就因为我，就因为爱我，爱这个不值一文帮不上忙的小人物，他现在看到地狱之火在他面前燃烧——啊，都闻到了烟味，躺在那，听不到风声，看不到月光。难道我的心这么迟钝，直到现在这一刻才意识到自己的责任，而以前看到了却熟视无睹？不过现在，至少我用充满爱的双手捧起我的心，我要告别天堂白色的台阶，跟朋友们说再见，以爱来回应爱，让我的爱能匹配上基维对我的爱！以心换心，即使面临死亡。”

她是一个手脚麻利的人，很快就穿好了衣服。手里拿着零钱——那些宝贵的生丁，他们一直随身携带着。这种硬币平时很少用，他们在政府工作办公室兑换备用的。她走上街，风吹赶着云，遮盖了月光。全镇人都沉入梦乡，她不知道该在哪转弯，突然听到树荫里传来一声咳嗽。

科库娃说道：“老爷子，这么冷的夜晚，你跑出来在这干吗？”

老头咳嗽得厉害，没法说话，但是她看清了，这个老人很穷，不是这岛上的居民。

科库娃对他说：“您能帮我个忙吗？就是陌生人之间的帮忙，就像老人对年轻女士那样，您愿意帮助我这个来自夏威夷的女儿吗？”

老人答道：“啊，那你是来自八大岛的女巫么？连我这样的老头子都要迷惑，也不放过。不过我听说过你，不会被你迷住。”

科库娃对他说道：“您坐下来吧，我给您讲个故事。”于是她把发生在基维身上的事情从头到尾原原本本地讲了一遍。

她说：“现在，作为他的妻子，他以一辈子幸福换来的妻子，我该怎么做？要是我自己告诉他我来买下这个瓶子，他肯定不干。但是如果你去的话，他一定会迫不及待地卖给你。我就在这里等着，你以四个生丁的价格买下瓶子，我会以三个生丁再买下来。上帝给了我这个可怜的姑娘力量。”

老人说：“要是你说的是假话，我想上帝会将你打死。”

科库娃哭道：“是的，他肯定会的。我不是这种恶人——所以上帝不用费力这么做。”

于是老人说道：“你给我四个生丁，在这等着我。”

科库娃一人站在街头，毫无生气。树被风吹得哗哗作响，在她眼里仿佛就是地狱之火喷射的火苗；街灯投下的影子，就像恶魔伸向她的魔爪。可是她气力全无，没法逃开，也没法尖叫。但说真的，她不能跑，也不能叫，只是站在街上，浑身颤抖，像个吓坏了的孩子。

一会儿，她看到老人回来了，手里拿着瓶子。

他把瓶子递给她，说道：“我按你的吩咐做好了。

你丈夫在那哭得像个孩子，今晚估计他会睡个好觉。”

科库娃着急地说道：“你给我之前，向恶魔许愿，要它帮你止咳。”

老人答道：“我老了，已经站在坟墓的门口了，不需要魔鬼帮什么忙。可这是怎么了呢？你怎么不接过瓶子？你犹豫了？”

科库娃喊道：“不是犹豫。我只是太累了。等我片刻，就等我片刻。我的手，我的身体不愿意碰到这个被诅咒的东西。”

老人慈祥地看着科库娃，说道：“可怜的孩子，你害怕是正常的，你的心让你害怕。好吧，我留下瓶子。我老了，也不能再求更多尘世的幸福，接下来——”

科库娃喘着气说道：“把瓶子给我，给你钱，难道你认为我会那么卑劣吗？把瓶子给我。”

科库娃把瓶子藏在自己荷璐扣长裙里，告别老人，沿着街道走开了，她不在乎往哪去。因为对她来说所有的道路都是一样的，都是通向地狱之门。有时候，她走着；有时候，她跑起来；有时候她在黑夜里大声尖叫；有时候躺在路边地上哭泣。她想起了她所知道的地狱的一切，她看到烈火熊熊，闻到滚滚浓烟，她的肉体在火里灰飞烟灭。

天快亮的时候她清醒了一点，回到家。正如老人说的那样——基维睡得像个孩子，科库娃站在边上盯着他的脸。

她说："现在，我亲爱的丈夫，轮到你睡个好觉了，你醒过来后又会开始唱歌，又会开始笑。但是，噢，可怜的科库娃，那也不是坏事——可怜的科库娃，再也睡不好，不再唱歌，不再开心，不管在尘世还是天堂。"

心里这样想着，她躺到基维身边，因为悲伤过度，很快就睡着了。

第二天快晌午时分，她丈夫叫醒她，告诉她好消息。他开心得像个傻瓜一样，因为他根本没有注意到她的悲伤，她告诉他，她这样是因为病了。她说不出话，不过这不重要了。基维一直在说。她一口饭也没吃，不过谁会注意到呢？因为基维把饭菜一扫而光。科库娃看着他，听着他说话，可是就像是梦里发生的事情一样，好奇怪。有时候她忘掉这一切，有时候也会怀疑这是不是真的，有时候她会手撑着眉毛，知道自己被诅咒下地狱，而她丈夫同时在身旁喋喋不休，让人感觉相当诡异。

基维吃着饭，说着话，计划他们返程的时间，感谢她救了他的命，宠爱她，把她称作真正的救命恩人，但在她眼里一切都很诡异。基维还嘲笑那个老人这么傻，居然买下那个瓶子。他说道："看上去他是一位值得尊敬的老人，但是人不可貌相。你说这个老家伙他干吗要买那只瓶子呢？"

"我的丈夫，说不定他是出于好意买下的。"科库娃垂下双眼说道。

基维大笑了起来，笑声听起来让人有点恼火。他大声说道："胡说八道，我告诉你，他只是个老无赖，傻透顶的老家伙。因为瓶子以四个生丁的价格卖出去是很难的，卖三个生丁就是不可能的。余地越来越小，这买卖基本是做不成了——呵。"他不由得打了个冷战，继续道，"对，我是以一美分的价格买下来的，那时候我不知道还有更小面值的硬币。我傻透了，承受了这么多痛苦，这世上估计找不到第二个像我这么傻的人了。现在，谁买了这个瓶子都是要跟着它一起下地狱的。"

科库娃听后说道："哦，我的丈夫。为了拯救自己而导致另一个人万劫不复，这是不是很可怕？现在，我笑不出来。我觉得自己很卑贱，我满腹忧伤，我会为那个可怜人祈祷，那个买下瓶子的可怜人。”

基维越来越生气，因为从她话里听出来些事情的真相，他高声说道：“太高尚了，你想忧伤时你可以满腹忧伤，贤惠的妻子不会这样想。你要是考虑到我一点，你坐在那会觉得羞愧的。”

说完，他走出屋门，留下科库娃一个人在家。有没有可能以两生丁的价格卖掉瓶子？她想道，不可能。即使她能想到这种可能性，但现在她丈夫急着带她回家，那儿根本就没有小于一美分的硬币。并且，现在，在她做出牺牲后的第二天，她的丈夫责备了她，把她一人丢在了家。

她不想在现有的时间里干任何有益的事情，只是坐在房子里，取出瓶子，盯着它看，心里涌起一种无法言说的恐惧。瓶子让她心生厌恶，于是她把它藏到看不见的地方。

没过多久，基维回来了，要带她出去兜兜风。

她对他说：“我的丈夫，我生病了，完全没心思做任何事情，抱歉，我真的高兴不起来。”

基维怒气冲冲，他生科库娃的气，因为他认为她一门心思在那个老头身上；他也生自己的气，因为他觉得科库娃说的是对的，他不应该为此如此开心，毕竟这么做有点不合适。

他大喊道：“这就是你的真话，你的感情。你的丈夫因为爱你而遭到永生的毁灭，他刚刚被拯救出来——可是你完全高兴不起来，科库娃，你并不忠心于我。”

他又一次怒火中烧，整天在镇上瞎逛。遇到朋友，就一起喝酒，租上马车开到乡下去，在那儿继续喝酒。可是他内心一直不安，他在吃喝玩乐，而他妻子却伤心欲绝，他内心知道她说的是对的，想到这些，他喝得更多，醉得一塌糊涂。

和他一起喝酒的人中间有一个夏威夷白人，他上了年纪，生性残忍。曾经是一条捕鲸船上的水手长，后来跑了，跑到一个金矿当了矿工，蹲过好几所监狱。他思想龌龊，满嘴脏话，酷爱喝酒，也喜欢把别人灌醉，他把酒杯举到基维嘴边逼着他喝。很快，这群人花光了身上所有的钱。

那个水手长说："你，就是你，一直说你很富有，你有一个瓶子，还有些什么可笑的玩意儿。"

基维说："是，我是个有钱人。我回去找我妻子拿些钱来，她管着家里的钱。"

水手长说："这可不好，伙计。千万不能让老婆管钱，她们生性多变，像流水一样靠不住，最好防着点。"

这些话深深印进了基维的脑子，他喝得太多，醉得糊里糊涂的。他心想："我不用纠结了，她就是不对。为什么我解脱了，她满脸愁云？但我不会在她面前表现出来我不相信她，要逮她个现行。"

随后他们回到镇上，基维让水手长在老监狱拐角处等着他，自己独自走上通往他屋门的街道。又是夜晚时分，房间里亮着灯，但一点声音都没有。基维绕过屋角，轻轻地打开后门，朝屋里看去。

科库娃坐在地板上，边上一盏灯，在她面前放着那个乳白色的圆肚长颈瓶，她看着瓶子，两只手兀自拧来拧去。

基维站在门边看了很久。刚开始他吓呆了，然后，心里掠过一阵恐惧，买卖出了差错，瓶子又回到他手上了，就像在旧金山那次一样。一想到这，他膝盖一软，醉意就像清晨河面上的薄雾一样很快散去。突然，他想到另外一点，很奇怪的想法，可是这个想法让他脸颊发烫。

他心想："我一定得弄个水落石出。"

于是他带上门，轻轻地走到屋角处，咚咚咚地往屋里走去，装作他刚到家的样子。他打开前门，嗬，看，瓶子不见了，科库娃坐在椅子上，看上去像刚从睡梦中被惊醒一样。

基维对她说："喝了一天的酒，玩了一天。交了一群好伙伴，我现在回来取点钱，再回去和他们畅饮作乐去。"

他一脸严肃，说话像在宣判一样，可是科库娃满腹心事，没看出什么端倪。

她颤声对他说道："我的丈夫，你最好用自己的钱。"

"哦，我什么都做得很好。"基维一边说着，一边径直走到箱子边取钱。不过他朝旁边角落看了一眼，那是他们原来存放瓶子的地方，可是现在瓶子并没放在那里。突然，箱子就像海浪一样在地板上起伏，房子也转了起来，像一圈一圈的烟在旋转，他看到自己又迷失了，无处可逃，心里想："正是我担心的，是她买下了瓶子。"

然后，稍微清醒了一点，他站起身，但是脸上汗流如雨，似冰凉冰凉的井水。

他对她说道："科库娃，我今天对你说过，我变得多坏。现在，我回去跟我那些开心的伙伴们继续欢畅宴饮。"说到这，他轻轻地笑了起来，继续说道，"如果你能原谅我，我会喝得更开心。"

她双手环抱住他的膝盖处，抱了一会儿，在两个膝盖上各亲了一下，泪流满面地哭道："哦，我只想听你说句好听的话。"

基维说道："我们以后一定要在乎对方的想法。"然后径直走出了屋门。

现在，基维手里拿着的是他们刚来这里时存放在一边的一些生丁硬币。当然，他压根儿就没想着去喝酒了，他的妻子为了他出卖了自己的灵魂，现在，他得一报还一报，这是他心里唯一的想法。

老监狱的拐角处，水手长还等在那里。

基维说："我妻子拿着瓶子，现在，除非你能帮我拿到手，否则今晚我们就没钱喝酒了。"

水手长喊道："你不是告诉我那些关于瓶子的说法是真的吧？"

基维说道："这里有灯。你看我像在开玩笑吗？"

水手长说道："你是挺严肃的，严肃得像鬼一样。"

基维对他说："那好，这里有两生丁，你得拿着这钱去我妻子那，买下那个瓶子（如果我没搞错的话），我想她应该会马上给你瓶子。拿到瓶子后，你带来给我，我用一生丁再从你手上买下来。因为这个瓶子只能以低于前一次的买价才能买到。不过，不管你做什么，都不要透露出是我让你干的。"

水手长说："伙计，你这是在耍我吗？"

基维回道："就是耍你，你也不会有任何损失。"

水手长说："那倒确实如此，伙计。"

基维又说道："你要是怀疑我说的话，你可以试一试。你只要一走出那所房子，就许愿你口袋里装满钱，或者来一瓶最好的朗姆酒，或者随便你想要什么，你马上会看到这些实物出现在你眼前。"

“很好，肯纳卡人[1]，我会试一下的。”水手长说道，“不过，如果你拿我寻开心，我就会用船上的套索栓拿你取乐。”

说完，捕鲸船上的水手走上了那条街道，基维站在那等着。那个地方靠近科库娃前天晚上等待的地方，但是基维这时候更加坚定，一副不回头的架势。可是内心却是悲痛欲绝。

好像过了很长时间，他才听到有人唱着歌从那条黑暗的街道走来。他听出来是水手长的歌声，但奇怪的是怎么一会儿工夫他就听上去像个醉汉一般在唱歌。

然后，看到那个水手跌跌撞撞地跑到灯下来，他把装着恶魔的瓶子放进衣服里，用扣子扣紧，手里攥着另一只瓶子，一走上前就举到嘴边开始喝。

基维看到说：“你买下瓶子了，我看出来了。”

水手长往后一跳喊道：“把手拿开，你要再靠近我一步，我就要扇你一耳光。你想利用我，充当你的傀儡，对吗？”

---

① 肯纳卡人，土生土长的夏威夷人。——译者注

基维大声道：“你什么意思？”

水手长也大声道：“什么意思？这是一个很好的瓶子，就是这个，这就是我要说的。我弄不明白我怎么能用两生丁就把它买下来了呢？但我可以肯定的是你休想拿一生丁把它买下。”

基维喘着气说：“你的意思是你不卖？”

水手长大声说道：“不卖，先生。不过如果你愿意的话我可以让你喝一口我的朗姆酒。”

基维说：“我可要告诉你，买下这个瓶子的人是要下地狱的。”

水手回答道：“我想我反正是要下地狱的，这个瓶子跟我一起下地狱，这是我遇到陪我一起下地狱的最好物件了。不会，我不会卖给你的，先生。”他又大声喊道，“现在这个瓶子归我了，你走吧，自己去另买一个吧。”

基维喊道：“这是真的吗？我求求你，把瓶子卖给我，我是为你好。”

水手长答道：“我不知道你说这些话有什么意义，你觉得我是个傻子，现在你看我可不傻，这就是结局。你要不喝一口朗姆酒，不要我就自己喝了。来，祝你身体健康，晚安。”

然后，他走上通往镇上的街道，瓶子跟他一起从此销声匿迹，不知去向。

然后，基维跑了起来，像风一样，朝科库娃的方向跑去。那天晚上，他们开心无比，从那以后，他们在明宅里生活得很安宁、祥和。

（汉译：熊亚芳）

我看到一只孔雀，尾巴在燃烧

佚名

我看到一只孔雀，尾巴在燃烧；

我看到一颗燃烧的彗星，落下了冰雹；

我看到一团云，四周由常青藤绕；

我看到一棵橡树，在地上爬着；

我看到一只蚂蚁，将一头鲸鱼吞下；

我看到大海，盛满了全麦芽；

我看到一个威尼斯玻璃杯，足有十五英尺深；

我看到一口井，注满了人们哭泣的泪水；

我看到红红的眼睛，布满了燃烧的火光；

我看到一间房，又大又高超过了月亮；

我看到太阳，在子夜时分的晚上；

我看到这个人，他看到了这奇妙的景象。

（汉译：戎佩珏）

在冬天，正是满地白

［英］路易斯·加乐尔

“在冬天，正是满地白，
我唱这歌儿是为你来——”

***** [1]

“到春天，正是满树青，
那我就慢慢儿告诉你听。”

*****

“在夏天，正是日子长，
你也许懂得一两行。

“到秋天，正是叶子干，
拿笔跟墨，把这个写完。”

---

① 星号处表示省略了情节性文字。——校者注

*****

“我送给小鱼儿们一个字儿，

我说：‘我要的是这么个儿。’

“那海里小鱼儿把信一瞧，

就马上给我写回条。

“这回条你看对不对，

它们说：‘不能，先生，因为——’”

*****

“我又送信去对它们说：

‘还是听了我的话那好得多。’

“那小鱼回得真顽皮，

说：‘何必这么瞎着急！’

“我说了一遍说两遍，

它们怎么也不肯听我劝。

"我拿了把大的新的壶，
可是手段也许有点儿毒。

"我的心又跳，我的心又乱，
拿打水桶往壶里灌。

"那送信的人又走进房
说：'小鱼儿们都上了床。'

"我对他说，我说得很明，
'你非得叫它们醒不行。'

"我说得很清楚，说得很响，
我在他耳朵里使劲嚷。"
*****
"他神气很足又很骄傲，
说：'用不着这么样儿大声儿叫！'

"他神气很骄傲又很足，

说：‘我就去叫它们醒，
假如——’

“我拿了把开瓶的螺丝转儿：
要叫它们醒得自己上那儿。

“我看见房门锁得那么高，
我拉咧，推咧，踢咧，敲。

“我看那锁上没有钥匙，
就试试转那扶手，倒是——”

到这儿停了半天。
阿丽思还有点儿不敢似的问他说：“完了吗？”
昏弟敦弟说：“完了。再见。”

（汉译：赵元任，校对：戎佩珏）

厄科[1]悼那耳客索斯

[英]本·琼森

慢点，慢点儿流，请与我咸涩的泪水同奏，清淡的泉水；

再慢点儿，慢点儿，啊，无力的温柔的泉水；

请听那音乐中庄重的声部；

她边唱边诉，哭诉她那生离死别苦。

花草低垂风木生悲；

悲痛化作雨霏霏，

我们的美人儿不属于我们呀；

啊，但愿我呀，

① 厄科，希腊神话中的回声女神，爱上了河神之子那耳客索斯（亦译那喀索斯）。那耳客索斯是一位美男子，他不爱任何女人，结果致使回声女神憔悴而死。这让其他女神很生气，为了报复，她们使那耳客索斯爱上自己水中的影子，他终因得不到所爱的对象而憔悴死去，后化为水仙花。——译者注

能像峻峭山崖上那融化的雪呀，

滴答，滴答，滴答地往下掉呀，

因为老天爷的宠儿现在已然是一株枯萎的水仙花儿。

（汉译：戎林海）

林间小道

［英］拉迪亚德·吉卜林

他们封堵了那林间小道
七十年前。
造化弄人，风雨又将它打开，
否则现在的你可能永远都不会知道
林间曾经有过一条小道，
那时他们尚未在那儿栽下树苗。
就在那矮林和欧石楠下面，
就在那稀疏的银莲花下面。
只有那守林人看得到
斑鸠在那儿孵着蛋儿，
獾儿悠闲地在地上打着滚儿，
林间曾经有过一条小道。

然而要是你走进这树林

在一个夏日的黄昏，

当夜晚的空气在鲑鱼游荡的池塘上变得凉爽，

水獭在叫唤着它的伴儿

（它们在树林中不怕人，

因为它们看不到人），

你会听到马蹄的嘚嘚声，

沾有露水的裙子发出的嗞嗞声，

她们在雾蒙蒙的林间孤独地

慢悠悠地跑着，

似乎她们非常清楚地知道

那条业已消失的林间小道……

但林间并没有这样的小道！

（汉译：戎佩珏）

不同凡响的火箭

［英］奥斯卡·王尔德

国王的儿子要结婚了，所以要举行多场盛大的庆典。王子等候新娘已经整整一年，现在她终于来了。新娘是一位俄国公主，她是乘坐由六只驯鹿拉的雪橇从芬兰一路赶来的。雪橇的模样像一只金色的大天鹅，小公主就坐在天鹅的两只翅膀中间。她身上那件白鼬皮披风一直拖到脚下，头上戴着一顶小巧的银色白绸帽子，她肤色皙白，就像她一直居住的雪宫的颜色一样。她雪白雪白的，使得经过的街道两旁的人们都很惊讶，他们叫道："她就像一朵白玫瑰！"一边说一边从阳台上向她抛撒鲜花。

王子在城堡的门口迎候她的到来。他有一双迷人的紫色眼睛和一头金发。一看见她，他就单膝下跪，并吻了吻她的手。

“你的照片很漂亮，”他轻声地说，“但你本人比照片更漂亮。”小公主的脸一下子就红了。

“先前她像一朵白玫瑰，”一位年轻侍卫对身旁的人说，“可现在她却像一朵红玫瑰了。”宫里所有的人都兴高采烈。

此后的三天中，人人都在说：“白玫瑰，红玫瑰，红玫瑰，白玫瑰。”国王下令给那个侍卫增加一倍薪金。不过这个侍卫根本就不拿薪水，所以这道加薪的命令对他没有什么作用，但这是一种莫大的荣誉，并公开刊登在宫廷小报上。

三天后，婚庆典礼正式举行。这是一个盛大的庆典，新郎新娘手挽手走着，头上是一顶镶有小珍珠的紫色天鹅绒华盖。接下来就是国宴，国宴持续了五个小时。王子和公主坐在大厅的主席，用一只透明的水晶杯饮酒。这种杯子只有真心相爱的恋人才能用，因为凡是虚伪恋人的嘴唇一碰上它，杯子就会变色，变得暗淡无光。

“很显然，他们是真心相亲相爱，”那个小侍卫说，“如同水晶一样清澈透明！”国王为此再一次下令给他加薪。

“莫大的荣誉啊！”群臣不约而同地说道。

宴会之后有一个舞会，新郎新娘要一起跳玫瑰舞，国王答应为他们的舞蹈吹奏笛子。他吹得很糟糕，但没有人敢对他实话实说，因为他是国王。说真的，他只会吹两种曲调，而且从来就搞不清吹的是哪一种曲调，不过这没关系，因为不管他吹什么，人们都会高喊："好听极了！好听极了！"

最后一个场面宏大的节目是燃放烟花，时间定在午夜时分。小公主一生都没有看过放烟花，所以国王下令皇家烟火手要亲自燃放婚礼当天的烟花。

"烟花是什么样子的？"一天早上，小公主在露台上散步时这样问王子。

"它们宛如北极光，"国王说，他一贯喜欢替别人回答问题，"只是更自然一点而已。我个人喜欢烟花而不是星星，因为你知道烟花绽放的时间，它们令人兴奋，如同我吹奏笛子一样。你当然要看看它们。"

为此，皇家花园的尽头搭起了一个大台子。等皇家烟火手把一切都准备好了，烟花们便相互交谈起来。

"这个世界真是太美了，"一个小甩炮叫道，"你看看那些黄色的郁金香。啊！要是它们是真正的爆竹，会多么妩媚动人。很高兴我见多识广。阅历会奇妙地丰富你的见识，并能摈弃一切个人偏见。”

“国王的花园不是世界，你这个傻甩炮，”一枚罗马烟火筒①说，“世界是一个大得不得了的地方，要花三天时间你才能看个遍。”

“任何地方只要你爱它，就是你的世界，”一枚爱思考的凯瑟琳轮式焰火②大声叫道。她早年曾恋上一只老松木盒子，并以这段伤心的往事为豪。“不过爱情已经不时髦了，诗人已把它扼杀掉了。诗人对爱情的描写太多，人们不再相信他们。对于这一点，我一点也不奇怪。真正的爱情令人痛苦，也无须表达。我记得自己曾有一回——但现在全结束了。浪漫是往昔的故事。”

“胡说！”罗马烟火筒说，“浪漫永远不会消亡，它像天上的月亮，永远活着。比如，这对新郎新娘彼此深爱。他们的爱情故事我是今天早晨从一枚棕色纸做的炸药包那儿听来的，他碰巧跟我在同一个抽屉里，他知道宫中的最新消息。”

---

① 罗马烟火筒，能喷发出彩色的火球和火花等。——译者注

② 凯瑟琳轮式焰火，一种像车轮般旋转的焰火。——译者注

然而凯瑟琳轮式焰火不同意。她喃喃地说："浪漫已经死亡，浪漫已经死亡，已经死亡了。"她和许多其他人一样，相信同样的事情重复说上多遍，最后就会成真。

突然，传来一声尖厉的干咳声，他们都转过身四下观望。

原来是一个高高的、目空一切的火箭，他绑在一根长长的木梢上。为引起人们的注意，在发表意见之前，他总要先咳上几声。

"呃哼！呃哼！"他清了清嗓子。大家都在听，只有可怜的凯瑟琳轮式焰火仍在一边摇头一边轻声地说："浪漫已经死了。"

"肃静！肃静！"一枚爆竹嚷嚷道。他有点像一个政客，在地方选举中总能崭露头角，所以他清楚怎样使用官方语言才合适。

"早死了。"凯瑟琳轮式焰火小声说道，说完就睡觉去了。

四周全部安静下来后，火箭又咳了咳，然后开了腔。他说话的语调缓慢但声音清晰，好像是在口述自己的回忆录一样。他总是不正眼看听他讲话的人。说实在的，他还是蛮有风度的。

“国王的儿子真是幸运哪，”他说道，“他结婚的当天正好是我要燃放的日子。说真的，要不是事先安排好，他怎能有这么好的运气呢；但话又说回来，王子们总是运气好。”

“哎哟！”小甩炮说，“我倒不这么想，我认为我们是为王子的荣誉而燃放的。”

“对你来说可能是这样，”火箭回答说，“确实是这样，我一点也不怀疑。但对我而言就不一样了。我是一枚非同凡响的火箭，出身于一个显赫的家庭。我母亲是她那个时代最有名的凯瑟琳轮式焰火，她以优美的舞姿著称。她在大庭广众面前亮相时，要旋转十九圈才会飞上天，每转一圈，她会向空中抛撒七颗粉色的星星。她的直径有三英尺半，用的是最棒的火药。我父亲跟我一样也是一枚火箭，他是法兰西血统。他飞得老高老高，人们都担心他会下不来。不过，他总能下得来，因为他性格善良。他随着一阵金色的雨点落下，其情其景，壮观不已。报纸都用优美和夸张的语词来描述他的表演。

事实上，宫廷小报把他称为烟灰[1]艺术的伟大胜利。”

“是烟火，烟火，不是烟灰，对吗，”一枚孟加拉烟火[2]说，“我知道它是烟火，因为我看见那小盒子上写着的就是它。”

“是啊，我说的是烟灰。”火箭一本正经地回答说。孟加拉烟火感到自己受到了极大的欺负，便立马去欺负那些小甩炮，以表明自己依旧是个重要的人物。

“我刚才说，”火箭继续说道，“我刚才说——我刚才说什么了？”

“你刚才在说你自己。”罗马烟火筒答道。

“那自然，我知道我在讨论某些有趣的话题，但被人无礼打断了。我讨厌各种无礼的举止和粗鲁的行为，而我是非常敏感的人。世界上没有哪个人有我敏感，这一点是肯定的。”

“什么是敏感的人？”爆竹问罗马烟火筒。

---

① 此处的 pylotechnic art 和下文的 pyrotechnic 是原文作者故意使用的，系发音和拼写错误，以表现“火箭”的傲慢与无知。这里将它们分别译为“烟灰”和“烟火”，以再现原文的谐音乐趣。——译者注

② 孟加拉烟火，能喷发蓝色的火焰。——译者注

“一个人自己脚上长了鸡眼，却总喜欢去踩别人的脚趾头[①]。”罗马烟火筒悄悄地说道。听到这个，爆竹差一点要笑掉牙。

“嘿，你笑什么呀？”火箭问道，“我就没有笑。”

“我笑，因为我开心呀。”爆竹答道。

“你这理由太自私了，”火箭生气地说，“你有什么权利开心？你应该为别人想想。事实上，你应该为我想想。我总是为自己着想，我也希望别人都这样做。这就是所谓的同情。同情是美德，我的美德是高层次的。比如，今天夜里我要是出了什么事，那对每一个人来说都是很不幸的！王子和公主再也不会开心了，他们婚后的生活将会被毁掉；至于国王，他或许受不了这打击。真的，我一想起自己所处地位的重要性，差不多就要感动得流泪。”

“如果你想给别人带来快乐，”罗马烟火筒大声说，“那么你要洁身自好，保持干燥。”

“那当然了，”孟加拉烟火说，现在他精神好多了，

① 比喻总喜欢伤害别人的感情。——译者注

“这是常识呀。”

“常识，真的吗！”火箭气愤地说，“可你忘了我是很不平常的，我不同凡响。啊，人人都有常识，前提是他们没有想象力。而我有想象力，因为我看待事物从来就是另辟蹊径，觉得它们不一样。至于要我本人保持干燥，不掉眼泪，显然在场的各位没人能欣赏多情的性格。所幸我并不在乎。能让我活下去的唯一一件事，就是我知道自己要比所有其他人优越，这也是我一向追求的感受。你们这些人没心没肺，你们在这里要么傻笑，要么寻开心，好像王子和公主刚才还没有结婚似的。”

“是啊，是啊，”一枚载有烟火的小气球嚷嚷道，“难道不是吗？这是多大的喜事啊，我一旦飞上天，我要把这一切都讲给星星听。我给它们讲美丽新娘的时候，你们会看见星星在眨眼睛。”

“啊！这么渺小的人生观！”火箭说，“不过这就是我所预料到的：你们不学无术，你们空洞无物。唉，也许王子和公主会住到乡下去，那里有一条很深的河流；也许他们只生一个儿子，像王子一样，有一头金发和一双紫色的眼睛；也许有一天小男孩会跟保姆一起出去散步；也许保姆会在一棵粗大的树下睡觉；也许那小男孩会掉进水深的河流中淹死。多么可怕的不幸啊！可怜的人儿，失去了他们的独生子！真是太可怕了！我永远都忘不了。”

“但是他们并没有失去他们的独生子呀，”罗马烟火筒说，“他们根本就没有经历什么不幸呀。”

“我从来没说过他们遭遇了不幸，”火箭回答说，“我只是说他们有这个可能。如果他们已经失去了独生子，那么再谈此事还有什么用。我讨厌那些做无益后悔的人。不过一想到他们可能会失去独生子，我心里就很难过。”

“你当然会难过的！”孟加拉烟火大声说道，“事实上，你是我所遇到的最会感情用事的人。”

“你是我所遇到的最粗鲁的人，”火箭反唇相讥，“你根本不理解我与王子的友谊。”

“嘿，你还不认识他吧。”罗马烟火筒吼道。

“我从来没有说过我认识他，”火箭答道，“我敢说，如果我认识他，我才不会成为他朋友呢。对你的朋友知根知底，是很危险的。”

“真的，你最好保持干燥，不要流泪，”载有烟火的小气球说，“这可是很要紧的。”

“我毫不怀疑，这对你是很要紧，”火箭回答说，“但我想哭就可以哭。”说着说着，他还真的哭了起来，泪水像雨点一样从木杆上流下来，差一点将正在寻找干燥舒适地方做窝的小甲壳虫淹死。

“他确实有点浪漫情怀，”凯瑟琳轮式焰火说，“没什么可哭的，可他却能哭得出来。”她深深地叹了口气，不禁又想起了她那个松木盒子。

然而，罗马烟火筒和孟加拉烟火却非常愤怒，他们扯着嗓子不停地说道：“骗子！骗子！”他们非常现实，无论何时，只要他们反对什么东西，他们就会说骗子。

后来月亮升起来了，像一面精巧的银色盾牌。星星在天上闪烁，宫中传来了阵阵音乐声。

王子和公主在领舞。他们的舞姿美极了，就连那些秀长的白色百合花也透过窗户来偷看他们，硕大的红色罂粟花一边点头一边打着节拍。

晚上十点的钟声响了，接着是十一点，十二点。当午夜最后的钟声敲响时，每个人都来到了露台上，国王派人去叫皇家烟花手。

“放烟花吧。”国王命令道。皇家烟花手深深地鞠了一躬，便走向花园的尽头。他有六个助手，每个助手都拿着一根长长的杆子，杆子的顶端绑着一个点燃的火把。

这肯定是一场精彩的表演。

嘶，飕！飕飕！凯瑟琳轮式焰火飞上了天，一边飞一边旋转着。轰！轰！罗马烟火筒又飞上了天。接着是甩炮们，他们在地上到处乱舞。而孟加拉烟火把一切都照得红彤彤。“再见了。”载有烟火的气球一边喊一边腾空而去，抛撒下无数蓝色的小火星。砰！砰！爆竹们接着响了，他们玩得非常痛快。除了不同凡响的火箭，他们每个人都很成功。火箭哭得全身湿漉漉的，没法升空上天。他身上最好的东西是火药，而火药被泪水打湿了，现在不能用了。他那些穷亲戚，平时他从不与他们打招呼，碰到面只是偶尔嘲讽一番，而他们却像盛开着的金色花朵，带着火花飞上了天。嗬嗬！嗬嗬！宫廷里的人全在欢呼，小公主也高兴地笑了。

“我想他们是为了某个盛大的庆典而留着我的，”火箭说，“对了，事情就是这样子的。”看上去他比以前还要傲慢。

第二天工人们来打扫清理。“这些人显然就是一个代表团，”火箭说，“我要大大方方迎接他们。”于是他就摆出一副正儿八经的样子，眉头紧皱着，好像在思考什么重要问题似的。然而，那些人根本就不理睬他，直到要离开的时候，其中一个人看见了他。“嘿！”他大喊了一声，“什么狗屁火箭！”说完就把火箭扔到墙外的沟渠里。

“狗屁火箭？狗屁火箭？”火箭在空中一边翻滚一边说，“不可能呀！够好的火箭，那人是这么说的。狗屁和够好[①]这两个词发音很接近，事实上，它们常常是一样的。”接着他就掉进了烂泥里。

“这里一点儿也不舒服，”他说，“但这里肯定是个时髦的浴场，他们送我来是要我恢复健康。是啊，我神经都要崩溃了，我需要休息。”

这时，一只小青蛙朝他游了过来，这青蛙长着一双明亮的眼睛，宛如宝石一般，身穿一件带有绿色斑纹的外衣。

---

① 原文为 bad 和 grand，为再现谐音之妙处，这里分别译为“狗屁”和“够好”。——译者注

“我知道，这是个新来的！”青蛙说，“不管怎样，他不像烂泥巴。只要有雨天和一条沟渠，我就会十分幸福。你觉得下午会下雨吗？我真希望下午能下雨，但你看这天空蓝蓝的，万里无云，真可惜！”

“哎嘿！哎嘿！”火箭一边说一边咳了起来。

“你的声音真好听！”青蛙大声说道，“真像呱呱叫声，呱呱声自然是世界上最具音乐感的声音了。今天晚上你可以来我们合唱团听听。我们待在农夫房屋旁的老鸭池塘中，月亮一升起，我们就开始表演。那才叫迷人呢。人们都躺在那儿，睁着眼睛，听我们合唱。事实上，就在昨天我还听农夫的老婆对她母亲说，由于我们的缘故，她夜里不能合眼。有这么多人喜欢你，真是开心。”

“哎嘿！哎嘿！”火箭气鼓鼓地说。一句话也插不进，他为此非常生气。

“声音好听，这是真的，”青蛙继续说，“我希望你能到鸭子池塘来。我要去找女儿们了。我有六个漂亮的女儿，我很担心狗鱼会碰上她们。狗鱼是个十恶不赦的家伙，它会毫不犹豫地拿她们当早餐吃了。好了，再见吧，我向你保证，我很享受我们这番谈话。”

“谈话，这算什么谈话！”火箭说，“你一直一个人说话，这不是谈话。”

“总要有人听啊，”青蛙答道，“我喜欢一个人谈话，既节省时间，又避免争吵。”

“但我喜欢争吵呀。”火箭说。

“我不希望你争吵，”青蛙得意扬扬地说，“争吵太粗俗了，在和谐的社会里，每个人的意见都一样。再说一次再见，我看见我女儿在远处。”说完，小青蛙就游走了。

“你是个非常讨厌的家伙，”火箭说，“而且没有教养。我讨厌跟你一样的人，只顾谈论他们自己，而别人也想说说自己，就像我一样。这就是我说的自私，自私十分可恶，对于像我这样品性的人来说，尤其如此，因为我是以同情心闻名于世的。事实上，你应该以我为榜样，你恐怕找不到比我还要好的榜样了。既然你有机会，你就要把握好，因为我差不多马上就要返回宫里去了。在宫里，我最受欢迎；事实上，王子和公主昨天结婚就是为了我。当然啰，这些事你什么都不知道，因为你是个偏狭的家伙。”

“对他讲话没有用呀，”一只蜻蜓说，蜻蜓这时正坐在一株粗大的棕色芦苇梢上，“没有用呀，他早就走了。”

“嗯，那是他的损失，我又不损失什么，”火箭答道，“我不会仅仅因为他不理睬我，就不对他说话。我喜欢听自己讲话，这是我最大的乐趣。我常常一个人滔滔不绝，我是聪明人，有时我连自己讲的话也搞不懂。”

“那你真应该去讲授哲学啰。”蜻蜓说着，拍打着美丽的薄翼向天上飞去。

“他真傻，不待在这儿！”火箭说，“我敢肯定他不是常有这种机会来补拙的。不过，我才不在乎呢。像我这样的天才总有一天会得到人们赏识的。”说完，他又往烂泥中陷进了一点。

过了一会儿，一只白色的大鸭子向他游了过来。这鸭子有两条黄色的腿和一双蹼足，走起路来一摇一摆，人们都说她是个大美人。

“呱，呱，呱，”她说道，“你这样子多奇怪啊！能问一下你是天生就这模样，还是由什么事故造成的？”

“你显然一直都住在乡下吧，”火箭答道，“要不然你会不知道我是谁？不过，我原谅你的无知。要别人跟自己一样杰出是不公平的。你要是听说我能飞上天并能撒下一阵金色的雨点，你肯定会惊讶不已的。”

“我倒不这么看，”鸭子说，“因为我看不出它对人们有什么好处。眼下，你要是像牛一样能去犁地，像马一样能去拉车，或像柯利牧羊犬[①]那样能照看羊群，那才了不起呢。”

“我的好伙伴啊，”火箭盛气凌人地大声说道，“我觉得你属于下等阶层。我这种身份的人从来就不实用。我们的成就，足以说明一切。我本人对任何行当都没有好感，对你推荐的那些行当更是一点好感也没有。说实话，我一向认为辛劳只是那些无所事事人们的一种逃避方式而已。”

“好吧，好吧，”鸭子说，鸭子是个平和之人，从不跟人争吵，“人各有所好。不管怎么说，我希望你能在这儿定居下去。”

“啊！亲爱的，那是不行的，”火箭大声说道，“我只是个访客，一个受人尊敬的访客。说实话，我觉得这

① 柯利牧羊犬，原产于苏格兰，体大，毛长，头尖瘦。——译者注

地方很无聊。这儿既没有社交生活，又没有私密空间。事实上，这里就是郊外。我可能要回宫里去了，因为我知道我注定要在这世界上引起轰动。”

“我自己也曾想过要回到社会生活中去，”鸭子说，“世界上许多东西需要改革。说实话，不久前，我主持过一个会议，通过了若干个决议，谴责那些我们不喜欢的东西。然而，这些东西好像不大奏效。现在我回家做家务去了，我要照料好我的家庭。”

“我天生就是为社会生活服务的，”火箭说，“我的亲戚，包括最卑微的亲戚，也都是这样。只要我们一出场，就会引起广泛的关注。事实上，我还没有出场呢，但是，只要我出场，那场面一定是壮观的。说到做家务，它会使人衰老得快，而无心追求更高雅的东西。”

“啊！更高雅的东西，它怎么个高雅法呀！”鸭子说，“这倒提醒我了，我饿了。”说完她顺着水流游去，一边“呱，呱，呱”地叫着。

“回来，回来！”火箭拼命地喊着，“我有好多好多话要对你说呢。”但鸭子没有理睬他。“我很高兴她走了，”火箭自言自语道，“她的思想境界确实不怎么样。”

他往烂泥中陷得又深了一点，于是便开始思考天才的寂寞。突然，有两个身穿白色罩衣的小男孩，一个拿着水壶，另一个抱着柴火，从岸上跑了下来。

“这肯定是委派的代表来了。”火箭说道，拼命装出一副很高贵的样子。

“唉！”一个男孩叫道，“来看这根旧木棒！我奇了怪了，它怎么会在这儿。”说着，他就把火箭从沟渠里捡起来。

“旧木棒！”火箭说，“错！是金木棒①，这才是他说的话。金木棒这个说法蛮好听的。事实上，他错把我当成宫中某位显贵人物了。”

“我们把它放到火堆里去吧！”另一个男孩说，“它会添把火，帮着把水烧开的。”

就这样，他俩把柴火堆起来，把火箭放在顶上，并点燃了火。

“这可太好了，”火箭大声说道，“他们要在大白天把我燃放了，这样每个人都会看到我了。”

---

① 原文的 old stick 和 gold stick 属于文字谐音游戏，现分别译为“旧（jiu）”和“金（jin）”，再现其谐音效果。——译者注

“现在我们睡觉去吧，”两个男孩说，“醒来的时候，水壶里的水就开了。”说完他们就在草地上躺下，并闭上了眼睛。

火箭浑身湿漉漉的，所以花了好长时间才烘干。不过，火苗最后还是把他给点燃了。

“现在我要升空了！”他一边大叫一边把身体挺得笔直，“我知道我会飞得比星星高，比月亮高，比太阳高。事实上，我会飞得高到……”

嘶，嘶！嘶，嘶！嘶，嘶！他直挺挺向空中飞去。

“太开心了！”他叫了起来，“我要一直这样飞下去，我多么成功啊！”

然而，没有人看见他。

这时他开始感到一阵奇怪的刺痛遍布全身。

“我现在要爆炸了，”他大声喊道，“我要点燃整个世界，我要发出震耳欲聋的声音，让所有人一年中只谈论我而不谈论任何别的事情。”当然，他真的爆炸了。砰！砰！砰！火药爆炸了。一点儿也不假。

但是，没有人听到爆炸声，就连那两个小男孩也没有听见，因为他们睡得很死。

后来，他剩下的只有空洞洞的木棒，木棒从天上落下，正好掉在一只在沟渠边散步的鹅背上。

“天哪！”鹅尖叫了起来，“怎么下起棒头来了。”说完就急匆匆跳进河里游走了。

“我知道我能引起巨大轰动的。”火箭上气不接下气地说道，之后他就熄灭了。

（汉译：戎佩珏）

田纳西州的新闻界

[美] 马克·吐温

孟菲斯《雪崩报》的总编对一位曾将他称为激进派的记者进行了温和的抨击："他在写第一句的时候，写到中间，加了两个标点符号，他知道他是在造一个句子，其中充满着无耻和臭气熏天的造谣。"

——《交易报》

医生对我说，南方的气候有益于我的健康，所以我就南下，来到田纳西，在《朝华与约翰逊县呼声报》找了份差事，当助理编辑。我去上班的时候，发现主编歪坐在一把三条腿的椅子上，脚搁在一张松木桌上。房间里还有一张松木桌和一把残缺的椅子，上面堆满了报纸和剪报，以及各种来稿。一只装着沙子的木盒里面丢了不少雪茄烟头和“香烟屁股”；还有一只火炉，炉门挂在上面的铰链上。主编身穿一件长尾黑布上装和白色亚麻布裤子。脚上的靴子很小，但用黑靴油擦得铮亮。他穿的衬衫有皱褶，戴的一枚戒指上有纹章，旧式立领配一条两头下垂的方格子围巾。服装的年代大约是1848年。他一边抽着雪茄，一边在推敲着用词，他的头发乱蓬蓬的，看得出他抓了不少回了。他皱着眉，瞪着眼，样子煞是可怕，我想他是在处理一篇特别难搞的社论。他让我把那些赠阅的报纸浏览一下，写一篇《田纳西报刊集萃》，将所有有趣的材料通通浓缩在这篇文章里。

我是这么写的：

田纳西报刊集萃

《地震半周刊》的编者们关于巴里哈克铁路的报道显然是搞错了。公司的方针并不是要把巴扎德维尔丢在一边。相反，他们认为这个地点是铁路沿线最重要的站点之一，所以不会有不重视它的意思。对此，《地震半周刊》的编辑先生们当然会乐于予以更正。

希金斯维尔的《自由之惊雷》杂志的能人主编约翰·布洛塞姆先生昨天光临本城。他下榻在范·布伦旅店。

我们发现泥泉的《晨声报》的同行错误地认为范·维特的当选并不是事实。当然在他没有看到我们的更正之前，他一定会发现他的错误。毫无疑问，他是受了不完整的选票统计结果的误导。

我们高兴地看到，布雷特维尔城正在设法与纽约的几位先生签约，用尼古尔逊筑路材料来修建那些几乎无法通行的街道。《每日呼声报》为此竭力宣传，并对筑路成功充满信心。

我把稿子交给主编，由他决定是采用，还是修改或是枪毙。他看了一眼，一脸的不高兴。他一页一页快速往下看，脸色变得吓人。很显然，一定是哪里出了毛病。接着，他一下子跳了起来，说道：

“老天爷！你以为我会用这种口气去讨论那些家伙吗？你以为订报纸的人会读这种乱七八糟的文章吗？把

笔给我！”

我从来没有见过一支笔能这样大刀阔斧地在文字上划呀打叉呀，这样无情地把别人的遣字造句乱改一通。正当他改到一半时，有人从开着的窗户外面对他打了一枪，枪声震得我的耳朵好似聋了。

“啊，”他说，“是史密斯那个混蛋，他是《道德火山报》的——昨天他就该来这里。”接着，他快速从腰带里抽出一把左轮手枪向窗外开火。史密斯的大腿中弹，倒在了地上。这一枪打得史密斯措手不及，因为他正想开第二枪，结果打歪了，打中了一个局外人。这个人就是我。还好，只打掉一根手指。

之后，主编又继续对稿子进行涂改和修正。就在他改完的时候，有人从炉子的烟筒里丢下来一颗手榴弹，把炉子炸得粉碎。不过，这爆炸没有造成多大伤害，一块乱飞的碎片把我的两颗牙齿敲掉了。

“炉子全毁了。”主编说。

我说我也这么认为。

“唉，没关系——这种天气也用不着它了。我知道这是谁干的。我会抓住他的。你看，这稿子应该这么写才对。”

我把稿子接过来。稿子被改得面目全非，要是稿子有个母亲的话，她也认不出它了。现在的稿子是这样的：

田纳西报刊集萃

《地震半周刊》那些撒谎专家显然又在打算对建造中的巴里哈克铁路造谣诽谤了，造这条铁路是十九世纪最辉煌的计划，而他们却卑鄙恶毒，无中生有，用谎言来欺骗那些高尚和勇武的人们。巴扎德维尔被排除在外的说法，原本是他们自己可恶的脑子里冒出来的——抑或是从他们认为是头脑的那种肮脏地方冒出来的。他们应该受到鞭打，如果他们想要避免人家打痛他们的死皮烂肉的话，最好把这个谎言收回。

希金斯维尔的《自由之惊雷》杂志的布洛塞姆那个笨蛋又到这里来了，他厚着脸皮住在范·布伦旅店。

我们发现泥泉的《晨声报》那个愚蠢的恶

棍惯癖重演，又在造谣中伤了，说什么范·维特没有当选。新闻的天职是传播真实消息，消除错误，教育、改进和提高公民的道德和行为，使所有人更文雅、更高尚、更慈善，总之要更好、更纯洁、更快乐；而这个黑心肠的流氓却任其沦落，专事欺诈、毁谤、谩骂和下流的活动。

布雷特维尔城要用尼古尔逊筑路材料修建马路——但它更需要一所监狱和一所贫民救济院。一个微不足道的市镇，只有两家小酒店、一个铁匠铺以及那狗皮膏药式的报纸《每日呼声报》，居然想修马路，真是痴人说梦！《每日呼声报》的编者巴克纳这下贱的小人正在乱吼乱叫，不自量力鼓吹这件事情，还自以为说得有道理。

“你看，文章就要这样写——既有针对性，又有刺激性。看到软绵绵的文章，我就心烦。”

大约就在这个时候，有人从窗外扔进来一块砖头，噼里啪啦的声响使我背上一震。我跑到了另一边——我开始感到自己挡了人家的路。

主编说："那可能是上校吧。我等了他两天了。他马上就会现身。"

他说得不错。那上校一会儿就来到了门口，手里拿着一支左轮手枪。

他说："先生，我可有幸与编这份肮脏报纸的胆小鬼说说话吗？"

"可以。请坐吧，先生。当心点，那把椅子缺了一条腿。我想可以和这无赖的撒谎专家布雷特斯开特·特库姆塞说说话？"

"可以，先生。我有一小笔账要和你算一算。你要是有空的话，我们就开始吧。"

"我在写一篇文章，谈的是《美国道德和知识发展中令人鼓舞的进步》这个问题，想赶快写完，不过这不要紧。开始吧。"

两把手枪同时砰砰地开火了。主编被打掉了一撮头发，那上校的子弹打在我的大腿上肉多的地方。上校的左肩有点擦伤。他们又开枪了。这次他们两人都没有射中目标，可是我却遭了殃，胳臂上中了一枪。放第三枪的时候，两个人都受了一点轻伤，我的膝关节受了一点擦伤。这时我说，我想我还是出去散散步为好，因为这是他们私人的事情，我掺和在里面有点微妙。但是他们两个人都请求我继续坐在那里，并肯定地说我对他们没有什么妨碍。

之后他们一边装子弹，一边谈选举和庄稼的收成问题，而我则想法将伤口扎好。但他们马上又开枪了，打得很带劲，每一枪都没有落空——不过应该说明的是，六枪中有五枪都与我有关。另外一枪打中了上校的要害，但他很幽默地说，他现在应该告辞了，因为他城里还有事情要处理，于是他问了一下殡仪馆怎么走，随即就离开了。

主编转过身来对我说："我约了人吃饭，得准备一下。麻烦你帮帮忙，看看校样，招待招待客人吧。"

听说要招待客人，我感到有点害怕。刚才那一阵枪声还在我耳朵里回响，弄得我稀里糊涂，因此想不出什么话来回答他。

他接着说："琼斯三点钟会来到这儿——揍他一顿。

吉莱斯皮也许还要早一点——把他从窗户扔出去。弗格森大约四点钟来——打死他。我想今天就这些事了。要是你还有空闲的话，可以写一篇抨击警察的文章——把那警长臭骂一顿。皮鞭子在桌子底下，武器在抽屉里，子弹在那个角落里，纱布和绷带在上面的格子里。要是出了事，你就到楼下去找外科医生兰斯特。他在我们报上登广告——我们是相互抵账的。”

他走了。我感到浑身发抖。在接下来的三个钟头里，我经历了几场惊心动魄的危险。吉莱斯皮来了，他把我扔到了窗外。接着琼斯又来了，正当我准备用鞭子揍他时，他反过来揍了我一顿。还有一位不在清单之列的陌生人和我大干了一场，结果我掉了一大块头皮。另外还有一位叫汤普森的人把我身上的衣服撕得破破烂烂。最后我被一大群愤怒的编辑、赌鬼、政客和横行无忌的恶棍们围着，逼到一个角落里，他们对我大叫大骂，在我的头上挥舞着各种凶器，空中闪着钢片的光芒，我正要辞去报馆职务的时候，主编回来了，还有一群斗志昂扬的狐朋狗友。于是又发生了一场斗殴和残杀，那骚乱的场景非笔墨所能描绘。有人被枪击，有人被刀刺，有人被砍断肢体，有人被炸得血肉横飞，有人被摔到窗户外面。接着是一阵恶毒的咒骂风暴，人们在混乱和狂热中四处逃窜，之后一切归于平静。在平静下来的五分钟之内，那位浑身血迹的主编和我坐在那里，看着周围地板上散发着血腥味的狼藉一片。

他说："你习惯了，就会喜欢这个地方的。"

我说："我可要请你原谅。我想也许再过些时候，我会写出你满意的稿子——只要练习一番，学会遣词造句，我相信我会写出来的。不过说句老实话，那种激烈的措辞还是有些欠妥，写文章的人容易被人打扰。你看看你自己。文章写得犀利，确实能激励民众，这一点是肯定的，但我不喜欢报纸上的文章引起什么轩然大波。像今天这样，老是被人打扰，我就不能安心写文章。我很喜欢这个工作岗位，可我不喜欢留在这儿招待那些客人。我认为这些经历新奇有趣，别有一番风味，但却不大公道。一位先生从窗外向你开枪，结果把我打伤了；一颗炸弹从火炉烟筒里丢进来，本来是送给你的礼物，结果炉门却打在我的脖子上；一个朋友进来向你问候，结果把我打得满身是枪眼，弄得我皮开肉绽；你出去吃饭，琼斯拿皮鞭子揍了我一顿，吉莱斯皮把我扔到了窗外，汤普森把我的衣服全都撕破了，还有一个陌生人，像老相识似的，随随便便就把我的头皮剥掉了一大块；不到五分钟，这鬼地方的坏蛋涂着鬼脸都来了，他们拿着战斧把我吓得半死。总的来说，我一辈子都没有遇到过像今天这样的场面。确实没有。我喜欢你，也喜欢你对客人说明情况时那不动声色的作风，但是你看，我不习惯这些。南方人容易感情用事，南方人款待客人太盛情了。今天我写的那几段文字，没有什么生气，经你大笔一挥，把田纳西新闻界的激烈情绪融入里面，肯定会捅了马蜂窝。一群乱七八糟的编辑们又要来到这儿——他们饿着肚皮来，要杀一个人当早餐吃。我不得不向你告辞。我不想见证这热闹的场面。我到南方来，为的是休养身体，现在我要回去，为的是同一个目的，而且是说走就走。田纳西新闻界的作风太使我震惊了。”

说完这些话，我们就分手了，彼此感到有点遗憾。而我则搬到医院，在病房里住了下来。

（汉译：戎林海）

咆哮的疯汤姆

佚名

【一】

妖怪和饥饿的精灵
都想撕碎你，
裸身人旁站着的幽灵
用《月亮之书》[1]保护着你，
你永远不会被遗弃
也不会迷失方向，与汤姆一起，
到国外去讨饭吃。
而我唱道“有什么可吃的吗？
有食物、饮料或衣裳吗？”

① 指吉卜赛人和算命人用的书。——译者注

来吧，夫人，小姐，不要惊骇：
可怜的汤姆谁都不会伤害。

【二】

过去三十年间
我狂怒过四十次，
一次又一次，不知多少次
他们把我长期收监，
疯人院那气派十足的阁楼，
当床用的麦茬松软又精致，
手铐威武而坚固，鞭子声叮咚真动听，
有益健康的饥饿天天见。
我现在唱道“有什么可吃的吗？
有食物、饮料或衣裳吗？”
来吧，夫人，小姐，不要惊骇：
可怜的汤姆谁都不会伤害。

【三】

一个想法，我以为是伤感，

就是一小壶麦仙翁菜汤——

这东西长得这么高，老天保佑你们所有人！——

我年老昏聩。

自从被俘之后，我未曾睡过，

在那之前，我未曾醒过，

直到身旁那可爱而淘气的男孩

发现我，将我剥光。

我现在唱道“有什么可吃的吗？

有食物、饮料或衣裳吗？”

来吧，夫人，小姐，不要惊骇：

可怜的汤姆谁都不会伤害。

【四】

我剪短了我那猪一样的脸上的毛，
将角状圆筒里的东西全喝掉，
在栎木造的客栈里，我穿上
一套镀金的衣裳。
月亮是我永久的情人
可爱的猫头鹰[1]，我的伴侣，
热情奔放的雄鸡和夜鹭
将我的伤感谱成曲。
而我唱道“有什么可吃的吗？
有食物、饮料或衣裳吗？”
来吧，夫人，小姐，不要惊骇：
可怜的汤姆谁都不会伤害。

① 指他的老婆。——译者注

【五】

瘟疫麻痹了我的脉动
假如我偷了你的猪或母鸡，
或你的鸽子，那你的雄鸡[①]
就会变成鳏夫，闷闷不乐！
当我饥饿的时候
我呷一口，天黑了的时候
我去圣保罗教堂墓地，那里有幽灵鬼怪，
但我从不害怕。
而我唱道“有什么可吃的吗？
有食物、饮料或衣裳吗？”
来吧，夫人，小姐，不要惊骇：
可怜的汤姆谁都不会伤害。

① 原文 Chanticlere 是法国古叙事诗《列那狐的故事》中拟人化了的雄鸡的名字。——译者注

【六】

我比阿波罗[①]知道得多，
因为他躺下睡觉时，
我常常看到星星们在浴血战斗，
受伤的苍穹在哭泣，
月亮之神拥抱着她的牧羊人[②]，
爱神拥抱着她的战神启明星，
启明星第一声号角已吹响，
接踵而至的就是天宫的蹄铁匠[③]。
而我唱道“有什么可吃的吗?
有食物、饮料或衣裳吗？”
来吧，夫人，小姐，不要惊骇：
可怜的汤姆谁都不会伤害。

① 太阳神。——译者注
② 牧羊人系月亮之神的情人。——译者注
③ 蹄铁匠指的是火与工匠之神伏尔甘。——译者注

【七】

吉卜赛人，呼“同”牌游戏[7]，佩德罗牌戏
汤姆一个都不欢喜；
我鄙视妓女，咒骂偷窃佬
还有那醉鬼的喧闹。
温顺的人，白人，高贵的人
控制着我，想打就打，从不手软，
而那些欺骗犀牛样汤姆的人
比美洲豹还要凶暴。
虽然我唱道“有什么可吃的吗？
有食物、饮料或衣裳吗？”
来吧，夫人，小姐，不要惊骇：
可怜的汤姆谁都不会伤害。

---

① 一种纸牌游戏。游戏者轮流下牌，出现相同的牌时要抢先喊“snap”。——编者注

【八】

我有许许多多狂想，
狂想中我就是指挥官，
手持一柄燃烧的长矛，骑着一匹幻影马，
我向着荒野游荡，不紧不慢。
一个鬼魂和幽灵的骑士
召唤我参加马上比武大会，比试比试，
那地方在世界尽头以外三十英里地——
我想这哪里是什么旅行事。
不过我要唱道“有什么可吃的吗？
有食物、饮料或衣裳吗？”
来吧，夫人，小姐，不要惊骇：
可怜的汤姆谁都不会伤害。

（汉译：戎林海）

疯花匠之歌

[英] 路易斯·加乐尔

他以为看到了一头象，
在练习吹笛子：
再一看，发现那是
一封信，来自他妻子。
“我终于明白了，”他说，
“辛酸苦辣的日子！”

他以为看到了一头水牛
躺在壁炉台上：
再一看，发现那是
他姐夫兄弟姊妹的千金，
“快离开这房间，”他说，
“否则我就去报警！”

他以为看到了一条响尾蛇
问他时用的是希腊话：
再一看，发现那是
下个礼拜三。
“令我遗憾的一件事，”他说，
“就是它不会说话！”

他以为看到了一个银行职员
从公交车上走下：
再一看，发现那是
一条河马。
“河马要是留下来吃饭，”他说，
“那我们还有可吃的吗！”

他以为看到了一只袋鼠
在摆弄一部咖啡机子：
再一看，发现那是
一个蔬菜丸子。
“要是我把它吞下去，”他说，

“肯定会坏了我的身子！”

他以为看到了一辆四驾马车
停放在他的床边：
再一看，发现那是
一头熊，没有头颅。
“可怜的家伙，”他说，“可怜又愚蠢的家伙！
它在等人给它喂食！”

他以为看到了一只信天翁
围着油灯在振翅：
再一看，发现那是
一枚邮票，值一个便士。
“你最好还是回家去吧，”他说，
“夜间弥漫着湿气！”

他以为看到了一扇花园的门
敞开着，上面还有一把钥匙：
再一看，发现那是

一个双重三定理：
“我全明白了，”他说，
“其中的奥秘！”

他以为看到了一个论点
证明他就是教皇：
再一看，发现那是
一块肥皂，斑驳发黄。
“一个令人害怕的事实，”他说，
“破灭了所有的希望！”

（汉译：戎佩珏）

迪那斯瓦尔战歌

[英] 托马斯·洛夫·皮科克

山上之羊很是可爱，
河谷之羊则更肥硕；
因而我们觉得它更对胃口
带上河谷之羊，我们去远征；
遇到劲敌，我们消灭他们；
我们向坚固的阵地发起进攻，
将把守的人员全部杀掉。

在德韦达郡[1]最富饶的河谷，
成群成群的母牛在吃草，
我们发起了一场强势进攻，

① 英国威尔士郡名。——编者注

战利品是我们痛饮的作料。
凶猛的战士向我们冲过来；
我们面对面，与他们拼刺刀：
他们拼死想将我们打败；
但我们征服了他们，将他们全杀掉。

我们赶着战利品悠然地返程，
郡王一马当先想抓住我们；
他怒发冲冠，暴跳如雷，
但他的人马怎能与我们对垒。
他逃进了王宫；
我们的人马快速挺进，
有些人洗劫了他的王宫和地窖，
有些人将他的头颅砍掉。

在那里，我们乱作一团，不断争吵，
溅出的血足以成江河：
我们使许多儿童成为孤儿，
使许多女人成为寡妇。

雄鹰和渡鸟，
我们与敌人；
勇士与懦夫，
长矛手与弓箭手共享。

战争让我们拥有，
大片大片的土地，他们在哀悼，
两千头牛，
还有牛主人的头：
埃德尼韦达，德韦达的郡王，
他的头颅挂在我们面前；
他的美酒和牲畜是我们的盛宴，
他的失败与消亡，成了我们的合唱。

（汉译：戎佩珏）

达齐的英雄赞歌

［英］拉迪亚德·吉卜林

这个故事讲述的是一次伟大的战争，发生在色高丽兵营的大营房里，里克－提克－塔维单枪匹马从一楼这个澡堂冲杀到另一个澡堂。缝叶莺[1]达齐为它提供了帮助，从来不跑到房子中央、只会沿着墙根慢慢爬行的麝鼠楚川德拉给它出过主意。不过，这场硬仗可真是獴哥一个人打将出来的。

獴哥，尾巴和皮毛长得很像小猫，却有着黄鼠狼的头脑和习惯。眼睛和鼻尖呈粉红色，鼻子总是嗅个不停。它的前腿和后腿，哪一条都能挠遍全身，想挠哪就挠哪。它尾巴抖松开来就像一把瓶刷，在高高的草丛中蹿来蹿去，不断发出战斗的口号：“里克－提克－提克－

① 一种小型鸣禽，体型很小，主要生活在亚洲的南部和东南部。——编者注

提克－刺客。”

夏季的一天，一场大水把塔维和爸爸妈妈从洞穴里冲了出来，它一路踢腾，大声喊叫，最后洪水将它冲到路边的一条沟渠里。它睁开眼，看到沟渠里漂着一小把草后一把抓住，直到最后失去了意识。再醒过来时，发现自己全身脏兮兮的，躺在一条花园的小路中间，温暖的阳光照耀着。这时，传来一个小男孩的声音：“这里有一只死了的獴哥，我们给它办个葬礼吧。”

“别。”这是男孩妈妈的声音，“我们先把它带进屋里擦干了，说不定它还有口气呢。”

然后他们抱它进屋，一个大个子男人用拇指和食指把它拎了起来，说这只獴哥并没有死，只是被水呛了个半死。于是他们用棉毛巾把它包起来暖身子，獴哥睁开双眼，打了个喷嚏。

大个子男人（他是个英国人，刚搬来兵营这边）说道：“现在，千万别吓到它，我们来看看它想干什么。”

世界上最难的事估计就是吓倒獴哥吧！獴哥从头到脚充满好奇心，事事都觉得新鲜。獴哥家族有一条座右铭就是：“跑去看个究竟吧。”里克－提克可是一只货真价实的獴哥。它先盯着棉毛巾研究了一下，得出结论它不是能吃的东西，于是就绕着桌子跑了一圈，坐下来，把毛给理顺了，挠挠身子，一蹦就跳上了小男孩的肩头。

爸爸说：“不怕，特迪，它是向你表示友好，想跟你交个朋友呢。”

特迪道：“哎呀，它在挠我的下巴颏呢。”

里克－提克朝小男孩的衣领和脖子里面瞅了瞅，又在耳朵边嗅了嗅，然后溜到地板上，坐下来把鼻子搓来搓去。

特迪的妈妈说：“天哪，它可是一只野生的动物，但它却显得这么温驯可爱，我想可能是因为我们对它很友好吧。”

“獴哥都是这么温驯可爱的。”她丈夫回答道，“要是特迪不拎着尾巴倒提着它，或者把它关进笼子，獴哥会整天在房子里蹿来蹿去，一刻也不停歇。来，我们先给它吃点东西吧。”

他们给它喂了一块生肉。里克－提克吃得津津有味，吃完后跑到外面阳台上，坐在太阳底下，把毛抖抖松，想把发根也晒干。不一会儿，它觉得舒服多了。

它自言自语道："这房子里值得探索的东西太多了，我家人几辈子研究过的东西加起来都没这么多吧，所以，我得待在这好好研究研究。"

那一整天，它走遍了房子的角角落落。它掉进浴缸，差点儿淹死在里面；鼻子伸进写字台上的墨水瓶里；还在大个子抽的雪茄烟头上烫了一下，就因为它爬上大个子膝盖想看看他究竟是怎么写字的。傍晚时分，它跑到特迪的房间去看煤油灯是怎么点亮的。特迪上床睡觉，它也爬上床，可是，它却不是一个安静、陪睡的好伙伴，整个晚上没有停歇，一听到房子里有什么响动，它就爬起来去看是什么弄出来的声响。特迪的爸爸妈妈最后进房间来看孩子，里克－提克醒着趴在枕头上。特迪的妈妈说："我不喜欢獴哥，它会咬孩子的。""放心吧，不会的。"爸爸安慰她说，"特迪跟它在一起很安全，比跟猎狗待在一起还要安全。如果现在有条蛇爬进婴儿房……"

这么可怕的事情，特迪的妈妈可不敢想。

一大清早，里克－提克骑在特迪的肩头，来到阳台上吃早餐，他们喂它吃了香蕉，还吃了些煮鸡蛋。早餐吃完后，它一会儿坐在这个人的膝盖上，一会儿坐到那个人膝盖上，因为所有獴哥都希望某一天能住到某个家里，可以在房子里跑来跑去。曾经，里克－提克的妈妈就详细地告诉过它，万一有机会碰上人类的话，它该怎么做。受过良好家庭教育的獴哥都希望长大后能寄居到别人家里，妈妈就曾经在色高丽将军家里待过。

然后里克－提克跑到外面花园，想去看看花园里边有啥好看的。花园很大，还有一半没有开垦，里面长有高高的灌木丛，有夏天黄玫瑰盛开时爬满房那么高，还有酸橙树和橘子树，一丛一丛的竹子，茂密的草丛。里克－提克舔了舔嘴唇说道：这真是一块捕食的好地方。一想到这，它把尾巴抖松得像瓶刷一样，在花园里上蹿下跳，这里闻闻，那里嗅嗅。突然，它听到荆棘丛中传来悲悲切切的哭泣声。

原来是缝叶莺达齐和它妻子。达齐和妻子造了一个漂亮的鸟窝，是它们用线把两片大树叶边缘缝起来，在里面铺上松软的棉花和羽绒做成的。这时候，鸟窝前后摇荡着，它俩正坐在窝边哭泣。

里克问道："你俩这是咋啦？"

达齐答道："我们真是太惨了，昨天，一个孩子从窝里掉下来，被拿格吃掉了。"

里克听后，说道："嗯，这可真是悲惨。不过，我刚来这里，你们能告诉我谁是拿格吗？"

达齐和它妻子都没说话，缩进窝里，瑟瑟发抖。因为灌木丛边上厚厚的草丛里，传来一声低低的"嘶嘶"声——那可怕的声音，带着一股凉气，吓得提克往后一跳，足足跳了两英尺远。草丛里，拿格的头和宽宽的"头罩"慢慢地伸了出来。又大又黑的眼镜蛇拿格，身体足足有五英尺长，只要抬起三分之一的身体，稳稳地前后探望，就像极了一朵风中摇曳的水仙花。它盯着里克－提克，一脸邪恶，但这并未改变它们的表情，不论蛇在想什么。

只听它说道："谁是拿格？拿格就是我！梵天[①]睡觉的时候，是世界上第一条眼镜蛇展开它的头罩为梵天挡住太阳的照射。所以，伟大的梵天就在我们子民的头上做了这个印记，看，就在这里。害怕吗？你可小心点！"

① 梵天，印度教三大主神之一（Brahm 亦拼作 Brahma），为创造之神。——译者注

它使劲儿展开“头罩”，展得比平时更大，里克看到“头罩”的背面有一副眼镜的花纹。有那么一刻，它真的害怕了。以前妈妈只给它吃过死眼镜蛇，这可是平生第一次见到活生生的，但是獴哥的害怕不会持续很长时间，因为它心里非常清楚成年獴哥一辈子的责任就是跟蛇搏斗，然后吃掉它。拿格也非常清楚这一点，因此在它冷酷的心底，也冒出一丝恐惧。

里克－提克尾巴又抖松了开来，对拿格说道：“好吧，不管你有没有长这个花纹，我问问你，难道你认为吃掉从窝里掉出来的小鸟是对的吗？”

拿格想了想，它深知獴哥生活在这个花园里，对它和它的家庭来说，丧命是迟早的事情；不过现在它看到里克－提克身后草丛有点轻微的晃动，想要先让里克－提克放松警惕。因此它把头缩回一点，偏向一边说道：“我们来谈谈吧，你吃鸡蛋，那为什么我不能吃鸟呢？”

达齐突然叫了起来：“你背后，快看，你背后！”

里克－提克知道互相瞪眼是最浪费时间的事儿，它噌地一下跳得老高，脚底下一个蛇头在嗖嗖地摆动，是邪恶的拿盖伊娜，拿格的老婆。在獴哥跟拿格谈话的时候，拿盖伊娜悄悄地爬到它身后，想夺它性命。獴哥听到它发出凶猛的嘶嘶声，偷袭没有成功。它掉了下来，几乎擦着拿盖伊娜的背部，老练的獴哥知道这时候应该一下咬断蛇背，可是，这位獴哥担心眼镜蛇这时候会回扫过来，那可就惨了。因此，虽然当时它确实也咬住了拿盖伊娜的背，但却没咬太久，而是纵身一跃，跳到蛇尾扫不到的地方，拿盖伊娜躺在地上，精疲力竭，气咻咻地。

拿格伸长身体，扫向荆棘丛里的鸟窝，可是，达齐的窝建在它扫不着的地方，只是前后荡了几下。气得它骂道："该死的达齐，该死的达齐。"

里克 - 提克觉得眼睛又红又热（獴哥生气时就会这样），它撑起尾巴和后腿，像个袋鼠样地坐下来，向四周扫了一眼，生气地吱吱直叫。这时，拿格和拿盖伊娜躲进草丛不见了，蛇一旦袭击失手，就会悄悄溜走，什么话也不留，不知道它们接下来会有什么行动。里克 - 提克不打算去找它们，因为它自己也不敢肯定能同时对付两条蛇。于是，它一路小跑，跑到房子边上的砂石路上，坐下来思考了一番，这件事对它来说还是有些棘手。

如果你读过过去的自然历史书，书上说獴哥跟蛇搏斗时如果被蛇咬伤了，就会跑去吃一种草药，然后就没事了，这不是真的。胜不胜利只是眼疾手快的事情——看是獴哥跳得快，还是蛇身扫得快，蛇头发动攻击时肉眼是很难看清它的运动轨迹的，所以，这种胜利比那神奇的草药的传说更加传奇。里克－提克知道自己还只是一只年幼的獴哥，今天能逃脱身后蛇发动的袭击，对它来说已经是很开心的事情了，它顿时觉得信心百倍。所以，当它看到特迪沿路跑过来时，就坐在那等着他过来爱抚。

可是，当特迪弯下腰时，什么东西在土里一缩，传来一声细小的声音："当心了，我是死神。"原来是卡莱特，一种土黄色的小蛇，喜欢躺在泥土上，被它咬上一口跟被眼镜蛇咬了一样危险，而且它身型很小，经常被人忽略，所以，它对人类造成的危害更大。

里克－提克眼睛一下子又变红了，它摇晃着扑向卡莱特，这是一种奇特的祖传姿势，看上去相当滑稽，可是这样能保证步子稳健，想往哪个方向跳都可以，跟蛇搏斗时就有绝对优势。现在，里克对付卡莱特比对付拿格还要更危险，因为卡莱特身型小，掉头很快，如果里克知道这时候它不咬住卡莱特后脑勺的位置，卡莱特就可以掉转头袭击它的眼睛和嘴唇，但是，里克不知道这一点，它眼睛通红，前后晃动身体，想找一个好的位置站定。卡莱特发动了袭击，里克跳到一边，接着再跳进战区，可是，卡莱特土灰色的小脑袋扫了过来，离它只有一肩的距离，它不得不从它身上跳过去，踉跄地一头栽了下来。

特迪朝屋里大喊："噢，快来看呀！我们的獴哥在跟蛇搏斗呢！"里克－提克听到特迪妈妈尖叫了一声，特迪的爸爸拿着一根棍子跑了出来。不过，等到他跑到跟前时，卡莱特一下冲出了很远，里克－提克弹了起来，跳到蛇背上，脑袋低垂在两个前腿间，朝着它能够着的蛇背最高处咬了一口，然后滚向一边。那一口把卡莱特咬瘫了，里克－提克正准备像家人吃正餐般从蛇尾处开始吃掉卡莱特时，突然记起吃得太饱会导致它反应减慢，如果它想一直保持自己的体力和速度，就得保持苗条。

想到这它走开了，跑到蓖麻油灌木丛下，把身上的灰掸掉。特迪的爸爸抽打着死了的卡莱特。里克－提克心想："这有什么用呢？我都已经搞定一切了。"特迪的妈妈把它从地上一把抱起来，哭着谢谢它救了特迪一命。特迪的爸爸说它是上天派来的护佑，而特迪因为惊吓眼睛瞪得大大的。里克－提克看着他们一番忙乱，觉得很有趣，当然它也看不懂他们在干什么。特迪的妈妈应该在责怪特迪不应该跑到地里来玩，里克这时真是满心欢喜。

那天晚上吃晚饭时，里克在桌上酒杯间走来走去，它本可以吃上三倍之多的美味佳肴。虽然，被特迪的妈妈爱抚着，坐上特迪的肩头都是非常开心的事情，可是它不时就会想起拿格和拿盖伊娜，眼睛一下变红，并且发出长长的邀战声："里克－提克－提克－提克－刺客。"

特迪把它抱到床上，并且一定要里克－提克贴着他的脸睡。里克－提克涵养很好，它不会咬人也不会挠人。等到特迪睡着后，它就起床围着房子开始夜巡。黑暗中，它碰上了麝鼠楚川德拉正绕着墙根跑呢！楚川德拉是一只伤心的小动物，它整晚都在幽怨地"吱吱"叫着，下定决心想跑到房子中央，但又永远没胆跑到那儿。

看到它，楚川德拉哀求道："不要杀我。"它几乎要哭出来了，说："不要杀我，里克－提克。"

里克－提克有点瞧不起地说道：“你认为我这样的杀蛇大英雄会去杀一只麝鼠吗？”

楚川德拉更是惴惴不安地说：“那些杀死蛇的也会被蛇杀死，我不敢肯定拿格会不会在某个黑夜把我当成你杀掉的。”

里克－提克听后道：“这种危险是不可能存在的。拿格在花园里，你根本不可能去那儿，我知道的。”

“我堂弟老鼠楚阿告诉我——”楚川德拉说道，突然，它又不说话了。

“告诉你什么？”

“嘘，里克－提克，拿格到处都去，你最好到花园去问楚阿。”

“我没听说，所以你得告诉我，快点，楚川德拉，要不然我会来咬你的。”

楚川德拉一屁股坐到地上，稀里哗啦地哭了起来，眼泪都流到胡须上了，它抽泣道：“我是个可怜蛋，我连跑到房子中央的勇气都没有。嘘，我什么都不能告诉你。你听到什么没？里克－提克。”

里克－提克听着，房子一片寂静，不过它想它可能听到了世界上最微弱的嚓嚓声——微弱到就像黄蜂走在窗框上的声音一样——那是蛇皮鳞片擦着砖墙发出的刮擦声。

“要么是拿格，要么是拿盖伊娜，”里克自言自语道，“它正在爬进浴室水闸，楚川德拉，你是对的，我应该问问楚阿。”

它蹑手蹑脚来到特迪的浴室里，但没发现什么，又来到特迪妈妈的浴室，在那光滑的石膏墙底部，有一块砖是砌出来的，装了个水闸给澡盆放水用，里克－提克踩着架浴盆的砖台石偷偷爬了进来，听到拿格和拿盖伊娜在月光下悄声地合计。

拿盖伊娜对丈夫说道：“这座房子里没人住了，它也得离开，这样花园就又归我们所有了。悄悄地溜进去，记住，首先要咬死的是杀死卡莱特的那个大个子男人，然后出来告诉我，我们一起去找里克－提克。”

拿格说：“你确定我们杀死这些人类有什么好处吗？”

“好处太多了，营房里不住人了，花园里还会有獴哥么？只有等到营房里什么都没有了，我们才是这个花园里的国王和王后。你可记住了，瓜地里的蛋一孵出来

（明天就会孵出来了），我们的孩子就需要空间和安宁。”

拿格说：“我还没想到这一点，好吧我去，但没必要事后马上就去猎杀里克－提克。我去杀掉大个子和他老婆，如果可能就把孩子也杀掉，然后悄悄溜走。这样营房就没人了，里克－提克也会走的。”

里克－提克听到这些，气得咬牙切齿。拿格的头从水闸里伸出来，然后它五英尺长的冰冷的身子也伸出来了。里克－提克尽管很生气，但看到这么大的蛇身也吓坏了。拿格盘起身子，伸直了头，在黑暗里探进浴室，里克能看到它眼睛里的亮光。

里克－提克心想：“我要是现在就杀掉它，拿盖伊娜肯定会知道；要是在外面地板上跟它决斗，那样对它有利，我该怎么办呢？”

拿格前后摇摆着身子，然后里克－提克听到它在最大的水罐里喝水，那个水罐是用来给浴室注水的。“真好喝，”拿格说道，“现在，卡莱特死了，大个子有根棍子。他可能手上还拿着，不过他早上进浴室不会拿着它。我就在这等他进来。拿盖伊娜——听得见我说话吗？——我会在这阴凉的地方一直等到天亮。”

外面没有回应，所以里克－提克知道拿盖伊娜已经走了。拿格慢慢展开身体，一圈又一圈，绕住水罐的大肚子。里克－提克待在那，大气都不敢出。一个小时后，它开始慢慢地一步一步地挪向水罐。拿格睡着了，里克－提克看着它粗壮的背部，谋划着从哪个部位下手。它心想："如果第一次跳起来没咬断它的背，它就还能打斗，如果它打起来——噢，里克！"它盯着蛇头盖下方脖子上结实的肌肉，这块地方它肯定咬不住；而咬住靠近它尾巴的地方只会让它大发雷霆。

最后，它做出决定："一定要咬住头，头盖上方的头，并且一旦咬住，就不能松口。"

于是，它跳了起来。蛇头躺在水罐边缘下方，离水罐有点距离。一咬住蛇的头，里克用背部死死顶住水罐肚子，把蛇头往下拽。它贴在上面只有一秒的时间，但它充分利用了这一秒，然后，它感到自己就像被狗抓住的耗子那样，被前前后后地甩来甩去——在地板上前后左右，上上下下，甚至转起了大圈。但是，它双眼通红，死命地抓住蛇身，任它像赶车的鞭子一样在地板上挥舞，打翻了锡制水勺、肥皂盒、洗澡刷，把锡制浴缸敲得嘭嘭直响。它死死咬住，咬得越来越紧，因为它确定自己会被蛇甩死的，并且，为了家族的荣誉，它希望自己死后被发现时，牙齿是紧咬着的。它头晕目眩，全身酸痛，身子仿佛被撕成了碎片。突然，身后似乎响起了一阵炸雷，一阵热风袭来，轰的一声让它完全失去了意识，一片红光照亮了它的皮毛。原来是大个子男人被打斗的声音吵醒了，拿起火枪朝拿格的头盖后部发射了两筒火药。

里克－提克紧闭双眼，还没松口，它确信自己已经死了，但是，那个蛇头不动了。大个子把它抱起来说："又是这个獴哥，艾丽斯！这个小家伙又救了我们一命。"特迪的妈妈跑了进来，脸色苍白，看着拿格的尸体。里克－提克自己爬进特迪的房间，剩下的半夜一直在那瑟瑟发抖，想确定自己是不是真的被撕成了四十片，像它前面猜想的那样。

天亮了，它还全身僵硬，但是对自己的所作所为非常满意。"现在，我只要对付拿盖伊娜了，它比拿格还要坏，相当于五个拿格。不知道它提到的那些蛋什么时候孵出来。天哪，我得赶紧去看看达齐怎么样了。"它说道。

等不及吃早餐了，里克－提克跑到荆棘丛那边，达齐正在放声高唱凯旋之歌。拿格死亡的消息传遍了整个花园，因为扫地的人把它的尸体丢在垃圾堆顶上了。

“噢，你这只长着几簇羽毛的蠢货！现在是唱歌的时候吗？”里克－提克生气地喊道。

达齐还在唱：“拿格死啦——死啦——死翘翘啦！英勇的里克－提克抓住了它的头，死死地咬住。大个子拿棍子嘭地把它截成了两段，它再也吃不了我的孩子们啦。”

“够了，够了，即便这些都是事实，现在拿盖伊娜在哪？”里克－提克问道，边问边仔细地查看四周。

达齐继续说道：“拿盖伊娜去浴室水闸那接拿格，拿格被扫地的人用棍子尖挑着出来，然后把它扔在了垃圾堆上。让我们一起歌颂伟大的红眼睛里克－提克吧！”达齐扯开嗓子又唱了起来。

里克－提克朝它喊道：“我要是能飞到你窝里，我会把你的孩子全部卷出来。你知不知道要在合适的时间做合适的事情？你可以安全地待在你上面的窝里，我呢，我得在地下战斗。达齐，你再也不要唱了，消停一会儿行吗？”

达齐说道："好吧，我不唱了，为了我们伟大的、美丽的里克－提克着想。你问我什么？杀死可怕的拿格的杀手！"

"拿盖伊娜在哪？我问第三遍了。"

"在马厩边上的垃圾堆那，在为拿格哀悼呢。伟大的白牙齿里克－提克先生。"

"别提我的白牙齿了，你知道它把蛋藏在哪了吗？"

"在瓜地里，靠墙的那头，太阳整天都能晒到的地方，三个星期前它把蛋下到那里的。"

"你难道没想过应该告诉我吗？你是说靠墙的那片瓜地？"

"里克－提克，你是去吃它下的蛋吗？"

"不是吃蛋，不是的，达齐。如果你还有一丝理智的话，你就飞到马厩那，假装翅膀折断了，然后引着拿盖伊娜追你，追到这片灌木丛来好吗？我得去瓜地，如果我现在去的话，它会看到我的。"

达齐是个满脑袋长毛的小个头，一次只能想通一件事情。所以它认为拿盖伊娜的孩子们跟它自己的一样是从蛋里面孵出来的，这样去杀死它们是不对的。不过它妻子倒是一个有思想的鸟儿，知道眼镜蛇下了蛋意味着很快就会有小眼镜蛇。所以从窝里飞出来，让达齐给孩子们保暖，让它继续高歌拿格之死。达齐在有的方面还是像个男人样儿的。

它飞到垃圾堆旁拿盖伊娜跟前，扑棱着翅膀喊道：“哦，我翅膀断了！房子里的那个男孩朝我扔了块石头，把我翅膀给砸断了。”然后它又扑腾着翅膀，一副绝望透顶的样子。

拿盖伊娜扬起头，嘶嘶地吐着蛇信子说道：“拜托你警告里克－提克，我一定要杀了它。不过，确实，你翅膀折断的地方实在太不好了。”一边说着，一边朝达齐的妻子一路滑将过去。

达齐的妻子继续厉声叫道：“那个男孩用石头把我翅膀砸断了。”

“好吧，我告诉你我会去找那个男孩算账的，这是不是能让你死时稍感安慰呢？今天早上我丈夫躺在垃圾堆上，不用到今天晚上，这个房子里的男孩也会躺在那一动不动的。跑又有什么用呢？我肯定会抓住你的，小傻瓜，看着我。”

达齐的妻子知道绝对不能这样做，因为鸟儿看到蛇的眼睛会被吓得动不了的。于是它继续扑棱着翅膀，痛苦地尖叫着，也没有飞离地面，拿盖伊娜加快了滑动的速度。

里克－提克听到它们沿着马厩那上来了，于是马上跑到靠墙的那片瓜地边。在那些瓜的周围，铺着一层温暖的杂草，非常隐匿地藏着二十五个蛇蛋，跟矮脚鸡下的蛋差不多大小，但没有坚硬的蛋壳，而只是一层发白的蛋皮。

里克说："再晚来一天就不行了。"透过蛋皮，它能看见眼镜蛇宝宝蜷在里面，它也知道一旦它们孵了出来，每条蛇都能咬死人或者咬死獴哥。它尽快地掀掉盖在蛋上的杂草，小心地压碎那些小眼镜蛇，还不时地翻翻盖在上面的树叶，看看有没有漏掉。最后，还剩三个蛋没压碎，里克－提克忍不住咯咯笑了起来。这时，它听到达齐妻子的尖叫声："里克－提克，我把拿盖伊娜引到房子那边去了，它已经爬进了阳台，啊，你赶紧过去，它会咬死人的。"

里克－提克又弄碎了两个蛋，嘴里咬着最后一个，跌跌撞撞地跑下瓜地，咚咚咚地急速赶往阳台。特迪和他爸爸妈妈正在那吃早餐，可是里克－提克注意到他们什么都没吃，像石头般僵坐在那，全都脸色苍白。拿盖伊娜盘绕在特迪椅子边的地垫上，轻易地就能咬到特迪的腿，所以，它在那里来回摇摆唱着胜利之歌。

它嘶嘶地唱道："杀死拿格的大个子的儿子，待着别动。我还没准备好呢，再等一会儿。你们三个，都不要动，你们一动，我就会进攻，你们不动，我也会进攻。哦，愚笨的人类，谁让你们杀死我的拿格！"

特迪的眼睛死死盯着他爸爸，他爸爸只能嚅动嘴唇："坐着别动，特迪。千万不要动，特迪，别动。"

里克－提克跑上来喊道："拿盖伊娜，转过身来，转过来，跟我搏斗。"

"一切来得正是时候。"它说道，眼睛却没看向獴哥，"马上我就会跟你算账的。看看你的朋友们，里克－提克。他们一动不动，脸色苍白，他们害怕了。他们不敢动，你再往前一步，我就发起进攻。"

里克－提克喊道："去看看你下的蛋吧，在墙根的瓜地里，去那看看，拿盖伊娜。"

大蛇半转过身，看到了阳台上的蛋，说道："啊——啊，快给我。"

里克－提克用两只爪子捧起蛋，眼睛血红："一个蛇蛋值多少钱？一条小眼镜蛇值多少钱？一条眼镜王蛇值多少钱？这最后一个——这一窝蛇蛋的最后一个值多少钱？瓜地边蚂蚁们正在吃其余的那些蛋呢。"

拿盖伊娜迅速地转过身，为了这最后一个蛋它忘记了其他所有的事情，里克－提克看到特迪的爸爸伸出一只大手，一把抓住特迪的肩头，把他拎到放满茶杯的桌子的另一边——拿盖伊娜够不着的安全地带。

"上当了，上当了，上当了！里克－提克－提克！"里克－提克咯咯笑道。"男孩现在安全了，昨晚是我，是我在浴室里咬住了拿格的头盖。"然后它开始上蹦下跳，脑袋贴近地面，一蹿都能蹿到四英尺高。它边跳边说："它把我甩来甩去，可是怎么也甩不掉我。在大个子把它打成两截之前它其实已经死了，是我咬死它的。里克－提克－特克－特克！来吧，拿盖伊娜，来跟我搏斗吧，你做寡妇的时间也不会太久的。"

拿盖伊娜看到已经失去杀死特迪的机会，现在蛋也捧在里克－提克的爪子上，于是它低下头来说道："里克－提克，把蛋给我吧，把最后这一颗蛋给我，我就离开这儿，永远不再回来。"

"是的，你会离开，你会永远不再回来，因为你会跟拿格一起躺倒在垃圾堆上。搏斗吧，寡妇！大个子去拿枪了，开始战斗吧！"

里克－提克围着拿盖伊娜跳来跳去，保持在它的攻击范围之外，那双小眼睛像烧红的煤火。拿盖伊娜弓起身子，猛地朝它冲过去。里克－提克往后一跳老高，它发起了进攻，一次又一次，每次头都撞到阳台的地垫上，它马上又会弓起身子，像弹簧一样。然后，里克－提克跟在它身后绕圈圈，跳来跳去，拿盖伊娜急速地转身，它的头始终对着獴哥的头，尾巴在地垫上扫来扫去，发出的声音听起来就像风刮起干树叶时一样，沙沙直响。

它把那个蛋给忘掉了。蛋放在阳台上，拿盖伊娜慢慢地靠近，最后，等里克－提克吸口气的空档，它一口噙着蛋，转身来到阳台台阶，然后箭一般地冲到路上，里克－提克一路追赶。眼镜蛇逃命时，就像给马脖子抽了一鞭那样，迅疾无比。

里克－提克知道它必须追上拿盖伊娜，否则所有麻烦又会卷土重来。拿盖伊娜一头扎进荆棘丛边上高高的草丛里，里克在后面追，它听到达齐还在那傻傻地唱着胜利短歌。但是达齐的老婆聪明多了，它看到拿盖伊娜过来了，马上从窝里飞出来，在它头顶上振翅飞着，要是达齐也来帮忙的话，说不定会让拿盖伊娜掉头。但现在它只是把头低下来一点继续往前滑行。不过，这一瞬间的拖延让里克赶了上来，就在拿盖伊娜冲进它过去和拿格住过的老鼠洞时，里克的小白牙咬住了它的尾巴，它跟着被拖进了鼠洞——獴哥，不论它们多么智慧，多么老练，都不太愿意进到眼镜蛇的洞里。洞里黑黢黢的，里克弄不清楚拿盖伊娜会在哪个开阔点的地方掉转头来咬它，它只是死命地紧咬着它的尾巴，双腿伸出来当刹车用，被拿盖伊娜拖着穿过那段黑黢黢热乎乎的潮湿斜坡。

洞口的草停止了摆动，达齐说："里克－提克完蛋了，我们得给它唱死亡颂歌。英勇的里克－提克去世了，拿盖伊娜把它杀死在地洞里。"

它唱得异常悲戚，让大家一下子群情悲愤。正要唱到最高潮部分的时候，草丛一阵晃动，里克－提克，一身的土，脏兮兮的，拖曳着腿走出洞来，舔着胡须。达齐轻叫了一声，不再唱了。里克－提克抖掉了一些毛上沾的土，打了个喷嚏说道："好了，一切都结束了，那个寡妇再也出不来了。"住在草梗之间的红蚂蚁群听到这个消息，一个接一个地沿着草梗跑下去看它说的是不是真的。

里克－提克在草丛里蜷起身子，躺在那就睡着了——一直睡到将近傍晚，这一天的活真是够辛苦的。

醒来后它说道："现在我回屋里去了，达齐，把这个消息告诉铜匠鸟吧！它会通知整个花园拿盖伊娜死了的消息的。"

铜匠鸟发出的声音像极了小锤子在铜壶上敲打的声音，因为它是所有印度人花园里的消息通告员，它会把所有消息告诉愿意知道的人。因此，到处都能听到它的这种声音。里克－提克走上花园小道，听到它发布的"特别关注"的消息就像在敲一个小型的饭点锣声，颇有节奏感："叮——铛——咚，拿格死了——铛，拿盖伊娜死了，叮——铛——咚。”花园里所有鸟儿在欢唱，青蛙在鸣叫，因为过去拿格和拿盖伊娜吃掉了很多小鸟和青蛙。

里克走到屋子，特迪和妈妈（她因为一直眩晕，看上去还是脸色苍白）还有爸爸走出来，看到它差点哭了起来。那天晚上，它吃掉了所有给它的食物，直到再也吃不动了，坐在特迪肩头上床睡觉，特迪妈妈深夜过来查看时它还在床上。

她对她丈夫说：“它也救了特迪的命，想想看，它救了我们所有人的命。”

里克－提克醒了，一下跳了起来，獴哥睡眠都很浅，容易惊醒。

爸爸说：“哦，看你，你还担心什么呢？眼镜蛇都死了，没死的话，还有我呢。”

里克－提克有理由感到自豪，但它并没有过于骄傲，它得继续保卫花园，像所有獴哥那样用它们的牙齿、弹跳和撕咬，护卫着花园，围墙内再也没见过眼镜蛇敢冒出它们的头。

达齐的英雄赞歌

（献给英雄里克－提克－塔维）

我会缝制，我会歌唱，

我享有的欢乐成对成双。

我骄傲，我的歌声在空中飘荡；

我骄傲，我缝制的房子牢固无双。

空中，飘荡着我的乐曲；

地上，矗立着我亲手制作的新房。

鸟儿们，再给你们唱一唱，

鸟妈妈，请把你的头向上扬。

侵害我们的恶魔已被杀光，

花园的死亡之神也死光光，

隐匿在玫瑰花丛中的魔头不再露相，

气息全无，丢弃在垃圾堆上。

谁为我们带来的这一切，它长得什么样？

告诉我它的名字，哪里是它的房？

里克，名副其实的英雄里克

提克，火眼金睛的英雄提克

火眼金睛，白牙闪亮

里克－提克－提克将所有魔鬼猎杀光。

向它致谢，我们鸟儿们的榜样，

张开尾羽向它鞠躬表衷肠，

借用夜莺的话语，为它颂扬，

不，我要亲口来赞扬，

听好了，我要为里克把赞歌高唱：

它的尾巴是瓶刷样，

它的眼睛呈火球状。

（里克－提克在这里打断了它，歌曲的后半部分失传。）

（汉译：熊亚芳）

戴维叔叔有关巨人和精灵的荒谬故事

[英] 凯瑟琳·辛克莱

馅饼皮、油酥皮，统统来把墙儿砌，

黑布丁、白布丁，窗户用布丁来码齐，

还有那薄饼儿来铺底——这玩意儿你可从没见！

在很久很久以前，孩子们可不像现在这样都是聪明、乖巧又懂事的样子！那时候课堂被当作瘟疫——小糖果供不应求——假期接二连三，非常流行放假；而且那时候还不会利用玩具教数学，故事书也不会教授化学和航海知识。那是一个非常奇怪的时期，而就在那个时候，出现过一位非常懒散、贪婪又调皮的男孩子，他的样子放在我们今天这个时代简直是闻所未闻。他的爸爸妈妈是——无论是谁都不要紧，他们住在——无论住哪里都不要紧。反正他叫“无书大师”，而且他好像认为自个儿的眼睛长出来不为别的，就是为了往窗外瞧一瞧，而嘴巴长出来只是为了吃东西似的。这小绅士痛恶上课如同痛恶芥末一样，因为这两样东西都叫他直流眼泪。上学时他坐在那儿，眼睛直勾勾地盯着书本，假装忙碌的样子，但脑子却在开小差，烦躁地盼着晚饭时间快点到来，心想哪里能够搞到最好吃的馅饼、油酥饼、冰激凌和果冻，而且一想到这些嘴巴就砸个不停。我觉得他一定是彼得·格雷的嫡亲表兄，不过我也不是十分确定。

不管“无书大师”什么时候开口，他总是为了要什么东西才开始说话，而且你有可能经常听到他哼哼唧唧道：“爸爸！我能吃这块蛋糕吗？萨拉姨妈！你能给我一个苹果吗？妈妈！最后就让我把那一整块葡萄干布丁吃了吧！”真的，很多情况是：只要大人不允许他大吃大喝，这调皮的贪吃鬼就会耍赖不肯离开。就连他的梦境也是和白天一样，因为他经常做一些有关上课的噩梦，梦里要么被希腊词汇憋死了，要么就是一连串从天而降的英语语法把他砸出了校园。但是有天夜里他做了一个梦，梦见自己坐下来，眼看着就要把一个巨大的梅子蛋糕吞进嘴里，但就在那一刹那，那蛋糕变成了一本拉丁词典!

有天下午，已经逃了一整天课的“无书大师”懒洋洋地靠在客厅的一张沙发（这是妈妈最好的一张沙发）上，还把皮靴掖进了缎质的垫子里。除了嘴里嚼着几个橙子，除了想着要放多少糖在橙子上面，他就是一副无所事事、脑袋空空的样子。这时候，突然发生了一件着实让他大吃一惊的事情。

一阵轻音乐悄悄地飘进了房间，那声音越来越大，后来一会儿的工夫，墙上突然爆出了一个大洞。洞里走出来两位华丽的精灵，她们刚从天上的城堡过来看望他。她们一路赶来就是为了和“无书大师”聊聊，于是马上隆重地自我介绍起来。

那名叫“无所事事”的精灵头上戴着一个四周吐着火红气体的花冠，身上穿着金色薄纱，颈上挂着一串红宝石项链，宝石闪闪的手上则拿着一捧花束。她双颊的胭脂一直搽到眼睛那里，一口牙齿金灿灿的，头发是那种最绚烂的紫色。总而言之，从来没有在客厅里见过这样一位漂亮又时尚的精灵。

另一个精灵名叫“博古通今”，她只是简单地穿着白色平纹细布做的衣服，淡棕色的头发上插着几束鲜花，手上拿着几本整洁的小书，这些书让“无所事事”一看就要厌恶得发抖。

这时，两位精灵告诉他，她们经常邀请很多孩子去她们的宫殿消磨时间，但是她俩住的地方方向完全相反，所以年轻的客人们首先需要选择最佳目的地。因此，她们来此询问“无书大师”，在这样的情况下他最想要谁来做伴。

“在我房子里，”“博古通今”精灵面带微笑地用十分轻柔而愉快的声音说道，“你将学会如何从每一分努力中获得快乐，因为行动和勤勉使我快乐。我年轻的朋友们每天七点钟起床，然后在一个鲜花盛开的美丽的花园里靠劳动来自娱自乐——栽种任何他们想吃的果子，走访穷人，一起愉快地交朋友，学习艺术和科学，了解他们居住的世界，实现他们来此想要完成的目标。总之，我们所有的娱乐活动都是为了实现一些有用的目标，这些目标要么有利于我们自身的提升，要么有利于他人。此外，待在‘知识殿堂’的话，你每天都会变得更有智慧、更优秀、更快乐。”

“但是，在‘无须城堡’，我住的地方，”“无所事事”精灵粗鲁地把同伴推到一旁，一脸气愤而轻蔑地打断说，“我们从来没想过要为什么事情而付出努力。只要你选择入住，你可以把脑袋装进口袋里，双手放两边就行了。没有人问问题，也不会有回答问题的麻烦。我们过的是能想象出来的最时尚的生活，因为没有人会和任何人说话！我的每一位客人都独占一块地方，他可以背朝着其他客人（客人有多少就可以背对着多少）坐在能够设计出来的最舒服的扶手椅上。在那里，如果你想要得到什么东西，那么这东西就会属于你，而不需要四周环顾这东西从何而来。那儿备有最华丽的衣服，它们会自动穿上，无须你操一点点心去扣扣子、系带子；那儿的游戏你无须动脑就能玩起来；那儿的菜肴都由一个法国厨师掌勺，而且食物从早到晚都能在你面前热腾腾地出现。此外，我们那里下的雨要么是雪莉酒，要么是白兰地，要么是柠檬水，要么是薰衣草香水，而且冬季每天上午一小时，天上下的雪都是冰爽的潘趣酒[1]。”

---

① 一种果汁鸡尾酒。——编者注

不用说，谁都知道“无书大师”会偏爱哪一方。接受了如此愉悦的邀请后，他对自己的好运气相当陶醉，面对给他承诺了诸多愉悦与自在的漂亮新朋友，他热切地伸出手去，然后高高兴兴地踏上了一辆内饰天鹅绒、摆满羽绒枕头的四轮马车。马车由奶白色的天鹅驾着，一路开到那座华丽的住处——“无须城堡”，城堡白天由一千个窗户采光，每晚则由一百万盏台灯点亮。

在这儿，“无书大师”天天度假、吃宴席，从早到晚都有一位珠光宝气容貌美丽的女士随时候着给他讲故事，而且只要玩具掉落了，一旁候着的仆人就会上前捡起来，或是当他想要拿钱包或口袋里的手帕时，这些人都会过来替他完成。

因此，“无书大师”整日都靠在绣着精美图样的垫子上打瞌睡，从不挪动位置，只是欣赏着眼前的景象：芳香四溢的烤杏仁覆盖着的树丛，满是冰糖的洞穴，喷着香槟酒的大喷泉，味道甜甜的而不是咸涩的大海，游满金鱼的清澈池塘，而且任何时候他想抓住它们，它们就会让自己被抓住。没有什么可以更完满的了，不过，很奇怪的是，“无书大师”看上去并不是特别开心！这似乎非常不合常理，因为费了这么多心思来取悦他，他却日益烦躁、易怒。没什么糖果值得吃一吃，没什么吸引人的东西可玩一玩，于是到了最后，他希望自己能够不分昼夜地睡觉去。

在距离“无所事事”精灵的宫殿不到一百英里的地方，住着一位凶残的怪物，名叫“狼餐虎噬”巨兽。他起立时，模样就如同大教堂的尖塔，他的头昂得高高的，高到可以偷窥到最高的山的另一边，高到不得不爬上梯子去梳理自己的头发！

每天清晨雷打不动，这个超级巨兽会在早餐前溜达溜达，以便增进胃口，之后便在一个大湖中沏茶，把大海当作污水池，在维苏威火山上把水壶烧开。他的生活方式气派非凡，晚餐更是蔚为壮观，通常都有一头烤全象、数块鸵鸟肉饼、一道老虎焖洋葱、若干只炖狮子，还有鲸鱼汤。不过他最爱吃的一道配菜则是由许多小男孩烧制而成的，食材越肥越好，用面包屑油炸，再撒上大量的胡椒和盐调味。

除了“无所事事”精灵花园里的孩子，还没有哪里的孩子能够养得这么好，或状态极佳到可以当作食材。

而“无所事事”精灵是“狼餐虎噬”巨兽的特殊朋友，有时她笑着说自己会给他发一张许可证，并把自己的花园称之为他的“私人领地”，因为她允许巨兽随意挑选客人并对其下手，而无须清点具体数量，为了回报此等慷慨之举，巨兽经常邀请她共进晚餐。

“狼餐虎噬”巨兽最爱的运动就是看看一个早晨能够用口袋装多少个小男孩。因此，路过街道时，他都不需要踮着脚尖，就把所有客厅都窥视了一遍，然后把每一位懒散地瞧着窗外的小绅士抓起来，甚至连一些偶尔逃课的也不放过。不过，忙碌的孩子们不知怎的，似乎总是不在他的抓捕范围之中。

一天，“无书大师”感觉自己前所未有的慵懒和不舒服，他躺在成山成堆的玩具和蛋糕旁，想着接下来要做些什么，心里头却厌恶看到的一切东西和人。最后，他打了一个疲倦而厌恶的哈欠，哈欠声音大得差点让他下巴都脱下来。接着，他又深深地叹了口气，以至于被刚吃过早餐正好路过的“狼餐虎噬”巨兽听到了。巨兽立马踏进花园，把显微镜推到眼睛下，想要看看发生了什么事情。很快，他发现有一个大块头、肥嘟嘟、发育过快、圆滚得像面团一样的男孩子。于是，他高兴得大叫起来，然后发出了隆隆的巨笑声，那笑声大得三英里开外都能听到。他两指一捏，抓住了“无书大师”，这一抓差点把后者的肋骨给捏断。巨兽立马将他带回自己的城堡，返程路上遇到了“无所事事”精灵，她笑着摇摇头说道：“那小子真值得好好表扬表扬！他才喂了一个礼拜，就已经肥得像一头一流的公牛哩！他该是一口多么棒的美食啊！你今天什么时候吃晚餐，如果我有时间过来顺便拜访一下？”

一到家，巨兽就把“无书大师”的头发挂在了食品室的巨型钩子上，接着第一件事情就是去取大块大块的板油，并把这些东西塞进他的喉咙，好让他再长些膘。然后，巨兽开始拨火，这好让他的肝长得更大些，可那火热得几乎让“无书大师”融化了。在邻近的架子上，“无书大师”看到了其他六个男孩子的尸首，他记得这些人是在“无所事事”精灵的花园里一天天肥壮起来的，而且他还想起其中几位，他们想到可以过一段长期毫无价值、庸庸碌碌、只需悦己的日子时，曾表现出非常高兴的样子。

此时，大块头厨子一把抓住“无书大师”，激动地挥舞着手里的刀想要宰他，那坚决的样子看起来非常恐怖。就在这时，“无书大师”拼了命地开始尖叫，腿脚一阵乱踢。巨兽严肃地转过身说道，比起其他宰杀方法，猪被抽打致死后的味道更佳，他想看看用同样的方法是不是也能提升孩子们的滋味。于是他吩咐厨子，最好先把猪猡一样的男孩放一边，等他有空开始进行这项实验，尤其经过这项运动后胃口会大增的时候再处置不迟。对于那个悲伤的囚徒来说，前路一片恐怖，但这同时也使他的寿命延长了几个小时，因为他立马又被挂上了钩子，只剩下一个人待在那儿。就这样，身心俱受折磨——如同上了钩子的鱼儿——那悲惨的男孩终于开始认真地反思起自己的过去，开始思考本来他可以拥有的幸福家庭，要是他对交替出现的忙碌与快乐，如同白天和黑夜，感到满足那该多好啊，而上课是玩耍的快乐调味品，犹如玩耍是上课的调味品一样。

就在这诸多颇为明智、然而为时已晚的思绪中，“无书大师”的注意力渐渐被许多笑声、说话声和歌唱声混合在一起的声音吸引了过去，于是他眼睛朝着另一个方向望去，他头一次发现“博古通今”精灵的花园就坐落在不远处的斜岸边。那儿有一群脸色红润的男孩子，他们开开心心、叽叽喳喳、忙里忙外，他们的开心劲儿仿佛要持续到晚上。而可怜的“无书大师”在自己悲惨的境地里注视着他们，羡慕他们能够享受地翻耙花境，采摘水果，给穷人运送一篮篮的蔬菜，用木匠的工具干活，画画，拉弓射箭，打板球，坐在充满阳光的凉棚下开展学习，或是愉快地一起交谈，直到晚餐铃声响起，大家兴高采烈、胃口大开地坐在一起享用着简单的烤肉和布丁。整场晚宴由“博古通今”精灵主持，她会温和地帮助她的客人，尽心尽力地给每一位提供服务。

目睹如此场面，大颗大颗的泪珠从“无书大师”的两颊滚落下来。他想，如果他早知道什么对他来说是最有益的，他可能就会同这群优秀的男孩中最快乐的那位一样快乐，而不是像他这样在“无所事事”精灵的花园里忍受百无聊赖的折磨，直到悲惨地死去。但是他的注意力很快就惊慌地被“狼餐虎噬”巨兽与厨师的对话拉了回来。厨师说，如果巨兽想在晚餐享用一道由孩子组成的扇形大菜，那么他还需要再去多抓些回来，因为现有的食材几乎还不够一口吃的。

巨兽遵守的是时髦的作息时间，而且要到九点才会吃晚餐，所以现在还有大把时间。他大声嘟囔着逮人的麻烦，然后抓起一只篮子，快速朝着“博古通今”精灵的花园方向去了。“狼餐虎噬”巨兽很少有胆量去这个方向觅食，因为在花园里他从来没有成功地抓住过一个俘虏，那园子的防御工作做得相当好。但是这一次，他实在是饿极了，他觉得自己勇猛如狮，于是两手一甩径直朝着“博古通今”精灵的餐桌走去。他的步子迈得大极了，看起来几乎要踩伤自己。

这庞大的巨兽一出现，立刻引起一片惊叫声。同往常一样，也就是以前当他有这样的企图时，总会引来一场可怕的战斗。五十位充满活力的小男孩勇敢地拿起餐刀向敌人飞去，直到敌人痛苦地咆哮起来，想要奔跑离去。但看破他意图的“博古通今”精灵拿起切肉刀直冲而上，她拿着刀激动地在自己的头顶挥舞，然后极其勇敢地朝他的心脏刺去！

一座高山崩塌倒地的样子和“狼餐虎噬”巨兽的行径比起来只是小巫见大巫，因为巨兽的身体会把两三栋房子压成粉末，而且还能把几座本来令人觉得永垂不朽的秀丽山川打翻在地。不过，要不是现在发生了更大的事情，正如“无所事事”精灵的死亡事件，这些看起来都不值一提。本来“无所事事”精灵一直都在旁观这场大战，一副不想费力介入或甚至都不关心谁赢谁输的样子。但是，当巨兽倒地时，她也懒得逃跑，于是巨兽的剑沉沉地击中了她的头部，她立马叹了最后一口气。

就这样，万幸的是，“博古通今”精灵把偌大的庄园接管了下来，并毫不耽搁地开始以一己之力发挥它最好的效用。

但她做的第一件事，是立马把“无书大师”从食品室的钩子上解脱下来，然后给他上了一堂关于行动、节制和良好行为的课，这课令他终生难忘。十分吃惊的是，他的所思所想和所作所为立马发生了变化。就是从这时开始，“无书大师”成了“博古通今”精灵花园中最勤奋、最活跃和最开心的男孩子。一个月之后他回到了家中，他焕然一新的样子令所有老师惊讶不已。最难的课程对他来说充满了乐趣——四处走动时他的手里总是捧着一本书；再也没有躺在沙发上——也很少将后背靠在椅子上，而是喜欢坐一张三脚凳；他厌恶假期——从没想过捣乱；对攀登山顶的热爱胜过在山脚下转悠；他总是少量地吃一些最普通的食物——他参加了一个节食社团，从不会轻易吃东西，除非自己努力工作后有了胃口。

不久之后，一位上了年纪的舅舅对“无书大师”的变化感到非常满意，而这之前，他懒散的样子和贪嘴的习惯还让舅舅羞耻不已。现在舅舅非常满意，所以去世前，他给“无书大师”留下了一个宏伟的庄园，并希望他能跟他姓。所以，他现在不再是“无书”家族的一员了，而是改名为蒂莫西·蓝袜爵士——此名全国上下都已知晓，因为他为每人都做了好事，而且尤其是他非凡的行动力，好像一下子能做二十件事情一样。尽管大多数情况下，蒂莫西爵士看上去都是温厚可亲的样子，但是偶尔也会看到他暴脾气的时候，那就是他会用最可怕的方式把拐杖往身边一放，然后把小男孩们打个半死。问他为什么这样做，他几乎都会说自己发现他们有偷懒、虚度或贪吃的迹象，因为教区里所有勤快的男孩子都会从他那里得到工作，同时他向他们保证，在路上敲石头做苦活都比无所事事地坐在客厅里快乐百倍。总体上说，蒂莫西爵士对诗歌少有兴趣，但以下是他最喜爱的一些诗句，这些诗被他放置在了他为穷人建造的学校的壁炉台上，而且自他从事教育事业开始，每个学生都必须学习这些诗句：

有些人抱怨他们无所事事，
于是时间就这样缓缓流逝；
他们漫无目的地四处闲逛，
等待着这一天的终止时光。

他们要的屈莱弗[①]和玩具一无用处，
因为什么东西都不能给他们带来乐趣；
他们厌倦了屈莱弗、玩具和娱乐活动，
他们想做一些有用的劳动。

海侵大地受诅咒，

① 一种英式甜食，用海绵蛋糕打底，上浇葡萄酒或雪莉酒，可涂抹果酱或放置水果。——译者注

人须感恩不碍事，

祸兮祸兮祸亦福，

劳作生存乃大事。

“戴维叔叔，给你说一百个谢谢，”故事讲完后，哈里说道，“我可要小心了，不要哪一天被人发现正挂在食品室的钩子上！当然，弗兰克，你肯定已经和善良的精灵待了一个月了，我希望有一天她也会邀请我，把我塑造成一名学者，因为劳拉和我还是‘无书’家族的成员。”

“哈里，一开始就要选择最好的路径，这一点非常重要。”哈里特夫人说道，“好习惯或坏习惯时时刻刻都会变得越来越强大，好像每天都有一根绳子拴着我们，让我们重走前一天走过的路。所以，那些一开始对责任之路有误解的人发现，要转过身来对他们越发艰难。”

“但是，奶奶！”弗兰克说道，“你已经竖了一些路牌，给我们指明了正确的方向。那么以后无论什么时候看到‘此路禁止通行’的牌子，我们都会直接掉头。”

“既然克雷布特里夫人还没有敲门，我想给你们讲一个智者和一个傻子的故事，看看你和哈里更喜欢照着哪个去做。”哈里特夫人笑着回答说，“那傻子一开始就讨厌上课，整天躺在床上，把钱财都浪费在一堆垃圾上。任何一本他愿意读的书从来都不会讲什么是真的或什么是重要的，而他把时间和精力都花费在那永远不可能发生的愚蠢的故事上。因此，他疏忽了，并没有去了解之前确实就存在的伟人和好人所思所做的一切。甚至他的《圣经》，如果他有一本的话，也是摆在架子上一天天地吃灰尘。就这样从一开始基础就打得很差，他长大后肚子里没有什么有用的或有趣的知识。所以，他满口讲的都只是自己的马、自己的狗、自己的枪、自己的英勇之举，吹牛说自己的马是如何跳跃过一堵高墙的，自己一天能打中多少只小鸟，一下子能够喝下多少瓶葡萄酒而且喝不倒。就这样，他‘不知廉耻、洋洋得意’地认为自己棒极了，一点都不知道人生来是可以从事更有益的事情，而不仅仅是寻求自私的快乐、自娱自乐而已。现在，他年纪大了，得了痛风，垂垂老矣——没法做出什么惊人的成就了，所以他就坐在壁炉旁，双脚搁在栅栏上，整天待在一个俱乐部，讲述自己曾经是一个多么有名的骑手、射手和酒徒。但是，没有人会注意听他说那样的陈芝麻烂谷子的事，于是他被称之为‘话痨’，人人都避之不及。如果一个人总是谈论自己而从没读过、想过别人的故事，这样的结果也并不奇怪。最后，他的黄金时间都白白浪费了，大限将至的时候，除了愚蠢和内疚他没什么可回忆的。他看到，周围没有爱他或哀思他的人。而当他往前看去，将是一个永恒的世界，这地方他还没有做好进入的准备，而且对它也一无所知。”

“奶奶，这样子真是可怕！”弗兰克严肃地说道，“我希望这样的人不多见，或者说遇到这样的人真叫人伤心。现在请你给我们讲个开心的故事，给我们描述一下你希望我和哈里成为的那种人。”

“弗兰克，你已经知道了，这一切的基础是，希望你能走在正确的道路上，并且一直保持下去，因为我们自身罪孽深重、虚弱乏力，无法完成善举。我们应该利用空闲去读懂比我们更有智慧、更优秀的人，这能使我们保持谦逊，如此一来，当我们遇到社会阅历比书本还要丰富的人士时，我们就能恰到好处地与之交往。在了解一切善事的过程中受到启发，圣洁之士会给我们树立榜样，向我们展示如何认真地利用好自己的时间，而这是尘世间最有价值的财产。如果我们浪费了钱财，我们可能再赚回来；如果我们损坏了健康，身体也可能会恢复；但人要是把时间浪费在了愚蠢之事上，日后必定要自负其责，而且时间一去不复返。无论在生活中你处于何种位置，都不要把时间浪费在这样的幻想之中：若是换一个人生，生活将多么美好。你应该看看自己的位置，需要履行什么样的职责，然后带着行动力勤勉地完成所需之事。当我们被召集起来对自己的职责做一番陈述时，我们不要到了最后还去忏悔自己已经浪费了一项才能，因为我们希望自己能发挥十项才能。让我们高高兴兴地带着感恩之心做好准备，准备好如何去回应赋予我们的一切。”

“是这样的！”梅杰·格雷厄姆补充道，“我们的大脑和身体一样都有两只眼睛。其中一只眼睛会看到我们命运之中所有的好事和乐事，而另一只看到的都是坏事和扫兴的事情。你们大体上可以去选择睁开哪只眼睛。我的一些朋友总是急躁地看待他们所要承受的麻烦事和烦心事，但他们可以去细想一下，每一种环境都出自一人之手，都带有同样的慈悲用意——为了让我们此刻变得更优秀，今后变得更快乐。这样一番思考过后，他们可能会把这些麻烦事和烦心事变成好事。”

“好了！我的孩子们，”哈里特夫人说道，“是时候去梦乡[①]啦，晚安吧。”

“奶奶，请别！先别让我们去睡觉，”哈里焦急地请求说，“再给我们五分钟吧！”

“那样的话，早上你就会在床上多待上五分钟的。哈里，人们最后就是这样糟糕地熬夜熬下去的！我之前认识一个非常有钱的老绅士，他总是想在凌晨的时候多熬一会儿再去睡觉，结果到了最后，他雇用了一帮仆人，这帮仆人和他一样，都是在晚上九点钟起床，然后整个大白天都待在床上！”

“人们应该认真地管理自己的睡眠时间，”梅杰·格雷厄姆补充说道，“这样就会尽可能地少浪费时间。我们伟大的国王乔治三世曾经说过，男人晚上睡六个小时就够了，女人需要七个小时，而傻子需要八个小时。哈

① 原文为 Bedfordshire，译为贝德福德郡，是英格兰的一个郡。在英语中 Bed 指床，此处为英国人哄孩子上床睡觉的幽默说法。——译者注

里，或许你可以照着威廉·琼斯爵士[1]的准则去做：

六个小时去阅读，七个小时睡床上，
十个小时忙事务——所有一切归天堂。

（汉译：黄橙）

① 威廉·琼斯爵士（1746—1794），英国汉学家、语言学家、法学家、翻译家。——译者注

狐狸和刺猬

［希］伊索

一只狐狸在游水过河，快到达对岸时，它发现河堤又陡又滑，爬也爬不上去。但这并不是最糟糕的事情。正当它站在水中想着该怎么做的时候，一群蚊蝇突然迎面扑来。它们趴在狐狸的头上、眼睛上，不停地蛰他，弄得它十分痛苦。一只站在岸边的刺猬看到了这一切，十分同情狐狸的遭遇，想帮狐狸赶走那些骚扰、戏弄它的蚊蝇。“亲爱的朋友，”狐狸说，“我非常感谢你的好心，但请你千万不要拍掉那些趴在我身上吸血的讨厌鬼。它们已经吸得饱饱的了，如果将这些吸饱了血的蚊蝇赶走，新的蚊蝇就会来吸我的血，那我身体里的血可真的一滴都不剩了。”

（汉译：戎佩珏）

放鹅姑娘

［德］雅可布·格林，威廉·格林（格林兄弟）

很久很久以前，有一位丧夫多年的王后，她有一个非常美丽的女儿。小公主长大之后，和一位遥远国度的王子订了婚。公主出嫁的时候，她要走很远很远的路才能到达那个国家。老王后给公主准备了很多贵重的金器、银器，用金银做的各种摆饰、杯子以及珠宝首饰——一句话，王后爱女心切，她给公主准备的都是皇室应有的嫁妆。王后还给公主派了一个侍女陪她一同前往，并把她交到新郎手中。每人还配了一匹马。公主的那匹马叫法拉达，它能说人话。出发前，老王后来到公主的卧室，拿一把小刀割了一下自己的手指，让血流出来。接着，她拿出一块白手帕，在上面滴了三滴血。王后把手帕给了公主，叮嘱道："亲爱的孩子，好好保管这个手帕，在路上它会帮助你的。"

母女俩伤心地道别后，公主把手帕揣进了怀里，骑上马，出发去新郎的王国。走了一阵之后，公主觉得口渴得很，便对侍女说："你下马去，用我的杯子，去小溪那儿舀点水，我渴了要喝水。""如果你渴了，"那侍女说，"你自己下马，趴在溪边喝水就好了，我可不愿意伺候你。"公主实在是太口渴了，她只得自己下马，来到溪边弯腰喝水，还不准用自己的金杯来舀水喝。这时，公主说："啊，天哪"。她怀里的三滴血手帕对她说："如果你母亲知道发生这样的事情，她的心会碎的。"公主非常恭顺谦卑，她什么都没说，骑上马就上路了。她们走了很长一段路，天气很热，太阳火辣辣的，公主又口渴得不行。当她们来到一个小溪边时，公主忘了那侍女之前对她的粗暴无礼，又对侍女说："你下马去，用我的金杯，去小溪那儿舀点水给我喝。"但这次侍女比上次还要傲慢无礼，她说："如果你想喝水就自己去，我可不想伺候你。"公主实在是太口渴了，她只得自己下马，来到溪边弯腰喝水，公主哭着说："啊，我的天哪。"她怀里的三滴血手帕又说："如果你母亲知道发生这样的事情，她的心会碎的。"当公主弯腰喝水的时候，那块滴有三滴血的手帕从怀里掉了出来，顺着小溪漂走了。这下，公主的麻烦大了，可公主却一点儿也不知道。侍女却看到了这一切，她非常兴奋，她知道那块手帕是公主的护身符，失去了护身符的保护，公主就在她的掌控之中了。当公主喝完水想骑上法拉达的时候，那侍女说："法拉达更适合我，我来骑法拉达，你来骑我的小马。"公主只得同意。之后，那侍女好说歹说又逼公主脱下公主服，换上普通的侍女服，而那侍女却穿上了公主的衣服。不仅如此，那侍女还逼公主对天发誓，叫她不把这些事情告诉宫里的任何人，如果公主不答应，不肯发誓的话，那侍女就会当场把她给杀了。法拉达把这一切都看在了眼里，记在了心上。

现在，那侍女骑着法拉达，而真正的公主却骑着一匹驽马，就这样她们又上路了。最后，她们终于来到了新郎的宫中。对于公主的到来，人们兴高采烈，王子更是飞奔而出，来迎接他的新娘。王子把那侍女从马上扶了下来，以为她就是自己的新娘。那侍女被带到了楼上，而真正的公主却留在了楼下。老国王从窗户里看见了站在院子里的公主，她长得优雅、俊俏、美丽。于是老国王就来到宫廷内殿问新娘，那个和她一起来的、站在院子里的姑娘是谁。冒牌新娘说：“她是我路上捡来带着做伴的。给她找些活儿干吧，不要让她傻站着。”但老国王并没有什么活儿让她干，想了半天也没想出来。于是，国王说：“有个小男孩在帮我放鹅，就让她一起去帮帮忙吧。”这个小男孩叫康拉德。就这样，真正的公主不得不去帮着一起放鹅。过了不久，那个冒牌新娘对新国王说：“亲爱的夫君，请你帮我一个忙。”王子说：“我愿意效劳。”“派人把我骑来的那匹马的头砍下来，在路上的时候它老是惹我生气。”实际上，她是害怕那马儿会把她在路上如何对待公主的事情说出来。冒牌新娘计谋成功了，国王同意了她的请求。忠诚的法拉达难免一死。真公主听到了这个消息，她悄悄地给那个刽子手一小块金子，恳求他帮个小忙。这城里有个城门，门洞里头黑乎乎的。每天早上和晚上，公主去放鹅都要经过这个城门。她求刽子手把法拉达的头钉在城门门洞上，这样她就可以再次看到法拉达了，一天两次。刽子手答应了公主的请求，他砍下法拉达的头，将头钉在了黑乎乎的城门洞上。

清晨，公主和康拉德赶着鹅群经过城门的时候，她一边走一边说：

“哎呀，法拉达，你挂在了这里。”

那马头回答说：

“哎呀，年轻的王后，你怎么这么倒霉！
如果你仁慈的母亲知道了，
她的心会碎的。”

接着，他们赶着鹅群出了城，来到了离城很远的田野。他们来到了草地上，公主便坐下，松开那一头金光闪闪的头发，康拉德看在眼里，高兴极了，很想去拔几根下来。这时，公主就会唱道：

“吹吧，吹吧，温柔的风儿，
吹走康拉德的小帽儿，
让他去追，追这头，追那头，

直到我梳好头，
盘好头发儿。”

话音刚落，真的起了一阵大风，把康拉德的帽子给吹飞了，吹到了很远很远的田里。康拉德只得去追帽子。等康拉德回来的时候，公主已经梳好了头，盘好了发，康拉德一根头发也没有拔到。他很是生气，不和公主讲话，两人就这样默默地放着鹅，直到晚上，收工回家。

第二天，当他们赶着鹅群穿过那黑洞洞的城门时，公主说道：

“哎呀，法拉达，你挂在了这里。”

法拉达回答说：

“哎呀，年轻的王后，你怎么这么倒霉！
如果你仁慈的母亲知道了，
她的心会碎的。”

然后，公主又坐在地上，开始梳头发，康拉德跑来想揪几根，公主急急忙忙地念道：

“吹吧，吹吧，温柔的风儿，
吹走康拉德的小帽儿，
让他去追，追这头，追那头，
直到我梳好头，
盘好头发儿。”

话音刚落，真的起了一阵大风，把康拉德的帽子给吹飞了，吹到了很远很远的田里。康拉德只得跑去追帽子。等康拉德回来的时候，公主早已梳好了头发。康拉德没能弄到一根头发，就这样他们看着鹅群，直到晚上。

但是，等他们晚上回去之后，康拉德去见了老国王，说：“我再也不想和那个姑娘去放鹅了！”“为什么呢？”老国王问。“哦，她让我一整天都很不爽。”接着老国王让他说说到底是怎么回事。康拉德说：“早上，当我们赶着鹅群穿过那黑乎乎的城门时，她会对门洞上挂着的马头说话。

她说：

‘哎呀，法拉达，你挂在了这里。’

那马头回答说：

‘哎呀，年轻的王后，你怎么这么倒霉！
如果你仁慈的母亲知道了，
她的心会碎的。’”

接着，康拉德又讲了一下在放鹅的草地上发生的事情，以及他追帽子的事情。

老国王让康拉德第二天照旧去放鹅。第二天一大早，老国王自己藏在了黑乎乎的城门里，听到了姑娘对马头说的话，接着，他又跟着去放鹅，把自己藏在密密的草丛中。接着，他亲眼看到了放鹅女和放鹅男孩一起赶着鹅群过来了，也看到了那姑娘坐下来，解开那闪闪发光的头发。接着，那姑娘说道：

“吹吧，吹吧，温柔的风儿，
吹走康拉德的小帽儿，
让他去追，追这头，追那头，
直到我梳好头，
盘好头发儿。”

接着就起了一阵大风，吹走了康拉德的帽子，他只能跑得远远的，去追回帽子。而那姑娘则安静地坐在那里梳头盘发。老国王把这一切都看在了眼里。过了一会儿，老国王悄悄地回去了。当放鹅女晚上回去之后，老国王便把她叫到一边，问她为什么要那么做。“我不能告诉你，我也不敢让任何人知道，因为我对天发过誓，如果我违背誓言，就会丢了性命。”老国王不停地追问，可那姑娘什么都不说。老国王说：“如果你不想对我说，那就对这铁炉子说吧。”说完，老国王就走开了。姑娘一爬进炉子，便开始哭泣、哀诉，将压在心里的话全倒了出来。她说：“我被整个世界抛弃了，虽然我是一个国王的女儿，但一个虚伪的侍女却把我逼入这种境地，我被迫脱下我的王室衣袍，她夺走了我的身份变成了新娘，而我不得不做仆人干的活儿，成了一个放鹅女。如果我母亲知道了，她的心会碎的。”

其实，老国王就在外面，站在炉子管道旁，听着她哭诉，听得一清二楚。然后，老国王走了回来，叫那姑娘从炉子里出来，给她穿上了王室的衣袍，她真的是美艳惊人。老国王把他儿子喊了过来，告诉他，他现在的新娘是假的，是侍女冒充的，真正的新娘就站在那儿，就是那个曾经的放鹅女。年轻的国王看到真正的公主这么年轻，这么美丽，满心欢喜。他举办了一场盛大的宴会，宫里的所有人，还有宫外的所有亲朋好友都被邀请参加这场盛大的宴会。新郎坐在主席上，他的一边坐着国王的女儿，真正的公主，另一边坐着那个侍女，冒牌公主。侍女双眼被蒙住，压根儿认不出那穿着华丽，光彩照人的公主。宴会进行得热热闹闹，每个人都吃好喝好，老国王给冒牌公主出了个谜语，说如果一个下人，像前面故事里的侍女那样对待自己的主人，该得到怎样的惩罚。冒牌新娘说，“这种人应该扒光衣服，塞进一个四周钉满尖钉的木桶里，由两匹白马拉着这个木桶，一条街一条街地跑，直到这个人死去。”“这个人就是你！”老国王说，“你已经给自己判了刑，那就照着这个办法做吧。”冒牌新娘被处以刑罚的时候，年轻的国王迎娶了自己真正的新娘。他们两人统治下的王国，祥和安宁，幸福快乐。

（汉译：戎佩珏）

菲奥丽蒙德公主的项链

［英］玛丽·德·摩根

从前，有一位丧偶的国王，他有一个美丽无比的女儿——公主长得十分美丽，大家都以为她心地也应该很善良。但其实公主却十分邪恶，她跟一个住在一座孤山后小屋里的老巫婆学习巫术和黑魔法。这个老巫婆既丑陋又邪恶。除了国王的女儿，没有人知道她住在这儿。每到晚上人们睡熟后，这位公主——菲奥丽蒙德——就会偷偷地去巫婆那里学巫术。巫婆使用巫术让菲奥丽蒙德公主变得美艳无双。而作为回报，公主瞒着所有人，给巫婆提供她所需的一切。

时光飞逝，国王开始考虑公主的婚事，他召集各位大臣，说："我死之后，没有儿子来继承我的王位，所以最好的办法就是找一个合适的王子和我女儿结婚，当我年迈的时候，传位给他，成为下一任国王。"大臣们都认为这是个好主意，结婚对公主也好。于是，国王派出使者，告知邻国的国王和王子们，国王要为公主选一位丈夫，而这位丈夫将是未来的国王。菲奥丽蒙德公主得知这个消息后，又哭又闹，她知道，一旦她有了丈夫，那她偷偷去老巫婆那里的事情就会败露，而她也将不能使用魔法，她的美貌也会随之褪色。

夜幕降临，宫里的人都进入了梦乡，公主来到卧室窗前，轻轻打开窗户。接着她从口袋里抓出一把豆子放在手上，伸到窗外，一边轻声“叽叽”地唤了几下，一只棕色的小鸟从屋顶飞了下来，落在公主的手臂上。那鸟开始吃豆子，一边吃一边慢慢变大，长啊长啊，长成了一只大鸟，直到公主的手托不动了。她把鸟放在窗沿上，鸟儿不断长大，最后长得像一只鸵鸟那样大。之后，公主爬出窗户，坐到大鸟背上。大鸟立刻飞了起来，越过树顶，飞到了山后边老巫婆的住处，停在了门前。

菲奥丽蒙德公主从鸟背上跳了下来，对着门上的锁孔小声说了几句话，接着就听到一个沙哑的声音从里面传来。

“今天晚上怎么来啦？难道我没告诉你我要闭关

十三夜？为什么要来打扰我？”

“我求你让我进去，”公主说，“我现在遇到了麻烦，需要你的帮助。”

“那你进来吧，”话音刚落，门开了，公主走了进去。老巫婆坐在房间中央，身披一个灰色的大斗篷，那斗篷大得把整个人儿都盖住了。菲奥丽蒙德公主靠着巫婆坐了下来，把事情经过说了一下。国王是如何希望她结婚，如何告知了周边王国的王子们，而王子们很可能要来向她求婚。

“这真是个坏消息，”巫婆用嘶哑的声音说道，“但，我们完全可以打败他们，你要一个一个对付他们。你想让他们变成你一喊就跑过来的狗吗？还是把他们变成空中飞翔的鸟儿，让它们为你的美貌歌唱？或是把他们变成珠子，串成一串从未有人戴过的项链，这样他们就戴在你的脖子上，你可以一直随身带着他们？”

“变成项链！变成项链！”公主叫了起来，兴奋地拍着手，“那真是太好了！把他们用一根线穿起来，戴在我的脖子上。”大臣们绝不会知道我这新珠宝项链是从哪里来的。

“但，这个戏法很危险，”巫婆说，“因为，你必须十分小心，你自己要是不小心，也会变成一颗珠子，被串在项链上。直到有人剪断项链，把你拉下来，你才能恢复人形。”

“好的，我不怕，”公主说，“只要告诉我该怎么做就行了，我会很小心的。那些尊贵的国王和王子都会变成项链珠子使我美上加美，他们再伟大也无济于事。”

于是，巫婆把手伸到身边竖着的黑色袋子里，拉出了一根很长的金线。

金线的两头接在一起，谁都看不出那个接头。而且无论怎么拉，线都不会断。巫婆轻松地把线圈越过公主的头，戴在了她的脖子上，她说：

“从现在开始要小心，线圈挂在你脖子上是安全的，但是，一旦你的手指握住了这个线圈，你就会重蹈求婚者的覆辙——你会变成珠子，挂在这个线圈上。那些想娶你的国王和王子，你只要让他们的手握住这个线圈，他们就会立刻变成亮闪闪的硬珠子挂在线圈上，线圈断裂，他们才能恢复人形。”

“这真是太让人开心了，”公主大声喊了起来，“我已经等不及了，我要在第一个求婚者的身上试一试。”

“那现在，”巫婆说道，“既然你来了，而且还有一些时间，我们就一起跳舞吧。我召唤一些人来。”说着，老巫婆从一个角落里拿出一面鼓，一副鼓槌，来到门口，击起鼓来。咚咚的鼓声着实吓人。不一会儿，从天上飞来了各种各样的东西。有长尾巴黑色小侏儒，有喋喋不休、哈哈大笑的精灵，还有骑着扫把来的巫婆。有一个猫形妖精，眼睛碧绿，闪闪发光。还有一个妖精像一条发光的长长的毒蛇一样滑了进来。

等所有人到齐后，巫婆停止击鼓，来到房间中央，跺了一下脚，地面上现出了一扇隐形门。老巫婆走了进去，带领大家穿过一条狭小的黑洞洞的通道，来到一个巨大的地下大厅，在这里他们舞啊跳啊，放肆地狂欢。当第一声鸡鸣传来时，所有的客人一溜烟就消失了。公主也急急忙忙穿过黑色通道，来到小屋门外，骑上一直在门外等着她的大鸟，一眨眼的工夫，就回到了宫中。她从窗户进入卧室后，从一个黑色小瓶里倒了几滴魔水给大鸟喝。大鸟喝了之后，越变越小，直到变回原来那般模样。之后小鸟蹦着跳着回到了屋顶。公主关上窗，爬上床，就睡觉了。没有人知道她的奇怪之旅，没有人知道她去过哪里。

第二天，菲奥丽蒙德公主对她父王说，她非常愿意与他选中的王子结婚。国王非常开心，之后不久，就告诉公主说，有一个海外来的年轻国王要向她求婚。他是一个大国的国王，他将带着他的新娘回到他自己的王国，他叫皮埃罗国王。为了欢迎他的到来，宫里做了很多准备，而公主自己，则穿上了盛装。皮埃罗国王到达之后，宫里每个人都说："这个人与美丽的公主是天生的一对。"你看，他身体强壮，貌相英俊，长着一头黑发，眼睛黑黑的，像黑刺李[①]一样。皮埃罗国王看到美丽的公主，也十分高兴。他感到无比幸福。直到婚礼前的那个晚上，一切进行得顺利而美好。那晚，国王举办了一场盛大的晚宴，公主穿了一身红色的婚服，那玫瑰般的红艳颜色让公主看起来更加妩媚动人。公主什么首饰都没戴，只戴了一根发光的金项圈，挂在她奶白色的脖子上。

---

① 别名刺李，为蔷薇科李属的植物，树皮为黑色。——编者注

晚宴结束后，公主从她的金色椅子上走了下来，从她父王身旁慢慢地走到了花园里，站在一棵榆树下，看着天上那一轮明月。不一会儿，皮埃罗国王跟了过来，站在她身边看着她，被她的美貌迷住了。

“明天这个时候，我亲爱的公主，你将成为我的王后，你将与我共享我的一切。在婚礼的当天，你希望我送你什么礼物呢？”

“我希望拥有一条用最好的金子锻造的项链，配上最好的珠宝。它的长度就和我现在脖子上戴着的这条一样。”菲奥丽蒙德公主回答说。

“你为什么要带这个项圈？”皮埃罗国王问道，“上面没有一个珠宝和饰物。”

“是的，但全世界都找不到一个像我这样的项圈，”菲奥丽蒙德公主大声说道，双眼闪烁着诡异的目光，她说，“这个项圈像羽毛一样轻，又比铁链牢固。你双手拿着，试试能不能把它弄断，这样你就会知道它是多么牢固了。”皮埃罗国王用双手握着这个项圈，想用力拉，但他的手一握住这个项圈，整个人就像一缕轻烟消失了，而项圈上则多了一颗亮闪闪的漂亮珠子。那么亮，那么漂亮，真是前所未见——它像水晶一样通透，闪烁着变化的颜色——绿色、蓝色和金色。

菲奥丽蒙德公主低头看了一会儿，大声笑了起来。

“啊哈，我引以为傲的爱人！你在上面吗？”她幸灾乐祸地说道，“我的项链是世界上最好的项链。”她用那白嫩的指尖轻轻地抚摸了一下那颗珠子。但她很小心，没有握住项圈。然后，公主就回到了宴会大厅，和国王说了会话。

“求您了陛下，”她说，“快让人去找找皮埃罗国王吧，他刚才和我在一起说着话，但他突然离开了，我担心我可能惹他生气了，抑或是他生病了。”

国王令仆人四处寻找皮埃罗国王，仆人四处找了个遍，都没能找到皮埃罗国王。老国王很是生气。

“明天，他肯定会准时出席婚礼的，”老国王说，“但他这样对我们，我很不高兴。”

菲奥丽蒙德公主有一个小侍女，叫约兰德。她神采奕奕，有一双美丽的褐色眼睛，但她没有菲奥丽蒙德公主那么漂亮。她不喜欢她的主人，相反，她很害怕公主，而且她一直怀疑公主在玩弄巫术。那天晚上她为公主解衣的时候，她看到了那个金项圈和上面那颗闪亮的珠子。她给公主梳头时，她从公主的头边看了一下，只见镜子里的公主在大笑，爱怜地看着项圈，用手指一遍又一遍地抚摸着那颗珠子。

“殿下，您项圈上的珠子真是太美了，”约兰德对着镜子中的公主说，“这肯定是皮埃罗国王送给您的结婚礼物吧。”

“是的，小约兰德，”菲奥丽蒙德公主一边说，一边开心地笑着，“这是他给我的最好的礼物。但我觉得孤零零一颗珠子既难看又呆板。我希望，我很快能有另外一颗，一颗接一颗，都像这颗珠子一样漂亮。”

约兰德摇摇头，自言自语道：“这可不是好兆头。”

第二天早上，婚礼准备就绪，公主穿上了镶有珍珠的白色丝绸礼服，头上披着长长的蕾丝面纱，面纱上扣着一个婚礼花环，她与穿着华丽的贵妇们站在一起，等待着婚礼的进行。贵妇们异口同声地说，这么漂亮的公主真是前所未见。不过，在她们正准备一起去大厅的时候，一个传令官匆匆赶来告诉公主，她的父王急着要见她。老国王非常为难。

穿着新娘装的菲奥丽蒙德公主来到了国王的房间，房间里只有国王一个人。“我亲爱的女儿，”老国王叫道，“我们该怎么办呢？到处都找不到皮埃罗国王。我想他可能被强盗抓走了，也许被强盗杀了，因为他穿的衣服十分华丽，也许被弄到山里，扔在那里饿死。我的卫兵为了找他进行了大范围的搜索，我们今晚应该能有他的消息，但是没有新郎官，婚礼就无法举行了。”

“那，我们就推迟婚礼吧，父王，”公主说，“明天我们就会知道，是婚礼呢还是葬礼，我们应该穿什么样的衣裳。”公主假装抹抹眼泪，其实那个时候，她忍不住要哈哈大笑。

参加婚礼的宾客全走了，公主把婚纱脱在一边。所有人都焦急地等待着皮埃罗国王的消息。然而，什么消息也没有。大家都认为皮埃罗国王已经死了。大家为他悼念，也为他遭此厄运感到惊奇。

菲奥丽蒙德公主穿上黑色长袍，请求能独处一个月，以此来悼念皮埃罗国王。但是，等到她一个人待在卧室时，她坐在镜子前面大笑，笑得流出了眼泪。约兰德听到了公主的笑声，看到这个场景，吓得瑟瑟发抖。

她还注意到，在公主的黑色长袍下面，她仍然戴着那个金项圈，无论白天还是晚上，她都不脱下来。

一个月刚过，国王就来告诉公主，又有一个求婚者要来娶她为妻。公主顺从了国王的意思，婚礼便开始筹备。这一位王子叫希尔德布兰特。他来自遥远的北方，是王位继承人。他个子高挑，相貌英俊，体格健壮，头发淡黄，眼睛碧绿。菲奥丽蒙德公主看了王子的画像，很高兴，她说："一定要让他来，越快越好。"公主脱下了黑色长袍。婚礼准备工作在宫里全面展开。皮埃罗国王已经被忘得一干二净。

希尔德布兰特王子带着不少体面的绅士来，他们给新娘带来了很多上好的礼物。王子到达的那天晚上，一切都很顺利。在举行的盛大晚宴上，菲奥丽蒙德公主显得非常美丽，希尔德布兰特王子非常高兴。这一次，公主没有离开她父王，整个晚上都坐在他的身旁。

第二天早上太阳升起的时候，大家还在睡梦中，公主就起了床，穿着一件普通白色长袍，头发披在肩上，轻轻走下楼梯，来到王宫的花园里。她走到希尔德布兰特王子房间的窗下，停下来，唱了一首小曲，歌声犹如百灵鸟般甜美、欢快。希尔德布兰特王子听到了歌声，他起床来到窗口，想看看外面是谁在唱歌。他看见菲奥丽蒙德公主站在红色的晨曦中，头发像金子一样闪耀，脸庞像玫瑰一样红润。他匆忙穿上衣服，下来见公主。

王子走进花园，站在公主身边，说："哇，我的公主，这么早在这儿碰见你，真是太幸福了。告诉我，为什么在太阳刚升起的时候你就出来唱歌呢？"

"这是因为我可以看到天空的颜色呀——红色、蓝色和金色，"公主回答，"看，这些颜色在哪里能看到呢？只有在我戴的金项圈上的珠子里才能看得到。"

"那是什么珠子？哪儿来的？"希尔德布兰特王子问道。

"它从海外来，它再也回不去了，"公主回答道，眼中露出一丝急切和掩藏不住的兴奋。"把我的项圈拿下来，靠近看，告诉我你以前有没有看到过这种珠子。"

希尔德布兰特王子伸出手去拿项圈，但他的手指还没握紧，他就消失得无影无踪了。在第一颗珠子旁，一颗新的光灿灿的珠子挂在了菲奥丽蒙德公主的项圈上，这颗新珠子比第一颗还要漂亮。

公主轻声地笑了好一会儿，笑声令人害怕。

“哦，我的宝贝项链，”公主说，“你变得越来越漂亮了！我觉得我爱你胜过世界上的一切。”然后，她轻轻地走了回去，没有人听到她的脚步声，她回到床上睡觉，睡得很香，一直睡到约兰德进来喊她起床，为婚礼穿着打扮。

公主穿着华美的婚服，但只有约兰德注意到，在公主的礼服下面，她戴的那个金项圈上现在不只是一颗珠子而是两颗珠子了。公主刚刚穿戴好，国王就怒气冲冲地闯了进来。

“我的女儿，”国王说，“有阴谋，有阴谋呀。把你的新娘装束放到一边去吧，不要再想希尔德布兰特王子了，他也消失不见了，哪儿都找不到。”

听到这个消息，公主哭了，她恳求大家到各处寻找希尔德布兰特王子。但私下里，她笑着自言自语道，“爱找哪儿就找哪儿吧，不过你们永远找不到他的。”又一次大范围的搜寻，但没有找到王子的一点踪迹，对此，整个宫廷一片哗然。

公主再一次脱下新娘礼服，穿上黑色衣服，一个人坐着，佯装着哭泣。但是，一直注意着她的约兰德，摇了摇头，说："在邪恶公主坏事做尽之前，还会有更多的王子来求婚并消失的。"

菲奥丽蒙德公主假装悼念希尔德布兰特王子的一个月过去了，公主来到国王面前说：

"陛下，我请求您不要让人们议论，来娶我的新郎们一看到我，就跑走了，不愿意当我的丈夫。我求您从各处征召求婚者，我不想一个人孤零零的不结婚。"

国王同意了，使者们被派到世界各地，去招募那些想成为菲奥丽蒙德公主丈夫的人。求婚者们来了，有国王，有王子，有南方来的，有北方来的——安德利安国王，西格伯特王子，阿尔格王子，还有许多其他人。虽然婚礼前一切顺利，但是，当要去教堂的时候，一个新郎都找不到。老国王既悲伤又惊恐，他一度想放弃给公主找丈夫。但现在，公主含着泪恳求他，不要让她遭受无人可嫁的屈辱。就这样，求婚者还是一个又一个地来。不过，现在天下人都知道，谁来向菲奥丽蒙德公主求婚，谁就会消失得无影无踪。之后，没什么男人再来了。大臣们很害怕，私下里嘀咕说："事情不对劲啊，这里面肯定有蹊跷的。”但是，只有约兰德注意到金项圈上的珠子一颗一颗多了起来，几乎把项圈塞满了。不过，总是有空间能再塞下一颗珠子。

就这样过去了好几年，每过一年，菲奥丽蒙德公主就变得越发漂亮，看到她的人都猜不到她实际上是多么的邪恶。

在遥远的国度，有一位名叫弗洛伦斯坦的王子。他有一个好朋友叫热尔韦。王子很喜欢他，认为他是世界上最好的朋友。热尔韦身材高大，四肢粗壮，虎背熊腰。他十分爱戴弗洛伦斯坦王子，愿为王子献出自己的生命。

说来也巧，弗洛伦斯坦王子看到了菲奥丽蒙德公主的画像，他即刻发誓要去她父王的宫中，向她求婚，娶她为妻。无论热尔韦怎样劝阻，都无济于事。

“菲奥丽蒙德公主是个不祥之人，”他说，“之前有很多人去迎娶她，可是那些人现在都在哪儿呀？”

“我不知道，我也不在乎。”弗洛伦斯坦王子说，“但有件事是肯定的，那就是我将会去迎娶她，我和我的新娘会一起回到这里。”

就这样，王子出发去公主的王国，热尔韦带着沉重的心情和王子一起上了路。

当他们到达公主的王宫时，老国王接待了他们，对他们的到来表示热烈的欢迎。老国王对大臣们说："这个年轻而优秀的王子就是我们公主要嫁的人。让我们祝愿，这一次的嫁娶会一帆风顺。"然而，此时的菲奥丽蒙德公主已经变得十分胆大，她几乎不掩饰她内心的兴奋。

"如果他明天能来教堂，我会很开心地嫁给他，"公主说，"但如果他没能出现，我怎么办呢？"她放声大笑起来，笑到后来人们都开始打哆嗦了。

公主在花园里，躺在喷泉边大理石上，给水里的金鱼喂食。这时，有女仆来禀报说弗洛伦斯坦王子已经到了。

"叫他过来，"公主说，"我不愿意再正儿八经地去见那些求婚者了，我也不愿意再穿那些华丽的衣服去见他们。就这样让他来见我吧，反正人人都觉得来得容易去得快。"于是，女仆告诉王子，公主正在喷泉附近等着他。

王子来到公主躺着的地方，公主没有站起来。王子心跳加快，欣喜若狂，他从未见过如此美貌的女子。

公主穿着一件薄而软的白色连衣裙，裙子贴身，现出了她娇美的身材。她的手臂和手裸露着，在鱼池里弹着水，和鱼儿嬉戏。她那蓝色大眼睛里闪烁着快乐的光芒。她的眼睛是那样的迷人，以至于没有人发现那深藏其中的邪恶目光。公主的脖子上戴着一个五颜六色的精美项链，这项链本身就是一个视觉奇迹。

“向您致以我衷心的祝愿，弗洛伦斯坦王子，”公主说，“您也向我求婚。许多见了我的王子都逃得无影无踪了，而没有娶我。您想好该做什么了吗？”她一边说，一边从水里抽出那双白皙的手，递给了王子。王子弯腰，行吻手礼。对公主的提问，王子不知该如何回答，他被公主的美貌弄得神魂颠倒。

热尔韦跟在王子身后不远处，他非常地不安，他对将要发生的事情恐惧得浑身发抖。

“来吧，叫你的朋友走开，”菲奥丽蒙德公主一边说一边看着热尔韦，“坐在我身边，跟我讲讲你的家乡，你为什么要娶我，还有其他好玩的事情。”

弗洛伦斯坦王子恳求热尔韦离开一会儿。热尔韦沮丧地、慢慢地走开了。

他顺着路走着，没有留意去哪儿，接着他碰到了约兰德。约兰德站在一棵挂满了红苹果的树下，她在摘苹果，并把它们扔进脚边的篮子里。热尔韦想默默地走开，但约兰德拦住了他，说：

“你是和新来的王子一起来的吗？你爱你的主人吗？”

“当然，比世界上任何人都爱，”热尔韦回答说，“你为什么这么问？”

“那王子现在哪儿呢？”约兰德说，她没有留意热尔韦的问题。

“他在喷泉那边，和美丽的公主坐在一起。”热尔韦回答。

“那么，我希望你已经和他告过别了，我可以向你打包票，你永远不会再见到他了。”约兰德一边点头一边说。

“为什么见不到他了？你是谁？为什么这样说？”

“我叫约兰德，”她回答道，“我是菲奥丽蒙德公主的侍女。你不知道吗，弗洛伦斯坦王子是第十一个求婚者，那些求婚者一个接一个消失了，只有我知道他们在哪里。”

“那他们在哪儿？”热尔韦大声叫起来，“你为什么不告诉人们？免得那些好男儿一个一个这样失踪？”

“因为，我害怕我的女主人，”约兰德走进他，低声地说，“她是一个女巫，她把来求婚的那些勇敢的国王和王子都变成珠子，串在项圈上，戴在脖子上。她白天黑夜都戴着它。我亲眼看到珠子一颗颗多了起来。原来是一个空空的金项圈，后来皮埃罗国王来了，他消失不见后，项圈上出现了第一颗珠子。而后，希尔德布兰特王子来了又消失了，项圈上有了第二颗珠子。接下来，安德利安王子、西格伯特王子、阿尔格王子、森雷德王子、法拉蒙德王子、鲍德温王子、利奥弗里克王子、拉乌尔王子，全都消失不见了，项圈上挂了十颗珠子，而今晚将会有第十一颗珠子，而那第十一颗珠子就是你的王子弗洛伦斯坦。”

“要是这样的话，”热尔韦大声说，“我不把剑刺进菲奥丽蒙德公主的心脏，我誓不罢休。”但，约兰德摇了摇头。

“她是一个女巫，”约兰德说，“杀死她很难，而且杀了她也不会破除符咒，那些王子也不会复活。我想先带你看看那条项链，你也可以数一数上面珠子的数目，看看我说的是不是真的。但公主每时每刻都戴着它，从不拿下来，所以，这样做也不大可能。”

“今天晚上她睡着之后，你带我去她房间，我去看一下。”热尔韦说。

“很好，那我们试一下，”约兰德答道，“但你要悄悄的，不能有任何声响；因为，一旦公主醒过来，我们两个可就完蛋了。”

夜幕降临了，整个宫殿陷入了沉睡中，热尔韦和约兰德在大厅碰头，约兰德告诉他说公主睡得很香。

“那我们现在走吧，”她说，“我会把菲奥丽蒙德公主戴的那条项链指给你看，项链上的珠子都是公主求婚者变的，但我不知道她是怎么把他们变成珠子的。”

“等一下，约兰德，”正当约兰德踮着脚尖要上楼的时候，热尔韦拉住了她，说，“我这样去试，也许会失败，可能会死掉，也可能和以前那些人一样变成珠子。但如果我成功了，逃出了你那邪恶公主的领地，你会给我什么奖励？”

“你想要什么？”约兰德问。

“我要你答应嫁给我，和我一起回到我的国家。”热尔韦说。

“我答应你，我很高兴成为你的妻子。”约兰德一边说一边吻了一下热尔韦，“但我们现在不能说也不能想这个，我们得先把菲奥丽蒙德公主的项链从脖子上剪断。让所有的求婚者重获自由。”

就这样，他们悄悄地走向公主的房间，约兰德手提一盏小灯，发着微微的光亮。菲奥丽蒙德公主躺在那金碧辉煌的大床上。他们只能借着灯的微光，才能看清公主。公主看上去是那么的美丽，热尔韦觉得约兰德说公主邪恶可能不是真的。

她的脸蛋像婴儿一样平静而甜美，她的头发洒落在枕头上，犹如红色的波浪，她玫瑰般的嘴唇在微笑，她的脸颊上有两个小酒窝，她白嫩的手交叉着，搭在香熏过的蕾丝和亚麻制成的被子上。热尔韦被公主的美艳迷住了，差点忘了要看公主脖子上那些闪光的珠子。好在约兰德用力拉了一下他的胳膊。

“不要看她，”她悄悄地说道，“她的美貌已经让人付出了沉重的代价。看看那些像你一样痴迷于她美貌的人现在还剩下什么了，看这儿。”她用手指了指那一颗颗珠子。

“这个是皮埃罗国王，而这是希尔德布兰特王子，安德利安王子，西格伯特王子，阿尔格王子，森雷德王子，那个是法拉蒙德王子，拉乌尔王子。最后那个，是你的主人，弗洛伦斯坦王子。你现在出去找他，你哪儿都找不到他，你也绝不会再见到他，直到这项圈被剪断，魔法被解除。”

“这项圈是用什么做的？”热尔韦小声问道。

“这是用最好的金子做的，”约兰德回答道，“不要碰到她，以免把她弄醒。我会演示给你看的。”约兰德放下灯，轻轻地伸出手，把珠子拨到一边，她这么做的时候，她的手指握住了项圈，一眨眼，约兰德不见了。项链上又多了一颗珠子。房间里只剩下热尔韦和熟睡的公主。热尔韦吓得目瞪口呆。他不敢喊，生怕惊醒了菲奥丽蒙德公主。

“约兰德，”他鼓起勇气小声地喊道，“约兰德，你在哪里？”约兰德没有回答。

热尔韦俯身细细地看了看公主脖子上的项链。在约兰德指给他看的弗洛伦斯坦王子化身的珠子旁边，添了一颗新珠子。热尔韦又数了一遍，“之前是十一颗，现在是十二颗。哦，可恶的公主！我现在知道了那些来向你求婚的国王和王子们都去哪里了，我也知道我的约兰德去了哪里。”热尔韦看到最后那颗珠子，眼睛里噙满了眼泪。这颗珠子比其他珠子明亮晶莹，还带着一丝暖暖的红色，就像约兰德穿的红色长裙一样。公主翻了个身，在睡梦中大笑了起来。笑声使热尔韦感到恐惧和厌恶。他哆哆嗦嗦地爬出了公主的房间，整个晚上他都一个人坐着，谋划着如何打败菲奥丽蒙德公主，让弗洛伦斯坦王子和约兰德重获自由。

第二天早上，菲奥丽蒙德公主穿衣的时候，看了看项链，数了下珠子。她十分困惑，项链上怎么又多了一颗珠子。

“谁来碰过我的项链，而我却不知道？”公主自言自语道，她坐在那儿，想了好一会儿。最后，她爆出了一阵怪笑。

“管他是谁呢，总之，他受到了应有的惩罚，”公主说，“我勇敢的项链，你能照顾好自己，要是有人想偷你走，都会得到报应，变成珠子，而为我增光添彩。真的，我现在可以放心地睡觉，用不着怕什么。”

一天过去了，没有人想起约兰德。傍晚时分下起了瓢泼大雨，还伴有隆隆的雷声，人们都吓坏了。电闪雷鸣，一道接一道，越来越猛烈。天空漆黑，除闪电的亮光外，什么都看不见。然而，菲奥丽蒙德公主却很喜欢这样的响雷和闪电。

她坐在城堡塔楼顶层的一个房间里，穿着一件黑色天鹅绒长裙。她看着窗外一道道闪电，听着一阵阵雷声，大笑了起来。狂风暴雨中，一位陌生人裹着长长的披风，骑马来到了宫殿大门口。侍女们飞奔进去，禀告公主，又来了一位王子向她求婚。“他没有报上他的姓名，”侍女们说，“但他说，听说男人都可以来求婚，他也想来碰碰运气。”

“让他立刻进来，”公主大声说，“管他是王子还是无赖，我都不在乎。如果王子们都离我而去，那嫁个农夫也不错。”

侍女们把这个新人带到了公主面前。他裹着一件厚厚的披风，进门时他撩起披风，露出底下那奢华而昂贵的丝绸衣服。他乔装打扮得非常好，菲奥丽蒙德公主压根就没认出他就是热尔韦。公主看了看他，觉得自己从未见过这个人。

“陌生的王子殿下，非常欢迎你的到来，尤其是穿过这电闪雷鸣来我这里，”公主说，“你要向我求婚，是吗？你之前听说过我吗？”

“是的，公主殿下，我想向你求婚，”热尔韦说，“我听说过你，你是世界上最美丽的女子。”

“那么，这话说得对吗？”公主问，“现在，抬头看我，好好看看。”

热尔韦抬头看着公主，心里暗忖：“千真万确，邪恶的公主！没有哪个女人比你更加美艳，也没有哪个女人能让我这样痛恨。”但他却大声说：

“不对，公主殿下，这个说法不对。你确实十分漂亮，您穿着天鹅绒的裙子，皮肤雪白，头发金黄。但我曾见过一个比你漂亮的女人。”

“有一个女人比我漂亮？”菲奥丽蒙德公主叫道，心中气鼓鼓的，两眼闪烁着愤怒之光。她从未听到有人这样说过。“你是谁，竟敢到我面前说有女人比我漂亮？”

“公主殿下，我是来向你求婚的，”热尔韦回答说，“但，我还是要说，我曾见过一个比你漂亮的女人。”

“她是谁？她在哪里？”菲奥丽蒙德公主怒不可遏，尖叫起来，“立刻带她来见我，我要看看你说的是不是真的。”

“我去把她带来，你给我什么礼物呢？”热尔韦说，“把你脖子上的项链给我，我立刻去把她叫来见你。”但菲奥丽蒙德公主不同意。

“你要的东西，”公主说，“是我唯一不能离身的。”于是，公主传令侍女取来了珠宝箱，她拿出许多钻石、红宝石和珍珠，随热尔韦拿。一阵闪电打来，珠宝闪烁发光。但是热尔韦摇了摇头。

“不，这都不行，”他说，“你要见到她，只有那串项链才行，其他的都不行。”

“那你自己过来，把项链取下来，”菲奥丽蒙德公主叫了起来，她十分恼怒，她只想马上把热尔韦打发走。

“这真的不行，”热尔韦说，“我不是侍女，我不懂如何戴项链，脱项链。”不管菲奥丽蒙德公主怎么说，怎么做，他都不碰她，也不碰她那魔法项链。

夜里，暴风雨越来越大，但这没有给菲奥丽蒙德公主带来一点麻烦。等所有人都进入梦乡之后，她打开卧室窗户，轻轻地对褐色小鸟叫了几声，小鸟听到叫声，从屋顶飞了下来。接着，公主像之前那样，拿了一把豆子给小鸟吃，鸟儿越长越大，最后长到了像鸵鸟那样大。公主坐在大鸟的背上，飞上了天，对着身旁的阵阵闪电、隆隆雷声大笑。她飞呀飞，一直飞到了老巫婆的洞口。巫婆大门开着，正坐在门口捕捉闪电，用它来制作符咒。

“欢迎你，亲爱的，”菲奥丽蒙德公主从大鸟背上下来时，巫婆用低沉沙哑的声音说，“这个夜晚是我们都很喜爱的。你那个项链怎么样？——哦，很好啊，已经有了十二颗珠子了。但是，那第十二颗珠子是什么？”巫婆凑近又看了看。

“这就是我要你告诉我的，”菲奥丽蒙德公主说，她一边将金发上的雨水擦干一边说，“昨天夜里，我睡觉的时候，是十一颗珠子，今天早上就变成十二颗了。我不知道第十二颗打哪儿来。”

“这颗珠子不是求婚者，”巫婆说，“而是某位年轻的侍女所变。不过，你干吗要介意呢？它看上去和其他珠子一样漂亮。”

“某位年轻的侍女，”公主说，“那么，肯定是西塞莉，或者是玛丽贝尔，还是约兰德？她们想在我睡觉的时候偷我的项链。我干吗要在意呢？这个蠢货现在已经受到了惩罚。其他想来偷的人也一样，也会受到同样的惩罚。”

“那你什么时候会有第十三颗珠子？打哪儿来呀？”巫婆问。

“第十三颗珠子的求婚者现在正在宫殿里，”公主轻笑出声，说，“这就是我来找你的另外一件事情。”公主告诉了巫婆那个暴风雨夜过来的陌生人，他不用手触碰她的项链，也不用手拿项圈，以及他说，他看到过比她更美的女人。

“小心点，公主，要小心。”巫婆警告道，公主仔细地听着。“你为什么要在意有女人比你更美呢？我难道没有把你变成世界上最美丽的女人？还有其他人能做得比我好？”但公主还是嘟嘟囔囔，念叨着说不喜欢听到有人说还有人比她更漂亮。

“赶紧小心点吧，”巫婆说，“否则你要后悔的。你太傻了，还是太虚荣了，就因为一个王子说了些傻话你就这么纠结？我告诉你，不要听他的，马上把他变成珠子挂在你的项圈上，那时候，他就不能再说什么了。”接着，巫婆和公主一起商量怎么才能让热尔韦去抓那致命的项圈。

第二天清晨，太阳升起的时候，热尔韦走进了树林，他摘了些山楂果、橡子和蔷薇果，把它们串成一串，做了个简陋的项链。他把项链藏在怀中，悄悄地回到了宫中，没有告诉任何人。

公主起床后，把自己打扮得无比美丽，金发盘得十分精致。她要在这个早晨，让新来的求婚者遭遇同样的命运。早餐后，公主来到花园，暴雨之后，阳光灿烂，一切都显得那么鲜活。在草地上，她捡起了一个金球，开始玩起来。

“去找那个新客人，”她对侍女说，“让他到这儿来，和我一起玩球。”侍女们去了，不一会儿，热尔韦和侍女一起来到了公主身边。

“早安，王子。”公主说，“请，来和我一起玩球吧。

还有你们，”公主对侍女们说，“不要在这里看我们玩了，去做你们自己喜欢做的事情吧。”侍女们走了，留下公主一人和热尔韦在一起。

“好了，王子殿下，”一边玩球，公主一边说，“在清晨的阳光下，你看我怎么样？昨天你来的时候，天黑漆漆的，又是乌云又是打雷的，你看不清我的脸。现在不一样了，阳光灿烂，请你好好看看我，你是不是觉得，我是世界上最美丽的女人。”公主对着热尔韦微笑，她说话的时候是那么可爱，热尔韦几乎不知道该说什么，但他想起了约兰德，他说：

“毫无疑问，你是十分美丽的，那你为什么介意我说曾见过比你更美丽的女人呢？”

公主一听又恼怒起来，但她想起巫婆说的话，于是就说：

“你认为有其他女人比我漂亮，那，你过来看看我的珠子，对着阳光你可以看到它五颜六色，你以前见过这样的宝石吗？”

“我以前从未见过这样的珠子，但我这儿也有一根项链，我更喜欢这根项链。”他从口袋里拿出了用山楂果和橡子串起来的项链。

“那是什么项链？你从哪儿弄来的？给我看看。”菲奥丽蒙德公主叫道。但是热尔韦不让她够着那项链，说：

“公主，我更喜欢我的项链，请相信我，我这项链是世上独一无二的。”

“啊，它是一根神仙项链吗？它是用什么做的？请你给我！”菲奥丽蒙德公主叫道，气得浑身发抖，但又充满了好奇，因为她认为，“也许这个项链有魔力能让穿戴者更加漂亮。也许那个他说比我漂亮的女人戴的就是这根项链，也许这就是她比我漂亮的原因。”

“过来，我们交换吧，”热尔韦说，“把你的项链给我，我就把我的给你。当你带上我的项链，我就会真诚地说，你是世上最美丽的女人。但，首先你得把你的项链给我。”

“那……那就拿去吧。”公主大声叫道，由于气愤和着急，她忘掉了一切。她抓住那个串着珠子的项链，想从脖子上脱下来，但是，她抓到项链的那一刹那，项链哐啷一下掉在了地上，她自己也消失不见了。热尔韦弯下腰，看着草地上的项链，微笑了起来。他数了数，有十三颗珠子。他知道，第十三颗珠子就是那个邪恶的公主，现在她是聪明反被聪明误，自食其果。

“哦，聪明的公主，”热尔韦大笑着说，“我想你并不是那么聪明，这么容易就上当了。”接着，热尔韦用剑挑起项链，将它挂在剑鞘上。他走进大厅，里面国王和大臣们正在忙着处理国事。

“国王陛下，”热尔韦说，“请您派人去找菲奥丽蒙德公主。刚才，她和我在花园里玩球，而现在，哪儿都找不到她了。”

国王希望侍从们能找到公主殿下，但他们回来说，哪里也找不到公主殿下。

“那么让我来试试能否把公主殿下找回来，但首先得让那些比公主消失得更早的人来讲讲他们的遭遇吧。”说完，热尔韦把挂在剑上的项链滑到地板上，从胸前拔出一把锋利的匕首，对着那串着珠子的项圈砍去。随着一声犹如惊雷的巨响，金项圈被一砍为二。

“现在，”热尔韦说，“来看看失踪的皮埃罗国王。”他一边说，一边从项圈上把第一颗珠子拿了下来。皮埃罗国王，穿着国王的服饰，佩着剑，站在了人们的面前。

“真是伤天害理呀！”皮埃罗国王大叫道。但他还没来得及多说些什么，热尔韦又拿下一颗珠子，希尔德布兰特王子出现了，接着是安德利安国王，西格伯特王子，阿尔格王子，森雷德王子，法拉蒙德王子，鲍德温王子，利奥弗里克王子，拉乌尔王子，以及最后一个，弗洛伦斯坦王子，热尔韦的主人。王子们谴责菲奥丽蒙德公主以及她的邪恶。

“大家注意，”热尔韦说，“这个人是拯救你们所有人的大功臣。”他把第十二颗珠子拿了下来，约兰德，穿着红色长裙，出现在众人的面前。热尔韦一看到她就扔下匕首，抱住她，两人喜极而泣。

国王和大臣们面色惨白，瑟瑟发抖，一句话也说不出来，一是因为羞愧，二是因为害怕。最后，国王深深叹了口气，说道：

“各位尊贵的国王和王子，我们对不起大家！你们希望我们怎么处置我那个罪大恶极的女儿？”就在这时，热尔韦打断了他，说：

“什么惩罚都比不上这个，她自作自受。看，她在这儿，项圈上第十三颗珠子就是她。不允许任何人把它拿下来，把项圈挂在人们都能看到的地方，让大家看看这颗珠子，让大家了解邪恶的公主因施巫术而自作自受。这样也可以警告那些想步她后尘的人。”

就这样，人们小心翼翼地把金项圈挂在了市政大厅外面，那颗珠子，在阳光下闪闪发光。看到这颗珠子的人都知道这就是那个邪恶的菲奥丽蒙德公主，她自食其果。

国王和王子们对热尔韦和约兰德深表谢意，赠送了很多礼物给他们，之后就各自回到了自己的国家。

热尔韦与约兰德结了婚，跟随弗洛伦斯坦王子一起回到了祖国。他们生活幸福，白头到老。

（汉译：戎佩珏）

八月

［英］阿尔杰农·查尔斯·斯温伯恩

树枝上挂着四个红红的苹果儿，
如你所知，它是一半金黄一半红，
苹果中央已熟透；
树叶的色彩黄灿灿，
犹如金色六月
田地里生长的金色玉米秆儿。

果香味浓郁真好闻，
青青的树身上有了裂纹，
裂开的叶脉中长有苔藓，
到处是有毛的唇瓣和色斑，
无论是晴天还是开心的雨天，
无论是躺着还是站着，你都心旷神怡。

树上挂着四个苹果儿，
如你所见，红红的皮上泛着金色的斑点，
阳光温暖着果核和果皮；
绿油油的树叶挡住了夏日的炎热，
使我待着的地方凉爽舒适，
而身后就是那金色的苹果儿。

阳光将树叶照得金黄，
湛蓝的天空
渴望着高歌一曲以解炎热；
犹如我抚摸我情人的脚儿。
靠近些吧，天色就要变暗，
两张嘴唇荡漾着渴望。

在安谧的八月天下午，
银色的空气中乐声悠扬，
树叶随着乐声而颤动；
这里有享不完的欢畅，
当绿色变成灰褐色，月亮

将玉米须儿染色，像金发一样漂亮。

八月的时光赏心悦目，
看着红红的月亮慢慢地
在有裂口的褐色苹果树干间变成白色；
一片深沉的和声
在愈来愈浓的夜色中弥漫，
它比有形的音乐更为甜美。

而在月亮升起前约三个小时，
空气中仍然弥漫着午时的炎热，
虽然业已变弱，但还没有完全消失；
我将头靠在苹果树上，
色彩犹如一首乐曲给我安慰，
绿油油的树叶掩映着金色透红的苹果儿。

温馨的气味愈发浓烈，我一直躺在那儿，
小小的黄色露珠儿
从圆圆的大叶片上掉下，

掉在苹果上，湿润而又斑斑点点；
我听到一丝风儿，
轻柔无力，带着咝咝的声儿。

柔和的苹果旁那湿润的树叶儿
摸起来愈发光滑，那棕色的树根儿
感到下面的泥土愈发温暖：我呀
（白天炎热，万物无语，水觉得呀
金色的阳光慢慢地融化进了土壤）
也感受到了安谧中那浓浓的爱。

树上挂着四个苹果儿，
如你所见，红红的果皮泛着金色的斑儿，
甜甜的汁液盈满全身。
她的头发色彩斑斓
犹如漂亮浅淡的金色玉米秆儿，
在收割的季节里，一片一片地割下。

（汉译：戎佩珏）

杨基邦基博的求爱

［英］爱德华·利尔

【一】

在科罗曼德尔海岸上
早种的葫芦开着花儿，
在林间中央
住着杨基邦基博。
两把旧椅子，半支蜡烛，
一只旧水罐没有把手——
这些就是他在这世界上的一切：
在林间中央，
这些就是这尘世间的一切，
属于杨基邦基博。
杨基邦基博。

【二】

有一次，在美丽的树林间漫步
那里早种的葫芦在开花，
杨基邦基博
来到一小堆石头旁。
他听见一个女子在讲话，
对着几只乳白色的杜金母鸡——
“这是金格丽·琼斯夫人！
坐在那一小堆石头上的人
是金格丽·琼斯夫人！”
杨基邦基博说道。
杨基邦基博说道。

【三】

“金格丽夫人！金格丽夫人！
坐在葫芦开花的地方。

你能来做我的妻子吗？”

杨基邦基博说道。

“我厌倦了单身生活——

在这个荒野的满是砂石的海岸上，

我厌倦了我的生活：

如果你能来做我的妻，

我的生活就会很安谧！”

杨基邦基博说道。

杨基邦基博说道。

【四】

“在这个科罗曼德尔海岸边，

生长着很多水田芥和海虾，

还有大量的、便宜的对虾，”

杨基邦基博说道，

“我的椅子和蜡烛都属于你，

还有我那只没有把手的水罐！

看那里浪涛翻滚

（海里有大量便宜的鱼儿）
我的爱就像大海一样深沉！”
杨基邦基博说道。
杨基邦基博说道。

【五】

金格丽夫人悲伤地答道，
她的眼泪开始流淌，
“你求婚求得太晚了些，
杨基邦基博先生！
我倒是非常高兴能做你的妻！”
（说到这儿，她疯狂地搓弄着自己的手指。）
“但在英格兰我有了一个伴侣！
啊呀！你求婚也太晚了些，
因为在英格兰我有了一个伴侣，
杨基邦基博先生！
杨基邦基博先生！”

【六】

“琼斯先生——（他的名字叫汉德尔——
汉德尔·琼斯先生公司）
他很高兴给我送杜金鸡，
杨基邦基博先生！
留着吧，留着你的椅子和蜡烛儿，
还有你的没有把手的水罐儿，
我只能做你的朋友！
——假如我的琼斯再给我送杜金鸡，
我会给你三只鸡，我的朋友！
杨基邦基博先生！
杨基邦基博先生！”

【七】

“虽然你的身子这么小，
而你的头长得这么大，

虽然你的帽子会被风吹跑，
杨基邦基博先生！
虽然你长得这么小——
我仍然希望我能改正
我必须要讲的话儿！
能请你走开吗？
我要说的就这些话儿——
杨基邦基博先生！
杨基邦基博先生！”

【八】

在滑溜溜的默特尔山坡下，
那里早种的葫芦开着花儿，
杨基邦基博
逃向那平静安谧的海洋——
古特尔海湾那边，那儿
有一个硕大的生机勃勃的乌龟；
“就是你了，伙计，”他说，“你将

把我背过这海洋，
乌龟呀，你将背我过海洋！”
杨基邦基博说道！
杨基邦基博说道！

【九】

向着那无声却又咆哮的海洋，
乌龟快速划向前方；
死死地抓住乌龟的背不放
杨基邦基博驶向前方！
做了个原始的悲伤的手势
向着夕阳下的岛屿波尚
乌龟背着他不放。
紧紧抓住乌龟的背不放，
“再见，金格丽·琼斯夫人！”
杨基邦基博在吟唱。
杨基邦基博在吟唱。

【十】

科罗曼德尔海岸，
那位夫人从未离开过；
她悼念，站在那堆石头上
杨基邦基博。
在科罗曼德尔海岸上，
对着那只没有把手的水罐
她天天哭泣，天天悼念；
站在那堆石头上
对着她的杜金母鸡，她悼念，
杨基邦基博。
杨基邦基博。

（汉译：戎佩珏）

乌鸦与水罐

［希］伊索

一只乌鸦口渴得快要死了，它看到远处有一个水罐，于是就兴奋地向那个水罐飞去。来到水罐旁，它发现水罐里边确实有水，不过只是在水罐底部有一点点儿，它用尽力气俯下身去取水，但就是够不着。然后它又想办法欲将水罐弄倒，心想这样也许能喝到一点儿水。但是，它的力气不够大，怎么也扳不倒水罐。最后，它发现水罐旁边有一些小小的鹅卵石，于是就把它们捡起来，一个接一个放进水罐里。就这样，水罐里的水慢慢地向上升，一直升到了水罐口，乌鸦终于喝到了水，解了渴。

（汉译：戎佩珏）

新娘来到黄天镇

［美］斯蒂芬·克莱恩

【一】

普尔曼号火车威风凛凛地向前飞驰，从窗户看出去，得克萨斯平原似乎向东一泻千里。一掠而过的是广袤无垠且平坦的绿油油草地，一大片一大片色彩单调的牧豆树[1]和仙人掌，一小排一小排木板房和稀疏的小树林，还有那地平线和一处悬崖峭壁。

一对新婚夫妇从圣安东尼奥车站登上了这列火车。那男子的脸由于长时间的风吹日晒变得绯红，他身穿黑色新装，两只手呈砖红色，一直不停地弄这弄那，时不时地低头欣赏自己的衣着。他坐在那里，两只手放在两

① 豆科，抗干旱，生长于北美洲西部。——编者注

个膝盖上，活像一个在理发店等候理发的顾客。他不敢正眼看其他旅客，只能偷偷地看，脸羞得通红。

新娘不怎么漂亮，年纪也不轻。她身穿一件蓝色开司米[①]，上面缀有零星的天鹅绒，钉有多颗钢质纽扣。她不停地扭头看那肥大的袖子，这袖子很硬，直挺挺的，弄得她很不自在。很显然，她过去是煮饭烧菜的，而且她也希望下厨房，这是她的本分。她上车时，有些乘客随意盯着她看，害得她满脸羞红。她是穷人家姑娘长相，脸色平和，几乎没什么表情，那几朵红晕看上去怪怪的。

显然，他们很开心。“以前你坐过特等车厢吗？”他一边笑一边兴奋地问道。

“没有，”她答道，“从来没有。很舒服，真的。”

“太好了！等会儿我们就去餐车吃饭，吃一个大餐。吃世界上最好的。要花一个美元。”

“啊，是吗？”新娘叫道，“要花一个美元？唉，太贵了——我们——对吧，杰克？”

① 山羊绒的俗称。——编者注

“这次，怎么也不算贵，”他鼓起勇气答道，“我们什么都要尝尝。”

后来，他就和她讲火车的知识。“你知道吗，从得克萨斯的这头到那头有一千英里，这列火车横穿得克萨斯，中途只停四次。”他自豪得像火车的主人似的，他把车厢里那些令人眼花缭乱的装饰指给她看。事实上，她眼睛睁得老大，打量着那些有花纹的海蓝色天鹅绒，锃亮的铜呀、银呀、玻璃呀，还有那像一池石油的乌黑发亮的木板。车厢的一头，有一个青铜像，坚实地托着另一个包厢。天花板上，能画的地方都画有橄榄色和银色的壁画。

在这对新人看来，他们所处的环境反映了他们那天早上在圣安东尼奥举行婚礼时的荣耀。这儿就是他们新居的环境，尤其是这男子，满脸都写满了喜悦，在黑人服务员眼里，他显得有点滑稽。这个服务员时不时地从远处打量着他们，乐呵呵地，显得自己比他们优越。有时候他还暗地里欺负他们，方式巧妙，而他们却看不出来。他势利至极，霸道无双，手段高明，不露痕迹。他还压迫他们，但他们对此几乎一无所知。有时一些旅客盯着他们、嘲弄他们，并以此为乐，他们也很快忘得一干二净了。在这样的处境中，他们总会弄出可笑的场面，从来都是这样。

“我们应该三点四十二分到黄天镇。”他一边说一边温情脉脉地看着她的眼睛。

“哦，是吗？”她说，好像自己一点也不知道似的。对丈夫所说的话显露出惊讶，这是作为爱妻的她应该做的。她从口袋里拿出一块小巧玲珑的银质表，放到眼前，认认真真地看着，她新婚丈夫的脸上掠过了一阵喜悦。

“这是我从圣安东尼奥一个朋友手里买来的。”他开心地告诉她。

“十二点十七分。”她一边说一边抬头看了看他，显得害羞，忸怩又妩媚。一个乘客看到了这一切，不屑一顾，于是就对着一面镜子挤眉弄眼。

最后他俩来到了餐车。穿着雪白制服的黑人服务员站成两排，既好奇又若无其事地看着他俩走进来，因为他们事先已被告知。给他们二人服务的那个服务员真的很高兴，他看着他们吃饭，宛如一个父亲般的导航员，脸上洋溢着仁爱。这样的恩惠，加上那种一呼就应的服务，他们觉得消受不起。所以，一回到车厢，他们脸上就露出了如释重负的表情。

左侧是一个长长的紫色山坡，沿着山坡向下几英里处是个雾气腾腾的带状地方，格兰德河在这里嘤嘤流淌。火车拐个角就靠近这条河流了，拐角的顶端就是黄天镇。现在距离黄天镇越来越近，而丈夫显然感到越来越不安。他那双砖红色的手越来越扎眼。新娘俯着身对他说话，有时他甚至有点儿恍惚，心不在焉。

事实上，杰克·波特开始感到这桩婚事的阴影宛如铅板一样压在他身上。作为黄天镇的警长，他在那儿是鼎鼎有名的大人物，没有人不知道他，没有人不喜欢他，没有人不惧怕他。他去圣安东尼奥接一位自己挚爱的姑娘。在圣安东尼奥，例行的祷告结束之后，他真的成功地说服她嫁给他，而这桩婚事对黄天镇的父老乡亲没有漏过半点风声。现在，他要带着新娘回到那些完全信任他的淳朴的父老乡亲面前去。

当然，按照当地的风俗，黄天镇的人想结婚就可以结婚，因为这是件快乐的事。但此时波特想的是他对朋友的义务，抑或朋友心目中他应尽的义务，抑或是在处理这种事情时人们表现出的无可奈何，一想到这些，他就觉得自己穷凶极恶，犯下了滔天大罪。在圣安东尼奥，面对这个姑娘，他冲动、疯狂，不计后果，他冲破了一切社会藩篱。在圣安东尼奥，他就像一个躲在黑暗中的人。在那个遥远的城镇，他手中的匕首能轻易斩断任何友谊和义务。不过现在，到达黄天镇的时间——白天的时间——越来越近了。

他结婚对他家乡来说是件大事，这一点他非常清楚。其重要性也许仅次于新旅店着火。他的朋友们不会原谅他。他也曾反复想过，发电报告诉他们是否好些，但他又有另外的担心，他不敢这么办。现在，火车正带着他快速来到这些人面前，迎接他的是惊讶、欢呼，还有指责。他看了看窗外，那雾霭正朝着火车慢慢地弥漫过来。

黄天镇有个铜管乐队，演奏水平很差，但老百姓很快乐。一想到这，他就会不由自主地笑起来。要是镇上的人能梦到他将带着新娘回来，他们会叫乐队到车站来，在音乐声、欢叫声、笑声和祝贺声中，一起护送他们回那个土坯房。

他决定什么交通工具也不用，以便尽快从车站回到家。一踏进安全的营地，他就可以发布一个口头通告，然后等镇上人的心情慢慢地平静下来后，再出来与他们见面。

新娘焦急地看着他："你担心什么呢，杰克？"

他又笑了："我没担心什么呀，亲爱的。我只是在想黄天镇。"

她懂了，脸羞得通红。

他们心里都有一种负罪感，这种感觉慢慢地转化为温柔。他们看着对方，眼睛里是柔情万种。不过波特常常愣愣地笑，新娘脸上那害羞的红晕似乎也无法消退掉。

他背叛了黄天镇人们的感情，瞥了一下飞驰而过的景物，他说："我们马上要到了。"

这时服务员走了过来，说快到波特的家了。他手里拿着一个刷子，原先那高人一等的神气消失得无影无踪。他为波特整理整理新衣服，波特则慢慢地转过来转过去。照着别人的样子，波特从口袋里摸出一个硬币给了服务员。这活儿很累人，就像为他的第一匹马钉马蹄铁的活儿一样。

服务生拎着他们的包，火车减速时，他们来到车厢有篷的站廊。这时两个火车头和它们牵引的车厢驶进了黄天镇站。

“他们要在这里加水。”波特嘶哑地说道，好像喉咙被什么东西卡着一样，声调悲伤，仿佛是宣读讣告一样。在火车未停稳之前，他扫视了整个站台，发现一个人都没有，他既高兴又惊讶，唯一一个人是车站工作人员。这人显得有点急，朝水箱匆匆走去。火车停稳后，服务员先下了车，然后把一个临时用的小梯子放好。

“来，亲爱的。”波特声音嘶哑，一边说一边扶着她走了下来，两人都尴尬地笑了笑。他从服务员手里接过包，叫妻子挽着自己的手臂。他们快步流星地走着，而他还警惕地看了一下四周，发现他们在卸两个大箱子。那个车站工作人员在行李车前面不远的地方，他转身向他跑过来，还一边打着手势。波特笑了，边笑边咕哝，这就是他结婚的喜讯给黄天镇带来的第一个反应。他抓紧妻子的手，靠在自己身边，然后就逃之夭夭。在他们身后，那个服务员站在那里嘿嘿地傻笑。

【二】

在南方铁路上奔驰的加利福尼亚快车还有二十一分钟就要到达黄天镇。“疲倦绅士沙龙”酒吧里有六个男人。一个是鼓手，说话又多又快；三个是得克萨斯人，他们当时不想说话；另外两个是墨西哥牧羊人，在“疲倦绅士沙龙”，他们一般都不说话。酒吧老板的狗躺在门前宽阔的木板上。它将头靠在前爪上，无精打采地这里看看那里看看，时刻保持着警惕，以免被人踢上一脚。布满沙尘的街道那边有几块生机勃勃的绿草地，它的四周都是被灼热的太阳光烤得滚烫的沙子，这样美妙的景观竟然会出现在这里，真让人不敢相信。这些绿草地真像舞台上用来代表草坪的绿色垫子。车站阴凉的一边有一个没穿外套的男人，他坐在歪斜的椅子上抽着烟斗。新筑的格兰德河岸，在小镇不远处环绕着，河岸对面是一片广袤的平原，长满了梅红色的牧豆树。

沙龙里除了忙碌的鼓手及其伙伴，黄天镇的人们都在打盹。新来的客人，风度翩翩，靠在吧台上，滔滔不绝地讲起故事来，活像是一位来到异域他乡的流浪诗人。

“……就在那老头从楼梯上摔下时，手中还抱着一个衣柜，那老婆子正提着两煤斗煤上楼，当然了……”

突然一位年轻人出现在门口，鼓手讲的故事就此中断。那年轻人大喊道：“刺头威尔逊喝醉了，在找人打架呢。”那两个墨西哥人立马放下手中的酒杯，从酒吧后门溜走了。

鼓手天真有趣地说：“好吧，朋友。也许他真的喝醉了。不管怎样，你进来喝一杯吧。”

但是，听到这个消息，酒吧里的人脑袋都要炸裂了，这让鼓手意识到了事情的严重性。所有人立刻变得严肃起来，他迷惑不解，问道：“喂，咋回事？”三个伙伴正要跟他开讲，站在门口的年轻人抢先发了言。

年轻人一边走进来一边说：“朋友，接下来两个小时里，这个镇就不得安宁了。”

酒吧老板走到门边，锁好门，上了门闩。他又走到窗子边，将厚重的木头窗板关紧，并上了闩。刹那间，一种肃穆、殡仪馆式的沮丧气氛在酒吧弥漫。鼓手看看这个人又看看那个人。

“但是，”他喊道，“这到底是咋回事呀？不会有枪战吧？”

“不清楚有没有枪战，”有一个人答道，说得很可怕，“但会有一些射击——而且枪法不错。”

刚来报信的年轻人摇摇手说：“哦，如果有人应战的话，枪战马上就会开始。你只要走到街上，枪战就来了。枪战正等着你呢。”

鼓手是个外来人，对枪战既有兴趣，又感到有生命危险。

“你说他叫什么名字？”他问道。

“刺头威尔逊。”他们不约而同地答道。

“他会杀人吗？你们是什么打算？这事经常发生吗？他这样胡闹，是一周一次吗？他会破门而入吗？”

“不会的，他弄不破那扇门，”酒吧老板说，“他早已试过三次了。不过，他来时你最好躺在地板上，外来人。他肯定会对着门开枪，子弹可能会穿过门来。”

之后，鼓手死盯着那扇门。现在还不到要趴到地板上的程度，但为谨慎起见，他侧身向墙边移去。“他会杀人吗？”他又问道。

对这样的问题，有人轻蔑地小声笑了。

“他出来就开枪，出来就惹麻烦。跟他玩没什么好处。”

“在这种情况下，你怎么办呢？你做什么呢？”

有一个人说：“唉，他和杰克·波特……”

“不过，”他的话被其他人打断了，他们异口同声说道，“杰克·波特可在圣安东尼奥呢。”

“喂，他是谁？他跟这事有啥关系？”

“哦，他是这个镇的警长。刺头威尔逊胡闹时，他就会出去跟他斗。”

“哇，”鼓手一边说一边擦了擦额头，“美差呀。”

他们的说话声越来越小，最后变成了细声耳语。鼓手还想再问一些问题，因为他越来越不安，越来越困惑。就在他要开口的时候，其他人只是生气地看看他，示意他不要出声。大家鸦雀无声，紧张地等待着。在灰暗的房间里，只看得见他们的眼睛，他们在辨听街道上有没有什么动静。有一个人对酒吧老板打了三个手势，酒吧老板像幽灵一样移动，给了他一只杯子和一瓶酒。那人倒了满满一杯威士忌，悄悄地将酒瓶放下。他一口就把威士忌喝光，接着转过身看着门口，大气也不敢出。鼓手看见酒吧老板悄悄地从吧台下拿出一支温切斯特[①]。后来他看见这家伙向他招手，于是他就踮着脚走了过去。

“你最好跟我到吧台后面去。”

“不了，谢谢，”鼓手说，满脸是汗，“我还是待在能从后门逃跑的地方吧。”

就在这时，那个爱喝酒的人打了个善意但坚定的手势。鼓手理会了，老老实实坐在一个箱子上，让吧台挡住身体。看到吧台上镶嵌着各种锌铜饰物，宛如装甲钢板一样，鼓手感到放松了不少。酒吧老板则舒舒服服地坐在旁边的箱子上。

“唉，”他悄悄地说，“在这个地方，刺头威尔逊是个神枪手——真难以相信——他准备战斗时，我们当然要找藏身的地方了。他可能是这一带最后一个老式枪手，经常沿着这条河晃荡。喝醉了酒，他就是个恐怖分子；清醒的时候，他是个不错的人，质朴善良，连一只苍蝇也不愿意伤害——他是镇上的老好人。不过他要是喝醉了——嗬！”

① 一种后膛装填式连发步枪。——译者注

四周一片岑寂。“是杰克·波特从圣安东尼奥回来就好了。”酒吧老板说，“有一次他打中了威尔逊……打中了他的腿……他一定会报仇的，以便做个了断。”

就在这时，远处传来了一声枪响，接着是三声狂野的号叫。这立马使昏暗酒吧里的人松了口气。之后又听到了沉重的脚步声。人们相对而视，说：“他来了。”

【三】

一个人绕过拐角，来到了黄天镇大街中央，他身穿栗色法兰绒衬衫，这种衬衫大多由纽约东部一些犹太妇女所缝制，而他买这种衬衫穿是为了花哨。他两手各拿着一支又长又重的深蓝色左轮手枪。他不断号叫，传遍了这个宛如空无一人的村庄，叫声尖锐刺耳，不是正常人能发出的声音。四周一片岑寂，好像是他头上有一个墓拱。这激烈的挑衅声回荡在无声无息的墙壁之间。他脚上穿的靴子有红色的、曾经镀过金的沿口，这种靴子深受冬天在新英格兰山坡上滑雪橇的小男孩的喜爱。

此人怒气冲冲，脸色通红，那是他喝多了威士忌。为提防有埋伏，他非常谨慎，两只眼睛不停地转动，死死地盯着那悄无声息的门窗。走起路来蹑手蹑脚，犹如夜间出来活动的猫。他时不时地吼叫、恐吓。两把左轮手枪在手中如同稻草一般拿捏自如，出手快如闪电。两只手上的小手指有时就像演奏家的手指，灵活自如。衬衫领子上面，脖子上的肌肉不断绷紧放松，显然他非常激动。四周静悄悄的，唯一的声音就是他那吓人的挑衅声。面对街中央经过的这个小东西，镇静的土坯房不动一点声色。

没有人出来应战——无人应战。那个人仰天大喊。没有回应。接着他咆哮怒骂了起来，手中的左轮手枪乱舞。

“疲倦绅士沙龙”酒吧老板的那条狗没有意识到大事即将来临。它仍然躺在主人的门前打瞌睡。一看到狗，那人便停了下来，举起左轮手枪，逗它玩。一看见人，那狗一跃而起，垂头丧气地大叫一声，斜着跑走了。那人大吼了一声，狗便狂奔起来。狗正要拐进一个胡同时，突然一声巨响，伴随着一声口哨，一个什么东西啪的一声直愣愣掉在狗的面前。狗受惊尖叫了起来，在地上直打转，然后向另一个方向飞奔而去。接下来又听见一声巨响和一声口哨，狗前面的沙子被踢得满天飞。狗吓得要命，慌慌张张乱冲乱撞，活像一个困兽。那人站在那儿一边大笑，一边将手枪放回胯部的枪套里。

最后，“疲倦绅士沙龙”紧闭着的门引起了他的注意。他走到门口，用左轮手枪敲门，说拿酒来。

那门一动也不动，于是他从人行道上捡起一片纸，用刀子把它钉在门框上。之后，他转过身去，一脸的不屑，背对着这个人们爱来的地方，走到街对面，用脚跟在地上轻巧自如而又飞快地转了个身，便对着那纸片开枪射击。他没有打中，就差半英寸①。他骂骂咧咧走开了。后来，他又朝他最要好的朋友的窗户连发几枪。他在玩弄这个城镇，这地方成了他的玩具。

但仍然没有人回应他的挑战。突然，他想到了杰克·波特，他的死对头。他觉得去波特的住所倒是蛮好的，去不停地骂，引他出来决斗。于是他就朝那个方向走去，嘴里哼着阿帕切人的《剥头皮曲》②。

他来到了波特的家门口，和其他土坯房一样，这里

① 英美制长度单位，1 英寸合 2.54 厘米。——编者注

② 美国西南部一个印第安部族，过去常将杀死的敌人的头皮剥下作为战利品。《剥头皮曲》就是他们一边剥头皮，一边哼着的得意扬扬的曲调。——译者注

也非常安静。找好了一个有利战斗的位置，他就开始叫战。但对他的挑衅，土坯房根本不予理睬，犹如一座石头神像。心平气和地等了一会儿，他又继续叫战，挑衅声中夹带着一些你想不到的诋毁性词语。

此时此刻，房子里依然没有一点反应，那人暴跳如雷，犹如冬天的狂风抽打北方原野上的小木屋一样。这声响对远方不知情的人来说，犹如二百个墨西哥人在打斗。现在他必须停下来喘口气了，抑或给他的手枪重新装上子弹。

【四】

波特和他的新娘局促不安地快步向家里走去。有时还一起小声害羞地笑笑。

“亲爱的，拐过下一个角落，就到了。”他最后说道。

他们俩弯着腰，顶着大风吃力地向前迈进。他们绕过拐角，波特正准备用手指指给新娘看那快要看到的新家时，他们面对面碰上了一位穿栗色衬衫的人，这人正发疯似的往那把大的左轮手枪里面装子弹。就在这一刻那人的左轮手枪掉到了地上，但是，他以闪电般的速度从枪套里拔出另一支枪，对准了新郎的胸部。

空气凝固了，波特有点瞠目结舌。他的本能促使他立刻将手臂从那女人手里抽出来，并将手中的包裹扔在沙地上。新娘的脸如同一块泛黄的旧布。她被这可怕的场面镇住了，两只眼睛直愣愣地盯着那幻影般的魔鬼。

这两个人面对面站着，彼此相距只有三步之遥。拿着手枪的人笑着，平静的笑声里透露出新的凶狠。

“想偷袭我，嗯，”他说，“想偷袭我！”他的目光看起来越发凶狠。波特只要稍稍一动，那人就恶狠狠地把枪向前一推。“别动，不要动，杰克·波特。不要对着枪移动一根手指头，眼睛也不要眨。该跟你做个了结了，我要按我的方式办，别浪费时间了。要是你不想成为枪下鬼，就按我说的去做。”

波特看着他的对手。“我没有带枪，刺头，”他说，“真的，我没有带枪。”他浑身发僵但心里很镇定，脑海里反倒浮现出了普尔曼火车上的场景：海蓝色提花天鹅绒，锃亮的铜银和玻璃，像一池石油的乌黑发亮的木板——婚礼的荣耀，新家的环境。“你晓得我开枪是万不得已，刺头威尔逊，但我没有带枪。你只好一个人玩了。”

他的对手脸色发青。他向前走了一步，拿着枪在波特的胸前挥来挥去。“你是说你身上没带枪，你个狗东西。别对我撒谎。在得克萨斯谁见过你不带枪。别把我当小孩子耍。”他目光炯炯，说起话来口若悬河。

“我没有把你当小孩子耍。”波特回答说。他站着，丝毫没有向后移动。“我觉得你是个——傻瓜。我告诉你了，我没有带枪，真的没有。如果你要开枪打死我，最好现在就动手。否则你永远不会再有这样的机会。”

这强有力的说理和辩论压倒了威尔逊的愤怒。他显得冷静了不少。“如果你没有带枪，那你为什么不带枪呢？”他嘲讽道，“是去教会主日学校了？”

“我没有带枪，那是因为我与妻子刚刚从圣安东尼奥回来。我结婚了。”波特说，“如果我早想到带妻子回家会碰上你这样的傻瓜在到处乱串的话，我会带枪的，你可别忘了这一点。”

“你结婚了！”刺头说，一点儿也不懂。

“是的，结婚了。我结婚了。”波特明确无误地说。

“结婚了？”刺头说。这时他才注意到波特身旁还站着一个吓得半死的女人。“不！”他说。他像一个看到了另外世界的怪物。他向后退了一步，握着手枪的手垂了下来。“就是这位女士吗？”他问道。

“是的，正是。”波特答道。

又是一阵沉默。

“好吧，”威尔逊最后慢吞吞地说，“我想一切都过去了。”

“刺头，如果你这么说的话，那一切都过去了。你知道我可没有惹是生非。”波特提起了他的手提箱。

“好吧，就让一切都过去吧，杰克。”威尔逊说。他看着地面自言自语地说：“结婚了！”他并没有什么骑士精神，只是在陌生的环境里，他还是早前这平原上一个单纯的孩子。他捡起右舷左轮手枪，把它们塞进枪套里就离开了。厚厚的沙地上留下了他那漏斗形的脚印。

（汉译：戎佩珏）

昏弟敦弟

［英］路易斯·加乐尔

可是那鸡子儿越长越大，越长越像人样儿。阿丽思走到了一两丈路跟前，就看出它有眼睛鼻子嘴来了；她再走近一点儿就清清楚楚地看出来它就是昏弟敦弟本人了。她对自己说：“这不会是别人了！用不着给他写了满脸的名字，我就一定知道是他了！”

要在那大脸上写他一百个名字都很容易写得下。昏弟敦弟盘着腿，像一个土耳其人似的，坐在一个高墙头的中间——那么窄的一道墙，阿丽思都不懂他怎么能够待得稳——她看他眼睛对着那边儿盯着看，一点儿也不理会有人来，阿丽思都以为他到底不过是个假人了。

她就说出声来：“他简直真像个鸡子儿！”说着她站在那里，双手预备随便什么时候滚下来就好接住他。

昏弟敦弟半天不言语，后来开口也不是对着阿丽思说话："管人家叫个鸡子儿，这真是气人——嗔是！"

阿丽思很和气地跟他解释着说："我说你像一个鸡子儿，先生。有的鸡子儿倒是怪好看的呀，你知道。"她加了这一句想把刚才说的改成句好话。

昏弟敦弟眼睛还是瞅着别处说："有的人啊，他们比一个三岁的小孩儿都不懂事！"

阿丽思不知道再说什么好：她觉着这一点儿也不像是谈话，因为昏弟敦弟并没跟她说什么话，而且刚才那句话看样子像是对一棵树说的——所以她就站在那儿一个人轻轻地背：

"昏弟敦弟坐在墙中间儿：
昏弟敦弟一轱辘摔两半儿
所有皇帝的马，跟所有皇帝的人，
也再不能把昏弟敦弟拼成个囫囵屯。"

"那末了一句在这一首诗里头太长得不像样了。"阿丽思越说声音越大，都忘了昏弟敦弟会听见她了。

"别站在那儿自个儿一个人那么叽叽咕咕的呀！"

这是昏弟敦弟头一回看着她跟她说话。“告诉我你叫什么名字，干什么事情的。”

“我叫是叫阿丽思，不过——”

昏弟敦弟不耐烦地打断了她的话说：“这个名字够笨的了！是怎么讲的？”

阿丽思说：“一个名字非得有个讲儿吗，难道？”

昏弟敦弟说：“呵呵！自然了。我的名字就是我的样儿——还是个怪好看的样儿呐。像你的那么一个名字，那什么样儿都会啊，差不多儿？”

阿丽思不愿意跟他辩论起来，就问他说：“你为什么一个人坐在这儿？”

昏弟敦弟说：“啊，因为没人陪我呀，你当着我这个回答都不知道吗？再问一个！”

“你想你在地下不稳当一点儿吗？那墙多窄啊！”阿丽思问这个倒不是想再给他个谜儿猜，不过就是因为她心地好，有点儿替那家伙担心。

可是昏弟敦弟说：“哈——！你净问些那么容易猜的谜儿！自然我想我到了地下就不稳当了！哼，要是我真一轱辘摔了下来啊——会是不会咯——不过要是我摔的话——”说到这儿他把嘴唇一缩，缩得像个荷包似的，做得又正经又煞有介事，阿丽思看了要笑得要命。“要是我真摔的话呀，”他接着说，“那皇帝他曾经答应我呀——啊，你的脸要变青就变青！你没想到我打算说这句话吧，可是？皇帝曾经答应我——他自个儿亲口答应说要——要——要。”

“要把他所有的马跟所有的人都派了来。”阿丽思这一说可说坏了，因为昏弟敦弟忽然大发起脾气来了。他嚷着说：“这这这太糟了！你一定偷着听来着——躲在门旮旯儿——藏在树后头——爬进烟筒里头——不然你不会知道的！”

阿丽思小声儿地说：“真的我没有！这是书上说的。”

昏弟敦弟的气平了一点儿又说：“唉，好吧！他们要在书里写这些事情就让他们写吧。那就是你所谓叫英国历史，那就是。啊，你好好儿看我一眼！我是一个跟皇帝说过话的人，我就是，说不定你以后不会再见到这样的人了；那么我要你知道我一点儿不骄傲，我可以许你跟我搀搀手！”他一头嘻开着嘴，差不多从这个耳朵边笑到那个耳朵边，一头往前靠过来（简直离开要滚下来差不多少了）就伸出手来跟她搀。阿丽思一头接着他的手一头怪担心地瞅着他。她心里想："要是他笑得比这个更厉害的话，他的嘴角儿也许会在后头碰到一块儿了，那他的脑袋可不知道会变成怎么了！我怕他就会掉了！"

昏弟敦弟说："是的，所有他的马跟所有他的人，他们一会儿工夫就会把我捡起来的，他们是会的！可是——咱们这话说得有点太快了；咱们再回到刚才倒数第二句上吧。"

阿丽思很客气地说："我怕我不大记得是哪一句了。"

"那么咱们就重新起头吧，"昏弟敦弟阿说，"现在该是我挑题目了——"（"他说话好像老拿这个当个什么游戏玩儿似的。"阿丽思想）"让我来问你一句。你说你几岁来着？"

阿丽思算了一个小算术，就说："七岁零六个月。"

昏弟敦弟得意地叫了起来。"错了！"他说，"你几时对我说过这样的话来着？"

阿丽思说："哦，我当着你的意思是要问，'你几岁啦？'"

昏弟敦弟说："我要是那么个意思，我早就那么说了！"

阿丽思不愿意再跟他争论起来，所以她没言语。

昏弟敦弟一头想着说："七岁零六个月！多不舒服的一个岁数儿啊，你要是早让我给你出主意啊，我一定会告诉你，'到了七岁就打住'——可是这会儿已经太晚了。"

阿丽思生气地说："我长不长从来不请教人的。"

"怕失了身份，是不是？"他说。

阿丽思听了这种意思更觉着生气，她说："我的意思是说，一个人不会不长大的。"

昏弟敦弟说："一个人不会，也许是的，可是两个人就会了。你要是有好好儿的帮忙的，你也许到了七岁就打住了。"

阿丽思忽然说："你系的一条多好看的裤腰带啊！"（阿丽思觉着他们谈年纪谈得足够了：那么要是真的大伙儿轮流着找题目，这回是该轮到她了。）她一想又改过来说："横竖，一条好看的领带儿，我应该说——不，裤腰带，我要说的是——哎呀，对不住！"她急昏了，因为她看看昏弟敦弟的脸知道是深深地得罪了他了，她都愿意刚才没挑这么个题目了。她对自己想："唉，我只要能知道哪儿是脖子哪儿是腰就好了！”

昏弟敦弟虽然半天也不说话，可是看样子一定是很生气。等到他又说话的时候，他是用很粗的嗓子。

他说：“这简直——真正——气人，一个人连领带跟裤带都分不出来！”

阿丽思说：“我知道我是太糊涂了。”她说得那么认错的声音，昏弟敦弟都原谅她了。

他说：“这是个领带，孩子，很美的一条领带，你不是说的？这是那白皇帝跟白皇后送我的一个礼。好了吧！”

“真的吗？”阿丽思说着又高兴起来，她想她找的到底还是个好题目。

昏弟敦弟把这个腿架在那个腿上，拿两个手叉起来搂着膝盖儿，一头想着一头说：“他们送我这东西——当一个——当一个不是生日礼。”

阿丽思莫名其妙地说：“这是怎么说？”

昏弟敦弟说：“就这么说，不是生日礼，还说错了吗？”

“我问的是什么叫作不是生日礼？”

“自然就是不是你生日的时候人家送你的礼了。”

阿丽思想了一想。等会儿她就说："我还是顶喜欢生日礼。"

昏弟敦弟说："你简直不知道你自个儿要说的是什么！一年有多少天？"

阿丽思说："三百六十五天。"

"你有几个生日呐？"

"一个。"

"那么三百六十五天当中去掉一天还剩几天呐？"

"三百六十四天了，自然。"

昏弟敦弟有点儿不信的样子。他说："顶好还是在纸上算一算。"

阿丽思忍不住笑着就从兜儿里拿出一个笔记本来在上头算给他看：

$$\begin{array}{r} 365 \\ 1 \\ \hline 364 \end{array}$$

昏弟敦弟接过来皱着眉头看。他刚说："啊，好像是不错——"

阿丽思就打断他的话说："你拿倒了！"说着就给他正了过来。

昏弟敦弟很神气地说，"啊，真的，我是拿倒了！我说看着有点儿古怪。我刚才不是说，这像是算对了——不过我刚才还没有工夫给它细细地对一遍——那么从这上可以看出来你是有三百六十四天可以得不是生日礼了——"

"自然了。"阿丽思说。

"而只有一天可以得生日礼，你想。这你荣耀了吧！"

阿丽思说："我不懂你怎么叫'荣耀'。"

昏弟敦弟冷笑着说："哼，自然你不懂啊——得要等我来告诉你啊。我的意思是说，'你这就被人家驳倒了！'"

阿丽思说："可是'荣耀'也不能当'被人家驳倒了'讲啊。"

昏弟敦弟说："哼！我要用一个字眼儿啊，我要它当什么讲就当什么讲——也不多也不少。"

阿丽思说："咱们要问的是，你能不能拿字眼儿一会儿当这个一会儿当那个讲。”

昏弟敦弟说：“咱们要问的是，到底谁做主——就是这点儿。”

阿丽思被他搅混得不知道说什么了，过了一会儿昏弟敦弟又说：“它们也有脾气的，它们当中有些——顶是那些动词们，它们顶骄傲——形容词你拿它们怎么样就怎么样。动词不能，可是我能把它们个个都管得住！不可入性！这是我说的！”

阿丽思说：“请你告诉我这是怎么讲啊？”

昏弟敦弟听了很喜欢，他说：“啊，你这会儿说话有点儿像明白的孩子了。‘不可入性’怎么讲啊，就是说咱们刚才那个题目谈够了，这会儿你要是说一声你打算还要做什么也可以说了，因为我料想你不预备一辈子坐在这儿待着吧。”

阿丽思说：“嗯——拿一个名词就可以当这么许多讲！”

昏弟敦弟说：“我要是叫一个名词做那么许多事的时候，我总另外赏它的。”

“哦——！”阿丽思说。她觉着糊涂地说不出别的话来了。

昏弟敦弟很正经的拿头望两边摆着说："啊，你应该哪一天赶礼拜六来看它们上我这儿来领工钱呐，你知道。"

（阿丽思没敢问他拿什么样的东西付它们工钱；所以你想，我也没法告诉你。）

阿丽思说："你好像很会解释各种字的讲法的，先生。可好劳您驾给我讲讲有一首诗叫'炸脖鼍'的？"

"背给咱们听听看，"昏弟敦弟说，"是人发明过的诗我都会解释——连还没人发明过的诗，有好些我都会解释呐。"

这话听听有望，所以阿丽思就背头一首：——

有一天炰里，那些活济济的貐子
在卫边儿尽着那么跌那么霓；
好难四儿啊，那些鹁鹄鸲子，
还有窱的猪子怄得格儿。

昏弟敦弟抢着说："够了，起头这点儿够了：这里头有的是难字呐。'炰里'是晚半天儿时候——又有点儿像白天，又有点儿像黑下。"

阿丽思说："啊，这倒很明白。'活济济的'呐？"

"啊，'活济济的'啊，那就是又活泼，又滑济济的，不是吗？你看这是像一个荷包蛋似的，两面的意思都包得一个词儿里去了。”

阿丽思说：“我——我现在懂了。那么‘猾子’是什么东西呐？”

“‘猾子’啊，那东西仿佛是个獾子——又仿佛是个蝎虎子——又仿佛是个开瓶子的螺丝转儿似的。”

“那一定是很古怪样子的东西了。”

昏弟敦弟说：“它们是的。它们还在日晷底下做窝——它们还吃奶酪过活。”

“那么怎么叫‘跌’怎么叫‘霓’呢？”

“‘跌’就是像个捻捻转儿似的在地下拱，‘霓’就是在花盆儿啊什么的里头转啊转的那么动撼。”

“那么‘卫边儿’想是日晷四周围的草地了？”阿丽思说着自个儿都稀奇起来她有那么聪明了。

“自然是的了。它叫作‘卫边儿’，你知道，是因为它在日晷的这边儿，又在它的那边儿——”

“又在它的外边儿。”阿丽思接着说。

“啊，一点儿不错。那么‘难四儿’就是又‘难受’又细得像‘丝儿’似的（又是个荷包蛋给你）。那么‘鹁鹕鸲子’是一种挺瘦的又蓬蓬松松的鸟儿，它的毛都是往四面揸开着的——仿佛一个活的敦布。”

“那么还有‘窢的猪字’呐？”阿丽思说，“我怕我问得太麻烦了吧？”

“猪字’是一种绿猪，可是‘窢的’我不敢一定说。我想是从‘没家’变的——就是说它们走迷了路，找不着家了。”

“还有‘怄得格儿’怎么讲呢？”

“‘怄得格儿’的‘格儿’就是说那些猪子们因为找不着家，心里头很怄气，就格儿格儿格儿，哄哄哄，嘘嘘嘘的叫，当间儿还夹着一种打嚏喷的声音。不过你就会听见它们做这种声音的，也许——在那边树林子里——你要是听见了一回你一定就很乐意了。谁背这些难念的东西给你听来着？”

阿丽思说：“我在一本书里看见的。可是有人给我背过些比这个容易得多的诗呐，是腿得儿弟背给我听的，我想是。”

昏弟敦弟伸出一只大手来说：“要是说起诗来啊，你知道，我也会背得跟别人一样好，要是说到背的话——”

“哎，用不着说到背的话啊！”阿丽思赶快说这个，想要叫他别起头儿。

可是他也不理会阿丽思说的这个话，还是接着说：“我打算背的一首全是为着给你好玩儿来写的。”

阿丽思觉着既然这么样她真是应该好好儿听了；所以她就坐下来，带着一点儿没有法子的声音说一声“谢谢你！”他就加一句解释说：

“在冬天，正是满地白，
我唱这歌儿是为你来——”
“可是我并不唱。”

阿丽思说：“我看你是不唱。”

昏弟敦弟狠狠地说：“你要是能看见我唱不唱，那你差不多比谁的眼睛都尖了。”阿丽思没作声。

“到春天，正是满树青，
那我就慢慢儿告诉你听。”

阿丽思说："啊，多谢你，真是！"

"在夏天，正是日子长，
你也许懂得一两行。

"到秋天，正是叶子干，
拿笔跟墨，把这个写完。"

阿丽思说："好吧，要是我还记得的话。"

昏弟敦弟说："你用不着老那么样说话。也没有意思，还把我搅得忘了。"

"我送给小鱼儿们一个字儿，
我说：'我要的是这么个儿。'

"那海里小鱼儿把信一瞧，
就马上给我写回条。

"这回条你看对不对，

它们说：‘不能，先生，因为——’”

“我怕我不大懂。”阿丽思说。

昏弟敦弟回答他说：“底下就容易点儿了。”

“我又送信去对它们说：
‘还是听了我的话那好得多。’

“那小鱼回得真顽皮，
说：‘何必这么瞎着急！’

“我说了一遍说两遍，
它们怎么也不肯听我劝。

“我拿了把大的新的壶，
可是手段也许有点儿毒。

“我的心又跳，我的心又乱，
拿打水桶往壶里灌。

"那送信的人又走进房
说:'小鱼儿们都上了床。'

我对他说,我说得很明,
'你非得叫它们醒不行。'

"我说得很清楚,说得很响,
我在他耳朵里使劲嚷。"

昏弟敦弟背到这两句,他把嗓子提起来差不多成了个尖叫,阿丽思听了心里头想:"呵!我才不去当那个送信的呐,你给我什么我都不干。"

"他神气很足又很骄傲,
说:'用不着这么样儿大声儿叫!'

"他神气很骄傲又很足,
说:'我就去叫它们醒,假如——'

"我拿了把开瓶的螺丝转儿：
要叫它们醒得自己上那儿。

"我看见房门锁得那么高，
我拉咧，推咧，踢咧，敲。

"我看那锁上没有钥匙，
就试试转那扶手，倒是——"

到这儿停了半天。

阿丽思还有点儿不敢似的问他说，"完了吗？"

昏弟敦弟说："完了。再见。"

阿丽思想："对人说话哪有这么蠢法的？"可是他既然给阿丽思一个这么明白的叫她走的意思了，那要是再不走她自个儿也怕有点没规矩了。所以她就站了起来伸出一只手，勉强做着笑脸对他说："我走了！咱们下回再见，啊！"

昏弟敦弟只伸出一个手指头来跟她搀，做着不高兴的声音跟她说："要是咱们下回再碰见了我也不会再认得你嘞，你简直跟别人一样。”

阿丽思说：“嗯——认人大概总是认脸就认得了。”

昏弟敦弟说：“我说的就是！你的脸就跟别人的一样——两只眼睛这么着——”（他拿一个大拇指在半空中比画着）“当间儿一个鼻子，底下嘴。老是一样的。比方你要是两个眼睛长得鼻子的一边儿——或是嘴长得鼻子上头——那到底还有点好认啊。”

阿丽思说：“嗳，那成什么样子？”昏弟敦弟只是闭着眼睛，说：“你试过了再说。”

阿丽思等了半天看他还说什么不说。可是他老闭着眼睛一点儿也不睬她，阿丽思就又说了一声“再见！”他还是不理她，她就轻轻地走开了。她一头走着对自己说：“这种使人不满意的人——”（她又大声地说一遍，因为她觉着会说这么长一个名词说得很舒服）

“这种使人不满竟的人，我从来没——”这句话她始终没说完，因为说到这儿那全树林子里忽然一阵侉啦啦空隆隆的声音，大闹起来了。

（汉译：赵元任，校对：戎佩珏）

Stories and Poems for
Extremely Intelligent Children
of All Ages

给聪明孩子的故事与诗

冬

Harold Bloom

WINTER

[美]
哈罗德·布鲁姆 选编
黄 橙 戎佩珏 熊亚芳 译
戎林海 审校

GUANGXI NORMAL UNIVERSITY PRESS
广西师范大学出版社
·桂林·

GEI CONGMING HAIZI DE GUSHI YU SHI
给聪明孩子的故事与诗

STORIES AND POEMS FOR EXTREMELY
INTELLIGENT CHILDREN OF ALL AGES
by
HAROLD BLOOM

著作权合同登记号桂图登字：20-2018-157 号

图书在版编目（CIP）数据

给聪明孩子的故事与诗：全 4 册 /（美）哈罗德 • 布鲁姆选编；黄橙，戎佩珏，熊亚芳译；戎林海审校. —桂林：广西师范大学出版社，2021.5（2021.11 重印）

书名原文: Stories and Poems for Extremely Intelligent Children of All Ages

ISBN 978-7-5598-2681-7

Ⅰ. ①给… Ⅱ. ①哈… ②黄… ③戎… ④熊… ⑤戎… Ⅲ. ①儿童文学—作品综合集—世界 Ⅳ. ①I18

中国版本图书馆 CIP 数据核字（2020）第 043587 号

广西师范大学出版社出版发行
（广西桂林市五里店路 9 号　邮政编码：541004
网址：http://www.bbtpress.com）
出版人：黄轩庄
全国新华书店经销
广西民族印刷包装集团有限公司印刷
（南宁市高新区高新三路 1 号　邮政编码：530007）
开本：880 mm × 1 240 mm　1/32
印张：38.75　　字数：550 千字
2021 年 5 月第 1 版　　2021 年 11 月第 2 次印刷
定价：198.00 元（全 4 册）

目录

第四编 冬

信号员 | 查尔斯·狄更斯 // 001

冬之歌 | 威廉·莎士比亚 // 023

冬天的风儿，你吹吧，吹吧 | 威廉·莎士比亚 // 025

冬天的狮子 | 威廉·莎士比亚 // 027

林中挽歌 | 乔治·梅瑞狄斯 // 029

冬天的十四行诗 | 克里斯蒂娜·罗塞蒂 // 031

歌 | 克里斯蒂娜·罗塞蒂 // 033

白天鹅 | 奥兰多·吉本斯 // 035

噩梦 | 威廉·施文克·吉尔伯特 // 036

女巫的面包 | 欧·亨利 // 041

奥哈拉，或现代幽灵 | 居伊·德·莫泊桑 // 049

帕特里克·斯彭斯爵士 | 佚名 // 094

柯康内尔的海伦 | 佚名 // 098

我知道附近有个小花园 | 威廉·莫里斯 // 101

夜 | 威廉·布莱克 // 104

雪花 | 亨利·沃兹沃斯·朗费罗 // 108

暴风雪 | 约翰·克莱尔 // 110

暴风雪 | 拉尔夫·沃尔多·爱默生 // 113

伦敦的雪 | 罗伯特·布里奇斯 // 115

几根稻草 | 约翰·克莱尔 // 118

钟塔 | 赫尔曼·梅尔维尔 // 120

在黑暗中 | 伊迪丝· 内斯比特 // 147

妖精 | 罗伯特·赫里克 // 169

符咒 | 约翰·德莱顿 // 171

老鬼 | 托马斯·洛弗尔·贝多斯 // 174

忧伤 | 奥布里·德·维尔 // 176

卢克·哈弗格尔 | 埃德温·阿林顿·罗宾逊 // 178

挽歌 | 托马斯·洛弗尔·贝多斯 // 181

两个精灵 | 珀西·比希·雪莱 // 182

幽灵求婚者 | 托马斯·洛弗尔·贝多斯 // 186

凶兆 | 赫尔曼·梅尔维尔 // 188

威廉·威尔逊 | 埃德加·爱伦·坡 // 190

黑桃皇后 | 亚历山大·普希金 // 221

万灵节前夕 | 伊迪丝·华顿 // 270

食腐肉的乌鸦 | 托马斯·洛弗尔·贝多斯 // 310

獾 | 约翰·克莱尔 // 312

鹰 | 阿尔弗雷德·丁尼生 // 315

玛丽安娜 | 阿尔弗雷德·丁尼生 // 316

北海巨妖 | 阿尔弗雷德·丁尼生 // 322

戴维森的眼睛 | 赫伯特·乔治·韦尔斯 // 324

鼻子｜尼古莱·果戈理 // 344

爱的凯歌｜伊凡·屠格涅夫 // 386

海象跟木匠｜路易斯·加乐尔 // 421

一只安静有耐心的蜘蛛｜沃尔特·惠特曼 // 428

上山｜克里斯蒂娜·罗塞蒂 // 430

译校后记 // 432

补记 // 454

信号员

［英］查尔斯·狄更斯

“喂！下面的人听着！”

听到叫他的声音时，他是站在值班房的门口，手里拿着卷起来的短柄信号旗。从那里的地形判断，他肯定知道喊他的声音来自哪里。当时我就站在他头顶上方的峭壁上，但他没有仰头看我，反而转过身朝铁道线远方看去。他这样做真有点特别，不过我也说不清究竟特别在哪里。但我清楚，正是这与众不同，才引起了我的注意。他处在下面一条深沟的阴影中，人看上去很矮小。我站在他头顶上方，处在强烈的夕阳余晖之中，我要看清他，必须用手放在眼前挡住阳光才行。

“喂！下面的人听着！”

他转过身来，仰起头，看到了站在他头顶上方的我。

“哪里有路可以下去吗？我能与你谈谈吗？”

他抬头看了看我，没有说话，我也向下看着他，没有重复那个并不要紧的问题。就在这时，地面和空中隐隐传来一阵颤动，随即又变成了强烈的震荡，一列火车疾驰而过，我慌忙向后退了一步，担心它的冲力会把我拽下去。疾驰而过的火车吐出的蒸汽滚滚而上，之后慢慢地散开了。我又向下看了看，发现他正把火车经过时展开的信号旗重新卷起来。

我又问了他一遍。他好像仔细地看了我一会儿，用手中卷好的信号旗，指了指离我大约两三百码远的地方。我向下对他喊道："好，知道了！"接着就朝他指的地方走去。在那儿，我仔细地看了看四周，发现了一条人工凿出来的高低不平、弯弯曲曲的小路，我便踩着这条路走下去。

这条路堑凿得很深，两旁非常陡峭。它是在黏滑的石壁上凿出来的，越往下走，越是潮湿，渗水也越多。所以我走得很慢，这让我有时间去回想他为我指这条路时显出的勉强和不由自主的独特神情。

我差不多走到弯弯曲曲的小路底部时，我看到他站在铁轨之间，刚才那列火车就是从这里通过的。他的样子好像是在专门等我似的。他左手托着下巴，胳膊肘搁在胸前的右臂上。这种姿势既有等待也有提防的意思，这使我有点摸不着头脑，于是我就站在那儿等了一会儿。

我继续往下走，来到了铁路边，一步步向他靠近，我发现他脸色灰黄，黑胡子，浓眉毛。他的岗位就在这儿，这是我所见过的最荒凉阴沉的地方。两边都是高低不平、潮湿渗水的石壁，只能望见一片狭小的天空。前边是这个大土牢似的深沟，在弯弯曲曲地向前延伸，向后不远处有一盏暗淡的红灯，红灯后面是一个黑洞洞的隧道口。这隧道工程浩大，给人一种粗野、恐怖、令人窒息的感觉。这里几乎常年不见阳光，空气中弥漫着土腥味和霉烂的气味；阴冷的风一阵阵吹过，使我不寒而栗，好像我已离开了那个人世间。

他一动也没有动，我已走到他的身边，可以摸到他了。即使在这个时候，他依然盯着我看，他后退了一步，举起了一只手。

我对他说，在这儿工作很寂寞吧，从那边峭壁上方向下探望时，正是这点引起了我的兴趣。我想，客人来访很少见的吧，又想，我这个稀客不应该不受欢迎吧？在他看来，我是一个一辈子生活在狭小空间的人，最近才获得了自由，对人间的伟大工程有了新的兴趣。我讲的大致就是这些，但措辞是否合适，我没有把握，因为我一向不善与人交往，而这个人身上有一种东西令我生畏。

他用非常奇怪的目光瞧了一下隧道口的红灯，又向它周围看了看，仿佛是在找什么东西，然后他就回过头来看着我。

那灯也归他管吧，对吗？

他轻轻地答道："你难道不知道它归我管吗？"

我盯着他呆滞的眼睛和阴沉的脸，头脑中闪过了一个可怕的念头：这是个幽灵，不是人。于是我开始琢磨，他是否会猜到我有这样的想法。

我后退了一步。但在我后退的时候，我从他的目光中看出他心里对我的害怕。这个发现将刚刚那个怪异的想法抛到了九霄云外。

"你看我时，"我说，勉强地笑了笑，"好像有些怕我。"

"我也搞不清，"他答道，"似乎以前看见过你。"

"在哪里？"

他指指刚才看的那盏红灯。

“在那儿？”我问道。

他眼睛一眨不眨地看着我说（几乎听不到声音）：“是的。”

“我的好兄弟，我在那儿干吗呀？好了，不去讲了，反正我从没去过那儿，你发誓你在那儿见过我？”

“我想我可以发誓，”他说，“是的，我肯定，我可以发誓。”

他从容自若，跟我一样。我问什么，他马上回答什么，措辞妥帖。他在那儿忙不忙？很忙，也就是说他的责任很重，对他的最大要求是一丝不苟和高度警惕，至于实际工作么——体力活，其他没了。变换信号、修剪那些灯的灯芯、不时地转动一下那根铁柄，就是他所要干的全部体力活。说到那些漫长又孤独的时间，我很在意这些，但他却说，这种不变的生活方式已经形成，他早就习惯了。他还在那里学会了一种语言——如果从表象上看的话，他还为它配上了简单的发音，因此，就可以说是学会了一种语言。他会一点分数和小数的计算，也懂一点代数，但他从小就对算术不敏感。对他来说，有必要一直待在那个潮湿的隧道吗，他永远不能离开这些高耸的石壁，到上面有阳光的地方去走走吗？对，那得看时间和环境。有时火车多一些，有时少一些，白天和黑夜都是这样。在天气晴朗时，他有时也离开下面，到上面活动活动。但电铃随时可能找他传递消息，这时他必须特别小心，因此我猜想，他并没有什么轻松的时刻。

他把我带进他的值班房。里面生着火，有一张桌子，桌上放着工作簿，还有一台电报机，包括指示板、机面和磁针，以及他刚才提到的小电铃。我说，请他不要见怪，但我认为他受过良好的教育，也许（但愿我这么说没有冒犯到他）高于目前的职务。他说，这种不相称的情形在各行各业都存在，比如工厂、警察局，还有最糟糕的部门——军队；据他所知，在铁路上层机构中或多或少也有这种现象。年轻的时候（真难以相信，待在这小屋子里的人也有年轻的时候），他学过自然哲学，听过讲座，但他莽撞行事，错过了很多机会，沦落至此，再也无法出头。在这方面他没有什么好抱怨。他给自己打了一张床，躺在这上面，现在要换一张为时太晚了。

上面这些话是我的概括。说话的时候他沉着冷静，严肃阴沉的目光一会儿望望我，一会儿看看炉火。他还不时地插进一个词“先生”，只要一谈到他的青年时代，更是这样，他似乎请求我的理解，他什么都不是，只是我现在看到的他而已。那个小电铃打断过他几次，他必须收读电文和发回电。有一次一列火车经过，他不得不站在门外，举起信号旗，与司机交谈几句。我看到，值勤时他一丝不苟，机警谨慎，说话简明扼要，不讲多余的话。

总之我觉得，在这么一个岗位上，他是最安全的人选。不过也有不一样的情况，在他同我聊天时，他脸色两次发白，谈话中断。一次是那个小铃没有响，他却回头看了看它，另一次是他打开房门（这个门一直关着，为的是不让有害健康的潮气进来），朝隧道口附近的红灯看了一会儿。在这两次事件中，他回到炉火边时，脸上都带着一种难以理解的神情，这种神情同我们先前离得远远的时候我看到的一样，无法形容。

我起身告辞，说：“你几乎让我觉得，我见到的你很满足。”

（可我必须承认，我这么讲主要是想让他接着讲。）

“我认为我一向如此，”他答道，声音跟刚开始谈话时一样低，“但我有点心烦，先生，心烦。”

要是可能的话，他会收回他刚才说的话。不过话已讲了出来，而我很快将话头接了上去。

“烦什么？你有什么麻烦事？”

“这很难讲清楚，先生。很难说。要是你再来看我，我尽量告诉你吧。”

“我希望再来看你。你说，什么时候来好？”

“天一亮我就下班了，明天晚上十点再上班，先生。”

“那我十一点来吧。”

他一边说谢谢，一边陪我走到了门口。“我用白灯给你照着，先生，”他轻声说道，“好让你找到上去的路。找到后，别叫喊！到了峭壁顶上也别叫喊！”

他的态度使我觉得这个地方更冷了，但我只是答了声“好的”，就没再说什么。

“你明天晚上下来时，也不要叫喊！离别前再问你一个问题。今天傍晚你为什么大喊‘喂！下面的人听着’？”

“天晓得，”我说，“我喊是想达到那个效果……”

“不是效果，先生。是一句话。我很熟悉的。”

“我承认是一句话，我确实说过。那是因为我看到你在下面。”

“还有别的原因吗？”

“还能有什么其他原因呢？”

“你没有意识到这是某种超自然的力量在促使你这么讲的吗？”

“没有。”

他向我说了声晚安，举起了手中的灯。我朝铁路线下行的方向走去（我感觉很不好，好像身后有一列火车正在驶来），找到了路。上山比下山容易些，我回到了客店中，平安无事。

第二天夜里，按照约定的时间我便出发，脚刚踏上斜坡上那弯弯曲曲小路的第一个台阶时，远处的时钟响了十一声。他在底下等我，手中提着他那盏白灯，走到一起后我说：“我没有叫喊，现在可以讲话了吧？”“当然，先生。”“那么，晚上好，握个手吧。”他伸出手来，“晚上好，先生，你好。”就这样，我们并排走向他的值班房，走进屋子，关上门，坐在了炉火旁。

坐定后，他向前俯出身子，用耳语一般的声音说：“我拿定主意了，先生，你无须问第二次，是什么东西使我心烦。昨天晚上我把你当作另一个人了。那个人使我心烦。”

“因为那个错？”

“不。是那个人。”

“那个人是谁？”

“我不知道。”

“像我？”

“我不知道。我从没见过他的脸。他的左手一直遮在脸上，右手挥动着——拼命地挥动着。像这个样子。”

我注视着他的动作，那是警告的手势，他非常急切地大喊：“看在上帝的分上，走开！”

“一个有月亮的夜晚，”他说，“我正坐在这儿，听到一个声音在叫：‘喂！下面的人听着！’我一跃而起，从门口眺望，看到那个人站在隧道附近的红灯旁边，手不停地挥动着，像我刚才示范的那样。那声音嘶哑，叫的是‘小心！小心！’接着又喊道：‘喂！下面的人听着！小心！’我抓起灯，把它变换成红色，一边朝那人影直奔而去，一边喊：‘怎么了？出什么事了？在哪儿？’当时他就站在黑洞洞的隧道外边。我一边靠近他，一边纳闷，他为什么用衣袖遮着眼睛。我跑到他跟前，伸出手，想把那衣袖扯掉，顿时他不见了。”

“跑进隧道了？”我说。

“没有。我跑进隧道，走了五百码，停下，把灯举在头顶上，看到了里程碑上的数字，看到了石壁上蜿蜒而下的水渍，看到了拱顶上渗出的水点。我赶紧跑出隧道，比进去的时候跑得快（我讨厌这鬼地方），我用手里的红灯照着，在那盏红灯四周查看，又用铁梯爬到隧道顶上的平台，然后下来，跑回这房中。我向铁路两头发了电讯：‘我接到了警报。出什么事没有？’两头的答复都是‘一切正常’。”

我感到仿佛有一只冰冷的手在我的背脊上慢慢移动，但我强作镇静，对他说，那个人影一定是他的错觉，疾病影响了主管视觉器官的神经，这种幻觉便会产生。它常常弄得病人烦躁不安，有些病人意识到了这种苦恼的本质，对自己进行试验，结果也证实了这点。“至于那个幻觉中的喊声，”我说，“在这个怪异的山沟里，我们用这么低的声音说话时，你只要听一会儿风的声音，或者听一下风怎样在电报线上呼啸而过，你就会产生那种幻觉。”

我们坐在那儿听了一会儿后，他说，我的话很对，他应该对风和电线多了解一点——他时常得独自一人在这里守望，度过漫长的冬夜。但他又说，他的话还没讲完。

我请他原谅，于是他拍拍我的臂膀，慢慢地说了下面的话：

“在那个鬼出现后不到六个小时，这条铁路线上发生了一起重大车祸，不到十个小时，死伤者便陆续运出隧道，经过了那个幻影站过的地方。”

我浑身颤抖，有些害怕。但我尽量坚持着。我说，很显然，这应该是一种令人惊异的巧合，它在他头脑里留下了深刻的印象。毫无疑问，这种令人称奇的巧合是经常发生的，在分析问题时必须要考虑这一点。我又说（因为我看到他似乎要对我进行反驳），当然，我应该承认，普通人过日子思考生活问题时，巧合二字与他们不沾边。

他又请求说，他还没有说完。

我又请他原谅我再次打断他的话。

他又把手搭在我的胳膊上，用迷茫的眼睛向他背后望去，然后说道：“这是一年前的事了。过了六七个月，我已从诧异和震惊中恢复过来，可是一天早晨，天刚蒙蒙亮，我站在门口，望着那盏红灯，这时我又看到了那个鬼。”他说完，眼睛一眨不眨地看着我。

“它喊了没有？”

“没有。它没有喊。”

“它挥动手臂了吗？”

“没有。它只是靠在灯杆上，用两只手遮住了脸。就像这个样子。”

我又一次看着他的动作。这是哀悼的动作。我在坟地上见到过这种姿势的石像。

“你向他走过去没有？”

“我回到屋里坐下，一是想冷静冷静，一是我当时有些头晕。等我重新回到门口时，阳光已照在头顶，那个鬼不见了。”

“但接着有没有发生什么？没有出什么事故吧？”

他用食指在我手臂上轻轻叩了两三次，每次都露出害怕的神色：

“就是那天，一列火车驶出隧道时，我从靠我这边的车窗中发现车内乱糟糟的，许多人的头和手挤在一起，还有什么东西在舞动。我一看到，立刻向司机发出信号：停车！他关掉机器，紧急刹车，但火车仍从这儿向前滑行了一百五十多码。我追了上去，还没有到，就听到了可怕的尖叫声和哭喊声。在一节车厢中一个漂亮的少女突然死了，她被抬到这屋里，停在我们中间的这块地上。”我情不自禁地把座椅向后推了推，看看他指的那地板，又看看他本人。

“这是真的，先生。真的，当时的情形确实就是这样。”

我不知道该说什么好，我感到口渴。风在电线上呜呜地叫着，仿佛是在为他的故事哀鸣。

他接着说：“所以，先生，想到这个，你就清楚我心里多么烦躁不安了。一个星期前那个鬼又回来了，从那以后，它经常来，忽隐忽现。”

“在红灯那儿吗？”

“在红灯那儿。”

“它在做什么呢？”

他装出拼命喊叫的样子，重复了一遍前面做的那个手势，叫道："看在上帝的分上，走开！"接着他又说："这使我无法平静或休息。它对着我喊，喊了几分钟之久，而且显得十分危急，'下面的人听着！小心！小心！'它站在那儿向我挥手。它使我的小电铃发出声响……"

我接过这个话头，问道："昨天晚上我在这儿时，你走到门外，是因为它弄响了你的电铃吗？"

"是的，响了两次。"

"啊，清楚了，"我说，"你被你的想象误导了。我眼睛看着铃，耳朵也在听着，我可是一个大活人，我当时没有听到什么铃声。没有，别的时候也没有听到，它只在车站与你联系时，才按照事物的自然法则发出声音。"

他摇摇头："那样的错误我还从没犯过，先生。鬼的铃声和人的铃声，我从来不会搞混的。鬼的铃声是铃的一种奇怪的震动，它没有任何来源，铃也从来不动一动。你没听到铃声，没什么奇怪的。但我听到了。"

"那你向外面看的时候，鬼还在那儿吗？"

"在那儿。"

"两次都在？"

他坚定地重复了我的话："两次都在。"

"你愿意跟我一起到门外去找它吗？"他咬着下嘴唇，似乎有些不愿意，但还是站了起来。我开了门，站在台阶上，他则站在门口。那儿的红灯亮着。可以看到那阴森森的隧道口。可以看到两旁高高的潮湿石壁，还有头上的星星。

"你看到它没有？"我一边问他，一边特别注意他的脸色。他的眼睛鼓起，睁得大大的，但也许，我急切地把目光投向那同一地点时，我的眼睛也是这样睁得圆圆的。

"没有，"他答道，"它不在那儿。""没错。"我说。

我们重新回到房里，关上了门，坐到各自的座位上。我正在思考如何利用眼下这所谓的优势时，他又开口了，而且显得一本正经，在事实问题上我们之间似乎没有分歧，这使我觉得我还是失败了，又落到了非常不利的地位。

"先生，现在，你应该十分清楚了，"他说，"使我这么害怕、这么心烦的是这个问题：那鬼到底要向我表示什么呢？"

我告诉他，我并不认为我已完全明白了这一点。

“它在警告什么？”他一边说一边琢磨，眼睛望着炉火，偶尔也看我一眼。“那是什么危险？在什么地方？铁路上随时随地都有可能发生危险，也可能发生可怕的灾难。前两次出事后，还会发生第三次，这是不容置疑的。但是这的确搞得我惶恐不安。我能做什么呢？”

他掏出手帕，擦了擦额头上的汗珠。

“如果我用电报向铁路一头，或者两头，发出危险警报，我却讲不出什么原因，”他接着说，两只手搓了搓，“那只能自找麻烦，一点好处也没有。他们会认为我疯了。事情会这样：我发电报说，‘危险！注意！’他们回电说，‘什么危险？在哪里？’我发电说，‘不知道。但是看在上帝的分上，小心！’他们会把我撤换了事。他们除了这样做还能怎样？”

他内心痛苦，很值得同情。这是一个有良心的人所感受到的精神折磨，他要为生命负责，可又不知道怎么尽责，这让他忍受不了。

他撩了撩乌黑的头发，显得非常忧郁苦闷，他一边用两手在太阳穴那里揉擦，一边说：“如果事故一定要发生，为什么不告诉我发生在哪里？如果这可以防止的话，为什么不告诉我怎么防止？它第二次出现时，用手遮着脸，它为什么不告诉我‘她快死了，让她留在家中’？如果那两次来是为了让我看到，它的警告是真的，让我对第三次事故有所防备，那为什么现在不向我明确提出警告？而我，上帝呀！我只是守在这偏僻地方的一个可怜的信号员！为什么它不去找别的可以信任又有能力采取行动的人呢？”

看到他这副样子，我觉得为了这可怜的人，也为了公众的安全，我现在应该做的就是安定他的情绪。因此，抛开我们之间所有关于真与假的问题，我对他说，只要忠实履行了自己的职责，这就行了，虽然那些令人困惑的现象他不理解，但他理解自己的责任，在这一点上，他起码应该感到欣慰。我这样说很奏效，比说服他放弃他的信念要好得多，他冷静了下来；夜已深，他的岗位要求他注意力集中，于是在凌晨两点，我离开了他。我原先说要在这儿过夜，但他不同意。

我上山的时候，不断回头看那盏红灯，我讨厌它，要是我的床就在它下方，我一定睡不好，我没有理由隐瞒这一点。那两次意外事故和那个死去的姑娘使我感到不快，我也不想隐瞒这个感觉。

但我考虑得最多的是，知道这个秘密后，我该怎么办？那个人是聪明的、机警的、勤劳的、一丝不苟的，这无须再证明；但依现在的心理状态看，他能坚持多久？虽然他是一个小职员，但他担负着非常重要的责任，我（比如说）会冒生命危险，以确保他继续一丝不苟地履行他的职责吗？

如果我把这个秘密告诉他公司的上级，我觉得那是对他的背叛，我不能那么做。我没有坦率地跟他说，也没有提出一个折中的办法，我最后决定陪他（同时暂时保守他的秘密）去看我们所知道的当地最好的医生，看他有什么好办法。他对我说过，第二天日出后一两个小时，他就下班，日落后再上班。我跟他约定到时候再去看他。

第二天傍晚天气很好，我提早出门，想欣赏欣赏美丽的夜色。我穿过田野，来到深沟上方时，太阳还没有下山。我自言自语说，我再溜达一个小时，半个小时往前走，半个小时往回走，这个时间去信号员的小屋正好。

还没有来得及溜达，我走到峭壁边初次看到他的那个地点，不由自主地向下看去。我看到隧道口附近一个人用左手的衣袖遮住眼睛，拼命挥动着他的右手。当时的惊恐心情，我无法形容。

不可名状的恐怖压得我透不出气，但很快就过去了，因为我马上发现，那是一个真正的人，离他不远还有一小群人，他似乎是在向他们表演他刚才做的手势。那个红色信号灯还没点亮。灯杆旁边搭了一个矮小的木棚，这是我以前从未见过的，它由几块木板和一块帆布构成，大小跟一张床差不多。

我不由自主地感到这儿出事了，自责、恐惧刹那间穿透了我的心，这灾祸可能是由于我的离开，又没有通知叫人去调查或纠正他做的事。——于是就沿着石壁小径尽快往下走。

“出什么事了？”我问那些人。

“今天早上信号员被压死了，先生。”

“是值班房的那个人吗？”

“是的，先生。”

“是不是那个我认识的人？”

“你可以自己看一下，先生，是不是他。”那个人代表大家说，庄严地脱下帽子，拎起帆布的一只角，“他的脸还很安详。”

“天哪，这是怎么啦，怎么发生的？”我问问这个人，又问问那个人，这时小木棚关上了。

“他是被火车头撞倒的，先生。在英国没人比他更熟悉自己的工作。但不知什么原因他没有退出轨道，那时天已大亮。他吹灭了火，把灯提在手中。火车驶出隧道时，他背对着车头，火车把他压倒在下面了。那个人就是火车司机，他在给人们解释。汤姆，来给这位先生演示一下。”

这是一个穿黑色粗布衣服的人，他走回到隧道口他原来站的地方。

“在隧道中火车打弯时，先生，”他说，“我看到他站在隧道口，好像是从望远镜中看到的一样。我来不及减速，但我知道他一向十分小心。由于他似乎没听到汽笛声，火车却在向他驶去，我一边赶紧关闭机器，一边尽力大声喊他。”

“你喊什么啦？”

“我说：‘下面的人听着！小心！小心！看在上帝的分上，走开！’”

我吃了一惊。

“啊！这个时刻太可怕了，先生。我不停地喊他。我不敢看，用这只手臂遮住眼睛，用这只手臂一直挥到最后，但一切都是枉然。”

我不想再谈其他细节了。在故事结束的时候，我想指出，火车司机发出的警告，不仅与不幸的信号员向我讲述的那些令他心烦的话完全相同，而且与我自己——不是他——为他所模仿的那个手势配上去的话（只存在于我的脑海中）完全相同。

（汉译：戎林海）

冬之歌

［英］威廉·莎士比亚

条条冰柱儿挂在屋檐下，

牧童迪克呵气暖着手掌，

汤姆把柴火抱进了厅堂，

一桶桶牛奶冻在了路上：

天寒地冻，道路也变了样，

鸱鸮瞪着眼睛在夜里高唱

哆呵唉哆呵！

唱得倒是满欢畅！

而满身油垢的琼正将锅里的奶脂撇上。

寒风飕飗满天响，

咳嗽声盖住了牧师的布道，

鸟雀们在雪窝里蜷缩住颈项，

玛丽安的鼻子冻成了红椒样；

烤螃蟹在锅中吱吱地响，

鸱鸮瞪着眼睛在夜里高唱

哆呵唉哆呵！

唱得倒是满欢畅！

而满身油垢的琼正将锅里的奶脂撇上。

（汉译：戎林海）

冬天的风儿，你吹吧，吹吧

［英］威廉·莎士比亚

冬天的风儿，你吹吧，吹吧，
你并非不善良
而人忘恩负义却没商量；
你的牙齿不怎么锋利，
因为你隐身看不见，
虽然你的风力粗狂有劲。
哎哟嘀，哎哟嘀，歌唱一曲给冬青，
友情通常是伪装，爱情就是愚蠢状：
哎哟嘀，冬青，
今生真开心。

严寒刺骨的天气，你结冰吧，结冰吧，
你不会将人冻伤

而见利忘义的人不一样；

虽然你使河水扭曲变形，

你给人的刺痛哪有

朋友将你忘却带来的伤痛那么强。

哎哟嗬，哎哟嗬，歌唱一曲给冬青，

友情通常是伪装，爱情就是愚蠢状：

哎哟嗬，冬青，

今生真开心。

（汉译：戎佩珏）

冬天的狮子

[英] 威廉·莎士比亚

饥饿的狮子在咆哮，
野狼对着月亮吠叫。
干重农活的耕夫打着鼾，
累人的农活使他疲惫不堪。

废弃的燃烧的木头在发光，
仓鸮在尖叫，
哀哉，让可怜的人儿躺下，
记得用裹尸布盖上。
现在是夜晚时光
每座坟墓张大嘴喘着气儿，
每个幽灵显得轻松快活，
滑行在教堂墓地的路上。

我们精灵们也跟着跑，

跟着三头六臂赫卡忒[7]的人儿跑，

太阳尚未升起，

我们梦幻般地趁着黑暗跑，

嬉戏打闹；没有一只老鼠

会来这空荡荡的房中打扰。

之前有人给我一把扫帚，

去把门后面的灰尘扫走。

行将熄灭的火光，

在房中发出一闪一闪的亮光；

每一个小妖和精灵

像鸟儿在蔷薇丛中轻快地跳出跳进！……

（汉译：戎佩珏）

① 赫卡忒，希腊神话中掌管月亮、大地和冥界的女神，据说有三头六臂。——译者注

林中挽歌

［英］乔治·梅瑞狄斯

一阵风儿吹得松树摇晃摆动，
而地面一丝风儿也不动；
地上的苔藓照常发着亮光，
盘根交错的
树根上方，
松树的枯叶落下死亡；
寂静无声犹如在大海下方。

头顶上方，头顶上方
生命捷速前行，
就像云朵相互追逐一样；
我们终须去，
就像树上的果实掉下一样，

我们，就是我们，

结果也是这样。

（汉译：戎佩珏）

冬天的十四行诗

［英］克里斯蒂娜·罗塞蒂

旅鸫鸟说：春天永远不会来了，
我也无须再为筑巢而操劳。
玫瑰丛说：霜儿已经疲劳，
我永远不要为了阳光或雨水而费劲了。
半月儿说：夜晚漫长却又弥漫着浓雾，
我是圆是缺，我都不在乎。
大海说：我渴了很久很久，
因为大地上的江河不能将我成就。——
春天来了，红旅鸫鸟筑好了一个巢，
兴奋地唱起了爱的歌谣。
白霜消失了，玫瑰花儿使劲地长，
长得枝繁叶茂，累累红蕊花苞。
昏暗的月亮开始发亮。

大海的波峰晒着太阳，

绿色的水面泛起涟漪，

大海的干渴依然一样。

（汉译：戎佩珏）

歌

[英] 克里斯蒂娜·罗塞蒂

我亲爱的爱人，当我已经死亡，
不要为我歌唱，不要为我悲伤；
不要将玫瑰花儿栽在我的头旁，
也不要种栽什么成荫的松柏，
让青草在我上面生长
任凭雨露滋润；
假如你愿意，请铭记，
假如你愿意，就忘记。

我不会看到树荫，
也感觉不到下雨；
我听不到夜莺
那痛楚的歌唱声音，

晨暮间不断梦想

朝阳不再升起，夕阳不再西下；

或许我会铭记，

或许我会忘记。

（汉译：戎佩珏）

白天鹅

［英］奥兰多·吉本斯

白天鹅濒临死亡，

死神来临，她开口歌唱；

胸脯紧紧贴在芦苇滩上，

她开始生命的绝唱，她不会再歌唱：

再见吧，尘世间的欢乐；哦，死神快将我眼睛闭上；

天鹅寥寥野鹅芸芸，智者无几愚者攘攘。

（汉译：戎佩珏）

噩梦

［英］威廉·施文克·吉尔伯特

你醒着躺着，头痛郁闷，

焦虑缠身，不得安宁，

我觉得你可以想骂就骂，

没有什么不适当；

你头脑发烫——被褥计谋着你

让你睡下，趁机把你洗劫：

先是你的床罩掉了，露出了脚趾，

接着身底下的床单也悄悄地滑下了；

毛毯使你发痒——你觉得像

混合的盐卤一样——刺痛难忍，

你恼火，发脾气，又踢又摔

只剩下你和被褥。

被褥也滑落到地上，乱作一团，

你将被褥一把抓起；

之后，枕头又不听话

不是斜着就是横着！

你打了一个盹，得到了些许休息，

眼睛红肿，头痛依旧，

不过，你睡觉时做了不少噩梦

你情愿醒着的好；

在梦中，你横跨英吉利海峡，

乘坐一艘从哈威克启航的蒸汽轮船在大海中颠簸——

它有点像一个巨大的游泳机器，

也有点像一个很小的二等车厢，

你在招待（用廉价的冰激凌和冷餐肉）

一帮亲戚和朋友——

他们是一群饿鬼——从斯隆广场和南肯辛顿上的船。

在途中，你发现了你的代理人

（他今晨从德文出发）；

他个子有点矮，他告诉你

他只有十一岁，你毫不惊奇。

你同这小伙子在拼命驾驶

（顺便说一下，轮船现在变成了一辆四轮马车），

你们玩轮回纸牌游戏[7]，

你说“庄家吃平”，他骂你；

对此，你难以忍受，你举起手，

发现你冰冷得像一根冰柱，

你穿上裤子和袜子（黑色绸袜筒上绣有花边），

骑着自行车穿过了索尔兹伯里平原。

他和船员也在自行车上——他们以某种方式对这车有投资，

他给船员们讲他感兴趣的那家公司的故事，讲得很详细——

这是一套计划，怎样以低价购买商品，

---

① 指玩二十一点。由四人或四人以上参加，互不结为同伴。点数小于庄家，庄家赢，反之下注者赢。下注者点数与庄家平（相同），庄家赢。——译者注

从咳嗽药水到缆绳，所有商品

（船员们听了心里痒痒的）是对付零售商的计划，

好像这些零售商全是青菜萝卜似的，

你请一个有经验的铲土工栽种一个小小的零售商（先用鞋楦将他的靴子脱掉），

他的两腿就会生根，他的手指就会发芽，

像一棵果树开花，绽放苞蕾。

从那棵蔬菜水果零售商树上，你可以

摘采葡萄、绿豆、花菜、凤梨和越橘，

而那棵糕点师树上有樱桃白兰地，

苹果泡芙、三角包和葡萄夹心饼——

但大部分都被罗斯柴尔德家族和巴林[1]拿走，

分给你的只是一点点，你很绝望，

一下子你惊醒了过来——

你是一个有病的普通人，颈部患痛性痉挛，

① 罗斯柴尔德家族，十九世纪欧洲著名的银行世家；巴林，十九世纪英国银行家。——译者注

难怪你打鼾，因为你的头

在地板上，从脚底到小腿，

全扎满了缝纫针和别针，你汗毛直竖，

左腿麻木无知觉，脚趾患有痉挛，

鼻子上有一只苍蝇，

肺部有一些灰尘，舌头湿热，

口渴得要命，你觉得你睡得不怎么样。

黑暗过去了，白昼终于来了，

夜晚如此漫长——同样，同样，我的歌也这样——

谢天谢地，两者都成了过去。

（汉译：戎佩珏）

女巫的面包

［美］欧·亨利

玛莎·米查姆小姐在街角开了一家小小的面包店。（就是你要上三级台阶才能走到的那家，而且你一开门，铃儿就会叮当作响。）

玛莎·米查姆小姐四十岁了，她有一张两千美元的存折，外加两颗假牙和一颗富于同情的心。不少人的条件不如玛莎小姐，但他们都结婚了。

有一位每周总要来光顾两三回的顾客逐渐引起了她的兴趣。他是个中年男子，戴着一副眼镜，棕褐色的胡子修整得十分利索。

他说的英语有股浓浓的德语腔。穿的衣服不是这里磨破打了补丁，就是那里松松垮垮走了样子。但他看起来却整整洁洁、彬彬有礼。

他总是买两条陈面包。五分钱能买一条新鲜的面包，两分钱能买五条陈面包。除了陈面包他从来都不买其他东西。

有一回，玛莎小姐看到他手指上沾满了红色和棕色的污渍。打那以后，她就认定他是个艺术家，是那种过得很穷困的艺术家。毫无疑问，他住在阁楼上，在里面画着画、吃着陈面包、想着玛莎小姐面包房里的好东西。

玛莎小姐坐下来享用肉排、面包卷、果酱、香茗的时候，常常会叹息一声，她盼望着那位绅士般举止的艺术家也能一同分享她的美食，而不是在凉风嗖嗖的阁楼上吃干巴巴的面包皮。玛莎小姐的心，你已经知道了，是一颗富于同情的心。

为了证实对他职业的猜想，有一天，她把以前买来的一副特价画作从房间里拿了出来，搁在了面包柜台后面的架子上。

这是一幅威尼斯风景画。一座富丽堂皇的大理石宫殿（画上是这样标的）屹立在画中最显眼的位置上——或者说是河流前方的位置。画面其他地方则是几条贡多拉船[①]（一位女士正伸出一只手在河里划水）、一些云朵、苍穹以及大块的明暗对比。艺术家不会注意不到它。

两天后，那位顾客走了进来。

"景（请）[②]来两条陈面包。"

她给面包包装时，他说："夫人，你的发（画）不错啊。"

"是吗？"玛莎小姐说道，她陶醉在自己的小把戏之中。"我很敬仰艺术和——（不，现在说"艺术家"这个词还为时尚早），"于是改口说，"和绘画。""你觉得这画很好吧？"

"大（那）个，空（宫）殿，"顾客说，"画得不好。大（那）个都（透）视画得失真了。再见，夫人。"

他拿起面包，点了点头，匆忙走了出去。

对，他准是个艺术家。玛莎小姐把那画拿回了房间。

---

① 贡多拉又名"公朵拉"，是独具特色的威尼斯尖舟，这种轻盈纤细、造型别致的小舟已有一千多年的历史。它一直是居住在潟湖上的威尼斯人代步的工具。——译者注

② 原文为发音不标准的英语，由于顾客是德国人，所以某些字母的音发不准。如 please 发成了 blease，译者在括号里做了纠正。此类现象下文频频出现，将不一一指出。——译者注

他眼镜后面的那对明眸是多么温情，多么友善！他的额头多么宽阔！一眼就能够判断透视法——却靠陈面包过活！不过，天才在被发现之前，总要经历一番挣扎。

要是两千美元存款、一家面包店还有一颗富于同情的心给天才做后盾，那么这对艺术和透视法来说会意味着什么——但这些都是白日做梦，玛莎小姐。

现在每当他来店里，总会隔着玻璃柜台聊会儿天。他好像渴望听玛莎小姐欢快地说话。

他还是一直来买陈面包。从来没买过一块蛋糕、没买过一个馅饼，她那好吃的萨利伦甜饼也没买过。

她觉得他清瘦了些，人也有点颓废。她很心痛，想给他可怜的面包里夹带点什么好吃的，但真要行动起来她又退缩了。她不敢冒犯他。她懂得艺术家的骄傲。

站柜台的时候，玛莎小姐渐渐喜欢穿起她那件蓝点丝质背心。在后房，她用温柏籽和硼砂熬制了一种神秘的混合液。许多人都用这种东西来美肤。

一天，那位顾客像往常一样来到店里，把五分钱搁在柜台上，要买陈面包。正当玛莎小姐给他取面包那会儿，外面响起一阵喇叭和鸣笛声，一辆救火车轰隆隆地开过。

那位顾客跑到门口去张望，换成别人也是这样的反应。猛然间，玛莎小姐心生一计，逮到了这个机会。

柜台后面的最底层架子上还有一磅新鲜的黄油，这是十分钟前送奶工人刚拿来的。玛莎小姐拿起面包刀，在每条陈面包上切了一道深深的口子，朝里头塞了一层厚厚的黄油馅，然后把切口压实、收紧。

当顾客回到柜台的时候，玛莎小姐已经在给陈面包包装了。

他特别高兴地聊了会儿天才离开，玛莎小姐暗笑了起来，但心脏也不免跳得有点厉害。

她的胆子是不是太大了？他会生气吗？但肯定不会。可以吃的东西并不是说出来的话，黄油并不意味着她鲁莽到了有失未婚女子身份的地步。

那天，她在这个问题上纠结了很久。她想象着这样一个场景：他竟然发现了她的小骗术。

他会放下画笔和调色盘。旁边正立着画架，上面是他亲手画出来的、透视技法无可挑剔的画作。

他就要拿出干面包和水当午餐了。他就要切面包了——天哪！

玛莎小姐脸红了起来。他吃面包的时候，会不会想起曾经接触过面包的那只手？他会不会——

丁零当啷，前门的铃儿一阵猛响。有人进来了，好一通喧闹。

玛莎小姐连忙迎上前去。来的是两个男人。一位是叼着烟斗的年轻人——她从未见过这个人。另一位就是她的艺术家。

他的脸通红通红的，帽子戴到了后脑勺上，头发乱蓬蓬的。他攥紧双拳，凶狠地冲着玛莎小姐比画着。

“蠢货！[①]”他咆哮道，接着又喊“被雷劈死吧”之类的德语。

那位年轻人试图上前把他拉开。

“我不会走的，”他气呼呼地说道，“我还没和她把话说完呢。”

他咚咚咚地敲起来，玛莎小姐的柜台被他当成了低

① 原版书中出现的德语、法语等非英文表述在正文出现时，统一更换字体加以体现，以示区分。——编者注

音鼓。

“你外（害）惨了我，”他叫喊着，眼镜后面的那双蓝眼睛怒火中烧，“我靠（告）诉你，你就是个爱管闲事的老巫婆！”

玛莎小姐有气无力地倚靠着架子，一只手搭在那蓝点丝质背心上。那位年轻人拖拽着同伴的衣领。

“好啦，”他说，“你说得差不多了。”他将怒气冲天的那位拉到了门口的人行道上，然后折了回来。

“夫人，我想我应该告诉你，”他说，“怎么会吵成这个样子。他叫布卢姆伯格尔，是个建筑绘图师，我和他在一个单位工作。”

“他辛辛苦苦连续干了三个月，一直在为新市政厅绘制一份图纸。这原本是要拿去参加大奖赛的。昨天他把线条都勾好了。你知道，绘图师总是先用铅笔打草稿的。图画好后，就会用大量的陈面包屑把原来的底稿给擦掉。这效果比用橡皮要好。”

“布卢姆伯格尔一直从你这里买面包。唉，今天——哎呀，夫人，你知道的，那黄油——哎呀，布卢姆伯格尔的图纸什么用场也派不上了，只能裁开来去给火车上的三明治当包装纸啦。”

玛莎小姐进了后房。她脱下了蓝点丝质背心，复又穿上了那件平日里的棕色旧哔叽衫[1]来。随后，她把温柏籽和硼砂熬制的混合液全都倒进了窗外的垃圾桶。

（汉译：黄橙）

① 用精梳毛纱织制的一种毛织物。——编者注

奥哈拉[1]，或现代幽灵[2]

［法］居伊·德·莫泊桑

五月八日——多么美好的一天！整个上午我都躺在房前草地上，草地上一株悬铃木，巨大的树冠笼罩了整个草坪，绿荫遍地。我喜欢这片土地，我爱在这儿生活。因为我已深深扎根在此，盘根错节的根系让我对这片土地生出依恋，我的祖辈们在这儿生生死死。我依恋这里人们的思想，依恋他们的食物，也关注他们的习俗。我依恋当地的特色词汇，农民们操着的奇怪乡音，依恋泥土的芬芳、乡村的味道，也依恋空气中的气味。

---

① 此标题 Horla 不是法语词，而是一个新造词汇。法语原文是 Le Horla，一般认为是由 Hors La 变化而来，意思是“在外面”“越出现实范围之外”“彼岸世界”（亦即笼罩着主人公的奇幻氛围）。现根据法语读音音译为“奥哈拉”。——译者注

② 原文题目为“奥哈拉”，英文译者在其后增加了“或现代幽灵”字样——译者注

我爱这所房子，我在此长大。窗外就是塞纳河，流经我家花园外围。穿过我家院子的那条路尽头，宏伟宽阔的塞纳河流向鲁昂和勒阿弗尔，河上船只来往如梭。

河流下游左边是鲁昂，这座大城市里蓝色屋顶的房子鳞次栉比，无数哥特式的尖顶塔楼矗立其中。这些塔楼有的精巧异常，有的雄伟宽敞，大教堂雄踞其上，教堂尖顶上挂满了钟，晴朗的早晨钟声悠扬，飘荡于清澈的空气中，甜美的铸铁撞击声伴着风力的强弱时响时轻，随风从远方飘进我的耳朵。

这是一个甘之如饴的清晨！

十一点左右，一艘苍蝇般大小的蒸汽拖船拖着一列长长的船队从我门前经过，喷着浓烟，吃力地发出噗噗声。

两艘英国双桅船开了过来，船上红旗飘扬，紧跟其后的是一艘巴西三桅帆船，船通体洁白，非常宏伟闪亮。一见它我就心生欢喜，竟然莫名其妙地向它行礼致敬。

五月十二日——近几天我稍微有点发烧，身体不舒服，也可以说我情绪有点不高昂。

不知道我身边什么时候来了股神秘的力量。它让人从开心到沮丧，从自信满满到自我怀疑。可能有人差点脱口而出说是空气，看不见摸不着的空气里，充斥着一种不可知的力量，虽然我们对它一无所知，但得与之共存。我一觉醒来，神清气爽，想放声歌唱。可是不知道为什么，我沿着水边朝南走了一小段路，突然觉得心神不宁，于是折返回家，好像觉得家里有什么不幸在等着我一样。这是怎么了？难道是我皮肤感到的一阵寒意扰乱了我的心绪，让我情绪低落？难道是云彩的形状，或者天空的颜色，或者周遭事物变化多端的颜色，闪现在我眼前时扰乱了我的心绪？谁能说得清楚呢。我们周围的一切事物，都会快速地作用于我们各个感官，包括不用看就映入眼帘的，不用了解就触碰到的，不用感觉就得处理的，不经明确辨认就遇到的一切事物，通过各种感觉影响我们的想法，也影响我们情绪本身，这种影响不可思议，说不清也道不明。

这种无形的东西是多么神秘莫测啊！在它面前，我们身上的感觉器官迟钝得可怜，根本感受不到。我们的眼睛东西太小太大都看不见，太近太远也看不见，看不见星球上的居住者们，也看不见一滴水里的生物。我们的耳朵经常欺骗我们，因为它们把空气的震动转化成铿锵有力的音符，像仙女施展魔法一般，把各种声音转化为音乐，使大自然无声的骚动悦耳动听起来。我们的嗅觉还不如狗的嗅觉，我们的味觉甚至都品不出葡萄酒的年份！

噢，要是我们长有其他器官，能帮我们创造其他种类的奇迹，我们会发现身边有多少新奇的事物呀！

五月十六日——我生病了，确定无疑！上个月我还身体健康！现在我发烧了，烧得厉害，烧得我浑身乏力，毫无精神。烧得我感觉到某种危险迫在眉睫，一直担惊受怕，感到灾祸来临，死亡将近，预感到自己已经患上某种不知名的疾病，它滋生于我的血肉躯干中。

五月十八日——我刚去医生那里看完病，因为我没法睡觉。医生说我脉搏跳动很快，瞳孔放大，神经高度紧张，但是没出现危险症状。我得冲个澡然后喝点溴化钾。

五月二十五日——还是一样的状况！我的病情确实很奇怪。一到晚上，我就会突然莫名地不安，仿佛黑夜里隐伏着某种可怕的威胁。我飞快地吃完饭，想看看书，但我根本看不懂单词，甚至连字母都无法辨认。然后我起身在客厅里踱来踱去，一种说不清楚也无力抵抗的恐惧攫住了我，我害怕睡觉，害怕看到床。十点左右，我上楼去卧室。走进房门，我赶紧把门上了两道锁，还拴上门闩：我害怕……怕什么呢？……在这之前我什么都不怕……我打开衣柜，检查床底；我听……我听……听什么呢？……这事儿难道不奇怪吗？身体一点小小的不适，阻碍或者加快了血液循环，可能是神经末梢发炎，或者轻度梗塞，或者我们这台精巧但不完美的机器运转有点受阻，居然把一个最快活的人变得郁郁寡欢，把一个最勇敢的人变得怯懦无常。然后我上床等着入睡，就像等待刽子手行刑一样。我满怀恐惧地等待着，心跳加速，两股颤颤，温暖的被窝里我整个身子直哆嗦一直到我突然睡着，就像一个跳进一潭死水中想把自己淹死的人那样。我感觉不像原来一样，这次睡神光临，难以置信。它就在我身边，看着我，控制了我的头脑，闭上了我的眼睛，彻底击垮了我。我睡着了——睡了很长时间——可能有两三个小时——然后开始做梦——不——是场梦魇。我清楚地知道我是躺着睡的……我很清楚这点……然后我也感觉到有人走近我，盯着我看，抚摸我，爬上我的床，跪在我的胸口上，双手掐住我脖子，使劲掐……使劲掐……使出他全身力气，想把我掐死。

我挣扎着，却无法动弹，陷入梦里常有的那种瘫痪无力。我试着叫喊，——却无法发声；——我想移动身子，——可是挪动一下都不行；——我费尽气力气喘吁吁，试图翻个身，甩掉这个压在我身上想掐死我的家伙——可我做不到！

然后，我突然醒了过来，浑身被汗水湿透，瑟瑟发抖。我点着一根蜡烛发现就我一个人。这种梦魇每晚都有，过后，我终于安静地睡着了，一直睡到天亮。

六月二日——我的病情越来越严重，这到底是怎么了？溴化剂和淋浴都没起作用，我一点没好转。有时候，尽管我已经相当疲劳了，但为了让自己精疲力竭，我到鲁马雷森林去散步。刚开始时，我想森林里光线柔和，新鲜的空气里夹杂着各种药草和树叶的味道，一定会给我的血管注入新鲜血液，会给我的心脏添加新的能量。我走上林中一条宽阔的骑行道，然后穿过一条窄路往拉布耶方向走，小路两边长着参天大树，在我头顶撑起一个厚厚的绿得发黑的屋顶，抬头都看不见天空。

突然我全身一阵战栗，不是寒战，而是一种剧痛引起的战栗。于是我赶紧走快起来，我感到不安，因为林子里就我一人，毫无来由地我被这无边的孤独吓傻了。顿时，我觉得有人紧紧地跟在我后面，离得很近，几乎要碰到我的脚后跟了。

我猛地转过身。没人跟在我身后。只看到一条笔直宽阔的骑行道，路两旁树木参天，路上空无一人，令人生畏。一眼望去，远远的路尽头也空无一人，令人心生恐惧。我闭上眼睛。也不知道为什么这样做，我开始用一只脚跟着地，像陀螺那样快速旋转起来，差点儿跌倒时我睁开眼睛看到大树在我身边跳舞，地面起伏，我不得不坐下来。接着，啊！我想不起怎么来到的这里！奇怪的念头！非常非常奇怪的念头！我竟然一点都不清楚自己是怎么来到了这里。我起身朝右边走去，折回到我走过的那条通向森林中央的大道上。

六月三日——折腾了一晚上，太可怕了。我得离家几个星期。毫无疑问来一场旅行可能会让我恢复。

七月二日——我到家了。几乎痊愈，而且历经了一次最开心的旅行。我去了圣米歇尔山[①]，以前我从没游览过的地方。

阿弗朗什傍晚时分的景色一片绝美！城镇坐落在小山上，我被带到小镇尽头的公园时不由得发出一声惊叹。眼前一片超大的海湾，一眼望不到边，海湾两边的山脉在薄雾中若隐若现。而在这片辽阔的黄色海湾中央，明亮的金黄色天空下，一座造型奇特的尖顶山，暗沉沉地矗立在沙滩中央。太阳刚下山，天空还红彤彤的，映照着山的岩顶，山顶看上去像一座宏伟的纪念

① 又称圣弥额尔山，是法国著名古迹和天主教朝圣地，位于芒什省一座小岛上，距海岸两公里，退潮时有滩涂与大陆相通。1979 年，圣米歇尔山及海湾被联合国教科文组织列入世界遗产名录。——译者注

碑。天破晓时我朝那座山走去。大海像前天晚上一样处在低潮，我走近了，那座令人叹为观止的大教堂就矗立在我眼前。走了几小时后，我来到这片巨大的岩石山上，它承载着这座小镇，大教堂在其上俯瞰全镇。爬上陡峭、狭窄的街道，我走进了这座哥特式建筑，它是人世间为上帝建造的最宏伟的教堂，大小如一个小镇，里面造型精美的大石柱撑起巨大的拱顶和巍峨的长廊，四处散落的低矮房间，仿佛埋在其中一样。我走进了这座巨大的大理石珍宝建筑，它像蕾丝一般光亮明艳，上面布满塔楼和精巧的小钟楼，里面装有直达楼顶的盘旋楼梯。每座塔楼楼顶造型奇特，布满怪物喀迈拉[①]、各种鬼怪、奇形怪状的动物、巨型花朵，塔楼间建有精雕细刻的拱桥将它们连成一体，白天一齐愤怒地朝向湛蓝的天空，晚上则愤怒地瞪着漆黑的夜空。

我登上塔顶，对陪我一起上来的修士说道：“神父，您在这儿一定很快乐！”他答道：“这儿风很大，先生。”于是我们开始一边聊天，一边观看上涨的潮水，

① 喀迈拉，古希腊故事中狮头、羊身、蛇尾的吐火怪物。——译者注

潮水已经漫过沙滩，给它披上了件钢铁护甲。

然后修士给我讲故事，全都是流传于当地的古老传说，除了传说，还是传说。

其中有个传说让我印象颇深。当地人，那些属于莫尔内家族的人，声称晚上可以听到沙滩上有人讲话，接着又听见两只羊咩咩叫唤，一只声音洪亮，一只声音细弱。有人不相信，说这不过是海鸟的叫声，有时候听起来像羊叫，有时候像人在呻吟；不过有些晚归的渔夫发誓说，他们曾经遇见个老牧羊人，趁潮水涨落之间，在远离尘嚣的小镇周围的沙丘上转来转去，他头用斗篷裹着，所以他们没见过他长啥样，他走在他们前头带路，身边跟着两只白毛山羊，一只长着男人脸的公羊和一只长着女人脸的母羊，两只山羊操着一种奇怪的语言说来吵去，然后突然停止交谈，用尽全身气力咩咩直叫。

我问修士："您相信吗？"他答道："我一无所知。"接着我问他："如果这个世上除了我们还存在其他生物，怎么会这么长时间以来我们竟然一无所知，怎么会您没见过，我也不曾见过呢？"他答道："存在的物种，我们见过十万分之一吗？瞧，这儿有风，它是自然界最强大的力量，能把人吹翻，把建筑物吹倒，把大树连根拔起，在海上掀起山一般的巨浪，能吹垮悬崖，吹起浪头把大船抛向海岸，风呼啸着、呻吟着、咆哮着，风毁灭一切——您见过它吗？您能看见吗？可是它存在着，干了所有这些事情！”

听着他简单明了的推理，我无言以对。这人是个智者或者只是个傻瓜，我无法明判；于是我不再提问，他说的这些道理，我也时常想到。

七月三日——我睡得很不好；家里肯定有一种引发热病的影响因素，因为我的马车夫也患了跟我同样的病。昨天我到家，发现他脸色异常苍白。于是问道：“让，你哪儿不舒服吗？”“我一点都睡不着，先生，晚上跟白天一样，睡不着。自从您离开家，我就像中了邪。”

然而，其余的仆人都好好的，我很怕自己会重新发作。

七月四日——我又做那些噩梦了，跟以前一样，毫无疑问，病又重新发作了。昨天夜里，我感到有人俯在我身上，嘴对着我的嘴，吸食我的生气。是的，他就像蚂蟥吸血一样，把我的生气从喉咙里吸出来。然后他吸饱了，站起身，我醒了过来，精疲力竭，憔悴不堪，身子动弹不得。要是这种情况还持续些日子，我务必要再次离家。

七月五日——我失去理智了吗？昨晚发生的事，我亲眼所见的事，太奇怪了，我一想到就感觉神志不清，满脑子一团乱麻！

我锁上门，现在每晚我都会这么做，然后，觉得口渴，我喝了半杯水，意外地发现水瓶里的水一直满到了雕花玻璃瓶塞。

接着我躺上床，像往常一样折腾着睡着了，大概两个小时后，从更大的惊吓中醒了过来。请您想象一下这样的画面：一个人睡着了，有人谋杀他，他醒过来发现胸口上插着一把刀，浑身是血，嗓子里嘎嘎作响，没法呼吸，快要死了，并且完全不清楚发生了什么——这就是我当时的情况。

清醒过来后，我又觉得口渴，于是点上蜡烛，朝着放水瓶的桌子走去。我拿起水瓶，往玻璃杯里倒水，没有一滴水流出来。瓶子是空的，什么都没有！一开始我没弄明白怎么回事；不过我突然吓坏了，不得不坐下来，更确切地说，我瘫倒在椅子上！紧接着，我又一下子跳了起来，朝四周张望！接着我又坐了下去，坐在那个透明的晶质玻璃瓶面前，惊恐万分，我目不转睛地盯着它，想弄明白到底是怎么回事。我双手在发抖，有人喝了瓶里的水，可是谁干的呢？是我吗？毫无疑问是我。只会是我，不会是别人吗？看来，我是一个梦游者，我过着一种神秘的双重生活，并且对此一无所知，这种神秘的双重生活使我怀疑自身是不是有两个个体，或者另外存在一个看不见的未知怪物，指挥着我们的肉体，使之听命于它，像平时我们的肉体听命于我们自己一样，甚至更听命于它，只是我们心灵麻木迟钝时肉体不会对之做出反应。

哎，谁能理解我遭受的这种可怕的痛苦？谁能理解我当时的感受？一个头脑健全，完全清醒，十分理智的人，隔着水瓶的玻璃，充满恐惧地看着瓶里剩下的一点点水，他睡着时，瓶里的水不见了。我在那儿就那么一直坐到天亮，不敢再上床睡觉。

七月六日——我快要疯掉了。昨天夜里又有人喝光了我水瓶里的水；——更确切地说，是我又把水喝掉了！

但是，是我吗？是我喝的吗？会是谁喝的呢？谁？啊！我的天哪！我快疯了吗？谁能救救我？

七月十日——我刚做完几个构想的实验，结果惊人。毫无疑问我疯了！然而……

七月六日睡前我在桌上放了些葡萄酒、牛奶、水、面包和草莓。有人喝掉了——我喝掉了——所有水和一点儿牛奶。葡萄酒、面包和草莓没人动过。

七月七日我做了相同的实验，结果一样。

七月八日我没放水和牛奶，其他东西都没人动过。

最后一天，七月九日，我在桌上只放了水和牛奶，特地用白色棉布把玻璃瓶包起来，把瓶塞也绑住。然后用铅笔芯在嘴唇、胡子和双手上都涂了一遍才上床睡觉。

难以抵挡的睡意让我沉沉睡去，但不一会儿我就惊醒了。我没有动弹，被单上也没有印渍。我冲到桌边。

包着瓶子的棉布原封未动，我解开绳子，害怕得抖抖索索。水喝光了，牛奶也喝光了！噢，我的天哪！……

我必须马上动身去巴黎。

七月十二日——巴黎。前几天我肯定是精神失常了！除非我真的梦游，否则我一定只是被自己贫乏的想象力玩弄了一番，或者我被置于催眠术中，被它所控制，催眠术虽然无从解释，但是确实存在。不管怎样，我的精神失常已至疯狂的边缘，在巴黎待了一天一夜后足以使我恢复如常。

昨天，办完几件事，见了几个人后，我又感觉神清气爽了。东游西逛到傍晚时分，我来到法兰西剧院，正在上演亚历山大·小仲马[①]的一部剧，剧本里他那积极强大的思想彻底把我给治好了。当然，对思维活跃的人来说，独自一人是很危险的事。我们需要有人在边上一起交谈，交流思想。如果独处时间太长，幽灵就会乘虚而入。回酒店的路上，经过一条条林荫大道，我情绪高

---

① 亚历山大·小仲马（1824—1895），法国剧作家、小说家，代表作品有《茶花女》。——译者注

昂。穿过人群时，我想到过去的一个星期中经历的种种恐惧和猜疑，觉得真好笑。因为我曾经认为，是的，我确信有一个看不见的东西跟我同处一个屋檐下。我们的头脑如此脆弱，只要遇到件无从解释的小事就会丧失理智，惊慌失常！

我们会马上想象到发生了可怕的神秘事件或是遇到了什么超自然的神灵，而不会得出这样简简单单的结论——我不明白发生了什么只是因为我找不到原因。

七月十四日——共和国国庆节。我在街上溜达，听到爆竹声声，看到彩旗飘飘，我高兴得像个孩子。不过，在一个政府规定的日子里感受欢乐，是一件非常可笑的事。民众就像愚蠢的羊群，时而宽厚忍耐，时而反抗激烈。告诉他们“尽情玩耍吧”，他们就快乐地玩耍起来。告诉他们“去跟邻国打仗”，他们就去打仗。告诉他们“投票赞成皇帝吧”，他们就去投票赞成皇帝。然后告诉他们“去投票赞成共和国吧”，他们就去投票赞成共和国。

指挥他们的人也是傻子。不过他们服从的不是人，是原则，而原则只可能是原则，它们荒谬、无用、虚假，也就是说，原则不过是些确定的不能改变的想法而已，而人在世上无法确定任何东西，光是幻觉，声音也是幻觉。

七月十六日——昨天遇到了一些让我心神不宁的事情。我到表妹萨布莱夫人家吃晚饭，她丈夫是利摩日[①]的第七十六骑兵团上校。一起用餐的还有另外两位女士，一位女士的丈夫巴朗博士是位医生，专门研究神经方面的疾病以及目前催眠术和催眠暗示实验中发现的异乎寻常的临床病症。他详细地向我们介绍了英国科学家们和南锡学派[②]的医生们在这方面取得的惊人成果。他列举的那些事实在我看来非常奇怪，对这些说法我表示根本不相信。

“我们即将发现自然界最重大的秘密之一，”他宣

① 利摩日，法国南部上维埃纳省省会。——译者注

② 南锡学派，19 世纪法国的南锡学派以伯恩海姆为代表，认为催眠与神经症无关，其所以能治病完全是暗示的结果，侧重从心理学方面去研究催眠。——译者注

称，“我的意思是说，就要发现这个地球上最重大的一个秘密，因为在遥远的其他星球上肯定还有许多不同种类的重要秘密。自从人类开始有思想并开始表达和记录自己的思想，就发现身边有一种神秘现象，而人类的感官不够完善和精细，对这种现象无法参透，所以，人类靠自己的智力来弥补感官能力的不足。当人类智力处于发展的初级阶段时，遇到这些神秘现象，他们就会普遍把它们想象成可怕的样子。然后人们开始相信超自然力量，相信各种传说，关于那些行踪飘忽的精灵、仙女、地精和鬼魂的故事。我甚至可以说，关于上帝的传说，不管哪种宗教传递给我们的创世主的各种形象都是人类自己的虚构，这些形象又平凡又傻简直不能接受，都只是我们人类脑子在受到惊吓时蹦出来的。伏尔泰①说的这句话千真万确：‘上帝按照自己的形象造人，不过人类最终也以自己的形象创造了上帝。’”

“不过近一百多年来，人类似乎有了新发现。麦斯

① 伏尔泰（1694—1778），原名弗朗索瓦－马利·阿鲁埃，笔名伏尔泰，18世纪法国启蒙思想家、文学家、哲学家。文中的这段话见于他的《蠢话录》。——译者注

麦[①]还有其他人把我们领上了一条意料之外的道路，尤其在最近两三年里，我们获得了一些真正让人惊讶的成果。”我的表妹笑着表示不信。巴朗大夫对她说：“您愿意让我试试对您催眠吗，夫人？”“当然，我很乐意。”

她在休闲椅上坐下来，医生开始目不转睛地注视她，使她开始入睡。突然我觉得自己有点儿不对劲，心怦怦直跳，喉头发紧。我看到萨布莱夫人眼睛发沉，嘴唇翕动，胸口起伏，十分钟后她睡着了。

“站到她身后去。”医生对我说。于是我在她背后坐下。他在她双手间塞了张名片，对她说：“这是一面镜子，您从镜子里看见了什么？”她答道：“看到了我表哥。”“他在干什么？”“他在捋胡子。”“现在呢？”“他正从口袋里掏出一张相片。”“谁的相片啊？”“他自己的。”

完全正确。那张照片是当天晚上给我送到旅馆来的。

① 麦斯麦（1734—1818），奥地利医生。生于德国巴登。因相信从星体中流出的磁力会影响人的生命，从而在磁石影响生命的实验中发现了通磁可使一部分人进入昏睡状态，这种状态对于心理疾病具有一定的治疗作用。由此发明了心理治疗方法“麦斯麦术”。主要著作有《天象仪的影响》(1766年)、《动物磁力的发现史》(1779年)。——译者注

“照片上他是什么姿势？”“站着，手里拿着帽子。”

这些都是她从那张卡片上看到的，就是那张白色小纸片上看到的，就像她真的从镜子里看到的一样。

两个年轻女士惊叫道：“够了！够了！真的够了！”

但是医生不容置疑地对她说：“您明早八点起床，然后到旅馆去找您表哥，让他借给您五千法郎，您丈夫马上就要去旅行，他需要您给她这笔钱。”

然后就让她醒了过来。

回旅馆的路上，我一直在想着这场令人称奇的通灵会。脑子里疑云重重，我并不是怀疑我表妹的诚实，她毫无疑问绝对可靠，因为她从小我就了解，就像我自己的亲妹妹一样。我是怀疑医生可能耍了什么花招。他会不会把一面镜子藏在手里，让睡着的年轻女士看卡片的同时也让她看到了这面镜子呢？职业魔术师干的事情比这还要离奇古怪呢。

然后我回家躺上床，早上大概八点半左右，贴身仆人把我叫醒，对我说：“先生，萨布莱夫人要求即刻见您。”于是我连忙穿好衣服，接待她。

她坐在那里有些焦躁不安，眼睛看着地面，面纱也没有撩起，对我说："亲爱的表哥，我要请您帮个大忙。""帮什么忙，表妹？""我不想向您开口，但是又非开口不行。我迫切需要五千法郎。""什么？您需要？""是的，我需要，或者说，我丈夫需要，是他让我替他借到这笔钱。"

我惊讶万分，跟她说话时都结巴了。我自忖道，她真的没有和巴朗医生一起捉弄我吗？难道不会是一出闹剧？他们事先准备好并且演得非常逼真。但是我仔细地盯着她看了会儿后就不再有所怀疑了。她焦急万分，浑身发抖，走出这一步对她来说异常痛苦，我清晰地听到她一直在呜咽抽泣。

我知道她非常有钱，于是又问道："什么？您丈夫手头缺五千法郎！好好想想。您确定是他派您来向我借钱？"

她迟疑了几秒，像是在尽力回忆，然后她答道："是的……是的……我非常肯定。""他写信给您了吗？"

她又犹豫起来，回想着。我看出她在苦苦思索。她不清楚。她只知道她要替她丈夫向我借五千法郎。于是她编了个谎。"是的，他写了信给我。""拜托，这是什么时候的事？昨天都没听您提起。”“今天早上收到的信。”“您能给我看看吗？”“不行……不行……不行……里面有些私密话，是我俩之间的私事……我已经把信烧了。”“这么说您丈夫欠了外债？”

她又迟疑起来，然后低声嘟囔道：“我不知道。”于是我直截了当地说：“亲爱的表妹，我现在手头没有五千法郎。”

她痛苦地嚷了起来：“哦！哦！我求您，求求您想办法帮我弄到钱……”

她激动万分，双手紧握，仿佛哀求我似的！我听见她嗓音都变了。完全受控于那条不容抗拒的命令，她哭着结结巴巴哀求道：“啊！啊！我求求您去帮我弄到钱……要是您知道我有多么痛苦……我今天就需要这笔钱。”

我充满怜惜地对她说：“我保证，您过一会儿就能拿到钱。”“啊！谢谢！非常感谢！您真是太好心了。”

我接着问她：“您还记得昨晚在您家里发生的事吗？”“记得。”“您还记得巴朗大夫对您催眠吗？”“记得。”“啊！那太好了，昨晚他命令您今天上午来向我借五千法郎，您现在正在服从这个催眠暗示。”

她想了一会儿，然后答道："但是是我丈夫要这笔钱的呀……"

我用了足足一个小时试图让她相信我说的话，但是没能成功。她走后，我去找医生。他正要出门，笑着听我讲完后他说道："您现在相信了吧？""是的，不得不信了。""我们一起上您表妹家吧。"

表妹已经躺在长椅上打盹了，她疲惫不堪。医生摸了摸她的脉搏，看了她一会儿，抬起一只手朝向她双眼，在这股不可抗拒的磁力影响下，她渐渐地闭上眼睛，等她睡着后，医生说道：

"您丈夫不再需要五千法郎了。所以您务必忘掉求您表哥借钱的事，而且，他要是向您提起，您也不会明白是怎么回事。"

然后他把她唤醒。我从口袋里掏出皮夹子说道："亲爱的表妹，这是您今天上午向我要的。"但是，她非常惊讶，我不敢再坚持。不过，我试着让她回忆起当时的情形，可她竭力否认，认为我是在捉弄她，最后还差点因此生我的气。

好了，就写到这儿吧！我刚到家，午餐没有一点胃口，根本没吃，看了这个实验我内心极度不安。

七月十九日——我把这个令人称奇的实验告诉了很多人，但他们都嘲笑我。我也不知道该思考哪方面的问题。有智慧的人说：“或许会是真的呢？”

七月二十一日——我在布吉瓦尔吃晚饭，然后参加了划船爱好者的舞会。毫无疑问地点和环境决定一切。在这个叫蛙岛的地方，谁要是相信超自然的东西那简直是荒唐透顶。……可是如果在圣米歇尔山顶上呢？……在印度呢？环境对我们的影响大得惊人。下星期我得回家了。

七月三十日——昨天我回家了。一切如常，没什么问题。

八月二日——没什么新鲜事，天气好极了。我每天都看着塞纳河流经此地。

八月四日——仆人们争吵连连。他们说有人夜里打碎了放在橱柜里的玻璃杯。我的贴身仆人指责厨娘，厨娘指责女裁缝，女裁缝又怪他们俩。谁是罪魁祸首呢？聪明人，应该会知道。

八月六日——这一次，我没有发疯，我亲眼看见了……亲眼看见……亲眼看见了！……我不再疑惧……我亲眼见到了那个东西！……

两点钟时，阳光正好，我在玫瑰树丛里散步……走到那丛开始凋谢的秋季玫瑰边上时，我停下来看那株名叫“**战斗巨人**”的玫瑰，它正盛开着三朵花，清清楚楚地，我看见靠近我的那朵玫瑰花梗弯了下来，就像有一只看不见的手在把它折弯，然后断了，就像这只手在摘花！然后花朵在空中升了起来，划出一道弧线，仿佛有只手摘到它后放到嘴边，接着，它独自待在清澈的空气里，一动不动。一个吓人的红点，距我双眼三步开外。我疯了一样冲过去想抓住它！但什么也没有抓到，它已经消失得无影无踪。然后，我觉得特别生气，气自己失去理智，因为内心严肃的人不会产生这样的幻觉。但是这真是幻觉吗？我转过身去找那个花梗，一下子就在花丛中找到了，在另外两朵花中间，是刚刚折断的。

于是我转身回家，心慌意乱；因为我现在确定，就像我对日夜交替毫不怀疑一样，在我身边存在着一个看不见的东西，他喝牛奶和水，会触摸东西，并能拿着东西移动，因此他有物质的特性，虽然我们感官感觉不到，并且他跟我生活在同一屋檐下……

八月七日——我安稳地睡了一觉。他喝了我玻璃瓶里的水，但是没有打扰我。

我自问是不是疯了。刚才在太阳底下沿河边散步时，我心里开始质疑自己的理性。不是曾经有过的那种模模糊糊的怀疑，而是非常明确、肯定地质疑自己。我见过疯子；也知道有些疯子相当聪明，思维清晰甚至在生活的方方面面判断准确，只是在某一点上糊涂。他们清楚明了地对一切事情进行深刻的分析，但是突然思维触碰到致疯的那片暗礁时就会被摔得粉碎，变得涣散，紊乱不堪，然后沉入那片可怕的愤怒之海，那里狂风肆虐、巨浪翻涌、浓雾重重，这就是所谓的疯癫状态。

我该断定自己确实疯了，绝对是疯了，可是我还神志清醒，完全了解自己的情况，并且能十分清晰地进行分析探讨。实际上，我应该是一个经常产生幻觉的有理智的正常人。只是我大脑里一定产生了某种尚不为人知的障碍——今天的生理学家们注意到并试图精准确定的那些障碍之一。这种障碍一定让我的思维、让我想法的表达顺序和逻辑产生了一条深不可测的沟壑。梦里我们会有相似的经历，但在历经这些最不可能的奇妙幻景时我们并不会感到惊奇，因为我们身体里的检验器官和控制感官都已沉睡，只有想象力保持清醒并发挥作用。难道不可能是我大脑键盘上的某个小按键不起作用了？有些人在经历意外事故后，会记不起专有名词或动词，或数字，或者只是不记得日期。现在已经明确知道各个思维粒子的位置，那么我暂时没法控制某种幻觉产生的失真感，也不是什么奇怪的事。

我沿着水边边走边想。河面上阳光闪烁，世界欢乐祥和，我全副身心地热爱着生活。我喜欢燕子，它们灵活敏捷，让我观之欣喜；我喜欢岸边植物，它们沙沙作响，让我听之悦耳。

然而，慢慢地，我强烈地感到一种莫名的不安。仿佛有股神秘的力量让我失去知觉、停下脚步，不让我再往前走，把我往回拉。就像你把心爱的病人留在家里并且预感到他病情正在加重，你迫切地想赶回去，那种痛苦把你压得喘不过气。

因此我不由自主地往回走，心想一定有什么不好的消息等着我，要么是一封信，要么是一封电报。结果什么也没有，但是，我感到更加惶恐不安，比起我再看见什么幻象之类的还要有过之而无不及。

八月八日——昨晚我十分不安。他没有再出现，但我感觉到他在我身边，观察我，看着我，钻进我身体，控制我。更让人恐惧的是他一直这么隐而不见，比起它以超自然现象经常出现一下，虽然肉眼看不见。不过，我还是睡着了。

八月九日——什么都没发生，但我心里惴惴不安。

八月十日——什么也没发生。明天会发生什么事情呢?

八月十一日——还是什么也没有发生。恐惧一直萦绕心头，脑子里满是这些想法，我没法在家里待下去了。我得离开。

八月十二日——晚上十点，整天我都在想着离开，但却没走成。我想实现这个如此容易、如此简单的自由行动——出门——乘上马车去鲁昂，然而却没做成。这是怎么了？

八月十三日——当人患上某些疾病，似乎身体失去了所有活力和朝气，精力枯竭、肌肉松弛、骨头软绵绵的像肉一样、血液淡如水。而这种情况我在精神层面上经历了，很奇怪也很让人沮丧。我觉得自己没有气力，没有勇气，也没有自控力，更没有执行愿望的动力。身上毫无气力去希望自己做什么事情，而是有人在替我提出希望，我只需服从而已。

八月十四日——我完了！有人占据了我的灵魂，并且在支配它！他指使我所有行为，所有活动，所有思想。我完全不能做自己的主人，只是一个盲目服从、吓得六神无主的旁观者，看着自己在干的所有事情。我希望出门，但办不到。因为他不愿意我出门，所以我只能待在家里，他让我一直坐在扶手椅里，我惊慌失措、战战兢兢。我只想站起身让自己清醒一点，好让我认为自己仍是自己的主人。我办不到！我被定在了椅子上，而椅子牢牢地附在地面上，谁也没法挪动我们。

然后，突然得令，我必须，必须到我花园尽头去摘些草莓，并且吃下去！于是，我去了花园，摘了草莓吃掉！噢，我的天哪！我的主啊！世上有主吗？如果有的话，请来解救我！救救我！帮帮我！原谅我！可怜我！发发慈悲吧！救救我！噢！如此痛苦！如此折磨！如此恐怖！

八月十五日——显然，我可怜的表妹来向我借五千法郎时，也正是这样被控制、被支配的。她被一种奇怪的外来意志所控制，这种意志像另一个寄生于她体内的灵魂，控制着她。难道这就是世界末日了？可是，这个控制我的东西，是谁呢？这个看不见的东西会是谁？这个无从得知的东西，这个到处游荡的超自然物种，会是谁呢？

这么说这个看不见的东西是存在的！不过，为什么它们不是从世界开始存在以来就明确示人呢？就像它们现在对我显现的一样。我还从来没在哪本书上读到过像我家里发生的情况。噢，要是我能离开家，要是我能逃离再也不回来，我就得救了，但是我办不到。

八月十六日——今天我逃脱了两个小时，就像犯人偶然发现地牢的门没关，我突然觉得自由了，觉得他不在我身边，离我很遥远，于是我吩咐赶紧套上马车，驾车直奔鲁昂。噢，能够吩咐一个听令于你的人真是太开心了："去鲁昂吧！"我吩咐他们在图书馆门前停车，请他们把赫尔曼·赫雷斯陶斯博士专题论文借给我，这篇论文就是关于从古到今的各类未知世界定居者的。

然后，我准备钻进马车，想吩咐车夫："去车站！"可是我却在大喊——我不是说，而是大喊，声音大得过往行人都纷纷回过头来看我："回家！"说完我痛苦万分地跌坐在马车坐垫上。它找到了我，又重新控制住了我。

八月十七日——啊！这是怎样的一个夜晚啊！怎样的一个夜晚！不过对我来说，应该感到高兴。我读呀读，一直读到凌晨一点！哲学和神谱学博士赫雷斯陶斯，撰写了所有游荡在人类身边的那些不可见物种的历史以及它们显灵的事情，也有人类梦到这些情形。他对它们的起源、活动范围以及能力进行了描述。但是都不像现在缠着我的这个东西。有人可能会说人类自从有了思想，就有种不祥的预感，害怕出现强于自己的新物种来继承这个世界。而且会认为由于人类觉得它就在身旁，又无法预测这控制者的特性，于是在恐惧中创造出了隐身的物种，出于恐惧想象出了这些说不清道不明的幽灵。我就这样一直读到凌晨一点，接着坐到打开的窗户旁，让静夜里的风吹凉我的额头，清醒我的头脑。风吹过来温暖怡人，换作从前我会充分享受这样美好的夜晚！

天上没有月亮。星星在黑暗的天穹里闪烁。谁定居在那些星球上？在那遥远的地方存在着哪些形状的东西？哪些生物？哪些动物呢？那些遥远的星球上会有思想者吗？他们是否知道的比我们多？会干的事情比我们多？他们看到的东西是我们不知道的吗？他们中的某一个会不会哪天穿越宇宙来到地球，像从前诺曼人[1]跨过海洋去征服弱小民族那样征服我们的地球呢？

我们生活在这颗掺着水的小泥球上，如此弱小无知，手无寸铁，毫无防御力。

夜风习习中我睡着了并开始做梦。大约四十五分钟后，我醒了过来不过身子没动——从一种奇怪的莫名其妙的情绪中醒过来。刚开始我看不见东西，然后突然好像看到那本原来摊开放在桌上的书有一页在自动翻页，没有一丝风吹进窗户，我吃惊地等待着。约莫过了四分钟左右，我看见，我看见，没错，我亲眼看见另一张书页竖了起来然后倒落在前一页上，就像有根手指在翻动书页一样。我扶手椅上什么都没有，看上去是空的，但我知道他在那里，就坐在我的位置上看书。盛怒之下我

① 诺曼人，指公元 7 世纪到 11 世纪，攻占了法国北部（或法兰克王国）的维京人及其后裔。诺曼人建立诺曼底公国，派军远征意大利南部、西西里，以及英格兰、威尔士、苏格兰、爱尔兰，并向这些地区移民拓殖。——译者注

一跃而起，穿过房间想抓住他，掐死他，就像狂怒的野兽想把驯兽师的肚子挑破一样。可是，我还没跑到椅子边，椅子就翻倒了，仿佛有人就在我眼皮底下逃走……桌子摇晃着，灯也倒下来熄灭了，窗户关上了，就像一个受惊的小偷逃离现场，冲进黑夜的同时将窗户在身后关紧。

他逃走了：他害怕了，他，害怕我！

这么说……这么说……明天……或者以后……或者随便哪天，我可以双手抓住他，把他压倒在地！不是说兔子急了还咬人吗？

八月十八日——我想了整整一天。噢！是的，我将听他指挥，任他差遣，执行他所有的命令，我自己要显得谦恭、顺从，像个懦夫。他才是强者。但是等到时机来临……

八月十九日——我知道了……我知道了……我全弄明白了！我刚在《科学世界杂志》上看到下面的内容："我们收到从里约热内卢传来的一则奇怪消息。一种精神错乱，一种流行性的精神错乱，此时正在圣保罗省肆虐蔓延，这种病类似于中世纪时侵害欧洲人的那场具有传染性的疯狂症，居民们惊慌失措地逃离家园，丢村弃地，据说有种看不见却可以感知其存在的东西，现正在当地追赶着人们，侵占他们并把他们像牛羊一样支配，这种东西可能是吸血鬼的一种，往往趁人们睡着时吸吮他们的生命为食，另外，还喝牛奶和水，但好像不碰其他食物。

“堂佩德罗·亨利盖教授在几位医学专家的陪同下，已动身前往圣保罗省，以便就地研究这种吓人的精神错乱病症的起因和症状，并向国王提出他认为最合适的方法和措施，帮助这些发狂的居民恢复理智。”

啊！啊！我现在想起来了，那条漂亮的巴西三桅帆船上个月，就是五月八日溯塞纳河而上时经过了我的窗前！它洁白明亮，漂亮夺目。那个东西当时就在船上，来自那边，他种族诞生的地方！他看到了我！也看到了我的房子，房子跟船一样也是白色。他从船上跳到了岸上。啊！我的天哪！

现在我知道了，我能猜出来。人类的统治已经结束，他已经来到，就是他，他是牧师焦虑不安驱逐的对象；是巫师深夜中召唤的对象，然而没人见过他现身；也是世上暂时的主人们感知到的对象，并且给他们赋以可怕的或优雅的外形，比如地精、幽灵、小鬼、仙女和各种熟悉的精灵。经历了原始时代因恐惧产生的各种粗浅认识后，人类随着见识的增加对他的认识更加清楚。麦斯麦曾经推测出他的存在，十年前医生们在他自己还没显示其力量之前就已经精准地发现了他力量的特性。他们玩弄着新主的武器，对人类施展一种神秘控制力从而奴役他们。医生们给它命名为磁性力量、催眠术、催眠暗示等等，我了解到什么呢？我看到他们像莽撞的孩童用这可怕的力量放肆取乐！我们的灾难来临！人类的灾难来临！他已经来到，这个……这个……他叫自己什么来着……这个……我觉得他朝我大声说过他的名字，可是我没听见，这个……是的……他大声说出来了……我听着……我不能……再重复一遍吧……对……奥哈拉……我听到了……奥哈拉……就是他……奥哈拉……他来了！……

啊！秃鹫吃鸽子；狼吃绵羊；狮子吞食长着尖犄角

的水牛；人类杀死狮子，用弓箭，用利剑，用火药；但是奥哈拉通过意志对人的控制力，驱使我们人类像我们驱使马牛一样：把我们变成它的所有物，它的奴隶，它的食物。我们的灾难来临！

可是，动物有时候也会起来反抗，杀死制服它的人类……我也希望……我能够……但是我得了解他，触到他，看见他！专家说兽类的眼睛和我们的不一样，不能像我们的眼睛一样有分辨力……现在我的眼睛也不能辨认出这个驱使我的新来者。

这是为什么呢？啊！我现在想起了圣米歇尔山上修士说的话："存在的物种，我们见过十万分之一吗？瞧，这儿有风，它是自然界最强大的力量，它能把人吹翻，把建筑物吹倒，把大树连根拔起，在海上掀起山一般的巨浪，能吹垮悬崖，吹起浪头把大船抛向海岸，风呼啸着、呻吟着、咆哮着，风毁灭一切——您见过它吗？您能看见吗？可是它存在着，干了所有这些事情！"

我继续思考着：我的眼睛视力弱，也不完美无瑕，甚至不能辨认坚硬的有形物体，万一他们像玻璃一样透明呢！如果把一面背面没贴上锡箔纸的镜子挡在我的路上，我肯定会撞上去，就像飞进房间的鸟儿在窗框上撞破脑袋一样。除此以外，还有上千种东西欺骗着我们的眼睛，误导我们。所以说我们看不见那个透光的新物体也不是件奇怪的事情。

一种新生物！一定是，为什么不呢？他肯定会来到这个世界！凭什么我们就是最后的物种？我们辨认不出我们存在之前已经被创造出的其他物种，难道就得辨认出他？他天生无缺陷，身体构造更加完善精美，而我们身体不够强壮，构造不精致，体内各个器官总是疲惫不堪，紧张地运转着，像锁扣一样复杂。我们就如一株植物、一只动物生活在这世界上，艰难地呼吸着空气，靠吃蔬菜和肉获取营养。是会被疾病侵袭、发生变形并会衰老的肉体机器，是一个粗劣又脆弱的物件，简陋又可笑，粗制滥造，先天不足，因设定不当而累得气喘吁吁，是一种本应该聪明又出色的生物的毛坯。

在这个世界上，从牡蛎到人类，只是少数一部分物种，极少数的一部分。不断出现的幽灵和其他不同物种所区隔的时期一旦结束，为什么不可以再添一种进来呢？

为什么不能再添一种？为什么不可以有另外的树种，开的花硕大无比、灿烂夺目、香飘四里呢？为什么不可以有其他的元素呢，除了现存的火、空气、土和水以外？有四种养育各类物种的元素，只有四种，少得可怜呀！为什么不可以有四十、四百、四千种！所有物种如此贫乏、如此平庸、如此微不足道！凑合了一些东西经过干巴巴的设计，最后粗制滥造！啊！大象、河马，看看有多么优雅！骆驼，看看有多么漂亮！

但是，您可能会说，蝴蝶是一朵飞舞的花朵！我曾经梦到一只巨大无比的蝴蝶，没有语言来描述它美丽的形状、颜色和动作。但是我看到它……从一个星球飞往另一个星球，煽动的翅膀光彩夺目，扇起的微风为各个星球带去了凉爽和芳香。……那儿的人们欣喜若狂地看着它飞过！……

我这是怎么啦？是他，是奥哈拉缠住了我，让我产生了这些愚蠢的想法！他钻进了我的身体，与我的灵魂合二为一，我得干掉他！

八月十九日[1]——我要干掉他！我见到他了！昨天我坐在桌前装作聚精会神地写字。我肯定他会悄然过来，靠近我，近到我可能碰到他，抓住他。到那时候！……到那时候，我会使出吃奶的劲儿；我会用我的双手加上我的双膝，我的胸口，我的额头，我的牙齿来掐他、压他、咬他，把他撕成碎片。我所有的器官都兴奋异常，都被调动起来留心着他的动向。

我点亮了两盏灯，加上壁炉台上点燃的八根蜡烛，心想这么亮，我很有可能看到它。我对面是带床柱的老橡木床，右边是壁炉；左边是门，我已经小心翼翼地关上了，前面为了引它进来开了好长时间；身后是一个高柜，柜子上装有一面镜子，我每天照着镜子穿衣打扮，一经过它我会习惯地从头到脚打量打量自己。

于是，为了让他上当我装着在写字，因为他也在观察我，突然我感到非常肯定，他正越过我的肩头看我写字，就在那里，几乎碰到我的耳朵。

① 八月十九日这个日期出现两次，可能是作者的一时疏忽，但也可能是这个日子发生的事情太多，所以作者有意引起读者对这个关键日子的注意。——译者注

我伸开双手，快速起身，差点儿摔倒。呃！啊？……屋里亮如白昼，可我却在镜子里看不见自己！……镜子里空空如也，光亮明晰！可没照出我的身影……可、可是我在它正对面！我看到整面光亮的大镜子，惊慌失措地打量着，不敢往前走，我不敢贸然动一下，但是我清楚地知道他就在那里，但是这次他又会逃出我的手心，他那肉眼看不到的身体遮住了我，所以镜子里没有我成像。

我惊恐万分！突然间我在镜子深处的一层薄雾里看到了我，那层薄雾就像隔着一层水，我仿佛看到那片水在缓缓地从左向右流动，我镜中的人像越来越清晰，就像日食结束的时刻。挡住我的这玩意儿似乎没有明晰的轮廓，只是一团慢慢清晰的朦胧的透明体。

终于我能够完全看清我自己了，和我每天照镜子时看到的一模一样。

我看到了它！恐惧还萦绕在我心头，我现在还瑟瑟发抖。

八月二十日——我抓不到他，又如何置他于死地？

毒死他？可是他能看到我在水里下毒，并且，我们的毒药会对他起作用吗？他的身体看不见也摸不着。不，不会起作用的……毫无疑问这样行不通……该怎么办呢？……怎么办？……

八月二十一日——我派人从鲁昂请来一个铁匠，让他给我的卧室装上铁制百叶窗，巴黎一些私人旅馆的一楼房间也装有这个来防小偷。还让他给我装上同样的门。在外人看来我就是个十足的胆小鬼，不过我可一点儿也不在乎！……

九月十日——鲁昂的大陆旅馆。完事了……完事了……不过他死了没？看到的一切让我焦虑不安。

嗯，昨天，锁匠给我装上了铁制百叶窗和铁门，尽管天气开始转凉，我把门窗都大开着，一直开到午夜十二点。

突然间我感到他来了，内心一阵狂喜。我缓缓起身，在屋里来回走动，走了好一会儿，让他猜不着我要干什么；接着我脱下皮靴，随意地换上拖鞋；然后我关上铁制百叶窗，快速地跑到门边，用挂锁给门上了双道锁后，把钥匙塞进口袋。

突然间我注意到他在我身边转来转去，焦躁不安，这下轮到他害怕了，想让我放他出去。我差点儿让步，不过我没那么做，而是背靠着门，把门打开了一半，正好够我倒退出去。因为我个子高，头撞上了门框。我肯定他没法逃出去，我把他单独锁在屋里了，就他一个。太开心了！我把他牢牢地困住了！于是我跑到楼下客厅，客厅就在我卧室底下，我端起两盏灯，把灯油全部浇到地毯上、家具上，浇得到处都是。然后我点着火，仔细地给门上好两道锁后，逃出了房子。

我跑出去躲在花园深处的月桂树丛里。时间过得真慢啊！真慢啊！一切都黑漆漆的，静悄悄的，一动不动。没有一丝风，也不见一颗星星；只有厚厚的云层，虽然看不见，却如此沉重地压在我的心头。

我盯着我的房子，等待着。时间过得可真慢啊！我都开始怀疑火是不是自己熄灭了，或者他把火扑灭了。忽然楼下的一扇窗在熊熊大火中垮了下来，一股长长的红色火苗蹿上白色的墙壁，火舌温柔地舔着墙壁直至房顶。火光照亮了树丛，照亮了树枝和树叶，它们全都在恐惧地颤抖。鸟儿惊醒了，一条狗开始狂叫；我觉着天好像要亮了！紧接着另外两扇窗也散架了，我看到我房子底层烧成了一个可怕的大火炉。然而，一声叫喊，一声尖利凄惨的撕心裂肺的女人的叫喊声，在黑夜中响起，阁楼上的两扇窗打开了。我忘记了我的仆人们！我看到他们一脸惊惶，疯狂地挥动着胳膊！

于是，我惊恐万分，疯了般地跑向村子，边跑边喊："救命啊！救命啊！着火啦，着火啦！"路上遇到一些人，他们正赶往现场，于是我跟着他们一起跑回来，想看看火势！

房子现在烧成了一个火葬柴堆，可怕又壮观，这个可怕的、燃烧着的火堆照亮了整个村庄，这个火堆正烧着几个人，也烧着他，他，就是我的囚徒，那个新物种，那个新主人，奥哈拉！突然，整个房顶塌了下来，倒在了墙里面，火焰像火山喷发般地冲向天空。透过开着的所有窗户，我看到火炉里火焰熊熊地燃烧着，我想他就在这个烧着的火窑里，死了。

死了？或许是死了？……可是他的尸体呢？虽然我

们自己能这样被烧死，但他那透明的身体是不是用这样的方法也无从摧毁？

要是他没死呢？……或许只有时间能够控制住这个看不见的可怕物种。如果他也害怕疾病、害怕衰老，也害怕夭折，为什么会长着不可辨识的透明身体，为什么长着属于精灵的身体？

夭折？这是人类所有恐惧的来源！在人类之后出现奥哈拉。——每一天，每一小时，每一刻，人类可以死于种种事故，在人类之后出现了奥哈拉，他只会在合适的钟点死去，只会在他达到自己生命的极限时才会死去！

不……不……毫无疑问……他没死……这么说……这么说……我想我应该杀了自己！……

（汉译：熊亚芳）

帕特里克·斯彭斯爵士

佚名

国王坐在邓弗林镇上，

喝着血红血红的酒：

“啊，哪里能找到好水手，

来开我这艘船？”

坐在国王右边

那个年长的骑士起身说：

“帕特里克·斯彭斯爵士

是海上最出色的船长。”

国王写了一封信，

签上自己的名字，

派人送给帕特里克·斯彭斯爵士，

帕特里克爵士正在沙滩上散步。

帕特里克爵士读了第一行，
就哈哈大笑起来；
帕特里克爵士读完第二行，
泪水便模糊了他的双眼。

“啊，这是谁干的好事，
竟然这样来算计我；
要我在这个时光，
开船出海！”

“快来，快来，亲爱的伙伴，
明天早晨我们就扬帆出海。”
“哦，亲爱的船长，不能啊，
我担心会遇上致命的风暴。”

“昨天深夜我看见一轮新月，
怀中还抱着一个旧月；

所以我担心，亲爱的船长，
我们会遇上大麻烦。”

啊，我们苏格兰的老爷们真行，
他们不想弄湿自己的软木跟鞋；
可是好戏才刚刚开始，
头上的帽子已漂浮在海面上。

啊，他们的夫人扇着扇子
也许还要坐在那儿等好久，
等帕特里克·斯彭斯爵士
停船靠岸。

啊，他们的夫人头发上别着金簪
也许还要站在那儿很久，
等待她们亲爱的老爷们，
因为她们再也见不到他们。

在前往阿伯多尔的半途中，

在海水一百米深处，

躺着善良的帕特里克·斯彭斯爵士，

他的脚边是那些苏格兰老爷们。

（汉译：戎佩珏）

柯康内尔的海伦

佚名

……我希望我是在海伦躺着的地方，
她日日夜夜为我哭泣；
多好啊，要是我在海伦躺着的地方，
在那美丽的柯康内尔草原上！

该死的心，你怎能这样想，
该死的手，你怎能就真的开枪，
海伦在我的怀抱中倒下，
她是为我而死亡。

一想到这，我的心就酸痛，
我亲爱的倒下了，不能再说话；
我小心翼翼地把她放下，

放在那美丽的柯康内尔草原上。

我沿着河边走向下游，
向着仇敌的方向，
向着仇敌的方向，
在那美丽的柯康内尔草原上。

我跨下马，拔出剑，
将仇敌碎尸万段，
将仇敌碎尸万段，
为了她，她是为我而亡。

哦，美丽无比的海伦，
我要用你的头发编织一个花环，
让它永远套住我的心，
直到生命的最后一刻。

多好啊，要是我在海伦躺着的地方，
她日日夜夜为我哭泣；

她轻轻地叫我起床，

说："快，快到我这儿来！"

哦，美丽的海伦，纯洁的海伦，

要是我与你在一起，哎呀，我的上帝，

你躺在地下安息，

在那美丽的柯康内尔草原上。

我希望我的坟墓上长满了青草，

一卷被单将我裹上，

我躺在海伦的怀抱里，

在那美丽的柯康内尔草原上。

我希望我是在海伦躺着的地方，

她日日夜夜为我哭泣；

我厌倦了人间天堂，

因为我的爱人为了我已经死亡。

（汉译：戎佩珏）

我知道附近有个小花园

[英]威廉·莫里斯

我知道附近有个小花园，
里面长满了百合花和红玫瑰，
我愿意到那儿去走走，
从清晨一直走到傍晚，
有一个人伴我而行。

花园里没有鸟儿歌唱，
也没有高大的房子，
苹果树枝上光秃秃的，
没有苹果，没有花儿，上帝啊，
愿她的双脚走过这青草地，
有如从前一个样。

岸边传来一阵汩汩声，
两条美丽的小溪彼此靠近，
溪水来自远方的紫金山，
溪水流入那汹涌的大海；
暮色的山上没有蜜蜂采蜜，
暮色的海岸边不见一条船，
暗绿色的波浪在哀号，
如诉如泣，永不停止，
我为这伤心地哭泣。

我为它哭泣，日日夜夜，
我为它放弃了一切快乐，
如今的我已是既聋又瞎，
不在乎成败，不善于钻营，
朝夕间顿失万夫所求。

虽然我步履蹒跚，身体虚弱，
只要还有一口气，
我定要从死神的牙关中，

寻找那通往幸福乐园的路径，

寻找那难忘的脸庞，

那个我见过、吻过的脸庞，那个被劫夺而去，

消失在呜咽大海中的脸庞。

（汉译：戎佩珏）

夜

[英] 威廉·布莱克

夕阳西下，
暮星闪烁发光；
鸟儿在窝里安安静静，
我也必须找寻过夜的地方。
月亮像一朵花儿，
高高地挂在天上的闺房，
在夜里，安谧欢快地
坐着，笑着。

再见吧，绿油油的田野，欢快的丛林，
成群的鸟儿曾在那儿欢乐，
成群的羔羊曾在那儿吃草，
光明天使们的脚步悄悄地走过；

它们带来了神秘的祝福，
它们捎来了无尽的欢乐，
祝福每一个花苞，每一朵花儿，
祝福每一个熟睡的人儿。

它们查看每一个粗心的鸟窝，
看鸟儿是否睡得温暖；
它们查访每一个动物的洞穴；
保它们安然无恙。
如果它们看到原本该熟睡的，
还在哭泣，
它们就会赐予它们睡意，
并坐在它们的床旁。

虎狼觅食号叫时，
天使们同情，站在那儿哭泣；
想方设法将它们的饥渴排遣，
使它们远离群羊。
但如果可怕的虎狼东奔西追，

天使们会小心翼翼，
将每个温顺的小精灵收留，
去继承新的世界。

天堂里，狮子那血红的眼睛，
噙满了金色的眼泪，
羔羊在嗷嗷叫，很是可怜，
狮子围着羊栏边走
边说：“它的温顺，
将愤怒驱散，
它的健康赶走了疾患，
从我们永恒的那天开始。”

“现在我就在你的身旁，咩咩叫着的羔羊，
我可以躺下睡了；
抑或想想赐予你名字的上帝，
我在你后面吃草和哭泣。
因为，经历了生命之河的洗礼，
我光亮的毛发

在我看护这羊栏的时候

将永远如金子般发光。”

（汉译：戎佩珏）

雪花

［美］亨利·沃兹沃斯·朗费罗

从天穹之深处，

从云裳之折褶中，

雪花飘落下来，

静悄悄，软绵绵，慢悠悠，

飘落在落叶缤纷的山林，

飘落在秋收后荒凉的田野上。

有如我们白云般的梦幻，

忽然间生成了神圣的模样，

有如忧愁不安的心灵，

须用纯洁的表情来忏悔，

忧愁不安的天空，

泄露了它感知到的悲痛。

这是天穹之诗歌，

以无声的音节缓缓地吟唱；

这是绝望之秘密，

久藏于云之胸怀。

现在它开始倾诉，一吐为快，

对着山林，向着田野。

（汉译：戎林海）

暴风雪

［英］约翰·克莱尔

【一】

什么样的夜呀！风儿呼号，变弱，然后停止，

为的是再一次更猛烈地呼啸，而雪片儿

一阵接一阵不停地拍打着窗户格子，

我们待在屋内舒适又暖甜；

清晨，暴风雪停了，

家家户户的门口出现了

小山样的雪堆儿，堵住了出入的通道，

人们拿起扫帚和铲子清理出一条通道，

道儿两旁的雪堆积如两面墙。

牧童在白雪皑皑的山谷闲逛，

昨日的记忆抵不过眼前的新奇景象，

夜晚留下的树篱再也看不见，

看到的只是山舞银蛇，一片白茫茫，

树林变成了灌木丛，大半个树身被掩藏。

【二】

去喂食的男孩很是惊讶

居然在他昨晚打开的门的上方走过。

四周的树篱再也看不见；

而羊群却可以吃到一些树顶上的树叶。

新奇的景象催生出了新的快乐，

于是他就小心翼翼和雪闹着玩，

他大胆地在雪山上曳行，

后来掉了下去，雪儿将他下巴以下的地方掩埋，

他挣扎了好久才爬起来，通常他都能化险为夷——

他转过身笑了笑，但不敢继续走向前方；

因为下面很深的地方是小树丛和草儿，
那里有傍晚时分钻进去的小鸟儿，
鸟儿将头埋在翅膀下，渴望着白天的来临，
哪能感觉到它们头上的孩童会迷失了方向。

（汉译：戎佩珏）

暴风雪

［美］拉尔夫·沃尔多·爱默生

天空呼呼地响着，
暴风雪来了，在田野上空狂舞，
仿佛无处可降落；漫天的白雪
看不见山林，也看不见河流和天空，
花园尽头的农舍也模糊不清。
雪橇和行人停下了，信使也不再赶路，
朋友们不再出门，家人们
围着火红的壁炉坐着，
享受着风雪喧哗以外的静谧。

来看看北风的石匠工艺。
将一个神秘的采石场
盖上了瓦片，狂暴的工匠

将风儿吹过的每个木桩、树和门的周围
都雕成了有凸起屋顶的白色围墙。
犹如有无数双手在拼命地工作，
如梦如幻，如痴如狂，
而不管节奏和比例怎样。
它嘲弄地将伯利安瓷状的花环挂在鸡棚狗窝上；
将掩藏的树刺打扮成天鹅的模样；
农舍两墙间的小路积满了雪，
农夫在家只能望雪兴叹；
门口还搭建了一座尖尖的雪塔，真乃鬼斧神工。
虽然它的生命长度屈指可数，但整个世界
都是它的舞台，它还不想退场，
太阳出来后，受惊的艺术
只能一点点慢慢地模仿，
用百年时间模仿狂风一夜造就的杰作，
那暴风雪的游戏之作。

（汉译：戎林海）

伦敦的雪

［英］罗伯特·布里奇斯

当人们进入梦乡，大雪开始纷飞，
大片大片的雪花飘落在黑乎乎的城市上，
悄悄地不停地落下，稀稀疏疏地躺在地上，
沉睡中的城市一片寂静，再无人来车往；
沉闷的低声细语渐渐地消失，再也听不见；
雪花缓缓地、不停息地飘着：
无声无息，给道路、房屋和栏杆蒙上一层白纱；
皑皑白雪，天下大同，再没有高低不平，
雪花轻轻地飘进每一个角落，将每一个缝隙填平。
大雪下了整整一个晚上，蓬蓬松松躺在地上，
雪深达七英寸，
严寒的天空飘过来朵朵白云；
冬日的清晨，白雪皑皑，一片光明，

人们不由自主地提前醒来：

眼睛瞪得老大，惊奇地望着那炫目的白茫茫的世界，

耳朵倾听着寂静而肃穆的天空；

听不到车轮的辘辘声，也听不到人们的脚步声，

清晨原本热闹的喧哗声也是稀稀疏疏。

后来我听到孩子们上学路上的欢叫声，

他们一边拾起那水晶状的吗哪[7]，用舌头去舔尝，

一边用双手滚着雪球儿；

有时他们挤在一起嬉闹，雪没到了他们的膝盖，

有时他们在银装素裹的东西下东张西望，

“哦，看这些树！”他们叫道，“哦，看这些树！”

几辆轻载的马车，吱嘎吱嘎，东倒西歪地走着，

走在那无人经过的雪道上，

那是一家乡村公司，派出人员四处送货忙。

现在太阳出来了，苍白无力，

它站在圣保罗大教堂高高的圆顶旁，将明亮的

① 吗哪，基督教《圣经》中所说，古以色列人经过旷野时获得的神赐食物。——译者注

光线

投射下来，唤醒白天的活力；

这时候家家户户的大门打开了，一场雪仗开始了；

忧郁的人们，一群又一群，数也数不清，

走在那长长的褐色小路上，好像是去做苦力一样：

但即使是他们没有片刻的犹豫，

他们也没有心思劳动；

看到这扑面而来的美景，他们不再寒暄，

也不再想日常的劳累和悲苦，

而他们却破坏了这妖娆妩媚。

（汉译：戎佩珏）

几根稻草

［英］约翰·克莱尔

与懒汉们一样，我剥着几根稻草，
又从灰色柳树上折下几根细软的柳条，
我独自坐着，用柳条来驱赶飞舞的苍蝇，
直到我筋疲力尽。
我的病叫相思病，不怎么厉害，
但爱情之美就是我心中流淌的血。
嘈杂、粗俗、拥挤的地方，我不去，
我喜欢独自一个人待着，安静又美好，
在幽暗的地方，花儿结苞，绽放，凋谢，
牧童们看不见，爱花的姑娘也难发现——
只有不合群的蜜蜂偶尔会发现，但不留恋；
我要把花儿葬下，让它悄悄地腐烂。
我痴痴地盯着漂亮女人的眼睛，

无语与害羞使我瞠目结舌：

想对她说些话儿，可什么也说不出，

我只好转过身去，她也漫不经心地走开。

她走远之后，我忽然觉得有话要对她讲，

我只好望着她叹息，慢慢地走回家。

我将细软的柳条折断，剥着稻草皮儿，

在自然法则里，我更加孤而不群——

我的音乐是蜜蜂，我的舞池是牧场，

泉水是我的饮料，大树是我的教堂。

如果爱情会使一个男人疯一辈子，

有谁还会坠入爱情或依附一个妻子？

（汉译：戎佩珏）

钟塔

［美］赫尔曼·梅尔维尔

欧洲南部平原中心附近有个都城，曾经到处画满壁画，如今壁画因潮湿发霉，过去的繁荣和色彩全无，远远看去，像是一棵横卧着的松树树桩，硕大无比，黑魆魆的，长满苔藓，不知何年何月随着亚衲[1]和泰坦[2]一起倒下。

沿着巨松树干倒下的地方，衰败之处形成了一座苔藓满地的土丘——它笼罩在死去树干的阴影之下，从未扩大，也不见缩小，常年照不到明媚的阳光，处于一片

---

① 亚衲，希伯来语，意为巨人，是亚衲族人的祖先。根据《希伯来书》和其他传说，亚衲族人是实实在在的神的儿子们和人的女儿们结合的产物，身形巨大。——译者注

② 泰坦，是希腊神话中曾统治世界的古老的神族，这个家族是天穹之神乌拉诺斯和大地女神盖亚的子女，他们曾统治世界，但因为他们阉割了父亲乌拉诺斯，而受到乌拉诺斯的诅咒，最终被宙斯为首的奥林匹斯神族推翻并取代。——译者注

阴影中，像一把平铺在地上的精准的测量工具——从树桩似的地方呈长矛状，在平原上一直向西扩展，形成一片长满青苔的废墟。

树顶处，响起鸟鸣银铃般的钟声。一棵石松，顶上有个金属制成的大鸟笼：那就是钟塔，巴拿多纳制造，他是一个伟大的机械工，一个不幸的孤儿。

和巴别塔[①]的地基一样，这个钟塔建在高高堆起的土堆之上。第二次洪水灭世之后，黑暗时代的洪水已退，大地重现绿色。在洪水里浸泡这么长时间后，人类仿佛跟着诺亚的子孙们一起，竟然欢天喜地地在此建起希纳尔[②]式的高耸之塔。

当时没有一个欧洲人，像巴拿多纳那样意志坚定。他居住的城邦通过跟黎凡特[③]人做生意而致富，所以当人们提议建造意大利最宏伟的钟塔时，他因名望被推为

---

① 巴别塔，据《圣经旧约·创世记》第 11 章记载，当时人类联合起来兴建希望能通往天堂的高塔；为了阻止人类的计划，上帝让人类说不同的语言，使人类相互之间不能沟通，计划因此失败，人类自此各散东西。此事件，为世上出现不同语言和种族提供了一种解释。——译者注

② 希纳尔，《圣经》中提到的苏美尔或巴比伦尼亚地区。——译者注

③ 黎凡特，地中海东部地名，源于拉丁语，指“日出之地”。——译者注

建筑师。

月复一月，石材层叠，钟楼就这样拔地而起，越垒越高。尽管工程进度似蜗牛般缓慢，但建塔过程中升腾起的万丈豪情却如火炬抑或火箭。

每天石匠们完工离开后，这位建造师，会独自站在日益增高的塔顶上，一览高墙低、大树矮。然后他会在那儿逗留到很晚，思考着如何让塔加高、加大的其他方案。每当圣日来临，人们聚集在塔边——不顾石灰和尘土，也不管从天而降的小石块，流连在粗糙的脚手架柱子边，就像水手不愿离开桅杆，蜜蜂流连于树枝一样——他们表现出的敬意让他日益自负。

终于，庆祝塔楼建成的日子到了。六弦提琴伴奏声中，顶盖主石在空中缓缓升起；礼炮声中，巴拿多纳亲手完成了最后一道工序。然后他爬上去，直起身，独自一人，胳膊环抱于胸，注视着内陆蓝色阿尔卑斯山的白色峰顶，还有海那边更蓝的阿尔卑斯山上更白的山峰——这些景色，在平原上根本无法看到，他看了一眼下面，下面的人群也无法看到。突然，他听到人群中爆发出掌声，似万炮齐鸣。

人群中爆发出掌声是因为看到建造师能如此镇静地站在三百英尺高的地方，边上没有护栏，只有他敢做到。塔在垒高的过程中，每升高一层，他就会定期站上最高处——这种训练的最终结果展示出来了。

万事俱备，只剩下装钟了。钟的方方面面跟塔楼都要相匹配。

一批小钟成功地浇铸完毕。接着浇铸那个独一无二的、做工精美的大主钟，准备让它用一种从未尝试过的方式悬挂起来，这个钟的功用，其旋转方式与敲钟装置的连接方式，当时已经制成，在后面我们会提及。

在这个建筑中，钟楼和时钟塔合二为一。尽管在这之前两者一般是分开来建造的，迄今保存完好的意大利圣马可广场上的钟楼和时钟塔，就可以证明。

在造这个大主钟时，创建者表现得更加得意忘形。当地一些官员，没他那么得意忘形，提出警告说这个塔体确实庞大，但里面悬挂的东西重量还是要有限制，然而他没有听。他一意孤行，预备了一块巨型模胚，凹上神话图案，点燃香脂冷杉，熔化锡和铜，将贵族们捐献的金盘银盘全投了进去，完全无视他们的劝告。

熔化的金属喷涌而出，发出猎狗般的咆哮声。工匠们吓得往后退，担心出什么大纰漏。但巴拿多纳，像沙得拉[①]一样无畏，冲过烈焰，举起笨重的长勺朝吓坏的工头儿砸去，砸得如此用力，以致不仅使人丧命，砸中的地方还飞出来一块碎片，掉进沸腾的金属熔液里，瞬间就熔化了。

第二天，小心翼翼地揭开作品的一部分，一切都很好。第三天早上，下面的部分也全部揭开，同样让人满意。最后，就像一位古老的底比斯国王重见天日一样，冷却的铸件完全揭开。整体都非常好，只有一个地方有点奇怪。但是因为他没有允许任何人跟他一起来视察，所以他用早已备好的方法神不知鬼不觉地掩盖好了那点瑕疵。

铸成如此巨大的铸件对铸工来说是非常了不起的事情，国家也大力宣扬。没人关注杀人的事情。在捐钱的那些人看来，这件事只不过是为了美学激情而为，并不

① 沙得拉，《圣经》中人物。巴比伦国王尼布甲尼撒在平原上立了一个金像并要求所有官员向金像鞠躬，不鞠躬者将被投入烧着熊熊烈火的火炉。三位犹太年轻人沙得拉、米煞、亚伯尼歌拒绝向金像鞠躬而被投入火炉。但是，尼布甲尼撒国王看到他们不仅没被烧死，火炉里还出现了另外一个人，就是耶稣。——译者注

是天性罪大恶极。相当于阿拉伯战马[1]踹出的一脚，并没有恶意，只是本性使然。

法官赦免了他的罪行，牧师也宽恕了他，一个问心有愧的人期望的也正是这些。

人们又安排了一个假日庆贺塔楼和其建造者，在比上一次还要盛大的表演和仪式中，公众亲眼看到大钟和时钟装置冉冉升起。

巴拿多纳在随后的几个月里更加孤独。大家都知道他忙于钟塔的建造，为了造好它，并且为了让它超过原来所有的钟塔。很多人认为整个设计要铸造一些钟，但是那些自以为更有眼光的人会摇头说这个机械工秘而不宣自有其道理。同时，他这样与世隔绝，让整个工程或多或少带上了禁地般的神秘色彩。

不久后，他让人把一件很重的东西吊上钟楼，用黑色袋子还是什么遮盖物包着——这种事情时常会发生，为了装点新建筑的门面，建筑师会安放一件精美的雕塑

① 阿拉伯战马，有人经过它后面时如果不把手放在它屁股上，它感觉受到威胁并且看不到你的位置，就会本能地朝后踹，这是一种本能而不是恶意为之。——译者注

或塑像，但又不想他们在指定位置装好前被别人评头论足时，就会这样做。现在这事就给人这种印象。但是，物体上升的过程中，一个在场的雕塑者看到——或者说他认为自己看到了——这个物品看上去不是硬邦邦的，似乎是软质的东西。最后，这件包裹着的物品到了最高点，但从地下看不太清楚，好像是物体自己走进钟楼，根本没要吊车帮忙。现场一个眼尖的老铁匠怀疑那个东西是个活人。人们认为这是个傻透了的臆测而已，但还是对此津津乐道。

市治安首长和他同事，两人都上了年纪，没经过巴拿多纳的允许，跟着那个看似雕像的物体上了塔，但是，上到钟楼却一无所获。机械师拒绝当场做出解释，因为很显然他正沉醉于所谓的艺术的神秘感的氛围中。治安官员们看了一眼那布裹着的物体，吃了一惊，现在那东西姿势有点不一样，要不就是之前被外面的狂风吹过，所以包得更紧了。那东西现在裹在斗篷里，安安稳稳地坐在一个架子或者可以说椅子上。他们发现顶部附近有一块方形的网状布料，可能是不小心，或者故意设计成那样，有部分经线抽掉了，纬线也到处挑了出来，形成了一种编织的格子图案。不知道是不是有风偷偷从石头搁架中吹进来，还是纯属他们自己不安的想象，他俩觉得看到斗篷里突然有像弹簧样的东西轻轻动了一下。不管多么偶然和不足为道，他们不安的眼睛没有放过一丝动静。他们还看到角落里一堆物品中间有一只陶制的杯子，部分腐蚀掉了，还有部分结成了硬壳。看到这个，其中一人悄悄对另一个人说，这个杯子可能是有人开玩笑拿来给黄铜像喂东西吃的，甚至可能是给更糟的东西喂食用的。

但是，他们问他时，机械师回答说这杯子是翻砂工用的，并且告诉他们是用来干什么的。简而言之，就是用来测试金属熔化情况的。说完他又添了一句，说它被带到钟楼完全是偶然。

他们盯着那件斗篷看来看去，仿佛盯着一个戴着威尼斯假面不知姓名的人一样，让人疑虑重重。他们感到莫名地不安，甚至担心地想，他们一下塔楼，尽管现在机械师身边没有一个活的同伴，但也不会是孤身一人待着。

看到他们如此不安，机械师装出开心的样子，在他们和那个物体之间摊开一块工匠们用的粗帆布，求他们放松点。

同时，机械师用手头其他物品转移他们的注意力。斗篷不在眼前，他们马上发现身边到处放着各种艺术品，不过都还处在未完成的状态。因为，自从钟送上来后，只有铸钟人走进过钟塔。巴拿多纳的特性就是他不会让别人插手他花不了多少时间就能完成的事情，哪怕是些细枝末节的事情。因此，之前的几个星期，他没干那个秘密的设计活儿的时候，他就尽全力精心雕刻钟上的人物。

现在最引人注目的是报时钟。经过耐心地雕琢，先前因为浇铸的灰尘挡住，那丰富的含羞待放的美，现在全呈现在眼前。报时钟的四周，十二个快乐的少女，戴着花环，手拉手，围成一圈跳着舞——象征着十二个时辰。

治安首长说道："巴拿多纳，这个钟卓尔不凡，加一笔都是多余的。听！"他听到什么声音，问道，"这是风声吗？"

"是风，阁下，"他轻声答道，"但是这些人形雕塑并非没有缺陷。还需要润色，润色完成后，那边的那个大块头，"他指向帆布屏障，"那边的哈曼，我开心时这么叫他，——他？它，我的意思是哈曼一装在这个上面，装在他的参天大树上，那时，先生们，我会非常高兴地欢迎你们再次光临。”

他一语双关地提到那个物体，又引起他们内心的不安。但是，作为客人，虽然不情愿，但也只好不再提及，可能也不想让这个孤儿看到他竟然用自己的平民艺术轻而易举地把贵族们的内心搅得如此不安。

治安首长说道：“嗯，巴拿多纳，你还要多长时间启动时钟，让我们听到它的报时声？我们对你的兴趣不亚于这个装置，所以我们急于知道你是否会取得成功。人们也，——嗨，他们在大声呼叫呢。给个准信吧，你什么时候能完工。”

“明天，阁下，如果您留神听——或者您不留神，反正都会听到——您会听到陌生的音乐响起。一点的钟声会先在那边的钟敲响，”他指向那装饰着戴花环女孩的钟，“敲击点就在尤娜和杜阿手牵着的地方。一点钟敲响，她俩牵着的手会松开。明天一点钟那时候，敲在这，就这儿，”他走上前，手指点在她们相牵的地方，“可怜的机械工将很高兴再一次在这——在他这个杂乱的店里，为你们这些忠实的听众敲响钟声。再见吧，到那时，尊贵的大人们，请听好您属下敲响的钟声。”

他一脸平静，但脸看上去却像一个熔铁炉，里面熊熊烈焰，像火神的脸。他毕恭毕敬地走向出口，仿佛就准备送他们出去。但是，那位职位低一点的治安长官，心地善良，看出这孤独者谦卑的行为下潜藏着某种讽刺和轻蔑，为此，他深感不安，出于基督徒的同情心，比起自己的处境来，他更为他的处境感到哀伤，心里暗想这样一个愤世嫉俗又孤苦伶仃的人最后的命运会是怎样呢？这位好心的地方官也留意到四周那些奇奇怪怪的物件，他从侧面忧伤地看着说话者，随即，他不安地看到时钟尤娜一成不变的表情，吃了一惊，他轻声问道：

“巴拿多纳，这是怎么回事？尤娜看上去跟她的姐妹们不像。”

听他手下这么一说，治安首长第一次注意看这个人像，脱口而出：“天哪，巴拿多纳，尤娜的脸看上去像女先知黛博拉，就是佛罗伦萨画派的画家德尔·芳卡画的那幅。”

那位较为温和的治安官又低声说道："当然了，巴拿多纳，你原来是想让这十二个姑娘都看上去兴高采烈，热情洋溢。可是你看，尤娜的笑看上去像是末日到来一样，这太不一样了。"

听到他温和的下属说这话时，首长一脸疑惑地看向铸造者，似乎急于知道这差异的原因，他站在那，前脚踩着出口的边沿。

巴拿多纳说道："阁下，现在顺着您敏锐的目光，我也看了一下尤娜的脸，确实发现有一点不一样。可是，您看看整个钟面，您也没法找到两张同样的脸。因为，艺术有一条法则——不过，风更大了，吹过来好冷呀，这格栅根本不挡风。大人们，请允许我稍微引引路，二位可不能有任何闪失，这关系到公众的利益，得悉心照顾好。"

三人下到石头阶井，治安首长说道："说到尤娜的表情，巴拿多纳先生，您刚说有一条艺术法则，那我就洗耳恭听了——"

"抱歉，下一次吧，阁下——这个塔很潮湿。"

"不行，我得停下来歇个脚，现在就讲给我听。就这儿吧，这里宽一点，可以歇脚，并且这还是个背风口，没风，光线也足。给我们讲讲你的法则，详细点。”

“阁下，既然您这么坚持，那我就说一下吧，这条艺术法则就是不允许复制。您可能记得，几年前，我为您的国家刻过一枚印章，上面的主要图案是您祖先的头像，他是赫赫有名的建国者。因为要在海关使用，包裹箱子上需要盖很多印章，我就刻了一整版，一百个。尽管我想把这一百个头像刻得一模一样，我也敢保证人们会说它们是一样的，但是，仔细查看从印版上拿下来的印模，并到一起，就会发现这一百张脸没有两个是一样的。有的看上去比较仁慈，有的说不清楚。有两三个，仔细观察会发现还有早期的凶相，嘴边底纹的阴影哪怕粗细还没有一根头发那般不同，就足以导致这些差异。现在，阁下，把那庄重转变为欢快，然后投射到我所描述的十二个不同的人像身上，请您告诉我，您不要这些时辰报时姑娘，包括尤娜？不过，我喜欢——

“听，上面——是脚步声吗？”

“阁下，是泥浆。拱门那块的石雕还没完工，有时泥浆会从那里掉到钟楼地板上。我得派人去查看一下。

刚才我正要说的是：作为我，我喜欢这条不准复制的法则。这能让作品异彩纷呈。是的，阁下，尤娜脸上没法定义的笑容，您说的那种奇怪的笑容，还有她那看向前方的眼睛，体现了巴拿多纳的风格。”

“听，——你确定上面没有人？”

“阁下，一个人也没有；放心吧，没人。——又掉了一块泥浆。”

“我们在那儿的时候没掉过呀。”

“啊，您在那儿，它知道得老实地待在自己的地方，阁下。”巴拿多纳毕恭毕敬地鞠了一躬。

“但是，尤娜，”温和一点的治安官说道，“她好像专门盯着你在看；我敢发誓，她在我们三个人中就相中了你。”

“要是她真这样，可能是因为她理解力更好一些，阁下。”

“怎么说，巴拿多纳？我没明白你的意思。”

“无关紧要，无关紧要，阁下——但是风向改变了，风从原来这背风口吹进来了。容我再护送二位一段路；然后，对不起，劳动者就要回去干活了。”

“这可能有点傻，先生，”温和一点的治安官说道，因为下到第三个平台，他俩就没人护送了，“不过，不知怎的，这个伟大的机械师让我有点感动。他刚才回答我们问题时的那副傲慢相，迈的步子很像德尔·芳卡画作里西西拉的样子，那个与上帝作对的自负家伙。还有那年轻的黛博拉雕像也是这样子，啊，还有——”

“打住，打住，先生！”首长回应道，“突发奇想而已。黛博拉？——那雅亿[1]呢，请问在哪里？”

“啊，”另一个答道，他们现在已经走到下面草地了，“啊，先生，我看您的阴郁恐惧已经一扫而光了，可我即使在这明媚的阳光下，还感到一丝寒意。听！”

钟楼门后传来一声响，就是他们刚走出的地方。转过身一看，门关上了。

治安首长笑道：“他偷偷溜下来将我们关在外面了，不过他一向如此。”

公告出来了，告诉人们第二天的午后一点，时钟会敲响，而且——由于机械师的高超技艺——还会伴有不

① 雅亿，《圣经》中的希伯来女人，杀死了来帐篷避难的西西拉。——译者注

同寻常的奏乐。但没人能说清楚会是什么伴奏。听到这个消息，大家欢天喜地。

有些没事干的人，在钟塔边上安营扎寨过夜，他们看到顶楼百叶窗里灯光闪闪，清晨日出时分才熄灭。他们还听到奇怪的声音，也可能是由于焦心盼望导致他们认为是奇怪的声音，不仅有叮当作响的工具敲击声，还有——他们是这样说的——一种好像被压抑的尖叫声和埋怨声，仿佛是从使用过度的发动机里发出来的声音，听起来像鬼叫一般。

时间过得很慢，集合在广场上的人们有一些开始唱歌和玩游戏，打发着无聊的等待时光，最后，不怎么耀眼的太阳，像足球一样挂在天上，照在平原上。

正午时分，贵族们和市民中的重要人物乘车列队而来，带着卫兵们，还奏着乐曲，为这个时刻增光添彩。

只剩一个小时了。人群更加焦躁，有些着急的人们，手里拿着手表，站在那里，一会看看自己的小表盘，一会仰起脖子，盯着钟楼，好像眼睛能够预测到只有耳朵能听到的东西一样，因为，塔上的钟还没有钟面。

现在，一千只手表上的时钟离数字 1 差不多只有一根发丝的距离了。人头攒动的平原上一片寂静，静得仿佛在盼着示罗[①]的出现。突然，传来一声沉闷的、撕裂的声音——根本不是钟声，外围的人们几乎完全听不见——从钟楼上传来重重的沉闷的敲击声。同时，所有人都一脸茫然地看向身边人，所有表都举了起来，表上的时钟在——已经过了——数字 1。塔上没有敲钟，人群开始骚动不安。

等了一会儿，治安首长要求大家保持安静，自己朝钟楼大喊，想了解发生了什么始料未及的事情。

没人回应。

他又一遍一遍地大喊。

还是一片静默。

他下令士兵们冲进塔门，安排好守门的卫兵堵住就要蜂拥而入的人群，自己带着先前那位下属，爬上盘旋的楼梯。上到一半处，他俩停下来听了一下，没有声音。加快步伐，他们爬上了钟楼，可是在门口看到眼前的景象时，他俩都吓呆了。而他俩也没见过的一条西班

---

① 示罗，希伯来语，意为“安宁之地”，为早期以色列人心中的圣地。——译者注

牙猎犬，一直跟着他们上到这里，站在那里瑟瑟发抖，好像在灌木丛里见到了不知名的怪物一样，或者说仿佛它嗅到了通往另一个世界的脚步声。巴拿多纳俯卧在装饰着女孩和花环的钟座底下，流着血。他躺在尤娜的脚下，头正好和她与杜阿牵着的左手垂直。斗篷面具下阴沉的脸悬挂在他上方，现在没有裹着东西，就像雅亿俯瞰钉在帐篷里的西西拉一样。

它有手有脚，好像穿着鳞片似的盔甲，像龙鳞一样闪闪发亮。它上了手铐，举着棒子似的胳膊，仿佛即使戴着手铐还想朝已被攻击的受害者砸过去，迈在前面的脚卡在尸体的下面，像是正准备把他一脚踢开。

接下来不确定它要干吗。

不消说，治安官员们的第一反应肯定是避免与见到的东西有直接的身体接触。至少，他们会在那儿不自觉地疑惑一会儿，也可能，或多或少被吓呆了。但肯定的是，他们要底下的人送来一把火绳钩枪。有人还补充说，就如听到主发条啪地突然折断后发出的乒呤乓啷铁器碰撞的声音一样，好像一批剑刃飞向人行道一般，随后是一阵猛烈的飕飕声，混合在一起直冲到平地上站着的人们耳朵里，使得人人伸长脖子往钟楼上看去，看到从钟楼的格栅里，飘出几缕淡淡的烟圈。

有人证实说是用枪毙掉了那头西班牙猎犬，它因为恐惧而疯掉了。但其他人否认了这点。不过事实是没人再见过这条猎犬，很可能，不知道什么原因，现在把它和那个面具斗篷埋在一起了。因为，不管前面的情况怎么样，当初出自本能的恐慌过后，也可以说在经历各种合理的恐惧之后，两位治安官员亲自动手拿起掉在地上的斗篷重新盖上了塑像，也就是先前吊起来的那件包裹住的东西，并连夜将它悄悄搬到地面，偷偷送到海滩，远远推进大海，使其沉到海里去了。不管是谁追问，哪怕是悠闲欢乐的时候，这二位官员谁都不愿意抖出钟楼的所有秘密。

这个谜一般的事件不可避免地让人们添油加醋，让人们认为这个孤独者的命运多少带些超自然因素。还有少数几个具备科学头脑的人士认为找到其他解释并不困难。在一连串的情景推断中，可能有，也可能没有一些漏掉或错误的环节。但是，由于没有更好的解释，官方的解释是唯一明确保留下来的。不过，首先，有必要对巴拿多纳这个秘密设计的来源、整个动机和方式进行一番推测，既然前面提到的人们不仅想了解整个事件，也想了解巴拿多纳这个人。披露的情况间接地提到一些奇怪的事情，但都不明不白，跟主题完全无关。

那时候和现在不一样，人们还没有造过用来打鸣的大钟。那时候的钟通过敲打里面的小铜舌，通过绳拉，或者从钟的外部敲击：要么是用一种笨重的机械装置敲打；要么是一位强壮的更夫，拎着重重的铁锤，守在钟楼或者待在开阔房顶上的观察亭里（取决于钟是放在室内还是室外）。

就是因为观察这些放在室外的钟还有它们的更夫，这个孤独者（人们认为的）动了设计自己方案的念头。置于高杆或建筑尖顶上的人形，从下面看去，跟实际大小已经相差甚远，也根本看不清它什么表情，显现不出任何个性特征。它做出的手势看不出其意愿，更像是电报机臂杆工作时的机械动作而已。

因此，在巴拿多纳反复思考现在看到的这个丑角人形时，无意间想到设计成一种金属制品，用它的机械手敲钟，会比人手敲钟更加准确。另外，看到房顶上那个活生生的更夫，在规定的时间内从自己的小亭子里起身，举着棒走过去敲钟时，巴拿多纳决定他的这个发明物也要具备这个运动能力，并且看上去还要具备智力和意志。

到目前为止，那些声称了解巴拿多纳想法的人即使没错——因为只有他才具备这种冒险精神——但是，他们的猜测并没有就此打住，他们说，确实，开始的时候，看到更夫给他带来设计的灵感，但仅仅只是想设计一个与更夫相差无几的替代品；然而，设计师经常遇到的情况是随着设计过程不知不觉地发展，本来相对细小的目标就变成了宏伟的目标，最后的方案就成了一个前所未有的大胆壮举。他致力于为钟楼发明一个具有运动能力的人形物件，但只有人的部分功能，这一点不为外人所知。一个身形巨大的奴隶，以一种难以想象的方式为人类提供方便，带来荣耀；作为上帝六天造物的补充物，让人世间又多了一种新型奴隶，它比牛更有用，比海豚还灵活，比狮子更强壮，比猿猴更狡猾，像蚂蚁一般勤劳，如毒蛇一样性情暴烈，但又像驴一般能忍耐。它集中了上帝创造的为人类服务的动物的所有优点，并且还得以改进。这个全能奴隶的名字叫作塔卢斯。塔卢斯，是巴拿多纳的钢铁奴隶，经过他的双手，成为服务于人类的奴隶。

这里，人们不禁会想：要是对这个孤独者秘密的最后推想没错的话，那么他真是不可救药地受到他同时代的那些不切实际的妄想的影响，比阿尔伯特·马格斯①和科尼利厄斯·阿格里帕②还要疯狂。可事实证明却正好相反。很明显，他不同凡响的设计，不仅超过了人类发明的极限，而且巧夺天工，但是，采用的方案据说都有理有据。另外可以肯定的是，巴拿多纳对于他同时代那些虚荣的、头脑发热的人毫不认同，不相信他们，甚至鄙视他们。比如，他没有带着那些形而上学者们的空想，得出这样的结论：可以证明更精确的机械力和更粗糙的动物力量之间存在某些一致性。他的设计方案中也看不到某些自然哲学家的狂热，他们希望通过生理学和

① 阿尔伯特·马格斯（1193? —1280），德国天主教道明会修士和主教。——译者注

② 科尼利厄斯·阿格里帕（1486—1535），德国博学者、内科医生、神学家、玄学作家。——译者注

化学的推断，进而了解生命之源，然后让人们能对其进行生产和改进。他跟那群炼丹术士更是大相径庭，炼丹术士们试图在炼丹室里通过咒语唤起某种神奇的生命力。他也没像某些乐观神智学者那般，想象只要崇拜最高神灵，人类就能获得闻所未闻的超凡神力。巴拿多纳是一名实际的唯物主义者，他想要实现的目标不是通过逻辑推理，也不是通过坩埚冶炼，不是通过祈求祷告，也不是通过拜祭神灵，而是通过使用老虎钳凳和铁锤造出他想造之物。简言之，他的目标不是去解释自然现象，获取自然神力，或者凌驾自然之上，创造出什么物件来利用自然，而只是单枪匹马，不求助于任何物件、任何人，做到能和自然匹敌，超过她，控制她。为了征服她，他屈尊忍辱。在他身上，常识就是神力，机械能创造奇迹；普罗米修斯①不过是机械师中的一个英雄，人类自己才是真正的上帝。

尽管如此，在他起步时，关于为钟楼所制的这个

---

① 普罗米修斯，希腊神话中最具智慧的神明之一，泰坦十二神伊阿佩托斯与名望女神克吕墨涅的儿子。普罗米修斯给人类带来了火，还教会了他们许多知识和技能。——译者注

实验性自动装置，他有点异想天开；或者，也许他看上去的异想天开也只不过是他实用主义野心衍生的相关产物。形体上，钟楼生物不应该是人形或动物的样子，也不会是古代神话中的完美形象——不管多么喜欢，而是一个原创的生物体，具备生物的所有特征，看起来越丑，越好。

这些就是那时对现在这个设计品和他秘而不宣的想法的推测。在关键的时刻，丝毫没料到的灾难怎么摧毁了这一切，或者说，这个猜想是什么，我们现在开始探讨。

人们认为，灾难发生的前一天，来访者走后，巴拿多纳打开了钟室人像，校准好后把它放在专为它搭建的亭子间里——位于钟室一角像哨岗一样的亭子间。简言之，整个晚上，还有第二天早上的部分时间里，他一直忙于安排这个斗篷面具的所有事务。钟室人像每隔六十分钟从岗亭出来；沿着像铁轨一样的槽沟滑过去；到了时钟前，举起手铐，敲在二十四只手的十二个连接处中的一处，然后绕钟转一圈，回到岗位，又等六十分钟后重复同样的程序。同时一个灵巧的机械装置操控着钟，沿着自己的纵轴旋转，把两个塑像牵着的手正好送到落下的棒子前，这样它就能敲响两点、三点……一直敲下去直到最后。钟体上的音乐金属片通过某种技巧（现在随着发明者的死亡也消失了）融合了多种音乐，这样，二十四只手相扣处，每一次分开时都能发出自己独特的共鸣声。

但是，在那块神奇的金属片上，那个神奇的金属制的人像没有敲击，只要它一敲，把一个钉子敲进去，打开一个扣，这样巴拿多纳就不会丢掉雄心勃勃的生命。因为，那家伙摇进哨岗，上好发条后，当时要等中午的时间过去，而这样得等到一点时再出来，并且在那时要准点出来；然后，据推测，机械师在熟练地给滑行的凹槽上好油后，一定是赶到钟边，给上面的雕塑添上最后几笔。作为一个真正的艺术家，他当时全神贯注，因为他想让尤娜的表情看上去不那么奇怪，他更加专心致志，尽管在外人面前，他对此似乎不那么在意，可暗地里，这却一直是他的心头刺。

所以，在那个空档，他忽视了那个家伙，但那个家伙可没忽视他。它忠于使命，并且小心地遵守发条时间，准时准点离开岗位，沿着上好油的光滑轨道，悄无声息地滑到指定处，对准尤娜的手，准备敲响响亮的一声，结果却敲在了巴拿多纳伸过来的头上，发出了沉闷的一声。转过来面对着他的头，戴着手铐的双臂倏地一下弹回悬挂的姿势。倒下的身体挡住了它回去的道，所以它只好站在那里，悬在巴拿多纳的上方好像要低声告诉他死后的恐惧一样。錾子从手上掉了下来，就掉在手边，油瓶洒在铁轨上。

机械师悲惨离世，但国家因重视这位旷世奇才，给他举行了庄严的国葬。人们决定在他棺材进入教堂之时，敲响那个大钟——就是因为那倒霉工匠胆怯而浇铸受损的大钟。于是，全国最强健的壮汉被叫来敲钟。

但是，就在抬棺人走进教堂门廊，只听见塔上响起一声灾难性的破碎声音，好像阿尔卑斯山山崩时发出的孤独声响一般，然后，一切归于静寂。

回头一看，他们看到拱形钟楼从侧面倒塌。事后看来是这样，那个负责拉钟绳的强壮农民，想要一次性证明大钟的辉煌，集中气力猛地一拉，自己吊在了绳上。其框架承受不住振动的金属物重量，并且奇怪的是顶上某个地方支撑不住，钟从固定的地方松了开来，两边裂开，一下滚了下来，掉到三百英尺下的草坪上，倒插进草坪里，半截露在外面。

挖出来后，人们发现主要断裂处是从钟耳的一个小地方开始的，刮开后就能发现是浇铸时产生的问题，很细小，很难看出。并且后来肯定有人用了哪种混合物粘上掩盖住了。

巨型钟楼重新修好，重新熔铸的金属也归位了。整整一年，从这雕着百叶窗和花窗格的树一般的钟楼中，飘出鸟鸣般悦耳动听的金属钟声。但是，在钟塔竣工一周年时——黎明时分，人们还没聚到广场——地震发生了。只听一声巨响，那个石松般的建筑，连同其歌唱者们待着的凉棚，轰然一声倒塌在平原上。

就这样，盲目的奴隶遵从了更盲目的主人，但在听令的过程中将他杀害。创造物杀害了创造者。就这样，塔无法承受钟之重；就这样，人的鲜血让钟产生裂缝，成了缺陷。所以说，骄者必败。

（汉译：熊亚芳）

在黑暗中

［英］伊迪丝·内斯比特

这也许是一种形式上的疯疯傻傻。或许他是真的生活在惶恐不安中。或许是——虽然我不装懂——处于高度焦虑和痛苦中的第六感觉，由于强烈的折磨，而自然发展的结果。事情就是这样发生的，对他而言，其原因只有一个。

他给我讲了故事的上半段，故事的下半段是我亲眼所见。

【一】

学生时代我和霍尔丹就是朋友。促使我们俩走到一起的原因是我们都不喜欢维斯格尔这个同乡。在老家，他家的人认识我们家的人，所以他来时，就被托付给了我们。他是我遇到的最难以容忍的人，不管他是孩子还是成人。他不会说谎，这是好的。但他没有守住这操行。如果问他有没有什么人做过什么事——什么出格的事，或是闹着玩的事，他总会说：“我不知道，先生，但我想是的。”他从来不知道——我们当心着呢。但是，他所相信的总是对的。我记得有一次霍尔丹扭着他的胳膊问他是怎么知道樱桃树生意的，他只是说，“我不知道——我就是觉得是那样的。结果我是对的，你是知道的。”对这样的孩子，你能怎么办？

我们都长大成人了。起码我和霍尔丹是这样。维斯格尔长大后变成了一个自命清高的人。他吃素，滴酒不沾，是一个基督教科学工作者，凡是清高的事情他都沾边，但他又不是一个普通的自命清高的人。他知道他不该知道的一切，而且知道的渠道又都不正经。事情不是他自己发现的，他只是知道而已。有一次，我很不开心，他来到我的房间——我们在牛津的最后一年——讲了不少我自己都不知道的事情。这就是那年冬天我去了印度的原因。闷闷不乐本来就不好，而那个畜生却不知道我不开心。

我离开了一年多一点。回来后，我想了许多，要是再见到老朋友霍尔丹，该有多高兴。假如我想到了维斯格尔，我倒是希望他死了的好。但是，对他，我没有多想。

我真的想见霍尔丹。这家伙总是那么有趣——快乐，善良，简朴，可敬，正直，富有真切的同情心。我盼着见到他，看他蓝眼睛里快活的微笑，眼睛四周布满了笑的皱纹，听他那快乐的笑声，感受他那一双大手紧握你手时的感觉。我从码头直接去了他在格雷假日酒店的房间。但我发现他态度淡漠，脸色苍白，血气不旺，两眼无光，手也无力，苍白的嘴唇微微地干笑了一下，勉强说了句欢迎。

他坐在一堆乱七八糟的家具和打包了一半的个人物品中间：有几只捆了绳子的大箱子，还有几个装满了书的箱子，封箱板还没有钉上。

“对了，我要搬走了，”他说道，“这些房间我不能忍受。有点古怪——有点儿像凶宅。明天我就搬出去。”

秋天的暮色正将黑暗的阴影布满每个角落。“你收到那些毛皮了。”我没话找话说。因为我看到了那个装着毛皮的大箱子，由绳子捆着，放在其他一些箱子中间。

“毛皮？”他说，“哦，对了。非常感谢。对了，我忘了毛皮了。”他笑了笑，我想这是出于礼貌，因为毛皮就是毛皮，不是开玩笑。那么多优质的毛皮——是用钱能买到的最好的毛皮，当时我还很心疼，我是看着它们包装好送走的。他站在那儿看着我，不说一句话。

“出来，去吃点什么。”我说，尽可能地高兴点。

“太忙了，”他答道，稍稍停了一会儿，看了看房间四周，“看这里……我真的很高兴见到你……要是你能溜出去叫人送些饭菜来……我自己去吧……只是……喂，你晓得了吧。”

我去了。我回来时，他已经在壁炉旁清出了一个空地方，把他那张大的折叠桌摆进去了。于是我们就在那儿靠着烛光吃晚饭。我试着引他开心。我肯定，他也努力显得开心。但是我们俩谁也没有成功。他那一双憔悴的眼睛一直盯着我看，除了那短暂的时间，他头也不回，将目光射向我们落座的四周，那一片黑暗之中。

我们吃完了，送饭人来把碗碟拿走，我冷静地看着霍尔丹，他只好停止胡言乱语，关切地看着我。

“唉？”我说。

“你不在听，”他生气地说，“怎么了？”

“你最好告诉我吧。”我说。

他没有说话，偷偷地看了下那黑暗处，弯下腰搅了搅火堆——我知道——让火旺些，可以照亮房间的每个角落。

“你呀东一榔头西一棒，”我快活地说，“你怎么啦？喝酒？打牌？投机？玩女人？你要是不给我讲，那你必须去给你的医生讲。怎么了，我亲爱的伙计，你病啦？”

“这里有你这样的朋友真好。”他说，然后尴尬地笑了笑，一点也不好看。

“我觉得，我就是你想要的朋友，”我说，“你以为我眼睛瞎了？情况不对劲啊，你开始吃什么毒品了吧，也许是吗啡？你一直在盘算那个事情，结果你难以把握其分寸。说出来吧，老伙计。我用一美元跟你打赌，事情没有你想象得那样糟。”

“要是我能够跟你讲——或跟其他人讲，”他慢慢地说道，“事情就不会这么糟糕了。要是我可以跟别人讲，我会跟你讲的。即便这样，我跟你讲的跟任何其他人比，已经多多了。”

我从他那儿再也套不出什么话来。而他非要我留下——他说他会叫我睡他的床，他自己打地铺。但是我早已在维多利亚订了房间，我还在等信件呢。所以我就离开了，很晚了——他站在楼梯上，手里拿着一支蜡烛，伸过栏杆，照着我下楼梯。

第二天早上我又去的时候，他已经走了。几个人在搬家具，装上一辆大的搬运车，车上用大字印着某某仓库。

他没有给门房留什么地址，带着两个旅行皮箱，驾着一辆一马二轮有盖双座小马车走了——门房觉得，他是去滑铁卢了。

是啊，如果一个人这样选择的话，他有权自己处理自己的麻烦事。我有我的麻烦事，为此我也在奔波忙碌。

【二】

再次见到霍尔丹是在一年多以后。那时我在奥尔巴尼已经有了几间房间，有一天早上他突然出现了，真的很早——事实上是在早餐之前。如果说他以前看起来是可怕的，那么现在他看起来差不多幽灵似的了。他的脸看上去很消瘦，犹如一枚对着鹅卵石海岸的牡蛎壳，多年来每天被海水冲刷两次一样。他的双手骨瘦如鸟爪，不停地颤抖，如同被困的蝴蝶。

我真心诚意地欢迎他并请他吃早饭。我打定主意，这一次我什么问题也不问了。因为我清楚没有必要问了，他会给我讲。他来就是要跟我讲的，这就是他来的目的。

我把酒精灯点上——给他煮咖啡，跟他谈了会儿话，我边吃边喝边等他开口讲话。他是这样讲的：

“我要，”他说，“自杀——哦，不要害怕，”——我想我肯定说过什么了或显得很紧张——“我不会在这里自杀，也不是现在。时间一到，我就自杀——就是在我再也不能容忍的时候。我要你知道我为什么自杀。我不希望我是唯一知道自杀原因的人。我能信任你，对吧？”

我低声地说了些什么，叫他不要担心。

“如果你不介意，我希望你能向我保证在我活着的时候不会把我要跟你讲的话告诉别人。以后嘛……你想告诉谁就告诉谁。”

我向他做了保证。

他坐着，看着火，一言不发。然后耸了耸肩膀。

“真的难以启齿。”他一边说一边笑了笑，“情况是这样的——你知道那个畜生，乔治·维斯格尔。”

“知道啊，”我说，“我回来后一直没有看到他。有人告诉我他到什么岛上去了，还有人告诉我他宣讲去了，要求吃素的人都去吃荤。不管怎么样，他现在不碍事了，让他噩运连连吧。”

“是啊，”霍尔丹说，“他不碍事了。但他不会再宣讲什么了。事实上，他已经死了。”

“死了？”我说，这是唯一能想起说的话。

“死了，”他说，“人们还不知道，但他死了。”

“他怎么死的？”我问道，其实我并不关心这一点。这明摆着的事实对我来说再好不过了。

“你知道这家伙是多么的烦人。没有他不知道的事。促膝谈心——打开天窗说亮话吧。他在我和某人之间横插了一杠子——跟她说了一大堆谎话。”

“谎话？”

“是啊，事情是真的，但他隐瞒了事情的真相，还有他讲话的样子——你是知道的。”

我点了点头。

“结果她把我甩了。后来她死了。我们那时连朋友还不是。我不能见她——以前——我甚至不能……哦，我的上帝呀……但我去参加了葬礼。他也在那儿，她的家人叫他去的。后来我回到了房间，我坐在那儿，思考着什么。后来他来了。”

“他会的，这是他的风格。这畜生！我希望你把他赶出去了。”

“没，没有。我要听他有什么可说的。他来说，毫无疑问，都是出于好意。他不知道他跟她说的那些事，他只是猜的，而他猜对了，狗娘养的。他有什么权利猜对呢？他说，这都是出于好意，因为，除了那些，我家里有疯子。这个他也发现了——”

“你家里有疯子吗？”

“如果有，我过去也不知道。所以说，这都是出于好意。后来我说：‘以前我家里没有疯子，但现在有了。’于是我就掐住他的喉咙。我不知道当时是不是要杀死他。我应该杀死他。不管怎么说，我杀死了他。你说呢？”

我什么也没有说。当老朋友跟你说他是一个谋杀者，能马上想到合适而又策略的话语是真不容易。

“当我将手从他的喉咙上抽回来时——难得不得了，就像你要甩掉那流电的电瓶的把手。我发现我干了什么。谋杀者是怎样被人们查出来的？”

“我想是因为他们粗心大意了，”我不由自主地说，“他们胆怯了。”

“我不胆怯，”他说，“但我一直不安宁，我坐在那张大椅子里，看着他，想了很多。他刚刚去了那个小岛——我知道的。他与大家都告了别。这是他告诉我的。没有一点血迹要擦干净——只是他松弛的嘴角边有一点痕迹。他去旅游用的不是自己的名字，因为有采访者。某某先生的行李没有人认领，他的座舱也是空的。没有人会猜到某某先生就是乔治·维斯格尔爵士，皇家学会会员。一切就这么简单。没有任何东西要处理，除了这尸体。没有凶器，没有血迹——而尸体我处理得很好。”

“怎么处理的？”

他狡猾地笑了笑。

“不，不，”他说，“我只能讲到这里了。不是我不相信你的保证，但如果你说梦话，或是发热什么的。

不，不能说了。只要你不知道尸体在哪里，我就是安全的，你说呢。即使你能证明我确实说了这一切——而你不能——这只是我的胡言乱语而已。知道吗？”

我知道。我为他感到难过。我不相信他真的杀死了维斯格尔，他不是那种杀人的人。所以我说：

“是的，老伙计，我知道。现在看这里，我们一起走，我和你——一起旅行去，看看世界，忘掉那个畜生般的家伙。”

听到这里，他两眼发光。

“嗨，”他说，“你理解我。你不恨我，也不远离我。我希望我早点告诉你——你知道——你来的时候，我正在将所有东西打包。但是，现在太迟了。”

“太迟了？一点也不迟啊，”我说，“来吧，我们收拾行李，今晚就出发，去那无人知道的地方，你知道吗。”

“那正是我要去的地方，”他说，“你等等。当你听了我的遭遇，你就不会这么急切地想跟我去旅行了。”

“不过，你不是已经把你的遭遇告诉我了吗？”我说，对他跟我讲的事情，我越想越觉得不可信。

“没有，”他慢吞吞地说，“没有——我跟你说的是他的遭遇。我的遭遇完全不一样。我有没有告诉你他最后讲的话？就在我冲向他，在没有掐住他喉咙之前，你明白吗？他说：‘当心。你永远没有办法将尸体处理掉的——另外，愤怒是罪恶。’你知道他说话的风格，太显摆了，有如掀起屁股让别人看一样。所以后来我就考虑尸体的处理问题。但之后的一年，我没有思考过。因为我把他的尸体处理好了。后来我就坐在舒服的椅子里，想着：‘哦，从那时到现在，肯定有一年了——’我拿出我的口袋书，走到窗前，看了看那个我随身携带的小年历——天渐渐地黑了——真的是一年了，到今天为止。后来我想起他说的话，我对自己说：‘处理你的尸体没什么麻烦呀，你这畜生。’然后我看了看炉前地毯——啊！”他突然尖叫了起来，声音很高——“我不能告诉你——不，我不能。”

我叫的人来开了门——他平静的脸上布满着好奇。“是你叫我，先生？”

“是的，”我撒了个谎，“我要你把这张条子拿到银行去，等待他们的答复。”

他被支走后，霍尔丹说：“我讲到哪里了？”

“你讲到你看了那个小年历后你的遭遇。你究竟遭遇了什么？”

“没什么，”他说，轻轻地笑了笑，“哦，没什么——只是我看了一下那炉前地毯，他就在那儿，那个我一年前杀死的人。别做什么解释，否则我会生气的。门是关上的，窗子也关得好好的。他前一分钟还不在那儿，而他就在那儿。完了，这就是我的遭遇。”

幻觉，这是我当时突然想到的一个词。

“跟我想的完全一样，”他神气地说，“但是——我摸了一下，是真的。很沉，你知道的，摸起来好像比活人硬一点——他的手很像一个石头做的戴着羊皮手套的东西，他的手臂像穿了蓝色哔叽套装的大理石雕塑。你恨那些穿蓝色哔叽套装的人吗？”

“触摸也是幻觉呀。”我脱口而出。

“跟我想的完全一样，”霍尔丹说，显得更加神气，“但事情总有局限性，你知道——局限性。所以后来我想是有人把他弄出来了——他的尸体，放在那儿来吓唬我——当我身体转过去的时候。然后我来到我藏他尸体的地方，那尸体在那儿——啊！跟我当时放的样子一模一样。只是……那是一年前。现在那里有了两具他的尸体。”

“我亲爱的伙计，”我说，“这简直是太喜剧化了。”

“是啊，”他说，“真好玩。这是我自己发现的。特别是在夜里我醒过来，想到这事。我希望我不要死在黑暗中，温斯顿。这就是我要自杀的原因之一。我可以肯定那个时候我不是死在黑暗中的。”

“说完了没有？”我问道，心里觉得肯定是完了。

“没有，”霍尔丹立马说，“没完呢。他又回到我身边了。这是在火车上的一个车厢里。我一直在睡觉。我醒来时发现他躺在我对面的座位上。看上去还是老样子。在经过红山隧道时，我把他扔了出去。如果我再看到他，我自己就出去了。我受不了了，太难受了，我得马上走了。不管另一个世界是什么样子，那里肯定没有这样的事情。我们把他们放在那儿，在坟墓里，在棺材里，在……你认为我疯了，但我不疯。你帮不了我——谁也帮不了我。你看，他早就知道。他说过，我没有办法把尸体处理掉。结果是，我没办法，没办法，没办法。他知道这一点。他总是知道他不能知道的事。但我要结束这场游戏。不管怎样，我手里有张王牌，下次玩的时候，我会打出这张王牌。我用人格向你保证，温斯顿，我没有疯。”

“我亲爱的老朋友，”我说，“我没有认为你疯了。但我认为你神经有点错乱。我也有一点。你知道我为什么去印度吗？那是因为你和她。我不想待下去，也不想看到它，尽管我祝福你们幸福快乐，白头到老。你知道，我是祝福过你们了。我回来时，她……还有你……让我们一起共同走过吧，”我说，“你要我这么讲，你不会胡思乱想吧。我一向认为你不是笨蛋。”

“她喜欢你。”他说。

“哦，是的，”我说，“她喜欢我。”

【三】

这就是为什么我们一起去国外的原因。对他而言，希望是巨大的。他一直是一个很好的伙伴——健康又强壮。我不敢相信他居然会发疯，而且是终身的，我的意思是说，不可能再变成正常人了。也许我自己的遭遇是我看不清、看不准。不管怎么说，我带他出来进行心理康复，就像他发高烧之后，我应该带他出去强身健体一样。他那疯疯傻傻的状态似乎消失了，在一到两个月里，我们俩玩得很开心，我想我已经帮他康复了。我很高兴，因为我们长期的友谊，因为她曾经爱过他，也喜欢过我。

我们从来不提维斯格尔。我觉得他早就把他忘了。我觉得我理解他的心思，由于过分悲伤和愤恨，他一直对他怀恨在心，并以那个可恶的家伙为中心编织了一张噩梦般恐怖的网。至于我自己的麻烦，我能很好地处理。所以我们俩在那几个月里，快活得跟玩沙子的小朋友一样。

旅行的最后一站我们来到了布鲁吉斯。由于在办展览会，布鲁吉斯人满为患。我们只能订到一个房间和一张床。所以我们就扔硬币来决定谁睡床，谁将就一下睡沙发。至于床单么，一分为二，两个人共用。

傍晚时分，我们是在一家音乐咖啡馆度过的，后来又来到一个啤酒坊喝啤酒，当我们回到葡萄园大酒店时，夜已很深，我们也昏昏欲睡。我从门房室挂钥匙的钉子上拿了房间的钥匙就上楼了。我记得，我们俩说了会儿话，谈到了城市、钟楼和威尼斯月光下那美丽如画的河流，然后霍尔丹就上了床。我呢，用我的被单做了一个蝶蛹状的睡袋，将它放在扶手椅上塞好。我感到一点儿也不舒服，但我太累了。正当我要进入梦乡的时候，霍尔丹突然把我叫醒，说要对我说说他的遗嘱。

“老朋友，我已经将我的一切都留给你了，”他说，“我知道我能信任你，把一切都照顾好的。”

“那当然，”我说，“如果你不介意，我们明天早晨再谈吧。”

他还想接着谈他的遗嘱，谈我这个朋友如何如何等等，但我叫他闭嘴，叫他快睡觉。但没有用。他说他不舒服，他觉得很渴，渴得像石灰窑一般。他发现房间里那个水瓶里没有一滴水。“而水罐里的水像白汤一样。”他说。

“哦，好吧，”我说，“那你就点上蜡烛去取水吧，上帝保佑，让我睡会儿吧。”

但他说：“不，你点蜡烛。我可不想在黑暗中起床。我也许会……会踩上什么东西，你说是吧；或者撞上什么东西，而我刚刚上床时，这东西不在那儿。”

“废话，”我说，“撞上你祖母。”然而，我还是点了蜡烛。他从床上坐了起来，看着我——脸色苍白，头发凌乱，两只眼睛眨巴眨巴发着光。

“那样更好，”他说，接着又说，“唉，看这里。哦……是的……我看到了。没什么，奇怪得很，他们竟然这样标记床单。谢天谢地，我刚才没有把它看作是血迹。”

床单上有标记，不像家里的床单都标在角落上，而是标在正中央，是巨大的红色倒置十字绣。

“是啊，我看到了，”我说，“标在这个地方真是奇怪。”

“奇怪的还有那上面的字母，”他说，“G 和 V。”

“这代表葡萄园大酒店，”我说，“你希望他们用什么字母来标记呢？快点走吧。”

“你也来吧，”他说，“是啊，这两个字母当然是代表葡萄园大酒店的。我希望你也下来，温斯顿。”

“我下来。”我一边说，一边拿着蜡烛转过身去。

他从床上一跃而出，紧紧地依偎着我。

“那是，”他说，“是我不想一个人待在黑暗中。”

说话的样子活像一个受惊的小孩。

“那好吧，来吧。”我说。然后我们就一起走下去。

我记得当时我想对他的长发和睡衣的样式开个玩笑——但是，我失望透了。对我而言，当时就很清楚，即使我抛开了自己的麻烦，花了我所有的时间，他的精神错乱依旧没有康复。我们尽量悄悄地走下去，从餐厅那长长的空空的饭桌上取了一瓶水。起先他紧紧地抓住我的手臂，后来他从我手中把蜡烛拿了过去，走得很慢，用手护着蜡烛，两眼仔细地打量着四周，好像他想找到他极不愿意看到的东西。当然他知道那个东西是什么。我一点也不喜欢他那个样子，我无法用语言来表达我那种厌恶。他不时地回头看，我从印度回来后第一个晚上去看他，他也是这个样子。

那个什么东西一直困扰着我，我几乎认不得回房间的路了。当我们回到房间，我发誓，我最不希望看到他一直想看到的东西——那个东西，或者说有点像那个的东西，那个在炉前地毯上的东西。其实呢，那里啥也没有。

我吹灭了灯，将床单紧紧地裹在身上——刚才出去取水时我把床单拖在了身后。我在椅子上刚刚弄好，霍尔丹突然讲话了。

“你拿走了所有的床单。”他说。

“没，没有啊，”我说，“我只是拿了我的呀。”

“那我找不到我的呀，”他说道，我能听到他的牙齿在打战，“我感觉很冷，我……看在上帝的分上，把蜡烛点起来，点蜡烛，点亮。有些可怕的东西……”

但我找不到火柴。

“点亮蜡烛，点亮蜡烛。”他说，他已经语不成声，就像一个男孩有时在小教堂里一样。“再不点蜡烛，他就会朝我走来了。在黑暗中，很容易遭到袭击的。哦，温斯顿，看在上帝的分上，点蜡烛！我不能在黑暗中死去。”

“我在点。”我恶狠狠地说。我在五斗橱大理石台面上摸火柴，在壁炉上摸——到处摸，就是没有摸我放火柴的台子的中间。“你不会死的，别傻了，”我说，“好了。我马上就点好了。”

他说：“冷啊，冷啊，冷啊。”说了三遍。然后他尖叫了起来，像女人——像小孩——像一只被狗抓住的野兔子。以前我曾听到过他这种尖叫的声音。

“怎么了？”我叫道，声音不比他的低，“看在上帝的分上，别叫了。怎么了？”

一片岑寂。然后，慢慢地：

“是维斯格尔。”他说。他声音沙哑，好像是被蒙住了嘴巴似的。

“胡说。在哪里？”我问道，他说的时候，我的手僵在了火柴上。

“在这里，”他歇斯底里地叫道，好像他是把那蒙嘴巴的布一下子扯掉了一样，“在这里，在我身旁，在床上。”

我点亮了蜡烛，朝他走了过去。

他在床边蜷缩成一团。他的对面躺着一具尸体，苍白无色，冷冰冰。

霍尔丹已经在黑暗中死亡。

故事就是这么简单。我们走错了房间。躺在床上的那个人是这个房间的客人，他老早就预订了这房间并付了房费，他是今天早晨死的，死于心脏病。他是一个法国旅行推销商，推销肥皂和香水，他的名字叫费利克斯·勒布朗。

后来在伦敦，我小心翼翼地到处打听。在红山隧道里发现了一具尸体——是一个叫西蒙斯的缝纫用品商，由于生意萧条，他喝了盐酸，手里还紧紧抓着那个瓶子。

出于多种原因，在打开按照霍尔丹的遗嘱送给我的几个箱子时，我特意请了一个警长来见证。其中有一个金属镶边的大箱子，就是我从印度送毛皮给他用的那个大箱子——是送给他的结婚礼物，哦，我的天哪！

这个箱子焊合得很牢固。

里面是动物的毛皮吗？不是，是两具尸体。其中一具尸体得到了确认，尽管有些麻烦，他是一个在城里叫卖钢笔的小贩——患有严重的痉挛症，他好像就是死于痉挛。另一具尸体正是维斯格尔。

你想怎么解读就怎么解读。我记得在讲这个故事之前，我就给你们提供了一种答案。但是到现在我还没有发现令我满意的解读。

（汉译：戎佩珏）

妖精

［英］罗伯特·赫里克

妖精跨上了马，
她今晚要去骑马；
魔鬼与她同行：
不畏艰难险阻，
它们忽进忽出，
尽管天气糟糕得一塌糊涂。

一个树瘤抑或一个树刺
她用它来做踢马刺：
她骑着马，挥着悬钩子做的鞭子，
穿过灌木丛，穿过带刺的荆棘，
越过沟塘，越过泥潭，
她紧跟着当向导的精灵。

没有哪个动物，为了寻找食物，
现在敢在树林子里徘徊，
而只能潜藏在它的巢穴；
但那些捣蛋鬼呀，
陆地上的呀，大海里的呀，
半夜时分却很忙碌。

风暴就要来临，
天空乱云翻滚；
这个晚上，怪事连连，
坟墓里的鬼魂
惊吓得跑了出来，
经不住那电闪雷鸣。

（汉译：戎佩珏）

符咒

［英］约翰·德莱顿

选那个最黑暗的树林，

晌午时分鬼怪喜爱的树林。

挖一个沟壕，挖在靠近

拉伊俄斯[1]陵寝的地方；

用草根土或石头垒砌祭坛，

勿让阴间的恶魔享用供品。

请回答我，这事办得怎么样？

办得很像样。

祭品准备好了吗？

① 拉伊俄斯，希腊神话中底比斯国王，后被其子俄狄浦斯所杀。——译者注

将她向后拉，拉到沟壕旁，

将未曾生育过的小母牛牵过来；

小母牛要未曾生育过的，要黑色的。

将它的卷毛全剪掉

长在角和眉毛之间的卷毛，

你的脸不要对着太阳；

请回答我，这事办得怎么样？

办得很像样。

倒一些血和血一样的红酒，

敬给大地母亲和普罗塞耳皮娜[1]：

将牛奶与溪水相混：

招待那些喜欢溪水的鬼魂；

从葬礼木堆里抓取一根燃烧的木头：

扔进小溪中，使溪水沸腾，

你的脸不要对着太阳；

① 普罗塞耳皮娜，罗马神话中的美女，被冥王普路托劫走，强娶为王后。——译者注

请回答我，这事办得怎么样？

办得很像样。

（汉译：戎佩珏）

老鬼

［英］托马斯·洛弗尔·贝多斯

一个老鬼在水面上大步前行
来到岸边的教堂墓地，
海水在它上面流滚，
一千余年的流滚，
它脸色苍白，又黄又困，
看上去哪像一个鬼魂；
它孤独而且郁闷，
这是一个尸体的阴魂，
尸体在大海中溃烂无存。

老鬼踏着巨浪，
风儿在讥笑中吟唱；
无骸的鬼魂很喜欢掉泪

为了那年轻的姑娘，

如今埋在那有灰白色茸毛的蓟和伞菌下。

它乞求浪花化作眼泪，

但浪花摇摇头，冲向灿烂的月光，

鲨鱼讥笑着，在一旁观望

看它那思念的欲望和痛苦样。

（汉译：戎佩珏）

忧伤

［爱尔兰］奥布里·德·维尔

年少时，我对忧伤说：
“来吧，我想跟你一起玩。”
现在它来了，整天不离我左右。
晚上离开时，它对我说：
“我明天再来，
来将你陪伴。”

我们相伴，漫步在树林里，
它轻盈的脚步声，在我身旁沙沙作响。
为庇护一个孤独的灵魂，
它在冬季里搭建了一个小房；

连绵的雨夜里，

我听得到它温柔的呼吸声，在我的身旁。

（汉译：戎林海）

卢克·哈弗格尔

［美］埃德温·阿林顿·罗宾逊

到西门去吧，卢克·哈弗格尔，
那儿绛色的葡萄藤爬满墙面，
在暮色中等待着。
叶片儿会对她悄悄地说话，
像流言蜚语，有些叶片儿落下时会把你击中；
但是，去吧，如果你聆听，她就会召唤你。
到西门去吧，卢克·哈弗格尔——
卢克·哈弗格尔。

没有，东边的天上还没有发亮，
晨曦会将你眼中灼热的夜晚分开；
但那里，西边的天上乌云密布，
黑暗将结束黑暗，还能怎样：

上帝用每一个飞叶将自己杀死，
地狱岂止是天堂的一半，
没有，东边的天上还没有发亮——
东边的天上。

我从坟墓里来告诉你这个，
我从坟墓里来冷却那火热的
亲吻在你额头留下的红红的光点，
它让你迷失了方向。
是的，还有一条路通向她方，
路名叫痛苦，凡有信念的人都不会错过。
我从坟墓里来告诉你这个——
告诉你这个。

西门就在那里，卢克·哈弗格尔，
绛色的叶片趴在墙上，
去吧，风儿正在将它们撕裂，——
不要去猜它们临死时讲的话，
它们掉下来时，你也不要抚摸它们；

但是，去吧，如果你相信她，她就会召唤你。

西门就在那里，卢克·哈弗格尔——

卢克·哈弗格尔。

（汉译：戎佩珏）

挽歌

［英］托马斯·洛弗尔·贝多斯

我们躺在草地上
在月光下，在树荫下——
紫杉树的树荫下。他们走过，
他们听不见我们，我们却担心
他们会羡慕我们的开心，
我们在萤火虫闪烁的坟茔中的欢心。
跟我们来吧，跟我们一起笑吧；
我们驶向那远古浪涛中的礁石吧，
那里，漫天的雪花飘落在海里，
葬身大海的人们啊，
有了幸福的乐园。

（汉译：戎佩珏）

两个精灵

［英］珀西·比希·雪莱

【精灵甲】

啊，你，张开那充满强烈欲望的翅膀，
将腾飞在大地之上，但要小心！
你如火般的飞翔后面跟着一片阴影——
黑夜就要来临！
天宇间是那么光明，
还有和煦的风和灿烂的阳光，
真是快乐，在那儿徜徉——
黑夜就要来临！

【精灵乙】

永恒的星星挂在天上，那么光亮；
要是我能穿过黑夜的暗影，
心中的爱情之灯大放光芒，
那就是白天！
月亮会带着微笑，将柔和的月光
洒在我的金色羽毛上，无论我飞向何方；
我的飞行会有流星陪伴，
黑夜犹如白天一样光亮。

【精灵甲】

但要是那黑暗的旋风
唤醒了冰雹、闪电和雷雨；
瞧吧，天宇的边际都在抖动——
黑夜就要来临！
飓风吹处，火红的云团快速翻腾

将夕阳的余晖驱散干净，
漫天的冰雹啪啦啪啦地下——
黑夜就要来临！

【精灵乙】

我看到了光，听到了声响；
我将在黑暗的暴风雨中飞翔，
内心不慌不忙，四周亮堂堂，
黑夜犹如白天一样光亮：
你呢，黑暗严酷而幽深，
整个大地死气沉沉、醉眼蒙眬，你举头望，
也许会看到我像月亮一样飞翔，
飞在高处，飞向远方。

有人说，那里有万仞悬崖，
峭壁上有一棵苍松，
在阿尔卑斯山中
成堆成堆的雪和冰块将它冻死；

软弱无力的风暴追随着，

那有翼的精灵，飞翔，

绕着那灰白的枝丫飞翔，使峭壁上

那源泉永不枯干。

有人说，当夜晚晴朗而无雨，

死亡之露睡在沼泽地上，

夜行人会听到甜蜜的耳语，

黑夜犹如白天一样光亮：

确有一个似初恋情人的银色精灵经过，

由她闪闪发光的披肩长发托起，

夜行人在芳草地上醒来，

发现黑夜就是白昼。

（汉译：戎佩珏）

幽灵求婚者

［英］托马斯·洛弗尔·贝多斯

一个鬼魂爱上了一个漂亮女子，
在星空下
子夜时分，它站在她的枕头旁；
头上是可爱的蓝天，
幽灵仆人们互诉衷肠的蜜语甜言，
向女子的灵魂求婚。
它们的声调歹毒但又甜美，
颈项呈银色的小蛇们，
居住在满是苔藓的头颅骨中，
不断地吟唱“去死吧，哦！死吧。”

年轻的灵魂扔掉你的皮囊，来吧，
跟着我进入这安逸的坟墓，

我们的床可爱，黝黑，漂亮；

大地的转动就是为我们秋千荡，

在我们那白雪做的床罩下，

铅灰色的床单真温暖。

他们的声调歹毒但又可亲，

颈项呈银色的小蛇们，

居住在满是苔藓的头颅骨中，

不断地吟唱“去死吧，哦！死吧。”

（汉译：戎佩珏）

凶兆

［美］赫尔曼·梅尔维尔

从梁上垂下，

慢慢地摆动（这就是法则），

你脸色发青，影子瘦削，

谢娜多娅！

刀伤在你的王冠上，

（瞧，约翰·布朗）

刺伤再也不会愈合上。

藏在帽子中，

是那不可摆脱的剧痛；

这样你的未来像面纱蒙住的脸，

谢娜多娅！

但飘动的胡须清晰可见，

（预言者约翰·布朗）

这是战争的气象。

（汉译：戎佩珏）

威廉·威尔逊

［美］埃德加·爱伦·坡

该说什么呢？泯灭的良知幽灵般横亘于前，该说什么是好？

——张伯伦《法萝妮德》[①]

暂且给自己取名威廉·威尔逊吧。不能让我的真实姓名玷污了摊在面前的这张白纸。这个名字给我家族带来了无尽的侮蔑、恐惧、憎恨和厌恶。愤怒的狂风难道没把这个世无二出、无所匹敌的恶名吹到天涯海角？噢，完全被抛弃的浪子中的浪子——难道你还安然活于尘世？享尽荣耀和鲜花、胸怀美好的志愿吗？难道那片漫无边际厚重的乌云没有永远悬挂在你上方的天堂，摧

① 张伯伦（1619—1689?），英国诗人，于1659年完成五卷本长篇叙事诗《法萝妮德》。——译者注

毁你的希望?

我后半生经历了无法言说的苦难，犯下了种种无法原谅的罪行，如果可能的话，我不愿意在此赘述。后面那段岁月里突然恶行累累，都源自我现在想达到的目的。一般人的堕落是循序渐进的。而我，是一瞬间像脱下斗篷一样，抛下了所有品德。我迈着巨人般的脚步跨过人们所经历的那些相对轻微的罪行，直接走向埃拉-伽巴路斯[①]的滔天罪行。到底是哪种偶然、哪件事情让这恶行出世，请容我慢慢道来。死神降临，先他而来的死神阴影让我觉得自己“死之将至，其言也善”。在走过这条阴暗的死亡峡谷之时，我渴望同情——我几乎要用“怜悯”这个词了——渴望我朋友们的同情。如果他们相信我在某种程度上一直受制于环境——这种人为不可控制的因素，我倍感欣慰。唯愿他们在我将要详述的累累恶行的荒原上，帮我找到一小片命运的绿洲。我希望他们会同意——他们也一定要同意，尽管存在的诱惑

---

① 埃拉-伽巴路斯，罗马帝国塞维鲁王朝皇帝，公元218—222年在位。执政期间不仅未能与帝国政军界的高层人士合作，也不愿意放弃君主的权威，以致在身死之后，留下恶劣的声名。——译者注

巨大无比，但如果不曾被诱惑——当然至少也不会因此而堕落。可难道这就是他们因此从不受伤害的原因么？难道我真的不是一直生活在梦中？我现在不是也被世间变幻莫测的恐怖和神秘的幻觉吓得要死么？

我家祖传的禀性就是富于想象，容易激动，任何时候都卓尔不凡。我还在婴儿时期，这种家族特性就完全显现出来了。随着年龄增长，这特性得以强化和发展，最后由于种种原因导致我的朋友们产生强烈的不安，对我自己也产生了明显的伤害。我越来越任性而为，反复无常，易于冲动；还天生身体孱弱，缺乏意志力。父母无力管我，对我的恶行听之任之，使我越发放纵无度。他们努力过，但都徒劳无功，彻底以失败告终。当然，我大获全胜。此后我在家说一不二，没人敢反对，在很多同龄孩子都还被牵着鼻子走的时候，我已经完全可以率性而为，除了名字，其他事情全部自己做主。

我对学校生活的最初记忆一直与一座大房子有关。房子建于伊丽莎白时期，形状不规则，坐落在英格兰一处雾气环绕的乡村里，那儿大树森森、枝虬叶茂，房子古老至极。说心里话，那个古老小镇非常梦幻，是个净化心灵的好处所。就在此刻，我仿佛还能感受到树荫浓密的街道上那种沁人心脾的清凉，能闻到灌木丛中的清香，听到教堂空灵的钟声时所涌起的那种不可名状的激动。钟声每隔一小时突然响起，沉闷悠长，回荡在寂静昏暗的夜色中，尖顶的哥特式建筑安静地矗立其中。

或许，现在回忆起学校和与学校相关事物的细枝末节，能给我带来以各种方式体验到的欢欣。我现在深陷痛苦——哎，真真切切的痛苦，但请原谅我记下这些零零碎碎的回忆来找些慰藉，虽然不多且稍纵即逝。我想起的这些零碎琐事，虽然不足挂齿且自身荒唐，居然能跟我某个时期、某个地点发生的事情有所联系，这种极其重要的偶然性让我第一次意识到，在我后来黯淡的命运里它们其实早给我提出了警诫。那么，让我回想回想吧。

如我前面所说，那所校舍古旧而不规整。它占地不小，四周由厚实的砖墙砌成，房顶上涂抹着一层掺着玻璃碴的泥灰浆。这个监狱般的堡垒就是我们有限的活动场所，一周只有三次能走出这所房子：每周六下午，两名带队老师领着我们到房子周边的地里集体散散步；周日有两次，也由带队老师领着去参加村上教堂的早祷和晚祷。我们校长就是这个教堂的牧师。坐在教堂里的长椅上，远远地看着他迈着缓慢庄严的步伐走上讲道坛，我深感惊讶和困惑。这位牧师，一脸庄重，一脸仁慈，身披光滑飘逸的牧师袍，戴着蓬蓬松松的大假发，一丝不乱。怎么可能会是他——晚些时候就会身穿讨厌的学校制服，手持戒尺紧绷着脸在学校执行德拉古①式的严厉校规，他们怎么会是同一个人？天哪，反差太大了，大到我实在无法理解。

厚实墙体的一角，不情不愿地装着一扇更加厚实的门。门上装着铁制门闩，上方装有尖利的铁钉。一看到这张门就让人满心敬畏！平时它从来不开，除了前面提到的每周三次定期进出之外。每次门开时，巨大的门铰链发出嘎吱嘎吱的声音，我们就能看到无数神秘的事物——一个物质的世界，值得我们严肃关注，也值得我

① 德拉古，生卒年不详，一般被认为是公元前 7 世纪，古希腊政治家、立法者。他曾统治雅典，于公元前 621 年整理雅典法律，并写出一部完整的法典。该法典因限制贵族的违法乱纪而受到一部分人的欢迎，但该法极其残酷，规定所有罪行均处死刑。他的继任者梭伦将他的法典废除，只保留有关谋杀的部分。后人常用德拉古式一词来形容严酷的刑律。——译者注

们严肃思考。

这个巨型堡垒里面结构很不规则，有很多片洼地。三四片这样的大洼地连到一起就可以当操场。洼地地面平坦，均匀地铺着硬碎石。我清楚地记得里面没有种树，也没有长凳，或者诸如此类的东西。当然操场在房子的后部和前部各有一个花坛，种有黄杨和其他矮灌木，我们只在极少数的场合会通过这片神圣的区域，比如第一次入校，最后离校，还有父母或者朋友过来接我们兴高采烈地回去过圣诞或仲夏节的时候。

但是，这座房子——这座古老又古怪的房子，对我来说，却实在是一座魅力无穷的宫殿。里面曲里拐弯，走不到头，房间数不胜数。在任何时候都很难确定地说你到底在楼上还是楼下。从一个房间走到另一个房间你总要走上或走下三四级台阶，然后里面有无数条岔路——真难以想象——它们兀自兜兜转转，因此我们对整栋房子的准确印象莫过于我们对于无穷的理解。我在里面住了五年，和其他十八或二十个左右的学生一起，但我还不能准确无误地说出我们到底睡在哪个偏僻的角落。

房子里最大的那间屋子是教室——我不由得想到这

是世界上最大的教室。教室狭长，阴暗低矮，装着尖顶哥特式的窗户和橡木天花板。远处一个角落里圈起了一个八到十英尺见方的正方形隔间，就是我们校长兼牧师的密室——布兰斯比博士的“工作间”，让人心生畏惧的地方。“工作间”结构牢固，门又厚又重，“牧师”不在的时候，打死我们也不敢去开那扇门。房子另外两个角落里也有两个相似的格子间，虽然也让人心生敬畏，但比起校长的还是好多了：一间是古典文学教员的，另一间是英语兼数学教员的。教室里的凳子和桌子乌黑破旧，多得数不清，横七竖八地摆放在那里，毫无章法，上面堆满翻旧了的书籍。桌子、凳子上写满了首字母和各种全名，画有奇形怪状的图案，还有其他使劲用小刀刻下的各种记号。这些东西日久经年，早已面目全非，看不出它们原来到底是什么样子。（教室的尽头，一头放着一个装水的大桶，另一头挂着一面大钟。）

这所学校虽然高墙环绕，一派庄严，可我在里面度过了人生中第三个五年，一点儿都没觉得单调，也不觉得厌烦。孩提时代充满想象力的大脑根本不需要外面世界来刺激或提供乐子，那时候看上去灰暗沉闷的学校生活却也让我感到极度快乐，比我青年时代的奢华挥霍还有成人后的犯罪经历带来的快乐多多了。不过我认为我在里面获得的心理成长很不正常——甚至可以说相当荒诞。一般来说，人们早期经历的事情很少会在成人后还记得非常清楚，所有一切只是一片灰色的影子——一片模糊不连贯的记忆——模糊地记起那些片刻的欢乐和不真切的痛苦。可我却不是这样，我童年时代肯定能像成人般地感受生活，所以那段生活现在就像迦太基人[①]勋章上刻的图记一样，生动、深刻，并且持久地印在我的记忆深处。

可是事实上——在一般人眼里——哪有什么值得回忆的呀！起床铃，晚上集合睡觉铃；读书，背诵；定期的半天休假，四处逛逛；操场上的喧嚣，游戏还有各种恶作剧——所有这一切，在一种早已忘却的精神巫术引领下，演变成一片激情的原野，一个充满故事的世界，里面充斥着各种情感，最振奋人心，也最激情四射。“噢，最好的时代就是铁器时代。”

---

① 迦太基人，源自迦太基，迦太基坐落于非洲北海岸（今突尼斯境内），与罗马隔海相望。后在三次布匿战争中被罗马打败而灭亡。——译者注

说实话，我与生俱来的激情、锐气和傲慢很快让我在同学中卓尔不群，并且慢慢地随着我升入高年级后，这些年纪跟我差不多的都听令于我——只有一个例外。这位同学虽然跟我毫无亲戚关系，可他的教名和姓氏居然跟我一模一样——事实上也只是一个巧合，没什么大不了的，因为尽管我出身贵族，但我名字却很普通。经过这么长时间，不知从何时开始它就已经为大众所用了。因此在这个故事中，我给自己取名威廉·威尔逊——一个与我真名相去不远的假名。在用学校俗语称作的“我们的帮派”里，只有这个与我同名同姓的同学跟我在学习上竞争——在体育活动还有操场游戏中，他不相信我说的话，不服从我的意志——实际上，在任何事情的处理上对我的独断专行他都横加干涉。如果这个世上有绝对至上的专制，那就是男孩子中少年时代的孩子王对于精神和体力上弱于自己的那些人的专制。

威尔逊跟我作对让我感到极度尴尬，更尴尬的是，尽管在公共场合对他和他的一些自命不凡的举止，我刻意地装得挺有气度的样子，其实内心里我对他充满恐惧，我忍不住想到他能轻而易举地跟我平起平坐，这证明他其实比我优秀，我已经做过不懈的努力才不至于被他击败。不过他的优秀——甚至我们之间的这种平起平坐——实际上没人认同，只有我自己意识到。不知何故，我的那群伙伴对此熟视无睹，甚至一点都没有怀疑过。确实，他跟我之间的竞争，跟我作对，尤其对我的意志横加干涉都是在私底下进行的，从来没有公开挑明过。他似乎丝毫没有拼搏向上的野心，也没有我这样想出人头地的激情。他跟我作对的唯一动机似乎就是要想尽办法让我自己击垮自己，威慑和羞辱自己。尽管很多时候我发现他在伤害、侮辱和反驳我时竟然也夹杂着一种最不合时宜的、绝对让人反感的“亲热”，这让我又惊又恼，万分窘迫。我只能把他这种奇怪的行为归于他极度自负，时刻以自己是我的庇护人和保护者自居。实在是俗不可耐。

或许，正因为威尔逊干什么都以我的保护者自居，加上我们同名同姓，又碰巧同一天进校，所以学校高年级班里风传我们是兄弟，他们也不会对低年级的事情过于查根究底。我前面应该提到过这个威尔逊跟我的家族丝毫没有关系，八竿子都打不着。但是我们要真是兄弟的话，也一定是双胞胎。因为，在离开布兰斯比博士的学校后，我无意间得知跟我同名同姓的这个家伙出生于1813年1月19日——这可以说是个惊人的巧合，因为我也正好出生在那一天。

奇怪的是，尽管我时不时地想到威尔逊跟我作对、跟我抬杠，让我无法忍受，我也一直处于持续的焦虑中，然而我却做不到对他恨之入骨。我们每天肯定要吵上一架，他会让我在众人面前手持胜利的棕榈叶，然后又会想方设法让我知道其实胜利是属于他的。由于我的骄傲，和他实实在在的自尊感，使我们处于一种“泛泛之交”的状态；可我们脾性却又如此一致，这让我强烈地感到可能只是因为我们所处的位置才让我们无法深交。真的很难定义甚至去描述我对他的真情实感，那是一种错综复杂的混合情感——有些难以控制的敌意，但谈不上憎恨，三分尊重，五分敬仰，七分恐惧，十分不安和好奇。另外加一句，用道德家眼光评判的话，威尔逊和我根本谈不上是至死不渝的好伙伴。

毫无疑问，我俩之间的微妙关系使得我对他的攻击（不管公开还是私下里时不时会发生）只能停留在开开玩笑或者逗逗乐子的层面（看上去是开玩笑，实际也带给他伤害），而不能是充满敌意的实实在在的战斗。但是，我脑子里的这些计谋并不总能得逞，即使有时候我绞尽脑汁精心编排过。因为另一个威尔逊性格上没有任何致命缺点，他老实安静，一本正经，虽然也喜欢刺激的笑话，但绝不让自己处于被嘲笑的处境。——我的对手身上有一个弱点，那就是嗓子有毛病，可能是由于他身体疾病的原因（只有我这样千方百计去对付他的人才会留心到），所以任何时候他只能低声说话，于是我利用这一点毫不费力地占了他不少便宜。

威尔逊类似的报复花样百出，其中有一招让我不堪其扰。我百思不得其解，他怎么如此厉害，竟然发现了一件令我心烦的小事。他常常利用这点刺痛我——我一向反感我的姓氏，毫无贵族气质，即使没被平民所用，也实在太过普通了。一听到这几个字，我就浑身难受，偏偏我一到这所学校，居然有另一个同名同姓的威廉·威尔逊，这实在让我万分恼火。我只觉得双倍的恶心，就因为这个陌生人跟我同名同姓，他不时地出现在我面前，这就意味着这名字每次要被叫上两遍，就因为这一可憎的巧合，在处理学校的日常事务中，我俩也经常会被混淆。

他和我之间无论在思想上还是行为上，所有事情都越来越像，引起我诸多烦恼。那时候我还没发现那个令人不可思议的事实——我俩居然同岁。可我注意到我俩身高一样，我想甚至身型和外貌特征都是一样的。高年级同学传言我俩有亲戚关系，这也让我不堪其扰。总之，最让我受不了的就是提到我俩之间的相似之处，包括思想、外形和处境（尽管我小心翼翼地掩盖这种不快）。不过事实上，我毫无理由认为我俩之间的相似之处会成为大伙儿的谈资，或者时刻被他们留心观察（除了亲戚关系的话题，还有威尔逊自身的情况）。但很显然，威尔逊和我一样，对我俩的相似性了解得一清二楚，而且还发现这点让我经常备受困扰，他真是具备超常敏锐的观察力，这点我前面就提到过。

他的言行时刻向我暗示有人将我模仿得惟妙惟肖，在这点上他真是做得极好。跟我穿同样的衣服，这事儿太简单了；学我走路的样子还有日常的行为，也丝毫不是难事；甚至我的声音他也能模仿得来，尽管他嗓子先天不足。当然他够不上我的高嗓门，可音调竟是一模一样，他那独特的低语，听起来竟是我话语最好的回声。

这绝妙的自画像（不能简单称之为漫画）让我感到非常困扰。这一点我现在不想说。唯一让我稍感安慰的是——显然，只有我一个人注意到他对我的模仿，我只要忍住不说，并且看到他莫名其妙地笑起来嘲讽我时，自己耐住性子就好。达到了使我痛苦的预期效果，他非常得意，为此他一个人偷着乐，他可以轻而易举地叫大家为他喝彩，但他对此不屑一顾，这也是他的典型特征。全校同学竟然都没有注意到他的计划，没人关注他大获全胜，没人跟他一起嘲讽，这一直让我百思不得其解，着实困扰了我好几个月。或许他对我的模仿是逐层推进的，不那么容易被发现；又或者，更为可能的是我自己完全受制于模仿者，他都不屑于描述（就像画作上愚钝的人都能看到的那些东西一样），只消传达他心中的所有意念，就能让我独自深思、独自烦恼。

我不止一次提到过他在我面前老是一副居高临下的样子，真让人生厌，对我的想法也一直横加干涉，他常不合时宜地给我建议，并且他不直接提出，而是以暗示或旁敲侧击的方式。我毫不情愿地接受，年龄越大越不愿接受。不过，现在，时隔多年以后，我得老实坦白：虽然当时他也年幼，缺乏经验，会犯错误，但是我却想不起他给我的建议有什么错误或犯蠢的时候。另外，虽然他的聪明才智和为人处世不如我，但是他的道德意识却比我强多了。如果我当时不那样厌恶他，不那样鄙视他，不老是拒绝他意味深长的小声劝告，我今天或许会更善良，也会更幸福。

事实是，在他令人厌恶的监督下，我倔强到了极点，对他那令人难以忍受的居高临下的作为，我的反感日益加深，开始公然反抗。我说过，在我们刚开始成为同学的最初几年里，我对他的感情很容易发展成友谊；然而，在我住校的最后几个月里，尽管他在某种程度上对我的骚扰相应减少，可我对他的敌意却越来越明显。我观察到有一次他意识到了这点，就开始避着我，或者装出一副避着我的样子。

如果我没记错的话，大概也是在那个时候，我俩发生了一场激烈的争吵，他一反常态地抛下伪装，话语和行为都极为猖狂。我发现，或者说我自认为从他的口音、神态还有日常外貌中发现了让我先是惊讶，后又被深深吸引的东西，我想起了婴儿初期的模糊印象——一段还没有生成记忆的时期，狂野、迷乱和毫无秩序的记忆集合。我描述那种压抑感，就是想说我深信自己早就认识面前这个人，在很久以前——就是遥远过去的某个时候。可是，这种幻觉来得快去得也快，我提起这点只是想说明就在那天我跟我同名同姓人最后谈了一次话。

这所巨大的老宅子里，有无数间房，其中有几间相连的大房子，绝大多数学生住在那里。然而，里面也有一些零星散落的边边角角的小房子（这种建筑的奇怪设计导致的必然结果），虽然只有壁柜大小，却能容身一人。于是，很有节约天赋的布兰斯比博士把它们装修成学生宿舍，威尔逊就住在其中一间。

大约是我在学校第五个年头快结束的一个晚上，就在刚刚提到的争吵过后，我看到所有人都裹着被子睡了，于是起身提灯，悄悄地穿过狭窄的过道，那儿悄无一人，我从自己睡觉的地方走到我对手的住处。我早就策划过一些恶毒的行动，要让他付出代价，却一直没能成功。现在，我想付诸行动，我要让他感受到我心中汹涌的恶意。来到他住的小间，我把灯盖上灯罩，放在外面，然后悄无声息地走进去。向前走上一步，我听到他均匀的呼吸声，确信他是睡着了，于是走到外面拿起灯，又走近他床前。床上围着帘子，为了实现我的计划，我轻轻缓缓地挑起帘子，灯光映照在他熟睡的脸上，同时，我盯着他的脸看了一眼——顿时浑身发麻，像兜头浇了一盆冰水。我胸口起伏，双膝颤抖，整个人突然被一种难以承受的恐惧攫住，一下子毫无方向。喘出一大口气，我把灯凑到他的脸上。这是——这是威廉·威尔逊的脸吗？我看到的确实是他的脸，但脑海里却想着这不是他的脸，我像患上疟疾一样地发抖，那儿到底有什么把我吓成这样？我紧盯着——脑子里闪过无数个念头，毫无头绪。他醒着时活力四射，不是这样子——绝对不是这样子。同样的名字！同样的外表！同一天入校！然后模仿我走路的样子、我说话的声音、我做事的习惯，还有我的行为方式，执着而又无聊！难道这是真的？我现在看到的他真的只不过是他一直带有嘲讽意味模仿的结果？人类真能做到这一点？心怀敬畏，我全身一阵战栗，熄了灯，悄悄从他寝室走出，马上走出这所古老学院的厅堂，此后再也没回去过。

在家无所事事待了几个月后，我来到伊顿就读。这段日子虽然不长，但也足以让我慢慢淡忘布兰斯比先生学校里发生的事情，或者至少在我想起这些事情时情感发生了实质性的变化。这出剧的真相——悲剧——不复存在。现在我开始质疑自己的感觉，我几乎想不起这件事，但是对人们容易上当这事感到惊奇，对我那先天遗传而来的丰富想象力报以一笑。但伊顿的生活也没减轻我的疑虑，在这里，我很快投身于毫无思想的愚蠢生活的旋涡中，它冲刷掉了我过去一切的生活，只留下一些泡沫，吞没了所有严肃重要的事情，只留下对以前轻浮生活的点滴回忆。

然而，我也并不想描述我在此度过的既可悲又放荡的生活——不遵纪守法，无视学院的警诫。三年愚蠢的生活过去了，一事无成，只给我留下一身难改的恶习，外加高得离谱的身高。当时，花天酒地、行尸走肉般地过了一个星期后，我邀请了一帮最不受管教的学生到我宿舍来开场秘密酒会。我们很晚才碰头，因为准备狂欢到第二天早上。宴会上酒水不断，也不需要其他或许更危险的诱惑品。直到第二天东方泛白，我们还处在极度兴奋中。打牌、喝酒，我满面通红，说着常说的荤段子，坚持再喝一杯，突然房门猛地被推开一半，仆人在外面焦急地呼喊，说有人在前厅急于见我。

因为酒精，我还处在极度兴奋之中，这意外的打扰并没吓着我，反而让我相当开心。马上，我踉跄几步走到前厅。这低矮的房间没有灯，除了从半圆形窗户中透入一点极微弱的曙光外，几乎没有光亮。我刚跨过门槛，就看到一个和我身型相当的年轻人，身披一件白色开司米晨衣，款型时髦，跟我当时穿的一样。微弱的光线下我感觉是这样，然而，却看不清他的脸。我一走进去，他就一个箭步冲上来，焦躁无比，粗鲁地一把抓住我胳膊，在我耳边低声喊了一声："威廉·威尔逊！"

瞬间，我完全清醒过来。

一副不认识我的样子，他颤抖着举起手指，当他举到我双眼和晨光之间时，我感到莫名的惊讶，但并不是这个举动深深打动了我，而是那单一低沉带着嘶嘶声的音节，尤其是那几个简单熟悉的低音节的特点，语音和语调中所孕育的严肃警诫意味，它带回了过去时光成千上万种混合的记忆，如一股强大的电流把我灵魂激醒。然而，在我神志清醒前，他就走了。

虽然这件事在我无序的头脑中留下了深刻的印迹，但也慢慢消散了。说实话，事发后一连几个星期，我忙于急切地打听，或陷入猜想的疑云，让我欲罢不能。我并不想假装不认识这个人，他执着地插手我的事情，旁敲侧击地给我建议，让我不堪其扰。但是这个威尔逊是谁？他是干什么的？他从哪里来？他来的目的是什么？对这些问题没有一个令我满意的答案，关于他，只有一点我可以肯定：在我私逃出校的那天下午，他因家中突发事件也离开了布兰斯比先生的学校。但一段日子后，我就不再想这件事了，开始集中精力盘算去牛津。很快我就去了牛津，父母怀着极大的虚荣心给我备足了一年的生活用品和费用，可以让我随心所欲地花——与大不列颠最神气最富有的公侯子爵们的子弟比也不相上下。

因为有了放荡生活的本钱，我天生的脾性便加倍地释放出来，我迷恋于各种放荡生活，甚至践踏了最常规的礼仪约束。要停下来详细地叙说我的放肆可谓不合常理，就这么说吧，在这些放荡者中，我比大希律王[①]还希律王，在一大堆离奇的蠢事中榜上有名，在当时欧洲最放纵的大学那长长的日常恶行名录里，我又添加了不少条目。

可是，让人难以置信的是我在牛津竟然如此彻底地丢掉绅士身份，深谙令人鄙夷的赌博技术，成了一名职业赌棍，并且经常在我的那些意志薄弱的同学身上操练我的赌艺，让我本来就丰厚的身家日益暴涨。然而，这些真的就是我当时的生活状态。我道德沦丧、肆意妄为地赌博，并且明摆着，没人会因此指责我。确实，我那些不可救药的狐朋狗友不会去怀疑我是否还拥有理智，而宁愿相信我，这个快乐的、慷慨坦诚的威廉·威尔逊——牛津最高贵、最自由的自费生，所做的这些荒唐事（我的那群寄生食客说的）不过是年轻人放荡时的肆意妄为，所犯的错也不过是实践一些奇特的想法，那些卑劣行径也不过是无意跟风和赶时髦而已。

① 大希律王亦称希律大帝一世，是罗马统治时期的犹太国王。以残暴而闻名，曾下令屠戮伯利恒城的男婴。——译者注

到现在为止两年了，我一直忙于这种生活。这时，学校里来了一位年轻的贵族，暴发户格伦丁宁，据说他像赫洛德斯·阿提库思[①]一样富有，而且钱财来得毫不费劲。很快我就发现他并不聪明，当然就把他列入我的猎物名单。我经常跟他一起赌博，用赌棍惯用的伎俩，让他赢了不少钱，让他乖乖进入我的圈套。最后，时机成熟了，我们聚在自费生同学普雷斯顿的宿舍里，他跟我俩都很熟，并且说句公道话，他对我的计划毫不知情。为了达到最佳效果，我特意盘算好邀来大概八到十个人，精心设计好似乎是随意地提起打牌，并且是让我的猎物自己提出要玩牌。在这样不道德的事情上，简单地说，任何卑劣的手腕都要用上，这样的场合就该这样做，容不得别人质疑自己就糊里糊涂地上当了。

我们的牌局一直拖到深夜，最后我成功地让格伦丁宁成为我唯一的对手。玩的是我最爱玩的“埃卡泰”[②]。其他人对我们的豪赌兴致勃勃，都丢掉了自己手上的

---

① 赫洛德斯·阿提库思（101—177）希腊人，雅典贵族，罗马参议员。——译者注

② 一种两人对玩的 32 张纸牌游戏。——译者注

牌，站在我们旁边观战。那个暴发户，上半夜，我哄着他喝了很多酒，洗牌、发牌和玩牌的时候都是一副紧张得发狂的样子。但我想，只有部分是酒精的原因。不一会儿，他就欠了我一大笔钱。对着酒瓶又喝了一大口后，他真的这么干了，这是我一直冷静地等待着的——他提出把我们数额已经巨大的赌注加倍。我假装不愿意，一再拒绝之后，他生气了，骂骂咧咧，最后，我假装赌气的样子答应了。当然，结果是我的猎物完全中了我的圈套，不到一小时，他欠我的钱翻了四番。有段时间，他脸上因为酒精作用泛出的红润慢慢地不见了，现在，我惊讶地发现，他面色苍白，一脸恐惧。我得说这让我很惊讶。我调查过格伦丁宁，他是个巨富，今天即使他输掉的钱数目巨大，但我想还不至于让他如此恼怒。我想明摆着是他刚才喝的那口酒起了作用。不是出于其他目的，就想在伙伴眼中坚守我的独特个性，我不容分说，坚持不再玩下去，可边上伙伴们的表情和格伦丁宁发出的一声绝望叫喊让我意识到，我已让他倾家荡产，成了人人可怜的对象，就是魔鬼也不会对他下毒手了。

真的很难说我当时该有怎样的表现，那个上当者可怜的样子让大家都很尴尬，满脸愁云。有那么一会儿，屋子里一片寂静，正派一点的伙伴带着责备和批评的眼光看着我，我感到脸上火辣辣的。当时压在心头的焦虑让我无法忍受，幸亏，接下来发生了猝不及防的一件事，才让我好受点。房间宽大厚重的折叠门突然嘭的一声完全大开，猛烈的冲劲似乎有股魔力，吹灭了房间所有蜡烛。我们透过烛光的残亮看到一个陌生人的身影，跟我差不多高，身上裹着一件斗篷，包得严严实实的。但现在房间里一片黑暗，我们只能感到他站在我们中间。我们还没从这突然的闯入带来的震惊里恢复过来，他开口说话了：

“先生们，”声音低沉，清晰，那永远不能忘记的低音让我后背发凉，“先生们，我不为我的行为道歉，因为我这样做是来完成一个使命。毫无疑问，这个人今晚在‘埃卡泰’牌局中赢走了格伦丁宁先生一大笔钱，但对于他的品行你们一无所知。因此，我现在想让你们快速且直接地了解这些必要的信息。方便的话，请你们查看他左边衣袖袖口的内衬，还有他绣花晨衣上几个大口袋里藏着的小包裹。”

他说这话时，屋子里一片寂静，要是一根针掉到地板上都能听见。话音一落，他马上走了，跟他来的时候一样突然。我能——我要描述我的感受吗？我必须说我吓得要死么？事实是我根本没有反应的时间。很多只手当场把我按倒在地，屋子里很快亮起了灯。接下来是搜身。他们在我衣袖内衬里发现了“埃卡泰”牌局中所有重要的王牌，在我晨衣口袋里，发现了好几副我们牌局中用到的一样的牌。只不过我用的牌技叫“大小头”：大牌底下凸出一点，小牌边上凸起一点。这样洗好牌后，受骗者照例竖着抽牌，总是会抽给对手一张大牌；而庄家横着抽牌，当然抽不到任何能为对手加分的牌。

真相大白后，大家都不说话，但我能感到轻蔑和嘲讽，我倒更愿意他们对我一阵暴怒，不管什么形式的暴怒，都会让我好受点。

“威尔逊先生，”房间的主人，弯下腰拿起脚下踩着的一件珍贵皮毛的奢华斗篷，说道，“威尔逊先生，这是您的。”（天很冷，我离开自己房间的时候，在晨衣上披了件斗篷，到玩牌的地方就脱了。）“我想这件就不用搜了吧，（带着一丝讥讽的笑，他看着那件大衣的皱褶）

不用再找你伎俩的证据了。事实上，我们证据够多了。我希望，你应该知道有必要从牛津退学——不过请你先走出我的房间。”

真丢脸，那时候，我只觉得颜面扫地，本来，我应该很讨厌使用这种难听的言语来进行直接的人身攻击，但当时我全神贯注地在思考一个惊人的事实。当时我穿的斗篷上的皮毛非常珍贵，到底有多珍贵，有多昂贵奢侈，我不能随便说。它时髦的款式也是我自己设计的，因为我对于这种浮夸的时髦挑剔得近乎荒谬。因此，普雷斯顿先生从靠近房间折叠门的地板上捡起斗篷，递给我的时候，我当时几乎吓坏了，因为我知道我胳膊上正拿着斗篷（我肯定是无意识地拿起的），他递过来的是另外一件，跟我的一模一样，哪怕是极细微的细节都是一样的。我记得，这个揭发我、给我带来灾难的家伙，当时是裹着一件斗篷，除了我，这伙人里没有别人穿了。带着一丝清醒，我拿过普雷斯顿递给我的斗篷，盖在我自己的那件斗篷上，趁没人注意，沉着脸，头也不回地走出了房间。第二天清晨，天还没亮，就急匆匆离开牛津到欧洲大陆去旅行，怀着满心的惊恐和羞愧。

我逃离了，但却枉费力气。厄运一路跟着我，得意地向我宣告它神秘的操纵才刚刚开始。刚到巴黎，我就清醒地意识到这个可憎的威尔逊对我饶有兴趣，时刻关注着我。时光飞逝，但我丝毫没有得到解脱。这个恶魔——不管是在罗马、在维也纳、在柏林还是在莫斯科，在我就要实现自己的抱负时，他总像个幽灵，不合时宜地插上一手。但事实上，我心里去哪找个理由让我充满怨恨地诅咒他呢？最后，我满怀惊恐地逃离，就像逃避瘟疫一般，逃到世界的尽头，但是，这种逃跑毫无用处。

一次又一次，在跟我灵魂独自交流时，我也会问"他是谁？""他从哪儿来？""他有什么目的？"可是，没法找到答案。然后我仔细审查，不放过任何细枝末节，对他这种无理由地监督我的形式、方法和主要特征进行审查，即使这样我也没找到任何猜想的证据。可是我发现，在他插手过的这些成千上万的事例中，要是他没有来捣毁这些计划，干涉这些行动，而是都实现了的话，还不知道会导致什么样可悲的结果。事实上，这么评价骄横的自信，这么保护遭到固执专横否定掉的自我权利，是多么可悲呀！

我也不得不留意这个折磨我的人，在很长一段时间里（他小心熟练保持着和我一样明显的特征，这真是个奇迹），在他无数次干涉我意志的时候，总是想方设法不让我看清他的面部特征。不管他是哪个威尔逊，至少，他也只是一个假扮的，或者一个傻子一样的威尔逊。难道他可能认为我根本没认出他，那个在伊顿警告我，在牛津毁我名，在罗马阻挠我实现抱负，在巴黎挫败我复仇，在那不勒斯让我的热恋泡汤，在埃及错叫我贪财者的人，就是我少年学生时代认识的威廉·威尔逊么——跟我同名同姓，既是伙伴又是对手，那个在布兰斯比先生学校里让我又怕又恨的威廉·威尔逊？当然我完全知道！——不过现在让我赶紧揭开这出剧的最后一幕吧。

到现在为止，我完全听令于他这种傲慢的警示了。带着深深的敬畏，我一直把他看成是一个具备高尚品行、智慧无穷，并且很显然无所不在、无所不能的威尔逊。同时，我又对他心怀畏惧，因为他本性和想法里有一些特质，一旦显现就会让我认识到自己完全虚弱无能，暗示我即使很不情愿也要随时遵命。但是后来，我完全沉溺于酒精，它对我的禀性产生了疯狂的作用，让我越来越没有耐心，失去自控力。我开始抱怨—犹豫—抗拒。这只是幻觉吗？我慢慢觉得随着自己越来越坚定，那个折磨者在我身上的影响力越来越弱了。也可能因为这样想，现在我开始觉得自己燃起了一个希望，在我内心慢慢孕育成一个坚定不可动摇的决心：我再也不想被奴役，盲目地受人支配。

18×× 年，在罗马举行的一次狂欢节上，我参加了一个假面舞会，地点是那不勒斯德·布罗格利奥公爵家豪华的宫殿。在酒桌上，我敞开豪饮，拥挤的房间里，空气窒息得让我无法忍受。我艰难地穿过乱糟糟的人群，脾气开始急躁，因为我急切地想找到衰老而慈祥的布罗格利奥先生那年轻、放荡又漂亮的妻子（我的动机当然不光彩，在此不提）。丝毫不被道德约束的她先前就向我透露过她所穿衣服的秘密，现在我亲眼看到了她，我急着想立刻走到她面前。——就在这时，我察觉到有一只手轻轻搭在我肩头，耳边响起了那个铭刻在记忆深处的低低的、可恶的耳语。

盛怒中，我调转头，朝向制止我的家伙，猛地一把抓住他衣领。如我所料，他盛装打扮，穿的衣服几乎跟我一模一样，一件西班牙蓝丝绒斗篷，酒红色腰带上配着一把细长的剑，一张黑丝面罩罩住了他整张脸。

“无赖！”我哑着嗓子怒叫道，每说出一个字，我的愤怒就增加一分，“无赖，骗子，该死的恶棍！你不要——你不要到死都缠着我！跟我来，否则我当场刺死你！”——我拽着他冲出舞厅，他没有反抗——我们来到相邻的一间小前厅。

一进屋，我恼怒地一把推开他。他扶着墙摇晃着站起身，我边骂边关上门，命令他抽出剑。他犹豫了一下，轻叹一口气，一句话没说，立马抽出剑，摆出防守的姿势。

事实上，决斗时间很短。我激动得发狂，觉得自己单臂都力大无穷。几秒钟内我就以绝对优势把他逼到墙板上，他完全处于下风，然后我拔出剑，像只凶猛的野兽，一剑又一剑刺向他胸口。

就在那时，有人想打开门栓。我急忙跑过去阻止了来人，然后马上回头跑到濒死的对手跟前。但是，当我看到呈现在我眼前的场景时，没有任何语言能够描述我当时的震惊和恐惧。

我视线移开那一会儿的工夫里，房间另一头的布局显然发生了重大变动。一面大镜子——所以我一见到时有点恍惚——摆放在刚才什么都没有的地方，我心里极度恐惧，走上前去，看到镜中的自己，面色苍白，浑身是血，步伐虚弱，蹒跚着走向前迎接自己。

这就是我看到的景象，但我想说那并不是我。那是我的对手——威尔逊，当时，他在我眼前痛苦地死去。面具和斗篷丢在地上。他衣服上的每一个线脚——他那脸上的皱纹，都跟我一模一样。

他是威尔逊，不过他说话时不再用耳语，我仿佛能感觉到他说这些话时，我也说着同样的话：

“你胜利了，我服输。不过从此之后，你也死了——从这个世界消失，走向天堂，不再有希望！曾经，你与我共存——现在，我死了，你也死了，看看吧，你就这么干净利落地杀害了自己。”

（译者：熊亚芳）

黑桃皇后

[俄] 亚历山大·普希金

黑桃皇后心怀恶意。

——新版占卜书

【一】

天气阴嗖嗖，

友人齐碰头，

聚赌。

赌注翻倍押，

老千镇定出，

色舞。

身手轮流显，

赌资粉笔记。

如此啊，

阴嗖一整天，

忙碌不歇手，

啊哈！

一天，禁卫骑兵团军官纳鲁莫夫的屋子里开了场牌局。不知不觉中，漫长的冬夜就这样过去了，等牌搭子们坐下来吃晚饭时，已经过了凌晨五点。赢了钱的人胃口大开，而其余的人却盯着面前的空盘子出神。不过，香槟酒一端上来，气氛立马活跃了，大家都七嘴八舌起来。

“苏林，牌打得怎么样？”主人问道。

“哦，输了，老样子。我必须承认自己手气不好：我下的注从来不会超出本金，我总能保持冷静，也从不允许自己被任何事情分心，可我还是输钱！”

“难道你心里就从没痒痒过，连续出牌押注？……你能这么坚定，真叫我吃惊。”

“你们怎么看赫尔曼这个人？”一个客人指着一个年轻的工程兵说道，“他从来没有摸过牌，也没有翻倍押过注，但他总是在这儿看我们打牌，一坐就坐到早上五点。”

“我对打牌很感兴趣，”赫尔曼说，“但我不想为了赢那锦上的花，而冒着风险去赌上雪中的炭。”

“赫尔曼是德国人，所以他很谨慎——就是这么回事！”托姆斯基说道，“但是要说还有什么人我看不透的话，那就肯定是我的祖母，安娜·费多托芙娜伯爵夫人了！”

“怎么个看不透？有什么看不透的？”客人们大声问。

“我也弄不明白，”托姆斯基继续说道，“为什么她现在不玩牌了。”

“八十岁的老太太不赌钱了，这有什么好奇怪的？”纳鲁莫夫说道。

“你也对她一无所知？”

“是的，真不知道。一点都不晓得。”

“哦！那么听好了。要知道，大约六十年前，我祖母去过巴黎，在那里她可是大出风头。人们常常追着她不放，就为了一睹‘莫斯科维纳斯’的芳容。黎塞留[①]曾向她求爱，我祖母坚定地说自己无情地拒绝了对方，以致他差点自杀。那时候，贵妇们都爱玩法罗[②]。有一回在宫廷，她输给奥林斯公爵一大笔钱。我祖母一回到家，就摘下脸上的美人痣[③]，脱掉裙撑，告知祖父打牌输了钱，并命令他把钱给还上。在我的记忆中，已故的祖父好像在我祖母家做的是管家这一类的工作。祖父怕祖母，像怕火一样怕。可是，听说输了这么大一笔钱，他差点儿背过气去。他算了一下祖母已经输掉的各笔账，然后指给她看，说半年之内她已经花掉了五十万，还说地产都在莫斯科或是萨拉托夫，不在巴黎附近，最后他直截了当地拒绝了还债的要求。祖母给了他一巴掌，然后独自睡觉去了，以此表示心中的不快。第二天，她差人去唤丈夫，希望自家这种粗暴的方式能对他起些作

---

① 黎塞留（1696—1788），法国军人、外交官、政治家，法王路易十三的宰相黎塞留公爵的侄孙。生性风流、沉迷女色。——译者注

② 十七世纪末期在法国流行的一种纸牌游戏。一人坐庄，一副赌牌即可，赌客数量不受限，规则简单易学。——译者注

③ 十七世纪，欧洲妇女喜欢在脸上贴假痣，一开始是为了达到遮瑕、美白的效果。渐渐地，不同部位的假痣衍生出不同的意义。——译者注

用，结果发现他一点都不肯让步。于是，她有史以来头一回放下身段，向他解释了原因。她对他说，债和债之间是有区别的，亲王和马车工匠之间也是千差万别，她以为这样可以说服他。可是，一切都是白搭，祖父完全不服气。他说“不是这样的”，然后没了下文。祖母不知所措。她一直和一位杰出人物保持着良好的关系。你们听说过圣·日耳曼伯爵[①]吧，关于这个人，流传着许多奇闻逸事。你们知道的，他以“到处流浪的犹太人”[②]、长生不老药和点金石的发明者之类的名号自居。有人笑他是牛皮大王，但是卡萨诺伐[③]在自己的回忆录中称他是间谍。但即便这样，即便神秘莫测，圣·日耳曼却还是在公众场合仪表堂堂、举止可亲。直到现在，我祖母依然爱着他，倘若有人对他不敬，她便会大发雷

① 圣·日耳曼（1691—1784），欧洲著名冒险家，1750年左右在欧洲上流社会崭露头角。其身世是谜，死后数百年，一直流传着许多关于他的传说和猜测。——译者注

② 该传说起源于十三世纪的欧洲。据说，耶稣被押赴刑场时，曾被一位犹太人嘲讽，犹太人后遭受天谴，被罚到处流浪，直到耶稣复临为止。——译者注

③ 卡萨诺伐（1725—1798），意大利著名冒险家、作家。其作品《我的一生》被认为高度还原了十八世纪的欧洲社会生活。——译者注

霆。我祖母知道圣・日耳曼手里有不少周转资金。她决定请他帮忙，于是写了封信请他立马到她这儿来。这个怪老头马上赶来了，发现她深陷痛苦，不能自已。她恶语相加，毒舌至极，说自己的丈夫是多么多么的蛮横，最后声称，自己把所有的希望都寄托在了他这个友善而可亲的人身上。”

圣・日耳曼认真思考了一下。

“‘我可以给你这笔钱，’他说，‘可我知道，你一天不清债，就一天不会自在，而我也不想给你带来新的麻烦。不过，有一种方法可以让你摆脱困境：你可以把输掉的钱再赢回来。’

“‘可是，我亲爱的伯爵，’我的祖母回答道，‘我跟你讲，我们现在一点钱也没有了！’

“‘这不需要花钱，’圣・日耳曼说，‘请听我说。’

“于是，他向她透露了一个秘诀，而这个秘诀，我们每一个人为了得到它，都愿意付出巨大代价……”

年轻的赌徒们听得更加专注了。托姆斯基点了一支烟，大口抽了几下，然后继续往下讲：

“当天晚上，我祖母来到凡尔赛宫和皇后一起打牌。

奥尔良公爵坐庄。祖母漫不经心地为自己没带欠款找了个借口，然后又同他打起牌来。她选了三张牌，一张张地出牌，结果开局连赢三次，祖母赢回了所有输掉的钱。”

“运气而已！”一位客人说道。

“天方夜谭！”赫尔曼评论道。

“可能那牌上做了手脚！”第三个人讲道。

“我不这么想。”托姆斯基一脸严肃地回答说。

“什么？”纳鲁莫夫说，“你有一个能够一连三次走运赢牌的祖母，而你居然到现在为止还没有从她那里套出其中的诀窍？”

“真是见鬼了！”托姆斯基回答说，“她有四个儿子，一个是我父亲，他们个个都嗜赌如命，但是她从来没有向任何一个儿子透露过这个秘诀，虽说这对他们或对我来说，都不是一件坏事。不过这事是我从叔父伊凡·伊里奇伯爵那里听来的，而且他还以人格担保，说这事千真万确。过世的恰普利茨基——就是挥霍完数百万后穷困潦倒而死的那个人——年轻的时候，有一次输了三十万卢布——给左利奇，如果我没记错的话。他整个人都绝望了。祖母历来对挥霍钱财的年轻人要求严格，但是她却可怜起这个恰普利茨基来。祖母和他说了三张牌的窍门，教他一张张按照顺序出牌，同时还要求他发了个重誓，说自己有生之年不再踏进赌场半步。接着，恰普利茨基找来赢他钱的那个人，俩人又开了一局。第一张牌他押了五万卢布，赢了；第二张牌，他翻倍押注，又赢了；接着再翻倍押注，又赢了，赢的可不仅仅是他之前输掉的钱，而是远远超出的数目……”

“但我们该去睡觉了，还有一刻钟就六点了。”

的确，此时天已破晓，这些年轻人喝完了杯中的酒，陆陆续续起身而去。

【二】

——先生，您似乎对女仆十分热衷。

——太太，您说怎么办？她们娇美动人。

社交界闲谈

老伯爵 X. 夫人正坐在更衣室的梳妆镜前。三个侍女候在一旁。一个手拿胭脂盒，一个端着发夹匣，第三个则捧着一顶饰有大红缎带的高帽子。伯爵夫人一点都称不上美人了——她早已容颜不再——但她仍旧保持着年轻时的习惯，严格按照七十年代的时尚来打扮，而且还和六十年前一样，在梳妆打扮这件事情上费时费力、精雕细琢。窗旁的绣花架边坐着一位年轻的小姐丽莎韦塔·伊万诺芙娜，她是伯爵夫人的养女。

“早上好，奶奶。”一位年轻的军官走进房间有礼貌地说道，“丽莎小姐，你好。奶奶，我想求您一件事情。”

“什么事，保罗？”

“请允许我给您介绍一位朋友，允许我带他一起去参加星期五的舞会。”

“那你就直接把他带到舞会吧，到时候再介绍给我。你昨天去N.家了吗？”

“去了，一切都挺顺利，舞会一直到五点才结束。叶列茨卡雅夫人真美啊！”

“可是亲爱的，她美在哪儿了？你应该见见她的祖母，达利娅·彼得罗芙娜公爵夫人！对了，达里娅·彼得罗芙娜公爵夫人，她应该年纪很大了吧？”

“您说她年纪很大什么意思？”托姆斯基不在意地嚷着，“七年前她就去世了。”

丽莎小姐抬起头，对那年轻人使了个眼色。他这才记起来，任何同龄人的死讯从来都不会传到老伯爵夫人的耳朵里，所以他闭上了嘴巴。然而，老伯爵夫人听到这个消息时，一点都不为所动。

“死啦！”她说，“我不知道。当年我俩是一起入选宫廷女官的，我俩觐见时，女皇……”

而这趣事，伯爵夫人已经给孙子讲过上百遍了。

“过来，保罗。”讲完故事后她说道，“帮我起来。丽桑卡[①]，我的鼻烟壶在哪儿？”

接着，在三个侍女的服侍下，伯爵夫人起身走到屏风后面完成梳妆。只留下托姆斯基和那位小姐在一块儿。

“你想给伯爵夫人介绍的绅士是哪位？”丽莎韦塔·伊万诺芙娜轻声问道。

“纳鲁莫夫。你认识他吗？”

“不认识。他是军人还是老百姓？”

---

① 老伯爵夫人对丽莎维塔的爱称。——译者注

“军人。”

“是工程兵吗？”

“不，是骑兵。你为什么认为他会是一个工程兵呢？”

小姐笑了笑，但并没有作答。

“保罗！”伯爵夫人从屏风后面嚷道，“给我拿本新小说来，但是，请不要拿那种他们现下写的。”

“您说的是什么意思，*奶奶*？”

“就是那种，主人公既不勒死父亲也不勒死母亲，而且也没有那种溺水尸体的小说——我特别害怕那样的书。”

“现下没有那样的小说。您要不要读一读俄国小说？”

“现在还有俄国小说？给我拿一本来，亲爱的，请给我拿一本来！”

“再见，*奶奶*，我赶时间……再见，丽莎韦塔·伊万诺芙娜！你为什么会认为纳鲁莫夫是工程兵呢？”

接着，托姆斯基从更衣室走了出来。

现在，就剩下丽莎韦塔·伊万诺芙娜一个人待在那里了，她停下了手中的活，抬起头朝窗外望去。不一会儿，一位年轻的军官从对面街上拐角的房子后面走了出来。她双颊变得绯红，复又拾起活计，埋头于绣架之上。这时候，伯爵夫人已经梳妆完毕，走了出来。

“准备马车吧，丽莎韦塔，”她说，“我们出门兜兜风。”

丽莎韦塔起身离开绣架，把活计放在一旁。

“你怎么了，亲爱的，你是聋了吗？”伯爵夫人大声嚷道，“立刻让他们把马车备好。”

“我这就去。”小姐接完话就朝前厅奔去。

这时，一个仆人走了进来，给伯爵夫人递上了巴威尔·亚历山德罗维奇①公爵送来的几本书。

“你告诉他我非常感激！”伯爵夫人说道，“丽莎韦塔！丽莎韦塔！你跑哪儿去了？”

“我正准备换衣服。”

“时间还多着呢，亲爱的。坐在这儿，翻开第一卷，大声读给我听。”

她的侍伴拿起那书，念了几行字。

“大声点儿！”伯爵夫人说，“你怎么了，亲爱的？嗓子哑了吗？等等，把踏脚凳递给我，靠近一点——这

① 此处是指托姆斯基。俄国人的名字“巴威尔”与法国人的名字“保罗”相近，所以两个名字在文中交替使用。——译者注

样就好了！”

丽莎韦塔又读了两页。伯爵夫人打了打哈欠。

“把书放下吧，”她说道，“真是一派胡言！还给巴威尔公爵吧，顺便替我说声谢谢……我说，马车备好了吗？”

“马车备好了。”丽莎韦塔边说边朝外面的街上看了看。

“你怎么还没穿戴好？”伯爵夫人说，“每次都要等你。亲爱的，真是让人受不了！”

丽莎韦塔连忙回到自己房间。两分钟还没到，伯爵夫人就拼命按起铃来。三个侍女和一个男仆立马分别从两扇门后跑了进来。

“我按铃的时候你们怎么不给我进来？”伯爵夫人说道，“告诉丽莎韦塔·伊万诺芙娜，我在等她。”

丽莎韦塔回来时，已经戴好了帽子，穿好了披风。

“你总算来了！”伯爵夫人说，“不过你干吗这么精雕细琢呢？你想去勾引谁？天气看起来怎么样？好像风有点大。”

“没有风，夫人，一点风也没有。”男仆答道。

“你说话总是不过脑子。把窗户打开！就是嘛，有风，还冷得要命。卸马吧，丽莎韦塔，我们不出门了——你也不必把自己打扮成那个样子出门了。”

“这就是我的生活！”丽莎韦塔·伊万诺芙娜心想。

确实，丽莎韦塔·伊万诺芙娜是个非常不幸的人。但丁曾说：“想吃别人的饭，总是会有苦头吃；想借别人的台阶上，总是难字当头。”可是谁又能够体会，作为这位贵夫人的可怜侍伴，要受多少寄人篱下的苦楚呢？伯爵夫人 X. 绝不是坏心肠，只是性情多变，就像一个被全世界宠坏的女人一样贪得无厌、冷酷自私，也像所有失去爱的能力的老人一样留恋过去、无视当下。她参加上流社会一切浮华的社交活动，还参加各式舞会。舞会上，她坐在角落里，妆容和衣着都十分老派，就像舞厅里一件丑陋却又不可或缺的装饰品。宾客们一进门，就会走到她跟前深深地鞠一躬，好像在履行一整套仪式。但当仪式完成后，人们就再也不会注意她了。她在家中接待过全镇人，而且恪守礼节，虽然她再也认不出谁是谁了。家里的一大群仆人，在她的前厅和仆人待的屋子里慢慢发福变老、为所欲为，互相争抢着行将就木的老太太的东西。然而丽莎韦塔·伊万诺芙娜却是这个家的牺牲品。沏茶的时候，她因多放了糖而遭到训斥；朗读小说的时候，作者的疏漏全都归咎到她的头上；陪伴伯爵夫人散步时，天气和路面出了问题也都是她的责任。虽然这个职位可以领薪水，可她却极少领到手，尽管伯爵夫人期望她打扮得和其他每个人一样，也就是和极少数的人穿戴一样。社交圈里，她只是扮演非常可怜的角色。人人都认识她，但谁也不会刻意地去注意她。舞会上，只有当别人需要舞伴时她才会跳舞，太太们只有在需要整理穿戴时，才会拉着她一块儿出门。她自尊心很强，能敏锐地知道自己的处境，所以急躁地四处寻找，寻找一位救星带她脱离困境。不过那些精明又轻率的青年不会屈尊去注意她，虽然丽莎韦塔·伊万诺芙娜比不少厚颜无耻、铁石心肠的适婚小姐要美丽百倍，而这些青年却整日围着她们转。多少次，她悄悄地从无聊又雅致的客厅溜了出去，回到她自己简陋的小房间里哭泣。她的屋子里只有一架屏风、一个五斗柜、一面镜子、一张漆过的床，以及铜烛台上一支无力燃烧着的油脂蜡烛。

一天早晨——在这个故事开头所说的那个牌局大约两天之后，也就是我们刚才所讲到的那个场景的之前一个星期——丽莎韦塔·伊万诺芙娜正坐在窗口的绣花架边上，她碰巧朝大街上看了一眼，恰好看见一位年轻的工兵军官一动不动地站在那儿，两眼直直地盯着她这边的窗子。她低下头继续做绣活。大约过了五分钟，她又抬头望了望——那年轻军官还在原地不动。她不是那种向过路军官卖弄风情的人，所以她不再朝街上张望，而是专心地做了两三个钟头的绣活，连头都没有抬。晚餐时间到了。她开始起身收绣架，不经意间往街上瞥去，又发现了那个军官。这让她吃惊不已。晚餐过后，她带着一种不安的感觉走到窗口，但那位军官已经不在那儿了——她也就没再想他。

又过了两三天，她正陪伯爵夫人上马车的时候，又见到了他。他紧靠在门口站着，脸被海狸领子遮住了一半，乌黑的眼睛在帽子底下炯炯有神。丽莎韦塔·伊万诺芙娜大吃了一惊，尽管她自己也不知道怎么回事，但坐上马车就直发抖。

她一回到家，就连忙跑到窗边——发现那军官还待在老地方，眼睛还是盯着她。她避开他，但好奇心和一种从未感受过的全新感觉却折磨着她。

从那天起，那位年轻的军官一天不落地在老时间出现在窗口。一种自然而然的联结在他和她之间建立了起来。她一坐在位子上干活，就能感觉他在靠近。而一抬头去看他，眼睛停留在他身上的时间也一天比一天长。那年轻人似乎因此非常感激：她芳华正茂，眼睛敏锐，她发现每当他俩目光相遇时，年轻人白净的双颊就会泛起红晕。就这样，快到一个星期的时候，她开始朝他微笑……

当托姆斯基恳求祖母，也就是伯爵夫人，准许他把朋友带来给她认识时，年轻姑娘的心儿怦怦直跳。可是当她得知纳鲁莫夫并不是工程兵而是禁卫骑兵后，便后悔自己不该随随便便地问那个问题，把自己的秘密透露给这位浪荡的托姆斯基。

赫尔曼的父亲是一位深受俄国文化影响的德国人，赫尔曼从父亲那里继承了一笔数目不大的遗产。赫尔曼曾认为有必要保持自立，所以他甚至连资产的利息都不曾动用，只靠工资过活，而且从不允许自己有一点点奢侈的行为。此外，他寡言少语、抱负不小，因此同伴们很难有机会使他放弃过度节俭的习惯去找点乐子。他热情洋溢、想象力丰富，但坚定不移的性情使他免除了年轻人常犯的种种错误。所以，虽说他生性好赌，却从不摸牌，因为他知道自己的处境不允许他这么做——正如他所说——“为了赢那锦上的花，而冒着风险去赌上雪中的炭”。可是，他却整夜守在牌桌旁，狂热而兴奋地关注着牌局的变化。

三张牌的故事强烈地激发了他的想象力，以至于整宿他都思考不了别的事情。“要是，”第二天晚上，他在圣彼得堡的街道上溜达时，心中暗想道，“要是老伯爵夫人肯把那三张牌的秘诀告诉我，该有多好啊！哪怕只是告诉我，那三张准赢的是什么牌也行！我为什么不去碰碰运气呢？我得让人给我引荐，然后讨她的欢心——说不定甚至还能做她的情人……但这一切都需要时间，她现在已经八十七岁了：可能活不到一个星期，或许活不过三两天！不过，那个故事可信吗？……不！节制、自律和勤干才是我手中三张稳操胜券的牌，只有它们才会让我的财产变成三倍，甚至七倍，让我过上一种自在而独立的日子。”

他就这样想来想去，不知不觉走到了圣彼得堡的一条主干道上，来到了一栋古老的建筑面前。街上的马车十分拥堵，一辆接一辆地从灯火通明的大门口穿梭而过。这些车子里时时刻刻会伸出年轻美人的一只美足、一只带马刺的靴子、外交官鞋子里的一只条纹长筒袜。一件件皮大衣和斗篷则从威严的守门人旁匆匆闪过。

赫尔曼停下脚步。“这是谁家的宅子？”他朝角落的守卫打听道。

“伯爵夫人 X.家。”守卫回答说。

赫尔曼顿时颤抖起来，那个关于三张牌的神奇故事又浮现在了他的脑海之中。他在宅子跟前转悠起来，心里思忖着宅子的主人和她非凡的天赋。很晚，他才回到自己简陋的住所，久久不能入睡。睡意终于来临，他梦到的全都是纸牌、绿色牌桌、一沓沓的钞票，还有成堆的金币这些东西。梦里，他接连出牌、挫败对手、局局赢钱、大捞金币、钱满口袋。第二天早晨，他醒来已经很晚，发现那只不过是黄粱一梦，于是出门溜达，不知不觉又来到伯爵夫人的宅子前，仿佛有一种未知的力量把他引来似的。他停下脚步，开始盯着一扇扇窗子看。

透过一扇窗户，他望见一个黑发女人正低着头，可能在看一本书或是做什么手工活。那头抬了一下。赫尔曼看到了一张清秀的脸庞和一双乌黑的眼睛。正是那一刻，决定了他的命运。

【三】

我的天使，您给我写了足足四页的信，写得比我读得还快。

一封信

丽莎韦塔·伊万诺芙娜才脱下帽子和披风，伯爵夫人就差人叫她去准备马车。马车停在门前，她们准备上车。正当两个男仆扶着老太太上车时，丽莎韦塔·伊万诺芙娜看到了她的那个工程兵正挨在马车边站着。他一把抓住她的一只手，她慌张得脑子一片空白，而那个工程兵转眼就不见了——但一封信留在了她手里。她把信藏进手套，一路上她什么也没看到，什么也没听到。伯爵夫人有个习惯，乘车出去兜风总喜欢问些这样的问题：“刚才碰到的那人是谁啊？这座桥名叫什么啊？那个广告牌上写的是什么啊？”可是今天，丽莎韦塔·伊万诺芙娜的话答得不清不楚又毫无逻辑，这把伯爵夫人惹恼了。

“你怎么了，亲爱的？”她大声嚷道，“你丢魂了吗，还是怎么说法？我说的话，你是听不见，还是听不懂？……上帝啊，我脑子还没糊涂，口齿也还够清楚呢！”

丽莎韦塔·伊万诺芙娜没有听到她在说什么。一到家，她就跑到自己的房间，从手套中取出信：信没有封口。她读了信。是一封表白信，言辞温柔而恭敬，内容是一字不落地从一本德国小说里摘录的。但丽莎韦塔·伊万诺芙娜完全被蒙在鼓里，所以这封信让她兴高采烈。

尽管如此，这信还是弄得她困扰不堪。因为这是她有生以来第一次和年轻男子悄悄地建立起这种亲密关系。他大胆得让她吃惊。她责备自己行为轻率，却又不知道如何是好。她是不是应该离开那扇窗，然后对他装出冷淡的样子，打消那位年轻军官进一步追求她的想法？她要不要把信退还给他，又或者以冷酷而决绝的姿态给他回信？没有什么人能让她吐露困惑，因为她既没有要好的女性朋友，也没有出主意的人……最后，丽莎韦塔·伊万诺芙娜决定给他写回信。

她在自己的小书桌前坐下，取出纸笔，开始思考。她一连写了好几次开头，但都撕掉了：表达方式在她看来要么太宽容对方，要么太冷酷无情。最后，她终于写出了几行还算满意的字句。

她写道："我深信，您是一片好心，您也不想以任何轻率的行为来冒犯我。但是，我们不应该以这样的方式来结识对方。现在我将来信退还，希望日后我也不会有任何理由，去抱怨自己受到了什么不应承受的冒犯。"

第二天，丽莎韦塔·伊万诺芙娜一发现赫尔曼的身影，便起身离开绣架，转入客厅，打开便门，将信丢到了街上，相信年轻的军官会注意到。

赫尔曼快步走上前去，捡起信后走进了一家糖果店。他揭去封蜡，瞧见了自己的那封信和丽莎韦塔·伊万诺芙娜的回信。他早就料到事情会是这样，于是他返回家，心思都在自己的计谋上。

三天以后，女帽店里一位长着明亮双眸的年轻姑娘给丽莎韦塔·伊万诺芙娜送来一封信。丽莎韦塔·伊万诺芙娜万分不安地打开信，只怕是什么催款单，但突然发觉是赫尔曼的笔迹。

“您弄错了，亲爱的，”她说道，“这封信不是我的！”

“哦，没错，真的是给您的！”姑娘一点都不掩饰自己狡黠的笑容，她回答道，“请您读下去！”

丽莎韦塔·伊万诺芙娜快速扫了一眼那封信。赫尔曼请求会面。

“不可能。”丽莎韦塔·伊万诺芙娜说道，他的鲁莽要求和通信方式都让她惊慌不已。“这封信肯定不是给我的！”

于是，她将信撕成了碎片。

“如果您说这封信不是给您的，您为什么要撕掉它呢？”那姑娘问道，“我应该把它退给写信的人吧。”

“劳驾，亲爱的，”丽莎韦塔·伊万诺芙娜听了这话非常尴尬，说道，“请您以后别再给我送信了，也请转告那个让您捎信的人，他应当感到羞耻……”

可是赫尔曼并不是就此罢休的人。丽莎韦塔·伊万诺芙娜每天都会收到他的一封信，送信的方式可谓五花八门。信的内容也不再是德国小说的译文了。字里行间洋溢着赫尔曼的激情和个人风格，充分证明了他的忠贞不渝，以及他那剪不断理还乱却又无法压制的想象力。丽莎韦塔·伊万诺芙娜已经不再想着把信退还给他了：渐渐陶醉于其中的她开始回信，而且回复越写越长，也越发深情。后来，她从窗口给他扔下去这样一封信：

“今天X.大使馆将举行舞会。伯爵夫人也会参加。我们会在那儿待到两点。这是你可以和我单独见面的机会。伯爵夫人一走，仆人们很可能也会出门，所以除了守门人，宅子里就不会有其他人了，而通常那守门人会回到自己的门房去休息。你十一点半过来。直接上楼。如果在前厅遇到人的话，你就问伯爵夫人是否在家。如果你被告知她不在，那么你就别无他法，只能先回去，以后再另找机会吧。不过，你极可能遇不到什么人。女仆们都待在一个房间。从前厅出来后左拐，然后一直往前走，就会看到伯爵夫人的卧室。卧室的屏风后面，你会发现有两扇门：右边一扇通往书房，伯爵夫人从来不进去；左边一扇通向走廊，走到尽头会有一段螺旋形楼梯，上来就可以进入我房间。”

赫尔曼如虎般颤抖，盼望着约定的时刻到来。晚上十点钟，他就已经站在伯爵夫人的大门口了。天气非常糟糕，狂风呼啸而过，大雪纷纷扬扬，路灯发着虚弱的光，整个街道空空荡荡的，只是偶尔有车夫赶着愁容满面的马儿从前经过，去寻找晚归的乘客。赫尔曼只穿了一件夹克衫，但他丝毫感觉不到风雪的存在。

终于，伯爵夫人的马车开动了。赫尔曼看见两个男仆正搀扶着那位紧裹貂皮大衣、身形弯曲的老太太走出来，后面紧跟的是丽莎韦塔，她身披一件单薄斗篷，头上戴着鲜艳的花环。门关上了。车轮在松软的雪地上沉重地向前滚去。守门人关上临街大门，窗子里头一团漆黑。

赫尔曼开始在空寂的宅子周围踱来踱去。最后，他来到一盏路灯下，扫了一眼手表：十一点二十分。他依旧站在灯下，眼睛紧紧地盯着表面，焦心地等待最后几分钟。不多不少十一点半，赫尔曼登上台阶，来到宅子门前，然后走进了灯火通明的门廊。守门人不在。赫尔曼上了台阶，打开前厅的门，看到有一个男仆正坐在灯下的一张又旧又脏的扶手椅上打瞌睡。赫尔曼轻手轻脚地迈着坚定的步子从他身边经过。接待室和会客室半明半暗。只有一点微弱的灯光从前厅里透过来。

赫尔曼进了卧室。一座神龛前，摆放着一些古老的神像，还有一盏金色的圣灯正在燃烧着。几张垫有褪色锦缎的扶椅，以及几张镀金饰面已经磨损不堪、堆满靠垫的沙发，对称地立在挂有中国丝绸的墙边，给人一种忧郁的感觉。卧室的墙上还挂着列布朗夫人在巴黎画的两幅肖像。其中一幅是一位身材发福、面色红润的四十岁上下的男子，他身着浅绿色制服，胸前还佩戴着一颗五星徽章。另一幅则是一位美貌的年轻女子，她的鼻子呈鹰钩状，卷发搭在两鬓，一朵玫瑰花插在扑了粉的头发上。卧室的四个墙角陈列着瓷制的牧羊人和牧羊女，著名的勒鲁瓦制造的座钟，还有一些盒子、轮盘赌具①、扇子、上个世纪末同蒙戈尔菲的气球②和梅斯梅尔的催

---

① 一种赌场赌博方式。轮盘赌有一庄家，所有赌注都押给庄家或赌场主。轮盘赌具由转轮和赌注图案两部分组成。世界各地的轮盘赌规则不完全相同。其中，俄罗斯轮盘赌是一种非常残忍的赌博游戏，因为它使用的赌具是左轮手枪和人的性命。赌局参与者轮流把装满一颗或多颗子弹的手枪对着自己的头，扣动扳机。中枪的、怯场的都是输家，坚持到最后的就是胜者。旁观的赌博者，可以对参与者的性命进行押注。——译者注

② 1786 年，法国航空先驱、热空气气球发明人蒙戈尔菲兄弟在凡尔赛宫放出第一枚热气球。——译者注

眠术[1]同时发明的华而不实的玩具。赫尔曼走到屏风后面。后面摆着一张小铁床，右边是一扇通向书房的门，左边，也就是另一扇门，则通向走廊。赫尔曼打开左边这扇门，看到了那窄小的螺旋形楼梯，它直通到可怜的养女的卧室里。但他又折了回来，转身走进了漆黑的书房。

时间过得很慢。周围静悄悄的。会客室里的钟敲了十二下，紧接着，所有房间里的钟也开始依次报时，然后一切又安静了下来。赫尔曼斜靠在冰冷的火炉边。他镇定自若、心律整齐，好像下决心要完成一项危险而又不可回避的艰巨任务似的。钟敲了一下、两下，接着，他终于听到了远处隆隆的车轮声。他不由地全身兴奋起来。马车越来越近，最后停住了。他听到马车脚踏板着地的声音。宅子里头忙活起来。仆人们四处奔跑，声音渐起，各处灯光亮了起来。三位年迈的侍女走进卧室，

---

① 起源于十八世纪的催眠术一开始带有江湖习气。德国医生弗朗茨·梅斯梅尔博士发明了一种神奇的疗法，可以治愈各种无法解释的怪病。在昏暗的灯光和虚无缥缈的音乐中，他向病人灌输一种只有他可以控制的看不见的“催眠气流”。这样经过催眠之后，病人就会痊愈。尽管最终证明梅斯梅尔博士所言并非全部属实，然而他是第一个发现可以控制思想从而影响身体的人。因此，梅斯梅尔也被视为催眠疗法的鼻祖。——译者注

后面紧跟着进来的是早已累得半死不活的伯爵夫人，她一下子瘫倒在一张扶椅上。赫尔曼透过缝隙往外瞧。丽莎韦塔·伊万诺芙娜紧挨着从他身旁走过，赫尔曼听见她匆忙跑上楼梯的声音。顷刻间，有种类似自责的感觉涌上心头。但那情感只是一闪而过。他呆呆地站在那儿。

伯爵夫人站在穿衣镜前开始卸装。她那顶饰有玫瑰花的帽子脱了下来，接着，扑了粉的假发也从她雪白的剪得极短的头发上取下。束发夹在她周围像阵雨似的纷纷撒下。她那用银线编织的黄缎连衣裙在她浮肿的脚边落下。

赫尔曼目睹了那令人作呕的装扮秘诀。最后，伯爵夫人戴上睡帽，换上睡衣，这副打扮更加符合她的年龄，看起来也没那么可怕、那么吓人了。

同一般的老年人一样，伯爵夫人也患有失眠症。卸装后，她坐在窗边的扶椅上，让侍女们都退下。蜡烛都拿走了，房间里只亮着那盏圣灯。伯爵夫人坐在那儿，脸色看上去蜡黄，松弛的嘴唇一张一合，身子也摇来晃去。呆滞的眼神说明她脑袋空空如也，因此看到她这副样子，不禁让人觉得，这左摇右晃的身体并非本意，而是暗中某种电流装置产生的效果。

忽然间，这面如死灰的脸上出现了难以置信的变化。嘴唇不再发抖，眼睛也变得有了生气：伯爵夫人面前突然站着一个陌生人。

“您不必惊慌，看在上帝的分上，不要惊慌！”他用清晰的嗓音低声说道，“我没有要伤害您的意思，我来仅仅是请您帮个忙。”

老太太静静地看着他，好像没有听到他在说什么。赫尔曼以为她耳朵不太好，于是弯下腰去，凑到她的耳旁又把刚才的话重复了一遍。老太太依旧默不作声。

“您可以成全我一生的幸福，”赫尔曼继续说道，“这对您来说毫无损失。我知道您可以连续猜中三张纸牌……”

赫尔曼没有再说下去。伯爵夫人现在似乎明白了他的请求，她好像一直在思考用什么话来回答这个年轻人。

“它只是个玩笑，”她终于开口说话了，“我发誓它只是个玩笑。”

“这事可开不得玩笑，”赫尔曼愤怒地回答道，“您还记得恰普利茨基对吧，是您帮助他赢回了输掉的钱。”

显然，伯爵夫人开始心神不宁。她的脸色说明她的情绪非常激动，但她又很快恢复了原先不动声色的样子。

“您能否告诉我那三张准赢的是什么牌？”赫尔曼继续问道。

伯爵夫人沉默依旧。赫尔曼接着说道：“您为谁保守这个秘密呢？为您的孙子们吗？他们即使不知道这个秘密也已经相当有钱了，而且他们也不明白金钱的价值。您的三张牌对一个败家子来说毫无意义。一个人要是不珍惜父亲留下的家业，即使神仙下凡助他一臂之力也是白搭，他同样会穷死。我不是那种人，我知道金钱的价值。您的三张牌不会浪费在我手里。请说出来吧！”

赫尔曼停顿了一下，浑身颤抖着，等待着她的回答。伯爵夫人还是默不作声，而此时的赫尔曼突然双膝跪地。

“假如您的心曾经有过爱的感觉，”他说，“要是您还记得爱是那么的令人欢天喜地，如果您曾经对着新生儿的哭声会心地笑过，如果您的心窝曾因任何人类的感情而悸动过，那么，现在我以情人、妻子、母亲的感情恳求您，以生命中的无上圣洁之物恳求您，不要拒绝我的请求。把您的秘密告诉我吧。它对您来说有什么用处呢？……或许，它与某种滔天大罪密切相关，它会让人得不到永恒的幸福，它与魔鬼有着某种交易……想想看——您一把年纪了，您来日不多了——我已经做好准备，用我的灵魂为您赎罪。只要告诉我，您的秘密。记住，一个人的幸福就掌握在您的手中，不光是我，还有我的儿女们，我的子孙们，我的曾孙们，他们都将赞美您的记忆力，把它奉为神圣之物……”

老妇人还是一声不吭。

赫尔曼直起身来。

“你这个老巫婆！”他咬牙切齿，大声嚷道，“好，我一定会让你开口的！”

他边说这话，边从口袋里拔出一把手枪。

一看到手枪，伯爵夫人的情绪再一次强烈地波动起来。她摇摇头，抬起手，仿佛是要挡住子弹的射击……随后，她就朝后倒去，再也不能动弹。

“起来，别给我来这套小孩子的把戏！”赫尔曼边说边抓住她的一只手，“我最后一次问您，您是要告诉我那三张牌呢，还是不告诉？”

伯爵夫人没有应声。赫尔曼察觉到她已经死了！

【四】

18×× 年 5 月 7 日，

道德败坏、没有信仰的人！

一封信

丽莎韦塔·伊万诺芙娜正坐在自己的房间里，全身上下还是舞会的装束，人已深深地陷入了思索之中。一回到家，她就急忙把那些直打瞌睡、又不情愿服侍她的侍女给打发了，说自己能够卸装，然后心儿怦怦直跳地回到自己的房间，期待能在那儿见到赫尔曼，但又希望不会发现他的身影。她看了一眼，就知道赫尔曼并没有来，于是感谢命运设置的障碍，让他们不得相见。她坐了下来，并没有脱衣服，而是开始回想这短短的时间内发生在她身上的一切。自从她在窗口看到那个年轻人，到今天还不满三个星期——而她已经与他有了通信来往，而且他还成功地引诱她允许晚上的幽会！她只是从几封信件末尾处的署名才知道他的名字，但她既没有和他说过话，也没有听过他的声音，而且今晚之前，她都没有听过有关他的任何事情。不过，奇怪的是，今晚的舞会上，年轻的波林 N. 公主表现得不同寻常，她没有跟托姆斯基调情，这让托姆斯基恼火得很。为了报复她，他特意对她表现得十分冷淡，所以他邀请丽莎韦塔·伊万诺芙娜和他不停地跳玛祖卡舞。跳舞时，他不断地取笑她偏爱工程军官，还向她保证自己所知道的事情比她所想象的要多得多。有好几次，他开的玩笑都说得特准，以致丽莎韦塔·伊万诺芙娜开始怀疑他是否已经知道了自己的秘密。

“你是从哪里听说这些事情的？”她笑着问。

“从一个你非常了解的朋友那里，”托姆斯基回答道，“一个非常出色的人物那里！”

“这位出色的人物是谁呢？”

“他叫赫尔曼。”

丽莎韦塔·伊万诺芙娜没有回应，但她的手脚变得冰凉。

“这个赫尔曼，”托姆斯基继续说道，“的确是个浪漫的人。他长得像拿破仑，而内心像魔鬼靡菲斯特[1]，我看他的良心至少犯过三桩罪行……你脸色怎么这么苍白？”

“我头痛……不过，这个赫尔曼——不管他叫什么——究竟和你说了些什么？”

“赫尔曼对他的朋友非常不满：他说若是换了他，他肯定不会那么做……我甚至觉得赫尔曼想打你的主意。至少，他朋友倾慕你赞美你的时候，他可不是无动于衷地听着。”

“可是，他在哪里见过我？”

“可能在教堂吧，或者你散步的时候——只有天知道在哪里。说不定是在你房间，你睡着的时候见过，因为他有办法做到……”

三位女士向他们走过来，问道：“忘却还是惋惜？”[2]谈话中断了，这让丽莎韦塔·伊万诺芙娜好奇得干着急。

被托姆斯基看中的恰好是波林公主本人。她陪着他

① 歌德著作《浮士德》中的魔鬼。——译者注

② 舞会用语。女伴事先抽签决定谁是“忘却”，谁是“惋惜”，男伴任意挑选这两个词中的一个，然后就与其代表的女伴共舞。——译者注

又多跳了一圈，而且又晚些回到了原位，就这样她成功地与他和好了。当托姆斯基返回座位时，早就不去想什么赫尔曼还是丽莎韦塔的事情。她渴望继续话题，但玛祖卡舞接近尾声，很快伯爵夫人就带她离开了。

托姆斯基的话只不过是在跳玛祖卡舞时的闲聊而已，但这些话却深深地刻在了这位白日做梦的年轻人的心上。托姆斯基所描述的形象，正好同她脑子里想的一样，而那形象，正是现下流行的小说里刻画的普通人物，令她感到既害怕又痴迷。现在，她依旧坐在那儿，两条裸露的双臂交叉着，佩戴着鲜花的头垂在袒露着的胸前。突然，门开了，赫尔曼走了进来。她战栗起来。

“刚才你去哪儿了？”她害怕地小声问道。

“在老伯爵夫人的卧室里，”赫尔曼回答道，“我刚从她那儿过来。她死了。”

“天啊！你在说什么？”

“而且恐怕，”赫尔曼继续说，“是我害死了她。”

丽莎韦塔看着他，托姆斯基的话在她心头回响：“他的良心至少犯过三桩罪行！”赫尔曼在窗边靠近她的位置坐了下来，向她讲述了发生的一切。

丽莎韦塔听着他的叙述，惊恐万状。原来，所有那些充满激情的书信，那些热情洋溢的需求，这大胆而倔强的追求——都不是因为爱情！金钱——那才是他内心的渴望！她不能够满足他的欲望，不能够让他快乐！可怜的姑娘竟然不知不觉地成了强盗的帮凶，成了杀害她那年迈的女恩人的帮凶！……她追悔莫及地掉下了痛苦的眼泪。赫尔曼静静地注视着她：他的内心也遭受着折磨，但是不管是可怜姑娘的眼泪，还是她那本就貌美如花，现在因伤心显得更加楚楚动人的样子，都无法打动他那冷酷无情的灵魂。想到伯爵夫人的死，他感觉无须受到良心的谴责。只有一件事让他害怕：他原本期望能让他发家致富的秘密，现在一去不复返了。

“你是个魔鬼！”丽莎韦塔最后说道。

“我没想让她死，”赫尔曼说，“我的手枪都没有上膛。”

两人都沉默不语。

天开始擦亮。丽莎韦塔熄灭了烛火，那是一束照亮她房间的惨淡火光。她擦了擦噙满泪水的双眼，抬起头看了看赫尔曼：他正坐在窗沿上，双手交叉，眉头紧锁。他的这个姿势像极了拿破仑的半身画像。这种相似性甚至让丽莎韦塔·伊万诺芙娜大吃一惊。

“我不知道怎样才能让你出去，”她最后开口说道，“我想带你走秘密楼梯出去，不过，那要经过伯爵夫人的房间，可我心里发怵。”

“告诉我怎样才能找到秘密楼梯——我可以自己去。”

丽莎韦塔起身从抽屉里取出一把钥匙，交给赫尔曼，然后告诉他应该怎么做。赫尔曼握了握她那冰冷又迟钝的手，吻了吻她低垂的头，然后离开了房间。

他走下螺旋形楼梯，又一次来到伯爵夫人的房间。死去的老妇人坐在那里像是石化了似的，脸上的表情显得特别平静。赫尔曼在她面前停住了脚步，认真打量了她很久，好像是想让自己确信这可怕的现实。最后，他进了书房，在挂毯后面摸索到了那扇门，然后顺着漆黑的楼梯走了下去，心里被一些奇怪的念头搅得不安。“也是这个时候，”他思忖道，“大约六十年前，一个喜欢对女子献殷勤的时髦男子，当然他早已腐朽在了坟墓里，也许曾经偷偷地走过这段楼梯，可能也是从同样的卧室出来的，穿着绣花的长袖上衣，梳着鹤式的发型，头戴着一顶三角帽，而他年迈的情人就在今天停止了心跳……”

在楼梯尽头，赫尔曼发现了一扇门，他用刚才拿到的钥匙开了门，发现面前是一条走廊，顺着路他走到了大街上。

【五】

这天夜里，已故的男爵夫人冯·W. 出现在我面前。她全身素白，对我说："你好，顾问先生。"

——斯韦登伯格①

那个灾难性的夜晚后的第三天，上午九点钟，赫尔曼去了 XX 女修道院，已故伯爵夫人的葬礼将在那里进行。尽管心中没有悔意，但他还是抑制不住良知的声音，那声音反反复复在他耳边回响："你就是杀死老妇人的凶手！"虽然他没有什么真正的信仰，却十分迷信，他觉得已故的伯爵夫人可能会给他的生活带来厄

① 斯韦登伯格（1688—1772），瑞典科学家、哲学家、神学家和神秘主义者。——译者注

运，所以他决定去参加她的葬礼，去请求她的宽恕。

教堂里到处都是人。赫尔曼费了好大劲才从人群里挤进去。灵柩停放在奢华的灵台上，上面罩着天鹅绒华盖。死去的伯爵夫人躺在里面，双手交叉在胸前，头上戴着一顶花边小帽，身上穿着一件白缎长袍。灵柩周围站着她的仆人们——全都穿着黑色长袍，肩上披着绣有纹章的缎带，手里拿着蜡烛。亲人们——儿女们、孙子们和曾孙们——都身着黑色孝服。

没有人哭，如果有人流泪，那也是虚情假意。伯爵夫人年事已高，她的离世并没有惊到谁，而她的亲人们早已不把她视作生者名单里的人了。一位有名的牧师为她的葬礼致悼词。他用简朴而感人的语言描述了这位圣洁的女人的安详离世，说她在漫长的岁月里，一直平静而感人地准备好迎接一个基督徒式的死亡。“死亡天使找到她时，”致辞者说道，“她正虔诚地冥想着，等待着午夜新郎[①]的到来。”

---

① 指耶稣。《圣经新约》中的《马太福音》第 25 章将耶稣比作新郎，午夜时分，只有聪明的、准备好灯和油的童女才能迎接到他。此处是说老伯爵夫人对死亡早有准备。——译者注

葬礼在悲伤而凝重的气氛中结束。先是亲人们走上前去进行遗体告别。接下来，众多熟人纷纷上前，向她——这位多年参加他们无聊消遣的老人——致以最后的敬意。在这之后便是全体仆人上前致敬。最后上去的，是一位与死者同龄的女管家。两位年轻的姑娘搀扶着她走上前去。她已经没有力气弯腰行礼——只有她流了些眼泪，吻了吻女主人冰凉的手。

这时，赫尔曼下定决心走到灵柩跟前。他弯下腰，在冰冷的、铺满冷杉枝的地上跪了几分钟。最后他起身时，脸色和死者一样苍白，他踏上通往灵柩的台阶，向尸体弯腰行礼……此刻，他似乎看到死者正眨着一只眼睛，嘲弄地向他看了看。赫尔曼连忙后退，但踩空一个台阶，结果跌倒在地。有人把他扶了起来。正在这时，丽莎韦塔·伊万诺芙娜也在教堂的前厅晕了过去。有好几分钟，这个插曲打乱了肃穆而阴沉的仪式。人群中开始窃窃私语。一个精瘦的管家，同时也是死者的亲戚，他同一个站在他身旁的英国人小声说道，这个年轻的军官是伯爵夫人的私生子。英国人冷冷地答道："哦！"

一整天，赫尔曼都是心神不宁的样子。他在一家僻静的小饭馆吃了些东西，一反常态地喝了很多酒，希望能缓和一下内心的焦虑。但是，酒反而让他脑子兴奋，浮想翩翩。回到家中，他衣服不脱就直接倒在床上，沉沉地睡了过去。

他一觉醒来已是夜里，月光正洒满房间。他看了一下表：两点三刻。他没了睡意，于是坐在床沿上，想起老伯爵夫人的葬礼。

这时，街上有个人朝他的窗口看了一眼，然后又立刻离开了。赫尔曼并没留心这动静。过了一会儿，他听到前厅的门开了。赫尔曼以为是自己的勤务兵，肯定又和往常一样喝醉了酒，夜里游荡回来。但是，他听到的是一阵不熟悉的脚步声：有人穿着便鞋在地板上轻声拖着步子。门打开了，一个穿着白色衣服的女人走了进来。赫尔曼误以为是自己的老嬷嬷，心里奇怪这么晚了，她来做什么。但是那个白衣女人一下子穿过房间，移步立在他的面前——赫尔曼这才发现是伯爵夫人！

“我背着自己的意愿过来找你，”她用非常坚定的语气说道，“但是我奉命前来满足你的请求。三点、七点和爱司，连续出这三张牌能让你赢钱。但是必须遵守以下条件：二十四小时之内，你只许押一张牌，而且，从此之后你再也不许打牌。我可以原谅你对我下的毒手，但条件是你要娶我的养女丽莎韦塔·伊万诺芙娜为妻。”

说完这些话，她静静地转过身去，拖着步子走到门口，接着便消失不见了。赫尔曼听到临街的大门砰的一声关上了，然后看到有人朝他的窗口望了一眼。

过了好半天，赫尔曼都没缓过神。后来，他起身来到隔壁的房间。他的勤务兵正睡在地板上，赫尔曼费了好大劲才把他弄醒。那勤务兵还是跟往常一样烂醉如泥，所以一问三不知。临街的大门是锁着的。赫尔曼回到自己的房间，点燃了蜡烛，坐下来细细地回想了一遍眼前发生的事情。

【六】

“等一等！”

“你竟敢对我说等一等？”

“阁下，我说的是‘等一等，先生！’”

两种执着的想法不可能在同一精神世界存在，就像两个物体不可能同时占据物质世界中的同一地方一样。“三点、七点、爱司”很快就驱散了赫尔曼脑海中有关已故伯爵夫人的念头。“三点、七点、爱司”不断地在他的头脑里回响，不断地从他嘴边念叨出来。如果看到年轻的姑娘，他就会说：“她多苗条啊！好像那个红心三。”如果有人问：“现在几点了？”他会回答：“七点差五分。”每遇到一个体形肥壮的人都会令他想起爱司。“三点、七点、爱司”出没于他的梦境，化成千奇百怪的形状。那三点在他面前怒放成一朵动人的花，那七点幻化成一座哥特式的大门，那爱司则变成了一只巨大的蜘蛛。他的心里只有一个念头——充分利用这个付出巨大代价才赢来的秘诀。他想申请休假，去国外旅行。他想去巴黎，迫使命运让他在公共赌场谋取财富。一个偶然的机会使他摆脱了所有的麻烦。

莫斯科成立了一个富豪赌博社团，团长是赫赫有名的切卡林斯基，这个人把他毕生的精力都花在了赌桌上，积累了大笔钱财。他赢了就收汇票，输了就支付备好的现金。长期以来的做派使他赢得了牌友们的信任，此外，他那开放的宅子、手艺超群的厨子、和蔼可亲的样子使其在众人面前树立了不少威信。他来到了圣彼得堡。首都的年轻人纷纷来到他的宅子，一时间忘掉了舞会而只记得去打牌，对他们来说，调情的魅力比不上法罗牌带来的诱惑。纳鲁莫夫带着赫尔曼来到了切卡林斯基的家中。

他们经过一个套房，一间间豪华的房间，里面候满了彬彬有礼的仆人。客人把牌桌围得水泄不通——几个将军和枢密顾问在玩惠斯特[①]，青年男子们则慵懒随意地靠在天鹅绒沙发上，吃着冰激凌，抽着烟斗。客厅里，宅子的主人正坐在一张长条桌的一头，周围聚集了大概二十个赌客。他六十岁上下，相貌堂堂，满头银发，红润的气色看起来性情温和，眼睛里总是泛着笑意。纳鲁莫夫把赫尔曼介绍给了他，切卡林斯基友好地与他握了握手，让他不必拘礼，然后又接着发牌。

这一局牌打了很久。桌上摊着三十多张牌。每次发完牌之后，切卡林斯基都要暂停一下，留出时间让赌客

---

① 十八、十九世纪英国流行的纸牌游戏。——译者注

们整理一下自己的牌，并记录输掉的数额。同时，他会很有礼貌地倾听他们的要求，十分有礼节地抹平心不在焉的赌客们翻折的牌角。终于，这局打完了。切卡林斯基洗完牌，准备下一轮发牌。

“让我押一张牌吧。”赫尔曼边说，边从一个体型结实的、正在下注的绅士背后伸出一只手。

切卡林斯基默默地笑了笑，表示可以。纳鲁莫夫笑着祝贺赫尔曼这么长时间以来终于开赌，并祝他旗开得胜。

“开始吧！”赫尔曼说着，用粉笔在自己的牌后面标注了赌注的数目。

“先生，请问您押多少？”庄家眯着眼睛问道，“不好意思，我看不太清楚。”

“四万七千。”赫尔曼回答道。

话音刚落，房间里所有人都突然转向这里，所有眼睛都盯着赫尔曼看。

“他疯了！”纳鲁莫夫心里想道。

“请允许我告诉您，”切卡林斯基始终面带微笑地说道，“这注下得很大，到目前为止，这儿的人在一张牌上下过的注，还没有超过二百七十五卢布呢！”

“好吧，”赫尔曼反驳道，“那您还接受我的牌吗？”

切卡林斯基点了点头，依旧是谦逊地表示可以。

“我只想告知您，”他说，“全蒙诸位朋友信赖，只有在现钱的情况下我才开局。对于我本人而言，当然，我完全信任您说话算数。不过，为了不破坏规矩，也是为了账目方面的考虑，请您把现钱放上来。”

赫尔曼从口袋里掏出一张支票递了过来，切卡林斯基粗粗地看了一眼，就把支票放在赫尔曼的牌上。

他开始发牌，右边翻开的是九点，左边是三点。

“我赢了！”赫尔曼翻开自己的牌说道。

赌客们低低地发出一阵惊呼。切卡林斯基皱了皱眉头，不过脸上很快又恢复了笑容。

“您现在就要清算吗？”他问赫尔曼。

“劳驾。”赫尔曼回答道。

切卡林斯基从口袋里取出一沓钞票，立马付给了赫尔曼。赫尔曼收起钱，离开了赌桌。纳鲁莫夫惊讶得还没缓过劲来。赫尔曼喝了一杯柠檬水，便回家去了。

第二天晚上，他又到了切卡林斯基的宅子。主人正在发牌。赫尔曼来到桌前，赌客们立刻给他让出了位置。切卡林斯基亲切地向他点了点头。

赫尔曼等待新一轮开局，他摸出一张牌，将四万七千卢布和昨天晚上赢得的钱全都押在了上面。

切卡林斯基开始发牌。右边翻开的是杰克，左边的是七点。

赫尔曼翻开了自己的七点。

所有的人都发出惊叹。切卡林斯基显然不安起来，但他还是数出九万四千卢布，给赫尔曼递了过去，后者极其镇定地接过钱，便立马离开了宅子。

第三天晚上，赫尔曼又出现在牌桌旁。人人都在等他现身。那几个将军和枢密顾问也扔下手中玩的惠斯特，全都来围观这场非凡的赌局。年轻的军官们从沙发上跳起来，所有的侍者也都涌进了屋子。大家把赫尔曼团团围住。其他的赌客也都不下注了，急切地想知道这场赌博的结局。赫尔曼站在牌桌旁，准备独自和这位脸色苍白但始终面带微笑的切卡林斯基一决胜负。两人各自摊开一副牌。切卡林斯基洗了牌。赫尔曼摸出一张牌，然后把一沓钞票押在上面。场面就像一场决斗。四周鸦雀无声。

切卡林斯基开始发牌，双手直抖。右边翻出了一张牌皇后，左边是爱司。

“爱司赢了！”赫尔曼说道，翻出了自己的牌。

“您的皇后输了。”切卡林斯基亲切地说道。

赫尔曼突然一惊。在他前面翻开的不是爱司，而是黑桃皇后！他完全不敢相信自己的眼睛，也弄不明白自己怎么会犯这样的错误。

此刻，他觉得黑桃皇后正眯着双眼，冷笑起来。这种异乎寻常的相似性吓得他心惊肉跳……

“那个老太婆！”他惊惶地叫了起来。

切卡林斯基拢进了他赢得的钞票。一时间，赫尔曼纹丝不动地待在那儿。最后，他离开牌桌时，整个房间开始喧哗起来。

“赌得真爽！”赌客们说道。切卡林斯基又重新洗牌，赌局和往常一样继续进行。

结语

赫尔曼疯了。现在，他正关在奥布霍夫医院十七号病房。他从不回答任何问题，只是嘴里不断急促地喃喃道：“三点、七点、爱司！三点、七点、皇后！”

丽莎韦塔·伊万诺芙娜不久前刚嫁给了一位和蔼可亲的年轻人，他是老伯爵夫人之前聘用过的管家的儿子。他是个公务员，而且前途很不错，丽莎韦塔·伊万诺芙娜现在还收养了一个穷亲戚。

托姆斯基已被提拔为骑兵上尉，而且很快就会和波林公主成婚。

（汉译：黄橙）

万灵节前夕

［美］伊迪丝·华顿

事情发生得奇怪又费解。表面上，至少当时看上去事情相当简单，但这么多年过去了，而当时除了萨拉·克雷本她自个儿外再无目击者，所以有关此事的说法就夸张起来，而且经常变得荒谬离谱。这样看来，与此事有牵连的某些人尽管没有亲历现场，却有必要记录下仅知晓的一些事实——我再重申一遍，事发当时只有我的表姐（或她以为的）一人独居在家。

那些日子我一直待在白门（那地方一直叫这名）。事实上，不久前我就在那里，而且事发差不多三十六个小时后我就在那里。吉姆·克雷本和他的遗孀都是我的表亲，正因为这层关系，所以两个家族都认为我更有资格了解事实真相，或所谓的事实，也就是任何人都能够了解到的事实。因此，我把我和表姐萨拉的每次谈话梗概尽可能清楚地写下来。但是——能让萨拉打开话匣子，聊一聊那个神秘的周末所发生的一切——这样的机会并不多。

那天我读到了一个流行随笔作家写的一本书。书上说电灯一亮，鬼魂就会出现。一派胡言！那个作家尽管尝试用文学的方式涉猎超自然的领域，但他连要说的话题都没有沾上边。有两种情况，一种是无头的冤魂在带阁楼的城堡间游来荡去，身上的链条叮当作响；另一种是舒适的城郊房子，里面备有冰箱、空调，可一旦进去就会发现情况不妙。我觉得第二种情况才会让我后脊发凉！哦，对了，难道你们没有注意到吗？通常看到鬼魂的人不是那种神经敏感、浮想联翩的人，而是那种镇定自若、实事求是、不信鬼魂一说，并确信即便真看到了也无所谓的人。好吧，这就是发生在萨拉·克雷本身上，发生在她房子里的事情。我确信那房子建于1780年，尽管年代久远，但开阔通透，天花板离地很高，室内通电供暖一并俱全，可谓一切现代设施应有尽有。哦，房子的女主人像极了这房子。不管怎样，这都不像个鬼故事，我在这里打比方，只是想让你们了解到我的表姐到底是个什么样的人，而且一个不太可能发生在白门的事情居然发生了——或者说居然发生在她身上了。

吉姆·克雷本死后，族人都认为既然夫妇俩膝下无子，他的遗孀必定会离弃白门这个地方，要么搬去纽约，要么搬去波士顿，因为在那里，她有大量的殖民地公债和一大帮子亲戚朋友。无论哪个地方，她都能找到安顿之所。但萨拉·克雷本很少如他人所料行事，在这件事情上她做得恰恰与预期相反，因为她留在了白门。

“什么，让我背弃这老宅子，把我连根拔起，和祖宗、亲眷分离？让我跑到列克星敦大街上，在其中一栋新盖的摩天大楼里找个鸟笼一样的公寓把自个儿吊那里，然后用一捆繁缕和乌贼换掉我美味的康涅狄格羊肉？不用了，谢谢。我属于这儿，我会一直待在这儿，直到我的遗嘱执行人把这地方移交到吉姆的第一继承人手里——就是那个傻胖的叫普雷斯利的小子手上……好吧，我们别提他了。但我想告诉你们的是——只要我在一天，我就不会让他踏进这里半步。”她的确做到了——因为她丈夫刚死的时候她才五十出头，还是一个身体健壮、行事果断的女人，对付那个胖乎乎名叫普雷斯利的小子绰绰有余。几年前，她参加了他的葬礼，表现出了恰到好处的哀痛，但一丝笑容隐现在了她的面纱之下。

白门是一座舒适的、看上去像医院一样的宅子，从里面眺望出去，正好可以将康涅狄格河那壮观的蜿蜒之势尽收眼底。但是，此处离最近的镇子诺林顿有五六英里远，这样的地段对新时代的仆人来说不免有些遥远孤寂。幸运的是，萨拉·克雷本从婆婆那里接管了两三个老仆，他们就像这个家里的房顶一样，已然成了家族传统的一部分了。而我，从未听说过她在家事上摊上过什么麻烦事儿。

在殖民时期，宅子是四方的，铺了地板的大厅将一楼四个宽敞的房间分隔出来。宅子后边是常规的厨房延伸区，房顶则带有一个很棒的阁楼。但是，吉姆的祖父母刚过八十岁，正好对“殖民生活”感兴趣起来，于是在宅子正南方的位置建了两个厢房。这样一来，前门原来的地方变成了一个绿草茵茵的球场，三面设有围栏，中间栽着一棵大榆树。于是，宅子显得非常宽敞，居于此地的克雷本三代人也变得颇为好客。但是，建筑师非常尊重老宅子的特质，所以，扩建使得宅子变得更加舒适了，其简约之美也未减丝毫。宅子周围是大量的田地，吉姆·克雷本同父辈一样耕作于此，不无收获。同时，在该州的管理方面，他们也都扮演着相当重要、令人敬佩的角色。人们都说克雷本家族对该县发挥了“良好的影响力”。而且，当日头越来越短，第一场雪在公地的四排榆树下开始堆积起来的时候，镇上的人认为“虽说这冬天寡居山顶确实寂寞”，但听闻萨拉并不打算离弃此地而十分高兴。

是的，克雷本家族和他们的房子互相享有一种令人慰藉的整洁与庄严。下面我不用第一人称把白门和克雷本家族的来龙去脉都告诉各位，也不用我表姐的口吻来讲述这个故事，因为她说的话鸡零狗碎的，太容易让人摸不着头脑。但我可以从她那话说一半的声明和神经紧绷的缄默中让事情明朗起来。如果事情确实这样发生了的话——我必须让你们自己去评判——我认为事情就是这样发生的……

【一】

尽管还只是十月的最后一天，但清晨下着强劲的雨夹雪，天气已然是寒气袭人。午饭过后，苍白无力的太阳透过模糊的云层露了一下脸，引诱着萨拉·克雷本外出。她散起步来精神抖擞，在那样的天气里还能够在山谷走上三四英里路，而且还能再沿着谢克的林地返回来。她已经走完了一贯的路线，正踏上通往回家之路的主干车道，此时正好超过一个衣着朴素、和她同一方向的女人。秋末时节，在通往怀特盖茨的路上一般不会遇到人，当时要不是路上寂寥的话，克雷本夫人绝不会注意到那个女人的，因为那个女人毫无显眼之处。但当我的表姐看见那闯入者时，发现她是个生人——白门的女主人总是沾沾自喜，因为她认识大多数的乡邻，哪怕只是面熟而已。天几乎黑了，那女人的脸也十分难辨，但克雷本夫人对我说，她还记得那人中年模样，普普通通，脸色相当苍白。

克雷本夫人和她打了个招呼，并追问："你这是要去那宅子吗？”

那女人答道：“是的，夫人。”她的口音若是放在以前，康涅狄格的人肯定会觉得是外乡人，但现如今口音混杂了，她讲的话也就不太惹人注意了。萨拉总说：“是的，我说不出她是哪里的人。最让我感觉怪异的是我不认识她。”

她又礼貌地问了那女人去那宅子里干吗，那女人道：“就是去看看宅子里的一个女孩。”她的回答自然得很，克雷本夫人点点头后就从车道拐进了花园南边，后来就再也没有看到过这位客人。事实上，半小时后发生的事情让她忘了陌生人这回事。当脚步轻快的克雷本夫人就快到家时，突然滑倒在一个结了冰的水坑上，脚踝扭伤，倒在冰上动弹不得。

从婆婆手里接管过来的男管家普赖斯和固执的苏格兰老女仆艾格尼丝当然知道这时候该如何应对。他们立即把女主人平放在躺椅上，然后打电话让塞尔格罗夫医生从诺林顿赶来医治。医生赶到后让克雷本夫人躺到床上去，并给她做了必要的检查、包扎了绷带。他看了看脚踝，摇了摇头，担心夫人是骨折了。但他说，只要夫人能够保证不起身，或甚至不变动腿的位置，他就能让她免受上石膏之苦。克雷本夫人答应了医生的话，医生立马又告诫她说，任何随意的动作都有可能让她在床上待得更久。她生来敏捷、性子急切，这下让她觉得来日难挨，于是为自己笨拙的样子生起气来。但事情已经发生了，她又立马想到这时候正好有机会查看各种账目，处理信件。因此，她又顺从地躺在了床上。

医生边收拾工具边往外看了一眼，说道："你要知道，假如你不得不卧床几天，也不会耽误太多事。现在开始下雪了，看起来我们赶上了好日子。"他又总结了一句富有哲理的话，"哦，如此早到的雪景我们不常看到，但冬天总要来的。"走到大门，他又补充道，"你不需要我从诺林顿派个护士给你吧？你知道的，不是来给你护理的，因为下次我来复诊之前不需要做很多事情。但这地方下起雪来就有点孤单了，我想或许……"

萨拉·克雷本笑了笑道："孤单？和我的老仆人一起孤单？你忘了，我和他们在这儿一起度过了多少个冬天了。他们中有两个是我婆婆还在的时候就一直跟着我的。"

塞尔格罗夫医生表示同意，说道："确实如此。这样的话，你比大多数人都幸运。好的，让我看看，今天是周六。拍片之前我们得先让它消肿。周一早上第一件事，我会和拍片的医生一块过来。如果你想让我早点过来，可以打电话给我。”接着，他就离开了。

【二】

一开始的时候，脚还不是很疼，但到了下半夜，克雷本夫人就疼痛难忍了。她做起事来像大多数健康有活力的人一样，不是个好病人。因为还不习惯的缘故，她还不知道如何忍受疼痛，而且觉得不能动弹的状态看起来没完没了。艾格尼丝在离开前，尽可能地帮萨拉把一切都安排舒适。她在萨拉够得着的地方放了一壶柠檬水，而且甚至一再坚持（后来克雷本夫人觉得很怪异）要端来一碟子三明治和一壶茶：“夫人，万一夜里饿了你能吃。”

“谢谢，但我夜里从来不饿。当然了，我今天也不会饿的——只会口渴。我觉得自己发烧了。”

“哦，夫人，那儿有柠檬水。”

“那个管用。其他东西请你给我都拿走吧。”（萨拉向来讨厌“不需要的食物”乱糟糟地放在她房间里。）

“好的，夫人。可你或许……”

克雷本夫人生气地又说了一遍：“请把它拿走吧。”

“好的，夫人。”但当艾格尼丝离开的时候，她的女主人听见她把碟子轻轻地放在了挡门的屏风后边。

她被这老女人的坚持触动了，心里思忖道：“真是个顽固的老家伙！”

睡意一旦离开后就不会再回来，而漫漫长夜进行得越发缓慢。十一月的破晓真是姗姗来迟！她嘟囔道：“要是我能动动腿该多好啊！”

她静静地躺着，拉长耳朵想听一听仆人们一大早的脚步声。白门的人都早起，因为女主人就给他们树了个榜样。再过不久，其中一个女仆就会过来了。她想按铃找艾格尼丝，却又克制住了冲动。那仆人已经起迟了，因为今天是周日，家里允许早晨可以晚起一些。克雷本夫人不安地思忖道：“我真是傻瓜，没有听她的话，应该让她把茶放在床边的。我看看自个儿能不能起来喝点？”可是，她又想起了医生的忠告，于是不敢动身。

让她一直禁锢在床上的不是风险而是……

啊，坚定的时钟正在报时。大雪纷飞的寂静里，时钟的声音显得如此洪亮！一下——两下——三下——四下——五下……

什么？才五点？本来三小时一刻钟之前就希望能够听到门把手转动的声音……不一会儿，她又极不舒服地眯了过去。

又一阵声音吵醒了她。是那个坚定的钟。她听着。但房间依旧漆黑一片，钟敲了六下……她想嘴里念叨点什么好容易入睡，但她很少读诗。平常她是很容易睡着的人，所以现在想不出什么惯用的法子来对付失眠。她的腿现在感觉像铅块似的，绷带紧得要命——她的脚踝一定是肿了起来……她躺在那里盯着黑乎乎的窗户，想寻找破晓的第一束微光。后来，她看到一束惨淡的日光渐渐从百叶窗透了进来。床与窗之间的物体一个个地恢复了它们的轮廓，然后显出了大部分模样，好像是上帝知道了它们在夜晚悄悄移位后，暗地里自个儿重新组合一样。住在老宅的人，谁会相信宅子里的家具整晚都是静止不动的？克雷本夫人几乎能够想象出，自己看到了一张细腿的小桌子匆忙地回到了原位。

她异想天开起来："它知道艾格尼丝要进来了，所以害怕了。"她的脑海里从未出现过关于家具的这些想象，一定是那糟糕的睡眠搞得她说出这样的胡话来。

最后，好像过了好几个钟头，那个坚定的钟敲了八下。只是一刻钟。她看着指针在床边小小的钟面上缓缓前行……十分钟……五分钟……才五分钟！艾格尼丝总是像命运一样如期而至……两分钟之内她就会进来。两分钟过去了，她还没来。可怜的艾格尼丝——昨晚她看上去脸色苍白，倦意十足。毫无疑问，她睡过头了——要么她可能是感觉不舒服，她会找其他女仆来替活的。克雷本夫人等待着。

她又等了半小时，然后够着了床头的按铃。可怜的老艾格尼丝——她的女主人因为吵醒她而感到内疚。但艾格尼丝没有出现——克雷本夫人又等了很久，变得有些不耐烦起来，于是又按了铃。她按了一下、两下、三下——但依旧没人应。

她继续等啊等，然后自言自语道："一定是电路出了问题。"好吧——她可以打开手边的床头灯看看怎么回事（这房间的实用设施一应俱全，真是好极了！）。她按了开关——但灯却没亮。断电了，可今天是周日，什么都干不了，除非等到周一早上。要是保险丝烧坏的话，普赖斯倒是会修。好吧，很快一定会有人来敲她门的。

九点过后，她确信家里发生了不寻常的怪事。她心头一紧，担忧起来，但她不是那种助长情绪的女人。要是她之前把电话机放在房间，而不是放在楼梯平台上就好了！她在脑子里盘算了一下需要走过去的路程，又想起塞尔格罗夫医生的忠告，想着自己扭伤的脚能不能让她撑到那里。她害怕将来会上石膏，但不管怎样，她都得找到电话。

她用睡袍裹了身，找了一根拐杖重重地倚着，拖着身子走到了门口。细心的艾格尼丝把百叶窗关得死死的，所以房间也并不比破晓时亮多少。但外面的走廊上，下雪清晨的那种寒冷的白光看上去十分令人宽慰。神秘事件——可怕之事——总与黑暗有关。可现在生气勃勃，平淡无奇的日光又回来了，它驱逐着一切神秘和可怕。克雷本夫人环顾四周，倾听着——寂静，宅子里头洒满了日光，却还是黑夜般的沉静，想来五个仆人很快就要忙碌起来干活了。当然，这很奇怪……她朝窗外瞧了瞧，想瞧瞧会不会有人从球场上经过，或是从车道上走过来。但一个人都没有看到，大雪好像占着自己的地盘似的：一场安静而坚定的大雪。雪仍在下着，有种商业般整齐划一的气息，它用一层层白色天鹅绒把外边的世界覆盖了起来，让它寂静无声。一个无声的世界——人们确定不需要声音吗？先让他们在十一月的暴风雪中和乡村的孤宅里试试看！

她拖着身子一路走到了电话机跟前。当她拿起听筒的时候，发现自己的手在颤抖。

她打了个电话给配餐室——没人应答，她又重打了一次。寂静——又是寂静！寂静好似大雪下在屋顶、排水沟一样，把自个儿堆积起来。寂静，她认识的人中有多少是知道寂静意味着什么——当你真正倾听寂静时，它有多么响亮？

她又一次等待着，然后拨打了“总机”，没人应答，她试了三回，接着又打到了配餐室……接着，电话好像电流似的被切断了。谁在楼下干活，把她孤零零地撇在一边？她的心开始怦怦地跳起来。还好，电话旁边有张椅子，她坐了下来，缓一缓力气——或者是勇气？

艾格尼丝和另一个女仆睡在最近的厢房里。只要她能把自个儿拽起来，她就肯定能找过去。她有胆量吗？有，她当然有。在人们心中，她一直是个胆大的女人，她自己也这么认为。但这寂静……

她突然想到，可以从邻近的浴室窗户看看厨房的烟囱。这个时间点应该有烟从那儿冒出来了。她想，如果真有烟，那么接下去干什么也不那么害怕了。她走进浴室，透过窗户，发现烟囱没有冒烟，她越发觉得孤单起来。楼下发生的事情一定发生在早晨的活计开始之前。厨子还没有时间点火，其他仆人还没开始干活，她瘫倒在最近的椅子上，开始和内心的恐惧做斗争。如果她继续探查下去，会发生什么呢？

脚踝疼痛得无法前进，但她知道，此刻的疼痛只是让她行事不再匆忙而已。不管身体上吃多少苦头，她都必须对楼下正在，或是已经发生的事情探个究竟。但她会先去女仆的房间，如果房间没人——哦，她就得亲自下楼了。

她一瘸一拐地走着，一路上扶着暖气片支撑着身子。暖气片冰凉冰凉的。在这个秩序井然的宅子里，冬天都有中央供暖，即便是夜里暖气会减弱些，但设备是决不允许停止工作的，而且早上八点的宅子肯定是暖意阵阵了。管道冰一般的冷，这让她吓了一跳。负责宅子供暖的正是司机呀——不管到底发生了什么，现在他也和家里的仆人们一起牵扯进这神秘事件中来了。但这可让问题越发严重了。

【三】

克雷本夫人在艾格尼丝的房门前停住了，她敲了敲门。她希望有人来开门，但是没有。她自个儿开了门，走了进去。屋子漆黑一片，冷得要命。她走到窗户跟前，把百叶窗推开，然后缓慢地环顾了一下四周，有点害怕她会看到的景象。屋子空荡荡的，但让她感到恐惧的不是空荡荡的屋子，而是屋子里那种一丝不苟、纤尘不染的秩序。根本看不到有人刚在这里梳妆——或昨夜安置的迹象。而且床铺没有人睡过。

克雷本夫人倚靠在墙上歇了一会儿。然后，她走过去打开了衣柜。那里是艾格尼丝放衣服的地方，衣服都在那儿，整齐地挂在里面。架子上放着艾格尼丝的几顶过时的帽子，这都是她女主人的旧物，现在又被放在了这里。非常熟悉这些衣物的克雷本夫人看了看架子，发现少了一件。就是去年冬天，她给艾格尼丝的那件温暖的冬衣。

那女人是出门去了，毫无疑问昨晚就走了，因为床铺没动过，各种梳妆洗漱的东西都没有动过。艾格尼丝从来都不在晚上出门，她讨厌看电影就像讨厌用无线电一样，而且谁都不可能说服她——看电影是生活中必要而无害的小小消遣。她不可能在寒冬雪夜里离弃这宅子，而且是正当她的女主人躺在楼上，吃着苦头、十分无助的时候！她为什么要离开？她去哪里了呢？昨天晚上她照顾克雷本夫人安寝的时候，听女主人吩咐的时候，帮女主人把一切都安排舒适的时候，是不是已经计划好了晚上的神秘出逃？有没有什么事情——克雷本夫人正在寻找其线索的神秘可怕的事情——在夜里发生了，而把这女仆赶到了楼下，赶出了门外，赶进了寒夜之中？或许车库里有人——住在那里的司机或者是花匠——突然病了，然后有人进屋向艾格尼丝求助。对——这就说得通了……但还有许多说不通的地方。

艾格尼丝房间隔壁是布草房，再过去就是女仆的屋子。克雷本夫人走过去敲了敲门："玛丽！"没人应答，于是她进了门。屋子和艾格尼斯的房间一样整整齐齐，床铺也没动过，一点梳洗的迹象也没有。两个女人肯定是一起出门去了——去哪儿了呢？

宅子里头寒冷刺骨、莫名其妙的寂静越聚越多，重重地压在了克雷本夫人的心头。她从未感觉宅子有这么大，但是现在，借着冬雪的亮光，宅子看起来硕大无比，而且到处都是不祥的角落，叫人不敢直视。

女仆房间后边便是后楼梯。后楼梯下楼最近，但克雷本夫人每走一步都愈发疼痛。于是，她决定慢慢走回来，从前楼梯下去。她也不知道为什么要这么做，但当时有说不上来的理由，觉得跟着直觉走最靠谱。

她曾在午夜为了不寻常的声音而不止一次地去一楼看个究竟，但现在让她害怕的不是声音，而是无情的、带有敌意的寂静，感觉光天化日之下的宅子竟还是一副深夜的神秘模样，她盯着房子看，房子也盯着她看，她觉得她走进了那些井然有序且空空荡荡的房间似乎是打扰了里面隐身人的谈话，而这是有血有肉的人最好不要闯入的。

宽大的橡木楼梯抛过光，很漂亮，所以走在上面滑滑的，她不得不抓住扶手，一个台阶一个台阶地往下走。她一边下楼，寂静也跟着她——沉啊，重啊，重负千钧似的。她觉得寂寞的脚步声就在她身后，悄悄地与她的脚步保持一致。这寂静里有一种东西，是以前经历过的寂静中所没有的。好像它不仅仅是声音的缺席，不仅仅是耳朵和阴间人们的窃窃私语之间的一道薄薄屏障。它是一种高深莫测的东西，来源于没有生命和没有运动的尘世间。

是的，就是这种感觉让她打了个冷战：感觉这寂静没完没了，无边无际，无穷无尽。这时候，她已经走到了最后一个台阶，正一瘸一拐地穿过正门过道，来到客厅。她确信那里能看到的东西肯定是沉默和死寂的，但它会是什么呢？是被某个有杀人嗜好的疯子弄死的仆人尸体吗？假如下一个就轮到她了该怎么办——假如他就躲在她要进去的屋子里，躲在厚重的窗帘之下该怎么办？好吧，她必须找出真相——她必须面对任何事实。并不是勇气所驱——她已经用尽了最后一点胆量——而是因为，任何事情，总比关在被雪覆盖的宅子里而不知道自己是否孤独一人的好。她不断地自言自语道："我必须要找出真相，必须要找出真相。"那声音虽有节奏但枯燥乏味。

门外的寒光洪水般涌进了客厅。百叶窗没有关上，窗帘也是拉开的。她望了望四周。房间里空荡荡的，每一张椅子都还在原来的位置。她的扶椅被移到了烟道旁，在开启充满厄运的路程之前，她曾生火暖过身子，现在炉火已灭，炉底堆满了灰烬。甚至，她空空的咖啡杯也立在扶椅旁的小桌子上。很明显，昨天吃过午饭，她把它搁在那里后，仆人们就没有再进来过。突然，她脑子里冒出一个坚定的想法，既然她已经查探了客厅，那么她可不可以看看宅子的其他地方。寒冷、整洁——而且空空荡荡。她什么都不会找到，谁都不会找到。她不再害怕有什么一般性质的、与人有关的危险，正潜伏在她前头无声的地方。她知道自个儿完全是独身一人在家。她坐了下来，让疼痛的脚踝缓一缓，然后慢慢地看了看四周。

还有一些房间要去查看，于是她决定一个一个都搜查一遍——但她已经心里有数，那儿也不会有答案。好像她已经知道了包裹在她周围的寂静是怎么回事。到处都一样，什么声音也没有，有的是寒冷的门外，大雪仍在坚定不移地下着、下着。

她自己都不知道过了多久，才有勇气起来继续查寻。她感觉不到脚踝的疼痛了，但唯一还能意识到的是自己不能让脚负担过重，因此走得十分缓慢，边走边把身子倚靠在一路上碰到的每一件家具上。一楼的百叶窗没有关上，窗帘也是拉开的，她轻松地从一个房间走到另一个房间：阅读室、晨间起居室、用餐室。每个房间里的家具都还是原来的位置。用餐室里，桌子还是昨天给她准备晚餐的布席，蜡烛未点燃的大烛台立在那儿，反射出深沉的红褐色。她一个人在家时，不喜欢拿一个水煮蛋慢慢咀嚼，她总是下楼直接来到餐厅，吃一顿被她称作体面的饭菜。

后面的房间还需要去查看。离开餐厅，她来到了配餐室，那儿也还是无可挑剔的井然有序。她打开门，望了望铺有漆布的黑暗通道。深沉的寂静伴随着她。她仍觉得寂静警惕地陪伴着她，她好像被囚禁了起来，一旦想逃脱，寂静就会扑过来。她一瘸一拐地走进了厨房。那里当然也是空空荡荡、非常整洁。但她必须去瞧一瞧。

她在通道上的窗洞里倚靠了一会儿。她想起了儿时发生的一件神秘的航海事件，便思忖道："这就像'玛丽·塞莱斯特号'①事件——这是陆地上的'玛丽·塞莱斯特号'事件。没有人知道'玛丽·塞莱斯特号'上发生了什么，或许将来也没人知道是怎么回事。我也不会知道。"

一想到这儿，隐藏于内心深处的恐惧感好像又发生了质的变化。它冰凉的液体，流经每一根血管，然后汇集到她心脏周围的池塘里。她现在理解了从前未曾体验过这种恐惧，她遇到的大多数人也都未曾体验过。因为这种莫名其妙的感觉是一种完全异样的东西……

① "玛丽·塞莱斯特号"是一艘双桅帆船。1872年，有人发现它在大西洋全速向直布罗陀海峡航行，不过船上没有发现任何人。这些船员的下落衍生出许多猜测。"玛丽·塞莱斯特号"经常被认为是鬼船的原型。——译者注

恐惧吞噬着她，让她没法察觉到底在那儿靠了多久。可突然间，她冲动起来，一直走到了洗涤室。她之所以去那里，是因为那里有一个便于仆人干活的递物窗洞，从那望去可以看到厨房内景而不被人发现，而且有一种说不清道不明的直觉告诉她，厨房里头会有揭示谜团的线索。她仍觉得宅子里不管发生什么，事情的源头和中心就在厨房。

洗涤室和她预想的一样干净整洁。不管发生了什么，宅子里不像是有人被突然袭击过，因为没有混乱无序的迹象。她想："似乎他们早就知道点什么，然后把一切都整理好了。"她瞥了一下门对面的墙，发现递物窗洞是开着的。而且当她走近的时候，寂静被打破了。她听到厨房里有说话的声音——一个男人的声音，低沉但有力，这种声音是她从未听过的。

她站在那儿一动也不动，浑身发冷，心里害怕。但这种害怕又与往常不同。她之前的害怕是猜测得出的，推理得出的，是由周遭的寂静所散发出的幽灵般的东西。而这是平日里对胡作非为者的担忧。哦，上帝啊，她怎么忘了丈夫的左轮手枪？它一直躺在她房间的一个抽屉里啊。

她打了退堂鼓，于是从滑溜溜的地面上折了回来。但路走到一半，拐杖从手里滑掉了，猛地撞在了瓷砖上。哐啷啷的声响似乎在空旷的上空回荡不绝。她吓呆了，站在那里一动不动。既然暴露了行踪，逃走也于事无补。在厨房门口说话的人立马就能过来抓住她……

但令她惊讶的是，那声音还在说话。好像无论是说话者还是听话人，都没有听到她这边的声音。那个隐身的陌生人说话声音太低了，她实在听不出他在说些什么，但说话的口吻颇为认真，几乎带有威胁的意思。第二天她才意识到那人说的一种外国话，一种她听不懂的语言。她的恐惧再一次被急切的欲望所替代，她想知道近在咫尺却看不到的地方发生了什么。她悄悄地来到递物窗洞，小心翼翼地往厨房里头瞧了瞧，还是和其他房间一样井然有序、空空荡荡。细心擦拭过的桌子中央立着一个便携式的无线电收音机，她听到的声音是从那里传出来的……

她想当时她肯定是昏过去了，不管怎样，她身子发虚、头脑发晕，后来发生了什么也记不清了。但接下来，她一路摸索着退到了洗涤室，在那里发现了一瓶烈酒——白兰地还是威士忌她记不清了。她找了一个玻璃杯，给自己倒了一杯烈酒。当酒精在血管里头奔涌向前的时候，也不知道自己打了多少寒战，才拖着身子穿过空无一人的一楼、楼梯和走廊，回到了自己的房间。显然，她撞到了房间的门槛上，又一次失去了知觉……

据她回忆，她进房后的第一个念头就是把自己锁起来，然后去找丈夫的左轮手枪。枪里没子弹，但她找到了几颗子弹，然后上了膛。后来，她想起了艾格尼丝，昨晚离开时她拒绝把茶水和三明治的托盘带走。突然，她感到一阵饥饿，于是狼吞虎咽地吃起来。她又回想到另一件值得注意的东西，那就是热水瓶旁边有一瓶白兰地，她有点儿吃惊。这样说来，艾格尼丝的离去是有预谋的，她知道自己滴酒不沾的女主人在回房之前，可能需要东西刺激一下。克雷本夫人往茶里倒了点白兰地，一口吞了下去。

在那之后（她后来和我说），她记得她试着在壁炉里生了火。全身暖起来后，她回到了床上，把所有能盖的被单都堆在床上。那个下午，她在痛苦的阴霾中度过，时不时地还产生出一种莫名的恐惧——她恐惧自己会孤零零地躺在那里，无人照料，直到冻死，被孤寂吓死。因为到目前为止，她确信宅子里空空的——空空如也，从阁楼到地窖都是空的。她知道情况就是如此，但不解其中缘由。但她再一次感到，应该是那寂静身上的一种特殊性质使然——她走到哪里，那寂静就跟到哪里，现如今像柩衣一样把她裹挟了起来。她相信，只要有人靠近，不管是以静默还是隐秘的方式靠近，都能让这寂静的结构生出些许裂纹，就如同把一颗鹅卵石砸向一块玻璃那样让它生出缝隙……

【四】

“这样好点吗？”医生边直起身子边问道，他刚才弯下腰去观察了一下她的脚踝，无奈地摇了摇头。“我觉得，你没有遵照医嘱——呃？你四处走动了，不是吗？我想塞尔格罗夫医生告诉过你，他来复诊前你都要静养，难道他没这么和你说吗？”

说话的人是个生面孔，克雷本夫人只知道他的名字。那天早上，她自己的医生被一个巴尔的摩的老病人叫去家诊了，所以让这个在诺林顿崭露头角的年轻人来代替他的工作。这个年轻医生有点害羞，又有点随便，克雷本夫人着实不喜欢他。她想用回话来表示这个想法（她心中的不快已经消散了），突然，她听到了艾格尼丝的说话声——是艾格尼丝，一样的声音，和往常一样的艾格尼丝，她正站在医生后面，照旧衣着整洁、一副严肃的表情。“克雷本夫人肯定是夜里起来走动了。她没有按铃叫我，她本应该叫我的。”艾格尼丝插嘴道，一副严肃相。

真受够了！尽管疼痛，尽管现在痛得很厉害，克雷本夫人笑了起来：“按铃叫你？电都断了，我怎么叫你？”

“断电了？”艾格尼丝一脸惊讶，“什么时候，怎么会断电？”她伸手去按床边的铃，安静的房间丁零零地响起了铃声。“夫人，昨天晚上我离开您的房间之前，我试过按铃了。因为如果有什么不对劲的地方，我肯定会事先搬到更衣室去睡的，怎会把你一个人留在这里。”

克雷本夫人躺在那儿，什么也没说，只是用眼睛盯着她。“昨天晚上？昨天晚上我一个人在宅子里。”

艾格尼丝显得很坚定。她屈从地将手交叉在整洁的围裙前。“夫人，可能您痛得有点儿糊涂了。”她看了看医生，医生点了点头。

他说：“脚一定疼得厉害吧。”

克雷本夫人答道：“是啊。但从前天开始，就把我一个人孤零零地留在这宅子里头，暖气和电源统统都断掉了，没有什么比这更可怕了。”

那医生惊讶地看着她。艾格尼丝蜡黄的脸上有些泛红，但这种红色只会出现在面对不公的指控而愤慨不已的时候。“夫人，可是昨晚我亲自给您生了火——您看，现在还有火星子。刚才我准备再生一次，正好医生来了。”

那医生证实道：“是这样的。之前她是跪着的。”

克雷本夫人又笑了起来。一套关于她的谎言正巧妙地编造起来，但她觉得自己仍然能将它戳破。“昨晚我一个人生的火——没有其他人来做这事。”她一边对医生说一边观察她的女仆，“夜里为了加炭火，我起了两回，因为整个宅子就像坟墓一样。中央供暖肯定是从周六下午就停止工作了。”

听到这难以置信的一番话后，艾格尼丝苦笑了一下。面对这既莫名其妙但又没时间去平息的争论，这年轻医生显得很尴尬。他说他带来了X光机，但脚踝肿得厉害，所以现在还不能拍片。他请克雷本夫人原谅他的匆忙，因为除了自己的病人外，他还要给塞尔格罗夫医生的病人去看病，但他承诺晚上会再回来，到那时候再决定是否要给她拍片子，是否要给她的脚踝（他担心要）上石膏。接着，他把处方交给了艾格尼丝，然后就离开了。

这一天克雷本夫人是在发烧和痛苦中度过的。她感觉没有力气再和艾格尼丝讨论下去，也没有找其他仆人来问话。她越发昏睡，心里清楚发烧烧得她脑子糊涂。艾格尼丝和其他女仆都像往常一样用心服侍左右。晚上，医生还没上门，她的烧退了，但她下定决心，要等到塞尔格罗夫医生再来的时候，才把心事说出来。明天晚上他就会回来，新来的医生更想等他回来后再决定是否要给她脚踝上石膏——尽管他担心现在上石膏已成定局了。

【五】

那天下午，克雷本夫人打电话把我叫了过去，第二天我就来到了白门。我的表姐看上去脸色苍白、神色紧张。她只是指了指自己上了石膏的脚踝，然后感谢我来陪她。她解释说，塞尔格罗夫医生在巴尔的摩突然病倒了，这两天都不会回来，但接替他工作的年轻人看上去挺能干的。我安顿下来后，她并没有暗示什么奇怪事件，但我立马就感觉到她是受到了某种惊吓，因为不管脚踝扭得多么严重，也解释不通。

终于，有天晚上，她向我倾诉了那个奇怪周末发生的故事，因为那个故事自然而然地浮现在她异常清晰而准确无误的头脑中，那个故事就是我上面记录下来的故事。我住下几周后，她才告诉我这件事情，但她依旧待在楼上，而且不得不在床和躺椅之间消磨日子。她想了想事情的来龙去脉，尽管神秘的三十六个小时中发生的事情仍记忆犹新，但它们已经失去了让人萦绕心头的恐惧感。而且，她最后还决定不再和艾格尼丝提及此事，也不和其他仆人谈论。塞尔格罗夫医生病得不轻，而且也耽误了多日。他还没有回来的时候，就听说他病一好就会乘船去印度西部旅游，而且要到春天才会回到诺林顿继续行医。我的表姐非常清楚，塞尔格罗夫医生是唯一一个能证明在他和接替者来访之间相隔三十六小时的人。那个接替者，也就是那个害羞的、突然增加额外工作负担的年轻人，他告诉我（当我冒险和他私下谈了几句）塞尔格罗夫医生匆匆离开的时候，他得到的有关克雷本夫人的情况只是备忘录上寥寥几句："脚踝扭了。要拍 X 光片。"

我知道表姐性格专断，我很吃惊她决定不和仆人谈论已经发生的事情。可是我反复思考后，觉得她这么做有道理。仆人们依旧高效、敬业、恭敬、得体，在那个无法解释得通的插曲发生的前后，他们的表现完全一样。她依赖着他们，感觉和他们是一家人，而且她显然更愿意尽可能地把整个事情忘掉。她十分确定宅子里头发生了怪事，我也比以往任何时候都确信她是受到了某种惊吓，而脚踝的意外摔坏不足以解释这种惊吓。可是，最终我也认为无论是仆人还是那个新医生都盘问不出什么来。

那个冬天和第二年的夏天，我都经常去白门。十月初，当我返回纽约的家不准备再来的时候，我的表姐的身体和情绪还是老样子。那个夏天，塞尔格罗夫医生被派去瑞士工作了，他的归期又一次延后，这似乎让她忘记了那个奇怪的周末所发生的事情。她的生活和往常一样安宁、正常，因此我离开的时候也不再担忧什么，而且确实没把到目前为止发生快有一年的神秘事件放在心上。

后来，当我一个人住在纽约的公寓里，几乎还没有适应过来，有天夜里已经很晚了——十月的最后一天，我听到了门铃声。我的女仆晚上不在家，我一个人独住，所以我亲自去开了门。一开门，吃惊的是，我看到了萨拉·克雷本。她裹着毛皮斗篷，帽子低低地遮住了前额，脸色苍白憔悴得让我觉得她身上肯定是发生了什么可怕的事情。我气喘吁吁，也不知道自己说了什么："萨拉，这个时间你究竟是从哪里来的？"

"从白门来的。我没赶上最后一班火车，然后开车来的。"她进了门，坐在门边的长凳上。我看她几乎没法站立，于是就坐在她身旁，用臂膀搭在她身上。"老天哪，告诉我发生了什么事情。”

她看着我，就好像没有看到我一样。“我给尼克松家打了个电话，租了一辆车。开了五个小时一刻钟才到这儿。”她望了望四周。“今晚你能让我在这儿住下吗？我把行李放楼下了。”

“想住多久就住多久。但你看起来病得很严重……”

她摇摇头，低声重复道：“不，我没生病。我只是吓到了——吓死我了。”

她的声音非常奇怪，被我握着的双手十分冰凉，于是我拉她起来，直接把她带到家里那个小客房。我的公寓在一个旧式的、楼层不高的大楼里。我与这儿的人关系很融洽，不像那些住在巴别通天塔似的现代高耸建筑里的人们。我打电话下去，叫人把表姐的行李搬了上来。同时，我灌了一个热水瓶，暖了床，尽可能快地让她上了床。我从未见过她如此顺从我的安排，这比她苍白的脸色还要让我吃惊。她不是那种女人，让别人像对待婴儿一样给她宽衣安置，然后上床。但她顺从着安排，没说一句话，好像意识到自己已经走投无路了。

我给她盖上被子，抚了抚枕头，她用一种更轻的声音说道：“在这里待着好。别离开我，你会吗？——现在不要。”

我为了让她安心，说道：“我走开一会儿，不会超过一分钟——就是去给你拿杯茶。”然后她躺着不动。我离开时把门开着，这样她能听到小小的配餐室里我搅拌东西的声音穿过走廊。我给她端来茶后，她感激地吞了下去，然后脸色好了一些。我陪着她安静地坐了一会儿，终于她开口说道：“你看整整一年了……”

我本来想让她在第二天早上，再把她不得不说出来的事情告诉我。但我从她热切的眼神里看出来，她下定决心要把脑子里装满的东西给倒出来，而且只有这么做了，她才能够接受我为她做的安置。

我愚蠢地问道：“什么东西一年了？”我没有把她突如其来的到来和一年前白门发生的神秘事件联系在一起。

她吃惊地望着我，说道：“自从我看到那个女人已经一年过去了。你不记得了吗？——那个我扭伤脚踝的下午，那个走在车道上的陌生女人？当时我没想到，但我遇到她的时候正好是万灵节的前夜。”

我说，是的，我记得那事。

“呃——今天也是万灵节前夜，不是吗？我不像你那样熟悉宗教节日，但我想那天就是这个日子。”

“是的，今天是万灵节前夜。”

“我想是的……呃，今天下午我和往常一样去散步。之前我一直在写信，处理账单，很晚才开始散步，差不多黄昏才去，但晚上天高气爽。当我快进大门时，有个女人过来了——一样的女人……走向宅子。”

我按住了表姐的手，她的手已经发热烧了起来。我问道：“如果是黄昏，你能非常确定还是同一个女人吗？”

“哦，我很肯定就是，晚上看得很清楚。我认识她，她也认识我。我能看得出她遇到我非常生气。我拦住她，就像去年那样问道：‘你去哪里啊？’然后她用和之前一样奇怪的、半生不熟的口音回答说：‘就是去看看其中一个女孩。’我突然感到很生气，说道：‘你别再踏进我宅子了。听到了没？我让你离开这儿。’然后她笑了，对，她笑了起来——虽是轻轻一笑，但很明显。当时，天色已经很黑了，好像天空突然来了一阵暴风雪，所以尽管她靠我很近，我都没法看清她。我们站在车道拐弯处的毒堇丛边。我对她的无礼态度感到非常气愤，当我走上前去，她走到了一簇毒堇后边。而当我跟过去时，她不见了……的的确确，我向你发誓她不见了……我在夜色中赶回了家，心里害怕她悄悄超过我，然后先到一步。当我到了门口，奇怪的事情发生了，乌云消散了，又是清澈的黄昏。宅子里头的一切都如往常一样，仆人们都忙着干他们的活。但我没法忘记那个女人，在云层阴影下的那个女人，不知怎的已经先我一步到家了。”她停下喘了喘气，又说道，“我在大厅里停下给尼克松打电话，让他马上派辆车，找个他熟悉的人送我去纽约。后来尼克松亲自开车过来了……”

她低下头，枕在了枕头上，就像一个受惊的孩子那样看着我，说道：“尼克松很好。”

“是的，他很好。可是，他们看到你离开——我是说那些仆人们……”

“是的。呃，我上了楼，进了自己的房间后，按铃叫了艾格尼丝。她过来了，和往常一样看上去冷酷而安静。后来当我告诉她半小时之内我要去纽约——我说是因为突然有个生意上的电话——呃，这可是头一回，她那气定神闲的样子不见了。她忘了要让自己看起来是吃惊的样子，她甚至忘记要反对了——你知道艾格尼丝反对时的样子。”我看着她，虽然她很警惕，但我发现，她眼睛里隐藏着一丝解脱的样子。她只是说：‘好的，夫人。’然后问我要带什么东西。就好像我习惯在一个秋夜天黑后匆匆赶去纽约处理生意一样！不，她犯了一个错误，她没有表现出惊讶的样子——而且甚至都没问为什么我不开自己的车去。因为我看得出她很感激我这么做，感激得几乎不敢说话，生怕暴露自己，或是我会改变主意。”

说完这些话，克雷本夫人静静地躺了很久，呼吸也不那么急促了。最后，她闭上了眼睛，好像讲了这么多话后舒适了许多，然后想要睡觉。当我轻轻起身离开时，她稍稍转了一下头，喃喃自语道：“我再也不会回白门了。”然后，她完全闭上了眼睛，我看着她睡着了。

我写下了以上这些，也就是表姐告诉我的奇怪经历的记录，我希望没有漏掉什么重要的东西。关于在白门发生的一切我都能亲自保证其真实性。其余的——当然会有其余的事情——是纯粹推测，而我给出的就是这些。

我表姐的女仆艾格尼丝，来自斯凯岛[1]，而众所周知，赫布里底群岛到处都是超自然现象——要么以幽灵的形式出现，要么变成几乎更可怕的、不为人所见的看守者，居住在暴风雪夜肆虐的孤寂之地。不管怎样，我的表姐总是把艾格尼丝看作是——或许是无意识的，不管怎样是不负责任的——一种通道，通过她，面纱的另一端能够将信息传递过来，送到顺从的白门一家人那里。虽然艾格尼丝已经跟了克雷本很久，而且她身上从没发生过什么和那种未知力量亲密接触的事情，但与他们交流的力量一直都潜伏在那个女人身上，只是在等待着同族人的接触罢了。而那种接触一直是那个陌生的来访者带来的，那人就是我表姐连续两年在万灵节前夜，在通往白门的车道上碰见的那个。当然，那个日子能证实我的假说，因为我认为，即便在当今缺乏想象力的年代，一些人还记得万灵节前夜是允许死者行走的晚上——出于同样的原因，也是其他鬼魂，不管是可怜的还是恶毒的鬼魂，都可以自由出行的日子，而一年当中

---

① 苏格兰西部赫布里底群岛中最大最北部的岛屿。——译者注

其他日子他们都得受到约束，不能打扰大地的生息。

如果这个日子发生的事情重复发生，不仅仅是巧合的话——我个人认为不是巧合——那么我觉得两次走在通向白门车道上的女人，要么是个幽灵，要么很可能是其他什么，或者更恐怖的，是一个被女巫附体的活人。众所周知的巫术历史不乏这些例子，那样的送信人肯定是被掌控某些事情的力量派遣过来的，过来召唤艾格尼丝和她的仆人同伴们一起去邻近的荒僻之所参加午夜的“女巫大聚会”。如果一个人想要了解女巫大聚会上发生了什么，了解为什么她们会在胆小的、迷信的人身上施展无法抵抗的魔力，那么只需要集中精力去读读文学作品，因为大量作品都描写过这些神秘的仪式。任何人——之前对参加女巫大聚会一点都不感兴趣的任何人，明显很快就会发现，好奇心变成了欲望，欲望变成了无法控制的渴求，而一旦机会自己送上门来，所有拘束感都会分崩离析，因为对于那些曾经参加过女巫大聚会的人来说，他们动天撼地也都要再次参加。

这就是我的——推测性的——有关白门发生的奇异事件的解释。我表姐一直说自己无法想象，只可能发生在荒凉的赫布里底群岛上的事情会发生在宜居的、人口密集的康涅狄格山谷之中。但如果她不相信，至少她感到害怕——这种道德悖论不是不常见，尽管她坚持说，肯定会有某种自然解释，能够说通那个神秘事件，但她也从未回过头去再做调查。

每当我提到回白门的话题时，她都有些颤抖地说道：“不，不，我不想再冒险看到那个女人了……”后来，她再也没有回去过。

（汉译：黄橙）

食腐肉的乌鸦

［英］托马斯·洛弗尔·贝多斯

老亚当，食腐肉的乌鸦，
开罗的老乌鸦；
它坐在瓢泼大雨中，任凭雨水
在尾巴下和羽冠上流淌；
雨水湿透了
每一根羽毛；
鸟窝下方的树枝在摇晃，
因为它嘴巴里满是大块的腐肉。
风儿停了吗？哦，没有停。
只是两个魔鬼
在魅惑的月光下，
对着凶手的骨骸吹来吹去。

嗬，夏娃，我灰羽毛的妻子，

我们吸完了国王的骨髓，

还有哪里可以喝，可以寻欢作乐？

克娄巴特拉[1]的头颅是我们的窝，

它已经四分五裂，

它已经破烂不堪，

但那蓝蓝的眼睛噙满了泪水：

我们来喝吧，我的丈夫，开罗的老鸦。

风儿停了吗？哦，没有停。

只是两个魔鬼

在魅惑的月光下，

对着凶手的骨骸吹来吹去。

（汉译：戎林海）

---

① 克娄巴特拉（公元前69—公元前30），埃及女王，貌美无比，曾为恺撒大帝的情妇，后以毒蛇自杀。——译者注

獾

[英] 约翰·克莱尔

子夜时分，一群人和狗

外出追踪那只獾一直追到了它的巢穴，

他们用一个口袋封住洞口，

伏在那儿等，直到咕咕的老獾从此经过。

老獾上前听了听——人们将最强壮的狗放了出去。

老狐狸听到了撕打声，甩下叼着的鹅就跑。

偷猎人开弓射完了箭便匆匆离去，

受伤的老兔子嘤嘤地跑过。

人们用有叉的树枝将老獾摁住，

猎狗一拥而上将它拖回了镇子。

狗群整天逗着它玩，叫闹声吓跑了蹦跶的野猪。

老獾一路奔跑，见啥就咬。

人啊狗啊嗬嗬地叫着，在闹哄哄的街道上奔跑。

老獾回过头看了看大声地吼叫，

将那些吵闹的家伙赶回了家。

它们走到哪儿，哪儿就有人投掷石块，

獾打斗时，人人都是它的敌人。

人们吆喝着狗进去参加打斗，

老獾将狗一一赶跑。

尽管老獾只有狗的一半大小，又不爱争斗，

但它与狗群打斗了几个时辰，并将它们打败。

打斗中最凶猛的大獒

躺在地上，舔着自己的爪子，悻悻地走开了，

斗牛犬自知不是它的对手，吓得浑身发抖。

老獾狞笑着，坚守阵地不离开。

它对着人群和狗群冲击，穷追不舍，

对他们猛咬——那醉汉骂骂咧咧，摇摇晃晃走开了。

受惊的妇女抱着孩子就逃，

恶棍狂笑着，怂恿打斗继续进行，

老獾企图跑向森林——无计可施的选择，

但无数的棍棒在追打它，它跑不掉了。

它又一次回过头，对着喧闹的人群和狗群冲击，

在激烈的撕打中它打败了不少狗。

它冲散了狗群，将每一只狗打败，

后来人们将所有猎狗放出扑在它身上。

它倒下了，好像是死了，大人小孩都用脚去踢它。

它又一次站了起来，狂笑着，对着人群便冲。

人们踢它，撕打它，直到它趴下，

它躺着，不再争斗，叽咕着，呻吟着，死了。

（汉译：戎佩珏）

鹰

［英］阿尔弗雷德·丁尼生

它用卷曲的爪子紧抓着险崖，
靠近那茫茫荒野上空的太阳，
它伫立在那蔚蓝世界的中央。

有皱纹的大海爬行在它下方，
它从山崖峭壁上不断地观望，
像一道雷电它突然从天而降。

（汉译：戎林海）

玛丽安娜

［英］阿尔弗雷德·丁尼生

绿得发黑的厚厚的苔藓
将整个花床全都覆盖，
梨树由绳子系在山墙上，
墙上的铁钉生锈而掉下。
破落的棚屋怪异又凄凉：
没拉好的门闩叮当作响，
破旧的茅屋长满了野草，
在围有水沟的农庄上。
她只是说："我的生活真凄凉，
他不来了，"她说道，
她说道，"我厌倦了，很厌倦，
我情愿去死掉！"

每到夜晚下露水她就泪流满面，
眼泪要流到第二天清晨露水干；
无论早晨还是晚上，
她都看不到蓝天白云。
等到蝙蝠翩翩飞舞时，
等到天空一片漆黑时，
她才将窗帘拉到一边，
瞥一下外面那朦胧的低洼地。
她只是说："夜晚真是凄凉，
他不来了，"她说道，
她说道，"我厌倦了，很厌倦，
我情愿去死掉！"

每到午夜时分，
未眠的她听到了夜啼鸟的叫声；
在黎明一小时前公鸡就啼鸣报晓，
黑暗沼泽地里的牛也哞哞地叫着
向她走来：想要变化是没有希望了，

睡梦中她似乎在那围有水沟的
孤零零的农庄四周独自徘徊，
直到阵阵冷风吹醒了那灰暗的黎明。
她只是说：“白天真是凄凉，
他不来了，”她说道，
她说道，“我厌倦了，很厌倦，
我情愿去死掉！”

离墙一箭之遥的地方，
泄水道里的水污黑发臭，
水面上漂着淌来的苔藓，
小小的、圆圆的，数也数不清。
水沟旁有一棵银灰色白杨树，
它不停地摇晃，树身上布满了节瘤；
在这灰蒙蒙但又平坦的荒野上，
方圆几十里只有这棵白杨树。
她只是说：“我的生活真凄凉，
他不来了，”她说道，

她说道，“我厌倦了，很厌倦，
我情愿去死掉！”

每当月亮低垂时，
风儿就会呼啸着吹过，
透过来回摆动的白色窗帘，
她看到大风中晃动的树影。
一旦月亮低垂西下，
狂野的风儿就被关进了洞穴之中，
白杨树的树影
落在她的床上，映在她的眉宇间。
她只是说：“夜晚真是凄凉，
他不来了，”她说道，
她说道，“我厌倦了，很厌倦，
我情愿去死掉！”

这房子整天都是朦朦胧胧，
门在铰链上吱吱嘎嘎地响着；

绿头苍蝇在窗外嗡嗡地叫着；
老鼠在发霉的护墙板后面叽叽地叫着，
抑或从墙板缝隙中东张西望。
熟悉的面孔从门口一闪而过，
熟悉的脚步在楼上走过，
熟悉的声音在外面喊着她的名字。
她只是说："我的生活真是凄凉，
他不来了，"她说道，
她说道，"我厌倦了，很厌倦，
我情愿去死掉！"

麻雀在房顶上叽叽喳喳，
时钟慢悠悠地滴滴答答，
风儿追着白杨树，好像是在求爱，
而白杨树则发出冷冷的回声，
这种声音使她大为惶惑；
但令她最讨厌的是那
灰蒙蒙的阳光照进她房间的时光，

夕阳西下，白天即将过去。

这时她说道："我真是凄凉，

他不来了，"她说道，

她哭着说道，"我厌倦了，很厌倦，

上帝呀，我情愿去死掉！"

（汉译：戎林海）

北海巨妖

［英］阿尔弗雷德·丁尼生

在苍穹尽头那万钧雷霆之下，
在深邃的大海那最深的地方，
北海巨妖熟睡着，亘古至今，
无梦又无扰；微弱的阳光
偷偷地溜到它幽暗的身旁，
千年的大海绵就在它上方；
透过那微弱而幽暗的光亮，
从许多奇异而神秘的洞穴
无数巨大的东西涌出，呈息肉状，
它们振动着庞大的鳍来唤醒这绿怪。
它睡在那儿几千年了，它还要睡下去，
一边吃着硕大的海虫而自肥。
待到末日的烈火将海水烧烫，

它才会咆哮着从海底升腾到海面而死亡，

这也是人和神唯一一次看见它的模样。

（汉译：戎林海）

戴维森的眼睛

［英］赫伯特·乔治·韦尔斯

【一】

西德尼·戴维森会在短时间内发生精神错乱，本来这就够反常了，但若是韦德的解释能令人信服，这错乱就更离奇了。这错乱还让人幻想，我们将来有可能以最为古怪的方式相互交流，有可能利用多出的五分钟时间在世界的另一边待上一会儿，或者，有可能我们在做极其隐秘之事时，正不知不觉地被他人的眼睛监视着。碰巧，我亲眼看到了戴维森发病的样子，所以，自然由我把这个故事写下来。

我说我亲眼看到了戴维森发病的样子，意思是我是第一个赶到现场的人。事情发生在哈洛技术学院，学院就在海格特拱道后面。事发当时，他正独自待在那间较大的实验室里。我正在那间安放着天平的、较小的实验室里整理笔记。当然，雷暴完全扰乱了我的工作。声音越来越大，一记响声之后，我觉得我听到另一个房间传来玻璃打碎的声音。我停下笔，转身去听。有一会儿，我什么也没有听到。冰雹落在屋顶的波纹锌板上，那声音就像魔鬼笃笃笃地敲击不停。接着，传来另一个声音，玻璃打碎的声音——这回是千真万确的了。一个什么重物被从长凳上打了下去。我立马跳起来，冲了出去，打开了通向那间大型实验室的门。

惊奇的是，我听到了一种奇怪的笑声，而且看到戴维森摇摇晃晃地站在屋子中间，看上去有些晕眩。我第一个反应是他喝醉了。他没有注意到我。他正用手在他面前一码远的地方挖东西，但又看不见那东西是什么。他伸出手去，慢慢吞吞、相当犹豫，可什么也没抓着。“它怎么了？”他说道。他用双手捂住了脸，十指张开。“伟大的斯科特！[①]”他说道。这事发生在三四年前，那

① 原文为英文俚语“Great Scott!” Scott 是指温菲尔德·斯科特，美国将领，在墨西哥战争（1846—1848）中曾指挥美国人入侵墨西哥。他认为自己是有史以来最伟大的总统候选人，但其政敌取笑他为“伟大的斯科特”。该句型后来被用来表示惊讶。——译者注

时，大家表达惊讶之情都是这样说话的。然后，他开始笨拙地把脚抬起来，好像他已料到双脚粘到了地板上似的。

“戴维森！”我叫道，“你怎么了？”他朝我这边转过来，到处张望着寻找我。他从头到脚打量了我一番，又看看我的左边和右边，却一点都没表现出看见我的样子。“海浪，”他说道，“还有一艘特别棒的纵帆船。我敢发誓，那是贝洛斯的声音。喂！”突然，他用尽全力，扯着嗓子叫喊起来。

我以为他在干蠢事。后来，我发现他的脚下乱七八糟的都是我们实验室最好的静电计碎片。“老兄，发生了什么事？”我说道，“你把静电计都打碎了！”

“又是贝洛斯！”他说，“朋友们离开了，如果我的双手不复存在。有关静电计的事？贝洛斯，你在哪个方向？”突然，他蹒跚着向我走来。“这鬼东西切起来像黄油一样。”他说道，径直朝那长椅走去，又退了回来。“一点也不像黄油！”他说，虽站立着，身子却晃来晃去。

我吓坏了。“戴维森，”我说，“你到底是怎么了？”

他把周围的每一个方向都看了一遍。“我敢发誓刚才是贝洛斯。贝洛斯，你为什么不敢像个男子汉一样亮亮相？”

我猛地意识到，他肯定是突然间被弄瞎了。我绕过桌子，把手搭在他的一只胳膊上。迄今为止，我还没见过哪个人被吓成这个样子。他跳开了，不让我触碰，接着转过身，摆出一副自我防御的架势，那张脸害怕得都已经走了样。“上帝啊！”他叫道，“刚才那是什么东西？”

“是我——贝洛斯。戴维森，别发神经了！”

我回应他的时候，他跳了起来，盯着我看——怎么形容他的样子呢？——感觉要把我看穿似的。他开始讲话，但不是对我说，而是自言自语。“现在光天化日，海滩空空如也。毫无藏身之处。”他拼命环顾四周。“这儿，我出发了。”猛地，他转过身，一头扎向那块巨大的电磁铁——动作太猛了，后来我们才发现，他的肩膀和下巴都伤得很严重。接下来，他后退了一步，几乎是抽搭着喊道：“老天爷啊，我这是怎么了？”他站在那儿，脸色怵得发白，身子抖得剧烈，右胳膊死死地抱着左胳膊，也就是刚才撞到电磁铁的那个地方。

那时候，我着实又惊又怕。“戴维森，”我说，“别害怕。”

听见我的声音，他吓了一跳，但不像上次那样吓得厉害。我竭尽全力用一种清晰而坚定的语气重复了一遍刚才的话。“贝洛斯，”他问道，“是你吗？”

“难道你看不见是我吗？”

他笑了笑。“我连自己都看不见。我们究竟是在哪里？”

“这儿呀，”我说，“在实验室里。”

“实验室！”他迷惑地回答道，然后把一只手搭到前额上。“闪电之前，我刚才都是在实验室，但是如果我现在还在那儿，我就不得好死。那是什么船？”

“那里没有船。”我说，“老兄，清醒一点。”

“没有船！”他重复了一遍，似乎立马忘掉了我刚才的否定之词。“我觉得，”他慢条斯理地说，“咱俩都死了。但古怪的是，我感觉还有个身体存在着。我估计，是还没有适应过来。我猜想，那家老店大概是被雷劈了。真是一眨眼的工夫，贝洛斯，对吧？”

“别胡说八道。你活得好好的。你现在在实验室里，跌跌撞撞地走来走去。刚才你打碎了一个新的静电计。等博伊斯来我是不会眼红你的。”

他的视线从我身上移开，转向了那幅冰盐示意图。“我肯定是耳朵聋了，”他说，“他们开了一炮，因为那里冒出来一股烟，可我什么也没听到。”

我再一次把手搭到他的胳膊上，这回，他没有那么警惕了。“我们好像拥有一种肉眼看不见的身体。”他说，“天哪！有艘船从海岬那边绕过来了。毕竟，这很像过去的日子——只是气候不同。”

我晃了晃他的胳膊。“戴维森，”我喊道，“醒一醒！”

【二】

就在这时，博伊斯走了进来。他刚一开口，戴维森就喊道：“博伊斯老兄！也死了！真有意思！”我连忙解释，戴维森现在状态恍惚，像是梦游一样。博伊斯立马提起了兴趣。我俩一起绞尽脑汁，想让这家伙从这咄咄怪事中回过神来。他回答了我们的问题，还问了我们一些问题，但他似乎在走神，被一片海滩和一艘船的幻觉吸引着。他不停地插嘴，说他看见了某艘船和一根根吊杆，还有鼓满风的一张张帆。在昏暗的实验室里，听他说着这些事情，感觉怪怪的。

他眼睛瞎了，不能自理。我俩只好一人搀一只胳膊，领着他顺着通道朝博伊斯的私人房间走去。博伊斯陪着他在那儿说话，顺着他的意思谈论那艘船，我则沿着走廊去喊老韦德过来看他。听到我们院长的声音，他好了一些，但还不是十分清醒。他问他的手在哪里，为什么他走来走去，下半截身子埋在地里。韦德对着他想了半天——你知道他那种皱眉的样子——然后，他领着他的手摸到了那张长沙发。“这是一张长沙发，”韦德说，“这是博伊斯教授私人房间里的长沙发。里面填的是马毛。”

戴维森摸索着，努力思考着，没过多久便回应说他能摸得出来，但就是看不见。

“你现在看见了什么？”韦德问他。戴维森说自己什么都没看到，除了一大堆沙子和破碎的贝壳。韦德又让他去摸一些其他东西，一边告诉他东西的名称，一边仔细地观察着他。

“船远得只看得见桅杆了。”过了一会儿，戴维森突然没头没脑地说道。

“不要去想那艘船了，”韦德说，“戴维森，听我说。

你知道幻觉是什么意思吗？”

“当然。”戴维森说。

“那么，你看到的每一样东西都是你的幻觉。”

“天哪。”戴维森说。

“不要误解我的意思，”韦德说，“你还活着，就在博伊斯的房间里。但是你的眼睛出了点问题。你看不见东西。你能感觉东西，能听到东西，可看不见东西。你能听懂我的话吗？”

“我觉得，我能看到的东西太多了。”戴维森用指关节揉了揉眼睛。“就这样？”他说道。

“就这样。别为这事儿犯难。让贝洛斯在这儿待着，我叫辆出租车，带你一起回家。”

“等一会儿。”戴维森思忖着。“帮我一把，让我坐下来，”过了一会儿，他说道，“现在——不好意思，给你添麻烦了——你能把那些全都给我再说一遍吗？”

韦德非常耐心地又说了一遍。戴维森闭上双眼，两只手紧按着额头。“是的，”他说道，“确实是这么回事。现在我两只眼睛都闭上了，我知道你说的是对的。是你，贝洛斯，你就坐在长沙发上，在我的旁边。我又回到英格兰。我们身处一片漆黑。”

接着，他睁开了双眼。“那里，”他说，“有刚升起的太阳，有船坞，有波涛滚滚的大海，有飞翔的鸟儿。我从来没有见过如此真切的东西。我坐在一片沙滩上，沙子埋到了我脖子那里。”

他俯下身，双手捂住了脸。然后，又睁开了眼。“黑色的大海，还有日出！可我却正坐在老博伊斯房间的沙发上！……上帝救救我吧！”

【三】

事情就是这样开始的。连续三个星期，戴维斯奇怪的眼病没有一点好转。这比眼瞎都要难受很多。他完全不能自理，不得不像一只刚刚孵化出的小鸟一样，由人喂养，由人带路，由人穿戴。假如他尝试着走动，结果就被绊倒在地，或是撞到墙上或门上。一两天后，他习惯了只听到我们的声音而看不见我们的人，也愿意承认自己是在家里，承认韦德对他说的话都是正确的。我妹妹坚持要来看望他，他俩之前已经订了婚，她每天一坐就是几个小时，听他说他的这片海滩。他抓着妹妹的手，仿佛得到了极大的慰藉。他解释说，当我们离开学院开车回家时——他家住在亨姆斯蒂德村——他感觉我们好像是在驾车穿越一座沙丘。在它冒出来之前，周围都是黑漆漆的一片，我们还驾着车穿越岩石、树林和坚硬的障碍物。当他被带回自己的房间时，感到头晕目眩，他害怕摔倒，害怕得几乎要发狂，因为他上楼时，感觉好像是在将他往上提，提到离岩石三四十英尺的高度，那片岩石就在他幻想中的岛屿上。他不停说自己会把所有鸟蛋都砸碎。结果，他不得不被人带到他父亲的诊察室去，并安置在那儿的一张长沙发上。

他描述说，这个岛屿基本上属于荒凉的地方，岛上几乎没有什么植被，尽是一些泥炭似的东西和许多裸露的岩石。岛上有一大群企鹅，企鹅让岩石看上去一片斑白，样子十分难看。大海常常汹涌澎湃，有一回雷暴，他就躺在地上，对着无声的闪电大喊大叫。有一两次，一些海豹爬到了海滩上，但只是在头两三天发生过这种情况。他说，企鹅摇摇晃晃从他身边走过的样子非常有趣，他还说，自己是如何看起来像是躺在它们中间，不去干扰它们的。

我想起了一件非常奇怪的事，那就是他特别想抽烟的时候。我们把一支烟斗放到他手里——他的眼睛瞪着烟斗，几乎都要掉出来了——然后他点着了烟。但他什么味道都抽不出。后来，我发现我也是这样——我不知道通常情况是不是就是这样——除非我看到烟冒出来，否则我就无法享受抽烟的乐趣。

韦德让他坐在巴思[①]椅上，推他出去透透气，这时，他幻象中最奇怪的部分出现了。戴维森家里租了个轮椅，让他们的仆人，也就是脾气倔强的聋子威杰里来照料他。说起有益健康的外出活动，威杰里的想法非常特别。我妹妹刚去过“狗狗之家”，回来的路上在卡姆登镇碰到了他们，他们正往国王十字方向走去，威杰里自鸣得意地沿途小跑，而戴维森明显是难受得要命，他正虚弱无力地用一种瞎子的方式引起威杰里的注意。

我妹妹跟他说话时，他着实哭了起来。“哦，让我从这可恶的黑暗中解脱出来吧！”他边说边去摸索她的

① 一种轮椅，供病人或伤残人使用，有的带有篷盖或玻璃罩。——译者注

手，“我必须解脱，否则我会死掉的。”他已经完全解释不清是怎么一回事，但我妹妹拿定主意：他必须回家去。不一会儿，他们上了山，朝着亨普斯特德的方向走去，恐惧感好像从他身上消失不见了。他说，重新看到星星的感觉真好，尽管当时大约是中午的光景，烈日当头。

“我好像，”他后来对我说，“正被人送往海边，那过程无法抗拒。一开始，我不是很害怕。当然，那里当时是晚上——一个令人愉快的夜晚。”

“这么肯定？”我问道，因为这让我非常奇怪。

“当然，”他说，“这儿是白天的时候那儿总是晚上……对了，我们直接走进海水中，海面风平浪静，在月光下闪闪发光。我往下走的时候，刚好过来一个大浪，那浪似乎越变越宽，越变越平。海面像皮肤一样发光——海面以下可能是空的，和我所说的完全相反。缓缓地，水没到了我的眼睛，因为我是斜着身子漂在水上的。接着，我沉了下去，眼睛周围的皮肤好像要裂开，后来又合拢了。月亮在空中跳跃了一下，变成了绿色，接着颜色又暗沉下去。鱼闪着微光，在我身边嗖嗖地游来游去——还有一些好像是亮晶晶的玻璃做的东西也围着我。我漂过一片油光发亮的海草。我就这样向海底漂去，星星也一颗一颗地消失了，月亮越变越绿，越变越暗，海草变成了发光的紫红色。一切都模糊不清，神秘兮兮的，而且每一样东西都在颤抖。整个过程，我都能听到轮椅嘎吱嘎吱的响声、行人从身边走过的脚步声、还有人在远处兜售特价波迈牌香烟的叫卖声。

“我在水里越沉越深。周遭漆黑一片，海面上没有一丝光能穿透这黑暗，那些发着磷光的东西越来越亮了。长在更深处的水草蛇形般弯曲着，好似酒精灯的火焰一样闪闪烁烁。但是，过了一会儿，水草不见了。各种各样的鱼都游过来，它们目瞪口呆地凝视着我，游进我身体里，然后又游出去，我以前从来不知道还有这种鱼。那些鱼的两边都有一排发光体，样子就像是用磷光笔画出来似的。有一种东西向后倒着游，样子让人毛骨悚然，身上还长着交织在一起的胳膊。后来，我发现有一团模糊的光穿过黑暗，慢慢地朝我这边照过来，光团越来越近，渐渐散成了许许多多条鱼儿，它们围在一个漂游着的东西周围，吃力地窜来窜去。我径直朝那个东西游去，不一会儿，借着鱼群身上发出的光亮，在一片糟乱之中有一块桅杆的碎片赫然耸立在我上方，一个黑色的船体倾斜着，还有一些闪着磷光的各种形状的东西被鱼咬得扭来晃去。然后，我就开始试图吸引威杰里的注意。我很害怕。唉！我本来是要直接卷进那些被吃了半截子的东西里去的！要是你妹妹没来的话！它们身上有好大的洞，贝洛斯，还有……没事，不要紧。但那确实让人毛骨悚然。”

【四】

一连三个星期，戴维森都是这种奇怪的状态，在那时的我们看来，他看见的世界是一个幻影世界，他对周围的一切完全视而不见。后来有个星期二，我去看他，在走廊里碰见了他的父亲。“他能看见他的大拇指了！”这位老绅士欣喜若狂地说道。他正在费劲地穿大衣。“贝洛斯，他能看见他的大拇指了！”他说话的时候，眼睛里噙满了泪水。“这小子会好起来的。”

我冲进去看戴维斯。他正捧着一本小书，书凑在面前，眼睛看着书，他淡淡地笑了笑。

“很奇怪，”他说，“那里出现了一小块地方。”他用手指了指。“我跟往常一样在岩石上，企鹅也跟往常一样摇摇晃晃、拍打着翅膀，偶尔出现一头鲸，但现在天太黑了，我看不清楚它的样子。放点东西在那儿，我看得见它了——我确实看见了。它模糊不清，有些地方是不完整的，但我还是能看得见它，它像个模糊的幽灵。我是在今天早上，他们给我穿衣服的时候发现它的。它像是这可恶的幻觉世界的一个洞。你把手放到我手这边来。不——不是那儿。啊！我看见了！你的大拇指根部，还有一点点袖口！你的手仿佛幽灵似的，从渐渐暗下去的天空中伸出来。就在手旁边，出现了一群星星，像十字架一样。”

打那以后，戴维森的情况开始好转。他描述转变的样子，就像描述自己的视觉一样令人惊奇地信服。事实上，在他视野之上的一些区域，那个幻觉世界变得越来越模糊，越来越透明，透过这些半明半暗的豁口，他开始隐隐约约地看见周遭的真实世界。这些区域越来越大，越来越多，连在一起，展成一片，最终他的眼睛只剩下各处的几个盲点了。他可以自己起床、自己走来走去，自己又能吃饭了，又能像一个正常人那样读书、抽烟、生活了。一开始，他非常困惑，因为这样的两幅画面老是重叠在一起，像灯笼一样不断变化视野，但没过多久，他便可以分清哪个是真实世界，哪个是幻影世界了。

刚开始，他打心底觉得高兴，而且好像过于心急了，急着想通过锻炼和服用补药来治好眼睛。可是，当那个奇怪的小岛逐渐从他视线里消失时，他又非常奇怪地对它产生了兴趣。他特别想再下一回深海，于是愿意把自己一半的时间都花在伦敦的低洼地区，在那里到处闲逛，试图找到他曾经见过的那条灌满水的、漂浮不定的船只残骸。真实世界里炫目的日光很快给他留下了强烈的印象，也由此将他幽暗世界的记忆一驱而散。但到了夜晚，待在一个漆黑的房间，他还是能够看到岛上那些带有白斑的岩石，还有那些笨拙的企鹅摇摇晃晃地走来走去。不过，这些也变得越来越模糊，最终，他最后一次见到这些东西是跟我妹妹婚后不久。

【五】

现在来说说所有事情中最为离奇的那件。在他大约已经病愈两年后的一天，我与戴维森夫妇一起用餐。晚餐过后，有一个名叫阿特金斯的人顺道过来拜访。他是皇家海军的一名上尉军官，人很和善，也非常健谈。他和我妹夫关系很好，很快我们之间也处得不错。后来才知道，他已经和戴维森的表妹订了婚，他偶然间拿出来一个袖珍相片盒，要我们看看他未婚妻新拍的相片。“顺便提一句，”他说，“这是老‘暴风鹱号’船。”

戴维森漫不经心地看了一眼。突然，他眼睛一亮。“天哪！”他说，“我几乎敢发誓……”

“发什么誓？”阿特金斯问道。

“我见过这艘船。”

“想不明白你怎么会见过。这艘船已经有六年没有出过南海了，而且在那之前……”

“但是，”戴维森接着说，“没错——这就是我梦到的那艘船。我敢肯定这就是我梦到的那艘。当时它停靠在一个小岛，岛上挤满了企鹅，而且它还开了一炮。”

“我的天哪！”阿特金斯说。他现在已经听说了戴维森发病时的种种细节。“你到底是怎么梦到那些东西的？”

接下来，我们一点一点地知晓了事情的原委：在戴维森发病的那一天，英国皇家海军舰艇“暴风雘号”确实停泊在安蒂波迪斯群岛[1]以南的一块小礁石旁。夜间，船员们下放了一条小船，准备登岛去捡企鹅蛋，后来耽搁了时间，而且又出现了雷暴，大家只好等到天亮再回到大船上去。阿特金斯就是这些船员中的其中一位，他逐字逐句地证实了戴维森对小岛和小船的那番描述。我们谁都没有产生丝毫怀疑，我们认为戴维森确实是看到过那个地方。无法理解的是，当他在伦敦四处移动时，他的视觉也相应地在移动，是在遥远的岛上四处移动。这是怎么一回事，完全还是个未解之谜。

到此戴维森眼睛的离奇故事就全部讲完了。能真切地看到远程之物，这恐怕是现有的最为真实的例子了。

---

① 南太平洋新西兰的外围群岛，无常年定居人口。——译者注

除了韦德教授给出的解释外，后来再没有别的什么解释。但他的解释援引了第四维度的概念，以及一篇关于空间理论形式的专题论述。对我而言，说什么存在“空间扭结”只不过是一派胡言，这或许是因为我并不是数学家的缘故。我说，那地方在八千英里之外这一事实是不会有任何改变的，这时，他回答道，两个点在一张纸上是可能只有一码之遥的，而且把纸折起来的话，这两个点就会重合在一起。读者或许能听懂他的解释，可我肯定听不懂。他的意思好像是说，戴维森当时正处于巨大的电磁体的两极之间，他做了一个弯腰的动作，由于闪电使力场突然发生改变，他的视网膜组织也就遭到了离奇的扭曲。

由此他认为，一个人的视觉有可能存在于世界的一个地方，而身体却处在另一个地方。他甚至还做了一些实验来证明自己的观点。但到目前为止，他只是成功地弄瞎了几条狗而已。我相信，这就是他忙活出来的最终结果，尽管我有几周没有见到他了。最近，我一直忙着圣潘克拉斯站的安装工作，没有机会去拜访他。但他的整个理论在我看来荒诞不经。不过，有关戴维森的事实却完全是另外一回事情，我可以亲自证明，我所说的每个细节都精准无误。

（汉译：黄橙）

鼻子

［俄］尼古莱·果戈理

【一】

三月二十五日，彼得堡发生了一件闻所未闻的怪事。住在沃兹涅仙大街上的理发匠伊凡·雅可夫列维奇（他的姓氏已无从查考，理发店的标牌上也没有其他说明，只是画着一个双颊涂满了肥皂泡的绅士，还有一行字写着“兼营放血”），早早地醒过来，闻到一股热烘烘的面包香味。他在床上抬起身，看到爱喝咖啡、身形壮硕的老伴，正忙着从烤箱里取出几条烤好的面包。

“普拉斯科芙娅·奥西波芙娜，今天我不喝咖啡了，”伊凡·雅可夫列维奇说，“我就吃些热面包加洋葱吧。”（其实，伊凡·雅可夫列维奇两样都想要，不过他心里清楚，一次要想吃两样东西是根本行不通的，因为在普拉斯科芙娅·奥西波芙娜眼里，这种任性的行为她很看不惯。“就让这傻瓜吃面包吧，这样我就可以喝两杯咖啡了，还是挺不错的。”他的妻子暗忖道。然后，将一条面包甩到桌上。

为了看起来体面点儿，伊凡·雅可夫列维奇在衬衫外面套上一件燕尾服，在餐桌边坐下，朝两个洋葱上撒上盐，拿起刀，一副正儿八经的样子开始动手切面包。面包被切成两半，他往中间一瞧，里面居然有块发白的玩意儿，不由得大吃一惊。他用手中的小刀小心翼翼地掏了一下，又用手指头摸了摸，自言自语道：“硬硬的，究竟是什么东西呢？”

他用手指头一下把那玩意儿抠了出来——居然是一只鼻子！……伊凡·雅可夫列维奇吓得手一松，然后使劲揉了揉眼睛，再摸了一下：真是只鼻子，一点没错，就是鼻子！而且，看上去还有点面熟。伊凡·雅可夫列维奇一脸惊恐。不过，跟他老伴的满腔怒火相比，这万分惊恐显然不是个事。

“你个畜生，从哪儿割下的这个鼻子？”她怒气冲冲地大叫道，“骗子！醉鬼！我会亲自去警局告发你。

十足的无赖！曾有三个人跑到我这告状说你给他们刮胡子的时候，老是揪着他们的鼻子，差点把它们揪下来。”

伊凡·雅可夫列维奇已经吓得半死不活了，不过，他想起来，这只鼻子不是别人的，而是法庭参审员[①]柯瓦廖夫的鼻子，因为自己每周三和周天给他刮胡子。“打住打住，普拉斯科芙娅·奥西波芙娜！我用块破布把鼻子包起来，先在墙角里放一会儿，然后把它还回去就好了。”

“别再说了，你以为我会让这个没主的鼻子待在我房子里！……你个没皮没血的老家伙！只知道在磨刀布上把剃刀磨来磨去，我敢肯定，很快你根本就干不来你那老本行了。你这游手好闲、一无是处的家伙！还指望我会在警察面前替你开脱？……哼，你这邋遢鬼，榆木脑袋！拿走！快拿走！随便拿到哪儿去！别让我再看见那鼻子！”

伊凡·雅可夫列维奇呆呆地站在那里，完全愣住了。他想来想去也想不出个究竟。终于，他挠着自己的耳朵根，说了句：“鬼才知道，这是怎么回事。”“昨晚，

① 俄国彼得一世时的文职头衔。——译者注

我是喝醉了回家的还是怎么了，现在真的无从知道。可是从所有迹象来看，这种事真是闻所未闻、见所未见的呀：面包是烤出来的，鼻子可不一样，不能烤出来呀。这真是摸不着头脑了。”伊凡·雅可夫列维奇陷入了沉思。一想到警察可能会上门找鼻子，然后怪罪到他，就吓得浑身无力。眼前仿佛走来了穿着银线刺绣的红领制服、拿着军刀的警察，他浑身抖个不停。最后，他拿起半长裤和长筒靴，胡乱地套上身，在普拉斯科芙娅·奥西波芙娜的一片难听的责骂声中，用块破布包好鼻子，出门来到了街上。

他打算把鼻子扔到一个没人看得到的地方，塞到大门底下，要不就装着无意中掉地上，然后拐进辅街溜掉。可是，倒霉就是倒霉，他一个劲地碰到熟人，而且每个人见到就问：“上哪儿去呀？”要不就是“这么早去给谁刮胡子呀？”所以，伊凡·雅可夫列维奇一直找不到合适的时机。有一次，他都已经把鼻子扔地上了，可是一个卫兵却在老远的地方用戟指着它，还说道：“你东西掉了，快捡起来！”于是，伊凡·雅可夫列维奇只好捡起鼻子装进口袋。他绝望至极，尤其看到街边商店和小铺接二连三地开门，街上行人也越来越多了。

他打定主意走到圣艾萨克大桥去，希望从那里把它扔到涅瓦河里……不过，非常抱歉，到现在我还没介绍过伊凡・雅可夫列维奇，一位多方面值得尊敬的正派人。

像所有典型的俄国手艺人一样，伊凡・雅可夫列维奇嗜酒如命，无药可救。虽然每天他都给别人刮胡子，可是他自己的胡子从来不刮。经常穿着的黑色燕尾服（他从不穿其他款式的衣服）上到处是斑斑点点，棕的、黄的、灰的；衣领油光锃亮，上面三粒纽扣只剩一粒挂在线头上。伊凡・雅可夫列维奇是个大刺头，给法庭参审员柯瓦廖夫刮脸时，柯瓦廖夫说："伊凡・雅可夫列维奇，你手上总有股难闻的味儿！"这时，他就会反问道："究竟是什么让它有股难闻的味儿呢？"法庭参审员答道："我不知道，伙计，但是味道确实难闻。"于是，伊凡・雅可夫列维奇就会抓起一撮鼻烟，像抹肥皂泡沫一样抹在他的双颊上、鼻子底下、耳根后和胡子底下——实际上，反正他想抹哪儿就抹哪儿。

现在这位值得尊敬的市民来到了圣艾萨克大桥。首先，他四下张望了一下，然后向防护栏处俯下身，装出一副正在数河里游来游去的鱼的样子，随即偷偷地把包着鼻子的破布包扔了下去。他如释重负，一身轻松。脸上确实乐开了花。他没有去给政府职员们刮脸，而是走向了一家挂着“茶点小吃”招牌的铺子，要了一杯潘趣酒，突然，他看见桥头有位警探——仪表堂堂，满脸络腮胡，头戴三角尖帽，身上挎着把剑。他浑身发冷，就在这时，那人招手叫他：“伙计，到这边来！”

伊凡·雅可夫列维奇知道礼节，远远地就脱下帽子，上前说道：“大人，愿您身体健康！”

“不，不，老兄，我不是什么大人。你倒说说，刚才站在桥上，干什么呢？”

“大人，以我的灵魂发誓，我正在赶往客人那里给他们刮胡子，只是顺便看了看水流得是否湍急。”

“你骗人，没说实话！你搪塞不过去的。老实说吧！”

“尊敬的大人，我愿意给您刮胡子，一周两次，三次也行，决不推托。”伊凡·雅可夫列维奇答道。“一派胡言，朋友，这不是回答！我有三个理发匠给我刮胡子，他们也觉得很荣幸。你只要老实告诉我刚才在桥上干了什么？”

伊凡·雅可夫列维奇脸色煞白……不过，整件事情还蒙着一层面纱，并不为人所知，而且，后面发生的事情也无从知晓。

【二】

第二天清晨，法庭参审员柯瓦廖夫醒过来，嘟起嘴唇发出“噗噜噜噜……”的响声，他每天醒来都会这样干，但自己也弄不清楚为啥。柯瓦廖夫伸了个懒腰，命人把桌上那面小镜子递过来。他想瞧瞧昨天晚上鼻子上忽然冒出的那个小红疙瘩怎么样了；可是他这一看，吓坏了：鼻子没了，长鼻子的地方扁扁平平，啥都没有。他惊恐万状，叫人端来水，取来毛巾，使劲地擦眼睛：确实没错，鼻子没了！他用手摸摸，狠劲地掐自己，想知道是不是在做梦，很明显他不是在做梦。于是，法庭参审员从床上一跃而起，甩了甩头：没有鼻子！……他吩咐人立刻给他穿好衣服，飞也似的径直去见警察总长。

不过现在，我们得先介绍一下柯瓦廖夫，这样读者才会了解这个法庭参审员属于何等人物。法庭参审员有两种，一种是凭借学业文凭获得的，而另一种则是在高加索受封这个称号的，两者截然不同，不可相提并论。有学识的法庭参审员……不过，俄国就是如此奇妙，在这里，要是提到某个法庭参审员，那么从里加到堪察加①的所有法庭参审员都会认为是在说自己。当然，其他各种级别和头衔的官员也概莫能外。柯瓦廖夫是在高加索受封的法庭参审员。他是两年前才得到这个官衔，所以一直铭记在心；并且，为了彰显自己高贵不凡且举足轻重的地位，他从来不说自己是法庭参审员，而总是自称少校。“听着，亲爱的，”要是在街上遇见卖胸衣的女人他就会说，“上我家来吧，我住在萨多沃伊大街，只要问一句：柯瓦廖夫少校住这儿吧？谁都会给你指路的。”要是遇见的是一个姿色可人的女人，他还要另外悄声叮嘱几句：“宝贝儿，你就问柯瓦廖夫少校住在哪个公寓吧。”鉴于此，后面提到他时我们也称之为少校吧。

柯瓦廖夫少校有个习惯，每天要在涅瓦大街上来来

① 里加，现拉脱维亚首都，1709—1710 年被俄国人占领后成为俄国西北部重要港口和贸易中心。堪察加，隶属俄罗斯远东联邦管区，这里指当时俄国从西到东的疆域。——译者注

回回地散散步。他的胸衣领子总是干干净净过过浆的。脸上的络腮胡子从脸颊的中间开始，一直蔓生到鼻子附近，就像如今省里和区里的土地测量员、建筑师、部队医生，还有那些警察差使，总的来说，那些脸膛红润饱满，又玩得一手波士顿好牌的堂堂男子汉们都会蓄这样的胡子。在以前，柯瓦廖夫少校总会佩戴些玛瑙印章，有嵌着纹章的，也有些刻着礼拜三、礼拜四、礼拜一等字样的。柯瓦廖夫少校来到彼得堡是想谋个与他身份相称的职位：运气好的话，就能当上副市长，运气实在不行——就在某个显赫的厅局里做个行政文员也不赖。柯瓦廖夫少校也不抗拒婚姻，只要新娘有二十万卢布的陪嫁。所以，看到这里，读者们便可以断定少校当时是种什么样的心境，当看见那块愚蠢的、又扁又平的地方——那里原来可是长着他那个大小适中、模样俊美的鼻子的啊。

倒霉的是，街上看不到一辆出租马车，他只得步行。裹紧身上的斗篷，用手帕捂着脸，装出一副正流鼻血的样子。“可能是自己瞎想的吧，我也不至于蠢到把鼻子给弄丢了。”他心里这样想着，特地走进一家糖果店去照照镜子。好在店里没有顾客。几个小学徒正在扫地并把椅子摆好；还有几个睡眼惺忪，正用托盘把热乎乎的水果馅饼端出来。昨天的报纸滴满了咖啡渍，摊在桌子和椅子上到处都是。“唔，谢天谢地，一个顾客也没有，”他心想，“这会儿我可以去瞧瞧。”他小心翼翼地走到镜子跟前，看了一眼。“这到底是怎么回事，难看死了！”他啐了一口，说道。“鼻子没有，就是有个别的什么东西也好嘛，可是，居然光秃秃的，什么也没有！……”

他生气地咬紧嘴唇，走出糖果店，不像往常那样，他下定决心再也不去看别人，也不对谁笑脸相迎。突然，他在一幢房子的门口前愣住了，眼前发生了一件怪事，简直让人摸不着头脑：一辆四轮马车停在大门口，车门飞快地打开，一位绅士，身穿制服，弯下腰，跳出马车，跑上楼梯。柯瓦廖夫一眼认出，那正是他自己的鼻子，实在太骇人听闻了，但同时又惊喜万分！目睹如此离奇的场景，他仿佛觉得世界排山倒海般地向他压过来，他几乎站立不住；不过，他拿定主意，不管发生什么事，他都要等到那位绅士回到马车上，他站在那里，浑身发抖，就像得了寒热病一样。两分钟后，“鼻子”果然出来了。他身穿大竖领金边制服，麂皮马裤，腰间别着把剑。带有羽饰的帽子可以猜出他是位文职议员。种种迹象表明，他要到什么地方去拜访谁。只见他左右看看，叫车夫把门打开，然后坐上车，扬长而去。

可怜的柯瓦廖夫快要疯掉了。他怎么也弄不明白竟然会发生这种怪事。他的鼻子，昨天还好好地长在脸上，它不会走路更不会驾车，怎么会穿上制服了呢！他跑着追了上去，幸好马车没走多远，就停在集市的入口前面。

他赶紧跑过去，穿过一排老叫花婆，她们把脸包得紧紧的，只在眼睛那开两道缝，过去他常常开心地嘲笑她们。周围人不多。柯瓦廖夫心烦意乱，不知道该干什么，在街上来来回回地寻找那位绅士，终于在一家商店门口发现了他。“鼻子”把脸完全藏在大竖领里，正全神贯注地查看商店橱窗里的某些货品。

“该怎么招呼他呢？”柯瓦廖夫暗忖道。“看那制服、帽子，全都表明他是一个文职议员。鬼才知道该怎么办！”

他走到他身边，咳了起来。可是，“鼻子”纹丝不动，姿势一下都没改变。

“阁下，”柯瓦廖夫强装自信地开口说道，“阁下……”

“您有何贵干？”“鼻子”转过头来答道。

“我觉得奇怪，阁下……您应当知道自己该待在什么地方。我是偶然找到您的，什么地方来着？……您会承认……”

“抱歉，我不明白你在说什么……您说明白点儿。”

“我该怎么向他解释呢？”柯瓦廖夫想了想，鼓起勇气开始讲：“当然，我……哦，我是一名少校。我没有鼻子可不成，您得承认，这样很不体面。一个在沃兹涅仙大桥上坐着卖剥皮橙子的老女人，没有鼻子倒也罢了；可是，我还要求职……而且认识多位女士，跟她们常有来往，比如文职议员契赫塔列娃家的，还有别家的……您自己想一想……我不知道，阁下……（这时，柯瓦廖夫少校耸耸肩。）抱歉……如果您从职责和体面来看这件事……您自己也会明白……”

“我一点也不明白，”“鼻子”答道，“您再说明白一些吧。”

“阁下，”柯瓦廖夫神情凛然地说道，“我不知道该怎么理解您说的话……这件事在我看来是再清楚不过的……不管你愿不愿意……噢，您就是我的鼻子嘛！”

“鼻子”眉头轻皱，盯着少校。

“您弄错了，先生。我是一个独立个体。何况我们之间谈不上有任何密切的关系。从您身上制服的纽扣看出来您应该是在另一个衙门当差。”“鼻子”边说边转过身去。

柯瓦廖夫完全怔住了，不知道干什么好，也不知道怎么想好。这时，传来一阵悦耳的女人衣裙的窸窣之声：一位上了年纪的女士走过来，衣服上全是蕾丝边，身边带着一位窈窕淑女，穿着一袭洁白的连衣裙，衬着苗条的身姿，戴顶泡芙般的草黄色帽子，精致小巧相当妩媚动人；一个高个子随从，满脸络腮胡子，脖子上围着一圈一圈的领子，足有一打，站在她们的身后，打开了鼻烟盒。

柯瓦廖夫走上前去，弄挺细亚麻布做的胸衣的硬领，摆好金表链上的印章，咧嘴微笑着看向那位身形飘逸的女士——她宛若一朵春花，身姿摇曳，纤纤玉指举上额头。当柯瓦廖夫看到帽子下她那晶莹透白的圆下巴颏，以及那半边脸蛋粉嫩如春天第一朵玫瑰花时，他脸上笑意更浓；可是，他忽然抽身跳开了，像是被什么东西烫了一样。他想起自己的鼻子没了，禁不住潸然泪下。他转过身，本想直截了当地告诉那位身着制服的绅士，他只不过是个冒牌的文职议员，一个大骗子、一个无赖，他只不过是他的鼻子……可是，“鼻子”已经不在那里了，兴许又是驱车去拜会什么人了。

这么一来，柯瓦廖夫几近绝望。他返身回来，在廊柱下站了一两分钟，仔细地四下打量，指望着能找到鼻子。他不会忘记，他帽子上有羽饰，制服上镶有金色花边；可是他没有留意他穿的外套、马车和马匹的颜色，甚至也没有注意到他身后是否跟着仆人，仆人穿的什么制服。再说了，路上车水马龙，往来如梭，也难以看得清楚；就算辨认出来马车，也无法把它叫停。那天风和日丽，涅瓦大街上人流如织，淑女如云，犹如色彩缤纷的花瀑洒落在从波利塞斯基到阿尼奇金桥的整个人行道上。这时他看到一个熟人朝他走过来，他是名上庭议员，过去他总是叫他中校，尤其是跟别人谈到他时。还看到他的好友雅雷金，他是参议院首席文员，玩起波士顿牌来总做不成八点的分数。还有另一位少校，也是在高加索受封的参审员，正招手叫他过去……

“咳，见鬼！总算赶上了！”柯瓦廖夫说。“喂，马车，直接送我到警察总长那儿去！”

柯瓦廖夫上了马车，对车夫大声喊道：“快点快点，像去救火一样！”

“警察总长在家吗？”他一进前厅便大喊道。

“不在，”门房答道，“刚出门。”

“噢，我的老天！”

“可不，”门房继续说道，“刚走不久。您要是早来一会儿，兴许就见着了。”

柯瓦廖夫仍然用手帕捂着脸，坐上马车，绝望地喊道：“继续走！”

“去哪里呀？”马车夫问道。

“直走！”

“怎么直走呀？这儿要拐弯了，右拐还是左拐？”

这下可把柯瓦廖夫问住了，他不得不重新思考。像他这种情况应该先告知法治部门，请他们帮忙处理，倒不是因为法治部门跟警察有直接关系，而是因为警察一旦插手会比别的部门处理得快。去找“鼻子”自称当差的部门上司，让他们帮忙满意地解决，也不是个办法，因为从“鼻子”本人对他前面的回应中可以看出，这个人心地不是那么纯良，这种情况下说不定还不说实话，就像他谎称与他素不相识一样。这么一考虑，柯瓦廖夫正想吩咐车夫驾车上警察署，忽又转念一想，这个骗子和无赖初次见面就这么昧着良心，说不定现在会抓住时机，想方设法溜出城去——那么，他找来找去也没用，弄不好会拖上一个月也找不着，但愿不会这样。最后，似乎上天有旨，他决定直接上报馆，立刻刊登一则告示，对鼻子的特征进行实况描述，这样一旦有人见到他，就可以立刻抓来报案，或者至少可以让他知道他的下落。于是，他拿定主意，吩咐车夫驶往报馆，一路上柯瓦廖夫紧握拳头，一边不停地捅着车夫的背，一边连声催促：“快点，混蛋！赶紧的赶紧的，你个傻子！”

“呃是，老爷！”车夫摇着头，一边闷闷地答道，一边轻拽缰绳赶着马儿，这马毛特别长，像哈巴狗的长毛一样。总算到了，马车停下来，柯瓦廖夫气喘呼呼地冲进一间不大的接待室，只见一个身穿旧燕尾服、戴着眼镜、头发灰白的文员坐在桌旁，嘴里叼支笔，正数着他面前的一些铜币。

“这里谁接待咨询？”柯瓦廖夫高声喊道。“噢，您好！”

“您好。”头发灰白的官员应声道，他抬眼看了一下，然后又垂下眼睛盯着桌上堆着的钱币。

“我想插一则启事……”

“抱歉，请等我一下。”文员不由分说，右手在纸上记着数字，左手手指拨了两粒记账板上的珠子。一名男仆站在桌边，身穿镶着穗带的制服，干干净净的，一看就知道曾经在贵族家里当过差，他手里拿着一张写着字的纸，觉得是时候展示一下自己的社交能力了，他说道：“你信不信，老爷，那条小狗不值八十戈比①，叫我说，八戈比都不要；可是伯爵夫人喜欢——噢上帝，她真的很喜欢，谁要能找到狗，她愿意赏给他 100 卢布！客气点说，就像我俩现在这么说话一样，这人哪，真是萝卜青菜，各有所爱：要是个运动员，就得养只塞特猎犬或者贵宾卷毛狗。别说要 500，就是 1000 卢布也会

---

① 旧俄货币，一戈比等于 1/100 卢布。——译者注

出，只要狗不错。”

煞有介事的文员听着他说，脸上一副意味深长的表情，同时计算着送到他面前的启事里的字数。接待室两边站着一些老妇人、店铺伙计和门房，手里都拿着启事。一张启事上登着一个品行端正的马车夫求职待聘；另一张启事上登的是一辆1814年购于巴黎的二手四轮马车待售；还有就是一名19岁的女仆，善于浆洗，又可兼做杂活，待聘；一辆四轮马车坚固耐用，仅坏了一根弹簧，待售；一匹灰斑烈马，年方17，待售；还有刚从伦敦运抵的芜菁和小洋萝卜种子；一幢供避暑的别墅，舒适方便，外带两间马厩和一块空地，适合种植漂亮的桦树和松树；另外，有告知求购旧靴底的，请求购者于每天上午8时至下午3时前往接待室，等等。大家挤在这间小房子里，空气十分混浊。不过，法庭参审员柯瓦廖夫没能闻出这气味，一方面因为他用手帕捂着脸，另一方面是他的鼻子只有天知道去了哪里。

“阁下，我想请问一下……我有件急事。”他终于耐不住了，说道。

“马上就好，马上就好！……2卢布43戈比！……

好了！1卢布64戈比！”头发灰白的先生一边说着，一边将各类文件扔到那些老妇人和门房面前，让他们带回。“您有什么事？”他终于转向柯瓦廖夫，问道。

“我请求……”柯瓦廖夫说，“是遭抢还是受骗，我也没弄清楚。我只想请您帮我登则启事，内容是如果有人能抓住那个坏蛋带到我面前，酬劳丰厚。”

“请问，您贵姓？”

“不，干吗要问姓氏呢？我不能告诉您。我熟人太多了：文职议员的妻子契赫塔列娃夫人，一名官员的遗孀帕拉盖娅·格里戈利耶芙娜·波德托钦娜……她们要是知道了，可就完了！您只需写个‘法庭参审员’，要不，干脆写个‘某少校’。”

“那么，是您家的仆人跑了吗？”

“要真是仆人就好了！那算不得什么上当受骗！从我这儿跑掉的是……我自己的鼻子……”

“嗯！这仆人的姓氏好奇怪！[①]这位诺索夫先生抢了

---

① 俄罗斯人的姓氏大多由动物、植物、用具、人的躯体部位等的名称演变而成。报馆官员误以为逃跑仆人的姓氏是由“鼻子”演化来的诺索夫。——译者注

您一大笔钱么？”

“诺索夫……您想到哪里去了！鼻子，是我的鼻子弄丢了，不知跑到什么地方去了。这个鬼玩意儿想跟我开个玩笑，让我付出代价！”

“可究竟是怎么弄丢的呢？我真有点糊涂了。”

“事实上，我也没法向您解释清楚这事是怎么发生的。关键是，他这会儿正驾车满城乱跑，自称是个文职议员。所以，我来求您登一则启事，谁要是抓住他，立刻送到我这儿。真的，您想想看，我缺了身上这么显眼的一样东西，怎么行呢？它不像小脚趾头，我只要套上靴子，谁也看不出来有还是没有。每个星期四，我都要去见契赫塔列娃夫人；那位官员遗孀帕拉盖娅·格里戈利耶芙娜·波德托钦娜夫人和她那长得标致的女儿都是我的好朋友。您想想看我现在的困境……如今我都不好露面了……”

文员嘴唇抿得紧紧的，很明显他开始沉思起来。

“不，我不能在报上登这种启事。”沉默半晌之后，他终于开口说道。

“您说什么？为什么不能登呢？”

“登了的话我们报纸会信誉扫地。要是每个人都来登什么鼻子跑掉了的事情，那就……本来就有人说我们报纸净登些荒诞离奇的事情和虚假错误的报道了。”

“可是这件事有什么荒诞离奇的呢？我没看出它荒诞离奇嘛。”

“您想想看不荒诞吗？譬如，上个星期发生了这么件事。来了个官员，就跟您现在一样，付了 2 卢布 73 戈比登一则启事，内容是一条黑色贵宾卷毛狗走丢了。您不觉得这有什么奇怪的吧？可谁料到它竟是一则讽文：贵宾卷毛狗是暗指某官厅的司库，不过我记不清是哪个官厅了。”

“可我不是请您登贵宾卷毛狗的启事，而是我鼻子的启事，可以这么说，差不多就是我本人的启事。”

“不行，这种启事我无论如何不能登。”

“可我鼻子是真的丢了呀！”

“鼻子没了，应该是医生处理的事情。听说，有的医生你想要什么形状的鼻子他们都能装。不过，我看得出来，您这位先生性情爽朗，必定爱开玩笑。”

“我向您发誓，老天爷作证！事已至此，您不介意的话，我还是让您看看吧。”

“何必麻烦呢！”那文员捏起一撮鼻烟，应声道。“不过，要是不太麻烦的话，”他动了好奇之心，又接了一句，“不妨看上一眼。”

法庭参审员挪开脸上的手帕。“真是太奇怪了！”文员说，“这地方又扁又平，就像一块刚烙好的煎饼。确实，平平整整的，太不可思议了！”

“那么，您现在不会再跟我争了吧？您亲眼看见了，不登启事怎么行呢。我对您万分感激，因此事结识您真是三生有幸。”

很明显，在这种情形下，少校拿定主意还是得稍微巴结巴结他。

“登这个启事当然也不太难办，”文员说道，“不过，在我看来，这对您没什么用。实在要办的话，最好请个文笔不错的人把它编成个短篇奇闻轶事，然后发表在《北方蜜蜂》这本杂志上（说着，他又捏起一撮鼻烟），可以教育教育年轻人（这时他擦了擦鼻子），或者就用来满足大众的猎奇之心。”

法庭参审员大失所望。他双眼低垂盯着报纸底部，看到一则演出广告。他一眼看到一个漂亮女演员的名字，手伸进口袋摸摸看是否有 5 卢布，因为在他看来，他这种职位的官员应该买前排票。可是，一想到鼻子，他刚露出的笑容一下子凝固在脸上。那位文员似乎也觉得柯瓦廖夫的处境相当为难。他想应该说几句同情的话，多少能宽解他一下，让他好受点，于是他说道："说实话，看到您碰到这样的事，我也替您感到难过。您要不要闻闻鼻烟？它能缓解头痛，消除烦闷，就是对肠道毛病也管用。"说着，他把鼻烟盒递了过来，娴熟地打开鼻烟盒盖，盖子上印有一位戴帽子的美女肖像。柯瓦廖夫被官员心血来潮的贸然举动彻底激怒了。

"我真不懂，您是哪壶不开提哪壶吗？"他怒气冲冲地说道，"您看不见我就缺这闻东西的玩意儿吗？鬼才要闻您的鼻烟！现在我见着就难受，别说是这劣等的别列茨纳烟，就是给我浓烈的粗鼻烟我也不稀罕。"说完这话，他十分懊丧地走出了报馆，径自去找当地警察总长了。

柯瓦廖夫走进去的时候，看到他正在边伸懒腰，边清清嗓子在说话："嗨，我应该美美地睡上两个钟头！"

显然，不用说，法庭参审员这个时候来访，实在不合时宜。警察总长虽说酷爱各种工艺品和物品，但最爱的还是纸钞。他常挂在嘴上的一句话是“世界上最好的东西非纸钞莫属：它不吃不喝，又不占地方，口袋总装得下，掉地上也不会碎”。

警察总长接待了柯瓦廖夫，不过一点儿也不热情，还说，按照自然规律，人吃完午饭后应该稍事休息，所以饭后不适合办案（法庭参审员从他话里知道，警察总长熟悉先哲圣言），他还说一个正派的人是不会被人弄掉鼻子的。

这真是往伤口上撒盐呀！应当说明的是，柯瓦廖夫心胸狭窄、容易动气。对他自己，别人说什么他不会太在意，但是如果亵渎他的官阶和名分，就不会轻易饶恕了。他甚至认为，舞台剧里谈及各类高官无伤大雅，但绝不可以对低等官员进行人身攻击。警察总长的接待方式让他倍感羞辱，于是他摇了摇头，语气略带惊讶，傲然地说道：“我得告诉您，听了您这番羞辱人的话后，我无话可说了……”然后就走了出去。

回家路上，他头晕目眩，都辨不清脚下的路。到家已是傍晚时分，经过一天无谓的奔波之后，回到家里，冷冷清清，不由得心里生厌。走进前厅，一眼看到听差伊凡仰卧在脏兮兮的皮沙发上，正瞄准天花板的同一个位置吐唾沫，竟每次都能不偏不倚。伊凡这副懒懒散散的样子让他怒火中烧，他取下帽子，啪的一声打在他脑门上，骂道："你这猪猡，尽干些蠢事！"

伊凡一跃而起，径直冲到他面前帮他脱下外套。

少校走进房间，浑身无力，垂头丧气地倒进安乐椅里，最后叹了几口气，说道：

"我的老天！我的老天啊！我怎么这么倒霉？就算是缺条胳膊或者断条腿，那也会好点；可是一个人没了鼻子，鬼知道是副什么样子！人不像人，鬼不像鬼——简直是个废物，只能扔到窗外去了！要是在战场上或者决斗时被人削掉了，或者自己的原因导致它掉了，那倒还能想得通；可现在的情况是它竟然无缘无故地失踪了，毫无由头就不见了！啊，不，这怎么可能呢，"他想了会儿，又说了起来，"鼻子竟然会丢，这太不可思议了。要不就是做梦，要不就是幻觉，也可能是刮胡子后用来擦脸的伏特加，我错把它当水喝下了肚。伊凡，这个傻瓜，没把它拿走，然后我就喝掉了。”为了证实自己没喝醉，少校使劲地揪了自己一下，痛得喊出了声。这下他完全相信自己并不是在做梦。他慢慢地移步走到镜子前，眯起眼睛，心里想着说不定鼻子还在老地方待着呢，不过几乎同时他往后跳了回来，说道：“真是个丑八怪！”

这事真是想不通。假如丢了粒纽扣，一把银匙，一块表或者别的什么东西，倒是说得过去；可是竟然把这玩意儿弄丢了，还是在自己家里！……柯瓦廖夫少校想来想去，觉得最有可能干出这事的不会是别人，就是波达琴夫人，因为她一心想把女儿嫁给他。他本人倒也喜欢招惹她，不过却不想真跟她定姻缘。有次这位妈妈直截了当地告诉他，要把女儿许配给他，他说了一堆恭维话，然后狡猾地推脱说，他还年轻，还要服务 5 年，得等到 42 岁时再做打算。估计波达琴夫人出于报复，所以下定决心，雇了个乡下巫婆来毁掉他的容貌，因为实在想不到别的什么方法能割掉这个鼻子。没人到过他房间，理发匠伊凡·雅可夫列维奇星期三给他刮的胡子，而星期三一整天，连上星期四一整天，他鼻子都是好端端的——这点他记得清清楚楚，十分肯定。再说了，他应该会觉得疼呀，而且可以确定的是伤口也不应该愈合得这么快，一下子就变得像煎饼一样平平整整的了。他脑子转来转去想了好几个对策：要不向法庭正式起诉波达琴夫人，要不就亲自去找她当面对质。心里正在谋划之时，门缝里透过来一束光，他知道伊凡在前厅点上了蜡烛。不一会儿，伊凡举着蜡烛走到他面前，把整个房间照得通亮。柯瓦廖夫的第一个动作，便是一把抓起手帕，盖住昨天鼻子还待着的地方，以免他那个愚蠢的仆人看到老爷的怪模样吓得目瞪口呆。

伊凡刚刚退回仆人的屋里，前厅传来一个陌生人的说话声："法庭参审员柯瓦廖夫住在这里吗？"

"请进。柯瓦廖夫少校是住在这儿。"柯瓦廖夫一跃而起，应声去开门。

一位警官走进来，模样帅气，脸上的络腮胡子颜色不深不浅，双颊丰满，正是故事开头时站在圣艾萨克大桥桥头的那位警官。

"先生，您是否丢了鼻子？"

"确实如此。"

"现在找到了。"

“您说什么？”柯瓦廖夫少校大声道。他一下子高兴得话都说不出来。两眼瞪得大大的，呆呆地望着站在面前的警长，一束烛光在他厚厚的嘴唇和丰满的双颊上摇来晃去。“怎么找着的？”

“奇妙的巧合：差不多是当街被抓的。他已经坐上了马车，准备动身去里加。并且已经用一个政府官员的名字办好了通行证，真是奇怪，起初我本人也以为他是位绅士。幸亏我随身带了副眼镜，我马上发现他是一只鼻子。您看我视力不好，您这样站在我面前，我看出您长着张脸，但是看不清您脸上是否长着鼻子、胡子，什么都看不清。我丈母娘，就是我内人的母亲，眼睛也不好使。”

柯瓦廖夫喜不自胜。“它在哪儿？在什么地方？我这就跑去找。”

“不用劳您大驾了。我知道您急着要用，随身带过来了。真奇怪，这案子的主谋就是沃兹涅仙大街上的理发匠，这个无赖已被拘押。我早就怀疑他酗酒成性并干些偷偷摸摸的勾当，就在前天他还顺手牵羊，偷了一家店铺里的一排纽扣。您的鼻子现在完璧归赵。”说着，警官伸手从口袋里掏出来了鼻子，原样奉还。

“不错，就是它！”柯瓦廖夫大声嚷道。“就是这个！您今儿晚上一定要跟我喝杯茶。”

“荣幸之至，可是我无法奉陪：我得从这儿赶往监狱……各种物价一个劲儿地往上涨……家里还有岳母，就是我内人的母亲，还有孩子们。最大的那个看着倒像是很有出息：他相当聪明，可惜我们真拿不出钱来供他上学……”

警察走后，法庭参审员好一会儿还恍恍惚惚的，过了几分钟才恢复知觉，又能重新思考了：幸福来得太突然，让他神思恍惚。他双手小心翼翼地捧起失而复得的鼻子，像捧着个杯子那样，再一次仔细地端详起来。

“不错，是它，就是它！”柯瓦廖夫少校说道。“瞧，左边还有昨天刚冒出来的小痘呢。”少校高兴得差点要咯咯笑出声来。

然而，世间事总是如此，凡事总在变化中，过了一会儿，他不再如前面那么开心，再过一会儿，开心的感觉更少了，最后，竟悄然如常，犹如一颗石子激起的一圈涟漪，终究复归为一片波平浪静的水面。柯瓦廖夫脑子恢复正常，意识到事情还没完呢：鼻子是找回来了，可还得把它装上去，装到原来的地方才行。

“万一粘不上去怎么办？”少校自言自语地问道，脸色变得煞白。

一阵难以名状的恐惧攫住了他，他冲到桌前，把镜子移到面前，唯恐把鼻子装歪了。双手颤抖着，他谨慎小心地把鼻子安放在原来的位置。哎呀，糟糕的是鼻子粘不住！……他把鼻子放到嘴边，轻轻地朝它哈着热气，然后再把它粘在两颊之间那块又平又光的地方，可是，那鼻子无论如何也粘不上去。

“来！来！粘住呀，笨蛋！”他对鼻子说。可是，那鼻子就像是用木头做的，掉在桌上，发出像木塞子一样的古怪声响。少校的脸抽搐了起来。

“难道鼻子再也装不上去了？”他一而再再而三地想把鼻子装到原来的位置上，可是，没有一次办成。

他叫来伊凡，打发他去把医生请过来，医生跟他住在同一栋楼，租住在二楼最豪华的公寓。医生英俊潇洒，胡子乌黑油亮，非常有型，每天清早起来要吃几个新鲜苹果，早晨要花上四十五分钟漱口，用五种不同的牙刷将牙齿刷来刷去，以保持口腔洁净异常。他有一位漂亮有朝气的太太。不一会儿，医生过来了。他问清楚这件不幸的事情发生的时间后，托起柯瓦廖夫少校的下巴，用大拇指弹了一下鼻子原先长着的地方，少校头猛地往后一磕，后脑勺撞到了墙上。医生说没关系，建议他离墙远一点儿，低下头先侧向右边，他摸了摸原来长着鼻子的地方，说了一声“嗯！”随后又让他把脑袋侧向左边，说了一声“嗯！”说完又用大拇指弹了他一下，柯瓦廖夫少校猛地脑袋一仰，就像一匹被人检查牙口的马似的。做完这些试验之后，医生摇摇头说：

“不，不行了。您最好就这样吧，不要折腾了，要不然会弄得更糟糕。当然，鼻子有可能装上去，您要是想装的话我现在就可以给您装上，不过，我得告诉您，这结果对您来说会更糟糕。”

“这就好了！我没鼻子怎么行呢？”柯瓦廖夫说道。“还有比现在这情形更糟的吗？完全失控了，我这副怪模样怎么出门呢？我交友甚广，你看，今天就得去参加两场晚会。我有许多熟人，文官议员的妻子契赫塔列娃夫人，一位官员的寡妇波达琴夫人……虽然经过她干的这些事后，我只会通过警察跟她打交道。您就帮帮我吧！”柯瓦廖夫继续央求说：“就没有办法把它粘上去吗？装得不好也没关系，好歹给我装上就行，关键时刻，我也可以用手托住它。我绝不会跳舞，避免剧烈运动把它弄下来。至于您出诊的酬劳，您尽管放心，我会倾囊相报……”

“请您相信我，”医生说道，声音不高不低，富有磁性，不容置疑，“我给人治病如果是图财，那就违背了我做人的准则也违背了医德。不错，我收出诊费，那是因为我拒不收费的话，病人会觉得心里过意不去。当然，我可以帮您装上鼻子，但是，如果您还是不信我的话，我用名誉担保，这样做，结果会糟糕得多。您还是顺其自然吧。经常用冷水擦洗擦洗，我向您保证，没有鼻子，您还是跟有鼻子时一样身体健康。至于鼻子，我建议您把它装进瓶子里，用酒泡着，最好往鼻子上再浇两汤匙酸伏特加酒和热醋——到时候您可以发一笔大财，要是您要价不太高的话，我本人也想把它买下。”

“不，不！说什么我也不卖！”柯瓦廖夫少校绝望地叫道，“那我宁愿丢掉它！”

“抱歉！”医生鞠躬告辞说，“本想为您效劳……不过，实在没办法！至少您看到我尽力了。”说完，医生姿态优雅地走出房门。柯瓦廖夫没看清他脸上的表情，他几乎丧失了意识，只看见医生黑色燕尾服的袖子下面露出来的衬衫袖口，雪白而洁净。

第二天，他拿定主意，在去警察那里呈递诉状之前，先写封信给波达琴夫人，看她是否会爽快地同意给他应得的补偿。信的内容如下：

亲爱的亚历山德拉·格里戈利耶芙娜夫人：

您这次所行之事相当奇怪，我百思不得其解。您知道，如此行事，您不得一利，亦不能强令我迎娶令爱。请您相信我，有关我鼻子的整件事情，我已充分了解，此事系阁下所为，绝非他人。它突然离位，乔装打扮，出逃在外，曾经冒充官员，最后恢复本相，完全是您或者您所授意之人施行巫术所为。我有责任警告您：如果今天这个鼻子不复归原处，我只得寻求法律的帮助和保护。

专此敬启，荣幸之至。

您恭顺的仆人

普拉东·柯瓦廖夫敬启

亲爱的普拉东·库兹米奇先生：

来信已阅，大为骇异。坦白地讲，受到阁下无端指责，完全出乎意料。向您保证，我家里从未接待过您信中提到的政府官员，无论是乔装打扮的，或是原装真身的。确实，菲立普·伊凡诺维·波坦奇科夫常来看望我。他行为端正，学识渊博，行事冷静，确曾向小女求婚，可我从未给他希望。您信中也提到您的鼻子。如果先生所提鼻子意在指我有意向您撒谎，即正式拒绝您的求婚，我很惊讶您竟然会这样说，因为您知道我的心意与您所说完全相反，如果您现在追求我女儿，想缔结法律上的婚约，我会即刻给您个满意的答复，因为这是我热切盼望的目标，希望随时能为阁下效力。

亚历山德拉·波达琴

“不对呀，”看完信后，柯瓦廖夫说道，“确实不能怪她。她不可能做这样的事！这信写得明明白白，不可能是一个作奸犯科的人写的。”在这方面法庭参审员是个专家，因为他好几次被派往高加索调查案子。“这事到底是怎么发生的，这是什么样的运气？只有魔鬼才知道了。”最后，他摊开两手说道。

与此同时，关于这桩怪事的种种传闻传遍了整个市镇，当然是经过添油加醋地传开了。那时，人们的猎奇心理相当强烈：就在不久之前，人们一直关注各种关于磁力影响的实验。另外，康玉深尼大街上的人们还在热乎地谈论会跳舞的椅子的故事，所以，不久之后，又传出名叫柯瓦廖夫的法庭参审员的鼻子下午 3 点整的时候在涅瓦大街散步，这种事便也不足为奇了。爱管闲事的人们每天蜂拥而至，有人说，鼻子在“容克尔”商铺里——一大群人聚在商铺附近，挤得水泄不通，以致警察都不得不前来干预。一位满脸络腮胡、长得相貌堂堂的投机商人，过去本来是在戏院门前卖各种馅饼糕点的，如今特地做了几条结实的木板凳，供好奇的人们站上去看热闹，每人收费 80 戈比。一位战功卓著的上校听到后特地赶早走出家门，费了九牛二虎之力挤过人群，可是令他气恼万分的是根本没看到鼻子，商铺的橱窗里挂着件普通的羊毛衫和一幅平版印刷画，画着一个女孩，正在穿长筒袜，而一个年轻的花花公子，身穿翻领坎肩，蓄着小胡子，正躲在树后偷窥她，这幅画挂在这个老地方应该有十年以上了。那上校走到一旁，气恼地说道："鬼迷心窍了，人们怎么会相信这种愚蠢又离奇的故事呢？"接着，又有谣言说柯瓦廖夫的鼻子并没有在涅瓦大街上散步，而是在塔夫利公园里闲逛，并且在那儿待了些日子了。甚至有人说霍兹列夫－米尔扎王子①住在那里时，曾经看到过这一大自然中的怪物，大为骇异。几位外科医学院的学生曾特地去过公园；一位可敬的贵妇人曾特地写信给公园管理人，请他让她的孩子们观赏这难得一见的景象，并且如果可能的话，同时加以讲解以便启迪和教化这些孩子们。

那些总出席社交聚会并爱讲段子取悦女士的先生对这些事件满心感激，因为他们脑子里存下的奇闻逸事都

① 波斯王子，1829 年曾到过俄国。——译者注

已告罄。一小部分品行端正心地善良的人非常不满：有位先生愤愤不平地说，他弄不明白为什么现在文明盛世里还有人造谣生事，捏造些荒诞不经的故事到处传播，政府也置之不理，相当奇怪。显然，这位先生属于这样的群体，他们希望政府会干预所有事情，甚至跟妻子发生的日常口角政府最好也能插手。后来呢……然而，从这时开始整个事件又罩上了一层迷雾，随后的进展也无从了解。

【三】

世事难料，奇闻怪事总是发生，有时毫无事实根据，实不可信。忽然间，那个化身文职议员，曾经驾车四处乱跑招摇过市，闹得满城沸沸扬扬的鼻子，再次复归原位，就像什么事也不曾发生过，现在正端端正正地安放于柯瓦廖夫的两颊中间。这事发生在四月七日。他醒过来时，无意中瞟了一眼镜子，看到了：他的鼻子！抬手一摸——果然，是他的鼻子！“啊哈！”——柯瓦廖夫说道，高兴得差点光着脚在房里跳起吉格舞[①]来，恰巧那时伊凡进来看他醒来没有。他吩咐伊凡马上把水端来，他洗脸时又瞧了瞧镜子：鼻子在那儿！他用毛巾擦把脸，再扫一眼镜子：鼻子在那儿！

“瞧瞧，伊凡，我想这鼻子上长了个痘吧。”他心里边想嘴上边说：“要是伊凡说没有呀，老爷，哪长着什么痘呀，连鼻子都没有，那真是太可怕了！”

但是，伊凡说道：“什么都没有呢，没有什么痘，老爷的鼻子干净着呢！”

“好吧，真见鬼！”少校自言自语地说道，还打了个响指。

就在那时，理发匠伊凡·雅可夫列维奇在门口探进头来，一副畏畏缩缩的样子，就像一只因偷吃培根刚挨了顿揍的贪嘴猫儿似的。

“先告诉我：两只手干净吗？”他还没走近，柯瓦廖夫就朝他嚷道。

“干干净净的。”

---

① 俄罗斯一种顿足而跳的民间舞蹈。——译者注

“骗人！”

“真的，干干净净的，老爷。”

“唔，现在你得当心点。”

柯瓦廖夫坐了下来。伊凡·雅可夫列维奇给他盖上毛巾，一眨眼工夫便用刷子把他的胡子和半个脸涂满了刮胡膏，就像商家取名号的酒宴上待客的奶油。“哎呀！”伊凡·雅可夫列维奇看了鼻子一眼，自言自语道，然后把他的脑袋转到另一边，从侧面又看了看，“鼻子在这儿，千真万确，这意味着什么呢？”他接着沉思起来，盯着鼻子看了好一会儿。最后，伸出两个指头，异常小心翼翼地轻轻捏住鼻尖，这是伊凡·雅可夫列维奇给人刮胡子的常用手法。

“喂，喂，喂，当心点儿！”柯瓦廖夫喊道。伊凡·雅可夫列维奇松开手，局促不安，感到从未有过的惊慌失措。最后，他小心翼翼地用剃刀在他的胡子底下轻轻刮着，不能捏着脸上的嗅觉器官作为支撑，这样刮得很费劲，也不顺手，他只好用粗壮的大拇指按住他的脸颊和下颚，克服重重困难，最后总算差不多完成任务，把脸刮干净了。

一切收拾妥当后，柯瓦廖夫立刻匆忙地穿好衣服，叫了辆马车，直接赶往糖果点心店。还没进门，就大声喊道：“伙计，来杯热巧克力！”同时偷偷地瞄了一眼镜中的自己，鼻子在那儿！他兴高采烈地转过身，眯着双眼，一脸挖苦的样子打量着两个军人，其中一个脸上的鼻子只有马甲纽扣那般大小。随后，他又动身去政府办公室，在那他一直努力想谋个副省长的职位，不行的话，弄个庶务官的职位也不错。穿过接待室时，他又瞄了一眼镜子：鼻子还在那儿！然后，他又驾车去拜访另一位法庭参审员，也就是一位少校，那少校特别爱捉弄人，观察仔细，评论犀利。针对他各种花式的挖苦讽刺，柯瓦廖夫总会如此回应：“又来了，我知道的，你就是一根针尖，逢人就刺！”一路上他暗自思忖：要是少校见了我没有笑炸的话，那就能完全肯定，所有东西都好端端的，待在原位。“可不，好挖苦的法庭参审员什么也没说。好了，好了，真见鬼！”——柯瓦廖夫暗自思忖。路上他遇见了波达琴夫人和她的女儿，他忙不迭地向她们鞠躬施礼，她俩也回以连声的赞叹——这么说来，他完好无损，什么都没丢，他想。他跟她俩聊了好一会儿，还掏出鼻烟盒，特地捏起一撮鼻烟塞进两只鼻孔，一边暗自念叨说："够了够了，两个傻娘们，唠叨个不停！我还是不会娶你女儿的。就玩玩爱情游戏吧——我只能这么定了！"

于是，从那以后，柯瓦廖夫少校便若无其事地四处溜达，涅瓦大街上，戏院里，到处都去。鼻子也和原先一样，若无其事地端坐在他的脸上，一点也没有掉到边上去的样子。并且从那以后，人们见到的柯瓦廖夫总是幽默风趣，满面笑容，见了长得俊俏的女士们就会紧追不舍，甚至有一回他在高斯基市场[①]的一家店铺前停下来买了一根勋章的缎带，我猜不出他为什么要买这个，因为他本人并不是勋章骑士。

这就是发生在我们这个幅员辽阔的帝国北方都城的奇闻轶事！只是现在，将事件的前后细想一遍，我们可以看出其中漏洞百出，不足为信。且不说这个奇闻，鼻子居然会具备超自然的神奇力量，离开原位，乔装成文职议员四处招摇——而是，柯瓦廖夫怎么会不理

① 十八世纪时，坐落在涅瓦大街上专供外国人贸易的市场。——译者注

解报馆是不会登鼻子走失这样的启事的呢？我的意思不是说登启事费用太贵，这话没道理，我绝不是一个见钱眼开的人。然而，这样做不体面，难为情，不像话吧！再说了，那鼻子怎么会钻进烤好的面包里？伊凡·雅可夫列维奇自己又是怎么回事？……不，我闹不明白，简直莫名其妙！不过，更怪异、更不可理喻的是作者们怎么选到这样的素材。老实说，我真的无法理解，这实在是……不，不，我根本无法理解。第一，这对我们祖祖辈辈生活的国家绝无好处；第二嘛……这第二呢，也还是绝无好处。我真是无话可说了……

不过，尽管如此，虽然我们可以列出不可信的第一点、第二点、第三点……甚至还可以……但话说回来，哪里又不会发生荒诞离奇的事情呢？并且，仔细想想事情的来龙去脉，真能觉得这故事里也有些道理。不管怎么说，这类事情确实会发生——虽然不多，可也难免。

（汉译：熊亚芳）

爱的凯歌

［俄］伊凡·屠格涅夫

这是我从一份古老的意大利手稿上读到的故事——

【一】

大约16世纪50年代，费拉拉城（在一些艺术和诗歌的资助人、杰出的公爵们的治理下，当时这座城市正是一片繁荣）住着两位年轻人，一位名叫法比奥，另一位叫穆齐奥。他俩同龄，又是亲戚，经常待在一起。打小他们的感情就极其深厚，形影不离……差不多的身世又将他们更加紧密地联结在了一起。他们均出身世家，家境富裕，个性独立，至今未婚，爱好也颇为相近。穆齐奥学习音乐，法比奥专攻绘画。在费拉拉城所有居民看来，他俩为宫廷、社会和城市增光不少，令人骄傲。但是，尽管他俩都是风度翩翩的美男子，相貌却不接近。法比奥个高肤白、头发浅黄、眼睛泛着蓝光。而穆齐奥肤色较深、头发乌黑，那深棕色的眼睛不似法比奥那样散发出开心的光芒，嘴角也不露出法比奥那般亲切的微笑；穆齐奥的两道浓眉几乎遮住了狭窄的眼睑，而法比奥的金眉则成弧状伸向光洁的额头。与人们交谈，穆齐奥也不如法比奥活跃。尽管如此，这对朋友差不多都能赢得女士们的欢心，这在情理之中，因为在骑士风度和慷慨大度方面，他俩堪称典范。

那时，费拉拉城还住着一位名叫华列莉娅的少女。尽管人们很少有机会见其芳容，她仍被公认为全城最美丽的女士之一，因为除了去教堂做礼拜、重大节日外出游玩外，她深居闺中、足不出户。她与母亲同住，后者是一位出身高贵但家底较薄的遗孀，除华列莉娅之外再无子嗣。无论是谁见到华列莉娅，都会自然而然地心生羡慕，柔情款款，充满敬意。她仪态端庄，似乎没有意识到自己的全部魅力。是的，有些人发现她脸色暗淡，双眸几乎总是低垂着，显得腼腆甚至畏怯；嘴角很少微笑，即使有笑意，也只是淡淡的样子；说话的声音轻得难以听清。不过，有传言说她嗓子极好，还说大清早全城还在酣睡之中，她会紧闭闺门，喜欢和着琴声唱一些老歌，而那乐器是她经常独自弹拨之物。尽管脸色有些苍白，其实她身体非常健康，以至一些老年人见到她时，不由得这样想："啊，这是一朵纯洁的处子之花，现在正含苞待放，有朝一日能摘下这朵鲜花的小伙子真是艳福不浅！"

【二】

在一次盛大的庆典中，法比奥和穆齐奥头一回见到了华列莉娅。那次庆典是由费拉拉城的爱尔柯尔公爵下令举办的，目的是对公爵夫人邀请来的巴黎显贵们表示欢迎。夫妻分别是著名的卢蕾齐娅·博贾[①]之子、法国国王路易十二[②]之女。当时华列莉娅和母亲正坐在费拉

① 卢蕾齐娅·博贾（1480—1519），罗马教皇亚历山大六世之女，长期赞助艺术家从事艺术活动，是欧洲文艺复兴时期的支持者。——译者注

② 路易十二（1462—1515），法国瓦卢瓦王朝国王，被称为"人民之父"。——译者注

拉城主广场的一座雅致的看台上，看台则是由帕拉迪奥为全城最尊贵的女士们专门设计而成的。就在那一天，法比奥和穆齐奥两人都对华列莉娅一见倾心，而他俩是从不避讳的莫逆之交，所以彼此很快就知道了对方的心思。两人达成约定：双方都能追求华列莉娅，一旦她选中其中一位，那另一位应顺其心意，不得生怨。过了几周，借着理所当然的门第声望，他俩成功地进入了一般人难以企及的孀妇宅邸，而且妇人还允许他俩经常过来拜访。此后，他们几乎每天都能见到华列莉娅，与她交谈。日复一日，爱火在两位年轻人的心中愈烧愈旺。不过，华列莉娅没有对任何一方表现出偏袒，尽管她是乐意与他俩交往的。她跟穆齐奥学习音乐，不过跟法比奥谈话较多，没那么羞怯。最后，他俩想一次性知晓自己的最终命运，就给华列莉娅写了封信，信中请她吐露心声，说出自己的意中人。华列莉娅将这封信交给母亲，并表明自己不想出嫁，如果母亲认为她已经到了婚配之时，那么她的夫婿就全由母亲定夺。一想到要与爱女分离，可敬的孀妇潸然泪下，但她并没有合适的理由拒绝求婚者，她认为这两位年轻人都值得成为女儿的夫婿。

不过，她私下更偏爱法比奥，觉得华列莉娅也对他更有好感，于是决定选择法比奥。次日，法比奥知晓了喜讯，而穆齐奥能做的就是信守诺言、顺从现实。

穆齐奥兑现了诺言，但在他看来，见证友人和情敌的胜利，是强人所难。他立马变卖了大部分财产，随身带着几千个杜卡特金币，踏上了前往东方的长途之旅。与法比奥告别时，他说自己除非斩断了对华列莉娅的所有情丝，否则绝不回来。法比奥痛苦地与从小到大的朋友离别……但喜事临门，幸福在望，其他情绪很快淹没其中，他沉醉在喜结良缘的激情之中。

不久，他与华列莉娅举行了婚礼，这时他才意识到，珍爱之人的全部价值在于他有幸获得。他有一座豪华的别墅，花园绿树成荫，环境幽闭，且离费拉拉城不远，他与妻子、岳母一起搬了过去。自此，他们开启了幸福生活。婚后的生活带来了全新的迷人体验，华列莉娅的状态臻至完美。法比奥成了一名出色的画家——他已不再是普通的绘画爱好者，而是真正的大师了。华列莉娅的母亲满心欢喜，望着这对幸福的小夫妻，她对上帝感激不已。不知不觉，四年光阴飞逝而去，如同一场好梦。唯有一件事情对于小夫妻俩来说是美中不足，令之悲伤：那就是他们未能生儿育女……不过，他们一直没有放弃希望。到了第四年年底，他们遭遇了巨大的悲痛、真正的悲痛，华列莉娅的母亲连续病了几天，不久就去世了。

华列莉娅痛哭不已，久久无法接受失去母亲的事实。一年又过去了，生活之水终究继续流转，沿着曾经的河道继续向前。瞧，一个美好的夏夜，穆齐奥出乎意料地回到了费拉拉城。

【三】

穆齐奥离开了整整五年，期间无人知晓去向，所有人都说他消失了，好像从地球上突然不见了一样。当法比奥在费拉拉城的一条大街上遇见这位朋友时，几乎大叫起来，先是惊讶再是喜悦，然后立刻邀请他到别墅做客。巧的是，花园里恰好有间宽敞的楼阁，与主屋有段距离，于是法比奥建议他的朋友搬到这里来住。穆齐奥一口答应，当天就和自己的仆人搬了进去。这仆人是一个马来亚哑巴——虽然不会说话，但耳朵不聋，而且从他那灵活的眼神可以判断，他是一个绝顶聪明伶俐之人……他的舌头是被人割掉的。穆齐奥带回来几十只箱子，里面装满了各式各样的珍宝，都是他长年在旅途中收集的。华列莉娅看见穆齐奥归来非常高兴，而穆齐奥则友好地向她问候，沉着镇定。种种迹象表明，他遵守了对法比奥许下的承诺。他用一天时间把楼阁的每一样东西都整理完毕。在马来亚仆人的帮助下，他将带来的一件件珍宝取了出来。地毯、绸缎、丝绒和锦缎衣物，武器、高脚杯、珐琅碗碟，嵌有珍珠和绿松石的金银首饰，琥珀和象牙制的匣子，带有雕花的瓶子，香料，熏香，兽皮，未知名字的鸟羽，以及许多其他东西，这些东西的用处看起来神秘莫测，难以理解。所有这些珍宝之中，有一条贵重的珍珠项链，乃波斯国王所赐，因穆齐奥曾为之完成过一件至关重要的秘密使命。在征得华列莉娅的同意后，穆齐奥亲手为她佩戴了项链。一戴上去，她就觉得链子非常沉重，还带有某种异常的热度……好像贴在皮肤上火辣辣的。晚餐过后，大家坐在别墅的凉台上，上方正好是一片夹竹桃和月桂树的浓阴，穆齐奥开始讲述自己的冒险经历。他讲述着亲眼见到的那些遥远的国度、高耸入云的山川、沙漠、浩瀚如海的江河；讲述着高楼大厦、佛堂寺庙、千年古树、彩虹般绚烂的鲜花和飞鸟；他提到那些他曾到过的城市、见到的民族……这些名字听起来就像是童话故事。整个东方对于穆齐奥来说都很熟悉，他穿越过波斯和阿拉伯，那一带的马匹是世界上最高贵、最俊美的动物；他穿越印度腹地，那一带人们的样貌如同雄伟高大的树木。他的故事真是神乎其神！法比奥和华列莉娅都听得如痴如醉。穆齐奥的相貌没有发生多大改变，他从小就长得黑，现在经强光暴晒，更黑了一些，双目似乎更加凹陷——仅此而已。但是脸上的表情却完全发生了变化：聚精会神，庄严高贵。他忆起深夜林中群虎咆哮、险象环生的场面，或是想起光天化日只身赶路的经历，谈到如此种种，他表情活灵活现，生动至极。穆齐奥的嗓音变得低沉平缓，从手势和体态来看，已经不见意大利民族的自由奔放了。在殷勤、警觉的马来亚仆人的帮助下，他给主人们表演了几个戏法，那是他从印度的一些婆罗门那里学来的。譬如，他先是藏在一张布幔后面，然后突然腾空出现，盘腿端坐，只有几个手指头轻轻抵着一根直立的竹竿。法比奥看后吃了一惊，而华列莉娅恐慌起来……“他是不是巫师？”她想道。接下来，他吹起一支小笛，引得驯蛇游出加盖的篮子，杂色的盖布下一个个黑色扁平的蛇头纷纷现形，咝咝地吐着信子。就在这时，华列莉娅吓得请求穆齐奥赶紧让这些令人又厌又惧的东西藏起来。晚饭时，穆齐奥为了款待朋友，从大肚短颈瓶里倒出设拉子[①]葡萄酒，那酒芬芳异常、浓烈醇厚，金黄中带点绿色，倒入碧玉酒杯，散发出一种奇特的光泽。它的味道与欧洲的葡萄酒不同，尝起来香甜辛辣，慢慢小饮一口，四肢就会一阵酥软，昏昏欲睡。法比奥和华列莉娅都被穆齐奥劝喝了一杯，穆齐奥自己也喝了同样的量。穆齐奥俯身对着华列莉娅的酒杯低语了一会儿，一边说还一边用手指晃动了一下。华列莉娅注意到了这个举动，但是，穆齐奥所有的行为举止都有点奇奇怪怪、不同寻常，所以她只是想：“是不是他在印度有了什么新的信仰，或者风俗习惯就是如

① 波斯城市名。——译者注

此？”她沉默了一小会便问：旅途中是否还坚持学习音乐？穆齐奥没有直接回答，而是让马来亚仆人将印度提琴取来。它和现在的小提琴类似，但不是四根弦，它只有三根，外面包着淡蓝色的蛇皮。半圆形的琴弓是用细长的芦秆做成的，顶端镶有一块闪闪发光的锥形钻石。

穆齐奥先是演奏了几首忧伤的曲子，他自己说那都是民间乐曲，在意大利人听来有些古怪甚至粗俗，那几根金属琴弦不断地发出哀伤而微弱的声响。不过，穆齐奥演奏最后一首曲子时，旋律突然变得高亢有力、优美婉转起来。伴着来回拉动的琴弓，激情四溢的旋律如水流泻、千回百转，犹如那条生前曾扭动的蛇皮，如今缠绕着提琴顶端。充满激情的旋律如火燃烧，迸发出胜利的欢欣，在场的法比奥和华列莉娅顿时心颤不已、泪水满溢……这时候的穆齐奥依旧低着头，抵着提琴，两腮苍白，眉毛蹙成一线，注意力似乎更加集中，神情也更加严肃起来。那镶着钻的琴弓一闪一闪地发着光，好像也被那绝妙的曲子点燃了似的。演奏结束，穆齐奥垂下拿弓的那只手，但依然把提琴紧紧地夹在下巴和肩膀之间，这时，法比奥喊道：“这是什么曲子？你给我们演奏的是什么曲子？”华列莉娅一言不发，但是她整个人看起来在附和着丈夫的问题。穆齐奥将提琴放在桌上，略微甩了甩头发，彬彬有礼地微笑道：“那——那旋律……那首歌是我有一次在锡兰岛上听来的。它在当地广为流传，是一首歌颂幸福的爱之凯歌。”“再拉一遍吧。”法比奥喃喃地说。“不行，这个曲子不能重复，”穆齐奥答道，“况且时候不早了，华列莉娅夫人该休息了，而我也该……我累了。”一整天，穆齐奥对华列莉娅恭谨有礼，态度简单淳朴，如同老友一样。但临走时，他紧握着她的手，捏着她的手掌，眼睛盯着她的脸，她虽然没有抬头但还是感觉到了他的目光，顿时双颊绯红。她没有对他说什么话，只是抽出手来，当他转身离开时，她凝视着他穿出去的那扇门。她还记得，即便是以前，自己也有些怕他……现在她困惑不解。穆齐奥朝楼阁走去了，夫妻俩回房休息。

【四】

华列莉娅一时难以入睡，她的血液里隐隐地涌动着一股热潮，耳边回响起一阵嗡嗡声……她想，可能是因为喝了那奇特的酒，也可能是因为听了穆齐奥的故事，还有他演奏的提琴……直到天快亮她才睡着，并做了一个离奇的梦。

她梦见自己走进一个宽敞的房间，房间的天花板不高……这样的房间她此前从未见过。四面墙壁贴着小块蓝色瓷砖，上面饰有金色线条。几根细长的雕花石膏柱子支撑着大理石天花板。天花板和柱子本身好像是半透明的样子……淡淡的蔷薇色光线从四面八方射进来，将房间里的全部陈设蒙上一层神秘、均衡的色彩。几个织锦靠垫放在地板中央的一块窄小的地毯上，地板光滑如镜。房间角落的烟气或隐或现，那是从高大的巨兽状香炉里飘出来的。房间四周没有窗户，一垛墙壁的凹处有一扇门，门上悬着丝绒帘子，黑沉沉地挂在那里一动不动。突然，这帘子缓缓动了起来，移到了一边……进来一人，是穆齐奥。他行了个礼，张开两臂，笑了起来……他结实的手臂搂住华列莉娅的腰，干渴的嘴唇将她全身上下灼烧……她仰面跌倒在靠枕上……

华列莉娅吓得呻吟起来，久久挣扎一番后终于醒来。她仍旧不知自己是在哪里，发生了什么事，于是起身四处张望……她浑身瑟瑟发抖……法比奥正躺在一旁。他酣睡着，窗外朗月圆满，但他的脸色在月色中显得惨白如尸……甚至比死尸还凄惨。华列莉娅叫醒丈夫，他正视着妻子，喊道："怎么啦？""我梦见——我做了一个可怕的梦。"她轻声说道，浑身上下还在不停地哆嗦。

话音刚落，从楼阁方向传来一阵强有力的声音，法比奥和华列莉娅纷纷意识到这是穆齐奥给他俩演奏过的曲子，一首歌颂幸福的爱之凯歌。法比奥疑惑地看着华列莉娅……她闭上眼睛，转过脸去，俩人屏息凝神地听着，直到曲终。当最后一个音符渐渐听不见时，月亮躲进了云朵，房间突然一片漆黑……年轻的夫妻这才躺下，无言无语，也不知对方是什么时候睡着的。

【五】

次日清晨，穆齐奥进来吃早餐，看上去非常开心的样子，而且还愉快地向华列莉娅问好。她局促不安地回答了一声——偷偷地瞥了他一眼——一看到他那安静愉悦的脸庞，那敏锐好奇的目光，她就害怕起来。穆齐奥又开始给他们讲故事了……但一开口就被法比奥打断了：

“我看，新住处你睡不惯吧？我和妻子听见你在拉昨晚那支曲子。”

“是啊！你们都听见了？”穆齐奥说道，“我确实拉琴了，但拉之前我已经睡过了一觉，而且还做了个美梦。”

华列莉娅警觉起来。“什么样的梦？”法比奥问道。

“我梦见，”穆齐奥嘴上回答着，视线却不离开华列莉娅，“我正走进一个宽敞的房间，天花板是东方式样的，雕花的柱子支撑着屋顶，四周墙壁贴着瓷砖，尽管房间没有窗也没有光源，可淡淡的蔷薇色光线弥漫开来，整个房间好似一块通透的宝石。角落里都摆着中国香炉，烟气缭绕。地板上有一块窄小的地毯，上面放着几个织锦靠垫。我走进一扇门，那门本是由帘子遮着，对面的一扇门那里冒出来一个女人，她是我曾经的恋人。她在我的眼中那样美丽动人，我不禁旧情复燃，心潮澎湃……”

穆齐奥意味深长地收住了嘴。华列莉娅坐在那里一动不动，只是脸色越发苍白……而且呼吸变得更缓慢了。

“于是，”穆齐奥继续说道，“我就醒了，拉了那首曲子。”

“那个女人是谁？”法比奥问道。

“她是谁？一个印度人的妻子——我在德里遇见了她……现在她已经不在了——她死了。”

“那么她的丈夫呢？”法比奥问道，自己也不晓得为什么要这样问。

“据说她丈夫也去世了。不久之后，我再没见过他俩。”

“怪事！”法比奥说道，“我妻子昨晚也做了一个离奇的梦。”——穆齐奥目不转睛地看着华列莉娅——随后又补充道：“她没有告诉我梦见了什么。”

这时，华列莉娅起身离开了房间。穆齐奥吃完早餐后也立即离开了，他解释说自己要去费拉拉城办事，晚上才能回来。

【六】

穆齐奥旅行回来前的几个星期，法比奥已经开始为妻子画肖像，画一幅具有圣则济利亚[①]气质的肖像。他在艺术上已颇有长进，著名画家罗依尼，也就是列奥纳多·达·芬奇的那位学生，曾来费拉拉城看望他，不仅讲授自己的心得，还将导师的教导也一并传授于他。肖像即将完成，只需在脸部添上几笔就可大功告成，法比奥有可能以此为傲。他与前往费拉拉城的穆齐奥告别后，回到自己的画室，以前华列莉娅总是在那里等他。但他发现今天她不在，他喊她的名字，也没有人回答。法比奥心生不安，开始到处寻找。她不在屋子里，法比奥跑进花园，在一条隐蔽的林荫道上看见了华列莉娅。她坐在那里，头垂在胸前，双手交叉放在膝上，一尊大理石萨堤尔[②]雕像从她身后的一棵深绿色柏树枝中探了出来，它撅着嘴唇在吹潘神的芦笛，牙齿龇着，脸扭曲着，露出坏笑。华列莉娅看到丈夫的出现显然有些高兴，法比奥不安地问了几个问题，华列莉娅只说自己有点头疼，不过这没太大关系，她已经准备好和他一起回

① 天主教、东正教等敬奉的殉道贞女，被视为音乐家和基督教圣乐的主保圣人。——译者注

② 古希腊神话中半人半羊的森林之神，生性好色。——译者注

去。法比奥带她来到画室，让她摆好姿势，拿起画笔。但他苦恼万分的是，他怎也画不出他想要画出的脸庞。但并不是因为她的脸色有点苍白，看上去疲惫不堪……不是这个原因。那种纯真、圣洁的表情是他过去一直欣赏的，正是那种表情让他产生了将华列莉娅画成圣则济利亚的想法，但是今天他找不到那种神态。最后他扔下画笔，告诉妻子自己状态不佳，要是她想去睡一会儿也可以，因为她的气色不太好，随后便把画架和画像靠在墙边。华列莉娅也同意丈夫的意见，觉得自己应该休息一下，而且又抱怨了一会儿说头疼，就回房去了。

法比奥留在画室。一种奇怪、混乱的感觉爬上心头，这种感觉又让他百思不解。穆齐奥来家里做客令法比奥厌烦，但也是他自己急切邀请来的。他也不是由于吃醋——他怎么会吃华列莉娅的醋！——但他认不出朋友身上的昔日情谊了。穆齐奥从那些远方国度带回来的一切都是那样奇特、陌生而新鲜——好像这些东西都已经与之水乳交融——所有这些魔术、歌曲、奇怪的饮料、这个马来亚哑巴，甚至穆齐奥身上的衣服、头发乃至呼吸散发出来的浓郁芳香，这一切都让法比奥产生一种感觉，一种有点不信任甚至可以说是胆怯的感觉。还有，那个站在桌边候着的马来亚人，为什么用那种厌恶的目光盯着他法比奥呢？确实，有人或许猜想他能听懂意大利语。穆齐奥曾经说过这个马来亚人割掉舌头的事情，那人是付出了巨大的代价，但也因此获得了一种巨大的力量。什么样的力量？他是怎么通过牺牲舌头为代价来换取这种力量的？一切都很蹊跷！难以理解！法比奥来到妻子的房间，她正和衣躺在床上，但还没入睡。听见他的脚步声，她吓了一跳，但又高兴了起来，就像刚才在花园看见他一样。法比奥坐在床沿，握了握华列莉娅的一只手，沉默了一会儿，问道，昨晚上她究竟做了个什么奇怪的梦，让她吓成那样？那个梦是不是和穆齐奥描述的梦是一样的？华列莉娅脸色通红，急忙说："哦，不是！不是！我看见……一个大怪物一样的东西扑过来要把我撕碎。""一个大怪物？长着人的样子？"法比奥问道。"不是的，像一头野兽……野兽！"华列莉娅转过身去，火辣辣的脸颊埋在枕头之间。法比奥握着妻子的手又待了一会儿，然后默默地把手拉到唇边吻了一下，就出去了。

那一天，这对小夫妻都闷闷不乐。他们的头上似乎笼罩着一团阴影……但那阴影是什么东西，他们说不清楚。他俩想待在一起，好像有个什么危险在恐吓着他们，但互相之间又无从开口。法比奥努力继续画着肖像，读阿里奥斯托①，他的诗作前不久在费拉拉城面世，现在轰动了整个意大利，可什么都起不到任何作用……直到很晚，吃饭的时候，穆齐奥才回来。

【七】

他看起来镇静又愉悦的样子——但他没和他们说什么，他一门心思向法比奥问这问那，问起他俩共同的相识、德国的战事以及查尔斯皇帝。他还说自己想去罗马，去见见新一任教皇。他又拿出设拉子葡萄酒招待华列莉娅，但遭到了拒绝，于是好像自言自语道："现在已经不需要它了，确实不需要了。"法比奥和妻子回房后，很快就睡着了。一小时后，他醒了过来，非常肯定

① 阿里奥斯托（1474—1533），意大利文艺复兴时期的著名诗人。——译者注

的是，身边已经无人共枕，华列莉娅不在身边。他迅速起身，立马看到妻子披着睡衣正从园子出来，往房间走去。此时明月当空，虽然刚下过一场小雨。华列莉娅紧闭双目，僵硬的脸上露出神秘惊恐的神色，双手前伸摸索着，一步步走到床沿，然后匆匆躺下，一言不发。法比奥转过来问了她一句，但她没有回答，好像睡着了似的。他摸了一下，发现她的衣服和头发都淋过雨水，而且光着的脚底上还沾着一些沙子。他一跃而起，穿过半掩的房门来到花园里。皓月高悬，一切都被包裹在溶溶月色之中。法比奥环望了一遍，发现一条沙土小径有两个人的足迹——其中一人是赤脚走的，这些脚印一直通往一边的茉莉花丛，花丛的位置就在楼阁和主屋之间。他站在那里正当疑惑，突然听到一阵旋律，就是昨夜那首曲子！法比奥打了个寒战，冲向楼阁……只见穆齐奥站在屋子中央正拉着提琴。法比奥冲到他跟前。

“你去过花园，你的衣服是湿的，淋过雨。”

“不……不知道……我觉得……我没出去过……”穆齐奥缓缓地答道，好像对风风火火赶来的法比奥吃了一惊。

法比奥一把抓住他的手。“那你为什么又拉这首曲子？你刚刚是不是又做了一个梦？”

穆齐奥瞥了一眼法比奥，依旧惊讶不已，什么都没说。

“回答我！”

“高悬之月圆如盾……

粼粼河水似蛇显……

有朋清醒有敌眠……

鸟在猎鹰掌中困……救命！”

穆齐奥喃喃地自言自语，好像神志不清的样子。

法比奥不禁后退两步，眼睛直直地看着穆齐奥，想了一会儿……又回到了主屋，走进房间。

华列莉娅正在昏睡之中，头靠在肩膀上，双手无力地摊开。好不容易他才叫醒她……但一看到他，她立马上前搂住他的脖子，哆哆嗦嗦地抱住，全身不停地发抖。“你怎么了？我的宝贝，发生了什么事？”法比奥一再追问，试着安抚她。但她一直把头靠在他的怀里，毫无动静。“唉，我做的梦真是可怕！”她耳语道，脸埋在他身上。法比奥本想细问……但是她颤抖个不停。

天露曙色，一道朝晖从玻璃窗透了进来，这时候，她终于在他的怀里睡着了。

【八】

次日清晨穆齐奥不见了，华列莉娅跟丈夫说，她想去附近的一座修道院，那里住着她的忏悔神父，这位修士年岁已高，生活简朴，深受她的信任。对于法比奥的询问，她回答说自己前两日受到了特殊的刺激，想通过忏悔来凝神静气。法比奥看着她凹陷的脸庞，听着她有气无力的声音，于是同意了她的计划。尊敬的神父罗连茨会给她一些宝贵的建议，或许可以打消她的疑虑……在四名随从的护送下，华列莉娅前往修道院，法比奥则一人留在家中，他在花园里一边溜达着等候妻子回家，一边想努力弄清楚她身上发生了什么事，为什么一直深陷恐惧、愤怒、无法名状的疑虑之中……他不止一次来到楼阁，但穆齐奥还没回来，而那个马来亚人像雕塑一般注视着法比奥，卑躬屈膝地点着头，假装露出——至少在法比奥看来——一个笑容，衬托着的是他那副古铜色的脸庞。与此同时，在忏悔中，华列莉娅把每一件事情都告诉了神父，她诉说的时候，与其说是羞耻，不如说是畏惧。神父聚精会神地听着她忏悔，向她祝福，赦免了她那无奈的罪过，但是心里却想："巫术，魔鬼的蛊术……事情肯定还没完。"……于是他陪同华列莉娅回到别墅，看上去好像是为了宽慰她，让她安定下来。法比奥见到神父显得有些焦虑不安，但是阅历丰富的长老已经胸有成竹，知道如何去应对他。他与法比奥独处时，当然不会泄露忏悔室里的秘密，但他劝法比奥尽可能地让这位请来的客人离开宅子，因为他那些故事、歌曲以及所有的举动，正搅得华列莉娅胡思乱想。所以，尽管多年的友情的确珍贵，但为了慎重起见，分开还是必要的。法比奥完全同意这位高深的修士给出的建议。当他将忠告转述给华列莉娅时，她甚至非常高兴，夫妻俩送客时，他们对罗连茨神父衷心地表达了祝愿，并托他给寺院和穷人带去了很多礼物。

法比奥本来是想晚饭后就跟穆齐奥解释，但这位古怪的客人却没有来用餐。于是，法比奥决定把谈话推迟到明天，小夫妻俩回房休息去了。

【九】

华列莉娅很快就入睡了，但是法比奥睡不着。夜深人静，近来所见之事和亲身感受，一样一样都历历在目，他仍坚持将一个个悬而未决的问题拿出来问自己。穆齐奥真成了巫师？他是否已经给华列莉娅下了毒？她病了……可她得的是什么病？他躺着身子，头枕在手上，呼吸变得急促，一门心思苦想着。这时候，一轮明月又在碧空中升起，伴随月光一起的，又是从楼阁那边——也许只是法比奥的错觉？——吹来一阵微风，那风穿过半透明的窗玻璃，像是一阵幽香……然后耳边响起一阵低语，语速急切、情意绵绵……刹那间，他发现华列莉娅开始有气无力地动弹起来。他吃了一惊，看着她。只见她坐起身来，先放下一只脚，接着是另一只，然后像是受到了月亮的蛊惑，呆滞的双目直直地看着前方，双臂向前伸展，人朝着花园走去……法比奥立即从房间的另一扇门冲了出去，迅速绕过房子一角，想关上那扇通往花园的门……可他还没来得及抓住门闩，这时感到有人要从里面推门，用力抵着门要进来……推啊推啊，推啊……接着传来那阵哀怨而热烈的呻吟……

“可是，穆齐奥还没从城里回来。”这个念头在法比奥脑子里一闪而过，于是，他急急忙忙向楼阁跑去……

他看到了什么？

月色晃眼的小径上，迎面走来的是穆齐奥，他也像是受到了月亮的蛊惑，双手向前伸展，眼睛张着却是睁眼瞎子……法比奥跑到他跟前，但他没有察觉出来，依旧一步步有节奏地向前迈去，月色之中，他僵硬的脸上笑了笑，神似马来亚人。法比奥本来是想喊他的名字……但就在那时，他听见身后的房子里传来窗户的嘎吱嘎吱声……他回头望去……

是的，房间的窗户从上到下都打开了，华列莉娅站在窗前，一只脚已经跨过窗台……她张开双手好像在寻找穆齐奥……她整个身体像是挣扎着向他迎去似的……

见此情景，法比奥胸腔燃起一团无法名状的熊熊烈焰。“该死的巫师！”他狂暴地向穆齐奥尖叫道，然后一手掐住穆齐奥的脖子，一手从腰带上拔出一把匕首，朝着对方的一侧刺去，直捅到刀把处才住手。

穆齐奥发出一声刺耳的尖叫，手捂住伤口，摇摇晃晃地跑回楼阁……就在法比奥刺向他的同时，华列莉娅也尖叫了一声，如同镰刀下的青草似的，跌倒在地上。

法比奥飞奔过去，将她抱起来放到床上，然后开始和她说话……

良久，她躺在床上一动都不动，但后来终于睁开了眼睛，幸福地、断断续续地叹了口气，就像即将赴死的人突然得到了宽恕一样，她看到了丈夫，连忙紧紧地搂住他的脖子，身子贴向他去。“你，你，是你。”她结结巴巴地说道。缓缓地，她松开两手，头又向后沉去，脸上露出了幸福的微笑，喃喃地说道：“上帝保佑，一切都过去了……可我真是筋疲力尽啊！”她香甜酣畅地睡去了，但睡得并不沉。

【十】

法比奥在她床边坐下，目不转睛地看着她那苍白、凹陷但已冷静下来的脸庞，开始思索刚才发生的事情……他还想，接下来该怎么办？采取什么措施？如果他杀死了穆齐奥——他还记得匕首扎进有多深，对此他确信无比——这是瞒不住的。他就不得不向大公爵和法官们投案自首……可怎么解释，怎么描述这样一件莫明其妙的事情？他，法比奥，在自家杀死了一个亲戚和最亲密的朋友？他们会问，为什么？凭什么要杀他？……可是，要是穆齐奥没有死呢？法比奥再也忍受不了这不清不楚，确信华列莉娅已经睡熟后，他小心翼翼地离开椅子，走出屋子向楼阁走去。楼阁里面一片寂静，只见一扇窗户里头亮着灯。他颓丧地打开楼阁的大门（门上沾着带血的手指印，那条沙土路上也是血迹斑斑），穿过黑漆漆的第一个房间……他站在门口一动不动，他被眼前的景象吓蒙了。

房间中央的波斯地毯上，穆齐奥直挺挺地躺在那里，头枕织锦靠垫，身盖红底黑纹的披巾。他仰面朝天，脸色蜡黄，双目闭合，眼皮发青，看不出还有什么呼吸：好似一具死尸。脚边跪着那个马来亚人，他也同样裹着红色披巾。他左手拿着一根枝条，具体是什么不知道，像是蕨类植物，身子微微向前，眼睛死死地盯着自己的主人。地板上固定着一个小火把，火把吐着绿色火焰，这是房间唯一的亮光。那火焰既不闪烁也不冒烟。法比奥进门时，马来亚人并没有因为法比奥的到来而移动位置，他只是看了他一眼，然后又把目光放回穆齐奥身上。他不时地将那枝条上下摆动，又在空中挥舞几下，然后那张不会说话的嘴巴慢慢张合着，好像在默念什么。马来亚人和穆齐奥之间的地板上放着一把匕首，那是法比奥刺伤他朋友的凶器。马来亚人用枝条拍了拍那沾满血迹的刀锋。一分钟过去了……又过了一分钟。法比奥走到马来亚人跟前，猛地弯下腰低声问道："他死了吗？"马来亚人低下头去，从披巾里伸出右手，盛气凌人地指着门。法比奥本还想再问一遍，马来亚人那命令式的姿势又做了一遍，法比奥于是愤愤地走出了门，心里充满疑惑但还是走开了。

他发现华列莉娅还和之前一样睡着，表情甚至比刚才更为平静。他没有脱衣服，而是坐在窗前托着腮，再一次陷入了沉思。旭日东升时，他还坐在老地方纹丝不动。华列莉娅还没醒过来。

【十一】

法比奥想等她醒来后再去费拉拉城，这时，忽然听见有人轻敲房门。他走出去，看见门外是老管家安东尼奥。“先生，”老头开口道，“那个马来亚人刚才通报我，穆齐奥先生病了，想把所有行李搬到城里去，他想请您派些人手帮他整理东西，晚餐的时候给他备一些驮马和乘马、几个随从送他们一程。您看可以吗？”“这些是马来亚人跟你说的吗？”法比奥问道，“怎么说的？他是个哑巴。”“先生，这是他写的条子，用的都是我们的话，还非常准确。”“那么穆齐奥，你是说，他病了？”“是的，病得很重，不能见客。”“他们请过医生没？”“没有，马来亚人不让请。”“这也是马来亚人写下来告诉你的？”“是的，是他写的。”法比奥沉默了片刻。“嗯，好的，你都去安排吧。”他最后说道。安东尼奥退了出去。

法比奥困惑地看着仆人离去，“这么说来，没有将他杀死？”他思忖着……他真不知道是该高兴还是惋惜才好。“病了？”可几个钟头前，他看到的是一具死尸啊！

法比奥回到了华列莉娅身边。她已经醒来，抬起了头。夫妻俩久久地望着对方，交换了一个意味深长的眼神。“他走了吧？”华列莉娅突然问道。法比奥打了个寒战。“怎么走的？你是说……他是不是离开了？”她继续说道。法比奥心里轻松了不少。“还没离开，不过他今天会走。”“那么我再也，再也见不到他了吧？”“再也见不到了。”“这些梦再不会有了吧？”“不会有了。”华列莉娅再一次如释重负地松了口气，嘴角上又露出一个幸福的微笑。她向丈夫伸出双手说道：“那么，咱们以后再也不要提起他了，再也不提，亲爱的，听到了吗？而且，他要是不离开，我就绝对不踏出这个房间。你把我的侍女们叫来……但是等一下：把那东西拿走！”她指了指窄窄的床头柜上放着的那条珍珠项链，穆齐奥送的那条，“马上把它扔到咱家最深的井里去。抱抱我。我是你的华列莉娅呀，你别再来我这里了，除非……他离开。”法比奥拿起那条项链——觉得它的光泽暗淡了一些，随后就按妻子的吩咐去办了。办完事，他开始在花园里溜达，远远地望见了楼阁，楼阁周围一阵嘈杂声，那是他们正忙着收拾行李。仆人们正在搬运箱子，装到马背上去……但是那个马来亚人却不在这些人当中。一种不可遏制的冲动驱使着法比奥再进一回楼阁，看看那里发生了什么情况。他回想起来，楼阁后面有个暗门，从那里可以直接进入内室，也就是今天早上穆齐奥躺在那里的房间。他偷偷地绕到楼阁后面，发现暗门没有上锁，然后拨开那沉重的窗帘，畏畏缩缩地朝房间里头扫视。

【十二】

穆齐奥没有躺在地毯上。他穿戴整齐，像是要出门旅行，他坐在一张扶手椅上，但看起来像是一具死尸，和法比奥上次见到的没有两样。他的脑袋有气无力地靠在椅背上，摊开的一双蜡黄的手了无生气、僵硬地垂搭在膝上。他的胸挺不直。椅子旁边的地板上放着一些枯草，摆着几只大口浅碗，里面盛着黑漆漆的汤汁，散发出一股浓烈的、几乎可以说是呛人的味道——麝香的气味。每个碗口周围都有一条黄铜色小蛇盘绕在那里，金灿灿的双眼时不时地发出一道亮光。而正对穆齐奥两步远的地方，马来亚人长长的身躯站立在那里，他身披一件五颜六色的锦缎斗篷，腰缠虎尾，头戴高帽，帽形就是那种带角的包头巾。但他不是站在那里不动，他时而虔敬地鞠躬，好似祈祷，时而挺胸站立，甚至踮起脚尖。接着，他有节奏地将双臂展开，反反复复朝着穆齐奥摆动，同时双眉紧蹙、不停跺脚，像是在威胁或命令他。所有这些动作看来需要花很大的精力，甚至感觉他很痛苦：他喘着大气，汗水顺着脸颊直往下流。突然，他往地上一坐，皱着眉头费劲地深吸了一口气，紧握双拳往自己身上拽，像是抓住了缰绳似的……随后，出现的恐怖一幕让法比奥无法名状：穆齐奥的头颅渐渐离开椅背，向前移动，向马来亚人的双手那边移去……马来亚人放下双手，穆齐奥的头又重重地向后仰去。马来亚人又重复着一遍动作，那头乖乖地又朝他仰起来。碗里的黑色汤汁沸腾开来，碗身微弱地鸣起了铃儿般的声音，而黄铜色的小蛇们则无拘无束地盘在每个碗口上。只见马来亚人向前一跨，高抬起头，瞪大了眼睛。他向穆齐奥点了点头……这时，尸体的眼皮抖动起来，犹犹豫豫地睁开，露出了两颗暗淡如铅的眼珠。马来亚人容光焕发，脸上洋溢着胜利的骄傲与喜悦，这喜悦几乎可以说带着恶意。他嘴巴张得大大的，从胸腔深处竭力发出了一声长长的号叫……穆齐奥的嘴唇也张开了，哆哆嗦嗦地发出一声轻轻的呻吟，那是在回答那鬼哭狼嚎……

但此时此刻，法比奥再也看下去了，他觉得这像是在见证妖魔鬼怪念咒！他也大喊一声，拼尽全力头也不回地朝家飞奔而去，边跑边祈祷。

【十三】

三小时后，安东尼奥向他禀报一切就绪，行李都已打包，穆齐奥先生准备启程了。法比奥没有回话，径自来到凉台上，从那里可以看见楼阁。只见门前已有几匹驮马在等着，一匹强壮的两人座黑马牵到了台阶跟前，一旁站着光头的仆人和携带武器的随从。楼阁的门开了，马来亚人再一次换上了普通衣服，在他的搀扶下，穆齐奥现身了。他面如死灰，双臂像死人一样垂挂着——但是他却能迈步……不错，确实迈开了步子，坐上马背后，他直挺着身子，摸索那缰绳。马来亚人把他的两脚套上马镫，自己也跳上马，坐在了他的后面，一只手搂着他的腰，然后，这一行人开始上路。马匹一步步地向前走去，当它们绕过房子时，法比奥觉得穆齐奥暗沉的脸上好像突然闪现了两个白点……会不会是他看了他一眼？只有马来亚人向他鞠躬道别——始终都是那副嘲讽的样子。

华列莉娅是否也看见了这里的一切？她房间的百叶窗是关着的……不过，或许她正站在百叶窗后面。

【十四】

晚餐时间，她来到了餐厅，表情平静而亲切，但她还是在抱怨，说自己很疲乏。但是，现在的她再也不焦虑了，先前惶惶不可终日的困惑和担忧也一扫而光。穆齐奥离开的第二天，当法比奥重新开始给她画像时，他在她脸上找到了那种纯洁的表情，这表情曾一度蒙上阴影，搅得他那样不安……这次他得心应手，画笔在帆布上挥洒自如。

夫妻俩又恢复了往日的生活。穆齐奥在他们的世界里消失了，好像他从来就没存在过。法比奥和华列莉娅约定，今后一字不提穆齐奥，也不打听他后来的事情，而此人的命运到底如何对所有人来说都是一个谜。穆齐奥真的不见了，像是钻进地缝里去了。有一次，法比奥觉得自己有责任，应该告诉华列莉娅那个大灾之夜曾经发生过的事情……但是她猜到了他的意图，于是屏住呼吸、半合眼睛，像是等着重击……这下法比奥懂了：他不应让她遭受这个打击。

在一个美好的秋日，法比奥完成了圣则济利亚式的画像，华列莉娅则坐在一架风琴前，随意弹着琴键……突然，连她自己都没有意识到，她手下的旋律竟然是那首穆齐奥拉过的爱的凯歌。也就在这一刹那，她婚后首次感到，体内有一种新生的、怦怦跳动的生命在强烈而有规律地抽动着……华列莉娅吃了一惊，手指停了下来……

这意味着什么？难道……

至此全篇终。

（汉译：黄橙）

海象跟木匠

[英]路易斯·加乐尔

太阳照在大海上，
　　他拼命使劲地干：
他想把浪头归置好，
　　要又光又不乱——
可是这很怪，因为那正是
　　在半夜三更半。

那月亮看了噘着嘴，
　　他心里想，刚才
还当着一天过完了，
　　怎么太阳还要来？
“他简直没规矩，”她说，
　　“这么跑来拆我的台。”

海，润而漉漉
沙，涸而竭枯[1]
你看不见天上一片云，
　　因为并没云在天：
也没有鸟儿在穿空过——
　　是并没鸟儿在穿。

海象跟一个木匠
　　他们俩人儿慢慢儿地跑：
他们看见了那么些沙子，
　　就哭得不得了
“要是这都扫清了，”他们说
　　“那岂不是非常好？”

“要是七个老妈子拿七个敦布
　　来扫它大半年，
你猜猜看，”那海象说，

① 原译文为“那海是湿得像什么那么湿，那沙子就干得像干”。——编者注

“可能够扫得完？”
那木匠掉着眼泪儿说：
“唉！我看这很难。”

“啊，蛎蟥们，”那海象说，
“来跟我们散散步！
来说说话，来打打岔，
在海滩儿上走走路：
我们俩人儿四个手搀四位，
再多了怕搀不住。”

那老蛎蟥也不言语，
也不拿手去搀：
那老蛎蟥只摇摇头，
把眼睛翻——翻——
它意思是说：“像它这样儿
还再去上海滩？”

有四个小蛎蟥儿很想来，

它们想得不得了：
它们刷了衣裳，洗了脸，
把鞋带儿也系好——
可是这很怪，因为你知道，
它们压根儿就没脚。

又四个蛎蟥跟着来，
又四个跟着走；
越来越多——你听我说——
还有，还有，还有——
它们都从水里跳上岸，
那么稀里哗啦地走。

那海象跟那个木匠
又走了两三里，
它们找了一块大石头
来当作圈身椅：
那一个一个儿的小蛎蟥儿
就大伙儿往前挤。

那海象说："来谈话吧，
　　咱们说短还说长；
说鞋——说船——还说火漆——
　　说白菜——跟国王——
问海怎么煮的滚滚烫——
　　问猪可能上房。"

"请等一等，"它们连忙说，
　　"我们简直赶不上；
我们有的喘不过气来，
　　我们个个儿都很胖！"
"你们甭这么忙！"那木匠说。
　　它们说，"您真体谅！"

那海象说："咱们最要紧的
　　是来个大面包；
还有很好的好作料
　　是酸醋跟胡椒——
喂，蛎蟥们，你们好了吧？

好，咱们就动手挑。”

“可是挑谁啊？”它们嚷着说，
它们吓得都变了色。
“你们刚才待我们那么样儿好，
怎么一会儿又这么——啧！——嗳！”
“今儿天儿真好，”那海象说，
“喂，木匠，你瞧那海！

“你今儿能来，我真高兴！
我很想见你的面！”
那木匠只管吃着说：
“喂，再给我们切一片：
我愿意你别那么样儿聋——
我叫了你好几遍！”

“这该不该，”那海象说，
“这么给它们上这个当！
咱们叫它们跟我们跑得这么远，

是跟我们出来逛！”
那木匠拿着面包说：
“这黄油抹不上！”

那海象说：“我为你们哭啊，
哎！你们真可怜！”
它眼泪汪汪儿地在那儿挑，
把大的都找全，
还掏出兜儿里的小手绢儿
来挡在眼面前。

“回家了，嘿！”那木匠说，
“你们玩儿的可还好？
怎么不言语啊？”看看像
是蛎蟥非常少——
可是这难怪，因为它们哥儿俩
把个个儿都吃了。

（汉译：赵元任，校对：戎佩珏）

一只安静有耐心的蜘蛛

［美］沃尔特·惠特曼

我看到一只安静有耐心的蜘蛛，
孤零零站在一个小小的悬崖边，
看着它在空茫的四周寻寻觅觅，
它从体内向外吐啊吐着丝，
不停地吐，越吐越多，越吐越快，
啊，我的上帝！你站在那
四周是茫茫空间，
你不停地沉思、冒险，把自己抛向远方，
搜寻那可以连接的空间方向，
直到牵成线搭成桥，直到你那柔软的爪子抓牢，

直到你那蛛丝抓住什么东西，

啊，我的上帝。

（汉译：戎佩珏）

上山

［英］克里斯蒂娜·罗塞蒂

上山的路都这么弯弯曲曲吗？

　　是的，一直到路尽头。

白天的旅程要花整整一天吗？

　　我的朋友，从早上到夜头。

那晚上过夜有休息的地方吗？

　　黑暗渐渐降临时，有一间房。

黑暗会使我看不到那间房吗？

　　你不会错过那间房。

我晚上会碰到其他人吗？

　　那些先前去过的人们。

看到他们，我该敲门抑或喊叫他们吗？

他们不会让你站在门外等。

旅行的痛楚和疲倦会得到缓解吗?

你会觉得有点儿累。

那我们大家都有床睡吗?

有，来的人都有床寐。

（汉译：戎林海）

译校后记

戎林海

哈罗德·布鲁姆（Harold Bloom）是美国耶鲁大学斯特林人文学知名教授，纽约大学贝尔格英语教授。他是麦克阿瑟奖得主，也是美国艺术和文学学会会员。他的著作已逾二十部，如《西方正典》《影响的剖析：文学作为生活方式》《如何读，为什么读》等等。《给聪明孩子的故事与诗》（*Stories and Poems for Extremely Intelligent Children of All Ages*）这本书是布鲁姆教授专为儿童（不仅是儿童，应该是老少咸宜）编选的，汇集了寓言、童谣、诗歌、侦探小说、惊险小说、“鬼”故事、滑稽文学等等，涉及的主题主要有自然、超自然、童年、爱情、死亡、动物、精灵、冒险、神秘、幽默等等。全书以春夏秋冬四季编排，别具一格，醒目难忘。

接到这本书的翻译任务是在2018年6月，在研读部分诗、文后，觉得要译好这本书绝非易事。原因主要有：跨越的年代长久；有的是英译作品，有的是用中古英语或苏格兰英语写就；版本不一，有的已有名家名译；部分原文甚至有印刷拼写错讹。更为重要的原因是书中作者众多，写作风格迥异，而译者都是译事经验不足的年轻大学教师，对如何从内容到形式上再现原作的风貌和风骨，不一定有准确的把握。后来，在资深翻译家吴文智先生的鼓励下，在广西师范大学出版社刘汝怡老师的信任与支持下，我们承接了这个颇具挑战性的翻译任务，并承诺尽最大努力按时完成，保证译作质量，使其达到出版水准。

下面简要谈一谈本书翻译中的几个问题。

第一，关于版本。

《给聪明孩子的故事与诗》这本书中有些原文因版本不同给我们的翻译带来了不小的麻烦，尽管与原书编者交流沟通后维持了原状，但我们觉得有必要在这里如实地向读者做个交代。比如：约翰·济慈的《人的季节》，第六行到第十行存在着很大的不同。布鲁姆的版本是：

He chews the honied cud of fair spring thoughts
Till, in his soul dissolv'd they come to be
Part of himself. He hath his autumn ports
And havens of repose, when his tired wings
Are folded up, and he content to look

（他忘情地
品味着那美好春日的甜蜜回忆，
直到它们融化在心中，成为他的一部分。

他有他秋天的港湾和遮风避雨的地方，
他将疲惫的翅膀
收拢起来，显得惬意自在——戎林海译）

屠岸提供的版本是：

Spring's honeyed cud of youthful thought

he loves

To ruminate, and by such dreaming nigh
His nearest unto heaven: quiet coves
His soul has in its autumn, when his wings
He furleth close, contented so to look

（到了夏天，他喜欢对那初春
年华的甜蜜思维仔细地追念，
沉湎在其中，这种梦使他紧紧
靠近了天国：他的灵魂在秋天
有宁静的小湾，这时候他把翅膀
收拢了起来；他十分满足、自在——屠岸译）

还有最后一句也有很大的不同。布鲁姆的版本是：

Or else would forget his mortal nature.

（否则，他就会忘却人的本性。——戎林海译）

屠岸的版本是：

Or else would forgo his mortal nature.

（不然，他就超越了人的本性。——屠岸译）

从网络资源查询的结果看，屠岸翻译时依据的版本（参见《济慈诗选》屠岸译，外语教学与研究出版社，2016 年）比较流行，比较多见。

再比如乔治·威瑟的《我爱上了一个姑娘》，布鲁姆的版本是：

第二阙

And as abroad we walked
As lovers' fashion is,
Oft as we sweetly talked
The sun would steal a kiss.
The wind upon her lips
Likewise most sweetly blew;

But now, alas! She has left me,

Falero, lero, loo!

第六阙

No riches now can raise me,

No want make me despair;

No misery amaze me,

Nor yet for want I care.

I have lost a world itself,

My earthly heaven, adieu,

Since she, alas! Hath left me,

Falero, lero, loo…

不同的版本是：

第二阙

Her hair like gold did glister,

Each eye was like a star,
She did surpass her sister,
Which pass'd all others far;
She would me honey call,
She'd—O she'd kiss me too!
But now, alas! she's left me,
Falero, lero, loo!

第六阙

To maidens' vows and swearing
Henceforth no credit give;
You may give them the hearing,
But never them believe;
They are as false as fair,
Unconstant, frail, untrue:
For mine, alas! hath left me,
Falero, lero, loo!

（参见 Bartleby.com: great books online.）

从逻辑上看，似乎后者比前者更具合理性，因为第一阙讲的是“我爱上了一个漂亮姑娘”，接着第二阙就是描写她的头发、她的眼睛。而布鲁姆版本的第二阙则显得有些突兀。

第二，关于对原文的理解。

翻译的基础是理解。没有正确的理解，就不会有贴切的表达；没有贴切的表达，译文就不忠实，就不达意，译犹未译。所以，翻译力求“信与达”。但是在翻译过程中，译者经常会碰到一些难以理解的词句，对词句背后的文化含义更是摸不着头脑，这是翻译最大的头痛之处。有的时候，这类问题可以通过请教原作者得以解决，有的时候可以利用网络资源和图书资料，也可以向同行专家请教。然而，凡事总有例外，总有意想不到的地方。比如，原作者已故或无法取得联系；比如，图书资料或网络资源缺乏所需信息；等等。在这种情况下，要做到理解正确和表达贴切的确是很难的一件事，但译者又不能妄自乱译。对译者来说，这是巨大的挑战，也是莫大的精神折磨。

在翻译《给聪明孩子的故事与诗》过程中，我们碰到的困难主要有：

一，词语问题。有些词语很难查到，其确切含义不明，比如 hoddy doddy，手头所有大辞典都查不到这个表达，后通过维基百科反复查，终于解决了理解上的困难。原来，这个词语属于诺福克方言，意思是 very small。再比如 hold you hard，意思是 hang on 或 wait a moment。有些词语是作者杜撰出来的，比如 Bong-tree，Zemmery Fidd，Twangum tree，这些词语的理解给翻译带来了不小的困难。有些词语可能是苏格兰英语或中古英语，抑或方言，比如 stritch-owl 等于 screech-owl，solan 等于 sullen，skurried 等于 scurried，whar 等于 where，blude 等于 blood，guid 等于 good，ee 等于 eye，teir 等于 tear，等等。

二，背景知识问题。对文化背景知识的了解与否是翻译成功或失败的基石。不了解便不能翻译，即使译了，也是瞎译、乱译。比如 a tract on its hind legs（原著 436 页），难以理解，不知所云；比如 a double rule of three，是双重三定理，还是三的双重定理？在翻译过程中曾就这个问题请教过几位数学教授，他们也不知所以然。又比如，ties pay the dealer，如果不了解纸牌游戏，就无法翻译。原来它是轮回纸牌游戏中的一句行话，意思是玩 21 点时，点数相同（下注者的点数与发牌人的点数相同），那么发牌人（dealer，即庄家）赢。再比如，在翻译莎士比亚所创作的《冬天的狮子》时，如果了解一点希腊罗马神话故事中关于 Hecate（赫卡忒）的故事，这首诗歌的翻译就容易多了。

第三，关于原文的错误。

研读式的翻译要求的是细致、谨慎和全面。在这种主张的指引下，我们在翻译过程中也发现了原著中的一些错误，这些错误有的可能是印刷错误，比如：karait（原著 155 页）应为 krait（金环蛇），an host（原著 148 页）应为 a host，curtiosity（原著 97 页）应为 curiosity，prostate（原著 83 页）应为 prostrate。再比如原著 534 页上的人名，一处是 Tchehtarev，另一处却是 Tchehtatrev。这些错误如果在翻译时不细致不小心，译者就会以讹传讹，即错误地再现原文的错误。

不过，正如英语谚语所讲的一样，to err is human，to forgive divine.（犯错人皆难免，宽恕则属超凡。）

第四，关于诗歌翻译。

作为一种特殊的文学体裁，诗歌强调用高度浓缩精练的语言和优美的形式来表达诗人丰富的情感和意境。诗歌都具有“言志、抒情、状景”的特质，同时又具有“音美、意美、形美”的特征。诗歌的意义解读在不同的文化背景下可能有不小的差异，有时即使在同一文化背景下，由于时间跨度，有些诗歌的解读也存在一些争议。比如李白的名句“床前明月光”中的“床”，究竟是现代意义上的床，还是井台，或是马棚乃至其他？由于上述原因，翻译界一直存在“诗歌不可译”的观点。但是，从文化交流的角度看，诗歌是可以翻译的，有的诗歌还可以译得既忠实又优美，甚至有的诗歌还可以译得比原诗更优美，更感染人（比如卞之琳、穆旦、屠岸、杨德豫等人的诗歌翻译）。但是，要使翻译的诗歌与原诗在“音、意、形”上完全一致，对译者来说，是巨大的挑战。“诗歌不可译”论，强调的正是诗歌翻译的困难，是诗歌翻译过程中的得与失的问题。诗人的胸臆境界不是一般人所能企及，正如约翰·济慈的诗学概念“negative capability”（屠岸将这个术语翻译为“客体感受力”）所指出的那样，“天人合一”“物我两忘”，难以成全。

我们这次在翻译诗歌的过程中，针对不同作者、不同题材和文本，尽量做到意义上忠实于原诗，音韵上努力做到朗朗上口或读起来顺畅有节奏感。原诗有属于滑稽文学的，有十四行诗，有打油诗；有瑰丽的、雄伟的、俏皮的，也有诡异的、浪漫的、素净的。翻译的时候，按照德国翻译理论家赖斯的文本类型理论，努力再现不同文本的不同风格。翻译过程中，译者对译文做了些许调整，没有严格按照原诗的音步或韵律，以期达到“音美、意美、形美”的目标。比如：

UP-HILL

Christina Rossetti

Does the road wind up-hill all the way?

Yes, to the very end.

Will the day's journey take the whole long day?
From morn to night, my friend.

But is there for the night a resting–place?
A roof for when the slow dark hours begin.
May not the darkness hide it from my face?
You cannot miss that inn.

Shall I meet other wayfarers at night?
Those who have gone before.
Then must I knock, or call when just in sight ?
They will not keep you standing at that door.

Shall I find comfort, travel–sore and weak?
Of labour you shall find the sum.
Will there be beds for me and all who seek?
Yea, beds for all who come.

上山

［英］克里斯蒂娜·罗塞蒂

上山的路都这么弯弯曲曲吗?
是的，一直到路尽头。
白天的旅程要花整整一天吗?
我的朋友，从早上到夜头。

那晚上过夜有休息的地方吗?
黑暗渐渐降临时，有一间房。
黑暗会使我看不到那间房吗?
你不会错过那间房。

我晚上会碰到其他人吗?
那些先前去过的人们。
看到他们，我该敲门抑或喊叫他们吗?
他们不会让你站在门外等。

旅行的痛楚和疲倦会得到缓解吗?

你会觉得有点儿累。

那我们大家都有床睡吗？

有，来的人都有床寐。

这首诗简洁明快，一问一答，读起来朗朗上口，音乐感强，其韵脚是 ABAB。为再现原诗的“音美、意美、形美”，译者选择了日常生活中的词语，亦步亦趋，忠实地传达出了原诗的味道，再现了原诗的意境，韵脚也是 ABAB。

再比如：

BEAUTIFUL SOUP, SO RICH AND GREEN

Lewis Carroll

Beautiful Soup, so rich and green,

Waiting in a hot tureen!

Who for such dainties would not stoop?

Soup of the evening, beautiful soup!

Soup of the evening, beautiful soup!

Beau–ootiful Soo–oop!

Beau–ootiful Soo–oop!

Soo–oop of the e–e–evening,

Beautiful, beautiful soup!

Beautiful Soup! Who cares for fish,

Game,or any other dish?

Who would not give all else for two p

ennyworth only of beautiful Soup?

Pennyworth only of beautiful Soup?

Beau–ootiful Soo–oop!

Beau–ootiful Soo–oop!

Soo–oop of the e–e–evening,

Beautiful, beautiful soup!

体面汤

［英］路易斯·加乐尔

体面汤，浓又黄，

盛在锅里不会凉！

说什么山珍海味，哪儿有这么样儿香。

半夜起来喝面汤，体面汤！

半夜起来喝面汤，体面汤！

涕洟糜餍汤！

涕洟糜餍汤！

半夜起来喝面汤，体面汤！

涕漓涂卤汤！

体面汤，黄又烫，

鱼翅燕窝比不上！

谁不肯为了这味儿弄到破家荡——

破家荡产叫碗汤，俩子儿汤！

破家荡产俩子儿汤，体面汤！

涕洟糜餍汤！

涕洟糜餍汤！

天亮起来喝面汤，体面汤！

啼哩吐噜唏哩呼噜汤！

（汉译：赵元任，校对：戎佩珏）

这首诗是《阿丽思漫游奇境记》中的一首打油诗，没有特别的意义，只是为了“好玩”，读起来朗朗上口。原诗的韵脚是AABBBBBCB，赵元任灵活处理，一个韵脚（ang）到底，读起来朗朗上口，即使部分内容或许有些“不忠实”，但从翻译的角度看，从读者接受的角度看，从赖斯文本类型翻译理论角度看，这首诗译得非常好，“音美，意美，形美”，不愧是名家名译。

第五，关于人名地名的翻译。

本书中人名地名很多，有神话传说中的，有作者的，有人物的，有杜撰的，还有原译者翻译的。在翻译中，我们主要依据《英语姓名译名手册》（辛华编，商务印书馆，1983年）、《英汉大词典》（陆谷孙编，上海译文出版社，1993年）和《外国地名译名手册》（中国地名委员会编，商务印书馆，1987年），同时采用了以下几种方法进行处理。

第一，约定俗成，名从主人。比如Stephen Crane和Nathaniel Hawthorne，如果按照《英语姓名译名手册》来译，是斯蒂芬·克兰和纳撒尼尔·霍索恩，这与读者广为接受的已有译名相去甚远，甚至觉得是另外两个作家。所以，在这种情况下，我们遵守“名从主人，约定俗成”的原则，分别将这两个作家译为斯蒂芬·克莱恩和纳撒尼尔·霍桑。

第二，保持原译。在翻译这本书的过程中，我们发现有的文本已经有了译文，而且是名家名译，经与出版社商定，在得到授权的前提下，沿用原译。我们对原译中个别用词、标点符号、段落等只做了微小的调整并加“校者注”。对原译文中出现的人名地名也保持不变。比如赵元任翻译的路易斯·加乐尔（Lewis Carroll，不重新译为卡罗尔）和阿丽思（Alice，不重新译为爱丽丝）等，维持原译不变。其他原译（包括作者名、文中地名和人名等）也是如此。

第三，对于书中出现的神话传说中神的名字（包括地名）的翻译，我们依据的是《希腊罗马神话词典》（鲁刚、郑述谱编译，中国社会科学出版社，1984 年）和《英汉大词典》（陆谷孙编，上海译文出版社，1993 年）。比如 Narcissus，译为那耳客索斯（《希腊罗马神话词典》），而其他辞书上则译为那喀索斯、那基索斯。

第四，自译。这本书中有一些地名和人名是案头辞书上（包括网络资源）查不到的，有的是作者自己杜撰的。对于这类人名地名的翻译，我们参考相关词典的翻译方法，进行了独立翻译。比如利尔的 *The Jumblies* 自译为《贾布里人》，地名 Boshen 自译为波尚，人名 Fiorimonde 自译为菲奥丽蒙德，等等。

第六，关于译者注。

翻译中加“译者注”是为了使读者能够更好地理解和欣赏译文，也体现出译者对翻译、对读者负责的态度。本书翻译过程中，我们对一些历史事件、地点和人物，著名作家、诗人，文化背景知识，版本问题，原文存疑处等等，都做了相应的译者注。

第七，关于名家名译。

本书翻译过程中，我们发现有些文本已经有过中文译本，而且是名家名译，比如本书中的《体面汤》《昏弟敦弟》等几个篇章是选自《阿丽思漫游奇境记》，而这本书多年前就有了赵元任先生的译本，非常经典。我们以为如果自行重译，译作质量可能超不过赵元任译本，因此，经与出版社商定，对此类作品我们取得原译者方授权，沿用了名家名译，并在文后注明原译者。对名家名译中的人名地名，我们维持不变，对名家名译作品中存在的微小错误（有的是印刷错误），我们做了相应的改正并加“校者注”。在这里，我们也借此机会向原译者表示诚挚的谢意。

译然后知不足。翻译是一项艰苦的工作，也是一项“吃力不讨好”的活儿。即使如此，我们的译者和译校者还是以认真细致的态度对待这本书。为了理解与表达好每一个词语，为了掌握相关的背景知识，我们通过研读的方法来处理，也通过向专家请教和求助于原书编者的方法来解决，力戒马马虎虎，不求甚解，乱译胡译（为保证译文质量，坚持文责自负原则，我们已在每篇诗文后注明译者或原译者及校对者）。当然，即便如此，我们现在呈现给读者的译文也一定还存在着这样或那样的不足，甚至错译和误译以及表达欠妥的地方。诚望读者在阅读过程中予以指正并告知译者或出版社，以便及时修订完善。

本书的翻译得以顺利完成，我们要感谢资深翻译家吴文智先生、广西师范大学出版社刘汝怡老师、常州工学院外国语学院刘爱婷老师和杨永萍老师等等，感谢他们的支持、鼓励与帮助；我们还要感谢南京师范大学外国语学院的姚君伟教授，感谢原书编者布鲁姆教授，感谢他们在百忙中为译者排忧解难。

2019 年 10 月 9 日初稿

2019 年 10 月 29 日定稿

于常州世茂香槟湖苑未厌斋

补 记

2019 年 10 月初，刚刚完成了《译校后记》初稿后不久，也就是在 2019 年 10 月 15 日，我收到广西师范大学出版社刘汝怡女士的微信，得知布鲁姆先生驾鹤西去了。这个消息来得太突然了，怎么会呢？我们翻译过程中尚有两个问题需要向他请教的呀！

但这是残酷的事实，布鲁姆先生已经不在了。

所以，《译校后记》之外，有必要再写一个《补记》，并以此来纪念布鲁姆先生。

布鲁姆一生爱文学，爱诗歌，爱教文学诗歌，也爱编写相关书籍；但他更爱阅读，爱深度阅读，爱反复阅读，爱终身阅读（to live and to read）。他是现代社会"快餐阅读"的批评者，他始终坚持阅读的快乐及阅读的深度和宽度；他始终坚持阅读必须从小抓起——一个清静的地方，一本好书，会给少年儿童以精神食粮，会益于他们的身心健康、心智发展和想象力的丰富；他始终坚持阅读必须读那些经典作品，因为这些作品经过时间的洗礼，已经成为人类社会最优秀文化不可或缺的一部分。

愿布鲁姆先生的阅读情结与情缘能代代相传！

愿《给聪明孩子的故事与诗》这本书能受到读者的欢迎与好评！

愿《给聪明孩子的故事与诗》这本书能给读者（老少咸宜）带来愉悦，带来思索，带来启迪！

愿布鲁姆先生在天堂一切安好！

戎林海

于常州世茂香槟湖苑未厌斋

2019 年 11 月 22 日